KARL MAY

KLASSISCHE MEISTERWERKE

KARL MAY

WINNETOU II

REISEERZÄHLUNG

KARL-MAY-VERLAG · BAMBERG
in Zusammenarbeit mit dem
VERLAG CARL UEBERREUTER · WIEN

INHALT

1. Der Henrystutzen 5
2. Old Death 10
3. Ein unverhofftes Wiedersehen 26
4. Die Kukluxer kommen 46
5. Vertauschte Rollen 71
6. Im Jagdgebiet der Komantschen 86
7. Ein gefährliches Versteckspiel 111
8. Juarez oder Maximilian? 133
9. Eine Indianerfalle 149
10. Durch die wilde Mapimi 172
11. Späte Sühne 184
12. In Feuersnot 191
13. Auf dem Weg zu Old Firehand 207
14. In der „Festung" 225
15. Auf Biberfang 237
16. Alte Liebe und alter Haß 249
17. Es geht um Skalp und Leben 264
18. Der Pedlar 277
19. Verdächtige Reisegefährten 291
20. Santer! 301

Herausgegeben von Dr. E. A. Schmid

Diese Ausgabe erscheint in enger Zusammenarbeit
mit dem Verlag Carl Ueberreuter, Wien.
Der Inhalt dieses Buches entspricht dem Band 8
der grünen Originalausgabe „Karl Mays Gesammelte Werke".
© 1951 Karl-May-Verlag, Bamberg / Alle Urheber-
und Verlagsrechte vorbehalten.

ISBN 3-7802 0508-4
Gesamtherstellung: Ebner Ulm

1. Der Henrystutzen

Als ich mich, durch die Umstände gezwungen, von Winnetou trennte, der dem Mörder Santer nachjagen mußte, ahnte ich nicht, daß es Monate dauern würde, bis ich meinen roten Freund und Blutsbruder wiedersah. Der weitere Verlauf der Ereignisse gestaltete sich nämlich ganz anders, als ich damals dachte. — Wir, Sam Hawkens, Dick Stone, Will Parker und ich, gelangten nach einem wahren Gewaltritt an die Einmündung des Süd-Arms in den Red River, den Winnetou den Rio Boxo de Natchitoches genannt hatte. Hier erwarteten wir, einen Apatschen Winnetous anzutreffen. Leider ging diese Hoffnung nicht in Erfüllung. Wir fanden vielmehr am vereinbarten Ort statt des erhofften Boten die Leichen der beiden Traders, die uns Auskunft über das Dorf der Kiowas gegeben hatten. Sie waren erschossen worden, und zwar von Santer, wie ich später erfuhr. — Da uns der Apatsche keine Weisung hinterlassen hatte, wußten wir nicht, wo er sich befand, konnten ihm demnach nicht folgen und wendeten uns zum Arkansas hinüber, um auf dem geradesten Weg nach St. Louis zu kommen. Es tat mir aufrichtig leid, den Freund jetzt nicht wiedersehen zu können, doch es lag nicht in meiner Macht, das zu ändern. — Nach langem Ritt kamen wir eines Abends in St. Louis an. Mein erster Gang war zu meinem alten Mr. Henry. Als ich in seine Werkstatt trat, saß er bei der Lampe an der Drehbank und überhörte das Geräusch, das ich beim Öffnen der Tür verursachte. — "*Good evening*, Mr. Henry!" grüßte ich, als sei ich erst gestern zum letztenmal bei ihm gewesen. "Seid Ihr mit dem neuen Stutzen bald fertig?" — Dabei setzte ich mich auf die Ecke der Bank, geradeso, wie ich es früher oft getan hatte. Er fuhr von seinem Sitz auf, starrte mich eine Weile wie abwesend an und schrie dann vor Freude auf. — "Ihr — Ihr — Ihr seid es? Ihr seid da? Der Hauslehrer — der — der Surveyor — der — der verteufelte Old Shatterhand!" — Dann warf der Alte seine Arme um mich, zog mich an sich und drückte mich, daß mir fast der Atem verging. — "Old Shatterhand? Woher kennt Ihr diesen Namen?" erkundigte ich mich, sobald er ein wenig ruhiger geworden war. — "Woher? Das fragt Ihr noch? Es wird ja überall von Euch erzählt. Ihr Schwerenöter! Seid ein Westmann geworden, wie er im Buch steht! Mr. White, der Ingenieur der nächsten Abteilung, war der erste, der Nachricht von Euch brachte, war voll Lobes über Euch, das muß ich sagen. Die Krone aber hat Euch Winnetou aufgesetzt." — "Wieso?"

"Hat mir alles erzählt — alles!" — "Erzählt? War Winnetou denn hier?" — "Natürlich war er hier!" — "Wann denn?" — "Vor drei Tagen. Ihr hattet ihm von mir berichtet, von mir und dem alten Bärentöter, und dann konnte er St. Louis nicht berühren, ohne mich zu besuchen. Hat mir geschildert, was Ihr erlebt und geleistet habt. Büffelbulle, Grizzly und so weiter! Habt sogar die Würde eines Häuptlings errungen!" — In diesem Ton ging es noch einige Zeit fort, und es half nichts, daß ich Henry verschiedene Male unterbrach.

Er umarmte mich wieder und immer wieder und freute sich riesig darüber, daß er es gewesen war, der meinem Lebensweg die Richtung in den Wilden Westen gewiesen hatte. Endlich bequemte er sich dazu, mir zu erzählen, was ihm Winnetou von der Verfolgung Santers berichtet hatte. — Die Kanufahrt des Verfolgten war so rasch vor sich gegangen, daß er die Mündung des Süd-Arms zugleich mit den Händlern erreichte, obgleich sie das Dorf Tanguas weit früher verlassen hatten. Er war gezwungen gewesen, auf die Nuggets Winnetous zu verzichten, und so trachtete er danach, sich anderweit die nötigen Mittel zu verschaffen. Da kamen ihm die Händler mit ihren Waren eben recht. Santer erschoß die zwei ahnungslosen Männer wahrscheinlich aus dem Hinterhalt. Hierauf machte er sich mit ihren Mauleseln aus dem Staub. Das alles las Winnetou aus den Spuren, die er an jener Stelle vorfand. — Der Mörder hatte sich nichts Leichtes vorgenommen, denn die Beförderung so vieler Packtiere über die Savanne ist für einen einzelnen Menschen mit großen Schwierigkeiten verknüpft. Dazu kam, daß Santer zur Eile gezwungen war, weil er die Verfolger hinter sich wußte. — Unglücklicherweise, vom Standpunkt des Apatschen betrachtet, trat ein mehrtägiger Regen ein, der alle Spuren verwischte, so daß sich Winnetou nicht mehr auf sein Auge, sondern nur noch auf Vermutungen und Berechnungen verlassen konnte. Wahrscheinlich hatte Santer, um seinen Raub zu verwerten, eine der nächstliegenden Niederlassungen aufgesucht, und so blieb dem Apatschen nichts übrig, als diese Ansiedlungen nacheinander abzureiten. — Erst nach einer Reihe von verlorenen Tagen fand er auf Gaters Faktorei die verschwundene Spur wieder. Santer war dagewesen, hatte alles verkauft und ein gutes Pferd erworben, um auf der damaligen Red-River-Straße in den Osten zu reiten. Winnetou verabschiedete also seine Apatschen, die ihm nur hinderlich sein konnten, schickte sie in die Heimat zurück und nahm die weitere Verfolgung allein auf. Er hatte genug Nuggets bei sich, um im Osten längere Zeit leben zu können. — Der Häuptling hatte Santers Spur von jener Farm an nicht wieder verloren und war ihr in Eilritten bis St. Louis gefolgt, von wo aus sie nach New Orleans führte. Seine Eile war der Grund, daß er früher nach St. Louis gekommen war als ich. Er hatte bei Henry hinterlassen, ich solle gleichfalls nach New Orleans kommen, wenn ich Lust dazu hätte, er könne mir aber wegen der zunehmenden Unsicherheit im Süden nicht dazu raten. Amerika stand nämlich kurz vor dem Ausbruch des Bürgerkriegs. Und so hatte Winnetou seiner Botschaft noch die Bemerkung hinzugefügt, er werde auf alle Fälle später an Mr. Henry Nachricht geben, wo er zu finden sei. — Was sollte ich tun? In St. Louis warten? Nein. Man konnte nicht wissen, wann Nachricht von Winnetou kam. Ihm nach New Orleans folgen? Davon hatte er mir selber abgeraten. Und außerdem hatte ich als Deutscher, der in der Sklavenfrage mit dem rebellischen Süden nicht gleicher Meinung sein konnte und darum von vornherein verdächtig war, keine Lust, mich Verwicklungen auszusetzen, deren Ausgang nicht vorherzusehen war. Meine Angehörigen in der Heimat aufsuchen, die der Unterstützung bedurften? Das wäre vielleicht das Nächstliegende gewesen. Aber — — Ich hatte den Atem der Savanne getrunken, doch nicht lange genug, um ihrer Lockungen überdrüssig geworden zu sein. Außerdem war ich jung, und es reizte mich, die Kenntnisse, die ich mir im Wilden Westen angeeignet hatte, auf eigene Faust zu verwerten. Und das im Besitz eines vortrefflichen Gewehrs und eines Pferdes, das weit und breit seinesgleichen nicht hatte. — Der Gedanke war mir kaum gekommen, da stand mein Entschluß fest. Henry war jedoch der letzte, mir davon abzuraten. Im Gegenteil, er griff den Plan mit einer wahren Begeisterung auf und spann ihn endlos weiter, entsprach er doch dem, was Henry von Anfang an meine Berufung genannt hatte. — Zunächst galt es freilich, meine geschäftlichen Obliegenheiten zu erledigen. Schon zeitig am nächsten Morgen saß ich mit Hawkens, Stone und Parker hinter jener Glastür, wo man mich damals ohne mein Wissen geprüft hatte. Mein alter Henry hatte es sich nicht nehmen lassen, mitzugehen. Da gab es denn zu erzählen, zu berichten, zu erklären, und es stellte sich heraus, daß unsere Abteilung die merkwürdigsten und gefährlichsten Erlebnisse gehabt hatte. Freilich war ich als der einzige Surveyor übriggeblieben. — Als es an die Regelung der Geldfrage ging, gab sich Sam alle Mühe, eine Sondervergütung für mich herauszuschlagen, doch vergeblich. Wir bekamen unser Geld sofort, aber keinen einzigen Dollar mehr, obwohl ich sämtliche Zeichnungen und auch die Meßgeräte ablieferte, und ich gestehe aufrichtig, daß ich die mit solcher Mühe angefertigten und geretteten Karten und Aufzeichnungen nicht ohne ein Gefühl ärgerlicher Enttäuschung abgab. Die Herren hatten fünf Surveyors angestellt, bezahlten aber nur einen und strichen den Lohn der vier übrigen in ihre Taschen. So billig bekamen sie das volle Ergebnis unserer Gesamtarbeit in die Hände — oder vielmehr das Ergebnis meiner Überanstrengung. — Sam ließ deshalb eine geharnischte Rede los, erreichte aber dadurch weiter nichts, als daß er ausgelacht und samt Dick und Will unter glatten Redensarten zur Tür hinausgeschoben wurde. Ich ging mit ihnen, um eine Erfahrung reicher und schwieg. Übrigens war die Summe, die ich erhalten hatte, für meine Verhältnisse bedeutend. — Ich wollte also wieder in den Westen. Aus Höflichkeit oder auch Anhänglichkeit fragte ich das ‚Kleeblatt', ob es mitwolle. Während Stone und Parker meine Mitteilung ruhig entgegennahmen, löste sie bei Sam das größte Erstaunen aus. Er riß die Augen weit auf und legte dann los: „Rappelt es bei Euch oder wollt Ihr mir einen Bären aufbinden? Denn ernst könnt Ihr es doch nicht meinen?" — „Warum nicht?" — „Weil Ihr im Westen nichts zu suchen habt, wenn ich mich nicht irre." — „Ich dächte doch!" — „Na, so sagt mir doch in Kuckucksnamen, was Ihr dort verloren habt!"

„Was ein richtiger Westmann ist, fragt nicht danach. Er geht in den Westen, weil er einfach muß." — *Egad!* Höre einer dieses Küken an, wie es sich bläht und den Schnabel aufsperrt! Was sagt ihr dazu, Dick und Will?" — „Daß aus dem Küken ein ganz ansehnlicher Vogel geworden ist", schmunzelte Will. — „Falsch, ganz falsch! Du hättest sagen sollen, daß dieses Greenhorn einen ganz ansehnlichen Vogel hat! Nämlich da oben!" Damit deutete er mit dem Finger unter die Krempe seines vorsintflutlichen Schattenspenders. — „Aber diesen Vogel habt Ihr mir doch selber in den Kopf gesetzt!" bemerkte ich harmlos. — „Das war früher einmal! Aber seitdem bin ich zu der Überzeugung gekommen, daß aus Euch all Euer Lebtag kein — — —" — „Jetzt hört aber auf!" unterbrach ich ihn. „Ich gebe ja zu, daß ich noch viel zu lernen habe, aber so grün bin ich doch nicht mehr, solche Purzelbäume zu schlagen, wie zum Beispiel Ihr kürzlich bei den Kiowas." — Das saß. Sam war für den Augenblick der Mund gestopft. — „Übrigens", fuhr ich fort, „muß ich wirklich in den Westen. Ich brauche Stoff für meine Bücher, die ich schreiben werde. Davon habe ich Euch doch schon berichtet!" — „Ja, das habt Ihr! Aber ich sage Euch das eine, daß Ihr nicht dazu kommen werdet, diese Bücher zu schreiben, denn Ihr werdet nicht lebendig aus dem Westen zurückkehren." — „Oho!" — „Ja, oho!" äffte er mich nach. „Und ein toter Mann kann keine Bücher schreiben, wenn ich mich nicht irre, hihihihi!" — Damit ließ er mich für diesmal stehen. Es gab in den nächsten Tagen noch öfter ein mehr oder weniger scherzhaftes Geplänkel auf beiden Seiten, das aber schließlich damit endete, daß Sam mir recht gab. Die drei Freunde erklärten sich sogar bereit, mich zu begleiten, wenn ich mich bis zum Eintritt der wärmeren Jahreszeit gedulden wolle, denn sie gedachten sich erst gründlich zu erholen. So lang aber wollte ich nicht warten, und so nahm ich nach acht Tagen den herzlichsten Abschied von den mir lieb gewordenen Gefährten. Es sollten Jahre vergehen, bis ich in einer ganz anderen Gegend wieder mit ihnen zusammentraf. — Über die nun folgenden Monate kann ich mit kurzen Worten hinweggehen. Die Hälfte der Summe, die den Lohn meiner Arbeit bildete, schickte ich nach Hause, und den größeren Teil der anderen hinterlegte ich auf einer Bank als Rücklage. Mit dem Rest zog ich munter und unternehmungslustig los. — Ich verwendete die Wintermonate zu Sprachstudien bei verschiedenen Indianerstämmen, die den Apatschen freundlich gesinnt waren. Sonst ging ich den Roten vorsichtig aus dem Weg. Nur bei einem Komantschenstamm sprach ich längere Zeit vor, dessen Häuptling Tevuaschohe[1] sogar das Kalumet des Friedens und der Freundschaft mit mir rauchte. Im Frühling wechselte ich dann über das Felsengebirge hinüber und besuchte die Mormonenstadt am Großen Salzsee. Gewisse dunkle und geheimnisvolle Andeutungen aus dem Mund eines einsamen Trappers, dem ich begegnet war, lockten mich dann, noch weiter nach Norden in die Gegend des Yellowstone-Sees zu reiten, die heute unter dem Namen Nationalpark viel besucht wird, damals aber noch gänzlich unbekannt war. Ich hatte dort oben, umgeben von den großartigsten Wundern der Natur, ein gefährliches Erlebnis mit den Sioux-Ogellallah zu bestehen. Hierauf überstieg ich abermals das Felsengebirge, wobei ich mehr als einmal Freiheit und Leben nur der Schnelligkeit meines Hatatitla[2] zu verdanken hatte, und wendete mich hierauf nach Süden. Mein Ziel war der Rio Pecos.

Unterwegs schloß sich mir der Engländer Emery Bothwell an, ein gebildeter, unternehmender und kühner Mann, den ich später, wie viele meiner Leser wissen, in der Sahara[3] wiedertraf. — Im Apatschen-Pueblo wurden wir mit Jubel empfangen. Zu meiner größten Freude war Winnetou anwesend, der schon vor Monaten, leider ergebnislos, von der Verfolgung Santers zurückgekehrt war. Er hatte den Mörder bis New Orleans und zurück nach Vicksburg gejagt, dann aber die Spur in den Wirren des Bürgerkriegs verloren. Santer war glücklich entkommen. — Wir verlebten vier Wochen in der Gesell-

[1] ‚Feuerstern' [2] ‚Blitz', Name des Pferdes, das ein Geschenk Winnetous war
[3] Band 10, Erzählung „Die Gum"

schaft des Apatschen, dann aber machte sich der Gedanke an die Heimat mit Macht in mir geltend. Auch Bothwell verlangte nach Hause. Winnetou unterließ es selbstredend, uns noch länger zurückzuhalten, aber er begleitete Bothwell und mich an der Spitze von zwanzig Apatschen bis zum Nugget Tsil. Wir verbrachten hier einen ganzen Tag, der dem Gedenken der teuren Toten gewidmet war. Am nächsten Morgen nahm ich von Winnetou Abschied, voraussichtlich für längere Zeit, und übergab ihm meinen Hatatitla zur Pflege. Dafür bekam ich meinen alten Rotschimmel wieder zwischen die Beine, der ledig mitgeführt worden war und ganz närrisch vor Freude tat, als ich ihn zum erstenmal nach langer Zeit wieder bestieg. — Alles, was ich zuerst allein und dann mit Bothwell erlebte, sprach sich schnell herum, und ich war erstaunt, bei meiner Rückkehr nach St. Louis auch hier den Namen Old Shatterhand in aller Mund zu finden. Als mein alter Henry meine Verwunderung darüber bemerkte, sagte er in seiner knorrigen Weise: "Seid Ihr ein Kerl! Erlebt in einigen Monaten mehr als andere in vielen Jahren, geht durch alle Gefahren glücklich hindurch wie eine Pistolenkugel durch ein Stück Löschpapier, nehmt es als Greenhorn mit dem erfahrensten Westläufer auf, werft all die grausamen Gesetze des Wilden Westens über den Haufen, indem Ihr im Gegner immer den Menschen achtet, und sperrt dann das Maul vor Erstaunen darüber auf, daß man von Euch redet. Ich sage Euch, Ihr habt in dieser kurzen Zeit mit Eurer Berühmtheit sogar den großen Old Firehand ausgestochen. Habe meine helle Freude gehabt, wenn ich so von Euch hörte, denn ich bin es ja gewesen, der Euch diesen Weg zeigte. Für diese Freude muß ich Euch dankbar sein. Seht her, was ich da habe!" — Er öffnete seinen Gewehrschrank, nahm — — den ersten fertigen Henrystutzen heraus, erklärte mir den Bau und den Gebrauch der Waffe und führte mich dann zu seinem Schießstand, wo ich das unübertreffliche Gewehr erproben und beurteilen sollte. Ich war geradezu entzückt von dem Stutzen, machte jedoch den Alten nochmals darauf aufmerksam, daß die Verbreitung dieser Schnellfeuerwaffe für die Tier- und auch für die Menschenwelt des Westens die nachteiligsten Folgen haben müsse. — "Weiß es, weiß es," nickte Henry. "Habt es mir ja schon erklärt. Werde also nur einige Stücke anfertigen. Das erste, dieses hier, schenke ich Euch. Habt meinen alten Bärentöter berühmt gemacht, sollt ihn nun für immer behalten und den Stutzen dazu. Schätze, daß er Euch auf Euren weiteren Fahrten jenseits des Mississippi gute Dienste leisten wird." — "Ohne Zweifel! Aber dann darf ich ihn jetzt nicht annehmen." — "Warum nicht?" — "Weil ich zur Zeit nicht in den Westen gehe." — "Wohin denn?" — "Erst heim und dann nach Afrika." — "Af — Af — — Af — — —!" rief er aus, indem er vergaß, den Mund wieder zuzumachen. "Seid Ihr gescheit? Wollt Ihr ein Neger oder Hottentotte werden?" — "Das weniger," lachte ich. "Aber ich habe Mr. Bothwell versprochen, mit ihm in Algier zusammenzutreffen. Er hat Verwandte dort. Wir wollen von da aus einen Ausflug in die Sahara machen." — "Und Euch von den Löwen und Nilpferden fressen lassen!" — "Pshaw! Die Nilpferde sind keine fleischfressenden Tiere und leben nicht in der Wüste." — "Aber die Löwen!" — "Gibt es auch nicht in der wirklichen Sahara. Raubtiere brauchen Wasser." — "Das weiß ich, daß sie keinen Sirup trinken! Es handelt sich hier um noch viel mehr. Nicht wahr, in Algier wird Französisch gesprochen?" — „Ja." — „Versteht Ihr denn das?" — „Ja." — „Und in der Wüste?" — „Arabisch." — „Da wird es aber hapern." — „Nein. Der Professor, der mein Lehrer im Arabischen war, galt für den größten Arabisten Deutschlands." — „Hol Euch der Kuckuck! Euch ist ja von keiner Seite beizukommen! Aber es fällt mir noch etwas ein, was Euch von dieser Reise abbringen wird. Das Geld." — „Ich habe welches." — „Oho!" — „Ja! Auf der Bank liegt noch ein beträchtlicher Rest von meinem Gehalt als Surveyor." — „Reicht denn der?" — „Ja, wenn man keine besonderen Ansprüche macht. Und ich bin ziemlich bedürfnislos, wie Ihr wißt." — „So lauft, lauft, immer lauft in Eure Sahara!" rief er zornig aus. „Kann keinen Menschen begreifen, der dorthin will! Sand, nichts als Sand und Millionen Wüstenflöhe! Könntet es hier viel besser haben. Wir sind geschiedene Leute, denn wer weiß, ob wir uns jemals wiedersehen." — Er lief mit langen raschen Schritten hin und her, brummte allerlei zorniges Zeug und fuhr dazu mit beiden Armen in der Luft herum. Aber seine Gutmütigkeit gewann sehr bald den Sieg. Er blieb vor mir stehen und fragte: „Könnt Ihr den Bärentöter auch in der Wüste brauchen?" — „Ja." — „Und den Stutzen?" — „Den erst recht." — „Da habt Ihr beide, und nun macht, daß Ihr fortkommt! Packt Euch hinaus und laßt Euch niemals wieder bei mir sehen, wenn Ihr nicht hinausgeworfen sein wollt, Ihr — Ihr — — dummer Wüstenesel, Ihr!" — Henry drückte mir die beiden Gewehre in die Hände, riß die Tür auf, schob mich hinaus und riegelte hinter mir ab. Das war so seine Art. Ich ließ ihn gewähren. Aber als ich dann auf die Straße trat, reckte er schon den Kopf zum Fenster heraus und fragte freundlich: „Ihr kommt doch heute abend ein bißchen zu mir?" — „Versteht sich!" — „Well! Werde eine Biersuppe auf der Kaffeemaschine kochen, Euer Leibessen des Abends." — „Und nun trollt Euch fort!" — Damals ahnte ich noch nicht, von welch großem Nutzen mir die beiden Gewehre in meinem späteren Wanderleben sein sollten. Ihnen hatte ich nicht nur meine Berühmtheit als Westmann zum großen Teil zu verdanken, sondern oft auch mein Leben. Und wo immer an den Lagerfeuern zwischen dem Mississippi und dem Felsengebirge von den Taten Winnetous und Old Shatterhands erzählt wurde, da erwähnte man neben der Silberbüchse Winnetous auch den Bärentöter und den Henrystutzen seines weißen Bruders.

2. Old Death

New Orleans, der Hauptort des Parish Orleans im Staat Louisiana, ist die bedeutendste Handelsstadt des Südens der Vereinigten Staaten. Sie liegt etwa 170 km von der Mündung des Mississippi halbmondförmig zwischen dem See Pontchartrain und dem Strom hingebreitet und trägt entschieden südliches Gepräge, besonders in ihren älteren Teilen. Da gibt es schmutzige, enge Straßen, deren Häuser mit Laubenvorbauten und Balkonen versehen sind. Dorthin zieht sich das Leben zurück, das Licht und Tag zu scheuen hat. Da sind alle Gesichtsfarben vom krankhaft gelblichen Weiß bis zum tiefsten Negerschwarz vertreten. Leierkastenmänner, fahrende Sänger und Gitarrespieler vollführen ihre ohrenzerreißenden Leistungen. Männer schreien, Frauen kreischen. Hier zerrt ein zorniger Matrose einen scheltenden Chinesen am Kopf hinter sich her. Dort balgen sich zwei Neger, von einem Kreis lachender Zuschauer umringt. An jener Ecke prallen zwei Packträger zusammen, werfen sofort ihre Lasten ab und schlagen wütend aufeinander los. Ein dritter läuft hinzu, will Frieden stiften und bekommt nun von beiden die Hiebe, die ursprünglich nicht für ihn bestimmt waren. — Einen besseren Eindruck machen die vielen kleinen Vorstädtchen mit ihren freundlichen Landhäusern, die sämtlich von sauberen Gärten umfriedet sind, worin Rosen, Stechpalmen, Oleander, Birnen, Feigen, Pfirsiche, Orangen und Zitronen gedeihen. Dort findet der Mensch die ersehnte Ruhe und Beschaulichkeit, wenn er des Lärms der Stadt müde ist. — Am Hafen geht es am regsten zu. Da wimmelt es von Schiffen und Fahrzeugen aller Art und Größe. Da liegen riesige Wollballen und Fässer aufgestapelt, zwischen denen sich Hunderte von Arbeitern bewegen. Man könnte sich dort auf einen der Baumwollmärkte Ostindiens versetzt denken. — So wanderte ich durch die Stadt und schaute mir die Augen aus nach — — — ja, nach was oder nach wem? Und wie kam ich überhaupt in diese Stadt? Das bedarf der Erklärung.

Ich war von Valparaiso über die Südseeinseln und China[1] nach Ostindien gekommen, als der bedauerliche Tiefstand meiner Reisekasse mich zwang, den heimatlichen Gestaden zuzustreben. Da indes — ich befand mich in Kalkutta — in absehbarer Zeit kein Schiff nach Deutschland in See ging, entschloß ich mich rasch und fuhr mit dem nächsten Dampfer nach New York. Dort würde ich schon Mittel und Wege finden, die es mir ermöglichten, heimzukommen. Um das Kap der Guten Hoffnung — der Suezkanal befand sich noch im Bau — gelangte ich nach fünf Wochen an mein vorläufiges Ziel und stieg in New York an Land. — Am einfachsten wäre es jetzt für mich gewesen, an Henry zu schreiben und von ihm die nötige Summe zu entleihen, um über den ‚großen Teich' zu kommen. Aber Old Shatterhand und jemand anborgen? Wie reimt sich das zusammen? Nein, selbst ist der Mann! Da mußten vorher schon alle anderen Stricke reißen. Und so weit kam es zum Glück nicht. Ich setzte mich also hin und brachte die Erlebnisse meiner letzten Reise zu Papier. Sie fanden sofort Aufnahme in der Sonntagsbeilage der ‚New Yorker Staatszeitung', die schon damals das größte deutsche Blatt in den Staaten war, und ich durfte hoffen, auf diese Weise die zur Heimfahrt nötigen Mittel in kürzester Zeit zusammenzubringen. Da machte ich auf der Redaktion des Blattes die Bekanntschaft des sehr ehrenwerten Mr. Josy Tailor, des Leiters eines damals berühmten Privatdetektiv-Unternehmens. Als er hörte, wer ich war — der Name Old Shatterhand wurde sogar schon in New York genannt —, bot er mir an, in seine Dienste zu treten. Der Reiz der neuen Stellung und noch mehr die Aussicht, meine Menschenkenntnisse zu vertiefen, besiegten die Sehnsucht nach der Heimat: ich sagte auf der Stelle zu. Und ich hatte diesen Schritt nicht zu bereuen. Es gelang mir, durch einige Erfolge

---

[1] Siehe Band 11, „Am Stillen Ozean"

Tailors Vertrauen zu erwerben. Schließlich schenkte er mir sein besonderes Wohlwollen und bedachte mich vorzugsweise mit solchen Aufträgen, die zwar allerlei Mühe und Tatkraft erforderten, aber beim Gelingen eine gute Bezahlung verhießen. — Eines Tages ließ mich Tailor in sein Arbeitszimmer kommen, wo ein älterer, sorgenvoll dreinschauender Herr saß. Bei der Vorstellung wurde er mir als ein Bankherr namens Ohlert bezeichnet, der gekommen sei, sich in einer Familienangelegenheit unseres Beistands zu bedienen. Der Fall war ebenso betrübend für ihn wie für sein Geschäft gefährlich. — Ohlert war deutscher Abstammung und mit einer deutschen Frau verheiratet gewesen. Aus dieser Ehe besaß er ein einziges Kind, einen Sohn, mit Namen William, fünfundzwanzig Jahre alt und unverheiratet, dessen geschäftliche Verfügungen die gleiche Gültigkeit hatten wie die des Vaters. Der Sohn, mehr träumerisch als tatkräftig veranlagt, hatte sich lieber mit wissenschaftlichen und schöngeistigen Büchern als mit dem Hauptbuch beschäftigt und hielt sich nicht nur für einen Gelehrten, sondern auch für einen Dichter. In dieser Überzeugung war er durch die Aufnahme einiger Gedichte in eine der deutschen Zeitungen New Yorks bestärkt worden. Auf irgendeine Weise war William auf den Einfall geraten, ein Trauerspiel zu schreiben, dessen Hauptheld ein wahnsinniger Dichter sein sollte. Zu diesem Zweck hatte er gemeint, den Wahnsinn studieren zu müssen, und hatte sich eine Menge einschlägiger Werke angeschafft. Die schreckliche Folge davon war gewesen, daß er nach und nach in seiner Vorstellung die Rolle dieses Dichters einnahm und nun glaubte, selbst wahnsinnig zu sein. Vor kurzem hatte der Vater einen Arzt kennengelernt, der angeblich die Absicht hatte, eine Privatheilanstalt für Geisteskranke zu gründen. Der Mann wollte lange Zeit Assistent berühmter Irrenärzte gewesen sein und hatte dem Bankherrn ein solches Vertrauen einzuflößen gewußt, daß Ohlert ihn schließlich bat, die Bekanntschaft seines Sohnes zu machen, um zu versuchen, ob sein Umgang auf den Kranken von guter Wirkung sei. — Von diesem Tag an hatte sich eine innige Freundschaft zwischen dem Arzt und dem jungen Ohlert entwickelt, die die ganz unerwartete Folge zeitigte, daß beide — plötzlich verschwanden. Nun erst hatte sich der Bankherr genauer nach dem Arzt erkundigt und erfahren, daß dieser Mann einer jener Kurpfuscher sei, wie sie in den Vereinigten Staaten zu Tausenden ungestört ihr Wesen treiben. — Tailor fragte, wie der angebliche Irrenarzt heiße, und als darauf der Name Gibson und die Wohnung genannt wurden, stellte es sich heraus, daß wir es mit einem alten Bekannten zu tun hatten, mit einem Gauner, den ich bereits wegen einer anderen Angelegenheit einige Zeit lang scharf im Auge gehabt hatte. Ich besaß sogar ein Lichtbild von ihm. Es lag im Büro, und als ich es Ohlert zeigte, erkannte er sofort den zweifelhaften Freund und Arzt seines seelisch erkrankten Sohns. — Dieser Gibson war ein Schwindler ersten Ranges und hatte sich lange Zeit in verschiedenen Eigenschaften in den Staaten und in Mexiko herumgetrieben. Gestern war der Bankherr zu seinem Wirt gegangen und hatte dort erfahren, daß Gibson seine Schuld bezahlt habe und dann abgereist sei, wohin, das wisse niemand. Der Sohn des Bankherrn hatte eine bedeutende Barsumme mitgenommen und heute war von einem befreundeten Bankhaus in Cincinnati die Drahtmeldung eingelaufen, William habe dort fünftausend Dollars erhoben und sei dann nach Louisville weitergereist, um sich von da seine Braut zu holen. Das mit der Braut war Lüge. — Wir hatten alle Ursache, anzunehmen, daß der Arzt den Kranken entführt habe, um sich in den Besitz großer Summen zu setzen. William war den hervorragendsten Geldmännern seines Fachs persönlich bekannt und konnte von ihnen erhalten, soviel ihm beliebte. Infolgedessen galt es, sich des Verführers zu bemächtigen und den Kranken nach Hause zu bringen. Die Lösung dieser Aufgabe wurde mir anvertraut. Ich erhielt die nötigen Vollmachten und Anweisungen, auch ein Lichtbild von William Ohlert, und dampfte zunächst nach Cincinnati ab. Da Gibson mich kannte, nahm ich auch einige Verkleidungsgegenstände mit, um mich gegebenenfalls unkenntlich machen zu können. — In Cincinnati fragte ich bei der betreffenden Bank nach und erfuhr, daß William Ohlert persönlich mit einem Begleiter dort erschienen war. Von da ging es nach Louisville, wo ich in Erfahrung brachte, daß die beiden Fahrkarten nach St. Louis genommen hatten. Ich reiste ihnen nach, fand aber erst nach längerem und angestrengtem Suchen ihre Spur. — Hierbei war mir mein alter Mr. Henry behilflich, den ich selbstverständlich sofort aufsuchte. Er war nicht wenig erstaunt, mich als Detektiv wiederzusehen, und erklärte sich gern bereit, meine beiden Gewehre, die allzu auffällig und mir daher bei der Verfolgung hinderlich waren, bis zu meiner Rückkehr von New Orleans aufzubewahren. Ohlert und Gibson waren nämlich auf einem Mississippidampfer nach New Orleans gefahren, und ich mußte ihnen dorthin folgen. Hätte ich freilich geahnt, welch unerwünschte Ausdehnung die Verfolgung annehmen würde, so hätte ich die Gewehre mitgenommen. — Ohlerts Vater hatte mir ein Verzeichnis der Geschäftshäuser gegeben, mit denen er in Verbindung stand. In Louisville und St. Louis war ich zu den Betreffenden gegangen und hatte ermittelt, daß William bei ihnen gewesen war und Geld erhoben hatte. Das gleiche hatte er auch schon in New Orleans bei zwei Geschäftsfreunden getan. Die übrigen warnte ich und bat sie, sofort zu mir zu schicken, falls er noch käme. — Das war alles, was ich ausrichtete, und nun steckte ich mitten in der Brandung der Menschenwogen, die die Straßen von New Orleans durchfluteten. Um nichts zu versäumen, hatte ich mich an die Polizei gewendet und mußte abwarten, welchen Erfolg die Hilfe dieser Leute haben würde. Damit ich aber nicht ganz untätig blieb, trieb ich mich lange Zeit suchend in dem Gewühl herum — vergeblich. Es war Mittag geworden und sehr heiß. Ich befand mich in der schönen, breiten Common-Street, wo mir das Firmenschild einer deutschen Bierstube auffiel. Ein Schluck Pilsner in dieser Hitze konnte nichts schaden, und so trat ich ein. — Welcher Beliebtheit sich schon damals dieses Bier erfreute, konnte ich aus der Menge der Gäste ermessen, die im Schankraum saßen. Erst nach langem Suchen entdeckte ich einen leeren Stuhl, ganz hinten in der Ecke. Da stand ein kleines Tischchen mit nur zwei Sitzplätzen. Den einen hatte ein Mann inne, dessen Äußeres wohl geeignet war, die Besucher von der Benutzung des zweiten Platzes abzuschrecken. Ich ging trotzdem hin und fragte, ob hier ein Stuhl frei sei. — Über sein Gesicht glitt ein fast mitleidiges Lächeln. Er musterte mich mit prüfendem, beinah verächtlichem Blick. — „Habt Ihr Geld bei Euch, Sir?" erkundigte er sich. — „Gewiß!" erwiderte ich, verwundert über diese Frage. — „So könnt Ihr Eure Zeche auch bezahlen?" — „Ich denke es." — „Well, warum fragt Ihr mich dann, ob Ihr Euch hierhersetzen dürft? Schätze, daß Ihr ein Dutchman[1] seid, ein Greenhorn hierzulande. Der Teufel sollte einen jeden holen, der mich hindern wollte, da Platz zu nehmen, wo es mir gefällt! Setzt Euch getrost nieder, streckt Eure Beine nach Belieben aus und gebt dem, der es Euch verbieten will, eins hinter die Ohren!" — Ich gestehe aufrichtig, daß die Art und Weise dieses Mannes Eindurck auf mich machte. Strenggenommen waren seine Worte beleidigend für mich, und ich hatte das dunkle Gefühl, daß ich sie mir nicht gefallen lassen dürfe und wenigstens einen Versuch der Abwehr machen müsse. Ich setzte mich also und zog die Brauen hoch. — „Wenn Ihr mich für einen German haltet, so habt Ihr das Richtige getroffen, Sir. Die Bezeichnung Dutchman und Greenhorn aber muß ich mir verbitten. Man kann einen Jüngeren belehren und dabei doch höflich sein." — „Pshaw!" meinte er gleichmütig. „Gebt Euch keine Mühe, in Zorn zu geraten. Es würde zu nichts führen! Ich hab's nicht bös mit Euch gemeint und wüßte wirklich nicht, wie Ihr es anfangen wolltet, Euch mir gegenüber aufs hohe Roß zu setzen. Old Death ist nicht der Mann, der sich durch eine Drohung aus seinem Gleichmut bringen läßt."

Old Death! Ah, dieser Mann war Old Death! Ich hatte von dem bekannten, ja berühmten Westmann oft gehört. Sein Ruf lebte an allen Lagerfeuern jenseits des Mississippi und war auch bis in die Städte des Ostens gedrungen. Wenn nur der zehnte Teil dessen, was man von ihm erzählte, auf Wahrheit beruhte, so war er ein Jäger und Pfadfinder, vor dem man den Hut ziehen mußte. Er hatte sich ein ganzes Menschenalter hindurch im Westen herumgetrieben und war trotz der Gefahren, denen er sich ausgesetzt hatte, niemals ernstlich verwundet worden. Deshalb wurde er von abergläubischen Leuten für kugelfest gehalten. — Wie er eigentlich hieß, wußte man nicht. Old Death war sein ‚Kriegsname'; er hatte ihn wegen seiner dürren Gestalt erhalten. Der ‚alte Tod'! Als ich ihn so vor mir sitzen sah, leuchtete es mir ein, wie man darauf gekommen war, ihn so zu nennen.

Der Westmann war sehr lang, und seine weit vorgebeugte Gestalt schien nur aus Haut und Knochen zu bestehen. Die ledernen Hosen schwappten ihm nur so um die Beine. Das ebenfalls lederne Jagdhemd war mit der Zeit so eingeschrumpft, daß ihm die Ärmel nicht viel über den halben Unterarm reichten. Man konnte daran die beiden Knochen, Elle und Speiche, so deutlich unterscheiden wie bei einem Gerippe. Auch die Hände waren die eines Skeletts. — Aus dem Jagdhemd ragte ein langer Totenhals hervor, in dessen Haut der Kehlkopf wie in einem Ledersäckchen hing. Und nun erst der Kopf! Es schienen nicht fünf Lot Fleisch daran zu sein. Die Augen lagen tief in ihren Höhlen, und auf dem Schädel gab es nicht ein einziges Haar. Die schrecklich eingefallenen Augen, die scharfen Kinnladen, die weit hervortretenden Backenknochen, die Stumpfnase mit den großen, aufgerichteten Löchern — wahrhaftig, es war ein Totenkopf, über den man sich entsetzen konnte. — Die langen, dürren Beine des Mannes steckten in stiefelartigen Hüllen, die je aus einem einzigen Stück Pferdeleder geschnitten waren. Daran hatte er riesige

---

[1] Geringschätzender Ausdruck für Deutscher

Sporen geschnallt, deren Räder aus silbernen mexikanischen Pesostücken bestanden. — Neben ihm auf der Erde lag ein Sattel mit vollständigem Zaumzeug, und dabei lehnte eine jener ellenlangen Kentuckybüchsen, die jetzt nur noch äußerst selten zu sehen sind, weil sie den Hinterladern weichen mußten. Im übrigen bestand seine Bewaffnung aus einem Bowiemesser und zwei großen Revolvern, deren Griffe aus dem Gürtel ragten. Dieser Gürtel war ein Lederschlauch von der Form einer sogenannten ‚Geldkatze‘, rundum mit handtellergroßen Indianerskalpen besetzt, die der Alte den besiegten Gegnern vermutlich selber abgenommen hatte. — Der Boardkeeper brachte mir ein Bier. Als ich das Glas an die Lippen setzen wollte, hielt mir der Jäger das seinige entgegen. — „Halt, nicht so eilig, Sir! Wollen vorher anstoßen. Habe gehört, daß es drüben in Eurem Vaterland so Sitte ist." — „Ja, doch nur unter guten Bekannten", entgegnete ich zögernd. — „Ach was!" knurrte er. „Ziert Euch nicht! Jetzt sitzen wir beisammen und haben es nicht nötig, einander, wenn auch nur in Gedanken, die Hälse zu brechen. Stoßt an! Ich bin kein Spion oder Bauernfänger, und Ihr könnt es getrost für eine Viertelstunde mit mir versuchen." — Das klang anders als vorher. Ich berührte also sein Glas mit dem meinigen. — „Was ich von Euch zu halten habe, weiß ich, Sir. Wenn Ihr Old Death seid, so brauche ich nicht zu befürchten, mich bei Euch in schlechter Gesellschaft zu befinden." — „Ihr kennt mich also? Nun, dann kann ich mir jede Erklärung über meine Person sparen. Sprechen wir lieber von Euch! Warum seid Ihr in die Staaten gekommen?" — „Aus dem gleichen Grund, der jeden anderen herüberführt — um mein Glück zu machen", sagte ich, um eine glaubhafte Antwort zu geben. — „Glaube es! Da drüben im alten Europa denken die Leute, man brauche hier nur die Taschen aufzumachen, um die blanken Dollars hineinfliegen zu sehen. Wenn es einmal einem glückt, schreiben alle Zeitungen von ihm. Von den Tausenden aber, die im Kampf mit den Stürmen des Lebens untergehen und spurlos verschwinden, spricht keiner. Habt Ihr denn das Glück gefunden oder befindet Ihr Euch wenigstens auf seiner Fährte?" — „Ich denke, den zweiten Teil Eurer Frage bejahen zu können." — „So schaut nur scharf aus und verliert die Spur nicht wieder! Ich weiß am besten, wie schwer es ist, eine solche Fährte festzuhalten. Vielleicht habt Ihr gehört, daß ich ein erprobter Scout[1] bin, und dennoch bin ich bisher dem Glück vergeblich nachgelaufen. Hundertmal habe ich geglaubt, nur zugreifen zu brauchen, aber sobald ich die Hand danach ausstreckte, verschwand es wie ein castle in the air[2], das nur in der Einbildung des Menschen vorhanden ist." — Old Death hatte das in trübem Ton gesprochen und blickte dann still vor sich nieder. Als ich keine Bemerkung zu seinen Worten machte, sah er nach einer Weile wieder auf. — „Ihr könnt nicht wissen, wie ich zu solchen Reden komme. Die Erklärung ist sehr einfach. Es greift mir immer ein wenig ans Herz, wenn ich einen Deutschen, zumal einen jungen Deutschen sehe, von dem ich mir sagen muß, daß er wohl auch — untergehen wird. Ihr müßt nämlich wissen, daß meine Mutter eine Deutsche war. Von ihr lernte ich ihre Muttersprache, und wenn es Euch beliebt, können wir deutsch sprechen. Sie hat mich bei ihrem Tod auf den

---

[1] Späher, Kundschafter, Pfadfinder   [2] Luftschloß

Punkt gesetzt, von dem aus ich das Glück vor mir liegen sehen konnte. Ich aber hielt mich für klüger und lief in falscher Richtung davon. Sir, seid gescheiter als ich! Es ist Euch anzusehen, daß es Euch gradeso gehen kann wie mir." — „Wirklich? — Wieso?" — „Ihr seid zu fein. Ihr duftet nach Wohlgerüchen. Wenn ein Indianer Euer sorgsam gebürstetes und gekämmtes Haar sähe, würde er vor Schreck tot hinfallen. An Euerm Anzug gibt es kein Fleckchen und kein Stäubchen. Das ist nicht das richtige für einen, der im Westen sein Glück machen will." — „Ich habe keineswegs die Absicht, es gerade dort zu suchen." — „So! Wollt Ihr wohl die Güte haben, mir zu sagen, welchem Stand Ihr angehört?" — „Ich habe studiert", erklärte ich leichthin. — Der alte Westmann sah mir mit einem leichten Lächeln, das bei seinen Totenkopfzügen wie ein höhnisches Grinsen erschien, ins Gesicht und schüttelte den Kopf. — „Studiert? O weh! Darauf bildet Ihr Euch jedenfalls viel ein. Und doch sind grad Leute Eurer Art am wenigsten befähigt, hier in den Staaten ihr Glück zu machen. Ich habe das schon oft erfahren. Habt Ihr denn schon eine Stellung?" — „Ja, in New York." — „Was für eine?" — Es war ein so eigener Ton, in dem er seine Fragen stellte, daß es fast unmöglich schien, ihm die Anwort zu verweigern. Da ich ihm die Wahrheit nicht sagen durfte, suchte ich auszuweichen. — „Ich bin in Diensten eines Bankherrn. In seinem Auftrag befinde ich mich hier." — „Bankherr? Ah! Dann freilich ist Euer Weg viel ebener, als ich gedacht habe. Haltet diesen Posten fest, Sir! Nicht jeder Studierte von drüben findet eine Stellung bei einem amerikanischen Geldmann. Und sogar in New York? Da genießt Ihr ja bereits ein bedeutendes Vertrauen. Man sendet von New York in den Süden nur einen, auf den man sich verlassen kann. Freut mich sehr, daß ich mich in dieser Hinsicht geirrt habe, Sir! Euren Angaben nach ist es jedenfalls ein Geldgeschäft, das Ihr abwickeln sollt?" — „Etwas Ähnliches." — „So! Hm!" — Old Death ließ abermals einen seiner scharf forschenden Blicke über mich hingleiten und lächelte grinsend wie vorher. „Ich glaube, den eigentlichen Grund Eurer Anwesenheit erraten zu können", meinte er dann. — „Das bezweifle ich." — „Habe nichts dagegen, möchte Euch aber einen guten Rat erteilen. Wenn Ihr nicht merken lassen wollt, daß Ihr hierhergekommen seid, jemand zu suchen, so nehmt Eure Augen besser in acht! Ihr habt Euch alle hier im Raum Anwesenden auffällig genau angesehen, und Euer Blick hängt beständig an den Fenstern, um die Vorübergehenden zu beobachten. Ihr sucht also jemand. Habe ich's erraten?" — „Ja, Sir. Ich habe die Absicht, einem zu begegnen, dessen Wohnung ich nicht kenne." — „So wendet Euch an die Hotels!" — „War vergeblich und ebenso vergeblich die Bemühung der Polizei." — Da ging wieder jenes Grinsen, das freundlich sein sollte, über sein Gesicht. Er kicherte vor sich hin und schnippte mit den Fingern. — „Sir, Ihr seid trotzdem ein Greenhorn, ein echtes, richtiges Greenhorn. Nehmt es mir nicht übel, aber es ist wirklich so." — In diesem Augenblick sah ich freilich ein, daß ich zuviel gesagt hatte. Er bestätigte meine Ansicht auch sogleich: „Ihr kommt hierher in einer Angelegenheit, die ‚etwas einem Geldgeschäft Ähnliches' ist, wie Ihr selber erklärtet. Der Mann, auf den sich diese Sache bezieht, wird in Eurem Auftrag von der Polizei gesucht. Ihr selbst lauft in den Straßen und Bierhäusern herum, um ihn zu finden.

Ich müßte nicht Old Death sein, wenn ich nun nicht wüßte, wen ich vor mir habe." — „Nun, wen?" — „Einen Detektiv, einen Privatpolizisten, der eine Aufgabe lösen soll, die mehr familiärer als krimineller Natur ist." — Dieser Mann war wirklich ein Muster von Scharfsinn. Sollte ich zugeben, daß er richtig vermutete? — Nein. Ich wehrte ab. — „Euern Scharfblick in Ehren, Sir, aber diesmal dürftet Ihr Euch doch verrechnet haben." — „Well! Es ist Eure Sache, ob Ihr es zugeben wollt oder nicht. Ich kann und mag Euch nicht zu einem offenen Wort zwingen. Aber wenn Ihr nicht wollt, daß man Euch durchschaut, dürft Ihr Euch nicht so durchsichtig verhalten. Es handelt sich um eine Geldsache. Man hat die Angelegenheit einem Greenhorn anvertraut; man will also schonend verfahren. Folglich ist der Gesuchte ein guter Bekannter oder gar ein Glied der Familie des Geschädigten. Etwas Strafbares ist doch dabei, sonst würde die hiesige Polizei Euch nicht ihre Hilfe zugesagt haben. Vermutlich hat der Betreffende einen Verführer, der ihn ausnützen will. Ja, ja, schaut mich nur an, Sir! Ihr wundert Euch über meine Findigkeit? Nun, ein guter Westmann setzt sich aus zwei Fußstapfen einen ganzen langen Weg zusammen, von hier bis meinetwegen nach Kanada hinein, und es ist selten, daß er sich dabei irrt." — „Ihr entwickelt allerdings eine außerordentliche Einbildungskraft, Sir." — „Pshaw! Leugnet meinetwegen, soviel Ihr wollt! Mir macht es keinen Schaden. Ich bin hier leidlich bekannt und hätte Euch wohl einen guten Rat geben können. Doch wenn Ihr meint, auf eigenem Weg schneller zum Ziel zu gelangen, so ist das zwar recht lobenswert von Euch, ob es aber klug ist, das möchte ich bezweifeln." — Er stand auf und zog einen alten Lederbeutel aus der Tasche, um sein Bier zu bezahlen. Ich glaubte, ihm durch mein Mißtrauen weh getan zu haben, und wollte das wiedergutmachen. — „Es gibt Geschäfte, in die man keinen anderen, am allerwenigsten aber einen Fremden, blicken lassen darf", suchte ich mein Verhalten zu erklären. „Ich habe keineswegs die Absicht gehabt, Euch zu kränken, und denke —" „Ay, ay!" unterbrach er mich, indem er ein Geldstück auf den Tisch legte. „Von einer Beleidigung ist keine Rede. Ich hab's gut mit Euch gemeint, denn Ihr habt etwas an Euch, was mein Wohlwollen erweckt!" — „Vielleicht begegnen wir uns wieder!" — „Schwerlich. Ich gehe heut hinüber nach Texas und will nach Mexiko hinein. Es ist wohl nicht anzunehmen, daß Euer Spaziergang die gleiche Richtung haben wird, und so — — farewell, Sir! Und denkt bei Gelegenheit daran, daß ich Euch ein Greenhorn genannt habe! Von Old Death dürft Ihr das ruhig hinnehmen, denn er verbindet nicht die Absicht der Beleidigung damit, und es kann keinem Neuling Schaden bringen, wenn er ein klein wenig bescheiden von sich denkt." — Old Death setzte den breitkrempigen Sombrero auf, der über ihm an der Wand gehangen hatte, nahm Sattel und Zaumzeug auf den Rücken, griff zu seinem Gewehr und ging. Kaum aber hatte er drei Schritte getan, so drehte er sich schnell wieder um, kam noch einmal zurück und raunte mir zu: „Nichts für ungut, Sir! Ich habe nämlich auch — studiert und denke heute noch mit Vergnügen daran, was für ein eingebildeter Dummkopf ich damals gewesen bin. Good bye!" — Jetzt verließ er die Bierstube endgültig. Ich sah ihm nach, bis seine auffällige Gestalt in der Menschenmenge verschwand. Gern hätte ich ihm gezürnt, brachte es aber nicht fertig. Das Äußere des Mannes hatte eine Art von Mitleid in mir geweckt. Seine Worte waren rauh, aber seine Stimme hatte dabei sanft und eindringlich-wohlmeinend geklungen. Es war ihr anzuhören gewesen, daß er es ernstlich gut mit mir meinte. Er hatte mir trotz seiner Häßlichkeit gefallen. Aber ihn darum in meine Absichten einzuweihen, das wäre nicht nur unvorsichtig, sondern sogar leichtsinnig gewesen, obgleich anderseits anzunehmen war, daß er mir vielleicht einen guten Wink geben konnte. Das Wort Greenhorn hatte ich ihm nicht übelgenommen. Ich war durch Sam Hawkens so daran gewöhnt, daß es mich nicht mehr beleidigen konnte. Ebensowenig hatte ich es für nötig gehalten, ihm zu sagen, daß ich schon einige Male im Westen gewesen war. — Ich legte den Ellbogen auf den Tisch, den Kopf in die Hand und blickte sinnend vor mich nieder. Da wurde die Tür geöffnet, und herein trat — Gibson. — Er blieb am Eingang stehen und musterte die Anwesenden. Als ich annahm, sein Blick müsse auf mich fallen, wandte ich mich ab, der Tür den Rücken zukehrend. Es gab keinen leeren Platz außer dem, den Old Death innegehabt hatte. Gibson mußte also zu mir kommen, wenn er sich setzen wollte. Ich freute mich bereits im stillen über den Schreck, den mein Anblick ihm einjagen würde. — Aber Gibson kam nicht. Ich hörte das Geräusch der Tür, die sich abermals in ihren Angeln drehte, und wandte mich schnell wieder um. Wahrhaftig, er hatte mich erkannt; er floh. Ich sah ihn schnellen Schritts davoneilen. Im Nu hatte ich den Hut auf dem Kopf, warf dem Boardkeeper eine Bezahlung zu und schoß hinaus. Da, rechts, lief Gibson, sichtlich bemüht, sich hinter einer dichten Menschengruppe meinen Blicken zu entziehen. Er drehte sich um, bemerkte mich und verdoppelte seine Hast. Ich folgte mit gleicher Schnelligkeit. Als ich an der Gruppe vorüber war, sah ich ihn in einer Seitengasse verschwinden. Ich kam dort an, als er an ihrem Ende schon wieder um eine Ecke bog. Vorher aber drehte er sich abermals um, zog den Hut und schwenkte ihn gegen mich. Das ärgerte mich, und ich fiel in Trab, ohne zu fragen, ob die Leute über mich lachen würden. Kein Polizist war zu sehen. Privatpersonen um Hilfe zu bitten, wäre vergeblich gewesen; es hätte mir doch keiner beigestanden. — Als ich die Ecke erreichte, sah ich mich auf einem kleinen Platz. Mir zu beiden Seiten standen geschlossene Reihen schlichter Häuser. Gegenüber erblickte ich Villen in prächtigen Gärten. Menschen gab es genug auf dem Platz, aber Gibson bemerkte ich nicht. Er war verschwunden. — An der Tür eines Barbierladens lehnte ein Schwarzer. Er schien schon lange dagestanden zu haben.

Der Flüchtige mußte ihm unbedingt aufgefallen sein. Ich trat zu ihm, griff grüßend an den Hut und fragte ihn, ob er nicht einen weißen Gentleman eilig aus der Gasse habe kommen sehen. Der Neger fletschte mir seine langen, weißen Zähne lachend entgegen. — *"Yes, Sir!* Hab ihn sehn. Laufen sehr schnell, sehr. Ist da hinein." — Er deutete auf eine der kleinen Villen. Ich dankte ihm und beeilte mich, das Häuschen zu erreichen. Die eiserne Pforte des Gartens, worin es stand, war verschlossen, und ich klingelte wohl fünf Minuten lang, bis mir endlich ein Mann, ebenfalls ein Neger, öffnete. Ihm trug ich mein Anliegen vor. Er schlug indessen die Tür vor meiner Nase wieder zu. — "Erst Massa fragen. Ohne Erlaubnis von Massa ich nicht aufmachen." — Er ging, und ich stand wenigstens zehn Minuten lang wie auf Kohlen. Endlich kehrte er mit dem Bescheid zurück: „Nicht aufmachen darf. Massa verboten. Kein Mann heut hereinkommen. Tür zugeschlossen stets. Ihr also schnell fortgehen, denn wenn etwa über Zaun springen, dann Massa sein Hausrecht gebrauchen und mit Revolver schießen." — Da stand ich nun. Was sollte ich tun? Mit Gewalt eindringen durfte ich nicht. Ich war überzeugt, daß der Besitzer in diesem Fall wirklich auf mich geschossen hätte. Der Amerikaner versteht in bezug auf sein Heim und sein Hausrecht keinen Spaß. Es blieb mir nichts anderes übrig, als zur Polizei zu gehen.

Während ich ergrimmt über den Platz zurückschritt, kam ein Junge auf mich zugelaufen. Er hatte ein Stück Papier in der Hand. — „Sir, Sir!" rief er. „Wartet! Ihr sollt mir zehn Cents für diesen Zettel geben." — „Von wem ist er?" — „Von einem Gentleman, der eben da drüben" — er deutete nicht zur Villa, sondern grad in entgegengesetzter Richtung — „aus dem Hause kam. Er zeigte mir Euch und drückte mir dieses Papier in die Hand. Zehn Cents, so bekommt Ihr es." — Ich gab ihm das Geld und erhielt den Zettel. Der Junge sprang davon. Auf dem verwünschten Papier aber, das aus einem Notizbuch gerissen war, stand:

„Mein verehrter Mr. Dutchman!

Seid Ihr etwa meinetwegen nach New Orleans gekommen? Ich vermute das, weil Ihr mir folgt. Ich habe Euch für albern gehalten, für so dumm, mich fangen zu wollen, aber doch nicht. Wer nicht mehr als nur ein halbes Lot Gehirn besitzt, der darf sich so etwas nicht einbilden. Kehrt getrost nach New York zurück und grüßt Mr. Ohlert von mir! Ich habe dafür gesorgt, daß er mich nicht vergißt, und hoffe, daß auch Ihr zuweilen an unsere heutige Begegnung denkt, die nicht sehr ruhmvoll für Euch verlaufen ist.
Gibson."

Man kann sich denken, welches Entzücken ich empfand, als ich diesen liebenswürdigen Herzenserguß las. Ich knüllte den Zettel zusammen, steckte ihn in die Tasche und ging weiter. Es war möglich, daß ich von Gibson heimlich beobachtet wurde, und ich wollte dem Schuft nicht die Genugtuung bereiten, mich in Verlegenheit zu sehen. — Dabei blickte ich forschend über den Platz. Der Neger war vom Barbierladen verschwunden. Den Jungen konnte ich ebenfalls nicht mehr entdecken und nach Gibson fragen. Er hatte jedenfalls die Weisung erhalten, sich schnell davonzumachen.

Während ich wegen des Einlasses in die Villa unterhandelte, hatte Gibson Zeit gefunden, mir in aller Gemütlichkeit einen Brief von mehreren Zeilen zu schreiben. Der Neger hatte mich genarrt, Gibson lachte mich ohne Zweifel aus, und der Junge hatte eine Miene gemacht, aus der ich ersehen konnte, daß er wußte, ich sollte geprellt werden. Das alles war bezeichnend für die hiesigen Zustände. — Ich befand mich in ärgerlicher Stimmung, denn ich war genasführt und durfte auf der Polizei nicht einmal erwähnen, daß ich Gibson begegnet war, wenn ich mich nicht auch hier noch auslachen lassen wollte. So ging ich still davon. — Ohne den freien Platz wieder zu betreten, durchsuchte ich die einmündenden Gassen, freilich erfolglos, denn es war klar, daß Gibson ein für ihn so gefährliches Stadtviertel schleunigst verlassen hatte. Es war sogar zu vermuten, daß er die erste Gelegenheit benutzen würde, aus New Orleans fortzukommen. — Auf diesen Gedanken kam ich, obwohl mein Gehirn nur ein halbes Lot wiegen sollte, und begab mich infolgedessen zu dem Platz, wo die heute abgehenden Schiffe lagen. Zwei Schutzleute in Zivil unterstützten mich — auch vergeblich. Der Ärger, so übertölpelt worden zu sein, ließ mich nicht ruhen, und ich durchwanderte, in alle möglichen Gaststätten und Kneipen blickend, bis in die späte Nacht hinein die Straßen. Als ich mich endlich ermüdet fühlte, ging ich in mein Lodging-House und legte mich nieder. — Der Traum versetzte mich in ein Irrenhaus. Dutzende von Wahnsinnigen, die sich für Dichter hielten, streckten mir ihre dickleibigen Machwerke entgegen, die ich durchlesen sollte. Es waren lauter Trauerspiele, die einen verrückten Dichter zum Haupthelden hatten. Ich mußte lesen und lesen, denn Gibson stand mit dem Revolver neben mir und drohte, mich sofort zu erschießen, wenn ich nur einen Augenblick innehielt. So las und las ich, daß mir der Schweiß von der Stirn lief. Um ihn abzutrocknen, zog ich mein Taschentuch, hielt eine Sekunde lang mit dem Lesen inne und — wurde von Gibson erschossen! — Das Krachen des Schusses weckte mich, denn es war ein wirkliches Krachen gewesen. Ich hatte mich vor Aufregung im Bette hin und her geworfen und in der Absicht, Gibson den Revolver aus der Hand zu schlagen, die Lampe vom Nachttischchen gestoßen. Sie wurde mir am Morgen mit nur acht Dollar angerechnet. — Völlig in Schweiß gebadet, erwachte ich. Ich trank meinen Tee und fuhr dann hinaus zum herrlichen See Pontchartrain, wo ich ein Bad nahm, das mich erfrischte. Hierauf begab ich mich von neuem auf die Suche. Dabei kam ich wieder zu der deutschen Bierstube, wo ich gestern Old Death getroffen hatte. Ich ging hinein, und zwar ohne je eine Ahnung, hier eine Spur der Gesuchten finden zu können. Der Raum war in diesem Augenblick nicht so besetzt wie am vergangenen Tag. Gestern war keine Zeitung zu bekommen gewesen. Heut lagen mehrere Blätter unbenutzt auf den Tischen, und ich ergriff das erste beste. Es war die bereits damals in New Orleans erscheinende ‚Deutsche Zeitung', die noch heute besteht.

Gedankenlos schlug ich das Blatt auf, und das erste, was mir auffiel, war ein Gedicht. Gedichte lese ich bei der Durchsicht einer Zeitung entweder zuletzt oder lieber gar nicht. Die Überschrift glich der eines Schauerromans. Das stieß mich ab. Sie lautete: ‚Die fürchterliche Nacht.' Schon wollte ich die Seite umwenden, als mein Auge auf die beiden Buchstaben fiel, mit denen das Gedicht unterzeichnet war: ‚W. O.' Das waren ja die Anfangsbuchstaben des Namens William Ohlert! Der Name hatte mir in letzter Zeit so unausgesetzt im Sinn gelegen, daß es nicht wundernehmen kann, wenn ich ihn in Beziehung zu diesen Buchstaben brachte. Der junge Ohlert hielt sich ja für einen Dichter. Sollte er seinen Aufenthalt in New Orleans dazu benutzt haben, eine Reimerei an die Öffentlichkeit zu bringen? Vielleicht war der Druck so schnell erfolgt, weil er die Aufnahme bezahlt hatte. Bewahrheitete sich meine Vermutung, so konnte ich durch dieses Gedicht auf die Spur der Gesuchten gebracht werden. Ich las also:

Kennst du die Nacht, die auf die Erde sinkt
  bei hohlem Wind und schwerem Regenfall,
die Nacht, in der kein Stern vom Himmel blinkt,
  kein Aug' durchdringt des Wetters dichten Wall?
So finster diese Nacht, sie hat doch einen Morgen;
  o lege dich zur Ruh, und schlafe ohne Sorgen!

Kennst du die Nacht, die auf das Leben sinkt,
  wenn dich der Tod aufs letzte Lager streckt
  und nah der Ruf der Ewigkeit erklingt,
  daß dir der Puls in allen Adern schreckt?
So finster diese Nacht, sie hat doch einen Morgen;
  o lege dich zur Ruh, und schlafe ohne Sorgen!

Kennst du die Nacht, die auf den Geist dir sinkt,
  daß er vergebens nach Erlösung schreit,
die schlangengleich sich um die Seele schlingt
  und tausend Teufel ins Gehirn dir speit?
O halte fern dich ihr in wachen Sorgen,
  denn diese Nacht allein hat keinen Morgen!

W. O.

Ich gestehe, daß mich das Gedicht tief ergriff. Mochte es als dichterische Leistung wertlos sein, es enthielt doch den Entsetzensschrei eines begabten Menschen, der vergebens gegen die finsteren Gewalten des Wahnsinns ankämpft und fühlt, daß er ihnen rettungslos verfallen ist. Doch schnell überwand ich meine Rührung, denn ich mußte handeln. Ich hatte die Überzeugung, daß William Ohlert der Verfasser dieses Gedichts sei, suchte die Anschrift des Herausgebers der Zeitung und begab mich hin. — Geschäftsstelle und Schriftleitung befanden sich im gleichen Haus. In der Geschäftsstelle kaufte ich mir einige Nummern der Zeitung und ließ mich sodann bei der Schriftleitung melden. Hier erfuhr ich, daß ich richtig vermutet hatte. Ein gewisser William Ohlert hatte das Gedicht am Tag vorher persönlich gebracht und um schleunige Aufnahme gebeten. Da sich der Schriftleiter zunächst ablehnend verhielt, hatte der Dichter zehn Dollar hinterlegt mit der Bedingung, daß seine Verse in der heutigen Nummer erscheinen sollten und ihm ein Abzug zuzuschicken sei. Sein Benehmen sei sehr anständig gewesen, hieß es in dem Bericht, den man mir gab, doch habe er ein wenig verstört dreingeschaut und wiederholt erklärt, das Gedicht sei mit seinem Herzblut geschrieben — übrigens eine Redensart, deren sich begabte und unbegabte Dichter und Schriftsteller gern zu bedienen pflegen. Wegen der Zusendung des Abzugs hatte er seine Anschrift angeben müssen. Er wohnte in einem als fein und teuer bekannten Privatkosthaus in einer Straße des neueren Stadtteils. — Dorthin verfügte ich mich, nachdem ich mich in meiner Wohnung unkenntlich gemacht hatte. Vorsichtshalber holte ich mir zwei Polizisten, die sich vor der Tür des betreffenden Kosthauses aufstellen sollten. — Ich war so ziemlich überzeugt, daß mir die Festnahme des gesuchten Spitzbuben und seines Opfers gelingen werde, und in recht gehobener Stimmung zog ich die Hausglocke, über der auf einem Messingschild zu lesen

war: ‚*First class boarding establishment for Ladies and Gentlemen'*.
Ich befand mich also am richtigen Ort. Haus und Unternehmen waren
Eigentum einer Dame. Der Pförtner öffnete, fragte nach meinem Begehr und erhielt den Auftrag, mich bei der Dame zu melden. Dabei
übergab ich ihm eine Besuchskarte, die freilich nicht auf meinen
richtigen Namen lautete. Ich wurde ins Sprechzimmer geführt und
brauchte hier nicht lang auf die Lady zu warten. — Sie war eine
gut gekleidete, behäbig aussehende Dame von ungefähr fünfzig
Jahren. Wie es schien, hatte sie einen kleinen Schuß von schwarzem
Blut in den Adern, wie ihr gekräuseltes Haar und eine leichte Färbung ihrer Nägel vermuten ließen. Sie machte trotzdem den Eindruck einer Frau von Gemüt und empfing mich mit großer Höflichkeit. — Ich stellte mich ihr als Schriftleiter des Unterhaltungsteils
der ‚Deutschen Zeitung' vor, zeigte ihr das betreffende Blatt und gab
an, daß ich den Verfasser jenes Gedichts sprechen müsse. Es habe
solchen Anklang gefunden, daß ich ihm Bezahlung und neue Aufträge
bringen wolle. — Sie hörte mich ruhig an, betrachtete mich aufmerksam und sagte dann: „Also ein Gedicht hat Mr. Ohlert bei Euch
drucken lassen? Wie hübsch! Schade, daß ich nicht Deutsch verstehe,
sonst würde ich Euch bitten, es mir vorzulesen. Ist es gut?" — „Ausgezeichnet, Madam! Ich hatte bereits die Ehre, Euch zu sagen, daß es
sehr gefallen hat." — „Das freut mich. Mr. Ohlert hat den Eindruck
eines feingebildeten Mannes, eines wahrhaften Gentleman auf mich
gemacht. Leider sprach er nicht viel und verkehrte mit niemand. Er
ist nur ein einziges Mal ausgegangen, jedenfalls als er Euch das
Gedicht brachte." — „Wirklich? Ich entnahm aus der kurzen Unterhaltung, die ich mit ihm hatte, daß er hier Gelder erhoben hat. Er
muß also öfters ausgegangen sein." — „So ist es während meiner
Abwesenheit geschehen, oder sein Sekretär hat diese geschäftlichen
Dinge abgemacht." — „Mr. Ohlert hat einen Sekretär? Davon sprach
er nicht. Er muß also ein gutgestellter Mann sein." — „Gewiß, er
zahlte gut und speiste aufs feinste. Sein Sekretär, Mr. Clinton, führte
die Kasse." — „Clinton! Ah, wenn dieser Sekretär Clinton heißt, so
muß ich ihn im Club getroffen haben. Er stammt aus New York oder
kommt wenigstens von dort und ist ein vorzüglicher Gesellschafter.
Wir trafen uns gestern zur Mittagszeit —" — „Das stimmt", fiel sie
ein. „Da war er ausgegangen." — „— und fanden", fuhr ich fort, „ein
solches Wohlgefallen aneinander, daß er mir sein Lichtbild verehrte.
Hier ist es." — Ich zeigte ihr Gibsons Bild, das ich immer bei mir
trug. — „Richtig, das ist Mr. Clinton", sagte die Lady, als sie einen
Blick darauf geworfen hatte. „Leider werdet Ihr ihn nicht so bald
wiedersehen, und von Mr. Ohlert werdet Ihr kein weiteres Gedicht
erhalten können. Sie sind beide abgereist." — Ich erschrak, faßte
mich indessen schnell. — „Das tut mir aufrichtig leid. Der Einfall,
abzureisen, muß ihnen plötzlich gekommen sein?" — „Allerdings. Es
ist eine rührende Geschichte. Mr. Ohlert sprach nicht davon, denn
niemand greift gern in die eigenen Wunden, aber sein Sekretär hat
sie mir unter dem Siegel der Verschwiegenheit mitgeteilt. Ihr müßt
nämlich wissen, daß ich mich stets des besonderen Vertrauens meiner
Gäste erfreue." — „Das glaube ich Euch, Madam. Eure feinen und
zarten Umgangsformen lassen das als natürlich erscheinen", flunkerte ich mit der größten Unverfrorenheit. — „O bitte!" meinte sie

geschmeichelt. „Die Geschichte hat mich fast zu Tränen gerührt, und ich freue mich, daß es dem unglücklichen Mann gelungen ist, noch zur rechten Zeit zu entkommen." — „Entkommen? Das klingt ja fast so, als würde Mr. Ohlert verfolgt?" — „Das ist auch wirklich der Fall." — „Ah! Wie spannend! Ein so hochbegabter, geistvoller Dichter und verfolgt! In meiner Eigenschaft als Schriftleiter, gewissermaßen als Berufsgenosse des Unglücklichen, brenne ich vor Verlangen, Näheres darüber zu hören. Die Zeitungen stellen eine bedeutende Macht dar. Vielleicht wäre es mir möglich, mich seiner in einem Aufsatz anzunehmen. Wie schade, daß Euch diese Geschichte nur unter dem Siegel der Verschwiegenheit mitgeteilt wurde!" — Ihre Wangen röteten sich. Sie zog ein nicht ganz reines Taschentuch, um es im Bedarfsfall sofort bei der Hand zu haben. — „Zu dieser Verschwiegenheit, Sir, fühle ich mich jetzt nicht mehr verpflichtet, da die Herren abgereist sind. Ich weiß, daß man das Zeitungswesen eine Großmacht nennt, und wäre glücklich, wenn Ihr dem armen Dichter zu seinem Recht verhelfen könntet." — „Was in meinen Kräften steht, soll gern geschehen. Nur müßte ich dazu über die näheren Verhältnisse unterrichtet sein." — „Das werdet Ihr", versicherte die Dame eifrig, „denn mein Herz gebietet mir, Euch alles mitzuteilen. Es handelt sich nämlich um eine ebenso treue, wie unglückliche Liebe."

„Das habe ich mir gedacht, Madam, denn eine unglückliche Liebe ist das größte, herzzerreißendste, überwältigendste Leid, das ich kenne." — Das beteuerte ich, obwohl ich von Liebe noch keine blasse Ahnung hatte. — „Wie seelenverwandt Ihr mir mit diesem Ausspruch seid, Sir! Habt auch Ihr dieses Leid empfunden?" — „Noch nicht, Madam." — „So seid Ihr ein glücklicher Mann. Ich habe es ausgekostet fast bis zum Sterben. Meine Mutter war eine Mulattin. Ich verlobte mich mit dem Sohn eines französischen Pflanzers, also mit einem Kreolen. Unser Glück wurde zerrissen, weil der Vater meines Bräutigams keine *coloured lady* in seine Familie aufnehmen wollte. Wie sehr muß ich also mit dem bedauernswerten Dichter fühlen, da er aus dem gleichen Grund unglücklich werden soll!" — „Aha, Mr. Ohlert liebt eine Farbige?" — „Ja, eine Mulattin. Der Vater hat Einspruch dagegen erhoben und sich schlauerweise in den Besitz einer Erklärung gesetzt, worin das Mädchen schriftlich versichert, daß es auf das Glück der Vereinigung mit William Ohlert verzichtet."

„Welch ein Rabenvater!" rief ich scheinbar erbittert aus, was mir einen wohlwollenden Blick der Dame eintrug. — Sie nahm sich das, was Gibson ihr weisgemacht hatte, mächtig zu Herzen. Gewiß hatte ihm die redselige Lady von ihrer einstigen Liebe erzählt, und er war mit einem Märchen bei der Hand gewesen, wodurch es ihm gelang, ihr Mitgefühl zu erregen und die Plötzlichkeit seiner Abreise zu erklären. Die Mitteilung, daß sich der Schwindler jetzt Clinton nenne, war mir dabei von Wichtigkeit. — „Ja, ein wahrer Rabenvater!" stimmte sie bei. „William aber hat der Geliebten die Treue bewahrt und ist mit ihr hierher geflohen, wo er sie in Pension gegeben hat."

„So verstehe ich nicht, weshalb er New Orleans verließ." — „Weil sein Verfolger hier angekommen ist." — „Der Vater läßt ihn verfolgen?" — „Ja, durch einen Deutschen. O diese Deutschen! Ich hasse sie. Man nennt sie das Volk der Denker, aber lieben können sie nicht. Dieser erbärmliche Deutsche hat die Unglücklichen, mit einem Haftbefehl in der Hand, von Stadt zu Stadt bis hierher gejagt. Er ist nämlich Detektiv. Er soll William ergreifen und nach New York zurückbringen." — „Hat Euch Mr. Clinton diesen Wüterich beschrieben?" fragte ich, gespannt auf weitere Mitteilungen über mich selbst. — „Sehr genau, denn es ist anzunehmen, daß dieser Barbar die Wohnung Mr. Ohlerts entdecken und zu mir kommen wird. Aber ich werde ihn empfangen! Ich habe mir schon jedes Wort überlegt, das ich zu ihm sagen werde. Er soll nicht erfahren, wohin sich Mr. Ohlert gewendet hat. Ich werde ihn grad in die entgegengesetzte Richtung schicken."

Die gute Frau beschrieb nun diesen ‚Barbaren' und nannte auch seinen Namen. Es war der meinige, und die Beschreibung stimmte, wenn sie auch in einer wenig schmeichelhaften Weise vorgetragen wurde. — „Ich erwarte ihn jeden Augenblick", fuhr sie fort. „Als Ihr mir gemeldet wurdet, glaubte ich schon, er sei es. Aber ich hatte mich glücklicherweise getäuscht. Ihr seid nicht der Verfolger der Liebenden, dieser Räuber süßesten Glücks, dieser Abgrund von Unrecht und Verrat. Euren treuherzigen Augen sieht man es an, daß Ihr in Eurer Zeitung einen Aufsatz bringen werdet, um den Deutschen niederzuschmettern und die von ihm Gejagten in Schutz zu nehmen."

„Wenn ich das tun soll, möchte ich vor allem erfahren, wo sich William Ohlert befindet. Ich muß ihm jedenfalls schreiben. Hoffentlich seid Ihr über seinen gegenwärtigen Aufenthalt unterrichtet?" — „Wohin er gereist ist, das weiß ich allerdings; doch ich kann nicht sagen, ob er noch dort weilt, wenn Euer Brief ankommt. Diesen Deutschen hätte ich nach Nordwesten geschickt. Euch aber sage ich, daß William Ohlert nach Texas gereist ist. Er beabsichtigt, nach Mexiko zu fliehen und in Vera Cruz zu landen. Leider war dorthin kein Schiff zu haben, das sofort die Anker lichtete. Die Gefahr drängte zur großen Eile, und so fuhr er mit dem ‚Delphin', der nach Quintana bestimmt war." — „Wißt Ihr das genau?" — „Ganz sicher. Mr. Ohlert mußte sich beeilen. Es war gerade noch Zeit, das Gepäck an Bord zu bringen. Mein Hausmeister hat das besorgt und ist an Deck gewesen. Dort sprach er mit den Matrosen und erfuhr, daß der ‚Delphin' wirklich nur bis Quintana gehe, vorher aber noch in Galveston anlegen werde." — „Und Mr. Ohlerts Sekretär und die Miß sind auch mitgereist?" — „Gewiß. Der Hausmeister hat die Dame freilich nicht gesehen, da sie sich in die Damenkajüte zurückgezogen hatte. Er hat auch nicht nach ihr gefragt, denn meine Bediensteten sind gewöhnt, rücksichtsvoll zu sein. Aber es ist klar, daß William seine Braut nicht zurücklassen und der Gefahr aussetzen wird, von dem deutschen Wüterich ergriffen zu werden. Ich freue mich eigentlich auf seine Ankunft bei mir. Es wird einen spannenden Auftritt geben. Zunächst werde ich versuchen, sein Herz zu rühren, und dann, wenn mir das nicht gelingt, werde ich ihm meine Donnerworte ins Gesicht schleudern und in einer Weise mit ihm sprechen, daß er sich unter meiner Verachtung förmlich krümmen muß." — Die gute Frau befand sich wirklich in Aufregung. Sie hatte die Angelegenheit Ohlerts zu der ihren gemacht. Jetzt war sie von ihrem Sessel aufgestanden und ballte die kleinen, fleischigen Fäuste drohend gegen die Tür. — „Ja, komm nur, komm nur, du teuflischer Dutchman! Meine Blicke sollen dich durchbohren und meine Worte dich zerschmettern!" — Ich hatte nun genug gehört und konnte gehen. Ein anderer an meiner Stelle hätte das wohl auch getan und die Genarrte einfach in ihrem Irrtum gelassen. Ich aber sagte mir, es sei meine Pflicht, sie aufzuklären. Sie sollte nicht länger einen Schurken für einen ehrlichen Menschen halten. Sie sollte auch von ihrem Vorurteil gegen die Deutschen bekehrt werden. Das war ich meinem Vaterland schuldig. — „Ich glaube nicht, daß Ihr Gelegenheit haben werdet, ihm Eure Blicke und Worte so niederschmetternd entgegenzuschleudern", warf ich ein. — „Warum?"

„Weil der Deutsche die Sache wohl anders anfangen wird, als Ihr meint. Auch wird es Euch nicht gelingen, ihn nach Nordwesten zu schicken. Er wird vielmehr geradewegs nach Quintana fahren, um sich Williams und seines sogenannten Sekretärs zu bemächtigen."

„Er kennt ja ihren Aufenthalt nicht!" — „O doch, denn Ihr selbst habt ihm alles mitgeteilt." — „Ich? Unmöglich? Das müßte ich doch wissen! Wann soll das geschehen sein?" — „Soeben. Erlaubt mir eine kleine Veränderung meines Äußeren!" — Bei diesen Worten nahm ich die dunkle Perücke, den Vollbart und auch die Brille ab. Die Dame trat erschrocken zurück. — „Um Gottes willen!" rief sie aus. „Ihr seid nicht ein Zeitungsmann, sondern jener Deutsche! Ihr habt mich getäuscht!" — „Ich mußte das tun, weil man Euch vorher betrogen hatte. Die Geschichte mit der Mulattin ist von Anfang bis Ende erlogen. Man hat mit Eurem guten Herzen Mißbrauch und Spott getrieben. Clinton ist gar nicht der Sekretär Williams. Er heißt in Wahrheit Gibson und ist ein gefährlicher Betrüger, den ich allerdings unschädlich machen muß." — Die Dame sank wie ohnmächtig auf den Sessel nieder. — „Nein, nein! Das ist unmöglich! Dieser liebe, freundliche, prächtige Mann kann kein Betrüger sein. Ich glaube Euch nicht." — „Madam, Ihr werdet mir glauben, sobald Ihr mich angehört habt. Laßt mich erzählen!" — Ich unterrichtete sie über den wirklichen Stand der Angelegenheit und hatte den Erfolg, daß sich ihre bisherige gute Meinung über den ‚lieben, freundlichen, prächtigen' Sekretär in den heftigsten Zorn verwandelte. Sie sah ein, daß sie schmählich belogen worden war, und äußerte schließlich sogar ihre Billigung darüber, daß ich sie in Verkleidung aufgesucht hatte. — „Es würde mich freuen", schloß ich meine Ausführungen, „von Euch vernehmen zu können, daß Ihr die Deutschen nicht länger für Barbaren haltet. Es hat mich geschmerzt, meine Landsleute von Euch verkannt zu sehen." — Wir schieden in Frieden voneinander, und ich sagte den beiden Polizisten vor dem Haus, daß die Angelegenheit erledigt sei. Dann drückte ich ihnen ein Trinkgeld in die Hände und eilte fort. — Nach dem, was ich erfahren hatte, mußte ich jetzt möglichst schnell nach Quintana und suchte zunächst nach einem Schiff dorthin. Das Glück war mir aber nicht günstig. Ein Dampfer lag bereit, nach Tampico zu gehen, legte jedoch auf der Überfahrt nirgends an. Schiffe, die mich nach Quintana gebracht hätten, waren erst in einigen Tagen fällig. — Endlich fand ich einen schnellsegelnden Klipper, der Ladung für Galveston hatte und nach Mittag die Anker lichten wollte. Mit ihm konnte ich fahren, in Galveston hoffte ich, schnelle Reisemöglichkeit nach Quintana zu ermitteln. Ich ordnete rasch meine Angelegenheiten und begab mich an Bord. — Leider sollte meine Erwartung, in Galveston ein Schiff nach Quintana zu finden, nicht zutreffen. Es bot sich eine Gelegenheit über dieses Ziel hinaus, nach Matagorda, am Ausfluß des östlichen Colorado. Doch wurde mir versichert, daß es mir leicht sein werde, von dort schnell nach Quintana zurückzukommen. Das veranlaßte mich, dieses Schiff zu benutzen, und die Folge zeigte, daß ich es nicht zu bereuen hatte.

3. Ein unverhofftes Wiedersehen

Damals war die Aufmerksamkeit der Regierung in Washington nach Süden gerichtet, nach Mexiko. Es war die Zeit, in der jenes Land noch unter den blutigen Wirren des Kampfes zwischen der Republik und dem Kaisertum litt. — Benito Juarez[1] war von den Vereinigten Staaten als Präsident der Republik Mexiko anerkannt worden, und die Staaten weigerten sich entschieden, ihn gegen Maximilian fallen zu lassen. Sie betrachteten den Kaiser nach wie vor als fremden Eindringling und begannen auf Napoleon III. jenen Druck auszuüben, der ihn dann veranlaßte, seine Truppen aus Mexiko zurückzuziehen.

Texas hatte sich beim Ausbruch des Bürgerkriegs für die ‚Sezession[2]' erklärt und sich damit auf die Seite der Sklavenstaaten gestellt. Deren Niederwerfung hatte keineswegs eine schnelle Beruhigung der Bevölkerung zur Folge. Man war erbittert gegen den Norden und verhielt sich infolgedessen feindselig gegen seine Politik. Eigentlich waren die Bewohner von Texas gut republikanisch gesinnt. Man schwärmte für Juarez, den ‚indianischen Helden', der sich nicht gescheut hatte, es mit Napoleon und einem Sprossen des mächtigen Hauses Habsburg aufzunehmen. Aber weil es die Regierung von Washington mit diesem ‚Helden' hielt, verschwor man sich im stillen gegen ihn. So ging ein tiefer Riß durch die Bevölkerung von Texas. Die einen traten offen für Juarez auf, die anderen erklärten sich gegen ihn, nicht aus Überzeugung, sondern aus Abneigung gegen die Nordstaaten. Infolge dieses Zwiespalts war es nicht leicht, durch das Land zu reisen. Alle Vorsicht des einzelnen, seine politische Farbe zu verbergen, war vergeblich. Man wurde förmlich gezwungen, damit hervorzutreten. — Die in Texas ansässigen Deutschen waren in sich selber uneins. Als Deutsche neigten sie zu Maximilian, anderseits aber war er wieder nicht ihr Mann, weil er unter dem Schild Napoleons nach Mexiko gekommen war. Sie hatten genug republikanische Luft eingeatmet, um zu fühlen, daß der Einfall der Franzosen ins Land Montezumas unberechtigt war und nur den Zweck verfolgte, durch Auffrischung der französischen ‚gloire' den Blick der Franzosen von Mißständen in der Heimat abzulenken. Aus diesem Grund verhielten sich die Deutschen schweigend und standen jeder politischen Kundgebung fern, zumal sie es während des Sezessionskriegs mit den Nordstaaten gegen die Sklavenbarone gehalten hatten. — So lagen die Verhältnisse, als wir die flache, langgestreckte Nehrung zu Gesicht bekamen, die die Matagorda-Bai vom mexikanischen Golf trennte. Wir segelten durch den Paso Caballo ein, mußten dann aber schnell

---

[1] Sprich: benito chuáres
[2] Die von den Südstaaten Nordamerikas veranlaßte Trennung zwischen Süden und Norden der Vereinigten Staaten, daher auch Bezeichnung für die Südstaaten selbst, die für die Beibehaltung der Sklaverei eintraten.

die Anker fallen lassen, da die Bai so seicht ist, daß tiefergehende Schiffe Gefahr laufen, auf Grund zu geraten. — Hinter der Nehrung ankerten kleinere Fahrzeuge, vor ihr in See mehrere große Schiffe, Dreimaster und auch ein Dampfer. Ich ließ mich sofort nach Matagorda rudern, um mich zu erkundigen, ob es bald eine Gelegenheit nach Quintana gebe. Leider hörte ich, daß erst nach Verlauf von zwei Tagen ein Schoner dorthin fahren würde. Ich saß also fest und ärgerte mich, denn Gibson erhielt nun voraussichtlich einen Vorsprung von vier Tagen, den er benutzen konnte, spurlos zu verschwinden. Ich hatte nur den einen Trost, alles getan zu haben, was unter den obwaltenden Verhältnissen möglich war. — Da mir nichts anderes übrigblieb, als geduldig zu warten, suchte ich mir ein Gasthaus und ließ mein Gepäck vom Schiff holen. — Matagorda war damals ein kleinerer Ort als jetzt. Es liegt im östlichen Teil der Bai und ist ein Hafenplatz von weit geringerer Bedeutung als zum Beispiel Galveston. Wie überall in Texas, so besteht auch hier die Küste aus einer ungesunden Niederung, die zwar nicht morastig, aber doch sehr wasserreich ist. Man kann sich da leicht das Fieber holen, und so war es mir nicht lieb, hier lange verweilen zu müssen. — Mein ‚Hotel' glich einem deutschen Gasthof dritten oder vierten Rangs, mein Zimmer einer Schiffskajüte, und das Bett war so kurz, daß ich beim Schlafen entweder den Kopf oder die Beine hinaushängen lassen mußte. — Nachdem meine Sachen untergebracht waren, ging ich aus, um mir den Ort anzusehen. Wenn ich aus meiner Stube trat, mußte ich, um zur Treppe zu gelangen, an einer Tür vorüber, die gerade offen stand. Ich warf einen Blick in den Raum und bemerkte, daß er genauso wie der meinige ausgestattet war. An der Wand lag ein Sattel auf dem Boden und darüber hing ein Zaum. In der Ecke, nahe beim Fenster, lehnte eine lange Kentuckybüchse. Ich mußte unwillkürlich an Old Death denken, doch konnten diese Gegenstände auch einem anderen gehören. — Dann schlenderte ich langsam die Gasse hinab. Als ich um eine Ecke biegen wollte, wurde ich von einem Mann angerannt, der von der anderen Seite kam und mich nicht gesehen hatte. — „Good heavens!" schrie er mich an. „Paßt doch auf, Sir, bevor Ihr derart um die Ecken stürmt!" — „Wenn Ihr meinen Schneckengang für ein Stürmen haltet, so ist die Auster ein Mississippisteamer", entgegnete ich lachend. — Beim Klang meiner Stimme fuhr der andere einen Schritt zurück. — „Sehe ich recht?" rief er. „Das ist ja der deutsche Greenfish, der nicht zugeben will, daß er ein Detektiv ist! Was habt Ihr denn hier in Texas und gar in Matagorda zu suchen, Sir!" — „Euch nicht, Mr. Death!" — „Glaub's wohl! Ihr scheint zu den Leuten zu gehören, die niemals finden, was sie suchen, dafür aber mit allen Leuten zusammenrennen, mit denen sie nichts zu schaffen haben. Jedenfalls habt Ihr Hunger und Durst. Kommt, wir wollen uns irgendwo vor Anker legen, wo es ein gutes Bier zu trinken gibt! Euer deutsches Lagerbier scheint sich überall breitzumachen. In diesem elenden Nest ist es auch schon zu finden, und ich schätze, daß dieses Bier das Beste ist, was man von euch haben kann. Habt Ihr schon ein Unterkommen?" — „Ja, da unten im ‚Uncle Sam'." — „Sehr schön! Da habe auch ich meinen Wigwam aufgeschlagen." — „Etwa in der Stube, wo ich ein Reitzeug und die Büchse bemerkte, eine Treppe hoch?" — „Stimmt!" grinste er. „Ihr müßt nämlich wissen, daß ich von diesem Zeug nicht lasse. Es ist mir liebgeworden. Ein Pferd ist überall zu haben, ein guter Sattel nicht. Aber kommt, Sir! Soeben war ich in einer Bude, wo es ein kühles Bier gibt, an diesem Junitag ein wahres Labsal. Bin gern bereit, noch eins oder noch einige zu trinken." — Der Alte führte mich in eine kleine Kneipe, wo Flaschenbier zu einem hohen Preis ausgeschenkt wurde. Wir waren die einzigen Gäste. Ich bot ihm eine Zigarre an. Er lehnte sie aber ab. Dafür zog er eine Tafel Kautabak aus der Tasche und schnitt sich davon ein Priemchen ab, das für fünf Vollmatrosen ausgereicht hätte. Das schob er in den Mund, brachte es liebevoll in der einen Backe unter und schmunzelte. — „So, jetzt stehe ich Euch zu Diensten. Bin neugierig zu hören, welcher Wind Euch so schnell hinter mir hergetrieben hat. War es ein günstiger?"

„Im Gegenteil, ein sehr widriger?" — „So wolltet Ihr wohl gar nicht hierher?" — „Nein, sondern nach Quintana. Da es aber dorthin keine schnelle Reisemöglichkeit gab, bin ich hierhergekommen, weil man mir sagte, ich würde hier leicht ein Schiff finden, das nach dem genannten Ort bestimmt ist. Leider muß ich nun zwei volle Tage warten." — „Tragt das in Geduld, Sir, und tröstet Euch mit der Erkenntnis, daß Ihr eben ein Pechvogel seid!" — „Schöner Trost! Meint Ihr, daß ich Euch dafür ein Dankschreiben überreichen lassen soll?"

„Bitte!" lachte Old Death. „Gebe meinen Rat stets unentgeltlich. Übrigens geht es mir geradeso wie Euch. Sitze auch so nutzlos hier, weil ich zu langsam gewesen bin. Wollte hinauf nach Austin und dann weiter, ein wenig über den Rio Grande del Norte hinüber. Die Jahreszeit ist günstig. Es hat geregnet, und so führt der Colorado genug Wasser, um flache Dampfboote nach Austin zu tragen. Der Fluß ist nämlich den größten Teil des Jahres über sehr wasserarm."

„Ich habe gehört, daß eine Barre die Schiffahrt hindert." — „Das ist keine eigentliche Barre, sondern eine Raft, eine gewaltige Anschwemmung von Treibholz, die ungefähr acht Meilen[1] oberhalb von hier den Fluß zwingt, sich in mehrere Arme zu spalten. Hinter dieser Raft gibt es dann stetig freies Wasser bis Austin und darüber hinaus. Da die Fahrt durch die Raft unterbrochen wird, tut man klug, von hier aus bis zu jener Stelle zu gehen und erst dann an Bord zu steigen. Das wollte ich auch, aber euer deutsches Lagerbier hatte es mir angetan. Ich trank und trank, verweilte in Matagorda zu lang, und als ich bei der Raft ankam, pfiff das Dampfboot eben ab. Habe also meinen Sattel wieder zurücktragen müssen und kann nun warten, bis morgen früh das nächste Boot abgeht." — „So sind wir Leidensgefährten, und Ihr könnt Euch mit dem gleichen Trost beruhigen, den Ihr vorhin mir zugesprochen habt. Ihr seid eben auch ein Pechvogel."

„Der bin ich nicht. Ich verfolge niemand, und bei mir ist es gleichgültig, ob ich heut oder in einer Woche in Austin eintreffe. Aber ärgerlich ist es doch, besonders, weil jener dumme *Greenfrog*[2] mich auslachte. Er war schneller gewesen als ich und ulkte mich vom Deck herüber an, als ich mit meinem Sattel am Ufer zurückbleiben mußte. Treffe ich diesen Kerl irgendwo wieder, so erhält er noch eine ganz andere Ohrfeige, als die war, die er an Bord unseres Dampfers einstecken mußte." — „Ihr habt eine Prügelei gehabt, Sir?" — „Prügelei?"

[1] 1 englische Meile = 1,609 km   [2] Laubfrosch

Was meint Ihr damit? Old Death prügelt sich nie. Aber es war auf dem ‚Delphin', mit dem ich hierherkam, ein Kerl, der über meine Gestalt spöttelte und lachte, so oft er mich sah. Da fragte ich ihn, was ihn so lustig mache, und als er mir antwortete, daß mein Gerippe ihn so heiter stimme, da erhielt er eine ‚slap in the face[1]', daß er sich niedersetzte. Nun wollte er mit dem Revolver auf mich los, doch der Captain kam dazu und befahl ihm, sich zu trollen. Es sei ihm recht geschehen, er habe mich beleidigt. Deshalb lachte mich der Schuft aus, als ich zu spät an die Raft kam. Schade um den Gefährten, mit dem er reiste! Schien ein Gentleman zu sein, nur immer traurig und düster: starrte stets wie ein geistig Gestörter vor sich hin." — Diese Worte erregten sogleich meine Aufmerksamkeit, wußte ich doch, daß auch die zwei von mir Verfolgten auf dem ‚Delphin' gewesen waren.

„Ein geistig Gestörter?" fragte ich. „Habt Ihr vielleicht seinen Namen gehört?" — „Er wurde vom Captain Mr. Ohlert genannt."

„Ah! Und sein Begleiter?" — „Hieß Clinton, wenn ich mich recht entsinne. — Aber Sir, was macht Ihr für ein Gesicht? Gehen Euch diese zwei Männer vielleicht etwas an?" — „Viel, sehr viel! Sie sind es ja, die ich finden will!" — Wieder ging jenes freundliche Grinsen, das ich schon wiederholt bei ihm gesehen hatte, über sein Gesicht. — „Schön!" nickte er. „Ihr gebt also endlich zu, daß Ihr zwei Männer sucht? Und grad diese zwei? Hm! Ihr seid wirklich ein Greenhorn, Sir! Habt Euch selber um den schönen Fang gebracht!" — „Wieso?" — „Dadurch, daß Ihr in New Orleans nicht aufrichtig zu mir wart." — „Ich durfte ja nicht." — „Der Mensch darf alles, was ihn zum guten Ziel führt, wenn's nicht grad gegen Ehrlichkeit und Gesetz verstößt. Hättet Ihr mir Eure Angelegenheit offenbart, so befänden sich die beiden jetzt in Euren Händen. Ich hätte sie erkannt, sobald sie an Bord des Dampfers kamen, und sofort festgehalten oder festhalten lassen. Seht Ihr das nicht ein?" — „Wer konnte denn wissen, daß Ihr dort mit ihnen zusammentreffen würdet! Übrigens haben sie nicht nach Matagorda, sondern nach Quintana gewollt." — „Das haben sie nur so gesagt. Sie sind dort gar nicht an Land gegangen. Wollt Ihr klug sein, so erzählt mir Eure Geschichte genau! Vielleicht kann ich etwas dazu tun, daß Ihr die beiden Gesuchten doch noch erwischt." — Der Mann meinte es aufrichtig gut mit mir. Es fiel ihm nicht ein, mich tadeln zu wollen, und doch fühlte ich mich beschämt. Vor wenigen Tagen hatte ich ihm die Auskunft verweigert, und nun wurde ich von den Verhältnissen gezwungen, sie ihm zu geben. Mein Selbstgefühl flüsterte mir zu, ihm nichts zu sagen, aber der Verstand behielt doch die Oberhand. Ich zog die beiden Lichtbilder hervor und zeigte sie ihm.

„Bevor ich Euch eine Mitteilung mache, betrachtet Euch diese Gesichter! Sind das die Personen, die Ihr meint?" — „Ja, sind sind es. Es ist keine Täuschung möglich." — Ich erzählte ihm nun aufrichtig den Sachverhalt. Old Death hörte mir aufmerksam zu und schüttelte, als ich geendet hatte, nachdenklich den Kopf. — „Was ich da von Euch gehört habe, ist alles glatt und klar. Nur eines leuchtet mir nicht ein. Ist dieser William Ohlert denn wirklich wahnsinnig?"

„Wohl nicht! Ich verstehe mich zwar nicht auf Geisteskrankheiten,

---

[1] Ohrfeige

möchte hier aber doch nur von einer Zwangsvorstellung reden, weil Ohlert, abgesehen von einem Punkt, völlig Herr seiner geistigen Fähigkeiten ist." — „Um so unbegreiflicher ist es mir, daß er Gibson einen so unbeschränkten Einfluß auf sich einräumt. Er scheint diesem Menschen in allem zu gehorchen. Jedenfalls geht Gibson schlau auf die Gedankengänge des Kranken ein und bedient sich ihrer zu seinen Zwecken. Nun, hoffentlich kommen wir hinter all seine Schliche."

„Ihr seid also überzeugt, daß sie auf dem Weg nach Austin sind? Oder verrieten sie die Absicht, unterwegs auszusteigen?" — „Nein, Ohlert hat dem Captain des ‚Delphin' erklärt, daß er nach Austin wolle." — „Sollte mich wundern. Er wird doch nicht sagen, wohin er zu reisen beabsichtigt." — „Warum nicht? Ohlert weiß vielleicht gar nicht, daß er verfolgt wird, daß er sich auf Irrwegen befindet. Er ist wohl in dem guten Glauben, recht zu handeln, lebt nur für seinen Wahn, und das andere ist Gibsons Sache. Der Irre hat es also nicht für unklug gehalten, Austin als Ziel seiner Reise anzugeben. Der Captain sagte mir es wieder. Was gedenkt Ihr zu tun?" — „Ich muß ihnen nach, und zwar schleunigst." — „Bis morgen früh müßt Ihr trotz aller Ungeduld doch warten. Eher geht kein Schiff ab." — „Und wann kommen wir dort an?" — „Unter den gegenwärtigen Wasserverhältnissen übermorgen." — „Eine verwünscht lange Zeit!" — „Ihr müßt bedenken, daß die beiden, trotz des gegenwärtig günstigen Wasserstands des Flusses, auch nicht schneller vorwärtskommen. Es ist gar nicht zu vermeiden, daß das Schiff zuweilen auf Grund fährt, und dann dauert es stets geraume Zeit, bis es wieder flott ist."

„Wenn man nur wüßte, was Gibson eigentlich beabsichtigt, und wohin er Ohlert schleppen will?" — „Ja, das ist freilich ein Rätsel. Irgendeine bestimmte Absicht hat er selbstverständlich. Die Gelder, die bisher erhoben worden sind, würden ausreichen, ihn zum wohlhabenden Mann zu machen. Er braucht sie nur an sich zu nehmen und Ohlert einfach sitzenzulassen. Daß er das nicht tut, ist ein sicheres Zeichen dafür, daß er ihn noch weiter ausbeuten will. Ich möchte dieser Angelegenheit auf den Grund kommen, und da wir, wenigstens einstweilen, den gleichen Weg haben, stelle ich mich Euch zur Verfügung. Wenn Ihr mich braucht, könnt Ihr mich haben." — „Euer Anerbieten wird mit großem Dank angenommen, Sir. Ich habe aufrichtiges Vertrauen zu Euch, und schon Euer Name bürgt dafür, daß mir Eure Hilfe von Nutzen sein wird." — Wir schüttelten einander die Hände und leerten unsere Gläser. Hätte ich mich diesem Mann doch bereits in New Orleans anvertraut! — Soeben bekamen wir die Gläser neu gefüllt, als sich draußen ein wüster Lärm hören ließ. Johlende menschliche Stimmen und heulendes Hundegebell kamen näher. Die Tür wurde ungestüm aufgerissen und sechs Männer traten ein, die alle schon eine beträchtliche Menge getrunken haben mochten. Keiner von ihnen war nüchtern. Rohe Gestalten und Gesichter, südlich leichte Kleidung und prächtige Waffen fielen an diesen Rowdies[1] auf. Jeder von ihnen war mit Gewehr, Messer, Revolver oder Pistole versehen, außerdem hatten alle eine wuchtige Niggerpeitsche an der Seite hängen, und jeder führte an starker Leine einen Hund bei sich. Alle diese großen Hunde waren von jener sorgfältig

---

[1] Mehrzahl von Rowdy = Raufbold, Strolch

gezüchteten Rasse, die man in den Südstaaten zum Einfangen flüchtiger Neger verwendete und Bluthunde oder Menschenfänger nannte.

Die Strolche starrten uns mit unverschämten Blicken an, warfen sich auf die Stühle, daß es krachte, legten die Füße auf den Tisch und trommelten mit den Absätzen darauf herum, womit sie an den Wirt das höfliche Ersuchen richteten, sich zu ihnen zu bemühen. — „Hast du Bier?" schrie ihn einer an. „Deutsches Bier?" — Der geängstigte Mann bejahte. — „Das wollen wir trinken", fuhr der Rowdy fort. „Aber sag vorher, ob du auch selber ein Deutscher bist!" — „Nein."

„Das ist dein Glück. Das Bier der Deutschen wollen wir trinken; sie selber aber sollen in der Hölle braten, die Abolitionisten[1], die dem Norden geholfen haben und schuld sind, daß wir unsere Stellen verloren haben!" — Der Wirt zog sich schleunigst zurück, um seine vornehmen Gäste so rasch wie möglich zu bedienen. Unwillkürlich hatte ich mich umgedreht, um mir den Sprecher anzusehen. Er bemerkte es. Ich bin überzeugt, daß in meinem Blick nichts Beleidigendes lag; aber er hatte vielleicht große Lust, mit jemand anzubinden, denn er schrie mir zu: „Was starrst du mich an? Habe ich etwa nicht wahr gesprochen?" — Ich wandte mich ab und entgegnete nichts. — „Nehmt Euch in acht!" flüsterte Old Death mir zu. „Das sind Rowdies der schlimmsten Sorte. Jedenfalls entlassene Sklavenaufseher, die durch die Abschaffung der Sklaverei brotlos geworden sind. Nun haben sie sich zusammengetan, um allerlei Unfug zu treiben. Es ist besser, wir beachten sie nicht. Wollen rasch austrinken und dann gehen." — Aber gerade dieses Flüstern gefiel dem Mann, den die anderen Blyth nannten, nicht. Er schrie wieder zu uns herüber: „Was hast du Heimliches zu reden, altes Gerippe? Wenn du von uns sprichst, so tu's laut, sonst werden wir dir den Mund öffnen!" — Old Death schwieg, setzte sein Glas an den Mund und trank. Die Leute bekamen Bier und kosteten. Das Gebräu war wirklich gut. Die Gäste befanden sich aber in echter Rowdylaune und gossen es in die Stube. Der vorhin gesprochen hatte, hielt sein volles Glas noch in der Hand. — „Nicht auf den Boden! Dort sitzen zwei, denen dieses Zeug sehr gut zu bekommen scheint!" höhnte er. „Sie sollen es haben." — Er holte aus und goß sein Bier über den Tisch herüber auf uns beide. Old Death fuhr sich bedächtig mit dem Ärmel über das nasse Gesicht. Ich aber brachte es nicht fertig, die dreisten Beleidigungen so ruhig wie er einzustecken. Mein Hut, mein Kragen, mein Rock, alles tropfte an mir, da mich der Hauptstrahl getroffen hatte. Ärgerlich drehte ich mich um. — „Sir, ich bitte Euch, das nicht zum zweitenmal zu tun! Treibt Euren Spaß mit Euren Kameraden; wir haben nichts dagegen. Uns aber laßt gefälligst in Ruhe!" — „So?" trumpfte Blyth auf. „Was würdet Ihr denn tun, wenn ich Lust empfände, Euch nochmals zu begießen?" — „Das würde sich finden." — „Sich finden? Nun, da müssen wir doch gleich einmal sehen, was sich finden wird. Wirt, neue Gläser!" — Die anderen lachten und johlten ihrem Anführer Beifall zu. Es war augenscheinlich, daß er seine Unverschämtheiten wiederholen wollte. — „Um Gottes willen, Sir, bindet nicht mit den Kerlen an!" warnte Old Death. — „Fürchtet Ihr Euch?" fragte ich. — „Fällt mir nicht ein. Aber sie sind mit den Waffen schnell bei

---

[1] Gegner der Sklaverei

der Hand, und gegen eine tückische Kugel vermag auch der Mutigste nichts. Bedenkt auch, daß sie Hunde haben!" — Die Strolche hatten ihre Bluthunde an die Tischbeine gebunden. Um nicht wieder von hinten getroffen zu werden, verließ ich meinen Platz und setzte mich so, daß ich den Rowdies die rechte Seite zukehrte.

„Ah! Er setzt sich zurecht!" lachte der Wortführer. „Er will sich wehren. Paß auf! Sobald er nur eine Bewegung macht, lasse ich Pluto auf ihn los. Der ist auf Menschen abgerichtet." — Er band den Hund los und hielt ihn an der Schnur bei sich. Noch hatte der Wirt das Bier nicht gebracht, noch war es Zeit für uns, ein Geldstück auf den Tisch zu legen und zu gehen. Doch ich glaubte nicht, daß die Bande uns unbehelligt fortlassen würde, und sodann widerstrebte es mir, vor diesen wüsten Menschen die Flucht zu ergreifen. Denn solche Prahlhänse sind im Grunde ihrer Seele meist Feiglinge. — Ich griff in die Tasche und spannte meinen Revolver. Im Ringen stellte ich meinen Mann: das wußte ich. Nur war mir zweifelhaft, ob es mir gelingen würde, die Hunde zu bewältigen. Aber ich hatte Tiere, die auf den Mann abgerichtet waren, schon früher unter den Händen gehabt und brauchte mich wenigstens vor einem einzelnen Packer nicht zu fürchten. — Jetzt erschien der Wirt. Er stellte die Gläser auf den Tisch und wandte sich höflich bittend an seine streitsüchtigen Gäste.

„Gentlemen, euer Besuch ist mir sehr angenehm, und ich ersuche euch, die beiden Männer dort in Ruhe zu lassen. Sie sind ebenfalls meine Gäste." — „Schurke!" brüllte ihn einer an. „Willst du uns gute Lehren geben? Wart, wir werden deinen Eifer gleich abkühlen!" — Und schon ergoß sich der Inhalt von zwei oder drei Gläsern über den Mahner zum Frieden, so daß er es für das klügste hielt, die Stube schnell zu verlassen. — „Und nun der Großsprecher dort!" rief mein Gegner. „Er soll es haben!" — Den Hund mit der Linken haltend, schleuderte Blyth den Inhalt seines Glases mit der Rechten auf mich. Ich fuhr vom Stuhl auf und zur Seite, so daß ich nicht getroffen wurde. Dann hob ich die Faust, um zu dem Frechling hinzuspringen und ihn zu züchtigen. Er aber kam mir zuvor. — „Pluto, *go on!*" rief er, indem er den Hund losließ und auf mich deutete. — Ich hatte gerade noch Zeit, an die Wand zu treten, da tat das gewaltige Tier einen tigerähnlichen Satz auf mich zu. Der Hund war ungefähr fünf Schritte von mir entfernt gewesen. Diesen Raum durchmaß er mit einem einzigen Sprung. Dabei war er seiner Sache so gewiß, daß er mich mit den Zähnen bei der Kehle fassen mußte, wenn ich stehenblieb. Aber gerade, als er mich packen wollte, wich ich zur Seite, und er flog mit der Schnauze an die Mauer. Der Sprung war so kräftig gewesen, daß der Bluthund durch den Anprall fast betäubt wurde. Er stürzte zu Boden. Blitzschnell hatte ich ihn bei den Hinterläufen, schwang ihn durch die Luft und schleuderte ihn mit dem Kopf voran gegen die Mauer, daß der Schädel zerbrach. — Nun erhob sich ein entsetzlicher Lärm. Die Hunde heulten und zerrten an ihren Leinen die Tische von der Stelle, die Männer fluchten, und der Besitzer des toten Hundes wollte sich auf mich werfen. Da aber sprang Old Death auf und hielt den Strolchen seine beiden Revolver entgegen. —

„*Stop!* Jetzt ist's genug, Boys. Noch einen Schritt oder einen Griff zu den Waffen, so schieße ich. Ihr habt euch in uns geirrt. Ich bin Old Death, der Pfadfinder. Hoffe, daß ihr von mir gehört habt. Und dieser Mann, mein Freund, fürchtet sich ebensowenig vor euch wie ich. Setzt euch nieder und trinkt euer Bier in Bescheidenheit, sonst schwimmt euer Stecken verkehrt den Fluß hinab[1]!" — Auch ich hatte meinen Revolver gezogen. Wir beide hatten achtzehn Schüsse. Bevor einer der Rowdies zu seiner Waffe kam, mußte er von unserer Kugel getroffen sein. Der alte Pfadfinder schien ein völlig anderer Mensch geworden zu sein. Seine sonst gebeugte Gestalt hatte sich hoch aufgerichtet, seine Augen leuchteten, und in seinem Gesicht lag ein Ausdruck überlegener Willenskraft, die keinen Widerstand aufkommen ließ. Spaßhaft war es zu sehen, wie kleinlaut die vorher so frechen Menschen auf einmal wurden. Sie brummten zwar einige halblaute Bemerkungen vor sich hin, setzten sich aber doch, und selbst der Herr des toten Hundes wagte es nicht, zu dem Tier zu treten, da er sonst in meine Nähe gekommen wäre. — Noch standen wir beide da, die Revolver drohend in den Händen, als ein neuer Gast eintrat — ein Indianer. — Er trug einen weißgegerbten Jagdrock. Die Leggins waren aus dem gleichen Stoff gefertigt und an den Nähten mit feinen, roten Zierstichen geschmückt. Kein Fleck, keine noch so geringe Unsauberkeit war an Rock und Hose zu bemerken. Seine kleinen Füße steckten in perlenbesetzten Mokassins, die mit Stachelschweinsborsten geschmückt waren. Um den Hals trug er den Medizinbeutel, die kunstvoll geschnitzte Friedenspfeife und eine dreifache Kette von Krallen des Grauen Bären, die er dem gefürchtetsten Raubtier der Felsengebirge abgenommen hatte. Um seine Hüften schlang sich als Gürtel eine kostbare Saltillodecke. Daraus schauten die Griffe eines Messers und zweier Revolver hervor. In der Rechten hielt er ein doppelläufiges Gewehr, dessen Holzteile dicht mit silbernen Nägeln beschlagen waren. Den Kopf trug der Indianer unbedeckt. Sein langes, blauschwarzes Haar war in einen helmartigen Schopf geordnet, durchflochten mit einer Klapperschlangenhaut. Keine Adlerfeder, kein Unterscheidungszeichen schmückte die Haartracht, und dennoch sagte man sich sogleich, daß dieser noch junge Mann ein Häuptling, ein berühmter Krieger sein müsse. Der Schnitt seines ernsten, männlichschönen Gesichts konnte römisch genannt werden. Die Backenknochen standen kaum merklich vor; die Lippen des bartlosen Gesichts waren voll und doch fein geschwungen, und die Hautfarbe zeigte ein mattes Hellbraun mit einem leisen Bronzehauch. Kurz gesagt: es war Winnetou, der Häuptling der Apatschen, mein Blutsbruder. — Er blieb einen Augenblick an der Tür stehen. Ein forschender, scharfer Blick seines dunklen Auges flog durch den Raum und über die anwesenden Personen. Dann setzte er sich in unserer Nähe nieder, möglichst entfernt von den Rowdies, die ihn übelgelaunt anstarrten. — Ich hatte schon den Fuß gehoben, um auf meinen Freund zuzuspringen und ihn freudig zu begrüßen. Er aber beachtete mich nicht, obwohl er mich gesehen und zweifellos auch trotz meiner veränderten Kleidung erkannt hatte. Er mußte einen Grund dazu haben. Deshalb setzte ich mich wieder und bemühte mich, eine gleichgültige Miene zu zeigen. — Man sah es Winnetou an, daß er die Lage sofort begriffen hatte. Seine Augen zogen sich ein klein wenig verächtlich zusammen, als er einen zweiten, kurzen Blick auf unsere Gegner warf,

---

[1] Trapperausdruck für: eine ungünstige Wendung nehmen

und als wir uns nun niederließen und die Revolver wieder einsteckten, zeigte sich ein kaum bemerkbares wohlwollendes Lächeln auf seinen Lippen. — Die Wirkung seiner Persönlichkeit war so groß, daß bei seinem Erscheinen eine wahre Kirchenstille eintrat. Die Ruhe mochte dem Wirt sagen, daß die Gefahr vorüber sei. Er schob den Kopf zur halb geöffneten Tür herein und zog dann, als er sah, daß er nichts mehr zu befürchten hatte, die übrige Gestalt vorsichtig nach. — „Ich bitte um ein Glas Bier, deutsches Bier!" sagte der Indianer mit wohlklingender Stimme in geläufigem Englisch. — Das war den Rowdies merkwürdig. Sie steckten die Köpfe zusammen und begannen zu flüstern. Die Blicke, mit denen sie Winnetou musterten, ließen erraten, daß sie nichts Vorteilhaftes über ihn sprachen. — Er erhielt das Bier, hob das Glas gegen das Fensterlicht, prüfte es mit einem behaglichen Kennerblick und trank. — „Well!" sagte er dann zum Wirt, indem er mit der Zunge schnalzte. „Euer Bier ist gut. Der große Manitou der weißen Männer hat sie viele Künste gelehrt, und das Bierbrauen ist nicht die geringste darunter." — „Sollte man glauben, daß dieser Mann ein Indianer ist!" flüsterte ich Old Death zu, als wäre Winnetou mir unbekannt. — „Er ist einer, und zwar was für einer!" antwortete mir der Alte ebenso leise, aber mit Nachdruck. — „Kennt Ihr ihn? Seid Ihr ihm schon einmal begegnet?" — „Begegnet noch nicht. Aber ich erkenne ihn an seiner Gestalt, seiner Kleidung, seinen Zügen, am meisten aber an seinem Gewehr. Es ist die Silberbüchse, deren Kugel niemals ihr Ziel verfehlt. Ihr habt das Glück, den berühmtesten Indianerhäuptling Nordamerikas vor Euch zu sehen, Winnetou, den Häuptling der Apatschen, der sich trotz seiner Jugend über die ganze Länge und Breite der Vereinigten Staaten einen Namen gemacht hat!" — „Aber wie kommt er zu diesem Englisch und zu den Umgangsformen eines weißen Gentlemans?" stellte ich mich unwissend. — „Er verkehrt viel im Osten, und man erzählt sich, ein europäischer Gelehrter sei in die Gefangenschaft der Apatschen geraten und von ihnen so gut behandelt worden, daß er sich entschloß, bei ihnen zu bleiben und die Indianer zum Frieden zu erziehen. Er ist der Lehrer Winnetous gewesen, wird aber mit seinen menschenfreundlichen Ansichten wohl nicht durchgedrungen und nach und nach verkommen sein." — Das war sehr leise gesprochen worden; kaum hatte ich es verstehen können. Und doch wandte sich der über vier Meter von uns entfernte Indianer zu meinem neuen Freund. — „Old Death irrt sich. Der weiße Gelehrte kam zu den Apatschen und wurde freundlich von ihnen aufgenommen. Er wurde der Lehrer Winnetous und hat ihn unterrichtet, gut zu sein und das Recht vom Unrecht, die Wahrheit von der Lüge zu unterscheiden. Er ist nicht verkommen, sondern war hochgeehrt im Pueblo am Rio Pecos und hat sich niemals nach den weißen Männern zurückgesehnt. Als er durch Mörderhand starb, wurde ihm ein Grabstein errichtet und mit Lebenszeichen umpflanzt. Er ist hinübergegangen in die ewig grünenden Savannenländer. Dort wird Winnetou Klekihpetra wiedersehen." — Old Death war glücklich, von diesem Mann erkannt worden zu sein. Sein Gesicht strahlte vor Freude. — „Wie, Sir, Ihr kennt mich?" fragte er rasch. — „Winnetou hat Euch noch nicht gesehen, Euch aber dennoch sofort erkannt, als er hereintrat", erklärte der Apatsche. „Ihr seid ein Scout, dessen Name bis hinüber zum Las Animas erklingt." — Nach diesen Worten wandte er sich wieder ab. Während seiner Rede hatte sich kein Zug seines ehernen Gesichts bewegt — jetzt saß er still und scheinbar in sich versunken da. Nur seine Ohrmuscheln zuckten bisweilen, als beschäftigten sie sich mit einem äußeren Vorgang. — Indessen flüsterten die Rowdies immer weiter unter sich, sahen sich fragend an, nickten einander zu und schienen endlich zu einem Entschluß zu kommen. Sie kannten Winnetou offenbar nicht. Nun wollten sie wohl die Niederlage, die sie uns gegenüber erlitten hatten, dadurch ausgleichen, daß sie ihn fühlen ließen, wie sehr sie einen rothäutigen Menschen verachteten. Dabei mochten sie der Ansicht sein, daß es Old Death und mir nicht einfallen werde, uns seiner anzunehmen; denn wenn wir es nicht waren, die beleidigt wurden, so hatten wir uns nach den geltenden Regeln ruhig zu verhalten und zuzuschauen, wie ein harmloser Mensch beschimpft wurde. Also stand einer von ihnen auf, und zwar Blyth, der vorher mit mir angebunden hatte, und schritt langsam und in herausfordernder Haltung auf den Indsman zu. Ich zog meinen Revolver aus der Tasche, um ihn so vor mich auf den Tisch zu legen, daß ich ihn jederzeit bequem erreichen konnte. — „Ist nicht notwendig", flüsterte Old Death mir zu. „Ein Krieger wie Winnetou nimmt es mit der doppelten Anzahl dieser Buben auf." — Der Rowdy pflanzte sich breitspurig vor den Apatschen hin und stemmte die Hände in die Hüften. — „Was hast du hier in Matagorda zu suchen, Rothaut? Wir dulden keine Wilden in unserer Gesellschaft." — Winnetou würdigte den Mann keines Blicks, führte sein Glas an den Mund, tat einen Schluck und setzte es dann gelassen wieder auf den Tisch. — „Hast du nicht gehört, was ich sagte, verwünschte Rothaut?" fragte der Rowdy. „Ich will wissen, was du hier treibst. Du schleichst umher, um den Spion zu spielen. Die Rothäute halten es mit dem Halunken Juarez, dessen Fell ja auch rot ist. Wir aber sind auf Seiten des Kaisers Maximilian und werden jeden Indianer aufknüpfen, der uns in den Weg kommt. Wenn du nicht sofort in den Ruf einstimmst: ‚Es lebe Kaiser Max', legen wir dir den Strick um den Hals!" — Auch jetzt sagte der Apatsche kein Wort. Kein Zug seines Gesichts bewegte sich. — „Hund, verstehst du mich? Antwort will ich haben!" schrie ihn jetzt der andere an, indem er ihm die Faust auf die Schulter legte. — Da fuhr die geschmeidige Gestalt des Indianers blitzschnell in die Höhe. — „Zurück!" rief Winnetou befehlend. „Ich dulde nicht, daß ein Kojote mich anheult." — Kojote wird der feige Präriewolf genannt, der allgemein als ein verächtliches Tier gilt. Die Indianer bedienen sich dieses Schimpfwortes, sobald sie ihre höchste Geringschätzung ausdrücken wollen. — „Ein Kojote?" rief der Rowdy. „Das ist eine Beleidigung, für die ich dich augenblicklich zur Ader lassen werde!" — Blyth zog den Revolver. Da aber geschah etwas, was er nicht erwartet hatte: Der Apatsche schlug ihm die Waffe aus der Hand, faßte ihn an den Hüften, hob ihn empor und schleuderte ihn gegen das Fenster, das sofort in Scherben ging und mit ihm auf die Straße hinausflog. — Das war viel schneller geschehen, als man es erzählen kann. Das Klirren des Fensters, das Heulen der Hunde, das zornige Aufbrüllen der Genossen des an die Luft Beförderten, das alles verursachte einen Heidenlärm, der aber von Winnetous Stimme übertönt wurde. Er trat auf die Strolche zu und deutete mit der ausgestreckten Hand zum Fenster. — „Will noch einer von euch dort hinaus? Er mag es sagen!" — Winnetou war einem der Hunde zu nahe gekommen. Das Tier schnappte zu, erhielt aber von dem Apatschen einen Fußtritt, daß es sich winselnd unter den Tisch verkroch. Die Sklavenaufseher wichen scheu zurück und schwiegen. Winnetou hatte keine Waffe in der Hand. Seine Persönlichkeit allein war es, die alle in Schach hielt. Niemand antwortete. Der Indianer glich einem Tierbändiger, der in den Käfig tritt und die Wildheit der Katzen durch den Blick seines Auges bannt. — Da wurde die Tür aufgerissen, und der Hinausgeworfene, dessen Gesicht durch die Glasscherben verletzt worden war, trat herein. Er hatte das Messer gezogen und sprang mit einem wütenden Schrei auf Winnetou los. Der Apatsche machte nur eine kleine Bewegung zur Seite und packte mit schnellem Griff die Hand, die das Messer hielt. Dann faßte er den Mann geradeso wie vorhin bei den Hüften, hob ihn empor und schmetterte ihn zu Boden, wo der Rowdy besinnungslos liegenblieb. Keiner der Strolche machte Miene, sich an dem Sieger zu vergreifen. Winnetou langte ruhig zu seinem Bier und trank es aus. Dann winkte er dem Wirt, der sich ängstvoll zurückgezogen hatte, nahm einen Lederbeutel aus dem Gürtel und legte ihm einen kleinen gelben Gegenstand in die Hand. — „Nehmt das für das Bier und für das Fenster, Mr. Landlord! Ihr seht, daß der rote Krieger seine Schuld bezahlt. Hoffentlich erhaltet Ihr auch von den weißen Gentlemen Euer Geld. Sie wollen keine ‚Rothaut' bei sich dulden. Winnetou, der Häuptling der Apatschen geht — aber nicht, weil er sich vor ihnen fürchtet, sondern weil er erkannt hat, daß nur die Haut, nicht aber die Seele dieser Bleichgesichter von heller Farbe ist. Es gefällt ihm nicht bei ihnen." — Er verließ den Raum, nachdem er seine Silberbüchse ergriffen hatte, ohne jemand einen Blick zuzuwerfen. Auch mich sah er wiederum nicht an. — Jetzt kam wieder Leben in die Rowdies. Bezeichnenderweise schien ihre Neugier aber größer zu sein als ihr Zorn, ihre Beschämung und auch ihre Sorge um den bewußtlosen Gefährten. Sie fragten vor allen Dingen den Wirt, was er erhalten habe. — „Ein Nugget", erwiderte er, indem er ihnen das mindestens haselnußgroße Stück gediegenen Goldes zeigte. „Ein Nugget, das wenigstens zwölf Dollar wert ist. Damit ist das Fenster reichlich bezahlt. Es war alt und morsch und hatte mehrere Sprünge in den Scheiben. Der Indsman schien den ganzen Beutel voll solcher Nuggets zu haben." — Die Strolche äußerten ihren Ärger darüber, daß eine Rothaut sich im Besitz einer solchen Menge Goldes befand. Das Goldstück ging von Hand zu Hand und wurde nach seinem Wert abgeschätzt. Wir benutzten die Gelegenheit, unsere Zeche zu bezahlen und uns zu entfernen. — „Nun, was sagt Ihr zu dem Apatschen, Sir?" fragte mich Old Death, als wir glücklich draußen waren. „Kann es einen zweiten solchen Indsman geben? Die Schurken wichen vor ihm zurück, wie die Sperlinge beim Anblick eines Falken. Wie schade, daß er so rasch verschwunden ist! Wir hätten ihm ein wenig nachgehen können. Ich möchte zu gern wissen, was er hier treibt, ob er außerhalb der Stadt lagert oder sich in einem Gasthaus niedergelassen hat. Er muß sein Pferd irgendwo eingestellt haben, denn ohne Roß ist ein Apatsche nicht zu denken. Übrigens, Sir, habt auch Ihr Eure Sache nicht übel gemacht.

Beinahe wäre mir angst geworden, denn es ist immer gefährlich, mit solchen Leuten anzubinden. Aber die kühne und gewandte Art, mit der Ihr die Hundebestie bedientet, läßt vermuten, daß Ihr nicht allzulange Zeit ein Greenhorn bleiben werdet. Doch nun sind wir in der Nähe unserer Wohnung angekommen. Gehen wir hinein? Ich denke nicht. Ein alter Trapper wie ich klemmt sich nicht gern zwischen Mauern ein; ich habe am liebsten den freien Himmel über mir. Laufen wir lieber noch ein wenig in diesem schönen Matagorda umher. Ich wüßte nicht, wie wir die Zeit anders totschlagen wollten. Oder liebt Ihr es vielleicht, ein Spielchen zu machen?" — „Nein. Ich bin kein Spieler und habe auch nicht die Absicht, einer zu werden." — „Recht so, junger Mann! Hier aber spielt fast jedermann, und nach Mexiko hinein wird es noch viel schlimmer. Da spielt Mann und Weib, Katze und Maus, und die Messer sitzen dabei nicht sehr fest. — Erfreuen wir uns an einem Spaziergang! Dann essen wir und legen uns beizeiten aufs Ohr. In diesem gesegneten Land weiß man ja niemals, ob, wie oder wo man sich des anderen Abends zur Ruhe legen kann." — „So schlimm wird es wohl doch nicht sein!" — „Ihr dürft nicht vergessen, Sir, daß Ihr Euch in Texas befindet, dessen Verhältnisse bei weitem noch nicht geordnet sind. Wir haben zum Beispiel vor, nach Austin zu gehen. Es ist aber sehr fraglich, ob wir dorthin kommen. Die Ereignisse in Mexiko haben ihre Wogen auch über den Rio Grande herübergewälzt. Da geschieht manches, was sich sonst nicht zu ereignen pflegt, und überdies haben wir mit den Einfällen dieses Gibson zu rechnen. Wenn es ihm doch noch in den Sinn gekommen ist, die Fahrt nach Austin zu unterbrechen und irgendwo auszusteigen, sind wir gezwungen, das gleiche zu tun." — „Aber wie erfahren wir, ob er von Bord gegangen ist?" — „Durch Nachfrage. Das Dampfboot nimmt sich auf dem Colorado Zeit. Man hastet hier nicht so wie auf dem Mississippi und anderwärts. Es bleibt uns an jedem Ort ein kleines Viertelstündchen übrig, unsere Nachforschungen zu halten. Wir können uns sogar darauf gefaßt machen, irgendwo an Land gehen zu müssen, wo es weder eine Stadt noch irgendein Gasthaus gibt." — „Und was geschieht in diesem Fall mit meinem Koffer?" — Old Death lachte laut auf bei meiner Frage. — „Koffer, Koffer!" rief er. „Ein Koffer ist noch ein Rest vorsintflutlicher Umständlichkeit. Welcher vernünftige Mensch schleppt ein solches Gepäckstück mit sich! Versecht Euch mit dem, was für den Augenblick notwendig ist; alles übrige kauft Ihr Euch zu seiner Zeit! Was für wichtige Dinge habt Ihr denn in Eurem alten Kasten?"

„Kleider, Wäsche, Kamm, Bürste, Seife, Verkleidungsstücke und so weiter." — „Das sind alles ganz schöne Sachen, die man aber überall haben kann. Und wo sie nicht zu haben sind, da ist kein Bedürfnis dafür vorhanden. Man trägt ein Hemd, bis man es nicht mehr braucht, und kauft sich dann ein neues. Putzsachen? Nehmt es nicht übel, Sir, aber Haar- und Nagelbürsten, Pomaden, Bartwichse und dergleichen schänden bloß den Mann. Verkleidungsgegenstände? Die mögen da, wo Ihr jetzt gewesen seid, ihre Dienste leisten, hier aber nicht mehr. Hier braucht Ihr Euch nicht hinter falschem Haar zu verstecken. Solch romantischer Unsinn führt Euch nicht zum Ziel. Hier heißt es, frisch zugreifen, sobald Ihr Euren Gibson findet. Und —"

Der Alte blieb stehen und betrachtete mich von oben bis unten,

zog eine lustige Grimasse und fuhr dann fort: — „— so, wie Ihr hier vor mir steht, könnt Ihr im Zimmer der anspruchsvollsten Lady oder im Parkett irgendeines Theaters erscheinen. Texas aber hat mit einem Damenzimmer oder einer Theaterloge nicht die mindeste Ähnlichkeit. Leicht kann es geschehen, daß bereits nach zwei oder drei Tagen Euer feiner Anzug in Fetzen um Euch hängt und Euer schöner Zylinderhut die Gestalt einer Ziehharmonika erhalten hat. Wißt Ihr denn, wohin sich Gibson wenden wird? In Texas zu bleiben, kann unmöglich seine Absicht sein. Er will verschwinden und muß also die Grenze der Vereinigten Staaten hinter sich bringen. Daß er die Richtung hierher einschlug, macht es über allen Zweifel erhaben, daß er nach Mexiko will. Der Gauner kann in den Wirren dieses Landes untertauchen, und kein Mensch, auch keine Polizei, wird Euch helfen, ihn ans Licht zu ziehen." — „Vielleicht habt Ihr recht. Ich denke aber, wenn er wirklich nach Mexiko wollte, wäre er geradewegs dorthin gegangen." — „Unsinn! Gibson hat New Orleans so schnell verlassen müssen, daß er sich des ersten abfahrenden Schiffs bedienen mußte. Ferner befinden sich die mexikanischen Häfen im Besitz der Franzosen. Wißt Ihr denn, ob er von ihnen etwas wissen will? Er hatte keine Wahl; er mußte den Landweg einschlagen und ist jedenfalls klug genug, sich an den größeren Orten nicht allzuviel blicken zu lassen. So ist es möglich, daß er auch Austin meidet und bereits vorher ausgestiegen ist. Er geht zum Rio Grande, zu Pferd natürlich, durch wenig angebautes Land. Wollt Ihr ihm dorthin mit Eurem Koffer, Eurem Zylinderhut und in diesem feinen Anzug folgen? Wenn das Eure Absicht wäre, müßte ich Euch auslachen." — Ich wußte sehr wohl, daß er recht hatte, machte mir aber den Spaß, kläglich an meinem guten Anzug niederzuschauen. Da klopfte er mir lachend auf die Schulter. — „Laßt Euch das nicht leid tun. Trennt Euch getrost von dieser unzweckmäßigen Tracht! Geht hier zu einem Händler, um all Euren unnützen Krimskrams zu verkaufen, und schafft Euch dafür andere Kleider an! Ihr müßt unbedingt einen festen, dauerhaften Trapperanzug haben. Schätze, daß man Euch mit genug Geld versorgt hat?" — Ich nickte. — „Nun, so ist ja alles recht", erklärte er. „Weg also mit dem Schwindel! Ihr könnt doch reiten und schießen?"
Ich bejahte. — „Ein Pferd müßt Ihr auch haben", fuhr der Alte fort, „aber hier an der Küste kauft man sich keins. Hier sind die Tiere teuer und schlecht. Drin im Land läßt Euch jeder Farmer ab, nicht aber auch einen Sattel dazu. Den müßt Ihr Euch hier besorgen."

„O weh! Soll ich vielleicht so herumlaufen wie Ihr, mit dem Sattel auf dem Rücken?" — „Gewiß. Warum nicht? Schämt Ihr Euch etwa vor den Leuten? Wen geht es etwas an, daß ich einen Sattel trage? Keinen Menschen! Wenn es mir beliebt, schleppe ich ein Sofa mit mir herum, damit ich mich in der Prärie oder im Urwald gelegentlich darauf ausruhen kann. Wer darüber lacht, dem gebe ich einen Nasenstüber, daß ihm alle möglichen Fixsterne vor den Augen funkeln. Man muß sich nur dann schämen, wenn man ein Unrecht oder eine Albernheit begeht. Gesetzt, Gibson ist mit William Ohlert, irgendwo ausgestiegen, hat Pferde gekauft und ist davongeritten, so sollt Ihr sehen, wie vorteilhaft es für Euch ist, sofort einen Sattel zur Hand zu haben. Tut was Ihr wollt! Wenn Ihr aber wirklich wünscht, daß ich bei Euch bleibe, so folgt meinem Rat. Entscheidet

Euch also schnell!" — Er sagte das, wartete aber meine Entscheidung nicht erst ab, faßte mich vielmehr am Arm, drehte mich um, deutete auf ein Haus mit einem großen Laden, über dem in ellenhohen Buchstaben zu lesen war: ‚General Store', und zog mich fort zum Eingang. Dort gab er mir einen Stoß, daß ich in den Laden und an ein offenes Heringsfaß schoß, und schob sich dann schmunzelnd hinterdrein. — Das Geschäftsbild sagte die Wahrheit. Der Laden war sehr groß und enthielt wirklich alles, was man unter den hiesigen Verhältnissen nötig haben konnte, sogar Sättel und Gewehre. — Was nun folgte, war einzig in seiner Art. Ich glich geradezu einem Schulbuben, der mit seinem Vater vor der Jahrmarktsbude steht, seine Wünsche nur unter Zagen äußern darf und dann das nehmen muß, was der erfahrene Vater für ihn aussucht. Ich ließ mir diese Bevormundung auch ruhig gefallen und spielte dabei bewußt das Greenhorn, für das mich der Alte hielt. Dabei freute ich mich bereits auf den Zeitpunkt, da er seinen Irrtum endlich erkennen würde. — Old Death stellte gleich anfangs die Bedingung, daß der Besitzer des Ladens meinen Straßenanzug und auch den ganzen Inhalt meines Koffers an Zahlungs Statt mit annehmen müsse. Der Mann ging gern darauf ein, und schickte sogleich seinen Storekeeper fort, den Koffer zu holen. Als meine Sachen zur Stelle waren, wurden sie abgeschätzt, und nun begann Old Death für mich auszusuchen. Ich erhielt eine schwarze Lederhose, ein Paar hohe Stiefel mit Sporen, ein rotwollenes Leibhemd, eine Weste von der gleichen Farbe mit unzähligen Taschen, ein schwarzwollenes Halstuch, einen hirschledernen Jagdrock, ungefärbt, einen ledernen Gürtel, zwei Hände breit und innen hohl, Kugelbeutel, Tabaksblase, Tabakspfeife, Kompaß und zwanzig andere notwendige Kleinigkeiten, Fußlappen anstatt der Strümpfe, einen riesigen Sombrero, eine wollene Decke mit einem Schlitz in der Mitte, um den Kopf hindurchzustecken, einen Lasso, Pulverhorn, Feuerzeug, Bowiemesser, Sattel mit Taschen und Zaumzeug, sowie einen zweiten Revolver. Dann ging es zu den Gewehren. Old Death war kein Freund von Neuerungen. Er schob alles, was jüngsten Ursprungs war, beiseite und griff zu einer alten Rifle, die ein anderer kaum beachtet hätte. Nachdem er sie mit der Miene eines Kenners untersucht hatte, lud er sie, trat vor den Laden hinaus und schoß auf die Giebelverzierung eines entfernten Hauses. Die Kugel saß. — „Well!" nickte er befriedigt. „Die wird's tun. Dieses Schießeisen hat sich in guten Händen befunden und ist mehr wert als aller Krimskrams, den man jetzt mit dem Namen Büchse beehrt. Schätze, daß dieses Gewehr von einem tüchtigen Meister angefertigt wurde, und will hoffen, daß Ihr ihm die Ehre macht. Nur noch eine Kugelform dazu, dann sind wir fertig. Blei können wir hier auch haben. So gehen wir nach Hause und gießen einen Kugelvorrat, vor dem sie da drüben in Mexiko erschrecken sollen." — Nachdem ich mir noch einige Kleinigkeiten ausgesucht hatte, wie Taschentücher und so weiter, die Old Death für ganz überflüssig hielt, mußte ich in einen kleinen Nebenraum treten, um mich umzuziehen. Als ich in den Laden zurückkehrte, betrachtete mich der Alte wohlgefällig. — Im stillen hatte ich mich der Hoffnung hingegeben, daß er den Sattel tragen werde. Aber das fiel ihm nicht ein. Er packte mir die Geschichte auf und schob mich hinaus. — „So!" schmunzelte er draußen. „Jetzt seht, ob Ihr Euch zu schämen braucht! Jeder verständige Mensch wird Euch für einen vernünftigen Gentleman halten, und was die unvernünftige Welt sagt, das geht Euch den Teufel an." — Jetzt hatte ich nichts mehr vor Old Death voraus und mußte mein Joch geduldig zum Gasthof schleppen, während er stolz nebenherschritt und es ihm jedenfalls heimlichen Spaß machte, mich als meinen eigenen Packträger in Tätigkeit zu sehen. — Im ‚Hotel' legte er sich sogleich nieder. Ich aber ging noch einmal fort, um Winnetou zu suchen. Es hatte meiner ganzen Selbstbeherrschung bedurft, ihm vorhin nicht um den Hals zu fallen. Nun möchte ich das Wiedersehen mit ihm nicht so vorüber lassen. Ich hatte mich so sehr darüber gefreut. Wie kam mein Freund nach Matagorda, und was wollte er hier? Warum hatte er getan, als kenne er mich nicht? Das mußte einen Grund haben. — Winnetou hatte jedenfalls ebenso die Absicht, mit mir zu sprechen, wie ich mich sehnte, mit ihm reden zu können. Wahrscheinlich wartete er irgendwo auf mich. Da ich seine Gewohnheiten kannte, war es mir nicht schwer, ihn zu finden. Er hatte uns gewiß beobachtet und ins Hotel treten sehen und war folglich wohl in der Nähe zu suchen. Ich ging zur hinteren Seite des Hauses, die ans freie Feld stieß. Richtig! In der Entfernung von einigen hundert Schritten sah ich ihn an einem Baum lehnen. Als er mich bemerkte, verließ er seinen Standort und ging langsam dem Wald zu. Ich folgte ihm. Unter den Bäumen, wo er auf mich wartete, kam er mir mit freudestrahlendem Gesicht entgegen. — „Scharlih[1], mein lieber, lieber Bruder! Welche Freude hat dein unverhoffter Anblick Winnetous Herzen bereitet! So freut sich der Morgen, wenn nach der Nacht die Sonne erscheint!" — Er zog mich an sich und umarmte mich. — „Der Morgen weiß, daß die Sonne kommen muß", entgegnete ich, „wir aber konnten nicht ahnen, daß wir einander hier begegnen würden. Wie glücklich bin ich, deine Stimme wieder zu hören!" — „Was führt deinen Fuß in diese Stadt? Hast du hier zu tun, oder bist du hier in Matagorda gelandet, um von da aus zu uns zum Rio Pecos zu gehen?" — „Ich habe hier eine Aufgabe zu lösen."

„Darf mein weißer Bruder zu mir über diese Aufgabe sprechen? Wird er mir erzählen, wo er sich befunden hat, seit wir voneinander schieden?" — Winnetou zog mich ein Stück tiefer in den Wald hinein, wo wir uns niedersetzten. An seiner Seite erzählte ich ihm meine Erlebnisse. Als ich zu Ende war, nickte er ernst vor sich hin.

„Mein Bruder hat seit unserer letzten Trennung viel erlebt, Winnetou dagegen nichts Besonderes. Er mußte viele und weite Ritte unternehmen, um die Stämme der Apatschen zu besuchen und sie von übereilten Schritten abzuhalten, denn sie wollten nach Mexiko, um sich dort an den Kämpfen zu beteiligen. Hat mein Bruder von Juarez, dem roten Präsidenten, gehört?" — „Ja." — „Wer hat recht, er oder Napoleon?" — „Juarez." — „Mein Bruder denkt wie ich. Ich bitte dich, mich nicht zu fragen, was ich hier in Matagorda tue. Ich muß es selbst gegen dich verschweigen, denn ich habe Juarez Verschwiegenheit gelobt. Du wirst, obgleich du mich hier getroffen hast, den beiden Bleichgesichtern folgen, die du suchst?" — „Ich bin dazu gezwungen, und ich würde mich freuen, wenn du mich begleiten

[1] So nannte er mich; vgl. Bd. 7, 521

könntest. Ist dir das nicht möglich?" — „Nein. Ich habe eine Pflicht zu erfüllen, die ebenso groß ist wie die deinige. Heut muß ich noch bleiben; morgen aber fahre ich mit dem Schiff nach La Grange, von wo aus ich über Fort Inge zum Rio Grande del Norte gehe." — „Wir fahren mit dem gleichen Schiff, nur weiß ich nicht wie weit. Morgen also werden wir noch beieinander sein." — „Nein. Ich möchte meinen Bruder nicht in meine Sache verwickeln. Darum habe ich vorhin getan, als kennte ich dich nicht. Auch wegen Old Death habe ich nicht mit dir gesprochen." — „Wie meinst du das?" — „Weiß er, daß du Old Shatterhand bist?" — „Nein. Dieser Name ist zwischen uns noch gar nicht erwähnt worden." — „Er kennt ihn gewiß. Du bist jetzt lange fortgewesen und weißt deshalb nicht, wie oft im Westen von dir gesprochen wird. Old Death hat sicher schon von Old Shatterhand gehört. Dich aber scheint er für ein Greenhorn zu halten?" — „Das ist allerdings der Fall." — „So wird es später eine große Überraschung geben, wenn er hört, wer dieses Greenhorn ist; die möchte ich meinem Bruder nicht verderben. Wir werden also auf dem Schiff nicht miteinander sprechen. Wenn du Ohlert und seinen Entführer gefunden hast, werden wir dann um so länger beisammen sein; denn du wirst doch zu uns kommen?" — „Ganz gewiß!" — „So wollen wir jetzt scheiden, Scharlih. Es gibt hier Bleichgesichter, die auf mich warten." Winnetou stand auf. Ich mußte sein Geheimnis achten und nahm Abschied von ihm, hoffentlich nur für kurze Zeit.

Am anderen Morgen mieteten Old Death und ich zwei Maultiere, auf denen wir hinaus zur Raft ritten, wo das Dampfboot auf die Reisenden wartete. Die Tiere erhielten unsere Sättel aufgelegt. — Der Steamer war ein flach gehendes Boot und ganz nach amerikanischer Art gebaut. Es befanden sich bereits zahlreiche Fahrgäste darauf. Als wir, nun allerdings die Sättel auf der Schulter, über die Planke schritten und an Deck kamen, rief eine laute Stimme: „By Jove! Da kommen ein paar zweibeinige, gesattelte Maulesel! Hat man schon so etwas gesehen? Macht Platz, Leute! Laßt sie hinein in den Raum! Solch Viehzeug darf nicht unter Gentlemen weilen!" — Wir kannten diese Stimmen. Die besten Sitze des mit einem Dach versehenen ersten Platzes hatten die Rowdies eingenommen, mit denen wir gestern zusammengeraten waren. Der laute Schreier von gestern, der überhaupt ihr Anführer zu sein schien, hatte uns mit dieser neuen Beleidigung empfangen. Ich richtete mich nach Old Death. Da er die Worte ruhig über sich ergehen ließ, tat auch ich so, als hätte ich sie nicht gehört. Wir nahmen den Kerlen gegenüber Platz und schoben die Sättel unter unsere Sitze. — Der Alte machte es sich bequem, zog einen Revolver hervor, spannte ihn und legte ihn neben sich. Ich folgte auch hierin seinem Beispiel. Die Strolche steckten die Köpfe zusammen und zischelten unter sich, wagten es aber nicht, wieder eine laute Beleidigung hören zu lassen. Ihre Hunde, von denen nun freilich einer fehlte, hatten sie auch heute bei sich. Der Sprecher betrachtete uns mit besonders feindseligen Blicken. Seine Haltung war gebeugt, jedenfalls infolge des Fluges durch das Fenster und der nachfolgenden nicht eben sanften Behandlung durch Winnetou. Sein Gesicht zeigte noch die frischen Spuren der splitternden Fensterscheiben. — Als der Conductor kam, uns zu fragen, wie weit wir mitfahren wollten, gab Old Death den Ort Columbus an; bis dahin bezahlten wir. Wir konnten ja dort nötigenfalls weitere Fahrt nehmen. Mein Begleiter war der Ansicht, daß Gibson nicht ganz bis Austin gefahren sei. — Die Glocke hatte bereits das zweite Zeichen gegeben, als ein weiterer Mitreisender kam — Winnetou. Er ritt seinen Iltschi[1], einen prachtvollen, indianisch aufgezäumten Rapphengst, stieg erst an Bord aus dem Sattel und führte sein Pferd aufs Vorderdeck, wo für etwa mitzunehmende Pferde ein schulterhoher Bretterverschlag errichtet war. Dann setzte er sich, scheinbar ohne jemand zu beachten, ruhig daneben auf die Brüstung des Schiffsgeländers. Die Rowdies räusperten sich und husteten laut, um seine Blicke auf sich zu lenken, doch vergebens. Er saß, auf seine Silberbüchse gestützt, halb abgewendet von ihnen und schien weder Auge noch Ohr für sie zu haben. — Jetzt läutete es zum letztenmal. Noch einige Augenblicke des Wartens, ob vielleicht noch ein Reisender käme, dann drehten sich die Räder, und das Schiff begann die Fahrt. — Unsere Reise schien gut verlaufen zu wollen. Es herrschte allgemeine Ruhe an Bord bis Wharton, wo ein einziger Mann ausstieg, dafür aber zahlreiche Fahrgäste an Bord kamen. Old Death ging für einige Minuten ans Ufer, um sich dort bei dem Commissioner nach Gibson zu erkundigen. Er erfuhr, daß zwei Männer, auf die seine Beschreibung paßte, hier nicht ausgestiegen seien. Dieses Ergebnis hatte seine Erkundigung auch in Columbus, weshalb wir dort bis La Grange weiterbezahlten. Von Matagorda bis Columbus hat das Schiff einen Weg von vielleicht fünfzig Gehstunden zurückzulegen. Es war also nicht mehr zeitig am Nachmittag, als wir dort anlangten. Während dieser langen Zeit hatte Winnetou seinen Platz nur ein einziges Mal verlassen, um seinem Pferd Wasser zu schöpfen und ihm Maiskörner zu geben. — Die Rowdies schienen ihren Groll gegen ihn und uns vergessen zu haben. Sie beschäftigten sich jeweils mit den neuen Reisenden, wurden aber meist abweisend behandelt. Sie brüsteten sich mit ihrer politischen Gesinnung, fragten einen jeden nach der seinigen und schimpften auf alle, die nicht ihrer Meinung waren. Ausdrücke wie ‚verdammter Republikaner‘, ‚Niggeronkel‘, ‚Yankeediener‘ und andere noch schlimmere flossen nur so von ihren Lippen, und so kam es, daß man sich von ihnen zurückzog und nichts von ihnen wissen wollte. Das war jedenfalls auch der Grund, daß sie es unterließen, mit uns anzubinden. Sie durften nicht hoffen, Unterstützung zu finden. Hätten sich jedoch mehr Sezessionisten an Bord befunden, so wäre es gewiß um den Schiffsfrieden geschehen gewesen. — In Columbus nun verließen viele von den friedlich gesinnten Leuten den Steamer, und es kamen dafür Menschen anderen Schlages an Bord. So taumelte auch eine Bande von vielleicht fünfzehn bis zwanzig Betrunkenen über die Planke, die nichts Gutes ahnen ließen und von den Rowdies mit stürmischer Freude bewillkommnet wurden. Mehrere der neu Eingestiegenen schlossen sich ihnen an, und bald konnte man beobachten, daß sich der Pöbel jetzt in der Übermacht befand. Die Kerle flegelten sich auf die Sitze, ohne zu fragen, ob sie anderen unbequem wurden oder nicht, stießen sich zwischen den ruhigen Fahrgästen hin und her und taten alles, um zu zeigen, daß sie sich als Herren des Platzes fühlten. Der Kapi-

---

[1] Wind

tän ließ sie lärmen. Er mochte meinen, daß es das beste sei, sie nicht zu beachten. Solange sie ihn nicht in der Leitung des Schiffes störten, überließ er es den Reisenden, sich gegen Übergriffe selbst zu schützen. Er hatte keinen einzigen Yankeezug im Gesicht. Seine Gestalt war voll, wie man es beim Amerikaner selten sieht, und über sein rotwangiges Gesicht breitete sich beständig ein gutmütiges Lächeln, das meiner Beurteilung nach auf echte deutsche Abstammung deutete. — Die meisten Sezessionisten hatten sich in den Erfrischungsraum begeben. Von dort her erscholl wüstes Gejohle. Flaschen wurden in Scherben geschlagen. Dann kam ein Neger schreiend gerannt, jedenfalls der Kellner, kletterte zum Kapitän hinauf und jammerte ihm seine kaum verständlichen Klagen vor. Nur so viel hörte ich, daß er mit der Peitsche geschlagen worden sei und später an einem der Rauchschlote gehenkt werden sollte. — Jetzt machte der Kapitän schon ein bedenklicheres Gesicht. Er schaute aus, ob das Schiff den richtigen Kurs hatte, und stieg dann hinab, um sich in den Erfrischungsraum zu begeben. Da kam ihm der Conductor entgegen. In unserer Nähe trafen die beiden zusammen. Wir hörten, was sie sprachen.

„Capt'n", meldete der Conductor, „wir dürfen nicht länger ruhig zusehen. Die Leute planen Arges. Laßt den Indianer dort ans Land! Sie wollen ihn aufknüpfen. Er hat sich gestern an einem von ihnen vergriffen. Außerdem sind zwei Weiße hier, ich weiß nur nicht welche, die gelyncht werden sollen, weil sie gestern dabei waren. Sie sollen Spione des Juarez sein." — „By Jove! Das wird Ernst. Welche beiden Männer werden das sein?" — Sein Auge schweifte forschend umher. — „Wir sind es, Sir", meldete ich mich kurzerhand, indem ich aufstand und zu ihnen trat. „Mein Gefährte dort und ich." — „Ihr? Na, wenn Ihr ein Spion seid, so will ich mein Steamboot als Frühstück verzehren!" meinte er, indem er mich musterte. — „Fällt mir auch nicht ein. Ich bin ein Deutscher und kümmere mich nicht im mindesten um eure Politik." — „Ein Deutscher? Dann sind wir ja Landsleute! Ich heiße Hofer und sage mehr ein erstes fließendes Wasser im Neckar gesehen. Euch darf nichts geschehen. Werde sofort anlegen, damit Ihr Euch in Sicherheit bringen könnt." — „Da mache ich nicht mit. Ich muß unbedingt mit diesem Boot weiter und habe keine Zeit zu verlieren." — „So? Das ist unangenehm. Wartet ein wenig!" — Er ging zu Winnetou und sagte ihm etwas. Der Apatsche hörte ihn wortlos an, schüttelte verächtlich den Kopf und wandte sich ab. Der Kapitän kehrte zu uns zurück und meldete mit verdrießlicher Miene: „Dachte es mir. Die Roten haben eiserne Köpfe. Er will auch nicht an Land gesetzt werden." — „Dann ist er samt diesen beiden Herren verloren, denn die Strolche werden Ernst machen", meinte der Conductor besorgt. „Und wir paar Mann vom Steamer können gegen eine solche Übermacht nicht aufkommen." — Der Kapitän blickte sinnend vor sich nieder. Endlich zuckte es lustig über sein gutmütiges Gesicht, wie wenn er einen vortrefflichen Einfall hätte. Er wandte sich wieder zu mir und Old Death, der inzwischen auch hinzugetreten war. — „Ich werde diesen Sezessionisten einen Streich spielen, an den sie noch lange denken sollen. Ihr müßt euch aber genau so verhalten, wie ich es von euch verlange. Macht vor allen Dingen keinen Gebrauch von der Waffe! Steckt eure Büchsen da unter die Bank zu den Sätteln! Gegenwehr würde die Sache nur verschlimmern." — *"The devil!* Sollen wir uns ruhig lynchen lassen, Sir?" knurrte Old Death verdrießlich. — „Nein. Haltet euch zurück! Im richtigen Augenblick wird mein Mittel wirken. Wir wollen diese Halunken durch ein Bad abkühlen. Verlaßt euch auf mich! Habe jetzt keine Zeit zu langen Erklärungen. Die Kerle nahen schon." — Wirklich kam jetzt die Rotte aus dem Erfrischungsraum heraus. Der Kapitän zog sich schnell von uns zurück und erteilte dem Conductor einige leise Befehle. Dieser eilte zum Steuermann, bei dem zwei zum Boot gehörige Deckhands standen. Kurze Zeit später sah ich ihn beschäftigt, den ruhigeren Fahrgästen heimliche Weisungen zuzuflüstern, konnte aber nicht weiter auf ihn achten, da ich mit Old Death von den Sezessionisten in Anspruch genommen wurde. Nur so viel bemerkte ich im Verlauf der nächsten zehn Minuten, daß sich die erwähnten friedlichen Reisenden auf dem Vorderdeck möglichst eng zusammenzogen. — Kaum waren die betrunkenen Sezessionisten an Deck, so wurden wir beide von ihnen umringt. Wir hatten nach der Weisung des Kapitäns die Gewehre weggelegt. — „Das ist er!" rief Blyth, der Sprecher von gestern, indem er auf mich deutete. „Ein Spion der Nordstaaten, die es mit Juarez halten! Gestern noch ging er als feiner Gentleman, heute hat er einen Trapperanzug angelegt. Warum verkleidet er sich? Meinen Hund hat er mir getötet und er und sein Begleiter haben uns mit ihren Revolvern bedroht." — „Ein Spion ist er, ja, ein Spion!" riefen die anderen wirr durcheinander. „Das beweist die Verkleidung. Und er ist ein Deutscher! Bildet eine Jury! Er muß am Hals baumeln! Nieder mit den Nordstaaten, nieder mit den Yankees und ihren Geschöpfen!" — „Was treibt Ihr da unten, Gentlemen?" rief in diesem Augenblick der Kapitän von oben herab. „Ich will Ruhe und Ordnung an Bord. Laßt die Fahrgäste ungeschoren!" — „Schweigt, Sir!" brüllte einer aus der Rotte hinauf. „Auch wir wollen Ordnung, und wir werden sie uns verschaffen. Gehört es zu Euren Obliegenheiten, Spione an Bord zu nehmen?" — „Es gehört zu meinen Obliegenheiten, Leute, zu befördern, die die Fahrt bezahlen. Kommen Führer der Sezessionisten zu mir, so dürfen sie mitfahren, geradeso wie ihre politischen Gegner, vorausgesetzt, daß sie zahlen und anständig sind. Das ist mein Geschäft. Und wenn ihr mir das verderbt, setze ich euch ans Ufer, und ihr mögt zu Land nach Austin schwimmen." — Ein höhnisches, wieherndes Gelächter antwortete ihm. Man drängte Old Death und mich so eng zusammen, daß wir uns nicht rühren konnten. Wir erhoben Einspruch, doch wurden unsere Worte durch das tierische Geschrei der rohen Bande verschlungen. Man stieß uns vom ersten Platz fort bis an die rauchenden Essen, an denen wir aufgeknüpft werden sollten. Diese Essen waren oben mit eisernen Ösen versehen, durch die Taue liefen, also eine wunderbar geeignete Vorrichtung, um jemanden zu hängen. Man brauchte die Taue nur schlaff zu lassen und uns mit der empfindlichen Gegend des Halses daran zu befestigen, um uns dann gemächlich emporzuhissen. — Old Death mußte sich gewaltig Mühe geben, ruhig zu erscheinen. Seine Hand zuckte öfters zum Gürtel; aber sobald dann sein Blick zum Kapitän flog, winkte dieser verstohlen ab. — „Na", meinte er zu mir, und zwar deutsch, um von unseren Bedrängern nicht verstanden zu werden, „ich will mich noch fügen. Aber wenn sie es mir zu toll treiben, haben sie in einer einzigen Minute unsere vierundzwanzig Kugeln im Leib. Schießt nur auch gleich, wenn ich anfange!" — „Hört ihr es?" rief der Rowdy Blyth. „Sie reden deutsch. Es ist also erwiesen, daß sie verdammte Dutchmen sind und zu den Schuften gehören, die den Südstaaten am meisten zusetzen. Was wollen sie hier in Texas? Sie sind Spione und Verräter. Machen wir es kurz mit ihnen!" — Seinem Vorschlag wurde brüllend beigestimmt. Der Kapitän rief ihnen eine strenge Mahnung zu, wurde aber wieder ausgelacht. Dann warf man die Frage auf, ob man nun gegen den Indianer verhandeln oder uns vorher hängen sollte, und man entschied sich für das erste. Blyth schickte zwei Männer ab, den Roten herbeizuholen. — Da wir rundum von Menschen umgeben waren, konnten wir Winnetou nicht sehen. Wir hörten nur einen lauten Schrei. Winnetou hatte einen der Abgesandten niedergeschlagen und den anderen über Bord geschleudert. Dann war er in die aus Eisenblech gefertigte Kabine des Conductors geschlüpft, die sich am Radkasten befand. Sie hatte ein kleines Fensterchen, durch das jetzt die Mündung seiner Silberbüchse hervorschaute. Dieser ganze Vorfall erregte allgemein einen fürchterlichen Lärm. Alles rannte an die Schiffsbrüstung, und man schrie dem Kapitän zu, einen Mann ins Boot zu senden, um den ins Wasser Geworfenen aufzufischen. Hofer kam dieser Aufforderung nach und gab einem der Deckhands einen Wink. Der Mann sprang in das am Achterdeck des Fahrzeugs befestige Boot, löste das Tau und ruderte zu dem prustenden und planschenden Rowdy hin, der ein wenig schwimmen konnte und sich alle Mühe gab, über Wasser zu bleiben.

Ich stand mit Old Death allein. Vom Hängen war einstweilen keine Rede mehr. Wir sahen die Augen des Steuermanns und der übrigen Schiffsleute auf den Kapitän gerichtet, der uns näher zu sich heranwinkte und mit unterdrückter Stimme sagte: „Paßt auf, Mesch'-schurs! Jetzt gebe ich ihnen das Bad. Bleibt nur ruhig an Bord, es mag geschehen, was da will! Macht aber so viel Lärm wie möglich!"

Hofer hatte stoppen lassen, und das Schiff wurde langsam abwärts getrieben, dem rechten Ufer zu. Dort gab es eine Stelle, wo sich das Wasser über einer seichten Bank brach. Der Fluß war von da bis zum Ufer überhaupt nicht tief. Ein Wink vom Kapitän — der Steuermann nickte lächelnd und ließ das Fahrzeug gegen die Bank treiben. Ein kurzes Knirschen unter uns, ein Stoß, daß sie taumelten, viele sogar niederstürzten — wir saßen fest. Das lenkte die allgemeine Aufmerksamkeit von dem Boot auf das Schiff. Die ruhigen Fahrgäste waren alle vom Conductor unterrichtet worden, schrien aber laut Verabredung, als hätten sie die höchste Todesangst auszustehen. Die anderen, die an einen wirklichen Unfall glaubten, stimmten erst recht mit ein. Da tauchte der zweite Deckhand hinten auf, kam scheinbar voll Entsetzen zum Kapitän gerannt und schrie: „Wasser im Raum, Capt'n! Das Riff hat den Kiel mitten entzwei geschnitten. In zwei Minuten sinkt das Schiff." — „Dann sind wir verloren!" rief der Kapitän. „Rette sich, wer kann! Das Wasser ist seicht bis zum Ufer. Schnell hinein!" — Er eilte von seinem Platz herab, warf den Rock, die Weste und die Mütze von sich, zog in höchster Eile die Stiefel aus und sprang über Bord. Das Wasser ging ihm nur bis an den Hals. — „Herunter, herunter!" schrie er. „Jetzt ist es noch

Zeit. Wenn das Schiff sinkt, begräbt es in seinem Strudel alle, die sich noch an Bord befinden!" — Daß der Kapitän der erste war, der sich rettete, daß er sich vorher halb entkleidete, das alles fiel keinem der Sezessionisten auf. Entsetzen hatte sie ergriffen. Sie sprangen über Bord und arbeiteten sich schleunigst ans Ufer, ohne darauf zu achten, daß der Kapitän rasch an die andere, dem Ufer abgekehrte Seite des Schiffs schwamm und an einem schnell niedergelassenen Tau wieder an Deck stieg. Das Schiff war nun von den lästigen Raufbolden gesäubert, und wo eine Minute vorher der bleiche Schreck geherrscht hatte, ertönte jetzt ein lautes, lustiges Lachen. — Eben als die ersten Schwimmer ans Land stiegen, gab der Kapitän den Befehl, vorwärtszudampfen. Das seicht gehende, unten breit und stark gebaute Fahrzeug hatte nicht den mindesten Schaden gelitten. Es gehorchte willig dem Druck der Räder. Seinen Rock wie eine Flagge schwenkend, rief Hofer zum Ufer hinüber: „*Farewell*, Gentlemen! Habt ihr wieder einmal Lust, eine Jury zu bilden, so hängt euch selber auf! Eure Sachen, die sich noch an Bord befinden, werde ich in La Grange abgeben. Holt sie euch dort ab!" — Es läßt sich denken, welchen Eindruck diese höhnischen Worte auf die Gefoppten machten. Sie erhoben ein wütendes Geheul, forderten den Kapitän auf, sie augenblicklich wieder aufzunehmen, drohten mit der Anzeige, Tod und anderen Schreckmitteln, ja, sie schossen sogar ihre Gewehre, soweit sie nicht naß geworden waren, auf den Steamer ab, ohne jedoch irgendwelchen Schaden anzurichten. Endlich brüllte einer in ohnmächtiger Wut zum Kapitän hinüber: „Hund! Wir warten hier auf deine Rückkehr und hängen dich dann an deiner eigenen Esse auf!" — „*Well*, Sir! Kommt dann gefälligst an Bord! Bis dahin aber gehabt euch wohl!" — Jetzt hatten wir volle Kraft und dampften in beschleunigter Fahrt weiter, um die versäumte Zeit einzuholen.

4. Die Kukluxer kommen

Das Wort ‚Kukluxer' ist noch heute ein sprachliches Rätsel, das verschiedenartige Lösungen gefunden hat. Der Name des berüchtigten Kukluxklan, oder anders geschrieben Ku-Klux-Klan, soll nach einigen nur eine Nachahmung des Geräusches sein, das durch das Spannen eines Gewehrhahns hervorgebracht wird. Andere setzen ihn zusammen aus suc = Warnung, gluck = glucksen und clan, dem schottischen Wort für Stamm, Geschlecht oder Bande. Mag dem sein, wie ihm wolle; die Mitglieder des Ku-Klux-Klan wußten wohl selber nicht, woher ihr Name stammte und was er zu bedeuten hatte. Es war ihnen auch gewiß ganz gleichgültig. Einem von ihnen war das Wort vielleicht in den Mund gekommen, die anderen fingen es auf und sprachen es nach, ohne sich um den Sinn oder Unsinn dieser Bezeichnung zu kümmern. — Nicht so unklar war der Zweck, den diese Verbindung verfolgte, die zuerst in einigen Grafschaften Nordcarolinas auftrat, sich dann schnell auch über Südcarolina, Georgien, Alabama, Mississippi, Kentucky und Tennessee verbreitete und endlich ihre Glieder auch nach Texas sandte, um dort für ihre Ziele tätig zu sein.

Der Bund umfaßte eine Menge grimmiger Feinde der Nordstaaten. Seine Aufgabe war es, mit allen Mitteln, auch den unerlaubtesten und verbrecherischsten, gegen die nach der Beendigung des Bürgerkriegs eingetretene Ordnung anzukämpfen. Und in der Tat hielten die Kukluxer eine ganze Reihe von Jahren hindurch den Süden in beständiger Aufregung, machten jeden Besitz unsicher, hemmten Gewerbe und Handel, und selbst die strengsten Maßregeln vermochten es nicht, diesem unerhörten Treiben ein Ende zu bereiten. — Der Geheimbund, der infolge der Wiederaufbaumaßnahmen entstand, die die Regierung dem besiegten Süden gegenüber zu treffen gezwungen war, setzte sich aus Leuten zusammen, die Anhänger der Sklaverei, Feinde der Union und Feinde der republikanischen Partei waren. Die Mitglieder wurden durch schwere Eide zum Gehorsam gegen die heimlichen Satzungen und durch Androhung der Todesstrafe zur Geheimhaltung ihrer Bruderschaft verpflichtet. Sie scheuten vor keiner Gewalttat, auch nicht vor Brand und Mord zurück, hatten regelmäßige Zusammenkünfte und erschienen bei Ausübung ihrer ungesetzlichen Taten meist zu Pferd und stets in tiefer Vermummung. Sie schossen Pfarrherren von den Kanzeln und Richter von ihren Plätzen, sie überfielen brave Familienväter, um sie, halb totgeprügelt inmitten ihrer Familien liegen zu lassen. Alle Raufbolde und Mordbrenner zusammengenommen, waren nicht so zu fürchten wie dieser Ku-Klux-Klan, der es so entsetzlich trieb, daß zum Beispiel der Statthalter von Südcarolina den Präsidenten Grant ersuchte, ihm militärische Hilfe zu senden, da dem Geheimbund, dessen Treiben bereits die bedenklichsten Ausmaße angenommen hatte, nicht anders beizukommen sei. Grant legte die Angelegenheit dem Kongreß vor, und dieser erließ ein Anti-Ku-Klux-Gesetz, das dem Präsidenten unumschränkte Gewalt verlieh, die Bande zu vernichten. Daß man gezwungen war, ein so strenges Ausnahmegesetz zu erlassen, ist ein sicherer Beweis dafür, welch außerordentliche Gefahr sowohl für den einzelnen wie für den ganzen Staat in dem Treiben der Kukluxer lag. Der Klan wurde nachgerade zu einem höllischen Abgrund, in dem sich alle umstürzlerisch gesinnten Geister zusammenfanden. Einer der Geistlichen, der einfach von der Kanzel geschossen wurde, hatte nach der Predigt für das Seelenheil einer Familie gebetet, deren Glieder bei hellem Tag von den Kukluxern ermordet worden waren. Empört bezeichnete er das Treiben des Klan als einen Kampf der Kinder des Teufels gegen die Kinder Gottes. Da erschien mitten in der Gemeinde eine vermummte Gestalt und jagte ihm eine Kugel durch den Kopf. Noch bevor sich die erschrokkene Menge von ihrem Entsetzen zu erholen vermochte, war der Täter verschwunden.

Als unser Dampfboot in La Grange anlangte, war es Abend geworden, und der Kapitän erklärte uns, daß er wegen der im Flußbett drohenden Gefahren nachts nicht weiterfahren könne. Wir entschlossen uns deshalb, in La Grange auszusteigen. Winnetou ritt vor uns über die Planke und verschwand zwischen den nächsten Häusern im Dunkel der Nacht. — Auch in La Grange stand ein Commissioner, der örtliche Vertreter des Schiffseigners, bereit. Old Death wandte sich sofort an ihn: „Sir, wann ist das letzte Schiff aus Matagorda hier angekommen? Stiegen alle Fahrgäste aus?" — „Das letzte

Schiff kam vorgestern um diese Zeit an und alle Reisenden gingen an Land, denn der Steamer fuhr erst am anderen Morgen weiter." — „Und Ihr wart hier, als sie früh wieder einstiegen?" — „Gewiß, Sir." „So könnt Ihr mir vielleicht Auskunft erteilen. Wir suchen zwei Freunde, die mit dem betreffenden Steamer gefahren, also auch hiergeblieben sind. Wir möchten gern wissen, ob sie dann früh die Fahrt fortgesetzt haben." — „Hm, das ist nicht leicht zu sagen. Es war so dunkel, und die Reisenden drängten so von Bord, daß man dem einzelnen keine besondere Aufmerksamkeit schenken konnte. Wahrscheinlich sind die Leute frühmorgens alle wieder mitgefahren, ein gewisser Mr. Clinton ausgenommen." — „Clinton? Gerade den meine ich! Bitte, kommt mit zu Eurem Licht! Mein Freund wird Euch sein Bild zeigen." — Wirklich erklärte der Commissioner mit aller Entschiedenheit, daß es das Bild des Mannes sei, den er meine. — „Wißt Ihr, wo er geblieben ist?" fragte Old Death weiter. — „Genau nicht, aber wahrscheinlich bei Señor Cortesio, denn dessen Leute waren es, die die Koffer holten. Er ist Vermittler für alles, ein Spanier von Geburt. Ich glaube, er beschäftigt sich jetzt heimlich mit Waffenlieferungen nach Mexiko." — „Hoffentlich lernt man in ihm einen Gentleman kennen?" — „Sir, heutzutage will jeder ein Gentleman sein, selbst wenn er einen Sattel auf dem Rücken trägt." — Das galt uns beiden, die wir mit unseren Sätteln vor ihm standen; doch war die Stichelei nicht bös gemeint. Und so fragte Old Death in ungeminderter Freundlichkeit weiter: „Gibt es hier in diesem gesegneten Ort, wo außer Eurer Lampe kein Licht zu brennen scheint, ein Gasthaus, wo man schlafen kann, ohne von Menschen und anderen Insekten belästigt zu werden?" — „Es ist nur ein einziges da. Und da Ihr so lange hier bei mir stehengeblieben seid, werden die anderen Reisenden Euch zuvorgekommen sein und die wenigen Räume in Beschlag genommen haben." — „Das ist freilich nicht sehr angenehm. In Privathäusern darf man wohl keine Gastfreundschaft erwarten?" — „Hm, Sir, ich kenne Euch nicht. Bei mir selbst kann ich Euch nicht aufnehmen, da meine Wohnung zu klein ist. Aber ich habe einen Bekannten, der Euch wohl nicht fortweisen würde, falls Ihr ehrliche Leute seid. Er ist ein Deutscher, ein Schmied, aus Missouri hergezogen." — „Nun", entgegnete mein Freund, „mein Begleiter hier ist ebenfalls ein Deutscher, und mir ist wenigstens die deutsche Sprache geläufig. Spitzbuben sind wir nicht, bezahlen wollen und können wir auch, und so schätze ich, daß es Euer Bekannter mit uns versuchen dürfte. Wollt Ihr uns wohl seine Wohnung beschreiben?" — „Das ist nicht nötig. Ich würde Euch hinführen, aber ich habe noch auf dem Schiff zu tun. Mr. Lange, so heißt der Mann, ist jetzt nicht zu Haus. Um diese Zeit sitzt er gewöhnlich im Wirtshaus. Das ist so deutsche Sitte hier. Ihr braucht nur nach ihm zu fragen. Mr. Lange aus Missouri. Sagt ihm nur, der Commissioner habe Euch geschickt! Geht geradeaus und dann links um das zweite Haus! Da werdet Ihr das Wirtshaus an den hellen Fenstern erkennen. Die Läden sind wohl noch offen." — Ich dankte dem Mann höflich für die Auskunft, und dann wanderten wir mit unserer Sattellast weiter. Die Nähe des Wirtshauses war nicht nur an den Lichtern, sondern noch weit mehr an dem Lärm zu erkennen, der aus den geöffneten Fenstern drang. Über der Tür war eine Tierfigur angebracht, die einen

Riesenschildkröte glich, aber Flügeln und zwei Beine hatte. Darunter stand zu lesen: ‚Hawk Inn'. Die Schildkröte sollte also einen Raubvogel vorstellen, und das Haus war der ‚Gasthof zum Falken'.

Als wir die Stubentür öffneten, kam uns eine dicke Wolke übelriechenden Tabakqualms entgegen. Die Gäste mußten mit vortrefflichen Lungen ausgerüstet sein, da sie sich in dieser Luft ganz wohl zu befinden schienen. Übrigens erwies sich der ausgezeichnete Zustand ihrer Lungen bereits aus der ungemein kräftigen Tätigkeit ihrer Sprachwerkzeuge; denn jeder schrie auf den anderen ein, um sich in dem allgemeinen Lärm verständlich zu machen. Angesichts der angenehmen Gesellschaft blieben wir einige Minuten an der Tür stehen, um unsere Augen an den Qualm zu gewöhnen und die einzelnen Personen und Gegenstände unterscheiden zu können. Dann bemerkten wir, daß es zwei Stuben gab, eine größere für einfache und eine kleinere für feinere Gäste, für Amerika eine sonderbare und sogar gefährliche Einrichtung, da kein Bewohner der freien Staaten jemals einen gesellschaftlichen Unterschied zwischen sich und anderen anerkennen wird.

Da vorn kein Platz mehr zu finden war, gingen wir in die hintere Stube, die wir unbeachtet erreichten. Dort standen noch zwei Stühle frei, die wir für uns in Anspruch nahmen, nachdem wir die Sättel in eine Ecke gelegt hatten. An dem Tisch saßen mehrere Männer, die Bier tranken und sich in deutscher Sprache unterhielten. Sie hatten uns nur einen kurzen forschenden Blick zugeworfen, und es schien mir, als seien sie bei unserem Erscheinen schnell auf einen anderen Gesprächsstoff übergegangen. So ließ wenigstens ihre unsichere, suchende Sprechweise vermuten. Zwei von ihnen waren einander ähnlich. Man mußte sie auf den ersten Blick für Vater und Sohn halten, hohe und kräftige Gestalten mit scharf gemeißelten Zügen und schweren Fäusten, ein Beweis fleißigen und anstrengenden Schaffens. Ihre Gesichter machten den Eindruck der Biederkeit und waren jetzt vor Aufregung gerötet, als hätte man sich über einen unliebsamen Gegenstand lebhaft unterhalten. — Als wir uns niedersetzten, rückten die Männer zusammen, so daß zwischen ihnen und uns ein freier Raum entstand, ein leiser Wink, daß sie nichts von uns wissen wollten. — „Bleibt immerhin sitzen, ihr Männer!" sagte Old Death in deutscher Sprache. „Wir werden euch nicht gefährlich, wenn wir auch tagsüber nicht viel gegessen haben. Vielleicht könnt ihr uns sagen, ob man hier etwas Genießbares bekommen kann, was einem die liebe Verdauung nicht allzusehr in Unordnung bringt?"

Der eine, den ich für den Vater des anderen hielt, kniff das rechte Auge zusammen und lachte. — „Was das Verspeisen unserer werten Personen betrifft, Sir, so würden wir uns wohl ein wenig dagegen wehren. Übrigens seid Ihr ja der reine Old Death. Ich glaube nicht, daß Ihr den Vergleich mit ihm zu scheuen brauchtet." — „Old Death? Wer ist das?" fragte mein Freund mit gutgespielter Unbefangenheit.

„Jedenfalls ein berühmtes Haus als Ihr, ein Westmann und Pfadfinder, der in jedem Monat seines Herumstreichens mehr durchgemacht hat als tausend andere im Leben. Mein Junge, der Georg, hat ihn gesehen." — Dieser ‚Junge' war vielleicht sechsundzwanzig Jahre alt, hatte ein tiefgebräuntes Gesicht und machte den Eindruck, als nähme er es gern und gut mit einem halben Dutzend anderer auf.

Old Death betrachtete ihn von der Seite her. — „Der hat ihn gesehen? Wo denn?" — „Im Jahr Zweiundsechzig, droben in Arkansas, kurz vor der Schlacht am Pea Ridge. Doch werdet ihr von diesen Ereignissen wohl kaum etwas wissen." — „Warum nicht? Bin oft im alten Arkansas gewandert und glaube, um die angegebene Zeit nicht weit von dort gewesen zu sein." — „So? Zu wem habt Ihr Euch denn damals gehalten, wenn man fragen darf? Die Verhältnisse liegen jetzt zumal in unserer Gegend so, daß man die politische Farbe eines Mannes, mit dem man an einem Tisch sitzt, genau kennen muß."

„Habt keine Sorge, Sir! Ich vermute, daß Ihr es nicht mit den besiegten Sklavenzüchtern haltet, und bin völlig Eurer Meinung. Daß ich übrigens nicht zu dieser Menschensorte gehöre, konntet Ihr schon daraus ersehen, daß ich deutsch spreche!" — „Seid uns willkommen! Aber irrt Euch nicht, Sir! Die deutsche Sprache ist ein trügerisches Erkennungszeichen. Es gibt im anderen Lager auch Leute, die mit unserer Muttersprache leidlich umzugehen wissen und das benutzen, sich in unser Vertrauen einzuschleichen. Das habe ich zur Genüge erfahren. Doch wir sprachen von Old Death und Arkansas. Ihr wißt vielleicht, daß sich dieser Staat beim Ausbruch des Bürgerkrieges für die Union erklären wollte. Es kam aber unerwartet ganz anders. Zwar taten sich viele tüchtige Männer, denen das Sklavenwesen und besonders das Gebaren der Südbarone ein Greuel war, zusammen und erklärten sich gegen die Sezession. Aber der Pöbel, wozu ich auch diese Barone rechne, bemächtigte sich schleunigst der öffentlichen Gewalt. Die Verständigen wurden eingeschüchtert, und so fiel Arkansas dem Süden zu. Das erweckte besonders unter den Einwohnern deutscher Abstammung eine große Erbitterung. Sie konnten jedoch vorderhand nichts dagegen tun und mußten es dulden, daß namentlich die nördliche Hälfte des schönen Landes unter den Folgen des Kriegs außerordentlich zu leiden hatte. Ich wohnte damals in Missouri, in Poplar Bluff, nahe der Grenze von Arkansas. Mein Junge, der da vor Euch sitzt, war in eins der deutschen Regimenter getreten. Man wollte den Unionisten in Arkansas zu Hilfe kommen und schickte eine Abteilung auf Kundschaft über die Grenze. Georg war bei diesen Leuten. Sie trafen unversehens auf eine erdrückende Übermacht und wurden nach hartnäckiger Gegenwehr überwältigt." — „Also kriegsgefangen? Das war freilich schlimm. Man weiß, wie es die Südstaaten mit ihren Gefangenen trieben. Von hundert starben mindestens achtzig an schlechter Behandlung. Höchstens, daß man sich scheute, die besiegten Gegner offen umzubringen." — „Oho! Da seid Ihr gewaltig auf dem Holzweg. Die braven Kerle hatten sich wacker gehalten, alle ihre Kugeln verschossen und dann noch mit Kolben und Messer gearbeitet. Das ergab für die Sezessionisten gewaltige Verluste. Sie waren darüber erbost und entschlossen sich, die Gefangenen über die Klinge springen zu lassen. Georg war mein einziger Sohn, und ich stand nahe daran, ihn zu verlieren. Daß es nicht geschah, habe ich nur Old Death zu verdanken." — „Wieso, Sir? Ihr macht mich neugierig. Hat dieser Pfadfinder etwa einen Streiftrupp herbeigeführt, um die Gefangenen zu befreien?" — „Damit wäre Old Death zu spät gekommen, denn bevor solche Hilfe erscheinen konnte, wäre der Mord geschehen gewesen. Nein, er fing es als echter, richtiger und verwegener Westmann an.

Er holte die Gefangenen ganz allein heraus." — „Alle Wetter! Das wäre ein Streich!" — „Und was für einer! Er pirschte sich ins Lager, auf dem Bauch, wie man Indianer beschleicht. Durch einen Regen, der an jenem Abend in Strömen niederfiel und die Feuer löschte, wurde ihm das erleichtert. Daß dabei einige Vorposten sein Messer gefühlt haben, ließ sich nicht vermeiden. Die Sezessionisten lagen in einer Farm, ein ganzes Bataillon. Die Offiziere hatten das Wohnhaus für sich behalten, und die Truppen waren untergebracht worden, so gut es eben ging. Die Gefangenen aber, über zwanzig an der Zahl, hatte man in die Zuckerpresse eingeschlossen. Dort wurden sie von vier Posten bewacht, je einem an jeder Seite des Gebäudes. Am nächsten Morgen sollten die armen Teufel erschossen werden. Des Nachts, kurz nach der Ablösung der Posten, hörten sie ein Geräusch über sich auf dem Dach, das nicht vom prasselnden Regen herrührte. Sie lauschten. Da krachte es plötzlich. Das aus langen Holzschindeln bestehende Dach war aufgesprengt worden. Irgend jemand arbeitete das Loch in der Decke weiter, bis der Regen in die Presse fiel. Dann blieb es wohl über zehn Minuten lang still. Endlich aber wurde ein junger Baumstamm herabgelassen, woran sich noch die Aststummel befanden, stark genug, einen Menschen zu tragen. Daran stiegen die Gefangenen auf das Dach des niedrigen Gebäudes und von hier zur Erde hinab. Dort sahen sie die vier Posten, die wohl nicht bloß schliefen, regungslos liegen und nahmen ihnen die Waffen. Der Retter brachte die Befreiten mit großer Schlauheit aus dem Bereich des Lagers und auf den Weg zur Grenze, den sie alle kannten. Erst hier erfuhren sie, daß es Old Death, der Pfadfinder, war, der sein Leben gewagt hatte, um ihnen das ihrige zu erhalten." — „Ist er mit ihnen gegangen?" fragte Old Death. — „Nein. Der Scout sagte, er habe noch Wichtiges zu tun, und eilte fort in die finstere, regnerische Nacht hinein, ohne ihnen Zeit zu lassen, sich zu bedanken oder ihn genauer anzusehen. Die Nacht war so dunkel, daß man das Gesicht eines Menschen nicht erkennen konnte. Georg hatte von ihm nichts bemerken können als nur die lange, hagere Gestalt. Aber gesprochen hat er mit ihm und weiß noch heute jedes Wort, das der wackere Mann zu ihm sagte. Käme Old Death uns einmal in den Weg, so sollte er erfahren, daß wir Deutsche dankbare Menschen sind."

„Das wird er wohl ohnedies wissen. Schätze, daß Euer Sohn nicht der erste Deutsche ist, den dieser Mann getroffen hat. Aber, Sir, kennt Ihr vielleicht hier einen Mr. Lange aus Missouri?" — Der andere horchte auf. „Lange?" fragte er. „Warum fragt Ihr nach ihm?"

„Ich fürchtete, daß wir hier im ‚Falken' keinen Platz mehr fänden. darum erkundigte ich mich bei dem Commissioner am Fluß nach einem Mann, der uns vielleicht ein Nachtlager geben würde. Er nannte uns Mr. Lange und riet uns zu sagen, der Commissioner schicke uns zu ihm. Dabei meinte er, wir würden den Gesuchten hier finden." — Der ältere Mann richtete nochmals einen prüfenden Blick auf uns. — „Damit hat er recht gehabt, Sir", sagte er dann, „denn ich selbst bin Mr. Lange. Da der Commissioner euch sendet und ich euch für ehrliche Leute halte, seid ihr mir willkommen, und ich will hoffen, daß ich mich nicht etwa in euch täusche. Wer ist denn Euer Gefährte da, der noch kein Wort gesprochen hat?" — „Ein Landsmann von Euch, ein Sachse, sogar ein studierter, der herübergekommen ist,

um hier sein Glück zu machen." — „O weh! Die guten Leute da
drüben denken immer, die gebratenen Tauben fliegen ihnen hier nur
so in den Mund. Ich sage Euch, Sir, daß man hier viel härter arbeiten
und bedeutend mehr Enttäuschungen einstecken muß, um es zu etwas
zu bringen, als drüben. Doch nichts für ungut! Ich wünsche Euch
Erfolg und heiße Euch ebenfalls willkommen." — Lange gab uns
beiden die Hand. Old Death drückte sie ihm noch einmal und sagte:
„Und wenn Ihr nun noch im Zweifel seid, ob wir Euer Vertrauen
verdienen oder nicht, so will ich mich an Euren Sohn wenden, der
mir meine Vertrauenswürdigkeit bezeugen wird." — „Mein Sohn, der
Georg?" fragte Lange erstaunt. — „Gewiß. Ihr sagtet, er habe sich
mit Old Death unterhalten und wisse noch genau jedes Wort dieses
Gesprächs. Wollt Ihr mir wohl mitteilen, junger Mann, was da gesprochen worden ist? Bin sehr gespannt darauf." — Georg, an den
die Frage gerichtet war, gab rasch und lebhaft Antwort. — „Als Old
Death uns auf den Weg brachte, schritt er voran. Ich hatte einen
Streifschuß in den Arm bekommen, der mich sehr schmerzte, denn
ich war nicht verbunden worden und der Ärmel war an der Wunde
festgeklebt. Wir gingen durch ein Gebüsch. Old Death ließ einen
starken Ast hinter sich schnellen, der meine Wunde traf. Das tat
so weh, daß ich einen Schmerzensruf ausstieß, und —" — „— und
da nannte Euch der Pfadfinder einen Esel!" fiel Old Death ein. —
„Woher wißt Ihr das?" fragte Georg erstaunt. — „Darauf sagtet Ihr
ihm, daß Ihr einen Schuß erhalten hättet, dessen Wunde entzündet
sei, und er riet Euch, den Ärmel mit Wasser aufzuweichen und die
Wunde dann fleißig mit dem Saft vom Wegerich zu kühlen, wodurch
der Brand verhütet werde." — „Ja, so ist es! Wie könnt Ihr das
wissen, Sir?" rief Georg Lange überrascht. — „Das fragt Ihr noch?
Weil ich es selber bin, der Euch diesen guten Rat gegeben hat. Euer
Vater sagte vorhin, er könnte mich recht gut mit Old Death vergleichen. Nun, das stimmt, denn ich gleiche dem alten Kerl freilich
so genau, wie eine Ehefrau der Gattin gleicht." — „Ihr — Ihr — seid
es selber?" rief Georg erfreut, indem er von seinem Stuhl aufsprang
und mit ausgebreiteten Armen auf Old Death zueilte. Aber sein
Vater hielt ihn zurück und zog ihn mit kräftiger Hand auf den
Stuhl nieder. — „Halt, Junge! Zu dieser Umarmung hat der Vater
das erste Recht. Er hat sogar die Pflicht, deinem Retter die Vorder-
pranken um den Hals zu legen. Das wollen wir aber unterlassen,
denn du weißt, wo wir uns befinden, und wie man auf uns achtet.
Bleib also ruhig sitzen!" Und sich zu Old Death wendend, fuhr er
fort: „Nehmt mir diesen Einspruch nicht übel, Sir! Ich habe meine
guten Gründe dafür. Hier ist nämlich der Teufel los. Daß ich Euch
dankbar bin, dürft Ihr mir glauben, aber grad deshalb bin ich verpflichtet, alles zu vermeiden, was Euch in Gefahr bringen kann. Ihr
seid, wie ich weiß und oft gehört habe, als Parteigänger der Abolitionisten bekannt. Ihr habt während des Krieges Streiche ausgeführt,
die Euch berühmt gemacht, den Südstaaten aber großen Schaden
gebracht haben. Ihr seid Heeresteilen des Nordens als Führer und
Pfadfinder beigegeben gewesen und habt sie auf Wegen, auf die
sich kein anderer gewagt hätte, in den Rücken der Feinde geführt.
Wir haben Euch deshalb hoch geehrt. Die Südstaatler aber nannten
Euch und nennen Euch heute noch einen Spion. Ihr wißt wohl, wie

die Sachen jetzt stehen. Geratet Ihr in eine Gesellschaft von Sezessionisten, so lauft Ihr Gefahr, aufgeknüpft zu werden." — „Das weiß ich sehr wohl, Mr. Lange. Ich mache mir aber nichts daraus. Habe zwar keine Leidenschaft dafür, gehängt zu werden, aber auch keine Angst davor. Man hat mir schon oft damit gedroht, ohne es wirklich fertigzubringen. Erst heute wollte eine Bande von Rowdies uns beide an die Schlote des Dampfbootes hängen, aber die Strolche sind nicht dazu gekommen." — Old Death erzählte den Vorfall auf dem Flußdampfer. Daraufhin meinte Lange nachdenklich: „Das war sehr brav von dem Kapitän, aber auch gefährlich für ihn. Er bleibt bis morgen früh hier in La Grange, die Rowdies aber kommen vielleicht noch während der Nacht hierher. Dann kann er sich auf ihre Rache gefaßt machen. Und Euch ergeht es vielleicht noch schlimmer."

„Pah! Ich fürchte diese paar Menschen nicht. Habe bereits mit anderen Gegnern zu tun gehabt." — „Seid nicht allzu sicher, Sir! Die Rowdies werden hier bedeutende Hilfe bekommen. Es ist in La Grange seit einigen Tagen nicht geheuer. Von allen Seiten kommen Fremde, die man nicht kennt und die in allen Winkeln und an allen Ecken beisammenstehen und heimlich tun. Geschäftlich haben sie hier nichts zu suchen, denn sie lungern müßig herum. Was wollen sie also in unserm Ort? Jetzt sitzen sie da drinnen und reißen das Mundwerk auf, daß es sich ein Grizzlybär zum Lager wählen könnte. Sie haben schon entdeckt, daß wir Deutsche sind, und haben uns zu reizen versucht. Wenn wir ihnen antworteten, würde es sicher Mord und Totschlag geben. Ich habe deswegen keine Lust, heute noch lange im Gasthaus zu verweilen, und Ihr werdet Euch nach Ruhe sehnen. Mit dem Abendessen sieht es freilich nicht allzugut aus. Ich bin nämlich Witwer; wir führen einen Junggesellentisch und gehen des Mittags in den Gasthof. Auch habe ich vor einigen Tagen mein Haus verkauft, da mir der Boden hier zu heiß wird. Damit will ich nicht sagen, daß mir die Menschen hier nicht gefallen. Sie sind eigentlich nicht schlimmer als anderswo, aber in den Staaten ist der mörderische Krieg kaum beendet, und die Folgen liegen noch schwer auf den Land, und drüben in Mexiko schlachtet man sich noch immer ab. Texas liegt so recht zwischen diesen beiden Gebieten. Es gärt, wohin man blickt. Aus allen Gegenden zieht sich das Gesindel hierher, und das verleidet mir den Aufenthalt. Deshalb entschloß ich mich zu verkaufen und dann zu meiner Tochter zu ziehen, die sehr glücklich verheiratet ist. Bei ihrem Mann erhalte ich eine Stelle, wie ich sie nicht besser wünschen kann. Dazu kommt, daß ich hier im Ort einen Käufer fand, dem die Liegenschaft paßte und der mich sofort bar bezahlen konnte. Vorgestern hat er mir das Geld gegeben. Ich kann also fort, sobald es mir beliebt. Ich gehe nach Mexiko." — „Seid Ihr des Teufels, Sir?" rief Old Death.

„Ich? Weshalb denn?" — „Weil Ihr vorhin über Mexiko geklagt habt. Ihr gabt zu, daß man sich da drüben abschlachtet. Und nun wollt Ihr selbst hin?" — „Geht nicht anders, Sir. Übrigens ist es nicht in der einen Gegend Mexikos wie in der anderen. Da, wohin ich will, nämlich ein wenig hinter Chihuahua[1], ist der Krieg zu Ende. Juarez mußte zwar anfangs bis nach El Paso fliehen, hat sich

---

[1] Sprich: Tschiwáwa

aber bald aufgemacht und die Franzmänner gehörig nach Süden zurückgetrieben. Ihre Tage sind gezählt. Sie werden aus dem Land gejagt, und der arme Maximilian wird die Zeche bezahlen müssen. Er tut mir leid, denn ich bin ein Deutscher und gönne ihm alles Gute. Um die Hauptstadt wird die Sache ausgefochten werden, während die nördlichen Provinzen verschont bleiben. Dort wohnt mein Schwiegersohn, zu dem ich mit meinem Georg gehen werde. Uns erwartet alles, was wir nur hoffen können; denn, Sir, der wackere Mann ist in einer Silbermine beschäftigt und verdient da recht gut. Er lebt jetzt schon über anderthalb Jahre in Mexiko und schreibt in seinem letzten Brief, daß ein kleiner Silberminenkönig angekommen ist, der gewaltig nach seinem Großvater schreit. Sagt selbst, Sir, kann ich da hierbleiben? Ich soll an der Mine eine gute Anstellung haben, mein Junge, der Georg, ebenso. Dazu kann ich dem kleinen Minenkönig das erste Abendgebet und dann das deutsche Alphabet und das Einmaleins beibringen. — Ihr seht, Mesch'schurs, daß es für mich kein Halten gibt. Ein Großvater muß unbedingt bei seinen Enkeln sein, sonst ist er nicht am richtigen Platz. Also will ich nach Mexiko, und wenn es Euch beliebt, mit mir zu reisen, so soll mir's lieb sein." — „Hm", brummte Old Death. „Macht keinen Scherz, Sir! Es könnte kommen, daß wir Euch beim Wort hielten." — „Was, Ihr wollt mit hinüber? Das wäre freilich prächtig. Schlagt ein, Sir! Wir reiten gemeinsam." — Der Schmied hielt dem alten Scout seine Hand hin. — „Langsam, langsam!" lachte Old Death. „Ich meine allerdings, daß wir wahrscheinlich nach Mexiko gehen werden, aber ungewiß ist es noch, und wenn der Fall wirklich eintreten sollte, so wissen wir doch jetzt noch nicht, welche Richtung wir dann einschlagen." — „Wenn es nur das ist, Sir, so reite ich mit Euch, wohin Ihr wollt. Von hier aus führen alle Wege, die sich westlich wenden, nach Chihuahua, und es ist mir gleich, ob ich heute dort ankomme oder morgen. Ich bin ein eigennütziger Kerl und sehe gern auf meinen Vorteil. Ihr seid ein gewandter Westmann und berühmter Fährtensucher. Wenn ich mit Euch reiten darf, komme ich sicher hinüber, und das ist in der jetzigen unruhigen Zeit von großem Wert. Wo gedenkt Ihr denn das Nähere zu erfahren?" — „Bei einem gewissen Señor Cortesio. Kennt Ihr den Mann vielleicht?" — „Ob ich den kenne! La Grange ist so klein, daß sich da alle Katzen mit Du anreden, und dieser Señor ist es ja, der mir das Haus abgekauft hat."

„Vor allen Dingen möchte ich wissen, ob er ein Schuft oder ein Ehrenmann ist." — „Ein Ehrenmann. Seine politische Färbung geht mich dabei nichts an. Ob einer kaiserlich oder republikanisch regiert sein will, ist mir gleich, wenn er nur sonst seine Pflicht erfüllt. Er steht mit denen jenseits der Grenze in reger Verbindung. Ich habe beobachtet, daß des Nachts in seinem Hof Maultiere mit schweren Kisten beladen werden und daß sich heimlich Leute bei ihm versammeln, die dann samt den Lasttieren zum Rio Grande del Norte ziehen. Deshalb meine ich, man hat mit der Vermutung recht, daß er den Anhängern des Juarez Waffen und Patronen liefert und ihnen auch Leute hinüberschickt, die gegen die Franzosen kämpfen wollen. Das ist bei den hiesigen Verhältnissen ein Wagnis, das man nur dann unternimmt, wenn man der Überzeugung ist, selbst im Fall eines jeweiligen Verlusts im ganzen gute Geschäfte dabei zu machen."

„Wo wohnt er? Ich muß dringend mit ihm reden." — „Um zehn Uhr werdet Ihr ihn sprechen können. Ich hatte nämlich für heute eine Zusammenkunft mit ihm verabredet, deren Gegenstand sich aber indessen erledigt hat, so daß sie nicht mehr nötig ist. Ursprünglich sollte ich um zehn Uhr zu ihm kommen, er wollte dann zu Hause sein." — „Wann wart Ihr das letztemal bei ihm?" — „Gestern um die Mittagszeit." — „Wißt Ihr vielleicht, ob er Besuch hatte?"
„Den hatte er. Zwei Männer saßen bei ihm, ein junger und ein älterer." — „Wurden ihre Namen genannt?" warf ich gespannt ein.
„Ja. Wir saßen fast eine Stunde beisammen, und während einer solchen Zeit bekommt man die Namen der Leute, mit denen man redet, schon zu hören. Der jüngere hieß Ohlert, und der ältere wurde Señor Gavilano genannt. Dieser Gavilano schien ein Bekannter von Cortesio zu sein, denn sie sprachen davon, daß sie sich vor mehreren Jahren in der Hauptstadt Mexiko getroffen hätten." — „Gavilano? Kenne den Mann nicht. Sollte Gibson sich jetzt so nennen?"
Diese Frage des Scout war an mich gerichtet. Ich zog die Bilder hervor und zeigte sie dem Schmied. Er erkannte die beiden sofort.
„Das sind sie, Sir. Dieser hier mit dem hageren, gelben Kreolengesicht ist Señor Gavilano. Der andere ist Mr. Ohlert, der mich in eine nicht geringe Verlegenheit brachte. Er fragte mich immerfort nach Menschen und Dingen, die mir sämtlich ganz unbekannt waren, so zum Beispiel nach einem Nigger, namens Othello, nach einer jungen Miß aus Orleans, Johanna mit Namen, die erst Schafe weidete und dann mit dem König in den Krieg zog, nach einem gewissen Master Fridolin, der einen Gang zum Eisenhammer gemacht haben soll, nach einer unglücklichen Lady Maria Stuart, der sie in England den Kopf abgeschlagen haben, nach einer Glocke, die ein Lied von Schiller gesungen haben soll, auch nach einem sehr poetischen Sir, namens Ludwig Uhland, der zwei Sänger verflucht hat, wofür ihm irgendeine Königin die Rose von ihrer Brust zuwarf. Er freute sich, einen Deutschen in mir zu finden, und brachte eine Menge Namen, Gedichte und Theatergeschichten zum Vorschein, von denen ich mir nur das gemerkt habe, was ich soeben sagte. Das ging mir alles wie ein Mühlrad im Kopf herum. Dieser Mr. Ohlert scheint ein braver, harmloser Mensch zu sein, aber ich möchte wetten, daß er einen kleinen Klaps hat. Zuletzt zog er ein Blatt mit einer Reimerei hervor, die er mir vorlas. Es war da die Rede von einer schrecklichen Nacht, die zweimal hintereinander einen Morgen, das drittemal aber keinen Morgen hatte. Es kamen da vor das Regenwetter, die Sterne, der Nebel, die Ewigkeit, das Blut in den Adern, ein Geist, der nach Erlösung brüllt, ein Teufel im Gehirn und einige Dutzend Schlangen in der Seele, kurz lauter wirres Zeug, das gar nicht zusammenpaßt. Ich wußte wirklich nicht, ob ich lachen oder mich entsetzen sollte." — Es war kein Zweifel, er hatte mit William Ohlert gesprochen. Sein Begleiter Gibson hatte jetzt schon zum zweitenmal seinen Namen geändert. Wahrscheinlich war der Name Gibson auch nur ein angenommener. Daß der Entführer eine gelbe Kreolenfarbe hatte, wußte ich auch, denn ich hatte ihn ja gesehen. Vielleicht stammte er wirklich aus Mexiko, hieß von Haus aus wirklich Gavilano, und Señor Cortesio hatte ihn unter diesem Namen kennengelernt. Gavilano heißt zu deutsch Sperber, eine Bezeichnung, die

zu dem Aussehen des Mannes recht gut paßte. Vor allen Dingen lag mir daran, zu erfahren, welchen Vorwand er gebrauchte, William so mit sich herumzuschleppen. Dieser Vorwand mußte für den Geisteskranken sehr verlockend sein und mit seiner Wahnvorstellung, ein Trauerspiel über einen irrsinnigen Dichter schreiben zu müssen, in naher Verbindung stehen. Vielleicht hatte sich Ohlert auch darüber gegen den Schmied ausgesprochen. Deshalb fragte ich ihn: „Welcher Sprache bediente sich der junge Mann während der Unterhaltung mit Euch?" — „Er redete deutsch und sprach sehr viel von einem Trauerspiel, das er schreiben wollte. Weiter erklärte er, es sei nötig, daß er alles das, was darin enthalten sein sollte, vorher selbst erlebe."

„Das ist ja nicht zu glauben!" — „Nicht? Da bin ich anderer Meinung, Sir! Die Verrücktheit besteht ja gerade darin, Dinge zu unternehmen, die einem vernünftigen Menschen nicht in den Sinn kommen. Jedes dritte Wort war eine Señorita Felisa Perillo, die er mit Hilfe seines Freundes entführen müsse." — „Das ist tatsächlich der reine Wahnsinn! Wenn dieser Mann die Gestalten und Begebenheiten seines Trauerspiels in die Wirklichkeit übertragen will, so muß man das zu verhindern suchen. Hoffentlich ist er noch hier in La Grange?" — „Nein. Mr. Ohlert ist gestern abgereist. Er ist mit Señor Gavilano unter Cortesios Schutz nach Hopkinsville, um von da zum Rio Grande zu gehen." — „Das ist unangenehm, höchst unangenehm! Wir müssen schleunigst nach, womöglich noch heut", bemerkte ich zu Old Death. Dann wandte ich mich wieder an den Schmied: „Wißt Ihr, ob man hier zwei gute Pferde zu kaufen bekommt?" — „Ja, eben bei Señor Cortesio. Er hat immer Tiere, jedenfalls, um sie den Leuten abzulassen, die er für Juarez anwirbt. Aber von einem nächtlichen Ritt möchte ich Euch doch abraten. Ihr kennt den Weg nicht und braucht einen Führer, den Ihr so rasch wahrscheinlich nicht bekommen werdet." — „Vielleicht doch", entschied der alte Scout: „Wir werden alles versuchen, heute noch fortzukommen. Vor allen Dingen müssen wir mit Cortesio sprechen. Es ist zehn Uhr vorüber, und da er um diese Zeit zu Haus sein wollte, möchte ich Euch bitten, uns jetzt seine Wohnung zu zeigen."

„Gern. Brechen wir auf, wenn es Euch beliebt, Sir!" — Als wir aufstanden, um zu gehen, hörten wir Hufschlag vor dem Haus, und einige Augenblicke später traten neue Gäste in die vordere Stube. Mit einem Gefühl des Unbehagens erkannte ich neun oder zehn der Strolche, denen der Kapitän Hofer heute so schöne Gelegenheit gegeben hatte, sich ans Ufer zu retten. Sie schienen mehreren der Männer im Vorderraum bekannt zu sein, denn sie wurden von ihnen lebhaft begrüßt. Wir hörten aus den hin und her fliegenden Reden, daß sie erwartet worden waren. Sie wurden zunächst so in Beschlag genommen, daß sie keine Zeit fanden, auf uns zu achten. Das war uns auch sehr lieb, denn es konnte keineswegs unser Wunsch sein, ihre Aufmerksamkeit zu erregen. Darum setzten wir uns einstweilen nieder. Wären wir jetzt gegangen, hätten wir dicht an ihnen vorüber gemußt, und diese Gelegenheit hätten sie sicher benutzt, mit uns anzubinden. Als Lange hörte, wer sie waren, stieß er die Verbindungstür so weit zu, daß sie uns nicht sehen, wir aber alles hören konnten, was drüben gesprochen wurde. Außerdem tauschten Lange und die anderen mit uns die Plätze, so daß wir mit dem Rücken zur vorderen Stube saßen und die Gesichter von ihr abgewendet hatten. — „Es ist nicht notwendig, daß sie euch sehen", meinte der Schmied. „Denn schon vorher herrschte eine für uns nicht eben günstige Stimmung da draußen. Bemerken sie euch, die sie für Spione halten und aufknüpfen wollten, so wäre der Krawall sofort fertig." — „Das ist zwar gut und schön", erwiderte Old Death. „Aber meint Ihr etwa, daß wir Lust haben, hier sitzen zu bleiben, bis sie sich entfernt haben? Dazu ist keine Zeit. Wir müssen unbedingt zu Cortesio." — „Das könnt Ihr, Sir! Wir gehen einen Weg, auf dem sie uns nicht zu Gesicht bekommen." Old Death schaute sich im Zimmer um. „Wo wäre das? Wir können doch nur durch die Vorderstube." — „Nein. Dahinaus haben wir es viel bequemer." Lange deutete zum Fenster. — „Ist das Euer Ernst?" fragte der Alte. „Ich glaube gar, Ihr fürchtet Euch! Sollen wir uns französisch empfehlen wie die Mäuse, die aus Angst vor der Katze in alle Löcher kriechen? Man würde uns schön auslachen." — „Furcht kenne ich nicht. Aber es ist ein gutes, altes deutsches Sprichwort, daß der Klügere nachgibt. Es genügt mir durchaus, mir selbst sagen zu können, daß ich nicht aus Furcht, sondern nur aus Vorsicht handle. Die einfachste Klugheit rät uns, diesen Kerlen ein Schnippchen zu schlagen, indem wir uns heimlich durchs Fenster aus dem Staub machen. Sie werden sich darüber mehr ärgern, als wenn wir uns stellen und einigen von ihnen den Schädel einschlagen, uns selbst aber dabei blutige Nasen oder gar noch Schlimmeres holen." — Ich gab dem verständigen Mann im stillen recht, und auch Old Death meinte nach einer Pause: „Ich will auf Euren Vorschlag eingehen und meine Beine mit allem, was dran hängt, zum Fenster hinausschieben. Hört doch, wie die Rowdies brüllen! Ich glaube, sie sprechen vom Abenteuer auf dem Steamboat." — Der Alte hatte recht. Die Neuangekommenen erzählten, wie es ihnen auf dem Dampfboot ergangen war, dann von Old Death, dem Indianer und mir, sowie von der Hinterlist des Kapitäns. Über die Ausübung ihrer Rache waren sie sich nicht einig gewesen. Einige von den Rowdies hatten das nächste Dampfboot abwarten wollen, die anderen aber hatten nicht Lust oder Zeit dazu gehabt.

„Wir konnten uns aber nicht eine ganze Ewigkeit lang ans Ufer setzen", sagte der Erzähler, „denn wir mußten hierher, wo wir erwartet wurden. Deshalb war es ein Glück, daß wir eine nahe liegende Farm fanden, wo wir uns Pferde borgten." — „Borgten?" fragte einer lachend. — „Ja, borgten, aber freilich nach unserer Weise. Sie reichten indessen nicht für uns, und wir mußten zu zweien auf einem Tier sitzen. Später machte sich die Sache besser. Wir fanden noch andere Farmen, so daß schließlich auf jeden Mann ein Pferd kam." Ein unbändiges Gelächter folgte dieser Diebstahlgeschichte. Dann fuhr der Erzähler fort: „Ist hier alles in Ordnung? Und sind die Betreffenden gefunden?" — „Ja, wir haben sie." — „Und die Anzüge?" — „Haben zwei Kisten voll mitgebracht. Das wird ausreichen." — „So gibt es ein Vergnügen. Aber auch die Spione und der Kapitän sollen ihr Teil haben. Das Steamboat hält heute nacht hier in La Grange, und so wird Kapitän Hofer zu finden sein. Den Indianer und die beiden Spione werden wir auch nicht lange vergeblich zu suchen brauchen. Sie sind leicht zu erkennen. Der eine trug einen neuen Trapperanzug, und beide hatten Sättel mit, aber keine Pferde." — „Sättel?" ertönte es jetzt in fast freudigem Ton. „Hatten nicht die zwei, die vorhin kamen und da draußen sitzen, ihre —" — Er sagte das übrige leiser. Es galt naürlich uns.

„Mesch'schurs", meinte der Schmied, „es ist Zeit, daß wir uns von dannen machen, denn in einigen Minuten kommen sie herüber. Steigt ihr schnell voran! Eure Sättel geben wir euch hinaus."

Lange hatte recht, deshalb fuhr ich, ohne mich zu zieren, schleunigst zum Fenster hinaus. Old Death folgte, worauf uns die Schmiede unsere Sachen, auch die Gewehre nachreichten und dann selber hinaussprangen. — Wir befanden uns an der Giebelseite des Hauses auf einem kleinen, eingezäunten Platz, der wohl ein Grasgärtchen sein sollte. Als wir über den Zaun kletterten, bemerkten wir, daß auch die anderen Gäste, die sich mit uns in der kleinen Stube befunden hatten, durch das Fenster gestiegen kamen. Auch sie durften wohl nicht hoffen, von den Sezessionisten freundlich behandelt zu werden, und hielten es darum für's beste, unserem Beispiel zu folgen.

„Nun", lachte Lange, „die Kerle werden Augen machen, wenn sie die Vögel ausgeflogen finden. Ist aber wirklich am besten so."

Die beiden Schmiede nahmen uns unsere Sättel ab. Sie versicherten, sie könnten es nicht zugeben, daß ihre Gäste eine solche Last selber schleppen müßten. — Bald standen wir zwischen zwei Gebäuden. Das eine, links von uns, lag in tiefes Dunkel gehüllt, in dem anderen, rechts, schimmerte ein Licht durch die Ladenritze.

„Señor Cortesio ist zu Haus", sagte Lange. „Dort, wo der Lichtstrahl durchdringt, wohnt er. Ihr braucht nur an die Tür zu klopfen, so wird er euch öffnen. Seid ihr mit ihm fertig, so kommt da links hinüber, wo wir wohnen! Klopft an den Laden neben der Tür! Wir werden indessen einen Imbiß fertigmachen." — Sie begaben sich zu ihrem Haus, und wir beide wandten uns rechts. Auf unser Klopfen wurde die Tür um eine schmale Lücke geöffnet, und eine Stimme fragte: „Wer sein da?" — „Zwei Freunde", entgegnete Old Death. „Ist Señor Cortesio daheim?" — „Was wollen von Señor?" — Der Ausdrucksweise nach war es ein Neger, der diese Fragen stellte.

„Ein Geschäft wollen wir mit ihm machen." — „Was für ein Geschäft? Er sagen, sonst nicht herein dürfen." — „Sag nur, daß Mr. Lange uns schickt!" — „Massa Lange? Der sein gut. Dann wohl herein dürfen. Einen Augenblick warten!" — Der Neger machte die Tür zu, öffnete sie aber bereits nach kurzer Zeit wieder und brachte Bescheid. — „Kommen herein! Señor haben sagen, daß mit Fremden reden wollen." — Wir traten durch einen engen Hausflur in eine kleine Stube, die als Kanzlei benutzt zu werden schien, denn ein Schreibpult, ein Tisch und einige Holzstühle waren die ganze Ausstattung. Am Pult stand ein langer, hagerer Mann, mit dem Gesicht zur Tür gekehrt. Ein Blick in dieses Gesicht verriet den Spanier.

„*Buenas tardes!*" beantwortete er unseren höflichen Gruß. „Señor Lange sendet Sie? Darf ich erfahren, was Sie zu mir führt, Señores?"

Ich war neugierig, was Old Death antworten würde. Er hatte mir draußen gesagt, ich sollte ihn sprechen lassen. — „Vielleicht ist's ein Geschäft, vielleicht auch nur eine Erkundigung, Señor. Wir wissen es selbst noch nicht genau", erklärte der Alte ebenfalls auf spanisch. — „Wir werden ja sehen. Setzen Sie sich und nehmen Sie einen Zigarillo!" — Er hielt uns die Zigarrentasche und sein Feuerzeug entgegen, was wir nicht abschlagen durften. Der Spanier kann sich nichts, am allerwenigsten ein Gespräch, eine Unterhandlung ohne Zigarren denken. Old Death, dem ein Priemchen zehnmal lieber war als die feinste Zigarre, nahm sich so ein kleines, dünnes Ding, brannte es an, tat einige gewaltige Züge, und — der Zigarillo hatte ausgeraucht. Ich verfuhr mit dem meinigen sparsamer. — „Was uns zu Ihnen führt", begann Old Death, „ist nicht von großer Bedeutung. Wir kommen nur deshalb so spät, weil Sie nicht früher zu treffen waren. Und wir wollten mit diesem Besuch nicht bis morgen warten, weil uns die Zustände am Ort nicht zu einem langen Bleiben einladen. Wir haben die Absicht, nach Mexiko zu gehen und Juarez unsere Dienste anzubieten. So etwas tut man nicht gern aufs Geratewohl. Man möchte eine gewisse Sicherheit haben, willkommen zu sein und angenommen zu werden. Deshalb haben wir uns unter der Hand erkundigt und so in Erfahrung gebracht, daß man hier in La Grange angeworben werden kann. Ihr Name wurde uns dabei genannt, Señor, und so sind wir zu Ihnen gekommen. Nun haben Sie vielleicht die Gewogenheit, uns zu sagen, ob wir uns beim richtigen Mann befinden." — Der Spanier antwortete nicht sogleich, sondern betrachtete uns mit forschenden Blicken. Sein Auge schien mit Befriedigung auf mir zu haften. Ich war jung und sah rüstig aus. Old Death gefiel ihm weniger. Die hagere, vorgebeugte Gestalt des Alten schien recht wenig geeignet zu sein, große Strapazen auszuhalten. Dann fragte er: „Wer war es, der Ihnen meinen Namen nannte, Señor?" — „Ein Mann, den wir auf dem Steamer trafen", flunkerte Old Death. „Zufällig begegneten wir dann auch Señor Lange und erfuhren von ihm, daß Sie von zehn Uhr an zu Hause sein würden. Wir sind Nordländer deutscher Abstammung und haben gegen die Südstaaten gekämpft. Wir besitzen also militärische Erfahrung, so daß wir dem Präsidenten von Mexiko wohl nicht ganz ohne Nutzen dienen würden." — „Hm! Das klingt gut, Señor. Aber ich will Ihnen aufrichtig sagen, daß Sie nicht den Eindruck machen, als ob Sie den Anstrengungen und Entbehrungen, die man von Ihnen fordern wird, gewachsen wären." — „Das ist sehr aufrichtig, Señor", lächelte der Alte. „Doch brauche ich Ihnen wohl nur meinen Namen zu nennen, um Sie zu überzeugen, daß ich noch zu gebrauchen bin. Ich werde gewöhnlich Old Death genannt." — „Old Death?" rief Cortesio erstaunt. „Ist es möglich? Sie wären der berühmte Pfadfinder, der dem Süden so großen Schaden zugefügt hat?" — „Ich bin es. Meine Gestalt wird mich ausweisen." — „Allerdings, Señor. Ich will Ihnen glauben und darum offen zu Ihnen sprechen. Eigentlich muß ich sehr vorsichtig sein. Es darf keinesweg an die Öffentlichkeit gelangen, daß ich für Juarez werbe. Besonders jetzt bin ich gezwungen, mich in acht zu nehmen. Aber da Sie Old Death sind, ist für mich kein Grund zur Zurückhaltung vorhanden, und ich kann Ihnen also eingestehen, daß Sie sich an den richtigen Mann gewendet haben. Ich bin sofort bereit, Sie anzuwerben, kann Ihnen sogar einen Offiziersgrad in Aussicht stellen, denn einen Mann wie Old Death wird man zu verwerten wissen und nicht unter die einfachen Soldaten stecken." — „Das hoffe ich allerdings, Señor. Und was meinen Gefährten betrifft, so wird auch er es, selbst, wenn er als Soldat eintreten müßte, bald zu etwas Besserem bringen. Er ist unter den

Abolitionisten trotz seiner Jugend bis zum Kapitän aufgerückt. Sein Name ist allerdings nur Müller, aber vielleicht, ja wahrscheinlich haben Sie dennoch von ihm gehört. Er diente unter Sheridan und hat als Leutnant bei dem berühmten Flankenmarsch über den Missionary Ridge[1] die Spitze der Vorhut befehligt. Sie wissen sicherlich, welch kühne Raids[2] damals ausgeführt worden sind. Müller war der besondere Liebling Sheridans und hatte infolgedessen den Vorzug, stets zu gewagten Unternehmungen beordert zu werden. Er ist auch der vielfach gefeierte Reiteroffizier, der in der blutigen und in ihren Folgen so entscheidenden Schlacht bei Five Forks[3] den General Sheridan, der bereits gefangen war, wieder heraushieb. Deshalb meine ich, daß er keine schlechte Errungenschaft für Sie ist, Señor."

Der Alte schwindelte ja das Blaue vom Himmel herunter. Aber durfte ich ihn Lügen strafen? Ich fühlte, daß mir das Blut in die Wangen stieg. Doch der gute Cortesio hielt mein Erröten für Bescheidenheit, denn er reichte mir die Hand und sagte ebenfalls lügend wie gedruckt: „Dieses wohlverdiente Lob braucht Sie nicht peinlich zu berühren, Señor Müller. Ich habe allerdings von Ihnen und Ihren Taten gehört und heiße Sie herzlich willkommen. Auch Sie werden sofort als Offizier eintreten, und ich bin bereit, Ihnen gleich jetzt eine Summe in bar zur Verfügung zu stellen, die zur Anschaffung alles Nötigen ausreicht." — Old Death wollte beistimmen. Ich sah ihm das an. Darum wehrte ich schnell ab. „Das ist nicht nötig, Señor. Wir haben nicht die Absicht, uns von Ihnen ausrüsten zu lassen. Zunächst brauchen wir nichts als zwei Pferde. Sättel haben wir." — „Das trifft sich gut. Ich kann Ihnen zwei tüchtige Tiere ablassen, und wenn Sie die Pferde wirklich bezahlen wollen, so werde ich sie Ihnen zum Einkaufspreis geben. Wir können morgen früh in den Stall gehen, wo ich Ihnen die Pferde zeigen werde. Es sind die besten, die ich habe. Haben Sie schon ein Unterkommen für die Nacht?" — „Ja. Señor Lange hat uns eingeladen."

„Das ist ja ausgezeichnet. Im Notfall hätte ich Sie gebeten, bei mir zu bleiben, aber meine Wohnung ist sehr beschränkt. Wie meinen Sie, wollen wir das übrige gleich jetzt oder morgen früh abmachen?" — „Gleich jetzt", entschied Old Death. „Welche Förmlichkeiten sind denn zu erledigen?" — „Einstweilen keine. Sie werden, da Sie alles selbst zahlen, erst nach Ihrem Eintreffen bei der Truppe in Pflicht und Eid genommen. Das einzige, was zu tun ist, besteht darin, daß ich Sie mit Ausweisen versehe und außerdem mit einem Empfehlungsschreiben, das Ihnen die Dienstgrade sichert, die Sie nach Ihren Eigenschaften zu beanspruchen haben. Es ist freilich besser, diese Schriftstücke sofort anzufertigen. Man kann hier nie wissen, was im nächsten Augenblick geschieht. Haben Sie bitte eine Viertelstunde Geduld! Ich werde mich beeilen. Da liegen Zigarillos, und hier will ich Ihnen auch einen guten Schluck vorsetzen, wovon ich sonst niemandem gebe. Es ist leider nur eine einzige Flasche vorhanden." — Cortesio schob uns die Zigarillos hin und holte eine Flasche Wein herbei. Dann trat er zu einem Pult, um zu schreiben. Old Death zog mir hinter dem Rücken des Spaniers eine Grimasse, woraus ich sah, daß er sich recht befriedigt fühlte. Dann goß er sich ein

---

[1] Bei Chattanooga in Tennessee [2] Reiterstückchen [3] Kleiner Ort in Virginia

Glas voll, brachte die Gesundheit Cortesios aus und leerte es auf einen Zug. Ich war bei weitem nicht so befriedigt wie er, denn die beiden Männer, auf die ich es abgesehen hatte, waren noch gar nicht erwähnt worden. Das flüsterte ich dem Alten zu. Er antwortete mir mit einer Gebärde, die mir sagen sollte, daß er das schon noch besorgen werde. — Nach Ablauf einer Viertelstunde hatte Old Death die Flasche ganz allein ausgetrunken, und Cortesio war fertig. Er las uns das Empfehlungsschreiben vor dem Versiegeln vor. Mit dem Inhalt konnten wir zufrieden sein. Dann füllte er nicht zwei, sondern vier Vordrucke aus, wovon jeder von uns zwei erhielt. Zu meinem Erstaunen sah ich, daß es Pässe waren, der eine in französischer, der andere in spanischer Sprache, und der eine war von Bazaine und der andere von Juarez unterschrieben. Cortesio mochte mein Erstaunen bemerken, denn er lächelte schlau. — „Sie sehen, Señor, daß wir imstande sind, Sie gegen alle möglichen Vorkommnisse zu wappnen. Wie ich zu dem französischen Paß komme, das ist meine Sache. Sie wissen nicht, was Ihnen begegnen kann. Es ist also geraten, dafür zu sorgen, daß Sie für alle Fälle gesichert sind. Anderen diese Doppelpässe zu geben, würde ich mich wohl hüten, denn sie werden nur ausnahmsweise ausgestellt, und die Mannschaften, die unter Bedeckung von hier abgehen, erhalten überhaupt keine Einzelpapiere." — Das benutzte Old Death endlich zu der von mir so heiß ersehnten Frage. — „Wann sind die letzten dieser Leute hinüber?"

„Gestern! Ein Zug von über dreißig Rekruten, den ich selbst bis Hopkinsville begleitet habe. Es befanden sich diesmal zwei Señores in eigener Angelegenheit dabei." — „Ah, so befördern Sie auch Privatleute?" fragte Old Death verwundert. — „Nein. Das würde zu Unzuträglichkeiten führen. Nur gestern machte ich eine Ausnahme, weil der eine dieser Herren ein guter Bekannter von mir war. Übrigens werden Sie ausgezeichnet beritten sein und können, wenn Sie morgen zeitig von hier fortreiten, die Abteilung einholen, bevor sie den Rio Grande erreicht." — „An welchem Punkt wollen die Leute über den Strom?" — „Sie nehmen die Richtung nach Eagle Paß. Da sie sich aber nicht blicken lassen dürfen, halten sie sich ein wenig nördlicher. Sie reiten an Fort Inge vorüber, das sie aber auch vermeiden müssen, überqueren zwischen dem Rio Nueces und dem Rio Grande den von San Antonio kommenden Maultierweg und gehen zwischen den beiden Nebenflüßchen Morelos und Moral über den Rio Grande, weil es dort eine leicht gangbare Furt gibt, die nur unsere Führer kennen. Von da an halten sie sich westlich, um über Baya, Cruces, Presidio San Vicente und Tabal die Stadt Chihuahua zu erreichen." — Alle diese Orte waren mir böhmische Dörfer. Old Death aber nickte zustimmend und wiederholte jeden Namen laut, als kenne er die Gegend genau. — „Wir werden sie sicher einholen, wenn unsere Pferde wirklich nicht schlecht und die ihrigen nicht allzu gut sind", sagte er. „Aber werden sie es erlauben, daß wir uns ihnen anschließen?" — Cortesio bejahte lebhaft. Doch mein Freund erkundigte sich weiter: „Werden indessen die beiden, die Sie Privatleute nannten, auch damit einverstanden sein?" — „Jedenfalls. Sie haben überhaupt nichts zu befehlen, sie müssen sich vielmehr freuen, unter dem Schutz der Abteilung reisen zu dürfen. Da Sie mit ihnen zusammentreffen werden, kann ich Ihnen sagen, daß Sie beide als Gentlemen behandeln dürfen. Der eine, ein geborener Mexikaner, namens Gavilano, ist ein Bekannter von mir. Ich habe in der Hauptstadt schöne Stunden mit ihm verlebt. Er hat eine jüngere Schwester, die allen Señores die Köpfe verdrehte." — „So ist wohl auch er ein schöner Mann?" — „Nein. Sie sehen einander nicht ähnlich, da sie Stiefgeschwister sind. Sie heißt Felisa Perillo und war als reizende Cantora[1] und entzückende Ballerina[2] in der guten Gesellschaft eingeführt. Später verschwand sie, und jetzt erst habe ich von ihrem Bruder gehört, daß sie in der Umgegend von Chihuahua lebt." — „Darf ich fragen, was dieser Señor eigentlich war oder ist?" — „Dichter." — Old Death machte ein sehr verblüfftes und geringschätziges Gesicht, so daß der brave Cortesio hinzufügte: „Señor Gavilano betreibt die Dichtkunst nur aus Liebhaberei, denn er besitzt ein bedeutendes Vermögen und braucht sich seine Gedichte nicht bezahlen zu lassen." — „So ist er freilich zu beneiden." — „Ja, man beneidete ihn in der Tat, und infolge der Ränke, die man deshalb gegen ihn schmiedete, hat er die Stadt und sogar das Land verlassen müssen. Jetzt kehrt er mit einem Yankee zurück, der Mexiko kennenlernen will und ihn gebeten hat, ihn ins Reich der Dichtkunst einzuführen. Sie wollen in der Hauptstadt ein Theater gründen. Das alles erzählte er mir voll Freude über unser unerwartetes Zusammentreffen. Ich befand mich zufällig am Fluß, als das Dampfboot anlegte, erkannte Gavilano sofort und lud ihn ein, mit seinem Begleiter bei mir zu bleiben. Es stellte sich heraus, daß die beiden nach Austin wollten, um von da aus über die Grenze zu gehen, und ich bot ihnen die passende Gelegenheit an, schneller und sicherer hinüberzukommen. Denn für einen Fremden, zumal für einen Gegner der Sezessionisten, ist es nicht geraten, hier zu verweilen. In Texas treiben jetzt Leute ihr Wesen, die gern im Trüben fischen, allerhand nutzloses oder gar gefährliches Gesindel, dessen Herkommen und Lebenszweck man nicht kennt. Man hört allerorten von Gewalttaten, von Überfällen und Grausamkeiten. Die Täter verschwinden spurlos, wie sie gekommen sind, und die Polizei steht dann den Tatsachen ratlos gegenüber."

„Sollte es sich etwa um den Ku-Klux-Klan handeln?" fragte Old Death. — „Das haben schon viele gefragt, und in den letzten Tagen sind Entdeckungen gemacht worden, die allerdings vermuten lassen, daß man es mit dieser Geheimbande zu tun hat. Vorgestern hob man unten in Haletsville zwei Leichen auf, denen Zettel mit der Inschrift ‚Yankee-Hounds' angeheftet waren. Drüben in Shelby wurde eine Familie fast totgepeitscht, weil der Vater unter Géneral Grant gedient hat. Und heut habe ich erfahren, daß drunten bei Lyons eine schwarze Kapuze gefunden worden ist, der zwei weiße Zeugstücke in Form von Eidechsen aufgenäht waren." — „By Jove! Solche Masken tragen die Kukluxer!" — „Ja, sie hängen sich schwarze, mit weißen Figuren versehene Kapuzen übers Gesicht. Jeder einzelne soll sich einer besonderen Figur bedienen, woran man ihn erkennt; denn ihre Namen sollen sie nicht einmal untereinander wissen." — „So steht allerdings zu vermuten, daß der Geheimbund anfängt, sein Wesen auch hier zu treiben. Nehmen Sie sich in acht, Señor Cortesio! Sicher kommen sie hierher. Zuerst waren sie in Haletsville, und die

---

[1] Sängerin [2] Tänzerin

Kapuze hat man in Lyons gefunden. Dieser Ort liegt doch wohl bedeutend näher als der erste?" — „Allerdings, Señor, Sie haben recht. Ich werde von heut an Türen und Fenster doppelt sorgfältig verschließen und mein Gewehr bereithalten." — „Das ist recht. Diese Kerle dürfen nicht geschont werden, denn sie schonen auch nicht. Ich würde nur mit Pulver und Blei zu ihnen sprechen. Übrigens scheint es drüben im Wirtshaus nicht ganz geheuer zu sein, denn wir sahen da Gentlemen, denen nichts Gutes zuzutrauen ist. Sie werden klug tun, alles sorgfältig zu verstecken, womit man Ihnen beweisen kann, daß Sie zu Juarez halten. — Doch jetzt, denke ich, sind wir fertig. Morgen früh sehen wir uns wieder. Oder hätten Sie noch etwas zu bemerken?" — „Nein, Señores. Für heute sind wir fertig. Ich freue mich sehr, Sie kennengelernt zu haben, und hoffe, später Gutes von Ihnen zu hören. Ich bin überzeugt, daß Sie bei Juarez Ihr Glück machen und schnell aufrücken werden." — Damit waren wir entlassen. Cortesio reichte uns freundlich die Hand, und wir gingen. Als sich die Haustür hinter uns geschlossen hatte und wir zu Langes Wohnung hinübergingen, konnte ich mich doch nicht enthalten, dem Alten einen gelinden Rippenstoß zu versetzen. — „Aber, Sir, was fiel Euch ein, den Señor in dieser Weise anzuflunkern! Eure Lügen waren ja häuserhoch!" — „So! Hm! Das versteht Ihr nicht, Sir. Es war immerhin möglich, daß wir abgewiesen wurden. Deshalb erweckte ich bei Cortesio möglichst großes Verlangen nach uns." — „Und sogar Geld wolltet Ihr nehmen! Das wäre der offenbare Betrug gewesen." — „Nun, offenbar grad nicht, denn er wußte nichts davon. Warum sollte ich nicht nehmen, was er uns freiwillig anbot?"

„Weil wir nicht die Absicht haben, das Geld zu verdienen." — „So! Nun, in diesem Augenblick haben wir die Absicht freilich nicht. Aber woher wißt Ihr denn so genau, daß wir nicht Gelegenheit finden, der Sache des Juarez zu dienen? Wir können sogar um unser selbst willen dazu gezwungen sein. Doch kann ich Euch nicht unrecht geben. Es ist gut, daß wir kein Geld nahmen, denn nur dadurch sind wir zu den Pässen und zu dem Empfehlungsschreiben gekommen. Das allerbeste aber ist, daß wir nun wissen, wohin sich Gibson gewendet hat. Kenne den Weg genau. Wir brechen zeitig auf, und ich bin überzeugt, daß wir ihn einholen werden. Infolge unserer Papiere wird sich der Anführer der Abteilung nicht weigern, uns die beiden auszuliefern." — Wir brauchten bei Lange nicht zu klopfen. Er lehnte unter der geöffneten Tür und führte uns in die Stube. Der Raum hatte drei Fenster, die mit dicken Decken verhängt waren. — „Wundert euch nicht über diese Vorhänge, Mesch'schurs!" sagte er. „Ich habe sie mit Absicht angebracht. Wollen überhaupt möglichst leise sprechen. Die Kukluxer brauchen nicht zu wissen, daß ihr bei uns seid."

„Kukluxer sagt Ihr? Ist die Bande wirklich hier aufgetaucht? Habt Ihr die Halunken gesehen?" erkundigte sich Old Death. — „Ihre Kundschafter wenigstens. Ich hatte, während ihr drüben bei Señor Cortesio wart, Langeweile und ging hinaus, auf euch zu warten, damit ihr nicht erst zu klopfen brauchtet. Da hörte ich jemand heranschleichen von der Seite, wo das Wirtshaus liegt. Ich schob die Tür bis auf einen schmalen Spalt zu und lugte hinaus. Drei Männer kamen und machten nahe bei der Tür halt. Trotz der Dunkelheit sah ich, daß sie lange, weite Hosen, ebenso weite Jacken und dazu Kapuzen trugen, die über die Gesichter gezogen waren. Diese Verkleidung war aus dunklem Stoff gemacht und mit hellen Figuren besetzt." — „Ja, ja, so ist es bei den Kukluxern!" — „Ganz recht. Zwei von den dreien blieben bei der Tür stehen. Der dritte schlich ans Fenster und versuchte, durch den Laden zu blicken. Als er zurückkam, meldete er, daß nur ein junger Mann in der Stube sei, wohl der junge Lange. Der Alte sei nicht da, aber es stände Essen auf dem Tisch. Da meinte einer der beiden anderen, wir würden jetzt vermutlich noch etwas essen und dann schlafen gehen. Sie wollten rund ums Haus erkunden, wie man am besten hineinkommen könne. Dann verschwanden sie um die Ecke, und ihr kamt, nachdem wir soeben die Fenster verhängt hatten. — Doch entschuldigt! Ich darf über diesen Schuften nicht vergessen, daß ihr meine Gäste seid. Setzt euch nieder! Eßt und trinkt! Wir können auch während des Essens über die Gefahr sprechen, die mir droht." — „Eine Gefahr, in der wir Euch helfen werden, wie sich von selbst versteht. — Wo habt Ihr denn Euern Sohn?" erkundigte sich Old Death. — „Als ihr drüben herauskamt, schlich Georg davon. Ich habe einige gute Freunde, Deutsche, auf die ich rechnen kann. Die soll er heimlich holen. Zwei von ihnen kennt ihr schon. Sie saßen im Wirtshaus mit an unserem Tisch." — „Sie werden doch trachten, unbemerkt ins Haus zu kommen? Es ist Euer Vorteil, die Kukluxer denken zu lassen, sie hätten es nur mit Euch und Eurem Sohn zu tun." — „Habt keine Sorge! Die Leute wissen schon, wie man sich in solchen Lagen verhält, und übrigens habe ich meinem Georg die nötigen Weisungen gegeben." — Das Essen bestand aus Schinken, Brot und Bier. Wir hatten kaum begonnen, so hörten wir, scheinbar einige Häuser weit, das Winseln eines Hundes.

„Das ist das Zeichen", sagte Lange, indem er aufstand. „Die Freunde sind da." — Er ging hinaus um zu öffnen, und kehrte mit seinem Sohn und fünf Männern zurück, die mit Gewehren, Revolvern und Messern bewaffnet waren. Sie nahmen schweigend Platz, wo sie irgendeine Gelegenheit zum Sitzen fanden. Keiner sprach ein Wort. Das waren die richtigen Leute! Wenig sprechen und nicht viel Worte machen, aber bereit zur Tat! Unter ihnen war ein alter, grauhaariger und graubärtiger Mann, der kein Auge von Old Death wendete. Er war der erste, der sprach, und zwar zu meinem Begleiter. — „Verzeiht, Sir! Georg hat mir gesagt, wen ich hier treffen würde, und ich habe mich sehr darüber gefreut, denn ich meine, daß wir uns schon einmal gesehen haben." — „Möglich!" antwortete der Fährtensucher. „Habe schon vieler Leute Kinder gesehen!" — „Könnt Ihr Euch nicht auf mich besinnen? Ich heiße Meißner." — Old Death betrachtete den Sprecher. — „Schätze, daß wir uns bereits einmal begegnet sein müssen, weiß aber im Augenblick nicht, wo das war."

„Drüben in Kalifornien vor etwa zwanzig Jahren, und zwar im Chinesenviertel. Besinnt Euch einmal! Es wurde scharf gespielt und nebenbei Opium geraucht. Ich hatte all mein Geld verloren, nahe an tausend Dollars. Eine einzige Münze hatte ich noch. Die wollte ich nicht auf die Karte setzen, sondern verrauchen und mir dann eine Kugel durch den Kopf jagen. Ich war ein leidenschaftlicher Spieler und stand am Ende meines Könnens. Da —" „Schon gut! Besinne mich!" unterbrach ihn Old Death. „Ist nicht notwendig, daß Ihr das erzählt." — „O doch, Sir, denn Ihr habt mich gerettet! Ihr hattet die

Hälfte meines Verlustes gewonnen. Ihr winktet mich beiseite, gabt mir das Geld wieder und nahmt mir dafür das heilige Versprechen ab, nie wieder zu spielen und vor allen Dingen auf die Bekanntschaft mit dem Opiumteufel ein für allemal zu verzichten. Ich gab Euch dieses Versprechen und habe es gehalten, wenn es mir auch sauer genug geworden ist. Ihr seid mein Retter. Ich bin inzwischen ein wohlhabender Mann geworden, und wenn Ihr mir eine große Freude machen wollt, so erlaubt mir, Euch das Geld zurückzugeben." — „So dumm bin ich nicht!" lachte Old Death. „Bin damals stolz darauf gewesen, auch einmal etwas Gutes verbrochen zu haben, und werde mich hüten, dieses Bewußtsein gegen Euer Geld zu verkaufen. Wenn ich einmal sterbe, habe ich sonst gar nichts Gutes vorzubringen, als nur dieses eine, und das gebe ich niemals her! Ich habe Euch damals vor zwei Teufeln gewarnt, die ich leider genau kannte. Aber Eure Rettung habt Ihr Eurer Willenskraft zu verdanken. Reden wir nicht mehr davon!" — Bei diesen Worten des Scout ging mir eine Ahnung auf. Er hatte mir in New Orleans gesagt, seine Mutter habe ihn auf den Weg gesetzt, der zum Glück führt, er aber habe seine eigene Richtung eingeschlagen. Jetzt bezeichnete er sich als einen genauen Kenner der beiden fürchterlichen Laster des Spiels und des Opiumrauchens. Konnte er diese Kenntnisse allein durch die Beobachtung anderer erlangt haben? Wohl schwerlich. Ich vermutete, er sei selbst leidenschaftlicher Spieler gewesen, sei es vielleicht noch. Dazu stimmten auch seine Worte über das Spiel, die er mir gegenüber in Matagorda geäußert hatte. Und was das Opium betrifft, so wies seine dürre skelettartige Gestalt auf den zerstörenden Genuß dieses Rauschmittels hin. Sollte er noch jetzt heimlicher Opiumraucher sein? Wohl nicht, denn das Rauchen dieses Gifts setzt einen gewissen Überfluß an Zeit voraus, der dem Scout während unseres Ritts nicht zur Verfügung stand. Vielleicht aber war er Opiumesser. Auf alle Fälle war er dem Genuß dieses gefährlichen Gifts noch jetzt ergeben. Hätte er ihm entsagt, so wäre es seinem Körper wohl schon gelungen, sich nach und nach zu erholen. Ich begann, den Alten mit anderen Augen zu betrachten. Zu der Achtung, die er mir bisher eingeflößt hatte, trat ein gut Teil Mitleid. Wie mochte er gegen die beiden Teufel gekämpft haben! Welch einen gesunden Körper, welch einen hochbegabten Geist mußte er besessen haben, da es das Gift bis heute noch nicht fertiggebracht hatte, beide völlig zu zerstören! Was waren alle Abenteuer, die er erlebt hatte, alle Anstrengungen und Entbehrungen des Lebens in der Wildnis gegen die Kämpfe in seinem Innern! Old Death, dieser Name hatte von jetzt an einen unheimlichen Beiklang für mich. Der berühmte Scout war einem Untergang geweiht, gegen den das rein körperliche Sterben eine Wohltat ist. — Seine letzten Worte: „Reden wir nicht mehr davon!" waren so gesprochen, daß der alte Deutsche auf Widerspruch verzichtete. — „Well, Sir!" nickt er. „Wir haben es jetzt mit einem Feind zu tun, der ebenso grimmig und unerbittlich ist wie das Spiel und das Opium. Glücklicherweise aber ist er leichter zu packen als diese beiden, und packen wollen wir ihn. Der Ku-Klux-Klan ist ein ausgesprochener Gegner des Deutschtums, und wir alle müssen uns gegen ihn wehren, nicht nur der allein, der zunächst und unmittelbar von ihm angegriffen wird. Er ist ein tausendköpfiges Ungeheuer. Nachsicht wäre da ein Fehler, der sich bitter rächen würde. Wir müssen gleich beim ersten Angriff zeigen, daß wir unerbittlich sind. Gelingt es den Kukluxern, sich hier festzusetzen, so sind wir verloren. Sie würden sich über uns hermachen und einen nach dem anderen abwürgen. Deshalb bin ich der Meinung, daß wir ihnen heut einen Empfang bereiten, der ihnen einen heillosen Schreck einjagt, so daß sie nicht wagen, wiederzukommen. Ich hoffe, das ist auch eure Ansicht." — Alle stimmten ihm bei. — „Schön!" fuhr Meißner fort, da man ihm als dem Ältesten das Wort ließ. „Nun müssen wir unsere Vorbereitungen so treffen, daß nicht nur ihre Absicht mißlingt, sondern daß sie es selbst sind, gegen die der Spieß gekehrt wird. Will einer von euch einen Vorschlag machen? Wer einen guten Gedanken hat, der mag ihn hören lassen!" — Seine Augen und die der anderen richteten sich auf Old Death. Der Scout sah die erwartungsvollen Blicke und die darin liegende stille Aufforderung, zog eine seiner Grimassen und nickte leise vor sich hin. — „Wenn die anderen schweigen, so will ich einige Worte sagen, Mesch'schurs. Wir haben mit dem Umstand zu rechnen, daß sie erst dann kommen, wenn Mr. Lange sich niedergelegt hat. Wie ist die Hintertür verschlossen? Durch einen Riegel?" — „Nein, durch ein Schloß, wie alle meine Türen." — „*Well!* Auch das werden Eure Feinde wissen, und ich schätze, daß sie sich mit Nachschlüsseln versehen haben. Die Kukluxer kommen also herein, und es ist nun an uns, zu beraten, wie wir sie empfangen." — „Doch mit den Gewehren! Wir schießen sofort auf sie!" warf Meißner ein. — „Und sie schießen auf euch. Das Aufblitzen eurer Gewehre verrät ihnen, wo ihr steht. Nein, nicht schießen! Ich meine, daß es eine wahre Wonne wäre, sie gefangenzunehmen, ohne uns der Gefahr auszusetzen, mit ihren Waffen in Berührung zu kommen." — „Haltet Ihr das für möglich?" fragte Lange. — „Sogar für verhältnismäßig leicht. Wir verstecken uns im Haus und lassen sie herein. Sobald sie sich in Eurer Kammer befinden, schließen wir sie ein. Einige von uns halten vor den Türen Wache und einige draußen vor dem Fenster. So können sie nicht heraus und müssen sich einfach ergeben." — Der graubärtige Deutsche schüttelte bedächtig den Kopf und stimmte kräftig dafür, die Einbrecher niederzuschießen. Old Death kniff bei der Entgegnung des Alten das eine Auge zu und zog ein Gesicht, das sicher ein allgemeines Gelächter hervorgerufen hätte, wenn die Lage nicht so ernst gewesen wäre. — „Was macht Ihr da für ein Gesicht, Sir?" fragte Lange. „Seid Ihr damit nicht einverstanden?" — „Gar nicht Sir", erklärte Old Death. „Der Vorschlag unseres Freundes schein sehr zweckmäßig und leicht ausführbar zu sein. Aber ich schätze, daß es ganz anders kommen würde, als er denkt. Die Geheimbündler wären ja geradezu Prügel wert, wenn sie es so machten, wie er es ihnen zutraut. Meißner meint, daß sie alle zugleich hereinkommen und sich einer neben dem anderen vor unsere Gewehre stellen werden. Wenn sie das täten, hätten sie kein Hirn in ihren Köpfen. Bin vielmehr der Überzeugung, daß sie die Hintertür leise öffnen und dann erst einen oder zwei hereinschicken werden, die Umschau halten sollen. Diesen einen oder diese zwei können wir freilich niederschießen. Die anderen aber machen sich schleunigst aus dem Staub, um bei passender Gelegenheit wiederzukommen und das Versäumte nachzuholen. Nein, nein, mit diesem Plan ist es nichts. Wir müssen sie alle hereinlassen, um sie zu fangen. Dafür habe ich auch noch einen anderen Grund: Selbst wenn Euer Plan auszuführen wäre, so widerstrebt es mir doch, eine solche Menge Menschen mit einem einzigen Pulverkrach, und ohne daß ihnen ein Augenblick bleibt, an ihre Sünden zu denken, in den Tod zu befördern. Wir sind Menschen und Christen, Mesch'schurs. Wir wollen uns zwar gegen diese Leute wehren und ihnen das Wiederkommen verleiden, aber das können wir auch auf eine weniger blutige Art und Weise erreichen."

Der Scout hatte mir ganz aus der Seele gesprochen, und seine Worte machten den beabsichtigten Eindruck. Die Männer nickten einander zu, und Meißner meinte: „Was Ihr da zuletzt gesagt habt, Sir, ist freilich richtig. Deshalb möchte ich mich wohl zu Eurem Plan bequemen, wenn ich nur sicher wäre, daß er gelingt." — „Jeder, auch der allerbeste Plan, kann mißglücken, Sir. Um aber nichts von dem zu versäumen, was zu seinem Gelingen dient, werde ich jetzt einmal um das Haus schleichen. Vielleicht ist da etwas für uns Günstiges zu entdecken." — „Wollt Ihr das nicht lieber unterlassen, Sir?" fragte Lange. „Ihr sagt ja selbst, daß man einen Posten aufgestellt haben wird. Dieser Mann könnte Euch sehen." — „Mich sehen?" lachte der Alte. „So etwas hat mir noch niemand gesagt! Old Death soll so dumm sein, sich sehen zu lassen, wenn er ein Haus oder einen Menschen beschleicht? Sir, das ist lächerlich! Wenn Ihr ein Stück Kreide habt, so zeichnet mir jetzt den Grundriß Eures Hauses und Eures Hofs da auf den Tisch, damit ich mich danach richten kann! Laßt mich zur Hintertür hinaus und wartet dort auf meine Rückkehr! Ich werde nicht klopfen, sondern mit den Fingerspitzen an der Tür kratzen. Wenn also jemand klopft, so ist es ein anderer, den Ihr nicht einlassen dürft."

Lange nahm ein Stückchen Kreide vom Türsims und zeichnete den verlangten Riß auf den Tisch. Old Death betrachtete ihn genau und gab seine Befriedigung durch ein wohlgefälliges Grinsen zu erkennen. Dann standen die beiden Männer auf und schritten zur Tür. Da drehte sich Old Death noch einmal zu mir um. — „Habt Ihr schon einmal irgendein Menschenkind heimlich beschlichen, Sir?" — „Nein", erwiderte ich der Verabredung mit Winnetou gemäß. — „So habt Ihr jetzt eine vortreffliche Gelegenheit zu sehen, wie man das macht. Wenn Ihr mitmachen wollt, so kommt!" — „Halt, Sir!" fiel Lange ein. „Das wäre ein allzu großes Wagnis, da Euer Gefährte selbst gesteht, daß er in diesen Dingen unerfahren ist. Wenn die geringste Unachtsamkeit geschieht, bemerkt Euch der Posten und alles ist verdorben."

„Unsinn! Kenne diesen jungen Master allerdings erst seit kurzer Zeit, aber ich weiß, daß er darauf brennt, die Eigenschaften eines guten Westmanns zu erwerben. Er wird sich also Mühe geben und jeden Fehler vermeiden. Ja, wenn es sich darum handelte, an einen indianischen Häuptling oder an einen alten Trapper zu schleichen, würde ich mich hüten, ihn mitzunehmen. Aber ich versichere Euch, daß sich kein braver Prärieläufer herbeilassen wird, in den Ku-Klux-Klan zu treten. Darum steht nicht zu erwarten, daß der Posten so viel Übung und Gewandtheit besitzt, uns zu erwischen. — Also kommt, Sir! Aber laßt Euren Sombrero hier, wie ich den meinigen! Das helle Geflecht leuchtet im Dunkeln und könnte uns verraten. Schiebt Euer Haar auf die Stirn herunter und schlagt den Kragen übers Kinn herauf, damit das Gesicht möglichst bedeckt wird! Ihr müßt Euch immer hinter mir halten und genau das tun, was ich tue! Dann will ich den Klux oder Klex sehen, der uns bemerkt!" — Es wagte keiner mehr eine Widerrede, und so begaben wir uns in den Flur und an die Hintertür. Lange öffnete leise und verschloß hinter uns wieder. Sobald wir draußen standen, kauerte sich Old Death nieder. Ich tat das gleiche. Er schien die Finsternis mit seinen Augen durchdringen zu wollen, und ich hörte, daß er die Luft in langen Zügen durch die Nase einzog. — „Schätze, daß sich da vor uns kein Mensch befindet", flüsterte mir der Alte zu, indem er über den Hof zum Stallgebäude zeigte. „Dennoch will ich mich überzeugen. Habt Ihr vielleicht als Knabe gelernt, mit einem Grashalm zwischen den beiden Daumen das Zirpen einer Grille nachzuahmen?" — Ich bejahte kurz.

„Da vor der Tür steht Gras! Nehmt Euch einen Halm, und wartet, bis ich zurückkehre! Rührt Euch nicht von der Stelle! Sollte aber etwas vorfallen, so zirpt! Komme dann sofort herbei." — Old Death legte sich auf den Boden und verschwand, auf allen vieren kriechend, in der Finsternis. Es vergingen wohl zehn Minuten, bevor er wiederkam. — „Es ist so, wie ich dachte", flüsterte er. „Im Hof niemand und auch da um die Ecke an der einen Giebelseite kein Mensch! Aber hinter der anderen Ecke, wo sich das Fenster der Schlafstube befindet, wird einer stehen. Legt Euch zur Erde und schleicht hinter mir her!" — Wir krochen bis an die Ecke. Old Death blieb dort halten, ich also auch. Nach einer Weile wendete er den Kopf zurück und raunte mir zu: „Es sind zwei. Seid ja vorsichtig!" — Er schob sich weiter fort, und ich folgte abermals. Dabei hielt er sich nicht nahe an der Mauer des Hauses, sondern kroch von ihr fort bis zu einem hölzernen Gartenzaun, woran wilder Wein oder eine ähnliche Pflanzenart emporrankte. Diesen Zaun entlang krochen wir gleichlaufend mit der Giebelseite des Hauses, von ihr vielleicht zehn Schritt entfernt. Auf dem freien Raum zwischen uns und dem Haus sah ich bald einen dunklen Gegenstand vor uns auftauchen, der fast wie ein Zelt geformt war. Wie ich später erfuhr, war es ein Haufen Bohnen- und Hopfenstangen. Zugleich hörte ich drüben ein Flüstern. Old Death griff zurück, faßte mich beim Kragen und zog mich zu sich heran, so daß mein Kopf neben den seinigen kam. — „Da sitzen sie", hauchte er. „Wir müssen hören, was sie reden. Getraut Ihr Euch, unbemerkt so nah an sie heranzuschleichen, daß Ihr sie versteht?" — „Ja", flüsterte ich. — „So wollen wir's versuchen. Ihr geht von dieser Seite an sie und ich von der anderen. Wenn Ihr nahe seid, legt Ihr das Gesicht auf den Boden, damit sie nicht etwa Eure Augen funkeln sehen. Und nun vorwärts, Sir!" — Der Scout kroch um die Stangen herum, und ich schob mich auf dieser Seite zu ihnen hin. Jetzt hatte ich das Stangenzelt erreicht. Wirklich saßen die zwei Männer dicht nebeneinander, mit den Gesichtern dem Haus zu. Es gelang mir, lautlos so nahe an sie heranzukommen, daß sich mein Kopf kaum einen halben Meter weit von dem Körper des einen befand. Nun streckte ich mich lang aus und legte das Gesicht nach unten in die Hände. Das hatte zwei Vorteile. Erstens konnte mich meine helle Gesichtsfläche so nicht verraten, und dann vermochte ich in dieser Lage viel besser zu hören als mit erhobenem Kopf. Sie sprachen in jenem hastigen Flüsterton, der die Worte auf einige Schritte hin verständlich macht. — „Den Kapitän lassen wir ungeschoren", sagte eben der, in dessen Nähe ich lag. „Er hat euch zwar aufs Trockene gesetzt, sich streng genommen aber nur harmlos aus der Schlinge gezogen. Weißt du, Locksmith, er ist zwar auch ein verdammter Deutscher, aber es kann nur schaden, wenn wir ihm an den Kragen gehen. Wenn wir uns hier in Texas festsetzen und vor allem halten wollen, dürfen wir es mit den Steamerleuten nicht verderben." — „Ganz wie Ihr wollt, Capt'n. Der Indsman ist uns entgangen, wie ich vermute. Kein Roter setzt sich nach La Grange, um eine ganze Nacht lang auf die Abfahrt des Boots zu warten. Aber die beiden anderen sind noch da, die deutschen Hunde, die wir aufknüpfen wollten. Sie sind Spione und müssen gelyncht werden. Könnte man nur erfahren, wo sie sind! Sie sind wie Luft aus der Hinterstube verschwunden, zum Fenster hinaus, diese Feiglinge!" — „Wir werden es erfahren. Die ‚Schnecke' ist ja deshalb im Wirtshaus sitzen geblieben, und er wird nicht ruhen, bis er weiß, wo sie stecken. Er ist ein schlauer Bursche. Von ihm hörten wir ja auch, daß dieser Lange von dem Spanier das Geld für sein Haus erhalten hat. Wir werden gewiß ein gutes Geschäft machen und außerdem viel Spaß haben. Der junge Lange hat gegen uns gekämpft und soll dafür aufgeknüpft werden. Der Alte hat ihn in den Soldatenrock gesteckt und muß dafür bezahlt werden. Aber hängen wollen wir ihn nicht. Er wird so viel Prügel bekommen, daß ihm das Fleisch vom Rücken springt. Dann stecken wir ihm die Bude an." — „Ihm bringt das keinen Schaden, denn sie gehört ihm nicht mehr", entgegnete der andere. — „Desto mehr wird es den Cortesio ärgern, der in Zukunft niemand mehr über den Rio Grande hinüberschicken soll, um Juarez zu dienen. Wir räumen auf und geben ihm einen Denkzettel, den er sich gewiß nicht hinter den Spiegel steckt. Die Leute sind unterrichtet. Aber bist du auch wirklich überzeugt, Locksmith, daß deine Schlüssel passen werden?" — „Beleidigt mich nicht Capt'n! Ich verstehe mein Geschäft. Die Schlösser, um die es sich in diesem Haus handelt, können meinen Dietrichen nicht wiederstehen." — „So mag es sein. Wenn sich die Kerle nur bald zur Ruhe legen! Unsere Leute werden ungeduldig sein, denn es sitzt sich verteufelt schlecht in den alten Holunderbüschen da hinter dem Stall. Langes haben alle ihre Scherben dort hingeworfen. Ich wollte, du könntest bald gehen und unseren Kameraden ein Zeichen geben. Will doch noch einmal am Laden horchen, ob sie wirklich noch nicht im Bett sind, diese deutschen Nachteulen." — Der Sprecher stand auf und ging leise zu dem einen Fenster der Wohnstube. Er wurde von seinem Gefährten ‚Captn' genannt. Diese Bezeichnung und auch die Unterredung, die ich eben gehört hatte, gaben Grund zu der Vermutung, daß er der Anführer sei. Der andere war mit ‚Locksmith' bezeichnet worden. Das heißt Schlosser. Vielleicht hieß er so. Wahrscheinlich aber war er von Beruf Schlosser, da er gesagt hatte, daß er sich auf den Gebrauch von Dietrichen verstehe. Und eben jetzt machte er eine Bewegung, bei der ich ein leises Klirren hörte. Er hatte Schlüssel bei sich. Aus diesen Gedanken wurde ich durch ein vorsichtiges Zupfen an meinem Bein aufgestört. — Ich kroch zurück. Old Death lag hinter den Stangen. Ich schob mein Gesicht an das seinige, und er fragte mich flüsternd, ob ich alles gehört und verstanden hätte. Das bejahte ich. — „So wissen wir, woran wir sind", raunte der Alte. „Werde diesen Strolchen einen Streich spielen, worüber sie noch lange die Köpfe schütteln sollen. Wenn ich mich nur auf Euch verlassen könnte!" — „Versucht's doch mit mir! Was soll ich denn tun?" — „Den einen Strolch bei der Gurgel nehmen."

„Well, Sir, das werde ich!" — „Gut, um aber sicher zu gehen, will ich Euch erklären, wie Ihr's anzufangen habt. — Doch horcht! Er wird doch nicht hinter die Stangen kommen?" — Der Capt'n kehrte vom Fensterladen zurück. Glücklicherweise setzte er sich gleich wieder nieder. — Old Death hielt es nicht für notwendig, die beiden weiter zu belauschen. — „Also, ich will Euch sagen, wie Ihr den Kerl fassen müßt", gab er mir flüsternd seine Weisungen. „Ihr kriecht zu ihm hin, bis Ihr Euch dicht hinter ihm befindet. Sobald ich einen halblauten Ruf ausstoße, legt Ihr ihm die Hände um den Hals, aber richtig, versteht Ihr? Die beiden Daumen kommen ihm in den Nacken, so daß sie mit den Spitzen zusammenstoßen, und die andern acht Finger, je vier von jeder Seite, an die Gurgel. Mit diesen acht Fingerspitzen drückt Ihr ihm den Kehlkopf so fest, wie Ihr könnt, einwärts! Werdet Ihr das fertigbringen?" — „Gewiß. Ich habe früher viel gerauft." — „Gerauft!" höhnte der Alte. „Das will gar nichts sagen. Das hier ist keine gewöhnliche Rauferei. Macht Euerm Lehrer Ehre, Sir, und laßt Euch von denen da drin nicht auslachen! Also vorwärts! Wartet auf meinen Ruf!" — Old Death schob sich wieder fort von mir, und ich kroch dahin zurück, wo ich vorher gelegen hatte. Dann näherte ich mich dem Anführer noch weiter und zog die Knie an den Leib, um mich im entscheidenden Augenblick aufrichten zu können. — Die beiden Kukluxer setzten ihre Unterhaltung fort. Sie äußerten ihren Ärger darüber, daß sie und ihre Gefährten solange warten mußten. Dann erwähnten sie wieder uns beide und sprachen nochmals die Hoffnung aus, die ‚Schnecke' werde unseren Aufenthaltsort ausspähen. Da hörte ich Old Deaths halblaute Stimme: „Da sind wir ja, Mesch'schurs! Paßt doch auf!" — Schnell richtete ich mich hinter dem Anführer auf und legte ihm die Hände so, wie vom Scout richtig vorgeschlagen, um den Hals. Mit den Fingerspitzen fest auf seinem Kehlkopf, drückte ich ihn seitwärts nieder, stieß ihn mit dem Knie noch weiter um, so daß er aufs Gesicht zu liegen kam, und kniete ihm dann auf den Rücken. Er hatte keinen Laut ausgestoßen, zuckte krampfhaft mit den Armen und Beinen und lag dann still. Da tauchte Old Death vor uns auf. Der Alte versetzte dem Anführer einen Schlag mit dem Revolverknauf auf den Kopf und warnte mich:

„Laßt los, Sir, sonst erstickt er! Ihr habt Eure Sache für den Anfang nicht übel gemacht. Anlagen scheint Ihr zu besitzen, und ich schätze, daß einmal ein tüchtiger Westmann oder ein abgefeimter Bösewicht aus Euch wird. Nehmt den Kerl auf die Schulter und kommt!" — Er hob den einen auf, den er unschädlich gemacht hatte, ich den anderen. So kehrten wir zur Hintertür zurück, wo Old Death wie es besprochen war, zu kratzen begann. Lange ließ uns ein. — „Was bringt ihr denn da?" fragte er leise, als er trotz der Dunkelheit bemerkte, daß wir Lasten trugen. — „Werdet es schon sehen", schmunzelte Old Death. „Schließt nur vorläufig erst zu und kommt mit uns hinein!"

5. Vertauschte Rollen

Wie staunten die Männer, als wir unsere Beute auf die Diele legten. "Heavens!" fuhr Meißner auf. "Das sind ja zwei Kukluxer! Tot?" "Hoffentlich nicht", sagte der Scout. "Ihr seht, wie recht ich tat, daß ich diesen jungen Master mitnahm. Er hat sich brav gehalten, hat sogar den Anführer der Bande überwältigt." — "Den Anführer? Ah, das ist prächtig! Aber wo stecken dessen Leute, und weshalb bringt ihr diese beiden herein?" — "Muß ich Euch das erst sagen? Es ist doch leicht zu erraten. Mein Begleiter da und ich werden die Kleider der beiden Lumpen anlegen und die Bande, die sich am Stall versteckt hält, hereinholen." — "Seid Ihr des Teufels? Ihr wagt das Leben. Wenn man nun entdeckt, daß ihr gefälschte Kukluxer seid?"

"Das wird man eben nicht entdecken", lächelte der Alte überlegen. "Old Death ist ein pfiffiger Kerl, und dieser junge Master ist auch nicht ganz so dumm, wie er aussieht." — Der Scout erzählte, was wir erlauscht und getan hatten, und erklärte dann den Männern seinen Plan. Ich sollte als Locksmith hinter den Stall gehen, um die Kukluxer hereinzuholen. Er wollte die Verkleidung des Capt'n, die für seine Länge paßte, anlegen und den Anführer spielen. — "Wäre nur noch zu erwähnen", fügte er hinzu, "daß begreiflicherweise leise gesprochen wird, denn beim Flüstern sind alle Stimmen gleich." — "Nun, wenn ihr es wagen wollt, so tut es!" meinte Lange. "Ihr tragt nicht unsere Haut zu Markte, sondern eure eigne. — Was aber sollen wir inzwischen beginnen?" — "Zunächst leise hinausgehen und einige starke Pfähle oder Stangen hereinholen, die wir gegen die Kammertür stemmen können, damit sie, wenn es soweit ist, nicht von innen geöffnet werden kann. Sodann verlöscht ihr die Lichter und versteckt euch im Haus. Das ist alles, was ihr zu tun habt. Was weiterhin geschehen muß, läßt sich jetzt noch nicht bestimmen." — Vater und Sohn gingen in den Hof, um die Pfähle zu holen. Inzwischen nahmen wir den beiden Betäubten die schwarzen Verkleidungen mit den weißen, aufgenähten Abzeichen ab. Die des Anführers war an Kapuze, Brust und Oberschenkel mit einem Dolch, die des Locksmith an den gleichen Stellen mit Schlüsseln versehen. Der Dolch war also das Abzeichen des Anführers. Der Mann, der in der Schenke saß, um unseren Aufenthaltsort auszukundschaften, war ‚Schnecke' genannt worden. Er trug demnach mutmaßlich auf seinen Schleichwegen eine mit Schnecken gezeichnete Verkleidung. Eben als wir dem Anführer seine Hose, die den Schnitt der Schweizer Wildheuerhosen hatte und über dem eigentlichen Beinkleid befestigt war, vom Leib zogen, erwachte er. Er blickte wirr und erstaunt umher und machte dann eine Bewegung aufzuspringen, wobei er zur Leibesgegend griff, wo sich vorher die Tasche mit dem Revolver befunden hatte. Old Death aber drückte ihn schnell wieder nieder, hielt ihm die Spitze des Bowiemessers auf die Brust und drohte: "Ruhig, mein Junge! Nur einen unerlaubten Laut oder eine Bewegung, so fährt dir dieser schöne Stahl ins Fleisch!" — Der Kukluxer war ein Mann Anfang der Dreißig mit militärisch geschnittenem Bart. Sein scharf gezeichnetes, dunkel angehauchtes und ziemlich verlebtes Gesicht, ließ einen Südländer in ihm vermuten. Er griff mit beiden Händen an den schmerzenden Kopf, wo ihn der Hieb getroffen hatte, und fragte: „Wo bin ich? Wer seid ihr?" — „Hier wohnt Lange, den ihr überfallen wolltet", erklärte Old Death. „Und dieser junge Mann und ich sind die Deutschen, deren Aufenthalt die ‚Schnecke' erkunden soll. Du siehst, daß du dich da befindest, wohin deine Sehnsucht dich trieb." — Der Mann kniff die Lippen zusammen und ließ einen wilden, erschrockenen Blick umherschweifen. Soeben kam Lange mit seinem Sohn zurück. Sie brachten einige Stangen und eine Säge mit. — „Stricke zum Binden sind da, ausreichend für zwanzig Mann", sagte der Vater. — „So gebt her, einstweilen nur für diese beiden!" — „Nein, binden lasse ich mich nicht!" rief der Anführer, indem er abermals versuchte, sich aufzurichten. Aber sofort hielt ihm Old Death wieder das Messer vor. — „Wage ja nicht, dich zu rühren! Man nennt mich Old Death und du wirst wissen, was das zu bedeuten hat. Oder meinst du, daß ich ein Freund der Sklavenzüchter und Kukluxer bin?" — „Old — Old Death seid Ihr?" stammelte der Capt'n aufs höchste erschrocken. — „Ja, mein Junge, der bin ich. Und nun wirst du dir wohl keine unnützen Einbildungen machen. Ich weiß, daß du den jungen Lange aufknüpfen und seinen Vater bis auf die Knochen peitschen lassen wolltest, um dann dieses Haus in Brand zu stecken. Wenn du noch irgendwelche Nachsicht erwartest, so ist es vor allem nötig, daß du dich ruhig in dein Schicksal ergibst." — „Old Death!" wiederholte der Anführer, der leichenblaß geworden war. „Dann bin ich verloren!" — „Noch nicht. Wir sind nicht ruchlose Mörder wie ihr. Wir werden euer Leben schonen, wenn ihr euch ohne Kampf ergebt. Tut ihr das nicht, so wird man morgen eure Leiche in den Fluß werfen. Ich teile dir jetzt kurz alles Nötige mit. Handelst du danach, so mögt ihr die County und meinetwegen Texas verlassen, um nicht wiederzukommen. Verachtest du aber meinen Rat, so ist es aus mit euch. Ich hole jetzt deine Leute herein. Sie werden ebenso unsere Gefangenen sein, wie du es bist. Befiehl ihnen, sich zu ergeben! Tust du das nicht, so schießen wir euch zusammen wie einen Schwarm wilder Tauben."

Der Kukluxer wurde gebunden und erhielt ein Taschentuch in den Mund. Der andere war auch zu sich gekommen, zog es aber vor, kein Wort zu sagen. Auch er wurde gefesselt und geknebelt. Dann trug man die beiden hinaus in die Betten, in denen Lange und sein Sohn schliefen, band sie dort noch besonders fest, so daß sie sich nicht regen konnten, und deckte sie bis an den Hals zu. — „So!" lachte Old Death. „Nun kann die Posse beginnen. Wie werden sich die Kerle wundern, wenn sie in diesen sanften Schläfern ihre Spießgesellen erkennen! Es wird ihnen ein ungeheures Vergnügen machen. Aber sagt, Mr. Lange, wie könnte man denn, wenn wir sie haben, mit den Leuten reden, ohne daß es ihnen möglich ist, uns zu sehen und zu fassen? Man müßte sie dabei beobachten können." — „Hm", meinte der Gefragte, indem er zur Decke deutete, „von da oben. Die Decke besteht nur aus einer Bretterlage. Wir müßten eins der Bretter entfernen." — „So kommt alle mit hinaus und nehmt eure Waffen mit! Ihr steigt die Treppe hinauf und bleibt oben, bis es Zeit ist. Vorher aber wollen wir für passende Stemmhölzer sorgen." — Einige der Stangen wurden mit der Säge so verkürzt, daß sie genau für den beabsichtigten Zweck paßten und dann bereitgelegt. Ich zog die Hose und Bluse des Locksmith an, während Old Death die andere Verkleidung überstreifte. In der weiten Tasche meiner Hose steckte ein eiserner Ring mit einer Menge Schlüssel und Dietriche. — „Ihr werdet sie gar nicht brauchen", meinte Old Death. „Ihr seid kein Schlosser und auch kein Einbrecher und würdet Euch durch Eure Ungeschicklichkeit nur verraten. Ihr müßt die richtigen Schlüssel hier abziehen und mitnehmen. Dann tut Ihr so, als ob Ihr mit dem Dietrich öffnetet. Unsere Messer und Revolver stecken wir ein. Unsere Büchsen aber nehmen wir an sich, die, während wir draußen unsere Aufgabe erledigen, droben vorsichtig ein Brett losmachen. Dann müssen alle Lichter verlöscht werden." — Diese Weisung wurde befolgt. Man ließ uns hinaus, und draußen verschloß ich die Türen. Ich hatte nun die drei Schlüssel zur Haus-, Stuben- und Kammertür bei mir. Old Death unterrichtete mich nochmals genau. Als wir das Geräusch hörten, das durch das Entfernen des Bretts verursacht wurde, trennten wir uns. Er ging zur Giebelseite des Hauses, wo die Stangen standen, und ich begab mich über den Hof hinüber, um meine lieben Kameraden zu holen. Ich wendete mich zum Stall und trat dabei nicht allzu leise auf, denn ich wollte gehört und angesprochen sein, um nicht etwa mit meiner Anrede einen Fehler zu machen. Eben als ich um die Ecke bog, erhob sich eine Gestalt, über die ich beinahe hinweggestolpert wäre, vom Boden. — *„Stop!"* sagte der Mann. „Bist du es, Locksmith?" — *„Yes.* Ihr sollt kommen, aber leise! Die Gewehre laßt hinterm Stall! Messer und Revolver genügen." — „Will es dem Leutnant sagen. Warte hier!" — Er huschte fort. Also auch einen Leutnant gab es bei der Bande. Der Ku-Klux-Klan schien eine militärische Gliederung zu besitzen. Ich hatte noch keine Minute gewartet, so kam ein anderer. Leise sagte er: „Das hat lange gedauert. Schlafen denn die verwünschten Deutschen endlich?" — „Endlich! Aber nun auch desto fester. Sie haben miteinander einen ganzen Krug Brandy ausgestochen." — „So werden wir leichtes Spiel haben. Wie steht es mit den Türen?" — „Klappt alles trefflich." — „Dann wollen wir beginnen. Mitternacht ist schon vorüber. In einer Stunde wird es auch drüben bei Cortesio losgehen. Führe uns!" — Hinter ihm tauchte eine Anzahl vermummter Männer auf, die mir folgten. Als wir an das Haus kamen, trat Old Death leise zu uns. Seine Gestalt war in der Dunkelheit nicht von der des Anführers zu unterscheiden.

„Habt Ihr besondere Befehle, Capt'n?" fragte der zweite Offizier. — „Nein", entgegnete der Alte in seiner sicheren, selbstverständlichen Weise. „Wird sich alles danach richten, wie wir es drinnen finden. Nun, Locksmith wollen wir's mit der Haustüre versuchen." — Ich hielt den richtigen Schlüssel bereit, doch tat ich so, als müßte ich erst einige versuchen. Als ich dann geöffnet hatte, blieb ich mit Old Death stehen, um die Bande an uns vorüberzulassen. Auch der Leutnant blieb bei uns. Als alle leise ins Haus gehuscht waren, fragte er: „Laternen heraus?" — „Nur die Eurige einstweilen." — Wir traten ebenfalls ein. Ich machte die Tür wieder zu, ohne sie jedoch zu verschließen. Der Leutnant zog eine brennende Blendlaterne aus der Tasche seiner weiten Hose. Sein Anzug war mit weißen Figuren von der Gestalt eines Bowiemessers gezeichnet. Wir hatten dreizehn Kukluxer gezählt, also waren es mit den beiden Gefangenen im Bett fünfzehn Mann. Jeder trug ein anderes Zeichen. Da waren Kugeln, Halbmonde, Kreuze, Schlangen, Sterne, Frösche, Räder, Herzen, Scheren, Vögel und andere Tiere zu sehen. Der Leutnant leuchtete, während die anderen regungslos standen, umher und fragte: „Einen Posten hier an die Tür?" — „Wozu?" antwortete Old Death. „Ist nicht nötig. Locksmith mag zuschließen. Da kann niemand herein." — Ich schloß augenblicklich ab, um dem Leutnant keine Veranlassung zu Bedenken zu geben, ließ aber den Schlüssel stecken. — „Wir müssen alle hinein", sagte jetzt Old Death. „Die Schmiede sind baumstarke Leute." — „So seid Ihr heute anders als sonst, Capt'n!" — „Weil die Verhältnisse anders sind. Vorwärts!" — Der Scout schob mich zur Stubentür, wo sich der gleiche Vorgang wie an der Haustür wiederholte. Ich tat, als fände ich nicht sofort den passenden Schlüssel. Dann traten wir alle ein. Old Death nahm dem Leutnant die Laterne aus der Hand und leuchtete zur Kammertür. — „Dort hinaus!" gebot er. „Aber leise!" — „Sollen wir nun auch die anderen Laternen herausnehmen?" — „Nein, erst in der Kammer." — Old Death wollte mit dieser Weisung verhüten, daß die ‚sanften Schläfer' zu zeitig erkannt würden. Die fünfzehn Personen fanden Raum in der Kammer. Es kam nur darauf an, sie alle hineinzubringen, damit die Belagerung sich nicht auch mit auf die Stube erstrecken mußte. Endlich ging die Tür auf. Old Death ließ den Schein der Laterne in den Schlafraum fallen, sah hinein und flüsterte: „Sie schlafen. Rasch hinein, aber vorsichtig! Der Leutnant voran!" — Er ließ dem Genannten gar keine Zeit zur Widerrede und zum Nachdenken, schob ihn vorwärts, und die anderen folgten auf den Fußspitzen. Kaum aber war der letzte darin, so klappte ich die Tür zu und drehte den Schlüssel um. — „Schnell die Stangen!" drängte Old Death. — Sie lagen da, gerade so lang, daß man sie zwischen dem Fensterstock und der Türkante schief einklemmen konnte. Das taten wir, und nun wäre die Kraft eines Elefanten erforderlich gewesen, um die Tür aufzusprengen. Jetzt eilte ich hinaus an die Treppe. — „Seid ihr bereit?" fragte ich hinauf. „Eure Feinde sind in der Falle. Kommt herab!" — Die Männer kamen eilends gesprungen. — „Die Kukluxer befinden sich alle in der Schlafstube", erklärte der Scout. „Drei von euch hinaus vors Fenster, um Stangen dagegenzustemmen! Wer hinaussteigen will, bekommt eine Kugel!" — Ich öffnete die Hintertür wieder, und drei eilten hinaus. Die anderen folgten mir in die Wohnstube. Inzwischen hatte sich in der Schlafkammer ein entsetzlicher Lärm erhoben. Die gefoppten Halunken hatten bemerkt, daß sie eingeschlossen waren, hatten ihre Laternen herausgenommen und beim Schein des Lichts festgestellt, wer in den Betten lag. Jetzt fluchten und brüllten sie wild durcheinander und trommelten mit den Fäusten gegen die Tür.

„Auf, auf, sonst schlagen wir alles zusammen!" ertönte es. — Als ihre Drohungen nichts fruchteten, versuchten sie, die Tür aufzusprengen, aber sie gab nicht nach, die Stützen hielten fest. Dann hörten wir, daß sie das Fenster öffneten und den Laden aufzustoßen versuchten. — „Es geht nicht!" rief eine zornige Stimme. „Man hat etwas dagegengestemmt." — Da vernahmen wir von draußen einen drohenden Ruf. — „Weg vom Laden! Ihr seid gefangen. Wer den Laden öffnet, bekommt eine Kugel!" — „Ja", fügte in der Stube Old Death laut hinzu. „Auch die Tür ist besetzt. Hier stehen genug Leute, euch alle ins Jenseits zu befördern. Fragt euren Capt'n, was ihr tun sollt!"

Und leiser sagte er zu mir: „Kommt mit hinauf auf den Boden!

Nehmt die Laterne und Eure Büchse mit! Die anderen mögen hier die Lampe anbrennen." — Wir gingen hinauf, wo sich grad über dem Schlafraum eine offene Bodenkammer befand. Leicht entdeckten wir das losgelöste Brett. Nachdem wir unser Licht verhüllt und die Kapuzen abgelegt hatten, hoben wir das Brett ab und konnten nun in die von mehreren Laternen erleuchtete Schlafstube hinunterschauen. — Da standen die Kukluxer eng beieinander. Man hatte den beiden Gefangenen die Fesseln und Knebel abgenommen, und der Anführer sprach leise und, wie es schien, eindringlich zu den Leuten. — „Oho!" sagte der Leutnant soeben lauter. „Ergeben sollen wir uns? Mit wieviel Gegnern haben wir es denn zu tun?" — „Mit mehr als hinreichend, euch in fünf Sekunden niederzuschießen!" rief Old Death hinab. Alle Augen richteten sich empor. Im gleichen Augenblick hörten wir draußen einen Schuß fallen, dann noch einen. Old Death begriff sogleich, was das zu bedeuten hatte und wie er es benützen könne. — „Hört ihr's?" fuhr er fort. „Eure Freunde werden auch drüben bei Cortesio mit Kugeln abgewiesen. Ganz La Grange ist gegen euch. Man hat wohl gewußt, daß ihr da seid, und euch ein Willkommen bereitet, wie ihr es euch nicht dachtet. Wir brauchen keinen Ku-Klux-Klan. In der Stube neben euch warten zwölf Männer, draußen vor dem Laden sechs, und wir hier oben sind auch sechs. Ich heiße Old Death, verstanden! Zehn Minuten gebe ich euch. Legt ihr dann die Waffen ab, so werden wir glimpflich mit euch verfahren. Tut ihr's aber nicht, so schießen wir euch zusammen. Weiter habe ich euch nichts zu sagen, es ist mein letztes Wort. Überlegt es euch!" — Er warf das Brett wieder zu und gab mir einen Wink.

„Nun schnell hinab, Cortesio zu Hilfe!" — Wir holten zwei Mann aus der Stube, wo Lange mit seinem Sohn zurückblieb, und zwei draußen vom Laden weg, wo eine Wache einstweilen genügte. So waren wir sechs. Eben fiel wieder ein Schuß. Wir huschten hinüber und gewahrten dort vier oder fünf vermummte Gestalten. Ebenso viele kamen gerade hinter Cortesios Haus hervorgerannt, und einer rief lauter, als er wohl beabsichtigte: „Hinten schießen sie auch! Wir kommen nicht hinein!" — Ich hatte mich auf den Boden gelegt, war näher gekrochen und hörte, daß einer von denen, die vorn gestanden hatten, antwortete: „Verdammte Geschichte! Wer konnte das ahnen! Der Spanier hat Lunte gerochen und weckt mit seinen Schüssen die Nachbarn auf. Überall wird Licht angebrannt. Da hinten hört man schon Schritte. In einigen Minuten ist man uns auf den Fersen. Beeilen wir uns. Schlagen wir mit dem Kolben die Tür ein! Wollt ihr?"

Die Antwort wartete ich nicht ab, sondern huschte eiligst zu den Gefährten zurück. — „Mesch'schurs, schnell, mit dem Kolben auf die Bande. Sie wollen Cortesios Tür stürmen." — *„Well, well!* Tüchtig drauf!" lautete die Antwort, und dann fielen auch schon die Hiebe auf die verzweifelten Strolche wie aus den Wolken herab. Sie rissen schreiend aus und ließen vier ihrer Spießgesellen zurück, die so getroffen waren, daß sie nicht fliehen konnten. Sie wurden entwaffnet. Jetzt trat Old Death an die Tür von Cortesios Haus, um zu klopfen. — „Wer da?" fragte es von drinnen auf spanisch. — „Old Death, Señor. Wir haben Ihnen die Halunken vom Hals geschafft. Machen Sie auf! Erschrecken Sie aber nicht über meine Verkleidung!" — Die Tür wurde vorsichtig geöffnet. Der Spanier kannte den

Scout, obgleich dieser noch mit Hose und Bluse des Bandenführers bekleidet war. — „Sind sie wirklich fort?" — „Über alle Berge. Vier haben wir hier gefangen. Sie haben auf die Kukluxer geschossen?" — „Ja. Es war ein Glück, daß Sie mich warnten, sonst wäre es mir schlecht ergangen. Ich feuerte vorn und mein Neger hinten aus dem Haus, so daß sie nicht hereinkonnten. Dann sah ich, daß Sie über die Bande herfielen." — „Ja, wir haben Sie erlöst. Nun kommen Sie aber auch uns zu Hilfe! Zu Ihnen kehren die Kukluxer nicht zurück, wir jedoch haben noch fünfzehn dieser Kerle drüben, die wir nicht entwischen lassen wollen. Euer Neger mag indessen von Haus zu Haus laufen und Lärm schlagen. Ganz La Grange muß auf die Beine gebracht werden, damit den Buben gehörig heimgeleuchtet wird." — „So mag Hektor vor allen Dingen zum Sheriff laufen. — Achtung, da kommen Leute! Ich werde gleich drüben sein, Señor." — Cortesio trat ins Haus zurück. Von rechts her erschienen zwei Männer mit Gewehren in der Hand und fragten, was die Schüsse zu bedeuten hätten. Als wir ihnen Auskunft erteilt hatten, waren sie sofort bereit, uns beizustehen. Selbst die Bewohner von La Grange, die sezessionistisch gesinnt waren, hielten es deshalb noch lange nicht mit den Kukluxern, deren Treiben den Anhängern jedes politischen Bekenntnisses ein Greuel sein mußte. Wir nahmen die vier Verwundeten beim Kragen und schafften sie hinüber in Langes Stube. Der Schmied meldete uns, daß sich die Kukluxer bis jetzt ruhig verhalten hätten. Señor Cortesio kam nach, und bald folgten so viele andere Einwohner von La Grange, daß die Stube für sie nicht ausreichte und manche draußen bleiben mußten. Das gab ein Gewirr von Stimmen und ein Geräusch von hin und her eilenden Schritten, woraus die Kukluxer entnehmen konnten, wie die Sache stand. Old Death winkte mich wieder mit hinauf in die Bodenkammer. Als wir das Brett abermals entfernt hatten, bot sich uns ein Bild stillgrimmiger Verzweiflung. Die Gefangenen lehnten an den Wänden, saßen auf den Betten oder lagen auf der Diele und ließen in des Wortes eigentlichster Bedeutung die Köpfe hängen. — „Nun", sagte Old Death, „die zehn Minuten sind vorüber. Was habt ihr beschlossen?" — Er bekam keine Antwort. Nur einer stieß einen Fluch aus. — „Ihr schweigt? Nun, so nehme ich an, daß ihr euch nicht ergeben wollt. Das Schießen mag beginnen." — Der Scout legte sein Gewehr an und ich das meinige. Sonderbarerweise fiel es keinem da unten ein, den Revolver auf uns zu richten. Die Schurken waren feig. Ihr Mut zeigte sich nur in Gewalttätigkeiten gegen Wehrlose. — „Also antwortet, oder ich schieße!" drohte der Alte. „Es ist mein letztes Wort." — Keiner sagte ein Wort. Da flüsterte mir Old Death zu: „Schießt auch Ihr! Treffen müssen wir, sonst machen wir nicht den richtigen Eindruck. Zielt dem Leutnant auf die Hand, ich dem Capt'n! Feuer!" — Unsere zwei Schüsse krachten zu gleicher Zeit. Die Kugeln trafen gut. Die beiden Anführer schrien laut auf, und bald schrie und heulte die ganze Bande in einem widerlichen Durcheinander. Unsere Schüsse waren gehört worden. Man glaubte uns im Kampf mit den Kukluxern. Darum krachte es auch in der Stube und draußen vor dem Fenster. Kugeln flogen durch die Tür und durch den Laden in die Schlafkammer. Mehrere Kukluxer wurden getroffen. Alle warfen sich zu Boden, wo sie sich sicherer fühlten und schrien, als sollten sie am

Marterpfahl gebraten werden. Der Anführer kniete vor dem einen Bett, hatte seine blutende Hand in einen Tuchfetzen gewickelt und rief zu uns empor: „Haltet ein! Wir ergeben uns!" — „Gut!" entschied Old Death. „Tretet alle von den Betten weg! Werft eure Waffen darauf, dann wird man euch herauslassen. Aber jeder, bei dem noch eine Waffe gefunden wird, hat unerbittlich eine Kugel im Leib! Ihr hört, daß draußen Dutzende von Leuten stehen. Nur völlige Ergebung kann euch retten." — Die Lage der Geheimbündler war hoffnungslos, denn an Flucht war nicht zu denken. Das wußten sie. Ergaben sie sich, was konnte ihnen denn geschehen? Ihre Absichten waren nicht ausgeführt worden. Man konnte sie also nicht der Ausübung eines Verbrechens beschuldigen. Jedenfalls war es besser, sich dem Verlangen Old Deaths zu fügen, als einen nutzlosen Versuch zu machen, sich durchzuschlagen. Deshalb flogen ihre Messer und Revolver auf die Betten. — „Gut, Mesch'schurs!" rief der Alte ihnen zu. „Und nun will ich euch nur sagen, daß ich auch jeden niederschießen werde, der eine Bewegung macht, seine Waffe wieder wegzunehmen, wenn die Tür geöffnet wird. Wartet noch einen Augenblick!" — Er schickte mich hinunter in die Wohnstube, um Lange die Weisung zu überbringen, die Kukluxer herauszulassen und gefangenzunehmen. Aber die Ausführung dieses Auftrags war nicht so leicht wie wir dachten. Der ganze von mehreren schnell herbeigeholten Laternen erleuchtete Hausflur war dicht mit Menschen gefüllt. Ich trug bis auf die Kapuze noch die Verkleidung, so daß man mich für ein Mitglied der Geheimbande hielt und sich sofort meiner Person bemächtigte. Auf meinen Widerspruch wurde gar nicht gehört. Ich erhielt Püffe und Stöße in Menge, so daß mich die getroffenen Stellen noch nach einigen Tagen schmerzten. Man wollte mich augenblicklich vors Haus schaffen und dort lynchen. — Ich war nicht wenig in der Klemme, da meine Angreifer mich nicht kannten. Besonders war es ein langer, starkknochiger Mensch, der mir seine Faust unausgesetzt in die Seite stieß und dabei brüllte: „Hinaus mit ihm, hinaus! Die Bäume haben Äste, schöne Äste, prächtige Äste, starke Äste, die nicht knicken, wenn ein solches Mannsbild dran aufgeknüpft wird." — Dabei drängte er mich zur Hintertür. — „Aber, Sir", schrie ich ihn an, „ich bin ja gar kein Kuklux. Fragt doch Mr. Lange!" — „Schöne Äste, herrliche Äste!" wiederholte er mit einem neuen Stoß an meine Hüfte. — „Ich fordere, zu Mr. Lange in die Stube geschafft zu werden! Ich habe diese Verkleidung nur angelegt, um —" — „Wirklich prächtige Äste! Und einen Strick findet man in La Grange auch, einen feinen Strick aus gutem Hanf!" — Er schob mich weiter und stieß mir die Faust abermals, und zwar so in die Seite, daß mir endlich die Geduld ausging. Der Kerl war imstande, die Leute so aufzuhetzen, daß sie mich wirklich lynchten. Hatte man mich einmal draußen, so war nichts Gutes mehr zu erwarten. — „Sir", brüllte ich ihn jetzt an, „ich verbitte mir Eure Rohheit! Ich will zu Mr. Lange, verstanden?" — „Herrliche Äste! Unvergleichliche Stricke!" schrie er noch lauter und bedachte mich dabei mit einem gewaltigen Boxhieb gegen die Rippen. Da aber kochte bei mir der Topf über. Ich stieß ihm die Faust mit aller Kraft unter die Nase, daß er sicherlich hintenüber und zu Boden geflogen wäre, wenn es den nötigen Raum dazu gegeben hätte. Die Leute standen aber zu eng. Ich dagegen bekam ein wenig Raum. Diese Gelegenheit benützte ich sofort, indem ich mit Gewalt vordrang, aus Leibeskräften brüllte und, wie blind um mich schlagend, Püffe, Stöße und Hiebe austeilte, vor denen man wenigstens so weit zurückwich, daß ich mir eine enge Gasse erkämpfte, durch die ich in die Stube gelangte. Aber während ich auf diesem Weg meine Fäuste vorwärts so kräftig gebrauchte, schloß sich die Gasse sofort hinter mir, und alle Arme, die mich erreichten, kamen in Bewegung, so daß es Hiebe buchstäblich auf mich hagelte. Wehe den wirklichen Kukluxern, wenn schon ein falscher in dieser Weise blau gegerbt wurde! — Der Starkknochige war mir schnell gefolgt. Er schrie wie ein angestochener Eber und gelangte fast zugleich mit mir in die Stube. Als Lange ihn erblickte, fragte er: „Um Himmels willen, was ist denn los, lieber Sir? Warum schreit Ihr so? Warum blutet Ihr?" — „An den Baum mit diesem Kuklux!" brüllte der Wütende. „Hat mir die Nase zerschlagen, die Zähne eingestoßen, zwei oder drei oder vier. Herrliche Zähne! Die einzigen, die ich vorn noch hatte. Hängt ihn!" — Jetzt war sein Zorn begründeter als vorher, denn er blutete wirklich. — „Der da?" fragte Lange, auf mich deutend. „Aber Sir, werter Sir, der ist ja gar kein Kuklux! Er ist unser Freund und grad ihm verdanken wir es mit, daß wir die Kerle erwischt haben. Ohne ihn lebten wir und Señor Cortesio nicht mehr, und unsere Häuser ständen in Flammen!" — Der Starkknochige riß die Augen und den blutenden Mund weit auf und deutete auf mich. — „Ohne — ohne — den da?" — „Prächtiges Bild! Alle Umstehenden lachten. Er trocknete sich mit dem Taschentuch den Schweiß von der Stirn und das Blut von Mund und Nase, und ich rieb mir die verschiedenen Stellen, an denen noch später die Abdrücke seiner Knochenfinger zu sehen waren. — „Da hört Ihr es, Sir!" donnerte ich ihn dabei an. „Ihr wart ja geradezu rasend darauf, mich baumeln zu lassen! Von Euren verwünschten Püffen fühle ich jedes Knöchelchen in meinem Leib. Ich bin der wahrhaftig geschundene Raubritter!" — Der Mann wußte sich nicht anders zu helfen, als daß er den Mund abermals aufriß und uns stumm die geöffnete linke Hand hinhielt. Darauf lagen die zwei ‚einzigen' Vorderzähne, die bis dahin in seinem Mund ihr sicheres und friedliches Heim gehabt hatten. Jetzt mußte auch ich lachen, denn er sah gar zu kläglich aus. Und nun brachte ich endlich meinen Auftrag an den Mann. — Vorsorglicherweise waren alle vorhandenen Stricke zusammengetragen worden. Sie lagen nebst Schnüren, Leinen und Riemen in der Ecke zum Gebrauch bereit. — „Also laßt die Kukluxer heraus!" sagte ich. „Aber einzeln! Und jeder wird gebunden, sobald er heraustritt. Old Death wird nicht wissen, warum man so lange zögert. Eigentlich sollte der Sheriff da sein. Cortesios Neger wollte ihn doch sofort holen!" — „Der Sheriff?" fragte Lange erstaunt. „Der ist doch da! Am Ende wißt Ihr gar nicht, wem Ihr die Püffe zu verdanken habt? Hier steht Mr. Pike, der Sheriff!" — Der Schmied deutete auf den Knochigen. — „By Jove, Sir!" fuhr ich den Mann an. „Ihr selbst seid der Sheriff? Ihr seid der oberste Vollzugsbeamte dieser schönen County? Ihr habt hier auf Ordnung und gehörige Befolgung der Gesetze zu sehen und macht dabei in eigener Person den Richter Lynch? Das ist stark! Da ist es kein Wunder, daß sich die Kukluxer in Eurer County so breitzumachen wagen!" — Das brachte Pike in unbeschreibliche Verlegenheit. Er sah keinen anderen Ausweg, als daß er mir die beiden Zähne abermals vor die Augen hielt und dabei stotterte: „Verzeihung, Sir! Ich irrte mich, weil Ihr, ganz abgesehen von der Verkleidung, ein gar so verdächtiges Gesicht habt!" — „Danke ergebenst! Dafür sieht das Eurige um so kläglicher aus. Nun tut wenigstens von jetzt an Eure Pflicht, wenn Ihr nicht in den Verdacht kommen wollt, nur deshalb brave Leute lynchen zu wollen, weil Ihr es heimlich mit den Kukluxern haltet!" — Das gab ihm das volle Bewußtsein seiner amtlichen Würde zurück. — „Oho!" rief Pike, sich in die Brust werfend. „Ich, der Sheriff dieser ehrenwerten County Fayette, soll ein Kuklux sein? Ich werde Euch sofort das Gegenteil beweisen. Gegen die Halunken soll noch in dieser Nacht verhandelt werden. Tretet zurück, Mesch'schurs, damit wir Raum für sie bekommen! Begebt Euch hinaus in den Flur, aber laßt Eure Gewehre zur Tür hereinblicken, damit die Verbrecher sehen, wer jetzt Herr im Haus ist! Nehmt Stricke zur Hand und öffnet die Kammertür!" — Der Befehl wurde ausgeführt, und ein halbes Dutzend Doppelläufe drohte zur Stubentür herein. Hier befanden sich jetzt der Sheriff, die beiden Langes, Cortesio, zwei der gleich anfangs mit uns verbündeten Deutschen und ich. Draußen schrie die Menge nach Beschleunigung der Angelegenheit. Wir stießen die Läden auf, damit die Leute hereinblicken und sehen konnten, daß wir nicht müßig waren. Nun wurden die Stützen entfernt. Ich schloß die Kammertür auf. Keiner der Kukluxer wollte zuerst heraus. Ich forderte den Capt'n und dann den Leutnant auf zu kommen. Beide hatten ihre verwundeten Hände umwickelt. Außer ihnen waren noch drei oder vier Mitglieder der Bande verletzt worden. Droben an der Öffnung der Decke saß Old Death und hielt den Lauf seiner Büchse hinunter. Den Überlisteten wurden die Hände auf den Rücken gebunden. Dann mußten sie zu ihren ebenfalls gefesselten vier Kumpanen treten, die wir von Cortesio herübergebracht hatten. Die Draußenstehenden sahen, was bei uns vorging, und riefen laut Hallo und Hurra. Wir ließen den Gefangenen einstweilen ihre Kapuzen. Lediglich das Gesicht des Leutnants wurde noch entlarvt. Auf meine Fragen und Bemühungen wurde ein Mann herbeigeschafft, den man mir als Wundarzt bezeichnete und der behauptete, alle möglichen Schäden in kürzester Zeit verbinden und heilen zu können. Er mußte die Verwundeten untersuchen und trieb dann ein halbes Dutzend La-Grange-Leute im Haus herum, nach Watte, Werg, Lappen, Pflaster, Fett, Seife und anderen Dingen zu suchen, deren er zur Ausübung seines menschenfreundlichen Berufs bedurfte. — Als wir endlich alle Kukluxer sicher hatten, wurde die Frage aufgeworfen, wohin sie zu schaffen seien, denn ein Gefängnis für neunzehn Männer gab es in La Grange nicht. — „Schafft sie in den Saal des Wirtshauses!" gebot der Sheriff. „Am besten ist's, die Angelegenheit so rasch wie möglich zu erledigen. Wir bilden eine Jury mit Geschworenen und vollziehen das Urteil sofort. Wir haben es mit einem Ausnahmefall zu tun, der auch mit Ausnahmeregeln zu behandeln ist." — Die Kunde von diesem großartigen Beschluß pflanzte sich schnell fort. Die Menge kam in Fluß und eilte zum Wirtshaus, um einen guten Platz zu erwischen. Viele, denen das nicht gelungen war, standen auf der Treppe, im Flur und im Freien vor dem Gasthof. Sie bewillkommneten die Kukluxer mit argen Drohungen, so daß sich die Begleitung sehr stramm halten mußte, um Tätlichkeiten abzuwehren. Nur mit viel Mühe gelangten wir in den sogenannten ‚saloon', einen größeren, aber niedrigen Raum, der zu Abhaltung von Tanzvergnügen bestimmt war. Das Orchester war besetzt, wurde aber sofort geräumt, um die Gefangenen dort unterzubringen. Als man ihnen nun die Kapuzen abnahm, stellte es sich heraus, daß sich kein einziger Bewohner der Umgegend unter den Kukluxern befand. — Hierauf wurde die Jury gebildet, worin der Sheriff den Vorsitz hatte. Sie bestand aus einem öffentlichen Ankläger, einem Anwalt zur Verteidigung, einem Schriftführer und den Geschworenen. Der Gerichtshof war in einer Weise zusammengesetzt, der mich gruseln machte, doch war das mit den gegenwärtigen Verhältnissen des Kreises und der Natur des vorliegenden Falls leidlich zu entschuldigen. — Als Zeugen waren vorhanden: die beiden Langes, Cortesio, die fünf Deutschen, Old Death und ich. Als Beweismittel lagen die Waffen der Angeklagten auf den Tischen. Old Death hatte dafür gesorgt, daß auch ihre Gewehre aus dem Versteck hinter dem Pferdestall herbeigebracht worden waren. Der Sheriff erklärte die Sitzung für eröffnet mit der Bemerkung, daß von einer Vereidigung der Zeugen abzusehen sei, da die ‚sittliche Beschaffenheit der Angeklagten nicht ausreiche, so ehrenwerte Gentlemen wie uns mit den Beschwerden eines Eides zu belästigen'. Außer den Kukluxern seien überhaupt nur Männer hier vorhanden, deren ‚rechtliche und gesetzliche Gesinnung über allem Zweifel erhaben stehe, was er hiermit zu seiner großen Freude und Genugtuung feststellen wolle'. Ein vielstimmiges Bravo lohnte Pike diese Schmeichelei, und er dankte mit einer würdevollen Verbeugung. Ich aber erblickte verschiedene Gesichter, die wohl nicht so unfehlbar auf die gelobte ‚rechtliche und gesetzliche Gesinnung' der Betreffenden schließen ließen. — Zunächst wurden die Zeugen vernommen, von denen Old Death das Ereignis ausführlich erzählte. Wir andern konnten uns darauf beschränken, ihm beizustimmen. Dann trat der *State-Attorney*, der Staatsanwalt, auf. Er wiederholte unsere Aussagen und stellte fest, daß die Angeklagen einer verbotenen Vereinigung angehörten, die den verderblichen Zweck verfolge, die gesetzliche Ordnung zu untergraben, die Grundlage des Staates zu zerstören und jene verdammenswürdigen Verbrechen zu begehen, die mit langjährigem oder lebenslänglichem Zuchthaus oder gar mit dem Tod zu bestrafen seien. Schon diese Mitgliedschaft sei hinreichend, eine zehn- oder zwanzigjährige Haft zu rechtfertigen. Außerdem aber habe sich erwiesen, daß die Angeklagten die Ermordung eines Kämpfers für die Republik, die grausame körperliche Mißhandlung zweier angesehener Gentlemen und die Einäscherung eines Hauses dieser gesegneten Stadt planten. Und endlich habe man die Absicht gehabt, zwei fremde, außerordentlich friedvolle und ehrenhafte Männer — bei diesen Worten machte er Old Death und mir je eine Verbeugung — aufzuknüpfen, was höchstwahrscheinlich unseren Tod zur Folge gehabt hätte und deshalb streng zu bestrafen sei, besonders, da man es grad uns beiden zu verdanken habe, daß das über La Grange heraufbeschworene Unheil glücklich abgewendet worden sei. Er müsse also auf unnachsichtliche Ahndung dringen und beantrage, einige der Kukluxer, die der Scharfblick des sehr ehrwürdigen Gerichts wohl auszuwählen wissen werde, am Hals aufzuhängen, die anderen aber zu ihrer eigenen ‚moralischen Läuterung' tüchtig auszupeitschen und dann lebenslänglich zwischen dicke Mauern zu stecken, damit es ihnen fernerhin unmöglich sei, den Staat und dessen anerkannt ehrenwerte Bürger in Gefahr zu bringen. — Auch dem Staatsanwalt wurden Bravos gerufen, und er bedankte sich mit einer würdevollen Verneigung. Nach ihm ließ sich der Anwalt der Beklagten hören, der zunächst bemerkte, daß der Vorsitzende eine unverzeihliche Unterlassungssünde begangen habe, indem die Angeklagten nicht einmal nach ihrem Namen, nach Alter, Beruf, Wohnort und anderem befragt worden seien, was nachzuholen er hiermit ergebenst anrate. Man müsse doch wissen, wen man aufknüpfen oder einsperren wolle, schon des Totenscheins und anderer Schreibereien wegen — eine geistreiche Bemerkung, die auch meine stille Zustimmung fand. Er gab die besagten Absichten der Kukluxer unumwunden zu, denn er müsse die Wahrheit anerkennen. Aber es sei keine dieser Absichten wirklich ausgeführt worden, sondern sie alle hätten auf der Stufe des Versuchs stehenbleiben müssen. Darum könne von Aufknüpfen oder lebenslänglichem Einsperren keine Rede sein. Er frage hiermit jedermann, ob der bloße Versuch einer Tat irgend jemand in Schaden gebracht habe oder überhaupt in Schaden bringen könne. Gewiß nicht! Da also keinem Menschen ein Schaden erwachsen sei, müsse er unbedingt auf Freisprechung dringen, wodurch die Mitglieder des hohen Gerichtshofs und alle weiteren ehrenwerten Anwesenden sich das Zeugnis menschenfreundlicher Erkenntnis und friedfertiger, christlicher Gesinnung ausstellen würden. Auch ihm gaben einige wenige Stimmen Beifall. Er machte eine tiefe, halbkreisförmige Verbeugung, als hätte alle Welt ihm zugejubelt. — Darauf erhob sich Mr. Pike zum zweitenmal. Zunächst bemerkte er, daß er es in voller Absicht unterlassen habe, nach dem Namen und ‚sonstigen Angewohnheiten' der Angeschuldigten zu fragen, da er völlig überzeugt sei, daß sie ihn doch belogen hätten. Für den Fall des Aufknüpfens schlage er also vor, der Kürze wegen einen einzigen und umfassenden Totenschein auszustellen, der ungefähr lauten werde: ‚Neunzehn Kukluxer aufgehängt, weil sie selber schuld daran waren. Er gebe ferner zu, daß man es nur mit Versuchen zu tun habe, und wolle danach die Schuldfrage stellen. Aber nur den beiden fremden Gentlemen habe man es zu verdanken, daß aus dem Versuch nicht die Tat geworden sei. Der Versuch sei gefährlich, und das Heraufbeschwören dieser Gefahr müsse bestraft werden. Er habe weder Lust noch Zeit, sich stundenlang zwischen dem Staatsanwalt und dem Verteidiger hin und her zu bewegen. Auch könne es ihm nicht einfallen, sich übermäßig lange mit einer Bande zu beschäftigen, die sich, neunzehn Mann stark und sehr gut bewaffnet, von zwei Gegnern habe gefangennehmen lassen. Solche Helden seien nicht einmal der Aufmerksamkeit eines Kanarienvogels oder eines Sperlings wert. Er habe sich schon sagen lassen müssen, daß er wohl gar ein Freund der Kukluxer sei. Das könne er nicht auf sich sitzen lassen, sondern er werde dafür sorgen, daß diese Leute wenigstens beschämt abziehen und das Wiederkommen für immer vergessen müßten. Er stelle also hiermit an die Herren Geschworenen die Frage, ob die Angeklagten des Versuchs des Mordes, des Raubes, der Körperverletzung und der

Brandstiftung schuldig seien, und bitte, die Antwort ja nicht sechs Monate hinauszuschieben, denn es seien da vor der Jury eine ganze Menge hochachtbarer Zuhörer versammelt, denen man die Entscheidung nicht lange vorenthalten dürfe. — Seine ‚witzigen' Ausführungen wurden mit lautem Beifall belohnt. Die Herren Geschworenen traten in einer Ecke zusammen, besprachen sich nicht zwei Minuten lang, dann teilte ihr Obmann dem Vorsitzenden ihr Ergebnis mit, das dieser sogleich verkündete. Das Urteil lautete auf schuldig. Nun begann eine leise Beratung des Sheriffs mit seinen Beisitzern. Auffällig war es, daß der leitende Beamte während dieser Beratung den Befehl erteilte, den Gefangenen alles abzunehmen, was sie in ihren Taschen hatten, besonders aber nach Geld zu suchen. Als dieser Befehl ausgeführt war, wurde das Geld gezählt. Der Sheriff nickte befriedigt vor sich hin und erhob sich dann, um das Urteil zu verkünden. — „Mesch'schurs", sagte er ungefähr, „die Angeklagten sind schuldig befunden worden. Ich glaube, es entspricht eurem Wunsch, wenn ich euch, ohne dabei viele Worte zu machen, mitteile, worin die Strafe besteht, auf deren Verhängung und Durchführung wir uns geeinigt haben. Die in Rede stehenden Verbrechen sind nicht ausgeführt worden. Daher haben wir, dem Wunsch des Herrn Verteidigers gemäß, der sich auf unsere Menschlichkeit und christliche Gesinnung berief, beschlossen, von einer förmlichen Bestrafung abzusehen." — Die Angeklagten atmeten auf. Das merkte man ihnen an. Unter den Zuhörern wurden einzelne Rufe der Unzufriedenheit laut. Der Sheriff aber fuhr fort: „Ich sagte bereits, daß der Versuch eines Verbrechens eine Gefahr bedeutet. Wenn wir diese Kukluxer auch nicht bestrafen, so müssen wir doch wenigstens dafür sorgen, daß sie uns fernerhin nicht mehr gefährlich werden können. Deshalb haben wir beschlossen, sie aus dem Staat Texas zu entfernen, und zwar in so beschämender Weise, daß es ihnen wohl nicht einfallen wird, sich jemals wieder hier blicken zu lassen. Darum wird zunächst bestimmt, daß ihnen allen sofort das Haar und die Bärte bis kurz auf die Haut abzuscheren sind. Einige der anwesenden Gentlemen werden sich wohl gern den Spaß machen, dies zu tun. Wer nicht weit laufen muß, mag heimgehen, um Scheren zu holen. Solchen, die nicht gut schneiden, wird die sehr ehrwürdige Jury den Vorzug geben." — Allgemeines Gelächter erscholl. Einer riß das Fenster auf und schrie hinab: „Scheren herbei! Die Kukluxer sollen geschoren werden! Wer eine Schere bringt, wird eingelassen." — Ich war überzeugt, daß im nächsten Augenblick alle Untenstehenden nach Scheren rannten. Und wirklich hörte ich sogleich, daß ich richtig vermutet hatte. Man vernahm ein allgemeines Laufen und lautes Rufen nach *shears* und *scissors*. Eine Stimme brüllte sogar nach *shears for pruning trees* und *shears for shearing sheep*, also auch Baum- und Schafsscheren. — „Ferner wurde beschlossen", fuhr der Sheriff fort, „die Verurteilten zum Steamer zu schaffen, der noch nach elf Uhr von Austin gekommen ist und mit Anbruch des Tags nach Matagorda weiterfährt. Dort werden sie auf das erste beste Schiff gebracht, das abgeht, ohne in Texas zu landen. Sie werden an Deck dieses Fahrzeugs geschafft, gleichviel wer sie sind, woher sie kommen und wohin dieses Schiff steuert. Von jetzt an bis zur Einschiffung dürfen sie ihre Verkleidung nicht ablegen, damit jeder Reisende sehen kann, wie wir

Texaner mit den Kukluxern verfahren. Auch werden ihnen die Fesseln nicht abgenommen. Wasser und Brot erhalten sie erst in Matagorda. Die auflaufenden Kosten werden von ihrem eigenen Geld bezahlt, das die schöne Summe von über dreitausend Dollar ausmacht, die sie wohl zusammengeraubt haben werden. Außerdem wird all ihr Eigentum, besonders die Waffen, in Beschlag genommen und sofort versteigert. Die Jury hat bestimmt, daß der Ertrag der Versteigerung zum Ankauf von Bier und Brandy verwendet wird, damit die ehrenwerten Zeugen dieser Verhandlung mit ihren Ladies einen Schluck zu dem Reel haben, den wir nach Beendigung dieses Gerichts hier tanzen werden, um dann bei Tagesanbruch die Kukluxer mit einer würdigen Musik und dem Gesang eines passenden Liedes zum Steamer zu begleiten. Die Verurteilten werden diesem Ball zusehen und zu diesem Zweck da stehenbleiben, wo sie sich befinden. Wenn der Verteidiger etwas gegen dieses Urteil einzuwenden hat, so sind wir gern bereit, ihn anzuhören, falls er die Gewogenheit haben will, es kurz zu machen. Wir müssen die Kukluxer scheren und ihre Sachen versteigern, haben also noch sehr viel zu tun, bevor der Ball beginnen kann." — Das Beifallsrufen, das sich jetzt erhob, war schon eher ein Brüllen zu nennen. Vorsitzender und Verteidiger mußten sich anstrengen, Ruhe zu schaffen, damit der Anwalt zu Worte kommen konnte. — „Was ich noch zum Nutzen meiner Kunden zu sagen habe", meinte er, „ist folgendes. Ich finde das Urteil des hochachtbaren Gerichtshofs einigermaßen hart, doch ist die Härte durch den letzten Teil der richterlichen Entscheidung, der Bier, Brandy, Tanz, Musik und Gesang betrifft, mehr als zur Genüge ausgeglichen. Deshalb erkläre ich mich im Namen aller, deren Rechte ich vertreten muß, mit dem Urteil einverstanden und hoffe, daß es sich die Betroffenen als Aufforderung zum Beginn eines besseren und nützlicheren Lebenswandels dienen lassen. Ich warne sie auch, jemals wieder zu uns zu kommen, da ich mich in diesem Fall weigern würde, ihre Verteidigung nochmals zu übernehmen, sie also nicht wieder einen so ausgezeichneten Rechtsbeistand finden würden. Geschäftlich bemerke ich noch, daß ich für meine Verteidigung pro Mann zwei Dollar zu fordern habe, macht für neunzehn Mann achtunddreißig Dollar, deren Empfang ich nicht schriftlich zu bescheinigen brauche, wenn sie mir gleich jetzt vor so vielen Zeugen ausgehändigt werden. In diesem Fall nehme ich nur achtzehn für mich und gebe die übrigen zwanzig für Licht und Miete des Saals. Die Musikanten können durch Eintrittsgeld entschädigt werden; etwa fünfzehn Cent pro Gentleman. Die Ladies haben natürlich nichts zu zahlen." — Der Verteidiger setzte sich und der Sheriff erklärte sich völlig mit ihm einverstanden. — Ich saß da, als hielte mich ein Traum gefangen. War das alles Wirklichkeit? Ich konnte nicht daran zweifeln, denn der Verteidiger erhielt sein Geld, und viele rannten fort, um ihre Frauen zum Ball zu holen. Andere kamen und brachten alle möglichen Arten von Scheren geschleppt. Ärger wollte mich zunächst überkommen, dann aber stimmte ich doch in Old Deaths Gelächter mit ein, dem dieser Ausgang des Abenteuers außerordentlichen Spaß bereitete. Die Kukluxer wurden wirklich kahlgeschoren. Dann begann die Versteigerung. Die Gewehre gingen schnell weg und wurden gut bezahlt. Auch von den übrigen Gegenständen war bald nichts mehr vorhanden. Der Lärm dabei, das Kommen und Gehen, das Drängen und Stoßen war unbeschreiblich. Jeder wollte im ‚saloon' sein, obgleich der Raum nicht den zehnten Teil der Anwesenden faßte. Dann stellten sich die Musikanten ein, ein Klarinettist, ein Geiger, ein Trompeter und einer mit einem alten Fagott. Diese wunderliche Kapelle nahm in einer Ecke Platz und begann ihre vorsintflutlichen Instrumente zu stimmen, was mir einen nicht eben angenehmen Vorgeschmack der eigentlichen Leistungen gab. Ich wollte gehen, besonders da jetzt die Ladies auf dem Schauplatz erschienen. Aber da kam ich bei Old Death schön an. Er erklärte, wir beide, die wir doch eigentlich die Hauptpersonen seien, müßten nach all den Mühen und Gefahren nun das Vergnügen genießen. Der Sheriff hörte das und stimmte ihm bei, ja, er behauptete mit aller Entschiedenheit, daß es eine Beleidigung der ganzen Bürgerschaft von La Grange sein würde, wenn wir beide uns weigerten, den ersten Rundtanz zu eröffnen. Er stellte dazu Old Death seine Gemahlin und mir seine Tochter zur Verfügung, die beide ausgezeichnete Tänzerinnen seien. Da ich ihm zwei Zähne ausgeschlagen habe und er mir einige Male in die Rippen geraten sei, müßten wir uns als wahlverwandt betrachten, und so würde ich seine Seele aufs tiefste kränken, falls ich ihm seine dringende Bitte abschlüge. Er werde dafür sorgen, daß ein Tisch für uns freibleibe. Was konnte ich machen? Unglücklicherweise stellten sich in diesem Augenblick seine beiden Ladies ein, denen wir vorgestellt wurden. Mitgegangen, mitgefangen, mitgehangen! Ich sah ein, daß ich den berühmten Rundtanz wagen müsse und vielleicht noch einige Rutscher und Hopser dazu, ich, einer der Helden des heutigen Tags und — Privatdetektiv inkognito. — Der gute Sheriff freute sich sichtlich, uns den Göttinnen seiner Häuslichkeit geweiht zu haben. Er besorgte uns einen Tisch, der den großen Fehler hatte, nur für vier Personen auszureichen, so daß wir ohne Gnade und Barmherzigkeit den beiden Ladies verfallen waren. Die Damen waren kostbar. Die Stellung ihres Gatten und Vaters erforderte, daß sie sich möglichst mit Würde gaben. Die Mutter war fünfzig, strickte an einer wollenen Leibjacke und sprach einmal vom Codex Napoleon. Dann aber schloß sich ihr Mund für immer. Das Töchterlein, über dreißig alt, hatte einen Band Gedichte mitgebracht, worin sie trotz des ringsum tobenden Höllenlärms unausgesetzt zu lesen schien, beehrte Old Death mit einer geistreich gemeinten Bemerkung über Pierre Jean de Béranger, und als der alte Scout ihr aufrichtig versicherte, daß er mit diesem Gentleman noch nicht gesprochen habe, versank sie in beharrliches Stillschweigen. Als Bier herumgereicht wurde, tranken unsere Damen nicht. Sobald ihnen aber der Sheriff zwei Gläser Brandy brachte, belebten sich ihre scharfen, menschenfeindlichen Züge. — Bei dieser Gelegenheit gab mir der würdige Beamte einen seiner bekannten Rippenstöße und flüsterte mir zu: „Jetzt kommt der Rundtanz. Greift nur rasch zu!" — „Werden wir nicht abgewiesen werden?" fragte ich in einem Ton, dem schwerlich viel Vergnügen anzumerken war. — „Nein. Die Ladies sind gut erzogen." — Ich erhob mich und verbeugte mich vor der Tochter, murmelte etwas von Ehre, Vergnügen und Vorzug und erhielt — das Buch mit den Gedichten, woran die Miß haftete. Old Death fing die Sache einfacher an. Er rief der Mutter zu: „Na, kommt also, Madam! Rechts herum und links herum, ganz wie es Euch recht ist. Ich springe mit allen Beinen." — Wie wir beide tanzten, und welches Unheil mein alter Freund anrichtete, indem er mit seiner Tänzerin zu Boden stürzte, und wie die Gentlemen zu trinken begannen — davon schweige ich. Genug! Als es Tag wurde, waren die Vorräte des Wirts ziemlich auf die Neige gegangen, und der Sheriff versicherte, das aus der Versteigerung gewonnene Geld sei noch nicht aufgebraucht, man könne also morgen oder vielleicht heute abend noch einen kleinen Reel tanzen. In den beiden Stuben des Erdgeschosses, im Garten und vor dem Haus saßen oder lagen die Angeheiterten, teilweise wohl mit schweren Köpfen. Sobald aber die Kunde erscholl, daß der Zug zum Landeplatz vor sich gehen solle, waren alle auf den Beinen. An die Spitze stellten sich die Musikanten, dann kamen die Mitglieder des Gerichtshofs, die Kukluxer in ihrer seltsamen Bekleidung, ferner wir Zeugen und hinter uns die Gentlemen nach Gefallen und Belieben. — Der Texaner ist ein eigenartiger Kerl. Was er braucht, ist stets da. Woher die Leute alles so schnell bekommen hatten, wußten wir nicht, aber so viele sich auch dem Zug anschlossen, und das waren wohl alle, die würdigen Prediger und die ‚Ladies' ausgenommen, jeder hatte irgendein zur Katzenmusik geeignetes Instrument in der Hand. Als alle in Reih und Glied standen, gab der Sheriff das Zeichen, der Zug setzte sich in Bewegung, und die voranschreitenden ‚Künstler' begannen den Yankee-doodle. Am Schluß fiel die Katzenmusik ein. Was dazu gepfiffen, gebrüllt, gesungen wurde, ist nicht zu sagen. Es war, als befände ich mich unter lauter Verrückten. So ging es im Trauerschritt zum Fluß, wo die Gefangenen dem Kapitän überliefert wurden, der sie, wie wir uns überzeugten, in sicheren Gewahrsam nahm. An Flucht war nicht zu denken, dafür verbürgte sich der Kapitän. Übrigens wurden sie von einigen mitfahrenden Deutschen streng bewacht. — Als sich das Schiff in Bewegung setzte, bliesen die Musikanten ihren schönsten Tusch, und die Katzenmusik begann von neuem. Während aller Augen dem Schiff folgten, nahm ich Old Death beim Arm und trollte mich mit Lange und Sohn heim. Dort beschlossen wir, einen kurzen Schlaf zu halten. Aber er dauerte länger, als wir uns vorgenommen hatten. Bei meinem Erwachen war Old Death schon munter. Er hatte vor Schmerzen in der Hüfte nicht schlafen können und erklärte mir zu meinem Schreck, es sei ihm unmöglich, heute schon zu reiten. Das waren die schlimmen Folgen seines Sturzes beim Tanz. Wir schickten um den Wundarzt. Der Mann kam, untersuchte den Verletzten und erklärte, das Bein sei aus dem Leib geschnappt, müsse also wieder hineingeschnappt werden. Ich hätte ihm am liebsten eine Ohrfeige gegeben. Er zerrte eine halbe Ewigkeit an dem Bein herum und versicherte uns, daß wir es schnappen hören würden. Wir lauschten, aber vergebens. Dieses Zerren verursachte dem Scout fast gar keine Schmerzen. Deshalb schob ich den Pflastermacher beiseite und sah mir die Hüfte an. Es gab da einen blauen Fleck, der in einem gelben Rand auslief, und ich war überzeugt, daß es sich um eine Quetschung handelte. — „Wir müssen für eine Einreibung mit Senfspiritus oder mit reinem Alkohol sorgen, das wird Euch aufhelfen", erklärte ich. „Freilich, heut wenigstens müßt Ihr Euch ruhig verhalten. Schade, daß Gibson inzwischen entkommt!" — „Der?" antwortete der Alte.

„Habt keine Sorge, Sir! Wenn man die Nase eines so alten Jagdhundes, wie ich bin, auf eine Fährte richtet, läßt er sicher nicht nach, bis das Wild gepackt ist. Darauf könnt Ihr Euch getrost verlassen."
„Das tu ich auch. Aber er gewinnt mit William Ohlert einen zu großen Vorsprung!" — „Den holen wir schon noch ein. Schätze, es ist gleich, ob wir sie einen Tag früher oder später finden, wenn wir sie nur überhaupt finden. Haltet den Kopf hoch! Dieser sehr ehrenwerte Sheriff hat uns mit seinem Reel und seinen beiden Ladies einen kleinen Strich durch die Rechnung gemacht, aber Ihr könnt Euch darauf verlassen, daß ich die Scharte auswetzen werde. Man nennt mich Old Death. Verstanden?" — Das klang freilich tröstlich, und da ich dem Alten zutraute, daß er sein Wort halten werde, gab ich mir Mühe unbesorgt zu sein. Allein wollte ich doch nicht fort. Deshalb war es mir auch willkommen, als Mr. Lange beim Mittagessen wiederholte, er wolle mit uns reisen, da sein Weg vorläufig der gleiche sei. — „Schlechte Kameraden erhaltet Ihr an mir und meinem Sohn nicht", versicherte er. „Wir wissen ein Pferd zu meistern und mit einer Büchse umzugehen. Und sollten wir unterwegs auf irgendwelches weißes oder rotes Gesindel stoßen, so wird es uns nicht einfallen davonzulaufen. Also wollt Ihr uns mitnehmen? Schlagt ein!" — Und wir schlugen ein. Später kam Cortesio, der noch länger geschlafen hatte als wir, und wollte uns die beiden Pferde zeigen. Old Death hinkte trotz seiner Schmerzen in den Hof. Er wollte die Pferde selber sehen. — „Dieser junge Master behauptet zwar, reiten zu können", sagte er, „aber unsereins weiß, was von solchen Reden zu halten ist. Und einen Pferdeverstand traue ich ihm auch nicht zu. Wenn ich ein Pferd kaufe, suche ich mir vielleicht gerade das Tier aus, das das schlechteste zu sein scheint, weil ich weiß, daß es das beste ist. Das ist mir nicht nur einmal vorgekommen." — Ich mußte ihm alle im Stall stehenden Pferde vorreiten, und er beobachtete jede ihrer Bewegungen mit Kennermiene, nachdem er vorsichtig nach dem Preis gefragt hatte. Wirklich kam es so, wie er gesagt und ich erwartet hatte. Er nahm die beiden Tiere, die für uns bestimmt gewesen waren, nicht. — „Sehen besser aus, als sie sind", sagte er. „Würden nach einigen Tagen schon erledigt sein. Nein, wir nehmen die beiden alten Füchse, die wunderbarerweise so billig sind." — „Aber das sind ja die reinsten Karrengäule!" meinte Cortesio. „So urteilt Ihr, Señor, weil Ihr es — mit Verlaub — nicht versteht. Die Füchse sind Prärieppferde, haben sich aber in schlechten Händen befunden. Deshalb machen sie im Augenblick keinen guten Eindruck. Ihnen geht die Luft nicht aus, und ich schätze, daß sie wegen einer kleinen Strapaze nicht in Ohnmacht fallen. Wir behalten sie. Basta, abgemacht!"

6. Im Jagdgebiet der Komantschen

Neun Tage später befanden sich fünf Reiter, vier Weiße und ein Neger, ungefähr an dem Punkt, wo die südlichen Ecken der jetzigen texanischen Counties Medina und Uvalde zusammenstoßen. Die

Weißen ritten in zwei Paaren hintereinander, der Neger machte den Beschluß. Die voranreitenden Weißen waren fast gleich gekleidet, nur daß der Anzug des jüngeren neuer war als der des älteren, sehr hageren Mannes. Ihre Pferde waren Füchse. Die Tiere trabten munter und ließen bisweilen ein lustiges Schnauben hören, so daß anzunehmen war, sie seien einem anstrengenden Ritt in dieser abgelegenen Gegend wohl gewachsen. Das folgende Paar erkannte man sofort als Vater und Sohn. Auch sie waren gleich gekleidet, aber nicht in Leder wie die Voranreitenden, sondern in Wolle. Ihre Köpfe waren von breitkrempigen Filzhüten geschützt; ihre Waffen bestanden aus Doppelbüchse, Messer und Revolver. Der Neger, eine überaus sehnige Gestalt, war in leichtes, dunkles Leinen gehüllt und trug einen glänzenden, fast neuen Zylinderhut auf seinem wolligen Schädel. Über die Schulter hing ihm eine lange, zweiläufige Rifle, und im Gürtel steckte eine Machete, eines jener langen, gebogenen, säbelartigen Messer, wie sie vorzugsweise in Mexiko gebraucht werden. — Die Namen der vier Weißen sind bekannt. Sie waren Old Death, Lange, dessen Sohn und ich. Der Schwarze war Cortesios Neger Hektor aus La Grange, der uns an jenem ereignisreichen Abend bei Cortesio eingelassen hatte. — Old Death hatte drei volle Tage gebraucht, sich von der Verletzung zu erholen, die ihm auf eine so lächerliche Weise zugefügt worden war. Ich vermutete, daß er sich dieses Mißgeschicks schämte. Im Kampf verwundet zu werden ist eine Ehre. Aber beim Tanz zu stürzen und sich dabei das Fleisch vom Knochen treten zu lassen, das ist recht ärgerlich für einen braven Westmann, und es ging dem alten Scout nahe. Die Quetschung war gewiß weit schmerzhafter, als er sich merken ließ, sonst hätte er mich nicht drei Tage auf den Aufbruch warten lassen. An dem immer wiederkehrenden, plötzlichen Zusammenzucken seines Gesichts erkannte ich, daß er selbst jetzt noch nicht frei von Schmerzen war. — Cortesio hatte von den beiden Langes erfahren, daß sie sich uns anschließen würden. Am letzten Tag war er zu uns herübergekommen und hatte uns gefragt, ob wir ihm nicht den Gefallen tun wollten, seinen Neger Hektor mitzunehmen. Wir waren über diese Forderung erstaunt gewesen. Cortesio erklärte uns die Sache. Er habe aus Washington eine wichtige Drahtnachricht erhalten und müsse deshalb sofort einen ebenso wichtigen Brief nach Chihuahua senden. Er hätte uns das Schreiben mitgeben können, aber er mußte Antwort haben, die wir ihm nicht zurückbringen konnten. Deshalb sah er sich gezwungen, einen Boten zu schicken, und zu diesem Amt gab es keine geeignetere Person als den Neger Hektor. Er war zwar ein Schwarzer, stand aber an Begabung viel höher als gewöhnliche Leute seiner Rasse. Er diente Cortesio seit langen Jahren, war ihm treu ergeben, hatte den gefährlichen Ritt über die mexikanische Grenze schon mehrmals gemacht und sich in allen Fährlichkeiten stets wacker gehalten. Cortesio versicherte uns, daß Hektor uns nicht lästig fallen, sondern uns im Gegenteil ein aufmerksamer und gutwilliger Diener sein werde. Daraufhin erteilten wir unsere Einwilligung, die wir bis jetzt auch nicht zu bereuen hatten. Hektor war nicht nur ein guter, sondern sogar ein ausgezeichneter Reiter. Er hatte diese Kunst geübt, als er mit seinem Herrn noch drüben in Mexiko lebte und zu Pferd die Rinderherden hüten mußte. Er war flink und gefällig, hielt sich immer achtungsvoll hinter uns und schien besonders mich in sein Herz geschlossen zu haben, denn er erzeigte mir unausgesetzt Aufmerksamkeiten, die nur ein Ausdruck besonderer persönlicher Zuneigung sein konnten. — Old Death hatte es für überflüssig gehalten, die Spur Gibsons zu suchen und von Ort zu Ort zu verfolgen. Wir wußten ja, welche Richtung die Abteilung, bei der er sich befand, nehmen und welche Örtlichkeiten sie berühren wollte, und so riet der Scout, geradeswegs zum Rio Nueces und dann nach Eagle Paß zu reiten. Es war sehr wahrscheinlich, daß wir zwischen dem Fluß und dem Ort, vielleicht aber schon eher, auf die Fährte der Gesuchten treffen würden. Freilich mußten wir uns sehr beeilen, da die anderen einen bedeutenden Vorsprung vor uns hatten. Aber Old Death erklärte ganz richtig, daß sich die mexikanische Begleitung der Angeworbenen vielenorts nicht sehen lassen dürfe und daher gezwungen sei, bald rechts, bald links abzuweichen und bedeutende Umwege zu machen. Wir aber konnten in fast schnurgerader Linie reiten, ein Umstand, der einen Vorsprung von einigen Tagen wohl auszugleichen vermochte. — Nun hatten wir in sechs Tagen fast zweihundert englische Meilen zurückgelegt. Eine solche Leistung hätte außer Old Death und mir niemand den Füchsen zugetraut. Die alten Pferde schienen hier im Westen neu aufzuleben. Das Futter des freien Feldes, die frische Luft, die schnelle Bewegung bekamen ihnen vorzüglich. Sie wurden von Tag zu Tag mutiger, lebendiger und scheinbar jünger, worüber sich der Scout freute, denn dadurch wurde ja erwiesen, daß er einen ausgezeichneten ‚Pferdeverstand' besaß. — Wir hatten jetzt San Antonio und Castroville hinter uns, waren durch die wasserreiche County Medina geritten und näherten uns nun der Gegend, wo das Wasser immer seltener wird und die traurige texanische Sandwüste beginnt, die weiterhin zwischen dem Rio Nueces und dem Rio Grande ihre größte Trostlosigkeit erreicht. Wir wollten zunächst zum Rio Leona, einem Hauptarm des Rio Frio, und dann ungefähr zu der Stelle des Rio Nueces, wo der Turkey Creek mündet. Im Nordwesten vor uns lag der hohe Leonaberg mit Fort Inge in der Nähe. Dort hatte die Abteilung vorüber gemußt, ohne es jedoch wagen zu dürfen, sich von der Besatzung des Forts blicken zu lassen. Wir konnten also hoffen, bald ein Lebenszeichen von Gibson und seinen Begleitern zu finden.

Der Boden war hier sehr geeignet zu einem schnellen Ritt. Wir durchquerten eine ebene, kurzgrasige Prärie, über die unsere Pferde mit großer Leichtigkeit dahingaloppierten. Die Luft war rein, so daß der Horizont klar und deutlich vor uns lag. Wir ritten nach Südwest und hatten daher vorzugsweise diese Richtung im Auge. Aus diesem Grund bemerkten wir erst ziemlich spät das Nahen von Reitern worauf uns Old Death aufmerksam machte. Er deutete rechts hinüber. — „Schaut dorthin, Mesch'schurs! Wofür haltet ihr das?"

Wir sahen einen dunklen Punkt, der sich sehr langsam zu nähern schien. — „Hm!" meinte Lange, indem er seine Augen mit der Hand beschattete. „Das wird ein Tier sein, das dort grast." — „So!" lächelte Old Death. „Wunderschön! Eure Augen scheinen sich noch nicht recht an die Entfernungen der Prärie gewöhnen zu wollen. Dieses Etwas ist wohl gegen zwei englische Meilen entfernt von uns. Auf eine so bedeutende Strecke ist ein Gegenstand von der Größe dieses

Punktes nicht ein einzelnes Tier. Müßte ein Büffel sein, fünfmal so groß wie ein ausgewachsener Elefant, und Büffel gibt es hier überhaupt nicht. Mag sich wohl einmal so ein verlaufener Kerl hier herumtreiben, aber sicherlich nicht in dieser Jahreszeit, sondern nur im Frühjahr oder Herbst. Außerdem täuscht sich der Ungeübte leicht über die Bewegung eines Gegenstandes in solcher Ferne. Ein Büffel oder Pferd geht beim Grasen langsam Schritt um Schritt vorwärts. Ich wette aber, daß sich der Punkt da drüben im Galopp bewegt." — „Nicht möglich!" wunderte sich der Schmied. — „Nun, wenn die Weißen so falsch denken", lächelte Old Death, „so wollen wir hören, was der Schwarze dazu sagt. Hektor, was hältst du von dem Ding da draußen?" — Der Neger hatte bisher bescheiden geschwiegen. Jetzt aber, da er aufgefordert wurde, äußerte er seine Meinung. „Reiter sein. Vier, fünf oder sechs." — „Das denke ich auch. Vielleicht Indianer?" — „O nein, Massa! Indian nicht so offen kommen zu Weißen. Indian sich verstecken, um Weißen erst heimlich anzusehen, ehe mit ihm reden. Reiter kommen grad auf uns zu, also es Weiße sein." — „Das ist sehr richtig, mein guter Hektor. Ich höre da zu meiner Befriedigung, daß dein Verstand heller ist als deine Hautfarbe." — „Oh, Massa, oh!" schmunzelte der Schwarze, wobei er alle seine Zähne zeigte. Von Old Death gelobt zu werden war eine große Auszeichnung für ihn. — „Wenn diese Leute wirklich die Absicht haben, zu uns zu kommen", riet Lange, „müssen wir hier auf sie warten." — „Fällt uns nicht ein!" entgegnete der Scout. „Ihr müßt doch bemerken, daß sie nicht gerade auf uns zuhalten, sondern mehr südlich trachten. Sie sehen, daß wir uns fortbewegen, und reiten deshalb schräg auf uns zu, um mit uns zusammenzutreffen. Also vorwärts! Wir haben keine Zeit, hier zu verweilen. Vielleicht sind es Soldaten von Fort Inge, die sich auf Kundschaft befinden. Ist das der Fall, so dürfen wir uns über das Zusammentreffen nicht freuen." — „Warum nicht?" — „Weil wir Unangenehmes erfahren werden, Sir. Fort Inge liegt ziemlich weit von hier entfernt im Nordwesten. Wenn der Kommandant solche Streifabteilungen so weit aussendet, muß irgend etwas Unerfreuliches in der Luft liegen. Werden es sicher hören." — Wir ritten mit unverminderter Schnelligkeit weiter. Der Punkt näherte sich zusehends und löste sich endlich in sechs kleinere Punkte auf, die sich rasch vergrößerten. Bald gewahrten wir deutlich, daß es Reiter waren. Fünf Minuten später erkannten wir schon die Uniformen. Und dann waren sie schon so nahe, daß wir den Ruf hörten, den sie uns herüberschickten. Wir sollten anhalten. Es war ein Dragonersergeant mit fünf Leuten.

„Warum reitet ihr in solcher Eile?" fragte er, indem er sein Pferd zügelte. „Habt ihr uns nicht kommen sehen?" — „Doch", entgegnete der Scout kaltblütig, „aber wir hatten keinen Grund auf euch zu warten." — „O doch! Wir müssen unbedingt wissen, wer ihr seid."

„Nun, wir sind vier Weiße und ein Neger, die in südwestlicher Richtung reiten. Das wird für eure Zwecke wohl genügen." — *„Hang it all!"* fuhr der Sergeant auf. „Denkt ja nicht, daß Ihr Euern Spaß mit uns treiben könnt!" — *„Pshaw!"* lächelte Old Death überlegen. „Bin selber nicht zum Scherzen aufgelegt. Wir befinden uns hier auf offener Prärie und nicht im Schulzimmer, wo Ihr den Lehrer spielen dürft." — „Ich habe nur meiner Dienstvorschrift zu folgen. Ich fordere euch auf, eure Namen zu nennen!" — „Und wenn es uns nicht beliebt, zu gehorchen?" — „So seht Ihr, daß wir bewaffnet sind und uns Gehorsam verschaffen können." — „Ah! Könnt Ihr das wirklich? Freut mich um Euretwillen ungemein. Nur rate ich Euch nicht, es zu versuchen. Wir sind freie Männer in freiem Land, Sergeant! Wir möchten den sehen, der es wagen wollte, uns im Ernst zu sagen, daß wir ihm gehorchen müßten, hört Ihr es, müßten! Ich würde den Halunken einfach niederreiten!" — Seine Augen blitzten. Er nahm sein Pferd in die Zügel, daß es aufstieg und, seinem Schenkeldruck gehorchend, einen drohenden Sprung gegen den Sergeanten tat. Der Mann riß sein Pferd schnell zurück und wollte aufbrausen. Old Death ließ ihn nicht dazu kommen. — „Ich will nicht rechnen, daß ich zweimal soviel Jahre zähle wie Ihr und wohl mehr erfahren und erlebt habe, als Ihr jemals zu sehen bekommt. Will Euch nur darauf antworten, daß Ihr von Euern Waffen gesprochen habt. Denkt Ihr etwa, unsere Messer seien von Marzipan, unsere Gewehrläufe von Zucker und unsere Kugeln von Schokolade? Diese Süßigkeiten dürften Euch wohl schlecht bekommen! Ihr sagt, daß Ihr Eurer Dienstvorschrift gehorchen müßtet. *Well*, das gehört sich so, und ich habe nichts dagegen. Aber hat man Euch auch anbefohlen, erfahrene Westmänner anzuschnauzen? Wir sind bereit, mit Euch zu sprechen. Aber wir haben Euch nicht gerufen und verlangen vor allen Dingen Höflichkeit!" — Der Sergeant wurde verlegen. Old Death schien ein ganz anderer geworden zu sein, und sein Auftreten blieb nicht ohne Wirkung. „Redet Euch doch nicht in solchen Zorn hinein!" lenkte der Sergeant ein. „Es ist ja gar nicht meine Absicht, grob zu sein." „Nun, ich habe weder Eurem Ton, noch Eurer Ausdrucksweise große Feinheit angehört." — „Das macht, daß wir uns in der Prärie und nicht im Empfangszimmer einer Lady befinden. Es treibt sich hier allerlei Gesindel herum, und wir müssen die Augen offen halten, da wir uns auf einem vorgeschobenen Posten befinden." — „Gesindel? Zählt Ihr etwa auch uns zu diesen zweifelhaften Gentlemen?" brauste der Alte wieder auf. — „Ich kann weder ja noch nein dazu sagen. Ein Mann aber, so meine ich, der ein gutes Gewissen hat, wird sich nicht weigern, seinen Namen zu nennen. Es gibt jetzt besonders viele von diesen verdammten Kerlen, die zu Juarez hinüber wollen, in dieser Gegend. Solchen Halunken ist nicht zu trauen." — „So haltet Ihr es mit den Sezessionisten, mit den Südstaaten?" — „Ja, Ihr doch hoffentlich auch?" — „Ich halte es mit jedem braven Mann gegen jeden Schurken. Unsere Namen und unsere Herkunft zu verschweigen, gibt es keinen Grund. Wir kommen aus La Grange." — „Also seid Ihr Texaner. Nun, Texas hat zum Süden gestanden. Ich habe es demnach mit Gesinnungsgenossen zu tun." — „Gesinnungsgenossen! *Behold!* Ihr drückt Euch da sehr hoch aus, wie ich es einem Sergeanten kaum zugetraut hätte. Aber anstatt Euch unsere fünf Namen zu nennen, die Ihr doch bald vergessen würdet, will ich Euch zu Eurer Erleichterung nur den meinigen sagen. Ich bin ein alter Präriläufer und werde von denen, die mich kennen, Old Death genannt." — Dieser Name wirkte augenblicklich. Der Sergeant fuhr im Sattel hoch und sah den Alten starr an. Die anderen Soldaten warfen auch überraschte, aber dabei freundliche Blicke auf ihn. Der Truppenführer jedoch zog seine Brauen zusammen. — „Old Death

Der seid Ihr? Der Spion der Nordstaaten?" — „Sir!" rief der Alte drohend. „Nehmt Euch in acht! Wenn Ihr von mir gehört habt, so werdet Ihr wohl auch wissen, daß ich nicht der Mann bin, eine Beleidigung auf mir sitzen zu lassen. Ich habe für die Union mein Hab und Gut, mein Blut und Leben gewagt, weil es mir so beliebte, und weil ich die Absichten des Nordens für richtig hielt und heute noch für richtig halte. Unter Spion verstehe ich etwas anderes, als ich gewesen bin, und wenn mir so ein Kindskopf, wie Ihr zu sein scheint, ein solches Wort entgegenwirft, so schlage ich ihn nur deshalb nicht sogleich mit der Faust nieder, weil ich ihn bemitleide. Glücklicherweise scheinen Eure Begleiter verständiger zu sein als Ihr. Sie mögen dem Befehlshaber von Fort Inge sagen, daß Ihr Old Death getroffen und wie einen Knaben angepustet habt. Ich bin der Überzeugung, daß er Euch dann eine Nase ins junge Gesicht steckt, die so lang ist, daß Ihr die Spitze nicht mit dem Fernrohr erkennen könnt!" — Diese Worte erreichten ihren Zweck. Der Kommandant war wohl ein verständigerer Mann als sein Untergebener. Der Sergeant mußte in seinem Bericht selbstverständlich das Zusammentreffen mit uns und dessen Verlauf erwähnen. Wenn ein Postenführer auf einen so berühmten Jäger wie Old Death trifft, so ist das von großem Vorteil für ihn, weil dann Gedanken und Meinungen ausgetauscht, Beobachtungen mitgeteilt und Ratschläge gegeben werden, die für die Truppe von großem Nutzen sein können. Westmänner von der Art Old Deaths werden von den Offizieren wie ihresgleichen und mit größter Rücksicht und Hochachtung behandelt. Was konnte nun dieser Sergeant von uns berichten, wenn er in solcher Weise mit dem bewährten Pfadfinder verfuhr? Das sagte er sich jetzt wohl im stillen, denn die Röte der Verlegenheit war ihm in die Stirn getreten. Um die Wirkung seiner Worte noch zu verstärken, fuhr Old Death fort: „Euern Rock in Ehren, aber der meinige ist wenigstens ebensoviel wert. Es könnte Euch bei Eurer Jugend nichts schaden, von Old Death einige Ratschläge zu hören. Wer befehligt denn jetzt auf Fort Inge?" — „Major Webster." — „Der noch vor zwei Jahren in Fort Riley[1] als Captain stand?" — „Ja." — „Nun, so grüßt ihn von mir! Er kennt mich sehr wohl. Habe oft mit ihm auf die Scheibe geschossen und den Nagel mit einer Kugel durchs Schwarze getrieben. Könnt mir Euer Notizbuch geben, damit ich Euch einige Zeilen hineinschreibe, die Ihr ihm vorzeigen mögt. Schätze, er wird sich ungemein darüber freuen, daß einer seiner Untergebenen Old Death einen Spion genannt hat." — Der Sergeant wußte in seiner Verlegenheit keinen Rat. Er schluckte und schluckte und stieß endlich mit sichtlicher Mühe hervor: „Aber Sir, ich kann Euch versichern, daß es wahrlich nicht so gemeint war! Bei unsereinem ist nicht alle Tage Feiertag. Man hat seinen Ärger, und da ist es kein Wunder, wenn einmal ein Ton ankommt, den man nicht beabsichtigt hat!" — „So, so! Nun, das klingt höflicher, als vorher. Ich will also annehmen, daß unser Gespräch erst jetzt beginnt. Seid Ihr auf Fort Inge mit Zigarren versehen?" — „Nicht mehr. Der Tabak ist leider ausgegangen." — „Das ist schlimm. Ein Soldat ohne Tabak ist ein halber Mensch. Mein Gefährte da hat sich eine ganze Sattel-

---

[1] Am Kansas, westlich von Kansas City

tasche voll Zigarren mitgenommen. Vielleicht gibt er Euch von seinem Vorrat etwas ab." — Die Augen des Sergeanten und seiner Dragoner richteten sich verlangend auf mich. Ich zog eine Handvoll Zigarren hervor, verteilte sie unter die Leute und gab ihnen Feuer. Als der Truppenführer die ersten Züge getan hatte, breitete sich der Ausdruck hellen Entzückens über sein Gesicht. Er nickte mir dankend zu. — „So eine Zigarre ist die reine Friedenspfeife. Ich glaube, ich könnte dem ärgsten Feind nicht mehr gram sein, wenn er mir hier in der Prärie, nachdem wir wochenlang nicht rauchen konnten, so ein Ding anböte." — „Wenn bei Euch eine Zigarre mehr vermag als die größte Feindschaft, so seid Ihr wenigstens kein ausgesprochener Bösewicht", lachte Old Death. — „Nein, das bin ich wirklich nicht. Aber, Sir, wir müssen weiter, und so wird es sich empfehlen, das zu fragen und zu sagen was nötig ist. Habt Ihr vielleicht Indianer oder irgendwelche Fährten gesehen?" — Old Death verneinte und fragte, ob es denn jetzt Indianer hier geben könne.

„Gewiß!" lautete der Bescheid. „Wir haben alle Ursache zur Vorsicht, denn diese Schufte haben wieder einmal das Kriegsbeil ausgegraben." — „By Jove! Das wäre bös! Welche Stämme sind es?"

„Die Komantschen und Apatschen." — „Also die beiden gefährlichsten! Und wir reiten hier so richtig zwischen ihren Gebieten. Wenn eine Schere zuklappt, pflegt das, was sich dazwischen befindet, am schlechtesten wegzukommen." — „Ja, nehmt Euch in acht! Wir haben schon alle Vorbereitungen getroffen und mehrere Boten um schleunige Verstärkung und Verpflegung geschickt. Fast Tag und Nacht durchstreifen wir die Gegend in weitem Umkreis. Jeder, der uns begegnet, muß ja verdächtig sein, bis wir uns überzeugt haben, daß er kein Lump ist. Deshalb werdet Ihr auch mein voriges Verhalten entschuldigen." — „Das ist vergessen. Aber welchen Grund haben denn die Roten, aufeinander loszuschlagen?" — „Daran ist eben dieser verwünschte — Verzeihung, Sir! Vielleicht denkt Ihr anders von ihm als ich — dieser Präsident Juarez schuld. Ihr habt gewiß gehört, daß er ausreißen mußte, sogar bis El Paso hinauf. Die Franzosen folgten ihm. Sie kamen bis nach Chihuahua und Coahuila. Er mußte sich vor ihnen verstecken wie der Waschbär vor den Hunden. Sie hetzten ihn bis zum Rio Grande und hätten ihn noch weiter verfolgt und schließlich gefangengenommen, wenn der Präsident in Washington nicht so unklug gewesen wäre, es ihnen zu verbieten. Alles war gegen Juarez, alle hatten sich von ihm losgesagt. Sogar die Indianer, zu denen er als geborene Rothaut doch gehört, mochten nichts mehr von ihm wissen." — „Auch die Apatschen nicht?" — „Nein. Das heißt, sie waren weder gegen, noch für ihn. Sie nahmen überhaupt keine Partei und blieben ruhig in ihren Schlupfwinkeln. Das hatte ihnen Winnetou, ihr junger, berühmter Häuptling, geraten. Desto besser aber gelang es den Sendlingen Bazaines, die Komantschen gegen Juarez zu stimmen Sie kamen in Scharen über die Grenze nach Mexiko, um den Anhängern des Juarez den Garaus zu machen." — „Hm! Um zu rauben, zu morden, zu sengen und zu brennen, wollt Ihr sagen! Mexiko geht die Komantschen nichts an. Sie haben ihre Wohnplätze und Jagdgebiete nicht jenseits, sondern diesseits des Rio Grande. Ihnen ist es gleichgültig, wer in Mexiko herrscht, ob Juarez, ob Maximilian, ob Napoleon. Aber wenn die Herren Franzosen sie rufen, um sie gegen friedliche Leute loszulassen, nun, so ist es diesen Komantschen nicht zu verdenken, wenn sie die gute Gelegenheit, sich zu bereichern, schleunigst ergreifen. Wer die Verantwortung hat, will ich nicht untersuchen."

„Mich geht es auch nichts an. Kurz und gut, sie sind hinüber und haben pünktlich getan, was man von ihnen verlangte, und dabei sind sie mit den Apatschen zusammengestoßen. Die Komantschen sind immer die geschworenen Feinde der Apatschen gewesen. Deshalb übrfielen sie ein Lager der Gegner, schossen tot, was sich nicht ergab, und machten reiche Beute an Menschen, Zelten und Pferden!"

„Und dann?" — „Was dann, Sir? Die männlichen Gefangenen sind, wie das die Gepflogenheit der Indianer ist, an den Marterpfahl gebunden worden." — „Schätze, daß so eine Gepflogenheit nicht sehr angenehm für die davon Betroffenen sein kann. Das haben nun die Herren Franzosen auf dem Gewissen! Natürlich sind die Apatschen sogleich losgebrochen, um sich zu rächen?" — „Nein. Sie sind Feiglinge!" — „Hört, Sergeant, wer das behauptet, kennt die Apatschen nicht. Ich bin fest überzeugt, daß sie den Schimpf nicht ruhig hingenommen haben." — „Sie haben nur einige Krieger abgesandt, um mit den ältesten Häuptlingen der Komantschen zu verhandeln. Diese Unterhandlung hat bei uns stattgefunden." — „In Fort Inge? Weshalb da?" — „Weil da für beide Teile Burgfrieden war." „Schön! Das begreife ich. Also die Häuptlinge der Komantschen sind gekommen?" — „Fünf Häuptlinge mit zwanzig Kriegern."

„Und wieviele Apatschen waren erschienen?" — „Drei." — „Mit wieviel Mann Begleitung?" — „Ohne jede Begleitung." — „Hm! Und da sagt Ihr, sie seien Feiglinge? Drei Mann wagen sich mitten durch feindliches Land, um dann mit fünfundzwanzig Gegnern zusammenzutreffen! Sergeant, wenn Ihr nur einigermaßen gerecht sein wollt, so müßt Ihr zugeben, daß dies ein Heldenstück ist. Welchen Ausgang nahm die Unterredung?" — „Keinen friedlichen, sondern der Zwiespalt wurde nur größer. Zum Schluß fielen die Komantschen über die Apatschen her. Zwei Apatschen wurden niedergestochen, der dritte aber gelangte, wenn auch verwundet, zu seinem Pferd und setzte über eine mannshohe Umplankung hinweg. Die Komantschen verfolgten ihn zwar, haben ihn aber nicht fangen können." — „Und das geschah im Burgfrieden unter dem Schutz eines Forts und unter der Aufsicht eines Majors der Uniontruppen? Welch eine Treulosigkeit! Ist es da ein Wunder, wenn die Apatschen nun auch ihrerseits das Kriegsbeil ausgraben? Der entkommene Krieger wird ihnen die Nachricht bringen, und nun brechen sie in hellen Haufen auf, um sich zu rächen. Und da der Mord der Abgesandten in einem Fort der Weißen geschehen ist, werden sie ihre Waffen auch gegen die Bleichgesichter kehren. Wie verhielten sich denn die Komantschen?"

„Freundlich. Die Häuptlinge versicherten uns, ehe sie das Fort verließen, daß sie nur gegen die Apatschen kämpfen würden. Die Bleichgesichter aber seien ihre Freunde." — „Wann war die Verhandlung, die einen so blutigen Ausgang nahm?" — „Am Montag."

„Und heut ist Freitag, also vor vier Tagen", überlegte Old Death. „Wie lange haben sich die Komantschen nach der Flucht des Apatschen noch im Fort aufgehalten?" — „Ganz kurze Zeit nur. Nach einer Stunde ritten sie fort." — „Und ihr habt sie fortgelassen? Sie hatten das Völkerrecht verletzt und mußten zurückgehalten werden, um die Tat zu büßen. Der Major mußte sie gefangennehmen und über den Fall nach Washington berichten. Ich begreife ihn nicht."

„Major Webster war an dem Tag auf die Jagd geritten und kehrte erst abends heim." — „Um nicht Zeuge der Verhandlungen und des Verrats sein zu müssen! Ich kenne das. — Wenn die Apatschen erfahren, daß man den Komantschen erlaubt hat, das Fort unbehelligt zu verlassen, dann wehe jedem Weißen, der in ihre Hände gerät! Sie werden keinen schonen." — „Sir, ereifert Euch nicht allzusehr! Es war auch für die Apatschen gut, daß die Komantschen sich entfernen durften. Sonst hätten sie eine Stunde später noch einen ihrer Häuptlinge verloren." — Old Death machte eine Bewegung der Überraschung. — „Noch ein Häuptling, sagt Ihr? Ah, ich errate! Vier Tage ist's her. Er hatte ein ausgezeichnetes Pferd und ist schneller geritten als wir. Er ist es gewesen, ganz gewiß!" —. „Wen meint Ihr?" fragte der Sergeant verwundert. — „Winnetou." — „Ja, der war es. Kaum waren die Komantschen nach Westen hin verschwunden, so sahen wir im Osten, vom Rio Frio her, einen Reiter auftauchen. Er kam ins Fort, um sich Pulver und Blei und Revolverpatronen zu kaufen. Der Rote war nicht mit den Abzeichen seines Stammes versehen, und wir kannten ihn nicht. Während des Einkaufs erfuhr er, was geschehen war. Zufälligerweise befand sich der diensthabende Offizier, Leutnant Freeman, dabei. An ihn wandte sich der Indianer."

„Das ist toll!" rief Old Death gespannt. „Ich hätte dabei sein mögen. Was sagte er zu dem Offizier?" — „Nichts als die Worte: ,Viele Weiße werden es büßen müssen, daß eine solche Tat bei euch geschah, ohne daß ihr sie verhütet habt oder sie wenigstens bestraftet!' Dann trat er aus dem Verkaufsraum in den Hof und stieg in den Sattel. Der Leutnant war ihm gefolgt, um den herrlichen Rappen zu bewundern, den der Rote ritt, und der Indianer erklärte ihm nun: ,Ich will ehrlicher sein, als ihr es seid. Ich sage euch hiermit, daß vom heutigen Tag an Kampf sein wird zwischen den Kriegern der Apatschen und den Bleichgesichtern. Ihr habt Mördern die Freiheit gelassen und damit bewiesen, daß ihr die Feinde der Apatschen seid. Alles Blut, das von heut an fließt, soll über euch kommen!'"

„Ja, ja, so ist er!" meinte Old Death. „Was erwiderte Leutnant Freeman?" — „Er fragte ihn, wer er sei, und nun erst sagte der Rote, er sei Winnetou, der Häuptling der Apatschen. Sofort rief der Offizier, man solle das Tor zuwerfen und den Roten gefangennehmen. Er hatte das Recht dazu, denn die Kriegserklärung war ausgesprochen, und Winnetou befand sich nicht in der Eigenschaft eines Unterhändlers bei uns. Aber der Rote lachte laut auf, ritt einige von uns über den Haufen, den Leutnant dazu, und setzte, grad wie der andere Apatsche vorher, über die Umplankung. Sogleich wurde ihm ein Trupp Leute nachgesandt, aber sie bekamen ihn nicht wieder zu sehen." — „Da habt Ihr's! Nun ist der Teufel los! Wehe dem Fort und seiner Besatzung, wenn die Komantschen nicht siegen! Die Apatschen werden keinen von euch leben lassen. Doch wir wollen uns jetzt nicht weiter mit fruchtlosen Betrachtungen aufhalten. Unsere Zeit ist knapp. Habt Ihr sonst noch Besuch gehabt?" — „Nur ein einziges Mal! Vorgestern abend kam ein einzelner Reiter, der nach Sabinal wollte. Er nannte sich Clinton." — „Clinton! Hm! Will Euch diesen

Mann beschreiben. Hört zu, ob er es ist!" — Der Scout schilderte Gibson, der sich ja vorher schon einmal den falschen Namen Clinton beigelegt hatte, und der Sergeant erklärte, die Beschreibung stimme. Ich zeigte ihm dann auch noch das Lichtbild, und er erkannte den Besucher des Forts mit Bestimmtheit wieder. — „Da habt Ihr Euch belügen lassen", meinte Old Death. „Der Mann hat keineswegs nach Sabinal gewollt, sondern er kam zu Euch, um zu erfahren, wie es bei Euch steht. Clinton gehört zu dem Gesindel, von dem Ihr vorhin sprach. Er ist wieder zu seiner Gesellschaft gestoßen, die auf ihn wartete. Sonst ist wohl nichts Wichtiges geschehen?" — „Ich wüßte weiter nichts." — „Dann sind wir fertig. Sagt also dem Major, daß Ihr mich getroffen habt! Ihr seid sein Untergebener und dürft ihm nicht mitteilen, was ich von den Ereignissen im Fort denke, aber glaubt mir, Ihr hättet großes Unheil und viel Blutvergießen verhütet, wenn Ihr nicht so schlapp in der Erfüllung Eurer Pflicht gewesen wärt. *Good bye*, Boys!" — Der Alte wendete sein Pferd zur Seite und ritt davon. Wir folgten ihm nach kurzem Gruß gegen die Dragoner, die nun nach Norden zu hielten. Eine große Strecke legten wir im Galopp schweigend zurück. Old Death ließ den Kopf hängen und gab seinen Gedanken Raum. Im Westen neigte sich die Sonne dem Untergang zu. Es war höchstens noch eine Stunde Tag, und doch sahen wir den südwestlichen Blickrand noch immer wie eine messerscharfe Linie vor uns liegen. Wir hatten heute den Rio Leona erreichen wollen, wo es Baumwuchs gab, der sich in der Ferne als eine viel dickere Linie abzeichnen mußte. Darum stand zu vermuten, daß wir dem Ziel unseres heutigen Ritts noch nicht nahe waren. Das mochte sich auch Old Death im stillen sagen, denn er trieb sein Pferd immer von neuem an, wenn es in langsameren Gang fallen wollte. Und diese Eile hatte endlich Erfolg, denn eben, als der Sonnenball den westlichen Himmelsrand berührte, entdeckten wir im Südwesten einen dunklen Strich, der schnell deutlicher wurde. Der Boden, der zuletzt aus kahlem Sand bestanden hatte, trug wieder Gras, und nun bemerkten wir auch, daß der erwähnte Strich aus Bäumen bestand, deren Wipfel uns nach dem scharfen Ritt einladend entgegenwinkten. Old Death deutete darauf hin und erlaubte seinem Pferd, im Schritt zu gehen. — „Wo in diesem Himmelsstrich Bäume stehen, muß Wasser in der Nähe sein. Wir haben den Leonafluß vor uns, an dessen Ufer wir lagern werden." — Bald hatten wir die Bäume erreicht. Sie bildeten einen schmalen, sich an den beiden Flußufern hinstreckenden Hain, unter dessen Kronendach dichtes Buschwerk stand. Das Bett des Flusses war breit, umso geringer aber die Wassermenge, die er mit sich führte. Doch zeigte sich der Punkt, wo wir auf ihn trafen, nicht zum Übergang geeignet. Deshalb ritten wir langsam am Ufer aufwärts. Nach kurzem Suchen fanden wir eine Stelle, wo das Wasser seicht über blinkende Kiesel glitt. Dahinein lenkten wir die Pferde. Old Death war voran. Als sein Tier gerade die Hufe ins Wasser setzen wollte, hielt er an, stieg ab und bückte sich nieder, um den Grund des Flusses aufmerksam zu mustern.

„*Well!*" nickte er. „Dachte es doch! Hier stoßen wir auf eine Fährte, die wir nicht eher bemerken konnten, weil das trockene Ufer aus hartem Kies besteht, der keine Spur annimmt. Betrachtet den Grund des Flusses, Gentlemen!" — Auch wir saßen ab, und nun bemerkten wir runde, etwas mehr als handgroße Vertiefungen, die in den Fluß hineinführten. — „Hektor mag die Spur besehen", sagte der alte Scout, dem es offenbar darauf ankam, die Fähigkeiten des Schwarzen zu prüfen. „Will hören, was er meint." — Der Neger hatte wartend hinter uns gestanden, jetzt trat er vor und blickte ins Wasser. — „Das sein gewesen zwei Reiter, die hinüber über den Fluß." — „Warum meinst du, daß es Reiter und nicht herrenlose Pferde waren?" — „Weil die Spuren der Pferde sein sehr tief. Pferde haben tragen müssen Last, und diese Last sein Reiter. Pferde nicht gehen nebeneinander in Wasser, sondern hintereinander. Auch bleiben stehen am Ufer, um zu saufen, bevor laufen hinüber. Hier aber nicht sind stehen bleiben, sondern stracks hinüber. Sind auch laufen nebeneinander. Das nur tun, wenn sie müssen, wenn gehorchen dem Zügel. Und wo ein Zügel sein, da auch ein Sattel, worauf sitzen Reiter." — „Das hast du gut gemacht!" lobte der Alte. „Ich selbst hätte es nicht besser erklären können. Die beiden Reiter haben Eile gehabt, sie haben ihren Pferden nicht einmal Zeit zum Saufen gelassen. Da die Tiere aber jedenfalls Durst hatten und jeder Westmann vor allen Dingen auf sein Pferd sieht, so schätze ich, daß sie erst drüben am anderen Ufer saufen durften. Für diese zwei Männer muß es also einen Grund gegeben haben, zunächst hinüberzukommen. Hoffentlich erfahren wir diesen Grund." — Während dieser Untersuchung der Spuren hatten unsere Tiere das Wasser in langen Zügen geschlürft. Wir stiegen wieder auf und gelangten trocken hinüber, denn der Fluß war an dieser Stelle so seicht, daß nicht einmal die Steigbügel seine Oberfläche berührten. Kaum waren wir wieder an Land, so sagte Old Death, dessen scharfen Augen nicht so leicht etwas entging: „Da haben wir den Grund! Seht euch diese Linde an, deren Rinde so hoch, wie ein Mann reichen kann, abgeschält ist. Und hier, was steckt da in der Erde?" — Er deutete auf den Boden, wo zwei Reihen dünner Pflöcke steckten, nicht stärker und länger als Bleistifte. — „Was sollen diese Pflöcke?" fuhr Old Death im Ton eines Lehrers fort, der seinen Schülern Anschauungsunterricht erteilt. „In welcher Beziehung stehen sie zu der abgeschälten Rinde? Seht ihr die kleinen, vertrockneten Bastschnitzel, die verstreut da herumliegen? Diese Pflöcke im Boden sind als Maschenhalter gebraucht worden. Habt ihr vielleicht einmal ein Knüpfbrett gesehen, mit dessen Hilfe man Netze, Tücher und dergleichen anfertigt? Nun, so ein Knüpfbrett haben wir hier vor uns, nur daß es nicht aus Holz und eisernen Stiften besteht. Die beiden Reiter haben aus Bast ein langes, breites Band geknüpft. Es ist, wie man aus der Anordnung der Pflöcke sehen kann, etwa handbreit, also schon mehr ein Gurt gewesen. Solche Bänder oder Gurte aus frischem Bast nehmen die Indianer gern zum Verbinden von Wunden. Der saftige Bast legt sich kühlend auf die Wunde und zieht sich, wenn er trocken ist, so fest zusammen, daß er selbst einem verletzten Knochen leidlich Halt gewährt. Schätze, daß wenigstens einer der beiden Reiter verwundet war. Und nun schaut her ins feuchte Wasser! Seht ihr die beiden muschelförmigen Vertiefungen des Grundsandes? Da haben sich die zwei Pferde gewälzt. Das tun nur indianische Pferde. Man hatte ihnen die Sättel abgenommen, damit sie sich erfrischen könnten. Das erlaubt man den Tieren nur dann, wenn sie noch einen anstrengenden Weg vor sich haben. Wir dürfen also mit Sicherheit annehmen, daß die beiden Reiter hier nicht länger verweilt haben, als zur Anfertigung des Bastgurtes notwendig war, und dann weitergeritten sind. Das Ergebnis unserer Untersuchung ist demnach folgendes: Wir haben zwei Reiter auf indianischen Pferden vor uns, von denen wenigstens einer verwundet war, und die es so eilig hatten, daß sie die Pferde drüben nicht saufen ließen, weil sie hüben die Linde gewahrten, deren Bast sie als Verband benutzen wollten. Nach Anfertigung des Verbandes sind sie schnell wieder fortgeritten. Was folgt daraus, Mesch'schurs? — Strengt einmal Euer Gehirn an!" forderte der Alte mich auf.

„Will's versuchen", meinte ich und legte meine Stirn in nachdenkliche Falten. „Aber Ihr dürft mich nicht auslachen, wenn ich nicht das Richtige treffe!" — „Fällt mir nicht ein. Betrachte Euch als meinen Schüler, und von einem Lehrling kann man kein ausgewachsenes Urteil verlangen." — „Da es indianische Pferde waren, vermute ich, daß ihre Besitzer zu einem roten Stamm gehören. Ich muß dabei an die Ereignisse in Fort Inge denken. Der eine der Apatschen entkam, wurde aber verwundet. Winnetou ritt auch schleunigst davon. Er ist dem anderen jedenfalls ohne Aufenthalt gefolgt und hat ihn, da er ein ausgezeichnetes Pferd besitzt, wohl bald eingeholt." — „Nicht übel!" nickte Old Death. „Wißt Ihr noch mehr?" — „Ja. Es kam den beiden Apatschen vor allen Dingen darauf an, so schnell wie möglich ihre Stammesgenossen zu erreichen, um ihnen die im Fort erlittene Schmach mitzuteilen und sie darauf aufmerksam zu machen, daß die Ankunft der feindlichen Komantschen bald zu erwarten sei. Daher ihre große Eile. Also haben sie sich erst hier Zeit genommen, die Wunde zu verbinden, zumal sie sich vorher gesagt hatten, daß am Fluß wohl Bast zu finden sei. Deshalb haben sie hier ihren Pferden die notwendige Erfrischung gegönnt und sind dann sofort weitergeritten."

„So ist es. Bin zufrieden mit Euch. Halte es gar nicht für zweifelhaft, daß es Winnetou mit dem überlebenden Friedensunterhändler war. Wir kommen leider zu spät, um draußen im Gras ihre Fährte zu finden, aber ich kann mir denken, welche Richtung sie eingeschlagen haben. Sie mußten über den Rio Grande genau wie wir, haben die geradeste Richtung eingeschlagen, was auch wir tun werden, und so schätze ich, daß wir wohl noch auf irgendein Zeichen ihrer Anwesenheit stoßen werden. Nun aber wollen wir uns nach einem Platz umsehen, wo wir lagern können, denn morgen müssen wir möglichst zeitig aufbrechen." — Sein geübtes Auge fand bald eine passende Stelle, ein rund von Büschen umgebenes offenes Plätzchen, dicht mit saftigem Gras bestanden, woran sich unsere Pferde gütlich tun konnten. Wir sattelten sie ab und pflockten sie an den Lassos an, die wir aus La Grange mitgenommen hatten. Dann lagerten wir uns und hielten von dem Rest des Speisevorrats ein bescheidenes Mahl. — Mein Verhältnis zu Old Death war, wie ich schon mehrfach angedeutet habe, das eines Schülers zu seinem Lehrer. Ich richtete mich ganz nach ihm, weil seine Anordnungen und Ansichten stets so waren, daß ich nichts daran auszusetzen hatte. Außerdem machte es mir heimlich Spaß, von ihm als Greenhorn behandelt zu werden, und so gönnte ich ihm das offensichtliche Vergnügen, uns allen gegenüber den Lehrer zu spielen. Dabei stellte ich mich vielfach absichtlich unwissend und unbeholfen wie ein Anfänger, nur um ihm die Freude zu machen, sein Licht vor uns leuchten zu lassen.

So fragte ich ihn auch jetzt, als wir mit dem Essen fertig waren, ob wir nicht ein Lagerfeuer anbrennen wollten. Er zog darauf sogleich eine spöttisch-pfiffige Miene. — „Habe diese Frage von Euch erwartet, Sir! Habt wohl früher manch schöne Indianergeschichte gelesen? Haben Euch sicherlich sehr gut gefallen, diese hübschen Sachen?"

„Gewiß." — „Hm, ja! Das liest sich so gut; das geht alles so glatt und reinlich. Man brennt sich die Pfeife oder die Zigarre an, setzt sich aufs Sofa, legt die Beine hoch und vertieft sich in das schöne Buch, das die Leihbücherei geschickt hat. Aber lauft nur erst selber hinaus in den Urwald, in den Fernen Westen! Da geht es wohl ein wenig anders zu, als in solchen Büchern zu lesen ist. Die Verfasser dieser Geschichten sind ganz tüchtige Romanschreiber gewesen, und auch ich habe solche Erzählungen mit Spannung genossen. Aber im Westen waren diese Leute meist nicht. Sie haben es ausgezeichnet verstanden, die Poesie mit der Wirklichkeit zu verbinden. Im Westen jedoch hat man es nur mit der Wirklichkeit zu tun, und von der Poesie habe wenigstens ich noch nichts entdecken können. Da liest man von einem hübsch brennenden Lagerfeuer, über dem eine saftige Büffellende gebraten wird. Aber ich sage Euch, wenn wir jetzt ein Feuerchen anzündeten, würde der Brandgeruch jeden Indsmen herbeilocken, der sich innerhalb eines Kreises von vier Meilen im Durchmesser herumtreibt." — „Eine Stunde fast! Ist das möglich?"

„Werdet wohl noch erfahren, was für Nasen die Roten haben. Und wenn sie den Rauch nicht riechen sollten, so wittern ihn die Pferde, die es ihnen durch jenes leidige Schnauben verraten, das den Tieren anerzogen ist und schon manchen Weißen das Leben gekostet hat. Deshalb meine ich, wir sehen heute von der Poesie eines Lagerfeuers ab." — „Aber es steht doch wohl nicht zu befürchten", meinte ich altklug, „daß sich Indianer in unserer Nähe befinden, weil die Komantschen noch nicht unterwegs sein können. Bevor die Unterhändler heimgekommen sind und daraufhin die Boten die Krieger der verschiedenen Stämme zusammengeholt haben, muß eine beträchtliche Zeit vergehen." — „Hm! Was für schöne Reden doch so ein Greenhorn halten kann! Leider habt Ihr dabei dreierlei vergessen. Nämlich erstens befinden wir uns eben im Komantschengebiet. Zweitens sind ihre Krieger bereits bis hinüber nach Mexiko geschwärmt. Und drittens sind auch die Zurückgebliebenen nicht erst langsam zusammenzutrommeln, sondern jedenfalls längst versammelt und zum Kriegszug gerüstet. Oder haltet Ihr die Komantschen für so dumm, die Abgesandten der Apatschen zu töten, ohne zum Aufbruch gerüstet zu sein? Ich sage Euch, der Verrat gegen die Abgesandten war keineswegs eine Folge augenblicklichen Zorns. Es war vorher überlegt und beschlossen. Schätze, daß es am Rio Grande schon genug Komantschen gibt, und befürchte, es wird Winnetou schwer werden, unbemerkt an ihnen vorüberzukommen." — „So haltet Ihr es mit den Apatschen?" — „Im stillen, ja. Ihnen ist Unrecht geschehen. Aber die Klugheit verbietet uns, Partei zu ergreifen. Wollen froh sein, wenn wir mit heiler Haut unser Ziel erreichen, und es uns ja nicht einfallen lassen, mit der einen oder anderen Seite zu liebäugeln. Übrigens habe ich keine Veranlassung, mich vor den Komantschen zu fürchten. Sie kennen mich. Habe ihnen wissentlich niemals ein Leid getan und bin oft bei ihnen gewesen und freundlich aufgenommen worden. Einer ihrer bekanntesten Häuptlinge, Oyokoltsa, zu deutsch der Weiße Biber, ist sogar mein besonderer Freund. Ihm habe ich einen Dienst geleistet, den er nie vergessen wollte, wie er mir versprochen hat. Das geschah droben am Red River, wo er von einer Truppe Chickasaws überfallen wurde und sicher Skalp und Leben hätte lassen müssen, wenn ich nicht hinzugekommen wäre. Diese Freundschaft ist jetzt für uns von großer Wichtigkeit. Werde mich darauf berufen, wenn wir auf Komantschen stoßen und von ihnen feindlich behandelt werden sollten. Müssen übrigens auf alle Fälle vorbereitet sein und uns so verhalten, als befänden wir uns in feindlichem Land. Deshalb werden wir nicht alle fünf zugleich schlafen, sondern einer muß wachen, und die Wache wird von Stunde zu Stunde abgelöst. Wir losen mit Grashalmen von verschiedener Länge, um die Reihenfolge der Wache zu bestimmen. Das gibt fünf Stunden Schlaf für jeden. Daran können wir genug haben."

Der Scout schnitt fünf Halme ab. Ich bekam die letzte Wache. Inzwischen war es Nacht und völlig dunkel geworden. Solange wir noch nicht schliefen, brauchten wir keine Wache, und zum Schlafen war keiner von uns aufgelegt. Wir steckten uns Zigarren an und erfreuten uns einer anregenden Unterhaltung, die dadurch besonders spannend wurde, daß Old Death einige seiner Erlebnisse erzählte. Bezeichnend war, daß er die Abenteuer so auswählte, daß wir beim Zuhören lernen sollten. So verging die Zeit. Es mochte in der elften Stunde sein. Da hielt Old Death plötzlich inne und lauschte aufmerksam. Eins unserer Pferde hatte geschnaubt, und zwar auf eine so eigenartige Weise, wie vor Aufregung und Angst, daß es selbstverständlich auch mir sofort aufgefallen war. — „Hm!" brummte er. „Was war denn das? Habe ich nicht recht gehabt, als ich zu Cortesio sagte, daß unsere beiden Klepper bereits in der Prärie gewesen sind? So schnaubt nur ein Tier, das einen Westmann getragen hat. In der Nähe muß sich irgend etwas Verdächtiges befinden. Aber schaut euch nicht etwa um, Mesch'schurs! Zwischen dem Gebüsch ist es stockdunkel, und wenn man die Augen anstrengt, in solcher Finsternis etwas zu sehen, so erhalten sie unwillkürlich einen Glanz, den der Feind bemerken kann. Blickt also ruhig vor euch nieder! Ich selber werde umherlugen und dabei den Hut ins Gesicht ziehen, damit meine Augen nicht auffallen. — Horcht! Abermals!" — Das Schnauben hatte sich wiederholt. Eins der Pferde — es war wohl das meinige — stampfte mit den Hufen, als wollte es sich vom Lasso reißen. Wir schwiegen. Aber Old Death warnte mit gedämpfter Stimme: „Was fällt euch denn ein, jetzt so plötzlich still zu sein! Wenn wirklich jemand in der Nähe ist und uns belauscht, hat er unser Sprechen gehört und bemerkt nun aus dem Schweigen, daß uns das Schnauben des Pferdes aufgefallen ist und unseren Verdacht erregt hat. Also redet weiter! Erzählt euch etwas, gleichviel, was es ist!" — Da aber sagte der Neger leise, während wir anderen ein Gespräch mimten: „Hektor wissen, wo Mann sein. Hektor haben sehen zwei Augen." — „Gut! Aber schau nicht mehr hin, sonst sieht er auch deine Augen! Wo ist er denn?" — „Wo Hektor haben anhängen sein Pferd, rechts bei den wilden Pflaumensträuchern. Ganz tief unten am Boden, ganz schwach funkeln zwei Punkte." — „Wollen sehen. Ich werde in den Rücken des Mannes schleichen und ihn ein wenig beim Genick nehmen. Daß mehrere da sind, ist nicht zu befürchten, denn in diesem Fall würden sich unsere Pferde wohl anders verhalten. Sprecht also halblaut fort! Das hat doppelten Nutzen. Erstens denkt der Mann, daß wir keinen Verdacht mehr haben, und zweitens verdeckt euer Sprechen das Geräusch, das ich bei dieser Finsternis nur schwer vermeiden kann." — Lange warf mir eine halblaute Frage hin, die ich in gleicher Weise beantwortete. Daraus entspann sich ein Wortwechsel, dem ich eine lustige Färbung gab, damit wir Grund zum Lachen bekamen. Unbefangenes Lachen war wohl am geeignetsten, den Lauscher von unserer Sorglosigkeit zu überzeugen und ihn nichts von Old Deaths Annäherung hören zu lassen. Georg und auch Hektor stimmten ein, und so waren wir wohl über zehn Minuten lang ziemlich laut, bis sich Old Deaths Stimme vernehmen ließ. — „Hallo! Brüllt nicht länger wie Löwen! Ist nicht mehr nötig, denn ich habe ihn. Werde ihn bringen." — Wir hörten es dort, wo des Negers Pferd angepflockt stand, rascheln, und dann kam der Alte schweren Schrittes herbei, um die Last, die er trug, vor uns niederzulegen. — „So!" sagte er. „Das war eine leichte Sache, denn der Lärm, den ihr machtet, war so groß, daß dieser Indsman sogar ein Erdbeben mit allem, was dazu gehört, nicht hätte wahrnehmen können." — „Ein Indianer? So sind noch mehrere in der Nähe?" fragte Lange. — „Möglich, wenn auch nicht wahrscheinlich. Aber nun möchten wir doch ein wenig Licht haben, um uns den Mann anschauen zu können. Habe da vorn trockenes Laub und auch ein kleines verdorrtes Bäumchen entdeckt. Werde es holen. Achtet einstweilen auf den Roten!" — „Er bewegt sich nicht. Ist er tot?" erkundigte sich der Schmied weiter. — „Nein, aber sein Bewußtsein ist ein wenig spazierengegangen. Habe ihm mit seinem eigenen Gürtel die Hände auf den Rücken gebunden. Bevor ihm die Besinnung wiederkehrt, werde ich zurück sein." — Old Death ging, um das erwähnte Bäumchen abzuschneiden, das wir dann mit den Messern zerkleinerten. Feuerzeug hatten wir, und so brannte bald ein kleines Feuer, dessen Schein hinreichte, den Gefangenen genau betrachten zu können. Das Holz war so trocken, daß es fast gar keinen Rauch verbreitete. — Jetzt sahen wir uns den Roten an. Er trug indianische Hosen mit Lederfransen, ein ebensolches Jagdhemd und einfache Mokassins ohne jede Verzierung. Das Haar hing ihm in zwei lang geflochtenen Zöpfen zu beiden Seiten des Kopfes herab. Sein Gesicht war mit Farbe bemalt, schwarze Querstriche auf gelbem Grund. Seine Waffen und alles, was an seinem Ledergürtel hing, hatte ihm Old Death genommen. Diese Waffen bestanden in einem Messer und Bogen mit ledernem Pfeilköcher. Die beiden letztgenannten Gegenstände waren mit einem Riemen zusammengebunden. Der Rote lag bewegungslos und mit geschlossenen Augen da, als wäre er tot.

„Ein einfacher Krieger", sagte Old Death, „der nicht einmal den Beweis, daß er schon einen Feind erlegt hat, bei sich trägt. Er hat weder den Skalp eines Besiegten am Gürtel hängen, noch sind seine Leggins mit Menschenhaarfransen versehen. Auch einen Medizinbeutel hat er nicht. Er besitzt also entweder noch keinen Namen oder er hat ihn verloren, weil ihm seine Medizin abhanden gekommen ist. Nun ist er als Kundschafter verwendet worden, weil das eine gefährliche Sache ist, wobei er sich auszeichnen, einen Feind besiegen, sich also wieder einen Namen holen kann. Schaut, er bewegt sich! Er wird gleich zu sich kommen. Seid still!" — Der Gefangene streckte die Glieder und holte tief Atem. Als er fühlte, daß ihm die Hände gebunden waren, ging es wie ein Schreck durch seinen Körper. Er öffnete die Augen, machte einen Versuch, aufzuspringen, fiel aber wieder zurück. Nun starrte er uns mit glühenden Augen an. Als sein Blick dabei auf Old Death fiel, entfuhr es seinem Mund:

„Koscha-pehve!" Das ist ein Komantschenwort und bedeutet genau soviel wie Old Death, nämlich der Alte Tod. — „Ja, ich bin es", nickte der Scout. „Kennt mich der rote Krieger?" Old Death hatte englisch gesprochen, und der Rote antwortete ihm in der gleichen Sprache, die er freilich nur unvollkommen beherrschte und mit reichlich vielen Komantschenwörtern spickte. — „Die Krieger der Komantschen kennen den Mann, der diesen Namen führt, genau, denn er ist bei ihnen gewesen." — „Ich sah es schon an den Farben des Krieges, die du im Gesicht trägst, daß du ein Komantsche bist. Wie lautet dein Name?" — „Der Krieger der Komantschen hat seinen Namen verloren und wird nie wieder einen tragen. Er zog aus, ihn sich zurückzuholen. Aber er ist in die Hände der Bleichgesichter gefallen und hat Schimpf und Schande auf sich geladen. Er bittet die weißen Krieger, ihn zu töten. Er wird den Kriegsgesang anstimmen, und sie sollen keinen Laut der Klage hören, wenn sie seinen Leib am Marterpfahl rösten." — „Wir können deine Bitte nicht erfüllen, denn wir sind keine Unmenschen, sondern deine Freunde. Ich habe dich gefangengenommen, weil es so dunkel war, daß ich nicht feststellen konnte, daß du ein Krieger der Komantschen bist, die mit uns in Frieden leben. Du wirst am Leben bleiben und noch viele große Taten verrichten, so daß du dir einen Namen holst, vor dem eure Feinde erzittern. Du bist frei." — Der Scout band ihm die Hände los. Aber der Komantsche sprang nicht etwa erfreut auf. Er blieb ruhig liegen, als wäre er noch gefesselt. — „Der Krieger der Komantschen ist doch nicht frei", sagte er. „Er will sterben. Stoß ihm dein Messer ins Herz!" — „Dazu habe ich keinen Anlaß. Warum soll ich dich töten?"

„Weil du mich überlistet und gefangen hast. Wenn die Krieger der Komantschen das erfahren, werden sie mich davonjagen und sagen: Erst hat er die Medizin und den Namen verloren, und dann lief er in die Hände des Bleichgesichts. Sein Auge ist blind und sein Ohr taub. Er wird niemals wieder würdig sein, das Zeichen des Kriegers zu tragen." — Der Indsman brachte das so traurig vor, daß er mir leid tat. Ich hatte alle seine Worte verstanden. Er sprach, wie schon gesagt, ein sehr mit Komantsche-Ausdrücken gespicktes Englisch, und das Komantsche war mir ziemlich geläufig. Der Häuptling Tevuaschohe[1] war ein guter Lehrmeister gewesen. — „Unser roter Bruder trägt keine Schande auf seinem Haupt", erklärte ich deshalb schnell, bevor Old Death antworten konnte. „Von einem so berühmten Bleichgesicht wie Koscha-pehve überlistet zu werden, ist keine Schmach. Übrigens werden es die Krieger der Komantschen

---

[1] ‚Feuerstern' (vgl. Seite 12)

nie erfahren, daß du unser Gefangener gewesen bist. Unser Mund wird darüber schweigen." — Bei dieser Antwort hütete ich mich des Scout wegen, ein Wort der Komantschesprache einfließen zu lassen. Das hätte nicht in meine Rolle als Greenhorn gepaßt. Außerdem hatte mich der Rote auch so verstanden, wie sich gleich zeigte.

„Wird Koscha-pehve das bestätigen?" fragte er. — „Gern", stimmte der Alte bei. „Wir werden tun, als hätten wir uns friedlich getroffen. Ich bin euer Freund, und deshalb ist es richtig, wenn du offen zu mir trittst, sobald du mich erkannt hast." — „Mein berühmter weißer Bruder spricht Worte der Freude für mich. Ich traue seiner Rede und kann mich erheben, denn ich werde nicht mit Schimpf zu den Kriegern der Komantschen zurückkehren. Den Bleichgesichtern aber werde ich für die Verschwiegenheit dankbar sein, solange meine Augen die Sonne sehen." — Er erhob sich in sitzende Stellung und tat einen tiefen Atemzug. Seinem dichtbeschmierten Gesicht war keine Gemütsbewegung anzumerken, aber es war offenbar, daß wir ihm das Herz erleichtert hatten. — „Unser roter Freund sieht also, daß wir es gut mit ihm meinen", setzte jetzt der alte Scout die Unterhaltung fort. „Wir hoffen, daß er uns nun auch als seine Freunde betrachtet und meine Fragen aufrichtig beantworten wird."

„Koscha-pehve mag fragen."

„Ist mein roter Bruder allein ausgezogen, vielleicht nur, um einen Feind oder ein gefährliches Tier zu erlegen, damit er mit einem neuen Namen in sein Wigwam zurückkehren kann? Oder sind noch andere Krieger bei ihm?" — „So viele, wie Tropfen da im Fluß laufen." — „Will mein roter Bruder damit sagen, daß sämtliche Krieger der Komantschen ihre Zelte verlassen haben?" — „Sie sind ausgezogen, um sich die Skalpe ihrer Feinde zu holen." — „Welcher Feinde?" — „Der Hunde der Apatschen. Es ist von den Apatschen ein Gestank ausgegangen, der bis zu den Zelten der Komantschen gedrungen ist. Deshalb haben sie sich auf ihre Pferde gesetzt, um diese Kojoten von der Erde zu vertilgen." — „Haben sie vorher den Rat der alten weisen Häuptlinge gehört?" — „Die betagten Krieger sind zusammengetreten und haben den Krieg beschlossen. Dann mußten die Medizinmänner den Großen Geist befragen, und die Antwort Manitous ist befriedigend ausgefallen. Von den Lagerstätten der Komantschen bis zum großen Fluß, den die Bleichgesichter Rio Grande del Norte nennen, wimmelt es bereits von unserenen Kriegern. Die Sonne ist viermal untergegangen, seit das Kriegsbeil von Zelt zu Zelt getragen wurde." — „Und mein roter Bruder gehört zu einer solchen Kriegerschar?" — „Ja. Wir lagern oberhalb dieser Stelle am Fluß. Es wurden Kundschafter ausgesandt, um zu untersuchen, ob die Gegend sicher ist. Ich ging abwärts und kam hierher, wo ich die Pferde der Bleichgesichter roch. Darum kroch ich zwischen die Büsche, um ihre Zahl zu erfahren. Da aber kam Koscha-pehve über mich und tötete mich für kurze Zeit." — „Das ist vergessen, und niemand soll mehr davon sprechen. Wie viele Krieger der Komantschen sind es, die da oben lagern?" — „Es sind ihrer grad zehn mal zehn." — „Und wer ist ihr Anführer?" — „Avat-vila[1], der junge Häuptling." — „Den kenne ich nicht. Habe seinen Namen noch nie-

[1] Großer Bär

mals gehört." — „Er hat diesen Namen erst vor wenigen Monaten erhalten, weil er in den Bergen den Grauen Bär getötet hatte und dessen Fell und Klauen mitbrachte. Er ist der Sohn von Oyo-koltsa, den die Bleichgesichter den Weißen Biber nennen." — „Oh, den kenne ich! Er ist mein Freund." — „Ich weiß es, denn ich habe dich bei ihm gesehen, als du sein Gast warst. Sein Sohn, der Große Bär, wird dich auch freundlich empfangen." — „Wie weit ist der Ort von hier entfernt, wo er mit seinen Kriegern lagert?" — „Mein weißer Bruder wird nicht die Hälfte der Zeit reiten, die er eine Stunde nennt."

„So werden wir Avat-vila bitten, seine Gäste sein zu dürfen. Mein roter Freund mag uns führen!" — Nach kaum fünf Minuten saßen wir auf und ritten fort. Der Indianer schritt uns voran. Er führte uns zuerst unter den Bäumen hin bis in offenes Gelände. Hier wendete er sich flußaufwärts. — Nach einer guten Viertelstunde tauchten mehrere dunkle Gestalten vor uns auf. Es waren Lagerposten. Der Rote wechselte einige Worte mit ihnen und entfernte sich dann. Wir aber mußten halten bleiben. Nach einiger Zeit kehrte er zurück, um uns zu holen. Es war stockdunkel. Der Himmel hatte sich getrübt, und kein Stern war mehr zu erkennen. Ich schaute fleißig rechts und links, konnte aber nichts unterscheiden. Nun mußten wir wieder anhalten. — „Meine weißen Brüder mögen sich nicht mehr vorwärtsbewegen", sagte der Späher. „Die Krieger der Komantschen brennen während eines Kriegszugs kein Feuer an, aber jetzt sind sie überzeugt, daß sich kein Feind in der Nähe befindet, und so werden sie Feuer machen." — Er huschte fort. Nach wenigen Augenblicken sah ich ein glimmendes Pünktchen, so groß wie eine Stecknadelkoppe.

„Das ist Punks", erklärte Old Death. — „Was ist Punks?" erkundigte ich mich, indem ich mich wieder einmal unwissend stellte.

„Das Präriefeuerzeug. Zwei Hölzer, ein breites und ein dünnes, rundes. Das breite hat eine kleine Vertiefung, die mit Punks, das heißt mit trockenem Moder aus hohlen, ausgefaulten Bäumen gefüllt wird. Das ist der beste Zunder. Das dünne Stäbchen wird dann in die Vertiefung auf den Moder gesetzt und mit beiden Händen schnell wie ein Quirl bewegt. Durch die Reibung erhitzt sich der Zunder und gerät schließlich in Brand. Seht!" — Ein Flämmchen flackerte auf und wuchs zur großen, von einem trockenen Laubhaufen genährten Flamme. Doch sie sank bald wieder nieder, denn der Indianer duldet keinen weithin leuchtenden Feuerschein. Es wurden Aststücke angelegt, und zwar rund im Kreis, so daß sie mit einem Ende zum Mittelpunkt zeigten. Hier in der Mitte brannte das Feuer, das auf diese Weise leicht zu regeln war, denn je nachdem man die Hölzer näher heran- oder zurückschob, wurde das Feuer größer oder kleiner. Als das Laub hoch aufflammte, sah ich, wo wir uns befanden. Wir hielten unter Bäumen und waren rings von Indianern umgeben, die ihre Waffen in den Händen hatten. Nur einige besaßen Gewehre, die anderen waren mit Lanzen, Pfeilen und Bogen ausgerüstet. Alle aber trugen Tomahawks und Messer. Als die Flamme gedämpft war, erhielten wir die Weisung abzusteigen. Wir folgten dieser Aufforderung im Vertrauen auf die Freundschaft des Weißen Bibers mit Old Death. Auch daß man unsere Pferde fortführte, ließ ich ruhig geschehen. Die Waffen behielten wir ja, und mit ihnen fühlten wir uns den hundert Komantschen selbst für den Ernstfall einigermaßen gewachsen. — Wir durften zum Feuer treten, wo ein einzelner Krieger saß. Man konnte ihm nicht ansehen, ob er jung oder alt war, denn auch sein Gesicht war über und über bemalt, und zwar mit den Farben und in der gleichen Weise wie das des Kundschafters. Sein Haar hatte er in einen hohen Schopf geflochten, worin die Feder des weißen Kriegsadlers steckte. An seinem Gürtel hingen zwei Skalpe, und an zwei um seinen Hals gehenden Schnüren waren der Medizinbeutel und das Kalumet, die Friedenspfeife, befestigt. Quer über seinen Knien lag das Gewehr, ein altes Ding von Anno zwanzig oder dreißig. Er blickte uns nacheinander aufmerksam an. Den Schwarzen schien er nicht zu sehen, denn der rote Mann verachtet den Neger. — „Der tut stolz", sagte Old Death in deutscher Sprache, um von dem Roten nicht verstanden zu werden. „Wir wollen ihm zeigen, daß auch wir Häuptlinge sind. Setzt euch also und laßt mich reden!"

Er ließ sich dem Häuptling gegenüber nieder, und wir taten das gleiche. Nur Hektor blieb stehen, denn er wußte, daß er als Schwarzer sein Leben wagte, wenn er den Vorzug der Krieger, am Feuer zu sitzen, für sich in Anspruch nahm. — „Uff!" rief der Indianer zornig und stieß noch mehrere undeutliche Worte hervor. — „Verstehst du die Sprache der Bleichgesichter?" fragte Old Death. — „Avat-vila versteht sie; doch er spricht sie nicht, weil es ihm nicht beliebt", erwiderte der Häuptling, wie Old Death uns rasch übersetzte. — „Ich bitte dich aber sie jetzt zu sprechen!" — „Weshalb?" — „Weil meine Gefährten der Sprache der Komantschen nicht mächtig sind und doch auch wissen müssen, was verhandelt wird. Du sagst, du kannst englisch reden. Wenn du es nicht tust, glauben sie nicht, daß du es kannst." — „Uff!" rief er. Und dann fuhr er in gebrochenem Englisch fort: „Avat-vila hat erklärt, daß er es kann, und er lügt nicht. Wenn sie es nicht glauben, dann beleidigen sie ihn, und er läßt sie töten! Warum habt ihr es gewagt, euch zu dem Häuptling zu setzen?"

„Weil wir als Häuptlinge das Recht dazu haben." — „Wessen Häuptling bist du?" — „Der Häuptling der Scouts." — „Und dieser?" Dabei deutete er auf Lange. — „Der Häuptling der Schmiede, die Waffen verfertigen." — „Und dieser?" Er meinte Georg. — „Dieser ist sein Sohn und macht Tomahawks, womit man die Köpfe spaltet." — Das schien endlich zu wirken, denn der Rote wurde ein wenig zugänglicher. — „Wenn er das kann, so ist er ein sehr geschickter Häuptling. — Und dieser da?" Er nickte gegen mich hin. — „Dieser berühmte Mann ist aus einem fernen Land weit über das Meer herübergekommen, um die Krieger der Komantschen kennenzulernen. Er ist ein Häuptling der Weisheit und Kenntnis aller Dinge und kämpft gegen alle, die Unrecht tun." — Das schien über die Begriffsvermögen des Roten zu gehen. Er betrachtete mich sorgsam und meinte dann: „So gehört er wohl unter die klugen und erfahrenen Männer? Aber sein Haar ist nicht weiß." — „In jenem Land werden die Knaben gleich so klug geboren, wie hier die Alten sind." — „So muß der Große Geist dieses Land sehr lieb haben. Aber die Komantschen bedürfen keiner Weisheit und fremden Hilfe. Sie sind selbst klug genug, um zu wissen, was zu ihrem Glück erforderlich ist, und stark genug, um sich ihr Recht zu erstreiten. Auch scheint die Weisheit mit diesem Bleichgesicht in dieses Land gekommen zu sen, weil es wagt, unseren Kriegspfad zu kreuzen. Wenn die Krieger der Komantschen den Tomahawk ausgegraben haben, dulden sie keine weißen Männer bei sich." — „Da scheinst du nicht zu wissen, was eure Gesandten in Fort Inge gesagt haben. Sie haben versichert, daß sie nur mit den Apatschen Krieg führen wollen, aber den Bleichgesichtern freundlich gesinnt bleiben werden." — „Sie mögen halten, was sie gesagt haben, Avat-vila aber war nicht dabei." — Der Rote hatte bisher fast feindselig gesprochen, während Old Death seine Antworten freundlich gab. Jetzt hielt es der Scout für geraten, seine Tonart zu ändern. Er fuhr zornig auf: „So sprichst du? Wer bist du denn eigentlich, daß du es wagst, Koscha-pehve gegenüber solche Worte zu gebrauchen? Wer ist der Große Bär? Ich habe noch an keinem Lagerfeuer seinen Namen gehört. Wie heißt dein Vater?"

Der Häuptling schien starr vor Erstaunen über diese Kühnheit. Er sah dem Sprecher eine Weile unverwandt ins Gesicht. — „Koscha-pehve, soll dich Avat-vila zu Tode martern?" — „Das wirst du bleibenlassen!" — „Avat-vila ist ein Häuptling der Komantschen."

„Avat-vila? Der Große Bär? Als ich den ersten Bären erlegte, war ich ein Knabe, und seit dieser Zeit habe ich so viele Grizzlies getötet, daß ich meinen ganzen Körper mit ihren Klauen behängen könnte. Wer einen Bären erlegt hat, der ist in meinen Augen noch lange kein außergewöhnlicher Held." — „So sieh die Skalpe an meinem Gürtel!" — „Pshaw! Hätte ich allen denen, die ich besiegte, die Skalplocke genommen, so könnte ich deine ganze Kriegerschar damit ausstatten. Auch das ist nichts!" — „Avat-vila ist der Sohn von Oyo-koltsa, dem großen Häuptling!" — „Das will ich eher als eine Empfehlung gelten lassen. Ich habe mit dem Weißen Biber die Pfeife des Friedens geraucht. Wir schworen einander, daß seine Freunde auch die meinigen, meine Freunde auch die seinigen sein sollten und haben stets Wort gehalten. Hoffentlich ist der Sohn ebenso gesinnt wie der Vater!" — „Du redest eine kühne Sprache. Hältst du die Krieger der Komantschen für Mäuse, die der Hund anzubellen wagt, wie es ihm beliebt?" — „Wie sagst du? Hund? Nennst du Old Death einen Hund, den man nach Belieben prügeln darf? Wenn du es so meinst, würde ich dich augenblicklich in die Ewigen Jagdgründe senden!" — „Uff! Hier stehen hundert Männer!" — Der Rote zeigte mit der Hand ringsum. — „Pshaw!" erwiderte der Alte. „Hier sitzen wir, und wir zählen ebensoviel wie deine hundert Komantschen. Sie alle können nicht verhüten, daß ich dir eine Kugel in den Leib jage. Und dann würden wir auch mit ihnen ein Wort reden. Sieh her! Hier habe ich zwei Revolver. In jedem stecken sechs Kugeln. Meine vier Gefährten sind ebenso bewaffnet, das gibt sechzig Kugeln, und sodann haben wir noch die Büchsen und Messer. Bevor wir überwunden würden, mußten die Hälfte deiner Krieger sterben."

In dieser Weise war mit dem Häuptling wohl noch nicht gesprochen worden. Fünf Männer gegen hundert! Und doch trat der Alte so unerschrocken auf. Das schien dem Roten unbegreiflich, und so sagte er denn: „Du mußt eine starke Medizin besitzen!" — „Ja, ich habe eine Medizin, die bisher jeden meiner Feinde in den Tod geschickt hat, und so wird es auch bleiben. Ich frage dich, ob du uns als Freunde anerkennen willst oder nicht!" — „Avat-vila wird mit seinen Kriegern beraten." — „Ein Häuptling der Komantschen muß seine Leute um Rat fragen? Das habe ich bisher nicht gewußt. Weil du es aber sagt, muß ich es glauben. Wir sind Häuptlinge, die tun, was ihnen beliebt. Wir haben also mehr Ansehen und Macht als du und können folglich nicht mit dir am Feuer sitzen. Wir werden unsere Pferde besteigen und fortreiten." — Er stand auf, noch immer die beiden Revolver in den Händen. Auch wir erhoben uns. Der Große Bär fuhr von seinem Sitz auf, als sei er von einer Natter gestochen worden. Seine Augen flammten, und seine Lippen öffneten sich, so daß die weißen Zähne blitzten. Er kämpfte sicherlich einen harten Kampf mit sich selbst. Kam es zu Tätlichkeiten, so mußten wir die Kühnheit des Alten möglicherweise mit dem Leben bezahlen. Aber ebenso sicher war es, daß viele der Komantschen vorher von uns getötet oder verwundet wurden. Der junge Häuptling wußte, welch eine furchtbare Waffe eine solche Drehpistole ist, und daß er der erste sein würde, den die Kugel traf. Er war seinem Vater verantwortlich für alles, was geschah, und wenn bei den Indianern ein Mann auch niemals zur Heerfolge gezwungen wird — folgt er einmal, so ist er einer eisernen Zucht und unerbittlichen Gesetzen unterworfen. Der Mann stößt seine eigenen Söhne in den Tod, wenn es um die Wahrung der Kriegszucht geht. Hat sich einer als feig im Kampf oder als unfähig erwiesen, sich selbst zu beherrschen und die Rücksicht auf die Gesamtheit über seine persönlichen Regungen zu stellen, so verfällt er der allgemeinen Verachtung. Kein anderer Stamm, selbst kein feindlicher, nimmt ihn auf. Er irrt ausgestoßen in der Wildnis umher und kann sich nur dadurch einigermaßen wieder einen ehrlichen Namen schaffen, daß er in die Nähe seines Stammes zurückkehrt und sich dort selbst den langsamsten, qualvollsten Tod gibt, um wenigstens zu beweisen, daß er Schmerzen zu ertragen weiß. Das ist für ihn dann auch das einzige Mittel, sich den Weg in die Ewigen Jagdgründe offen zu halten. Der Gedanke an diese Jagdgründe ist es, der den Indianer zu Handlungen treibt, deren ein anderer unfähig wäre. — Solche Erwägungen mochten jetzt durch die Seele des Roten gehen. Sollte er den Kampf beginnen, um dann seinem Vater sagen oder, falls er fiel, durch die Überlebenden melden lassen zu müssen, daß er unfähig gewesen sei, sich zu beherrschen, daß er, um den Häuptling zu spielen, dem Freund seines Vaters das Gastrecht verweigert und ihn und dessen Genossen wie Kojoten behandelt habe? Mit diesen Erwägungen hatte Old Death sicher gerechnet. Sein Gesicht zeigte nicht die mindeste Sorge, als er jetzt vor dem Roten stand, die Finger am Drücker der beiden Revolver, ihm fest in die zornblitzenden Augen schauend. — Ich muß sagen, der Alte benahm sich einfach großartig. Er hatte mir in allem ganz nach dem Herzen gesprochen. Hätte ich an seiner Stelle gestanden, so hätte ich mich genau so oder ähnlich verhalten. — „Fort wollt ihr?" rief der Indianer endlich. „Wo sind eure Pferde? Ihr werdet sie nicht bekommen! Ihr seid umzingelt!" — „Und du mit uns! Denk an deinen Vater, den Weißen Biber! Wenn meine Kugel dich trifft, wird er nicht sein Haupt verhüllen und die Totenklage über dich anstimmen, sondern er wird sagen: ‚Ich habe keinen Sohn gehabt. Der von Old Death erschossen wurde, war ein unerfahrener Knabe, der meine Freunde nicht achtete und nur der Stimme seines Unverstandes gehorchte.' Die Schatten derer, die wir mit dir töten, werden dir den Eintritt in die Ewigen Jagdgründe verwehren, und die alten

Weiber werden ihren zahnlosen Mund öffnen, um den Anführer zu verspotten, der das Leben der ihm anvertrauten Krieger nicht schonte, weil er sich nicht selbst beherrschen konnte. Sieh, wie ich hier stehe! Sehe ich aus, als fürchte ich mich? Ich spreche nicht aus Angst so zu dir, sondern weil du der Sohn meines roten Bruders bist, dem ich es wünsche, daß er seine Freude an dir haben soll. Nun entscheide! Ein falsches Wort an die Deinen, eine falsche Bewegung von dir, und ich schieße, der Kampf beginnt!" — Der Häuptling stand wohl noch eine ganze Minute völlig bewegungslos. Man sah ihm nicht an, was in seinem Innern vorging, denn die Farbe lag ihm dick wie Kleister auf dem Gesicht. Plötzlich aber ließ er sich langsam nieder und nestelte das Kalumet von der Schnur. — „Avat-vila wird mit den Bleichgesichtern die Peife des Friedens rauchen." — „Daran tust du wohl. Wer mit den Scharen der Apatschen kämpfen will, darf sich nicht auch die Weißen zu Feinden machen." — Wir setzten uns auch nieder. — Der Große Bär zog seinen Beutel aus dem Gürtel und stopfte die Pfeife mit Kinnikinnik, das ist Tabak mit wilden Hanfblättern vermischt. Er brannte ihn an, erhob sich wieder, hielt eine kurze Rede, worin die Ausdrücke Friede, Freundschaft, weiße Brüder sehr häufig vorkamen, tat sechs einzelne Züge, stieß den Rauch gegen den Himmel, die Erde und die vier Himmelsrichtungen und reichte die Peife dann Old Death. Der Alte hielt auch eine recht freundliche Rede, tat die gleichen Züge und gab die Pfeife mir mit dem Bemerken, er habe für uns alle gesprochen und wir hätten nur die sechs Züge nachzuahmen. Dann ging das Kalumet zu Lange und dessen Sohn. Hektor wurde übergangen, denn die Pfeife wäre nie wieder an den Mund eines Indianers gekommen, wenn ein Schwarzer daraus geraucht hätte. Doch war der Neger trotzdem in unseren Friedensbund mit einbezogen. Als diese Feierlichkeit vorüber war, setzten sich die Komantschen, die bisher gestanden hatten, in einem weiten Kreis um uns nieder, und der Kundschafter mußte heran, um zu erzählen, wie er uns getroffen hatte. Er stattete seinen Bericht ab und ließ dabei unerwähnt, daß er von Old Death gefangengenommen worden sei. Als er wieder abgetreten war, ließ ich Hektor zu den Pferden führen, um mir Zigarren zu holen. Von den Komantschen bekam nur der Häuptling eine. Es hätte meiner ‚Häuptlingsehre' geschadet, wenn ich auch gegen einfache Krieger so brüderlich gewesen wäre. Außerdem hatte ich meine erste Begegnung mit Indianern und ihre Begleitumstände[1] noch in warnender Erinnerung. Der Große Bär schien zu wissen, was für ein Ding ein Zigarre ist. Sein Gesicht zog sich entzückt in die Breite, und als er sie ansteckte, stieß er bei den ersten Zügen ein Grunzen aus, wie ich es ähnlich dann gehört hatte, wenn sich eines jener bekannten lieblichen Tiere, von denen die Prager und die westfälischen Schinken stammen, einmal recht urbehaglich an der Ecke des Stalles rieb. Dann fragte er uns sehr freundlich nach dem Zweck unseres Ritts. Old Death hielt es nicht für notwendig, ihm die Wahrheit zu sagen, sondern erklärte ihm nur, daß wir weiße Männer einholen wollten, die zum Rio Grande seien, um nach Mexiko zu gehen. — „So können meine weißen Brüder mit uns reiten", meinte der Rote. „Wir brechen auf, sobald wir die Fährte

---

[1] Vgl. ‚Winnetou' I, Kap. 7

eines Apatschen gefunden haben, die wir suchen." — „Aus welcher Richtung soll dieser Mann gekommen sein?" — „Er war da, wo die Krieger der Komantschen mit den Aasgeiern der Apatschen sprachen. Die Weißen nennen den Ort Fort Inge. Er sollte getötet werden, aber er entkam. Doch hatte er dabei einige Kugeln erhalten, so daß er bestimmt nicht lang im Sattel bleiben konnte. Sind vielleicht meine weißen Brüder einem verwundeten Apatschen begegnet?" — Es war klar, daß er den Unterhändler meinte, den Winnetou über den Fluß geführt und dort verbunden hatte. Von Winnetou wußte der Häuptling offenbar nichts. — „Nein", erwiderte Old Death, der Winnteou nicht verraten wollte. Er sagte keine Lüge, denn wir hatten nur eine Fährte gesehen. — „So muß dieser Hund tiefer abwärts am Fluß stecken. Weiter hat er nicht reiten können wegen seiner Wunden, und weil die Krieger der Komantschen bereitstanden, die Apatschen diesseits des Flusses zu empfangen, falls sie vom Fort Inge entkommen sollten." — Das klang gefährlich für Winnetou. Ich war freilich der Überzeugung, daß die Komantschen die Spur im Fluß nicht finden würden, da unsere Pferde sie ausgetreten hatten; aber der abgeschälte Baum und das ‚Knüpfbrett' konnten ihnen auffallen. Und wenn sie sich schon seit vier Tagen in dieser Gegend aufhielten, so war leicht zu vermuten, daß die beiden Apatschen bereits einer Abteilung von ihnen in die Hände gefallen waren. Daß der Große Bär nichts davon wußte, war noch kein Beweis, daß es nicht geschehen war. Der schlaue Scout, der an alles dachte, machte die Bemerkung: „Wenn meine roten Brüder suchen, werden sie die Stelle finden, wo wir über den Fluß gekommen sind und einen Baum abgeschält haben. Ich habe eine alte Wunde, die aufgebrochen ist, und mußte sie mit Bast verbinden. Das ist ein vortreffliches Mittel, das mein roter Bruder sich merken mag." — „Die Komantschen kennen dieses Mittel und wenden es häufig an. Mein weißer Bruder hat mir nichts Neues gesagt." — „So will ich wünschen, daß die tapferen Krieger der Komantschen keine Veranlassung haben, dieses Mittel jetzt wieder zu erproben. Ich wünsche ihnen Sieg und Ruhm, denn ich bin ihr Freund, und deshalb tut es mir leid, daß ich nicht bei ihnen bleiben kann. Sie suchen hier nach der Fährte eines Apatschen, wir aber müssen schnell reiten, um die weißen Männer einzuholen."

„Dabei werden meine weißen Brüder auf den Weißen Biber treffen, der sich freuen wird, sie zu sehen. Avat-vila wird ihnen einen Krieger mitgeben, der sie zu ihm führen mag." — „Wo befindet sich dein Vater, der berühmte Häuptling?" — „Um Old Death diese Frage klar zu beantworten, muß Avat-vila die Orte benennen, wie die Bleichgesichter es tun. Wenn meine Brüder hier zum Sonnenuntergang reiten, kommen sie an den Rio Nueces und dann an seinen Nebenfluß, den Turkey Creek. Sodann müssen sie über den Chico Creek, von wo an sich eine große Wüste bis zum Elm Creek erstreckt. In dieser Wüste schweifen die Krieger des Weißen Bibers, um niemand über die Furt zu lassen, die oberhalb von Eagle Paß über den Rio Grande del Norte geht." — „*Heavens!*" entfuhr es dem Scout, doch setzte er schnell gefaßt hinzu: „Das ist genau der Weg, den wir einschlagen müssen! Mein roter Bruder hat uns durch seine Mitteilung sehr erfreut, und ich bin glücklich, den Weißen Biber wiedersehen zu können. Jetzt aber werden wir uns zur Ruhe begeben, um morgen zeitig munter zu sein." — „So wird Avat-vila seinen Brüdern selbst den Platz anweisen, wo sie sich niederlegen sollen." — Der Häuptling stand auf und führte uns zu einem starken, dichtbelaubten Baum, unter dem wir schlafen sollten. Dann ließ er unsere Sättel herbeiholen und die Decken dazu. Er war ein ganz anderer geworden, seit er das Kalumet mit uns geraucht hatte. Als er wieder fort war, untersuchten wir die Satteltaschen. Es fehlte uns nicht der geringste Gegenstand, was ich sehr anerkennenswert fand. Wir nahmen die Sättel als Kopfkissen und legten uns, in die Decken gehüllt, nebeneinander. Bald kamen auch die Komantschen, und wir merkten trotz der Dunkelheit, daß sie, sich lagernd, einen Kreis um uns bildeten.

„Das darf keinen Verdacht bei uns erwecken", belehrte uns Old Death. „Sie tun das, um uns in ihren Schutz zu nehmen, nicht aber, um uns etwa an der Flucht zu hindern. Hat man einmal mit einem Roten die Friedenspfeife geraucht, so kann man sich auf ihn verlassen. Wollen indessen trachten, daß wir von ihnen fortkommen. Habe ihnen einen tüchtigen Bären aufgebunden wegen Winnetou, denn ich mußte sie von seiner Fährte wegbringen. Aber ich schätze, daß es ihm schwer geworden ist, über den Rio Grande zu setzen. Ein anderer brächte es überhaupt nicht fertig. Ihm allein traue ich's zu. Doppelt bedenklich ist die Sache, weil er einen Verwundeten bei sich hat. Zu solchen Beratungen werden gewöhnlich die erfahrensten Leute gesandt. Deshalb vermute ich, daß der Mann alt ist. Rechnen wir das Wundfieber dazu, das er, besonders bei so einem Hetzritt, bekommen muß, so ist es mir um ihn und Winnetou himmelangst. — Doch nun wollen wir schlafen. Gute Nacht!" — Der Scout wünschte gute Nacht. Ich fand sie aber nicht, denn von Schlaf war bei mir keine Rede. Die Sorge um Winnetou ließ mir keine Ruhe. Infolgedessen war ich schon munter oder vielmehr noch munter, als sich der Osten zu lichten begann. Ich weckte die Gefährten. Sie erhoben sich völlig geräuschlos, aber sofort standen auch sämtliche Indianer um uns. Jetzt am Tag waren die Rothäute besser zu betrachten als am Abend beim Schein des spärlichen Feuers. Die bemalten Gesichter und die abenteuerlich gekleideten Gestalten boten einen eigenartigen, reizvollen Anblick. Nur wenige von ihnen hatten ihre Blöße vollständig bedeckt. Viele waren mit armseligen Lumpen behängt, die von Ungeziefer zu strotzen schienen, alle aber hatten starke, kräftige Gestalten. Gerade der Stamm der Komantschen ist ja bekannt dafür, die stattlichsten Männer zu haben. Von den Frauen darf man in dieser Beziehung freilich nicht reden. Unter den Squaws ist selten eine Schönheit zu entdecken. — Der Häuptling fragte uns, ob wir Hunger hätten, und bot uns ein sehniges Stück Fleisch an, das vom Pferd stammte und ‚zugeritten' war. Wir dankten mit dem Bemerken, wir seien noch mit Vorrat versehen, obgleich dieser nur noch aus einem ziemlich kleinen Stück Schinken bestand. Auch den Mann, der uns begleiten sollte, stellte der Anführer der Roten uns vor, und es bedurfte großer Geschicklichkeit des Scout, das Anerbieten abzulehnen. Avat-vila verzichtete endlich darauf, da der Alte erklärte, es sei eine Beleidigung für erfahrene weiße Krieger, ihnen einen Führer mitzugeben. Das tue man Knaben oder ungeschickten Männern an. Wir würden die Schar des Weißen Bibers schon zu finden wissen. Nachdem wir noch unsere Ziegenhautschläuche mit

Wasser gefüllt und einige Bündel Gras für unsere Pferde aufgeschnallt hatten, brachen wir nach kurzen Abschiedsworten auf. Meine Uhr zeigte auf vier. — Erst ritten wir langsam, um die Pferde in Gang kommen zu lassen. Wir hatten anfangs noch grasigen Boden, doch wurde der Rasen bald immer dünner und unansehnlicher. Dann hörte er ganz auf, und Sand trat an seine Stelle. Als wir die Bäume des Flußufers hinter uns nicht mehr sehen konnten, war es, als befänden wir uns in der Sahara: eine weite Ebene, ohne die geringste Bodenerhebung. Sand, nichts als Sand und über uns die Sonne, die trotz der frühen Morgenstunde schon stechend niederschien. — „Nun können wir bald Trab anschlagen", meinte Old Death. „Wir müssen uns besonders am Vormittag sputen, weil wir da die Sonne hinter uns haben. Unser Weg geht nach Westen. Nachmittags scheint sie uns ins Gesicht; das strengt mehr an." — „Kann man in dieser eintönigen Ebene, die gar kein Merkzeichen bietet, nicht die Richtung verlieren?" fragte ich als angebliches Greenhorn. — Old Death ließ ein mitleidiges Lachen hören. — „Das ist schon wieder eine Eurer berühmten Fragen, Sir. Die Sonne ist der sicherste Wegweiser, den es gibt. Unser nächstes Ziel ist der Rio Nueces, ungefähr sechs Meilen von hier. Wenn es Euch recht ist, werden wir ihn bequem in einer Stunde erreichen." — Der Scout ließ sein Tier in Trab fallen, und wir taten ebenso. Von jetzt an wurde nicht mehr gesprochen. Jeder war darauf bedacht, seinem Pferd die Last zu erleichtern und es nicht durch unnötige Bewegungen anzustrengen. Etwa eine Stunde verging, während der wir die Tiere zuweilen eine Strecke weit Schritt gehen ließen, damit sie verschnaufen konnten. Da deutete Old Death vor sich hin. — „Seht auf Eure Uhr, Sir! Knapp eine Stunde sind wir geritten, und da haben wir den Nueces vor uns. Stimmt es?"

Es stimmte allerdings. — „Ja, seht", fuhr er fort, „das Zifferblatt liegt unsereinem sozusagen in den Gliedern. Ich will Euch sogar in finsterer Nacht sagen, wieviel Uhr es ist, und werde höchstens um einige Minuten fehlen. Das lernt Ihr nach und nach auch." — Ein dunkler Streifen bezeichnete den Lauf des Flusses, doch waren hier keine Bäume, sondern nur Büsche vorhanden. Wir fanden leicht eine zum Übergang passende Stelle und kamen an den Turkey Creek, der etwas unterhalb in den Rio Nueces mündet. Er hatte fast kein Wasser. Von da ging es zum Chico Creek, den wir kurz nach elf Uhr erreichten. Sein Bett war ebenfalls beinah ausgetrocknet. Es gab darin nur hier und da eine schmutzige Lache, aus der ein armseliger Wasserfaden abwärts floß. Bäume und Strauchwerk waren gar nicht vorhanden, und das spärliche Gras zeigte sich ganz verdorrt. Am anderen Ufer stiegen wir ab und gaben den Pferden Wasser aus den Schläuchen. Als Eimer wurde Georg Langes Hut benutzt. Das mitgenommene Gras wurde von den Tieren verzehrt, und dann ging es nach einer Stunde wieder vorwärts zum Elm Creek, unserem letzten Ziel für heute. Auf dieser Strecke zeigte es sich, daß die Pferde ermüdet waren. Die Rast hatte sie nur wenig gestärkt, und wir mußten im Schritt reiten.

7. Ein gefährliches Versteckspiel

Es war Mittag. Die Sonne brannte mit versengender Glut herab, und der Sand war so tief, daß die Pferde förmlich darin wateten. Das erschwerte das Vorwärtskommen. Gegen zwei Uhr stiegen wir abermals ab, um den Pferden den Rest des Wassers zu geben und ein wenig zu rasten. Wir selbst tranken nicht. Old Death litt es nicht. Er war der Meinung, daß wir den Durst viel leichter ertragen könnten als die Tiere, die uns durch diesen Sand schleppen müßten.

„Übrigens", fügte er schmunzelnd hinzu, „habt ihr euch brav gehalten. Ihr wißt gar nicht, welche Strecken wir zurückgelegt haben. Dachte, wir würden erst am Abend am Elm Creek sein, werden ihn aber schon in zwei Stunden erreichen. Das ist ein Stückchen, das uns nicht so leicht einer mit solchen Pferden nachmachen wird." Dann wandte sich der Alte an mich. „Am meisten muß ich über Euch staunen. Hab Euch all die Tage her beobachtet und mich gewundert, wie gut Ihr die Strapazen des Ritts überwunden habt."

„Oh, ich war schon in meiner Heimat ein guter Reiter!" — „Mag sein. Aber das ist es nicht allein. Mr. Lange und Sohn und der Neger sind auch gute Reiter, aber nicht in dem Sinn wie Ihr. So wie Ihr sitzt nur ein Westmann zu Pferd oder einer, der sich längere Zeit im Westen aufgehalten hat." — Hoppla! Da war ich doch, ohne es zu ahnen, aus meiner angenommenen Rolle gefallen, und es hieß, in Zukunft vorsichtiger zu sein. — „Ach, Ihr meint die Haltung!" meinte ich leichthin. „Die habe ich Euch abgeguckt. Ihr seid doch mein Lehrer, und ich bemühe mich, es Euch in allem gleichzutun." — Old Death kniff das eine Auge zu und sagte überlegen: „Das macht Ihr mir nicht weis! So etwas lernt man nicht in einigen Tagen, sondern das ist Sache langer Übung. Abgesehen davon, daß es mir nicht entgangen wäre, wenn Ihr wirklich etwas hinzugelernt hättet."

„Na, wenn Ihr mich so drängt, will ich zugeben, daß ich schon einmal für längere Zeit im Westen war, freilich nicht in dieser Gegend." — „Warum habt Ihr mir das verschwiegen?" — „Verschwiegen?" tat ich erstaunt. „Ihr habt mich nicht gefragt, und darum habe ich es Euch nicht gesagt." — „Well! Habe auch nichts dagegen! Will mich nicht in Eure Angelegenheiten mischen. Seid natürlich Euer eigener Herr!" — Wir setzten den unterbrochenen Ritt fort, wobei der Alte ein wenig von der westlichen Richtung nach Süden abbog. Um den Grund befragt, gab er zur Antwort: „Habe in dieser Richtung einen alten Bekannten, den ich gern wiedersehen und bei dieser Gelegenheit befragen möchte. Ist ohnehin ein wahres Wunder, daß wir noch nicht auf die Fährte der Komantschen gestoßen sind. Sie haben sich jedenfalls mehr zum Fluß hingezogen. Welch eine Dummheit von ihnen, so lange den entkommenen Apatschen zu suchen! Wären sie stracks über den Rio Grande hinüber, so hätten sie die Feinde überrascht." — „Sie werden sich sagen, daß sie das auch jetzt noch tun können", meinte Lange, „denn wenn Winnetou mit dem Verwundeten nicht glücklich hinübergelangt, haben die Apatschen keine Ahnung, daß ihnen die verräterischen Komantschen so nahe sind." — „Hm! Das ist nicht so ganz unrichtig, Sir. Gerade der Umstand, daß wir die Komantschen nicht sehen, macht mich um Winnetou besorgt. Sie schwärmen nicht mehr, sondern scheinen sich zusammengezogen zu haben. Das ist ein für die Apatschen ungünstiges Zeichen. Vielleicht sind sie ergriffen worden." — „Was wäre in diesem Fall das Schicksal Winnetous?" — „Das entsetzlichste, das sich nur denken läßt. Den berühmten Häuptling der Apatschen gefangen zu haben, wäre für die Komantschen ein noch nie dagewesenes Ereignis, das in würdiger, das heißt fürchterlicher Weise gefeiert werden müßte. Er würde unter sicherer Bedeckung heimgeschafft, zu den Lagerplätzen der Komantschen, wo nur die Frauen, Knaben und Alten zurückgeblieben sind. Dort würde er gut gepflegt und gefüttert, um später die Qualen am Marterpfahl so lange wie möglich ertragen zu können. Winnetou müßte sterben, aber nicht schnell, nicht in einer Stunde, nicht an einem Tag. Man würde seinen Körper mit wahrhaft wissenschaftlicher Vorsicht nach und nach zerfleischen, so daß viele Tage vergehen könnten, bevor der Tod ihn erlöste. Das ist der eines Häuptlings würdige Tod und ich bin überzeugt, daß Winnetou bei all den ausgesuchten Qualen nicht eine Miene verziehen, sondern seine Henker vielmehr verspotten und verlachen würde. Es ist mir wirklich bange um ihn, und ich sage Euch aufrichtig, daß ich gegebenenfalls mein Leben wagen würde, ihn zu retten. Aller Wahrscheinlichkeit nach haben wir die Komantschen da westlich vor uns. Wir reiten etwas südlich, um zu einem alten Freund von mir zu kommen. Von ihm werden wir vielleicht erfahren, wie es am Rio Grande steht. Die Nacht bleiben wir dann bei ihm." — „Ein Freund von Euch haust in dieser Gegend?" fragte ich. — „Jawohl. Er ist Ranchero, also Landwirt, ein echter Mexikaner von unverfälschter spanischer Abkunft. Einer seiner Ahnen ist einmal von irgendwem zum Ritter geschlagen worden, deshalb bezeichnet auch er sich als Caballero, als Ritter. Darum hat er auch seinem Rancho den wohlklingenden Namen Estancia del Caballero gegeben. Ihn selbst nennt Ihr Don Atanasio." — Nach diesen Erklärungen ging es schweigend weiter. Unsere Pferde wieder in Galopp zu bringen, gelang uns nicht, sie sanken bis über die Fesseln in den Sand. Nach und nach aber nahm seine Tiefe ab, und ungefähr um vier Uhr nachmittags begrüßten wir das erste Gräschen. Dann kamen wir über eine Prärie, wo berittene Vaqueros[1] ihre Pferde, Rinder und Schafe bewachten. Unsere Tiere zeigten neues Leben; sie fielen von selbst in schnelleren Gang. Bäume erhoben sich vor uns, und endlich sahen wir etwas Weißes aus dem Grün uns entgegenschimmern. — „Das ist die Estancia del Caballero", erklärte Old Death. „Ein eigenartiges Bauwerk, genau nach dem Stil der Moqui- und Zuñi-Bauten errichtet, die reine Festung, was in dieser Gegend auch sehr notwendig ist." — Wir kamen näher an das Gebäude heran und konnten bald die Einzelheiten erkennen. Eine doppelt mannshohe Mauer zog sich ringsherum. Sie war mit einem großen, breiten Tor versehen, vor dem eine breite Brücke über einen tiefen, jetzt aber wasserlosen Graben führte. Das Gebäude hatte eine würfelförmige Gestalt. Das Erdgeschoß konnten wir nicht sehen, da es von der Mauer gänzlich verdeckt wurde. Das erste Stockwerk trat ein wenig zurück, so daß ringsum Raum zu einem Rundgang blieb, der mit weißem Zeltleinen überdacht war. Von einem Fenster bemerkten wir nichts. Auf diesem würfelförmigen ersten Stock lag ein

---

[1] Spanisch: Hirten, Kuhhirten

zweiter von gleicher Gestalt. Dessen Grundfläche war wieder kleiner als die des darunterliegenden, so daß abermals ein Rundgang entstand, der durch Leinwand überdacht wurde. So bestanden Erdgeschoß, erstes und zweites Stockwerk aus drei Mauerwürfeln, von denen der höhere immer ein wenig kleiner war als der tieferliegende. Die Mauern waren weiß angestrichen, die Leinwand hatte die gleiche Farbe, und so leuchtete das Gebäude weit hinaus in die Ferne. Erst als wir noch näher kamen, bemerkten wir an jedem Stockwerk rundumlaufende Reihen schmaler, schießschartenartiger Maueröffnungen, die als Fenster dienen mochten. — „Schöner Palast, nicht?" lächelte Old Death. „Werdet Euch über die Einrichtung wundern. Möchte den Indianerhäuptling sehen, der sich einbildet, dieses Haus erstürmen zu können!"

Nun ritten wir über die Brücke ans Tor, worin eine kleine Öffnung angebracht war. An der Seite hing eine Glocke, so groß wie ein Menschenkopf. Old Death läutete sie. Man konnte den Ton wohl über eine halbe Stunde weit hören. Bald darauf erschienen eine Indianernase und zwei wulstige Lippen an dem Loch. Zwischen den Lippen heraus klang es in spanischer Sprache: „Wer ist da?" — „Freunde des Hausherrn", antwortete der Scout. „Ist Don Atanasio zu Haus?" — Die Nase und der Mund senkten sich tiefer, zwei dunkle Augen schauten heraus, und dann hörten wir die Worte: „Welche Freude! Señor Death! Sie lasse ich sofort herein. Kommen Sie, Señores! Ich werde Sie melden!" — Man hörte einen Riegel gehen, dann öffnete sich das Tor, und wir ritten ein. Der Mann, der uns einließ, war ein dicker, in weißes Linnen gekleideter Indianer, einer von den Indios fideles, das heißt getauften Indianern, die sich im Gegensatz zu den ‚wilden' Indios bravos mit der Zivilisation friedlich abgefunden haben. Er schloß das Tor, machte eine tiefe Verneigung, schritt dann würdevoll über den Hof hinüber und zog dort an einem an der Mauer herabhängenden Draht. — „Wir haben Zeit, das Haus zu umreiten", meinte Old Death. „Kommt mit, euch das Bauwerk zu betrachten!" — Erst jetzt konnten wir das Erdgeschoß sehen. Auch daran zog sich eine Reihe kleiner Schießscharten rundum. Das Gebäude stand in einem mauerumschlossenen Hof, der ziemlich breit und nicht gepflastert, sondern mit Gras bewachsen war. Außer den Schießscharten war kein Fenster zu erblicken, und es gab auch keine Tür. Wir umkreisten das ganze Haus und kamen wieder an der vorderen Seite an, ohne einen Hauseingang gefunden zu haben. Der Indianer stand noch wartend da. — „Aber wie kommt man denn in das Innere des Gebäudes?" fragte Lange. — „Werdet es gleich erleben!" entgegnete Old Death. — Da beugte sich vom Rundgang über dem Erdgeschoß ein Mann herab, um nachzusehen, wer unten sei. Als er den Indianer bemerkte, verschwand sein Kopf wieder, und dann wurde eine schmale, leiterähnliche Treppe herabgelassen, auf der wir emporsteigen mußten. Wer nun der Ansicht gewesen wäre, daß es hier im ersten Stock wenigstens eine Tür gegeben hätte, der irrte sich. Es ging erst noch weiter hinauf. Droben auf dem zweiten Stock und dem Dach standen wieder Diener, auch in Weiß gekleidet, die eine zweite und dritte Leiter herabließen, mit deren Hilfe wir schließlich auf die flache Plattform des Hauses gelangten. Sie war mit Zinkblech bedeckt und dick mit Sand bestreut. In der Mitte befand sich ein viereckiges Loch, das die Mündung einer ins Innere führenden Treppe bildete. — „So wurde bereits vor Jahrhunderten in den alten indianischen Pueblos gebaut", erklärte Old Death. „Niemand kann ohne weiteres in den Hof gelangen. Und wenn es einem Feinde doch glücken sollte, über die Mauer zu klettern, so ist die Treppe emporgezogen, und er steht vor dem türlosen Gebäude. In friedlichen Zeiten freilich kann man auch ohne Tor und Treppen herein- und heraufkommen, indem man sich nämlich aufs Pferd stellt und über die Mauer und dann auf den ersten Rundgang steigt. Im Kriegsfalle aber möchte ich es keinem raten, das zu versuchen, denn man kann von dieser Plattform und von den Rundgängen aus, wie ihr seht, die Mauer, das vor ihr liegende Gelände und auch den Hof mit Kugeln bestreichen. Don Atanasio wird an die zwanzig Vaqueros und Peone[1] haben, von denen jeder ein Gewehr besitzt. Wenn zwanzig solche Leute hier oben ständen, müßten Hunderte von Indianern sterben, bevor der erste von ihnen über die Mauer käme. Diese Bauart ist hier an der Grenze von großem Vorteil, und der Estanciero hat schon mehr als eine Belagerung ausgehalten und glücklich abgewehrt." — Man konnte von der Höhe des Hauses weit nach allen Seiten schauen. Ich bemerkte, daß hinter dem Haus, nur wenig davon entfernt, der Elm Creek vorüberfloß. Er hatte ein schönes, klares Wasser, und es war kein Wunder, daß er Fruchtbarkeit auf beide Seiten verbreitete. Sein Anblick erregte in mir das Verlangen, ein Bad darin zu nehmen. — Wir stiegen, von einem Diener geführt, die Treppe hinab und gelangten so auf einen langen, schmalen Gang im zweiten Stockwerk, der vorn und hinten durch je zwei Schießscharten erleuchtet wurde. Zu beiden Seiten mündeten Türen, und am hinteren Ende ging eine Treppe ins erste Stockwerk hinab. Um vom Hof aus hierher zu gelangen, mußte man also außen am Gebäude drei Leitern hinauf- und im Innern wieder zwei Treppen hinabsteigen. Das schien sehr umständlich, war aber in den Verhältnissen der Gegend wohlbegründet. Der Diener verschwand hinter einer Tür und kehrte erst nach einiger Zeit zurück, um zu melden, daß der Señor *Capitán de Caballeria* uns erwarte. Während dieser Wartezeit gab uns Old Death einige Erklärungen. — „Nehmt es meinem alten Freund Atanasio nicht übel, wenn er euch ein wenig förmlich empfängt! Der Spanier liebt die Förmlichkeit, und der von ihm abstammende Mexikaner hat das behalten. Wäre ich allein gekommen, so hätte er mich längst begrüßt. Da aber andere dabei sind, gibt es jedenfalls einen Staatsempfang. Lächelt ja nicht, wenn er etwa in Uniform erscheint! Er bekleidete in seinen jungen Jahren den Rang eines mexikanischen Rittmeisters und zeigt sich noch heutigentags gern in seiner veralteten Uniform. Im übrigen ist er ein Prachtkerl." — Da kam der Diener und wir traten in ein wohltuend kühles Gemach, dessen einst gewiß kostbare Ausstattung jetzt arg verblichen war. Drei halbverschleierte Schießscharten ließen ein gedämpftes Licht herein. Inmitten des Zimmers stand ein langer, hagerer Herr mit schneeweißem Haar und Schnurrbart. Er trug rote, mit breiten Goldborten besetzten Hosen, hohe Reitstiefel aus blitzendem Glanzleder mit Sporen, deren Räder die Größe eines Fünfmarkstücks hatten. Der Uniformrock war blau und reich mit goldenen Bruststreifen verziert. Die goldenen Achselstücke deuteten auf den Rang nicht nur eines Rittmeisters, sondern eines Generals. An der Seite hing ihm ein Säbel in stählerner

---

[1] Spanisch: Diener

Scheide, deren Schnallenhalter auch vergoldet waren. In der Linken hielt er einen Dreispitz, dessen Ränder von goldenen Raupen strotzten. Daran war seitlich eine schillernde Spange befestigt, die einen bunten Federstutz trug. Das sah aus wie Fasching. Aber wenn man in das alte, ernste Gesicht und in das noch frische, gütig blickende Auge sah, konnte man es nicht übers Herz bringen, heimlich zu lächeln. Als wir eintraten, schlug der Herr des Hauses die Absätze sporenklirrend zusammen und richtete sich stramm auf. — "Guten Tag, meine Herren! Sie sind sehr willkommen!" — Das klang steif. Wir verbeugten uns stumm. Old Death antwortete ihm in englischer Sprache. — "Wir danken, Señor *Capitán de Caballería!* Da wir uns in dieser Gegend befanden, wollte ich meinen Begleitern gern die ehrenvolle Gelegenheit geben, Euch, den tapferen Streiter für Mexikos Unabhängigkeit, zu begrüßen. Gestattet, sie Euch vorzustellen!" — Bei diesen schmeichelvollen Worten ging ein befriedigtes Lächeln über das Gesicht des Estanciero. Er nickte zustimmend und erwiderte ebenfalls auf englisch: "Tut es, Señor Death! Es ist mir eine große Freude, die Gentlemen kennenzulernen, die Ihr zu mir bringt." — Old Death nannte unsere Namen. Der Caballero reichte jedem von uns, sogar dem Neger, die Hand und lud uns zum Sitzen ein. Der Scout fragte nach Señora und Señorita, worauf der Estanciero sofort eine Tür öffnete und die beiden schon bereitstehenden Damen eintreten ließ. Die Señora war eine schöne, freundlich dreinschauende alte Dame, die Señorita ein liebliches Mädchen, ihre Enkelin, wie wir später erfuhren. Beide waren ganz in schwarze Seide gekleidet, als hätten sie soeben im Begriff gestanden, bei Hof zu erscheinen. Old Death eilte auf die beiden zu und schüttelte ihnen die Hände so herzhaft, daß mir bange wurde. Die Langes versuchten es, eine Verbeugung zustande zu bringen, Hektor grinste übers ganze Gesicht und rief: "O Missis, Missis, wie schön, wie Seide!" — Ich trat auf die Señora zu, hob ihre Hand auf und zog sie an die Lippen. Die Dame nahm meine Höflichkeit so wohlwollend auf, daß sie mir ihre Wange darreichte, um den *Beso de cortesia,* den Ehrenkuß, zu empfangen, was eine große Auszeichnung für mich war. Das gleiche wiederholte sich bei der Señorita. Nun wurde wieder Platz genommen. Sogleich kam die Rede auf den Zweck unseres Ritts. Wir erzählten das, was wir für nötig hielten, auch unser Zusammentreffen mit den Komantschen. Die Herrschaften hörten uns mit der größten Aufmerksamkeit zu, und ich bemerkte, daß sie sich einander bezeichnende Blicke zuwarfen. Als wir geendet hatten, bat Don Atanasio um die Beschreibung der beiden Männer, die wir suchten. Ich zog die Bilder hervor und zeigte sie ihnen. Kaum hatten sie einen Blick darauf geworfen, so rief die Señora: "Sie sind es, sie sind es! Ganz gewiß! Nicht wahr, lieber Atanasio?" — "Ja", stimmte der Caballero bei, "sie sind es wirklich. Señores, die Männer waren in der vergangenen Nacht bei mir." — "Wann kamen und wann gingen sie?" fragte der Scout. — "Sie kamen spät des Nachts und waren sehr ermüdet. Einer meiner Vaqueros hatte sie getroffen und brachte sie ins Haus. Sie schliefen sehr lange und erwachten erst nach der Mittagszeit. Es ist höchstens erst drei Stunden her, daß sie fort sind." — "Schön! So holen wir sie morgen sicher ein. Wir werden ihre Spur jedenfalls finden." — "Gewiß, Señor, werdet Ihr das. Sie wollten von hier aus zum Rio Grande, um ihn oberhalb Eagle Paß, ungefähr zwischen dem Rio Moral und dem

Las Moras Creek zu überschreiten. Übrigens werden wir noch von ihnen hören. Ich habe ihnen einige Vaqueros nachgeschickt, die Euch sagen werden, wohin sie geritten sind." — „Warum habt Ihr ihnen Leute nachgesandt?" — „Weil mir diese Menschen meine Gastfreundschaft mit Undank belohnt haben. Sie haben mir, als sie fortritten, den Vaquero einer Pferdeherde mit einer erdichteten Botschaft gesandt und während seiner Abwesenheit sechs Pferde gestohlen, mit denen sie eiligst fort sind." — „Schändlich! Die beiden Männer waren also nicht allein?" — „Nein. Es war eine Schar verkleideter Soldaten bei ihnen, die frisch angeworbene Rekruten nach Mexiko bringen sollte."

„So glaube ich nicht, daß Eure Leute die Pferde wiederbringen werden. Sie sind zu schwach gegen die Diebe." — „Oh, meine Vaqueros wissen ihre Waffen zu gebrauchen, und ich habe die tüchtigsten Burschen ausgewählt!" — „Haben Gibson und Ohlert von ihren Verhältnissen und Plänen gesprochen?" — „Kein Wort. Der eine war sehr lustig und der andere sehr schweigsam. Ich schenkte ihnen volles Vertrauen. Da sie mich baten, die Einrichtung meines Hauses zu zeigen, haben sie sogar den verwundeten Indianer gesehen, den ich sonst vor jedermann verstecke." — „Ein verwundeter Roter ist hier? Wer ist der Mann, und wie kommt Ihr zu ihm?" — Der Caballero ließ ein überlegenes Lächeln spielen. — „Ja, Señores, jetzt werdet ihr staunen. Ich beherberge nämlich den Unterhändler der Apatschen, von dem ihr vorhin erzählt, den Verwundeten, den Winnetou droben am Rio Leona verbunden hat. Es ist der alte Häuptling Inda-nischo." — „Inda-nischo, der ‚Gute Mann'? Der kluge und friedliebende Häuptling der Apatschen? Den muß ich sehen!" — „Ich werde ihn Euch zeigen. Er kam in einem schlimmen Zustand bei mir an. Ihr müßt wissen, daß Winnetou mich kennt und stets bei mir einkehrt, wenn er in diese Gegend kommt, denn er weiß, daß er mir vertrauen darf. Er hatte von Fort Inge aus den anderen Häuptling eingeholt. Inda-nischo hatte eine Kugel in den Arm und eine zweite in den Schenkel bekommen. Am Rio Leona verband ihn Winnetou; dann sind sie sofort wieder aufgebrochen. Aber den alten, verletzten Mann hat das Wundfieber gewaltig gepackt, und die Komantschen sind quer durch die Wüste geschwärmt, um ihn abzufangen. Wie Winnetou es geschafft hat, ihn trotz dieser Hindernisse bis hierher zu meiner Estancia zu bringen, ist mir noch jetzt ein Rätsel. So etwas kann eben nur Winnetou leisten. Aber hier ging es nicht weiter, denn Inda-nischo könnte sich nicht mehr im Sattel halten, so schwach war er und so schüttelte ihn das Fieber. Er hat viel Blut verloren, keine Kleinigkeit bei seinem Alter von über siebzig Jahren." — „Man sollte es nicht für möglich halten! Von Fort Inge bis hierher mit solchen Wunden im Sattel zu bleiben! Der Weg, den sie geritten sind, beträgt fast sechzig englische Meilen. In diesem Alter kann das nur ein Roter aushalten. Bitte, weiter!" — „Sie kamen des Abends hier an und läuteten. Ich ging selber hinab und erkannte Winnetou. Er erzählte mir alles und bat mich, seinen roten Bruder aufzunehmen, bis er abgeholt würde. Er selbst müsse schleunigst über den Rio Grande, um seine Stämme von dem Verrat und dem Nahen der Komantschen zu benachrichtigen. Ich gab ihm meine besten Vaqueros mit, um zu erfahren, ob es ihm gelingen würde, durchzukommen. Sie sollten ihn begleiten und mir dann Nachricht bringen." — „Nun?" fragte Old Death gespannt. „Ist er hinüber?"

„Ja. Und das hat mich beruhigt. Winnetou ist sehr klug gewesen und nicht oben am Rio Moral, wo die Komantschen lauern, sondern weiter unten über den Rio Grande gegangen. Freilich gibt es dort keine Furt. Der Fluß ist reißend, und es ist ein lebensgefährliches Wagnis, hindurchzuschwimmen. Dennoch sind meine Vaqueros mit ihm hinüber und haben ihn so weit begleitet, bis sie Sicherheit hatten, daß er den Komantschen nicht mehr begegnen würde. Nun hat der Häuptling seine Apatschen benachrichtigt, und sie werden die Feinde richtig empfangen. — Jetzt aber kommt mit zu dem alten Häuptling, wenn es euch recht ist, Señores!" Wir standen auf, verabschiedeten uns von den Damen und stiegen ins Erdgeschoß hinab. Unten sahen wir uns in einem ähnlichen Gang wie oben. Wir traten durch die hinterste Tür links. — Da lag in einem kühlen Raum der greise Apatsche. Schon fürchtete ich, jetzt werde es mit meinem Versteckspiel Old Death gegenüber vorbei sein. Inda-nischo werde mich erkennen und mich als Old Shatterhand begrüßen. Doch es kam anders. Das Fieber hatte zwar nachgelassen, aber der Alte war noch sehr schwach und teilnahmslos, daß er kaum sprechen konnte. Seine Augen lagen tief in ihren Höhlen und die Wangen waren eingefallen. Einen Arzt gab es hier nicht. Doch der Caballero sagte, Winnetou sei ein Meister in der Behandlung von Wunden. Er habe heilsame Kräuter aufgelegt und streng verboten, die Verbände zu öffnen. Sobald das Wundfieber vorüber sei, habe man nichts mehr für das Leben des Kranken zu befürchten, den nur der starke Blutverlust und das Fieber sehr geschwächt hätten. — Draußen im Gang erklärte ich dem Estanciero, daß ich ein Bad im Fluß nehmen möchte. — „Wenn Ihr das wollt, so braucht Ihr nicht erst den Umweg über die Treppen zu machen", meinte er. „Ich lasse Euch gleich hier unten in den Hof hinaus." — „Ich denke, es gibt da keine Türen?" — „O doch, der Ausweg ist nur verborgen! Ich habe ihn anbringen lassen, um einen Fluchtweg zu haben, falls es feindlichen Roten jemals gelingen sollte, ins Haus zu dringen. Seht, gleich hier geht es ins Freie!" — An der Mauer stand ein Schränkchen. Er schob es fort, und ich sah eine verkleidete Pforte, die in den Hof führte. Sie war draußen durch ein zu diesem Zweck angepflanztes Buschwerk verdeckt. Der Herr des Hauses führte mich hinaus und zeigte auf die gegenüberliegende Stelle der Außenmauer, wo ähnliches Gebüsch stand. — „Dort geht es hinaus zum Fluß! Es ist der kürzeste Weg. Wartet aber erst noch ein wenig hier! Ich will Euch einen bequemen Anzug schicken." — In diesem Augenblick wurde die Glocke am Tor geläutet. Don Atanasio ging selbst hin, um zu öffnen, und ich folgte ihm. Draußen hielten fünf Reiter, prächtige, kraftvolle Gestalten, die Leute, die er den Pferdedieben nachgeschickt hatte.

„Nun?" fragte er. „Ihr habt die Pferde nicht?" — „Nein, Don Atanasio", entgegnete einer. „Wir waren den Dieben bereits nahe und sahen aus den Spuren, daß wir sie in einer Viertelstunde einholen mußten. Da aber kamen wir plötzlich auf eine Fährte von vielen Pferden, die von Norden her mit der ihrigen zusammentrafen. Sie waren also vermutlich auf Komantschen gestoßen. Wir folgten ihnen weiter, und bald hatten wir alle vor uns. Es waren in der Tat Komantschen, weit über fünfhundert, und an eine solche Übermacht konnten wir uns nicht wagen." — „Ganz recht. Das Leben sollt ihr nicht an einige Pferde setzen. Haben die Komantschen die Weißen freundlich behandelt?" — „Um das zu erkennen, konnten wir nicht nahe genug an sie heran." — „Wohin ritten sie?" — „Auf den Rio Grande zu." — „So haben wir von ihnen nichts zu befürchten. Es ist gut. Geht zu euren Herden!" — Mit dieser Äußerung befand sich der gute Caballero leider in einem großen Irrtum. Es war gar viel von den Roten zu befürchten; denn die Komantschen hörten, wie wir dann erfuhren, von Gibson sogleich, daß sich der verwundete Apatschenhäuptling auf der Estancia del Caballero aufhielt. Infolgedessen hatte sich ein Trupp roter Krieger aufgemacht, um zur Estancia zu reiten, Inda-nischo gefangenzunehmen und Don Atanasio für seine apatschenfreundliche Gesinnung zu bestrafen. Der aber stieg soeben ruhig die Treppe empor, und bald kam ein Peon herab, der mich bat, mit ihm zu gehen. Er führte mich zum Tor hinaus und an den Fluß. Oberhalb der Estancia war eine Furt, wie man an den Brechungswellen des Wassers sah. Unterhalb dieser Furt aber war der Strom sehr tief. Da blieb Angelo, der Peon, stehen. Er hatte einen weißleinenen Anzug auf dem Arm. — „Hier, Señor", sagte er. „Wenn Sie gebadet haben, ziehen Sie diesen Anzug an! Die Kleidungsstücke, die Sie jetzt ablegen, kann ich gleich mitnehmen. Läuten Sie dann die Glocke am Tor; ich werde Ihnen öffnen!" — Er entfernte sich mit meinen Kleidern, und ich sprang ins Wasser. Nach der Hitze des Tags und der Anstrengung des Ritts war es eine wahre Wonne, im tiefen Fluß zu tauchen und zu schwimmen. Wohl über eine halbe Stunde tummelte ich mich im Wasser, bevor ich mich ankleidete. Eben war ich damit fertig, als mein Blick auf das gegenüberliegende Ufer fiel. Zwischen den Bäumen hindurch konnte ich von meiner Stelle aus aufwärts blicken, wo der Fluß eine Krümmung machte. Da sah ich eine lange Schlange von Reitern kommen, einer hinter dem anderen, wie die Indianer so gern reiten. Ich rannte zum Tor und läutete. Angelo, der auf mich gewartet hatte, öffnete. — „Schnell zum Caballero!" sagte ich. „Indianer kommen von jenseits des Flusses auf die Estancia zu!" — „Wie viele?" — „Wohl über fünfzig." — Der Mann war bei meinen ersten Worten sichtlich erschrocken, als ich ihm jetzt die Zahl nannte, nahm sein Gesicht wieder einen ruhigen Ausdruck an. — „Nicht mehr?" fragte Angelo. „Dann ist es nicht so schlimm. Mit fünfzig und auch noch mehr Roten nehmen wir es schon auf, Señor. Wir sind jederzeit auf so einen Besuch vorbereitet. Ich kann nicht hinauf zum Caballero, denn ich muß den Vaqueros augenblicklich Nachricht bringen. Hier haben Sie Ihre Sachen wieder! Riegeln Sie hinter mir das Tor ab und eilen Sie zu Don Atanasio! Ziehen Sie aber hinter sich die Leitern hoch!" — „Wie steht es mit unseren Pferden? Sind die in Sicherheit?" — „Ja, Señor. Wir haben sie zu den Vaqueros hinausgeschafft, damit sie weiden können. Das Lederzeug aber wurde ins Haus getragen. Die Tiere können Ihnen nicht genommen werden." — Jetzt eilte Angelo fort. Ich schloß hinter ihm das Tor und stieg die Leitern hinauf, die ich rasch hinter mir emporzog. Eben als ich auf die Plattform kam, tauchte Don Atanasio mit Old Death aus dem Innern des Hauses hier auf. Der Estanciero erschrak nicht im mindesten, als ich ihm die Ankunft von fünfzig Indianern meldete. — „Zu welchem Stamm gehören sie?" fragte er ruhig. — „Das weiß ich nicht. Ich konnte die Bemalung der Gesichter nicht erkennen." — „Nun, wir werden es bald erfahren. Entweder sind es Apatschen, die Winnetou getroffen und abgeschickt hat, den verwundeten Häuptling zu holen, oder es sind Komantschen. In diesem Fall hätten wir es wohl mit einer Erkundungsabteilung zu tun, die uns fragen will, ob wir vielleicht Apatschen gesehen haben. Sie werden sofort weiterreiten, wenn sie unsere Antwort erhalten." — „Sie scheinen mir aber doch feindliche Absichten zu haben", meinte Old Death. „Ich gebe Euch den Rat, so schnell wie möglich die Maßnahmen zur Abwehr zu treffen." — „Das ist bereits erfolgt. Jeder meiner Leute weiß, was er in einem solchen Fall zu tun hat. Seht, da draußen rennt Angelo zu den nächsten Pferden! Er wird eins besteigen, um die Vaqueros zu benachrichtigen. In höchstens zehn Minuten haben sie die Herden zusammengetrieben. Zwei von ihnen bleiben bei den Tieren, um sie zu bewachen. Die anderen machen Front gegen die Roten. Ihre Lassos sind gefährliche Waffen, denn ein Vaquero ist darin viel geübter als ein Indianer. Ihre Büchsen tragen weiter als die Bogen oder die alten Gewehre der Roten. Sie brauchen sich vor fünfzig Indianern nicht zu fürchten. Und wir hier auf der Estancia sind ohnehin geschützt. Kein Roter kommt über die Mauer. Übrigens darf ich doch auf euch zählen? Ihr seid mit dem Schwarzen fünf wohlbewaffnete Männer. Dazu komme ich mit acht Personen, die sich im Gebäude befinden. Macht im ganzen vierzehn Mann. Da möchte ich die Indios sehen, denen es gelingen könnte, das Tor zu sprengen. O nein, Señor! Die Roten werden ganz friedlich die Glocke läuten, ihre Erkundigungen an den Mann bringen und sich dann wieder entfernen. Wenn der Kundschafter vierzehn gut bewaffnete Männer hier oben stehen sieht, wird er klein beigeben. Die Sache ist durchaus ungefährlich." — Old Deaths Gesicht drückte immer noch Zweifel aus. Er schüttelte den Kopf. — „Habe da eine Erwägung, die mir bedenklich erscheint. Bin überzeugt, daß wir es nicht mit Apatschen, sondern mit Komantschen zu tun haben. Was wollen sie hier? Eine bloße Erkundung kann sie nicht herführen, denn befände sich ein Trupp feindlicher Apatschen hier, so müßten Spuren dasein. Und um andere Dinge brauchte man nicht hier Nachfrage zu halten. Nein, die Bande hat einen ganz bestimmten Grund, gerade zu Euch zu kommen, Don Atanasio, und das ist der verwundete Häuptling." — „Von ihm wissen sie ja nichts! Wer soll es den Komantschen gesagt haben?" — „Gibson, der Mann, den wir verfolgen, und der bei Euch gewesen ist. Ihr habt ihm ja Inda-nischo gezeigt. Er hat ihn den Komantschen verraten, um sich dem Stamm geneigt zu machen. Wenn das nicht stimmt, will ich keinen Augenblick länger Old Death genannt werden, Don Atanasio. Oder zweifelt Ihr daran?" — „Es ist möglich. In diesem Fall werden die Komantschen uns zwingen wollen, den Verwundeten auszuliefern." — „Allerdings. Werdet Ihr es etwa tun?" — „Auf keinen Fall! Winnetou ist mein Freund. Er hat mir Indanischo anvertraut, und ich muß dieses Vertrauen rechtfertigen. Die Komantschen werden den Verwundeten nicht bekommen. Wir wehren uns!" — „Das bringt Euch in die größte Gefahr. Zwar wird es uns gelingen, die fünfzig abzuwehren; aber sie werden um das Zehnfache verstärkt zurückkehren, und dann seid Ihr verloren." — „Das steht in Gottes Hand. Mein Wort werde ich Winnetou auf alle Fälle halten."

Da streckte Old Death dem Hausherrn die Hand entgegen. — „Ihr seid ein Ehrenmann, und Ihr dürft auf unsere Hilfe rechnen. Der Anführer der Komantschen ist mein Freund. Vielleicht gelingt es mir dadurch, den Schlag von Euch abzuwenden. Habt Ihr Gibson die geheimen Türen in den Mauern etwa auch gezeigt?" — „Nein, Señor." — „Das ist gut. Solange die Roten diese Eingänge nicht kennen, werden wir uns ihrer erwehren können. Nun kommt herab, damit wir die Waffen holen!" — Während meiner Abwesenheit waren meinen Gefährten Zimmer angewiesen worden, worin man ihre und auch meine Habseligkeiten geschafft hatte. Dahin gingen wir. Der Raum, der für mich bestimmt war, lag an der vorderen Seite des Hauses und bekam sein Licht durch zwei der erwähnten Schießscharten. Dort hing mein Gewehr. Als ich es von der Wand nehmen wollte, fiel mein Blick hinaus ins Freie, und ich sah die Indianer unter den Bäumen hervorkommen, da, wo oberhalb der Estancia die Furt war. Sie hatten den Fluß durchritten und kamen nun im Galopp auf das Gebäude zu, nicht heulend, wie es sonst ihre Gewohnheit ist, sondern in heimtückischer Stille, die mir bedrohlich schien. Es waren Komantschen, wie ich jetzt an den Farben der bemalten Gesichter erkannte. Im Nu hielten sie draußen an der Mauer, die so hoch war, daß man die Reiter nun nicht mehr sehen konnte. Sie waren mit Lanzen, Bogen und Pfeilen bewaffnet. Nur der Vorreiter, der wahrscheinlich der Anführer war, hatte ein Gewehr in der Hand. Einige von ihnen hatten lange Gegenstände hinter ihren Pferden hergeschleift. Ich hielt das für Zeltstangen, mußte aber sehr bald einsehen, daß ich mich geirrt hatte. Eilends verließ ich das Stübchen, um die anderen zu benachrichtigen. Als ich in den Gang trat, kam mir Old Death aus dem gegenüberliegenden Raum entgegen. — „Achtung!" schrie er. „Die Komantschen steigen über die Mauer. Sie haben sich junge Bäume als Leitern mitgebracht. Schnell auf die Plattform!" — Doch das ging nicht so rasch, wie er es wünschte. Die Peone befanden sich ein Stockwerk tiefer als wir, dort, wo die Dienerschaft gewöhnlich ihren Aufenthaltsort hatte. Für sie war der Weg bis zur Plattform noch weiter als für uns. Aber auch wir beide wurden gehindert, schnell emporzusteigen, denn zugleich mit dem Caballero traten dessen beide Damen auf den Gang heraus und bestürmten uns mit ängstlichen Fragen. Wohl mehrere Minuten verflossen, bevor wir die Treppe hinter uns hatten, in einer solchen Lage eine kostbare Zeit. Die böse Folge des Zeitverlustes zeigte sich denn auch sofort. Als wir auf die Plattform gelangten, schwang sich bereits der erste Indianer über den Rand. Ihm folgte ein zweiter, dritter, vierter. Wir hatten unsere Waffen in den Händen, konnten ihnen aber den Zutritt nicht mehr verwehren, wenn wir sie nicht einfach niederschießen wollten. Sie hatten mit Hilfe der erwähnten jungen Bäume die Außenmauer und dann auch die drei Plattformen mit ungemeiner Schnelligkeit erstiegen. Wir standen jetzt auf der Mitte des obersten Stockwerks, während sie sich noch an dessen Rand befanden. — „Richtet die Gewehre auf sie! Laßt sie nicht heran!" gebot Old Death. „Wir müssen vor allen Dingen Zeit gewinnen." — Ich zählte zweiundfünfzig Rote, von denen bis jetzt kein einziger einen Laut ausgestoßen hatte. Wir waren von ihnen gänzlich überrumpelt worden. Aber sie wagten sich doch nicht sogleich an uns heran, sondern verharrten am Rand der Plattform und hielten ihre Bogen und Pfeile bereit. Die Lanzen hatten sie unten zurückgelassen, um durch sie nicht beim Klettern behindert zu werden. Der Caballero trat ihnen einige Schritte entgegen und fragte in jenem Gemisch von Spanisch, Englisch und Indianisch, das dort im Grenzgebiet zur Verständigung gebraucht wird: „Was wollen die roten Männer bei mir? Weshalb betreten sie mein Haus, ohne mich vorher um Erlaubnis zu fragen?" — Der Anführer, der sein Gewehr jetzt in die Hand genommen hatte, trat einige Schritte vor. — „Die Krieger der Komantschen sind gekommen, weil das Bleichgesicht ihr Feind ist. Die Sonne des heutigen Tags ist die letzte, die der weiße Mann gesehen hat." — „Ich bin kein Feind der Komantschen. Ich liebe alle roten Männer, ohne zu fragen, zu welchem Stamm sie gehören." — „Das Bleichgesicht sagt eine große Lüge. In diesem Haus ist ein Häuptling der Apatschen versteckt. Die Hunde von Apatschen sind die Feinde der Komantschen. Wer einen Apatschen bei sich aufnimmt, ist unser Feind und muß sterben." — „*Caramba!* Wollt ihr mir etwa verbieten, jemand bei mir aufzunehmen, wenn es mir gefällt? Wer hat hier zu gebieten, ihr oder ich?" — „Die Krieger der Komantschen haben dieses Haus erstiegen, sind also hier die Herren. Gib uns den Apatschen heraus! Oder willst du leugnen, daß er sich bei dir befindet?" — „Zu leugnen fällt mir nicht ein. Nur wer sich fürchtet, sagt eine Lüge. Ich aber habe keine Angst vor den Komantschen und ich will —„ „Halt!" unterbrach ihn Old Death leise. „Keine Übereilung, Don Atanasio!" — „Meint Ihr, daß ich leugnen soll?" fragte der Mexikaner. — „Selbstverständlich. Offenheit wäre hier der reine Selbstmord." — „Selbstmord? Was vermögen diese Leute gegen unsere vierzehn Gewehre?" — „Viel, da sie einmal hier oben sind. Die Mehrzahl von ihnen würde allerdings fallen. Aber wir bekämen auch einige Pfeile und Messerklingen in den Leib, Don Atanasio. Und selbst wenn wir siegen, holen die Überlebenden die anderen Fünfhundert herbei. Laßt mich einmal machen! Ich werde mit ihnen reden." — Old Death wandte sich an den Anführer der Roten. — „Die Worte meines Bruders versetzen uns in Erstaunen. Wie kommen die Komantschen auf den Gedanken, daß sich ein Apatsche hier befindet?" — „Sie wissen es", beharrte der Gefragte kurz. — „So wißt ihr mehr als wir." — „Willst du sagen, daß wir uns irren? Dann sagst du eine Lüge." — „Und du sagst da ein Wort, das du mit dem Leben bezahlen mußt, wenn du es wiederholst. Ich lasse mich nicht einen Lügner nennen. Du siehst unsere Gewehre auf dich gerichtet. Es bedarf nur eines Winks von mir, so gehen sie los und töten dich und deine Leute." — „Einige; die anderen aber würden euch ihren Brüdern nachsenden. Da draußen befinden sich noch viele Krieger der Komantschen, mehr als zehn mal und mal fünf. Sie würden dieses Haus von der Erde vertilgen." — „Sie kämen bestimmt nicht über die Mauer, denn wir sind nun gewarnt. Wir würden sie von hier oben aus mit so viel Kugeln begrüßen, daß keiner von ihnen übrig bliebe." — „Der weiße Mann hat ein großes und breites Maul. Warum spricht er zu mir? Ist er etwa der Besitzer dieses Hauses? Wer ist er, und wie nennt er sich, daß er es wagt, mit dem Anführer der Komantschen zu reden?" — Old Death machte eine wegwerfende Handbewegung. — „Wer ist der Anführer der Komantschen? Ist er ein berühmter Krieger oder sitzt er etwa bei den Weisen des Rats? Er trägt nicht die Feder des Kriegsadlers in seinem Haar, und ich sehe auch kein anderes Abzeichen der Häuptlinge an ihm. Ich aber bin ein Häuptling der Bleichgesichter. Von welchem Stamm der Komantschen seid ihr denn, daß ihr erst fragen müßt, wer ich bin? Mein Name lautet Koscha-pehve, und ich habe die Pfeife des Friedens mit

Oyo-koltsa, dem Häuptling der Komantschen geraucht. Auch habe ich gestern mit seinem Sohn Avat-vila gesprochen und die Nacht bei seinen Kriegern geschlafen. Ich bin ein Freund der Komantschen, aber wenn sie mich einen Lügner nennen, werde ich ihnen mit einer Kugel antworten." — Durch die Reihen der Roten ging ein Murmeln. Ihr Anführer sprach leise mit ihnen. Den Blicken, womit sie Old Death betrachteten, war es anzusehen, daß sein Name einen großen Eindruck auf sie gemacht hatte. Nach einer kurzen Beratung wendete sich der Anführer wieder dem Scout zu. „Die Krieger der Komantschen wissen, daß Koscha-pehve ein Freund des Weißen Biber ist; aber seine Worte sind nicht die eines Freundes. Weshalb verheimlicht er uns die Anwesenheit des Apatschen?" — „Ich verheimliche euch nichts, sondern behaupte, daß er nicht hier ist." — „Und doch haben wir das Gegenteil erfahren, und zwar von einem Bleichgesicht, das sich in den Schutz der Komantschen begeben hat." — „Wie ist der Name dieses Bleichgesichts?" — „Der Name ist nicht für den Mund der Komantschen gemacht. Es klingt wie Ta-hi-ha-ho." — „Etwa Gavilano?" — „Ja, so lautet er." — „Dann sind die Komantschen einem großen Irrtum verfallen. Ich kenne diesen Mann. Er ist ein Bösewicht und hat die Lüge auf seiner Zunge. Die Krieger der Komantschen werden es bereuen, ihn unter ihren Schutz genommen zu haben." — „Mein Bruder irrt sich. Das Bleichgesicht hat uns die Wahrheit gesagt. Wir wissen, daß Winnetou Inda-nischo gebracht hat und dann über den Honobisch[1] entkommen ist. Aber wir eilen ihm nach und werden ihn für den Marterpfahl einfangen. Wir wissen, daß Inda-nischo an einem Arm und einem Bein verwundet ist. Wir wissen sogar den Ort, wo er sich befindet." — „Wenn das wahr ist, so sag ihn mir!" — „Man steigt von hier aus dreimal in die Tiefe des Hauses hinab, bis dahin, wo es viele Türen rechts und links von einem schmalen Gang gibt. Hier öffnet man die letzte Tür zur linken Hand. Dort liegt der Apatsche auf dem Lager, das er wegen seiner Schwäche nicht verlassen kann."

„Das Bleichgesicht hat dich belogen", erklärte der alte Scout ruhig, obwohl er bei den Worten des Komantschen erschrocken war. „Du würdest an dem beschriebenen Ort keinen Apatschen finden." — „So laß uns hinabsteigen, um nachzuforschen, wer die Wahrheit spricht, du oder das Bleichgesicht!" — „Das werde ich freilich nicht tun. Dieses Haus ist da für die Leute, die es mit Erlaubnis des Besitzers betreten, nicht aber für solche, die es feindlich überfallen." — „Nach deinen Worten müssen wir glauben, daß sich der Apatsche doch hier befindet. Der Weiße Biber hat uns befohlen, Inda-nischo zu holen, und wir werden seinem Befehl gehorchen." — „Du irrst wieder. Ich verweigere euch die Erfüllung deines Wunsches nicht etwa, weil sich der Apatsche hier befindet, sondern weil dein Verlangen eine Beleidigung für mich ist. Wenn Old Death euch sagt, daß ihr belogen worden seid, so müßt ihr es glauben. Wollt ihr euch den Eingang trotzdem erzwingen, so versucht es immerhin! Seht ihr denn nicht ein, daß ein einziger von uns genügt, den Eingang zu verteidigen? Wenn er hier unten an der Treppe steht, kann er jeden von euch niederschießen, der es wagen sollte da hinabzusteigen. Mit Gewalt richtet ihr hier nichts aus, aber ich will euch einen vermittelnden Vorschlag machen. Geht hinunter

---

[1] Großer Fluß, Rio Grande

vors Tor und bittet um Einlaß, wie es sich gehört, so werden wir euch vielleicht als Freunde empfangen!" — „Koscha-pehve gibt uns einen Rat, der sehr gut für ihn ist, aber nicht für uns. Wenn er ein reines Gewissen hat, so mag er uns in das Haus steigen lassen. Tut er das nicht, so werden wir hier an dieser Stelle bleiben und einen Boten absenden, um die ganze Schar der Komantschen herbeizuholen. Dann wird Koscha-pehve wohl gezwungen sein, uns eintreten zu lassen." — „Nicht doch! Selbst wenn tausend Komantschen kämen, könnte immer nur einer hier hinab und müßte es augenblicklich mit dem Leben bezahlen. Übrigens wird es dir nicht gelingen, einen Boten abzusenden, denn sobald er den Schutz der Mauer verlassen hat, werde ich ihn von hier aus mit einer Kugel niederstrecken. Ich bin ein Freund der Komantschen. Aber ihr seid als Feinde gekommen und werdet als solche behandelt." — Während des ganzen Hinundherredens waren unsere Gewehre auf die Indianer gerichtet. Obgleich es ihnen gelungen war, die Plattform zu ersteigen, befanden sie sich gegen uns doch noch im Nachteil. Das sah ihr Anführer wohl ein, und so begann er denn wieder leise mit seinen Leuten zu verhandeln. Aber auch unsere Lage war nicht beneidenswert. Old Death kratzte sich bedenklich hinter dem linken Ohr. — „Die Geschichte ist bös. Die Klugheit verbietet uns, die Komantschen feindlich zu behandeln. Holen sie die anderen herbei, so ist es um uns geschehen. Ja, wenn wir den Apatschen verstecken könnten, so daß es unmöglich wäre, ihn zu finden! Aber ich kenne dieses Haus genau und weiß, daß es da kein Versteck gibt." — „So schaffen wir ihn hinaus!" riet ich. — „Hinaus?" lachte der Alte. „Seid Ihr des Teufels, Sir? Auf welche Weise denn?" — „Habt Ihr die beiden geheimen Türen vergessen? Sie befinden sich auf der hinteren Seite, während die Komantschen vorn stehen. Ich schaffe Inda-nischo hinaus ins Gebüsch am Fluß, bis sie fort sind." — „Dieser Gedanke ist nicht schlecht", meinte Old Death. „An diese Türen habe ich im Augenblick nicht gedacht. Hinauszubringen wäre er wohl. Aber wie nun, wenn die Komantschen draußen Wächter aufgestellt haben?" — „Das glaube ich nicht. Viel über fünfzig sind es nicht. Einige müssen doch bei den Pferden vorn an der Mauer bleiben. Da ist nicht zu erwarten, daß sie auch hinten noch Leute hingestellt haben." — „Gut, so können wir's versuchen, Sir. Ihr mögt mit einem der Peone die Sache übernehmen. Wir werden es so einrichten, daß euch nicht hinabsteigen sehen, und dann stellen wir uns so zusammen, daß sie uns nicht zählen und nicht bemerken können, daß zwei von uns fehlen. Die Damen mögen euch helfen und wenn ihr hinaus seid, das Schränkchen wieder vorschieben."

„Und noch einen Vorschlag!" warf ich ein. „Könnten wir nicht gerade die Damen in die Krankenstube bringen? Wenn die Roten dann sehen, daß Frauen da wohnen, werden sie doppelt überzeugt sein, daß sich kein Indianer dort befunden hat." — „Ganz recht!" bemerkte der alte Caballero. „Ihr braucht nur einige Decken zu legen und aus den Zimmern meiner Frau und Enkelin die Hängematten hinüberzuschaffen. Haken zum Aufhängen sind in jeder Stube vorhanden. Die Damen sollen sich sogleich in die Hängematten legen. Ihr aber findet für den Apatschen das beste Versteck unterhalb der Stelle, wo Ihr vorhin gebadet habt. Dort hängen dichte, blühende Petunienranken bis ins Wasser hinab. Darunter haben wir unseren Kahn versteckt. Legt ihr den

Apatschen hinein, so kann ihn kein Komantsche finden. Pedro mag mit Euch gehen. Erst wenn Ihr zurückgekehrt seid, werden wir den Indianern erlauben, das Innere des Hauses zu betreten." — So stieg ich mit dem Peon, der Pedro hieß, unbeachtet ins Haus hinab, wo die beiden Damen voll Sorge auf die Entwicklung der Dinge warteten. Als wir ihnen mitteilten, worum es sich handelte, waren sie uns bei der Ausführung unseres Vorhabens schnell behilflich. Sie trugen eilig Decken und Hängematten herbei. In eine der Decken wurde der Apatsche gewickelt. Als er hörte, daß die Komantschen da seien, um nach ihm zu suchen, sagte er mit schwacher Stimme: „Inda-nischo hat viele Winter gesehen, und seine Tage sind gezählt. Warum sollen sich die guten Bleichgesichter seinetwegen ermorden lassen? Sie mögen ihn den Komantschen überantworten, ihn aber vorher töten. Er bittet darum." — Ich wehrte kurz ab und stellte dabei fest, daß mich der Alte auch am Klang der Stimme nicht erkannte. Er mußte wirklich sehr matt und hinfällig sein. Also trugen wir ihn kurzerhand aus der Stube. Das Schränkchen wurde zur Seite gerückt und der Verwundete durch die verborgene Pforte glücklich bis hinaus vor das Haus gebracht. Bisher hatte uns niemand bemerkt. Draußen gab es Strauchwerk, das uns für den Augenblick verbarg. Jetzt rasch über den Hof hinweg, zu der winzigen, buschverdeckten Tür in der Mauer. Wir krochen hindurch, wieder ins Gestäuch hinein. Nun aber zog sich zwischen unserem Versteck und dem nahen Fluß ein freier Streifen hin, den wir quer durchschreiten mußten. Ich lugte vorsichtig hinaus und gewahrte zu meiner Enttäuschung einen Komantschen, der da am Boden saß und Lanze, Köcher und Bogen vor sich liegen hatte. Er mußte die hintere Seite der Mauer bewachen, ein Umstand, der die Ausführung unseres Vorhabens unmöglich zu machen schien.

„Wir müssen wieder zurück, Señor", meinte Pedro in spanischer Sprache, als ich ihm den Roten zeigte. „Wir könnten ihn zwar töten, aber das würde die Rache der anderen auf uns lenken." — „Nein, töten auf keinen Fall! Aber es muß möglich sein, ihn fortzulocken." — „Das glaube ich nicht. Er wird seinen Posten nicht verlassen, bis er abgerufen wird." — „Und doch habe ich einen Plan, der Erfolg verspricht. Sie bleiben hier versteckt. Ich aber lasse mich von dem Indsman sehen. Sobald er mich bemerkt, tu ich, als sei ich erschrocken und fliehe. Er wird mich verfolgen." — „Oder Ihnen einen Pfeil in den Leib geben." — „Darauf muß ich mich freilich gefaßt machen." — „Tun Sie es nicht, Señor!" warnte der Peon. „Es ist zuviel gewagt. Die Komantschen schießen mit ihren Bogen ebenso sicher wie wir mit den Büchsen. Wenn Sie fliehen, kehren Sie ihm den Rücken zu und können den Pfeil nicht sehen und ihm nicht ausweichen." — „Ich fliehe über den Fluß. Wenn ich auf dem Rücken schwimme, behalte ich den Komantschen im Auge und tauche, sobald er schießt. Er wird glauben, daß ich irgend etwas gegen die Seinen im Schild führe, und wird mir wahrscheinlich ins Wasser folgen. Drüben nehme ich ihn in Empfang und mache ihn für den Augenblick unschädlich. Ich betäube ihn durch einen Hieb auf den Kopf. Sie verlassen diesen Platz nicht eher, als bis ich zurückkehre. Ich habe vorhin beim Baden das Petuniengerank gesehen und weiß also, wo sich der Kahn befindet. Ich werde ihn holen und grad hier gegenüber anlegen." — Pedro gab sich Mühe, mich von meinem Vorsatz abzubringen, aber ich durfte nicht auf seine Einwendungen hören, da ich nicht wußte, wie wir sonst den Apatschen retten sollten. Ich ging also unverzüglich ans Werk. Um die Stelle, wo wir uns befanden, nicht zu verraten, schlich ich erst eine Strecke im Gebüsch an der Mauer hin und trat dann hervor. Das hatte den Anschein, als sei ich um die Ecke gekommen. Der Komantsche sah mich nicht sofort. Bald aber drehte er mir das Gesicht zu und sprang schnell auf. Ich wendete mich halb ab, damit er meine Züge später nicht wiedererkennen sollte. Er rief mir zu, stehenzubleiben, und als ich nicht gehorchte, riß er den Bogen vom Boden auf und zog einen Pfeil aus dem Köcher. Einige rasche Sprünge, und ich hatte das Ufergebüsch erreicht, noch bevor er schießen konnte. Augenblicklich sprang ich ins Wasser, legte mich auf den Rücken und schwamm dem anderen Ufer zu. Nach wenigen Sekunden brach der Rote durchs Gestrüpp, sah mich und zielte. Der Pfeil flog vor der Sehne, und ich tauchte sofort unter. — Ich war nicht getroffen. — Als ich wieder emporkam, sah ich den Komantschen mit vorgebeugtem Körper erwartungsvoll am Ufer stehen. Er bemerkte, daß ich offenbar unverwundet war. Einen zweiten Pfeil hatte er nicht bei sich, da der Köcher liegengeblieben war. Deshalb warf er den Bogen fort und sprang ins Wasser. Das hatte ich gewollt. Um ihn zu locken, stellte ich mich so, als sei ich ein schlechter Schwimmer, und ließ ihn nahe an mich herankommen. Dann tauchte ich abermals und arbeitete mich möglichst rasch flußabwärts. Als ich wieder hinaufkam, befand ich mich in der Nähe des Ufers. Der Komantsche war weit oberhalb und hielt Ausschau. Jetzt hatte ich den beabsichtigten Vorsprung, schwamm ans Ufer, erstieg es und sprang zwischen den Bäumen weiter, dem Flußlauf entgegen. Ich sah dort eine starke, moosbewachsene Eiche stehen, die für meine Zwecke paßte. Ungefähr fünf Schritt von ihr entfernt rannte ich vorüber, noch eine Strecke weit, schlug dann einen Bogen und kehrte zu dem Baum zurück, um mich dahinter zu verstecken. Eng an den Baum geschmiegt, erwartete ich die Ankunft des Roten, der auf alle Fälle meinen deutlich sichtbaren Spuren folgte. Da kam er auch schon angesaust, triefend vor Nässe wie ich und laut keuchend, den Blick auf seine Fährte gerichtet. Er sprang vorüber, ich hinter ihm her. Sein lautes Keuchen hinderte ihn, meine Schritte zu hören, zumal ich nur mit den Fußspitzen auftrat. Ich mußte weite Sprünge machen, um ihn einzuholen. Dann noch ein tüchtiger Satz derb gegen seinen Körper, so daß er mit voller Wucht vorwärts zu Boden stürzte. Sofort kniete ich auf ihm und hatte ihn beim Hals. Ein Faustschlag an die Schläfe, und er bewegte sich nicht mehr. — Unweit der Stelle, wo der besiegte Gegner lag, war eine Platane umgebrochen, und zwar dem Fluß zu, dessen Wasser vielleicht einen Meter unter ihrem verdorrten Wipfel hinfloß. Das ergab für mich eine vortreffliche Gelegenheit, wieder in den Fluß zu kommen, ohne eine Fährte zu hinterlassen. Ich stieg auf den Stamm und lief darauf hin, bis ich mich über dem Wasser befand. Dann sprang ich hinein. Fast gerade gegenüber sah ich die Blüten der Petunien leuchten. Dahin schwamm ich, band den Kahn los, stieg ein und ruderte das Fahrzeug der Uferstelle zu, wo der Apatsche eingebootet werden sollte. Dort befestigte ich das Fahrzeug an einer Wurzel und stieg aus. Wir mußten uns beeilen, fertig zu werden, bevor der Komantsche wieder zu sich kam. Inda-nischo wurde zum Boot getragen, worin ihm mit Hilfe der Decke und seiner Kleider ein passendes Lager bereitet wurde. Pedro kehrte sofort zur Mauer zurück. Ich ruderte den Kahn wieder unter die Petunien, band ihn dort fest, schwamm wieder zurück und entledigte mich im dichten Strauchwerk des leinenen Anzugs, um ihn auszuwringen. Als ich ihn wieder angelegt hatte, suchte ich mit dem Auge das gegenseitige Ufer ab, um festzustellen, ob der Komantsche schon erwacht sei und unser Tun beobachtet habe, konnte aber nichts von ihm entdecken. Wir zogen uns durch die verborgene Tür in die Estancia zurück. Über meinem Streich war kaum eine Viertelstunde vergangen. Von der Señora erhielt ich einen trockenen Leinenanzug und konnte nun jedem Komantschen ins Gesicht lachen, der behaupten wollte, ich sei außerhalb des Hauses und sogar im Fluß gewesen. — Nun legten sich die Damen in ihre Hängematten, Pedro und ich aber gingen hinauf auf die Plattform, nachdem wir unsere Waffen wieder an uns genommen hatten. Unauffällig mischten wir uns unter die anderen. Die beiden Parteien befanden sich noch immer in Unterhandlung. Old Death war bei der Behauptung geblieben, daß die Durchsuchung des Hauses eine Beleidigung für ihn und den Estanciero sei. Als ich ihm zuwinkte, der Apatsche sei in Sicherheit, gab er langsam nach und erklärte endlich, es solle fünf Komantschen erlaubt sein, sich davon zu überzeugen, daß sich der Apatsche nicht hier befände. — „Warum nur fünf?" fragte der Anführer. „Ist nicht einer von uns wie der andere? Was einer tut, dürfen alle tun. Old Death kann uns Vertrauen schenken. Wir werden im Haus nichts berühren. Keiner von uns wird etwas verderben oder gar wegnehmen." — „Gut! Ihr sollt sehen, daß wir großmütig sind. Ihr sollt alle ins Haus dürfen, damit sich jeder davon überzeugen kann, daß ich die Wahrheit gesagt habe. Aber ich verlange, daß ihr vorher eure Waffen ablegt und daß wir den, der eine Person oder eine Sache ohne unsere Erlaubnis anrührt, hierbehalten dürfen, um ihn zu bestrafen." — Während die Roten über diese Forderung berieten, bat mich Old Death, zu erzählen, wie ich den alten Häuptling fortgebracht hatte. Ich tat es so kurz und doch so ausführlich wie möglich. Als ich berichtete, wie ich den Roten überlistet und niedergeschlagen hatte, richtete der Alte seine Augen groß und mit einem langen, nachdenklich fragenden Blick auf mich, unterbrach mich aber nicht. Nachdem ich fertig war, meinte er: „Habe Euch schon in La Grange und auch später meine Anerkennung ausgesprochen und muß sie heute verdoppeln. Ihr seid noch sehr jung, aber ich schätze, Ihr habt es faustdick hinter den Ohren."

Damit wandte er sich von mir ab und den Roten zu, die sich unterdessen dazu entschieden hatten, dem Verlangen des Scout nachzukommen. Sie legten ihre Bogen, Köcher und Messer ab und stiegen hierauf hintereinander ein. Schon bevor ich mit Pedro fortgegangen war, hatten die Vaqueros draußen auf der Ebene gehalten, gut beritten und bewaffnet, die Blicke auf uns gerichtet. Sie hatten auf ein Zeichen ihres Herrn gewartet und sich nur deshalb ruhig verhalten, weil dieses Zeichen nicht gegeben wurde. — Von uns waren der Estanciero und Old Death bestimmt, den Komantschen alle Räume zu öffnen. Drei blieben auf der Plattform zurück, und die übrigen verteilten sich auf die Gänge, um jeder Ausschreitung der Roten sofort mit Waffen entgegenzutreten. Ich stand im untersten Gang und stellte mich an die Tür der Stube, wo der Apatsche gelegen hatte. Die Komantschen kamen stracks herab und auf diese Tür zu. Old Death öffnete sie. Es war den Indianern anzusehen, daß sie überzeugt waren, den Guten Mann da zu finden. Statt dessen aber sahen sie die beiden Damen, die lesend in ihren Hängematten lagen. — „Uff!" rief der Anführer enttäuscht. „Das sind die Squaws!" — „Ja", lachte Old Death. „Und da soll der Häuptling der Apatschen liegen, wie das Bleichgesicht gelogen hat. Tretet doch ein und sucht nach ihm!" — Der Blick des Anführers durchflog den Raum; dann wehrte er ab. — „Ein Krieger tritt nicht in das Wigwam der Frauen. Hier ist kein Apatsche. Mein Auge würde ihn erblicken." — „So sucht in den anderen Räumen!" — Über eine Stunde dauerte es, bis die Indianer ihre Haussuchung beendet hatten. Als sie keine Spur des Apatschen fanden, kehrten sie noch einmal in das ihnen bezeichnete Zimmer zurück. Die Damen mußten die Stube verlassen, die nun noch auf das genaueste durchforscht wurde. Die Roten hoben sogar die Decken und die Matratzen empor, die auf dem Boden lagen. Auch den Boden selbst prüften sie, ob es da vielleicht eine hohle Stelle gebe. Endlich waren sie überzeugt, daß sich der Gesuchte nicht auf der Estancia befand. Als der Anführer das eingestand, sagte Old Death: „Ich habe es euch gesagt, aber ihr glaubtet mir nicht. Ihr habt einem Lügner mehr Vertrauen geschenkt als mir, der ich ein Freund der Komantschen bin. Wenn ich zum Weißen Biber komme, werde ich mich bei ihm beschweren." — „Will mein weißer Bruder zu ihm? So kann er mit uns reiten." — „Das ist nicht möglich. Mein Pferd ist ermüdet, ich kann erst morgen weiter. Die Krieger der Komantschen aber werden schon heute diese Gegend verlassen." — „Nein. Wir bleiben auch hier. Die Sonne geht zur Ruhe, und wir reiten nicht des Nachts. Wir brechen bei Anbruch des Tages auf, und dann kann mein Bruder mit uns kommen." — „Gut! Aber ich begleite euch nicht allein. Es sind noch vier Gefährten bei mir." — „Auch sie werden dem Weißen Biber willkommen sein. Meine weißen Brüder mögen uns erlauben, in dieser Nacht in der Nähe des Hauses zu lagern." — „Dagegen habe ich nichts", erklärte der Estanciero. „Ich habe euch schon gesagt, daß ich ein Freund aller roten Männer bin, wenn sie friedlich zu mir kommen. Um euch das zu beweisen, werde ich euch ein Rind schenken, das geschlachtet werden soll. Ihr mögt ein Feuer anbrennen, um das Fleisch zu braten." — Dieses Versprechen machte einen guten Eindruck auf die Komantschen. Sie waren jetzt tatsächlich überzeugt, uns unrecht getan zu haben, und zeigten sich von ihrer friedfertigsten Seite. Freilich mochte dazu auch das Ansehen beitragen, in dem Old Death bei ihnen stand. Sie hatten wirklich nichts angerührt und verließen nun das Haus, ohne von uns dazu aufgefordert zu werden. Die Leitern waren herabgelassen, und das Tor stand offen. Einige bewaffnete Peone blieben als Wächter auf der Plattform zurück. Man durfte trotz des veränderten Benehmens der Roten keine Vorsicht versäumen. Wir anderen gingen mit hinab, und nun kamen auch die Vaqueros herbei und erhielten Befehl, ein Rind einzufangen. Sämtliche Pferde der Komantschen standen an der vorderen Seite der Umfassungsmauer. Drei Posten hatten bei ihnen gehalten. Auch an den anderen Seiten waren Wachen aufgestellt gewesen. Diese Leute wurden jetzt herbeigeholt. Der eine von ihnen war der Bogenschütze, den ich über den Fluß gelockt hatte. Sein sehr unzureichendes Gewand war noch naß. Er war auf seinen Posten zurückgekehrt und hatte noch keine Gelegenheit gehabt, dem Anführer den seltsamen Zwischenfall zu melden. Jetzt trat er zu ihm und erzählte sein Erlebnis, doch so, daß wir Weißen nichts davon hörten. Er schien mit seinem Bericht zu Ende zu sein, als sein Auge auf mich fiel. Wegen der Bemalung seines Gesichts konnte ich keine Veränderung seiner Züge bemerken, aber er machte eine Bewegung des Zorns, deutete auf mich und rief dem Anführer einige Worte zu, die ich nicht verstand. Der Genannte betrachtete mich mit drohend forschendem Blick und trat auf mich zu.

„Das Bleichgesicht ist vorhin über den Fluß geschwommen. Du hast diesen Krieger niedergeschlagen?" — Old Death mischte sich sogleich ein, indem er herbeikam und den Roten fragte, was er mit seinen Worten wolle. Der Gefragte erzählte, was ihm widerfahren war. Der Alte aber lachte lustig auf.

„Die roten Krieger scheinen sich nicht darauf zu verstehen, die Weißen voneinander zu unterscheiden. Es fragt sich überhaupt, ob es ein Bleichgesicht war, dem dieser Krieger der Komantschen begegnet ist." — „Ein Weißer war es", behauptete der Betreffende bestimmt. „Und kein anderer als dieser hier! Ich habe sein Gesicht gesehen, als er schwimmend auf dem Rücken lag. Auch hatte er ein weißes Gewand an wie dieses hier." — „So! In den Kleidern ist er über den Fluß geschwommen? Dein Anzug ist noch naß. Der seinige müßte es auch noch sein. Fühle ihn an, so wirst du dich überzeugen, daß er völlig trocken ist!" — „Er hat den nassen ausgezogen und im Haus einen anderen angelegt." — „Wie ist er ins Haus hineingekommen? Haben nicht eure Krieger hier am Tor gestanden? Kein Mensch kann ins Haus oder von drinnen heraus, ohne die Treppen zu benützen, an denen sämtliche Krieger der Komantschen standen. Kann mein Gefährte also außerhalb des Hauses gewesen sein?" — Sie gaben sich zufrieden, und der überlistete Posten war endlich selbst der Meinung, daß er sich geirrt habe. Als dann der Estanciero bemerkte, es treibe sich seit einiger Zeit eine Bande von Pferdedieben in dieser Gegend herum, zu denen der Unbekannte jedenfalls gehört habe, war die Angelegenheit erledigt. Nur der Umstand blieb rätselhaft, daß keine Spur zu entdecken war, woraus man hätte ersehen können, in welcher Richtung dieser Mann davongelaufen war. Um dieses Rätsel zu lösen, ritt der Anführer der Roten mit dem Posten und einigen anderen durch die Furt und dann zu der Stelle, wo ich den Verfolger niedergeschlagen hatte. Glücklicherweise aber begann es bereits dunkel zu werden, so daß eine genaue Untersuchung des Orts nicht mehr stattfinden konnte. Old Death, der Schlaue, nahm mich mit sich, um am Fluß entlangzuspazieren. Die Augen auf die Reiter am jenseitigen Ufer gerichtet und scheinbar nur mit ihnen beschäftigt, gingen wir langsam weiter und blieben unauffällig bei den Petunien stehen. Dort sagte der Alte so leise, daß nur ich und der Apatsche im Kahn es hören konnten: „Old Death steht da mit dem jungen Bleichgesicht, das den Guten Mann hier versteckt hat. Erkennt mich der Häuptling der Apatschen vielleicht an der Stimme?" — „Ja", lautete die ebenso leise Antwort. — „Die Komantschen glauben jetzt, daß sich der Gute Mann nicht hier befindet. Sie werden bei Tagesanbruch fortreiten. Wird es mein Bruder so lange im Kahn aushalten können?" — „Der Apatsche hält es aus, denn der Duft des Wassers erquickt ihn, und das Fieber wird nicht wiederkehren. Der Gute Mann möchte aber gern wissen, wie lang Old Death mit seinen Gefährten hierbleibt." — „Wir reiten morgen mit den Komantschen fort." — „Uff! Weshalb gesellt sich mein Freund zu unseren Feinden?" — „Weil wir einige Männer suchen, die bei ihnen zu finden sind." — „Werden die weißen Määnner auch mit Kriegern der Apatschen zusammentreffen?" — „Das ist leicht möglich."

„So möchte ich dem jungen Bleichgesicht, das sein Leben wagte, um mich zu verbergen, gern ein Totem geben, das er den Kriegern der Apatschen zeigen kann, um ihnen stets willkommen zu sein. Old Death ist ein schlauer und erfahrener Jäger. Ihn werden die Hunde der Komantschen nicht ertappen, wenn er mir, sobald es dunkel geworden ist, ein Stück weißes Leder und ein Messer bringt. Vor Beginn des Tags kann er dann das Totem abholen, das ich während der Nacht anfertigen werde." — „Ich werde beides bringen, das Leder und das Messer. Wünscht der Gute Mann sonst noch etwas?" — „Nein. Inda-nischo ist zufrieden. Möge der gute Manitou stets über den Pfaden Old Deaths und des jungen Bleichgesichts wachen!" — Wir kehrten wieder um. Keinem war es aufgefallen, daß wir eine Minute lang am Fluß gestanden hatten. Der Alte erklärte mir: „Es ist eine große Seltenheit, daß ein Weißer das Totem eines Indianerhäuptlings bekommt. Ihr habt viel Glück, Sir. Das Zeichen des Guten Mannes kann Euch von großem Nutzen sein." — „Und Ihr wollt es wagen, ihm Leder und Messer zu besorgen? Wenn Ihr dabei von den Komantschen erwischt werdet, ist es um den Apatschen und um Euch geschehen." — „Unsinn! Haltet Ihr mich für einen Schulknaben? Ich weiß genau, was ich wagen kann und was nicht." — Ich konnte ihm doch nicht sagen, daß das Totem des Guten Mannes für mich wenig Wert besaß, weil ich einem Apatschen nur meinen Namen zu sagen brauchte, um mich seines Schutzes zu versichern. Dadurch hätte ich mich doch verraten. Mir war es ohnehin vorher beim Erzählen meines Abenteuers auf dem Fluß vorgekommen, als blitzte es wie ein Verdacht oder wie ein leiser Zweifel in den Augen des Scout auf. — Bald nach unserer Ankunft in der Estancia kehrte der Anführer der Komantschen unverrichtetersache zurück. Die Spur war nicht mehr deutlich zu erkennen gewesen.

Der Rest des Tages verging nun ohne Störung und die Nacht ebenso. Früh wurde ich von Old Death geweckt. Er gab mir ein viereckiges Stück weißgegerbtes Leder. Ich betrachtete es. Ein Laie konnte nichts Besonderes daran merken außer einigen feinen Einschnitten auf der glatten Seite des Leders, deren Bedeutung ich gar wohl kannte. — „Das ist das Totem?" fragte ich dennoch den Alten, indem ich das Stück Leder wie ratlos zwischen den Fingern hin und her drehte. „Ich kann nichts Außergewöhnliches daran entdecken." — „Ist auch nicht nötig. Aber zeigt es dem ersten Apatschen, der Euch begegnet, und er wird Euch darüber aufklären, welchen Schatz Ihr besitzt! Die Schrift des Totems ist jetzt noch unsichtbar, weil der Gute Mann keine Farbe bei sich hatte. Aber wenn Ihr es einem Apatschen gebt, wird er die Einschnitte färben, worauf die eingeschnittenen Figuren erkennbar werden. Doch laßt dieses Leder um Gotteswillen keinem Komantschen sehen! Er würde Euch sonst als Feind behandeln! Und nun zieht Euch um und kommt mit hinaus! Die Komantschen sind in kurzer Zeit zum Aufbruch bereit." — Die Roten waren in der Tat beschäftigt, ihr Frühmahl zu halten, das aus den gestern übriggebliebenen Fleischresten bestand. Dann holten sie ihre Pferde zusammen, um sie am Fluß zu tränken. Das geschah glücklicherweise oberhalb der Stelle, wo der Apatsche versteckt lag. Nun kam auch der Estanciero mit seinen beiden Damen zum Vorschein, die vor den Roten nicht mehr die mindeste Scheu zeigten. Als er unsere Pferde bemerkte, die von den Vaqueros herbeigebracht wurden, meinte er kopfschüttelnd zu Old Death: „Das sind keine Pferde für Euch, Señor. Ihr wißt, welchen Wert ein gutes Pferd besitzt. Ihr seid ein alter Freund von mir, und so sollt Ihr und Eure Gefährten bessere Pferde haben, denn der Ritt, den Ihr vor Euch habt, ist lang und beschwerlich." — Wir nahmen das Anerbieten Don Atanasios dankend an. Auf seinen Befehl fingen die Vaqueros fünf halbwilde Tiere für uns ein. Dann verabschiedeten wir uns von ihm und seinen Damen und brachen mit den Komantschen auf. — Indanischo, den wir als schwerverwundeten, kranken Mann zurücklassen mußten, ist, wie ich später hörte, von nachfolgenden Apatschen abgeholt worden und hat die Zeltdörfer seiner Heimat wohlbehalten erreicht. Insofern glückte mein Bemühen. Wenige Zeit danach sollte ihn Manitou doch abberufen. — Die Sonne war noch nicht über den Horizont emporgestiegen, als wir über den Elm Creek setzten und dann im Galopp nach Westen flogen, voran wir fünf mit dem Anführer der Komantschen, hinter uns her dessen Leute auf ihren kleinen, struppigen, mageren und doch so ausdauernden Pferden. Noch war nicht darüber gesprochen worden, wann und wo wir die Hauptschar der Komantschen treffen würden. Jetzt erfuhren wir, daß diese nicht etwa angehalten hatte, um die Rückkehr der Sonderschar zu erwarten, sondern daß der Anführer der Unterabteilung den Befehl erhalten hatte, den Guten Mann auf der Estancia gefangen zu nehmen und unter Bedeckung von zehn Mann in die Dörfer der Komantschen zu schicken. Die übrigen vierzig sollten dann im Eilritt zum Rio Grande kommen und dort der Spur des Haupttrupps folgen, um zu ihm zu stoßen. Da der Weiße Biber von Gibson erfahren hatte, daß Winnetou über den Fluß entkommen sei und die Apatschen sofort zusammentrommeln werde, hielt der Komantsche größte Eile für geboten, um die Feinde noch zu überraschen, bevor sie sich in Verteidigungszustand setzten. Für uns kam es vor allen Dingen darauf an, Gibson noch bei den Komantschen zu finden. — Nach ungefähr einer Stunde kamen wir an die Stelle, wo sich unsere indianischen Begleiter gestern von der Hauptschar getrennt hatten. Im Süden vor uns lag am Rio Grande der Ort Eagle Paß mit Fort Duncan, das die Roten vermeiden mußten. Nach abermals einer Stunde zeigten sich spärliche Grasspuren, und wir hatten die Nueces-Wüste hinter uns. Die Fährte, der wir folgten, bildete eine schnurgerade Linie, die von keiner anderen gekreuzt wurde; die Komantschen waren also unbemerkt geblieben. Der Boden schmückte sich nach und nach mit einem lichten Grün, und endlich sahen wir im Westen Wald auftauchen. Das verkündete die Nähe des Rio Grande del Norte. — „Uff!" meinte der Anführer erleichtert aufatmend. „Kein Bleichgesicht ist uns begegnet, und niemand wird uns verwehren, sogleich über den Fluß zu gehen. Die Hunde der Apatschen werden uns bald bei sich sehen und vor Schreck heulen beim Anblick unserer tapferen Krieger." — Wir ritten eine Zeitlang gemächlich unter Platanen, Ulmen, Eschen, Blackberries und Gummibäumen hin, dann erreichten wir den Fluß. Der Weiße Biber war ei guter Führer der Seinen. Die Spur, die uns als Wegweiser diente, führte geradewegs auf die Stelle zu, wo es eine Furt gab. Der Rio Grande war hier sehr breit, er hatte aber wenig Wasser. Nackte Sandbänke ragten daraus hervor. Sie bestanden aus losem Triebsand, in dem es gefährliche Stellen gab, wo man leicht versinken konnte. Hier am Ufer hatten die Komantschen während der verflossenen Nacht ihr Lager aufgeschlagen, wie man aus den Spuren schließen konnte. Wir mußten annehmen, daß sie ebenso zeitig aufgebrochen waren wie wir. Aber so schnell wie wir hatten sie nicht reiten können, denn sie befanden sich nun im Streifgebiet der Apatschen und waren infolgedessen zu Vorsichtsmaßnahmen gezwungen, wodurch ihrer Schnelligkeit Abbruch geschehen mußte. So sah man, daß ihr Übergang über den Fluß mit großer Vorsicht bewerkstelligt worden war. Zahlreiche Fußtapfen bewiesen, daß einige Krieger abgestiegen waren, um die trügerischen Sandablagerungen zu untersuchen. Die gangbaren Stellen waren mit in den Boden gesteckten Zweigen bezeichnet worden. Für uns war es leichter hinüberzukommen, da wir nur ihren Spuren zu folgen brauchten. Der Fluß wurde durch die Bänke in mehrere Arme geteilt, die unsere Pferde durchschwimmen mußten. Drüben hatten wir wieder einen schmalen Baum- und Strauchgürtel zu durchqueren, dem Gras und endlich wieder Sand folgten. Wir befanden uns in dem zwischen dem Rio Grande und dem Bolson de Mapimi[1] gelegenen Gebiet, das so recht als Aufenthaltsort wilder Indianerhorden geeignet ist, einer weiten Sandebene, die nur durch große oder kleine Kaktusstrecken unterbrochen wird. Durch diese Ebene führte die deutlich sichtbare Spur in beinahe westlicher, nur ein wenig nach Süden geneigter Richtung. Aber wenn ich der Ansicht gewesen war, daß wir die Komantschen heute erreichen würden, so hatte ich mich geirrt. Der durch die Pferdehufe weit nach hinten geschleuderte Sand bewies uns, daß sie große Eile gehabt hatten. So ging es weiter und weiter. Schließlich überquerten wir eine schmale, niedrige und öde Hügelkette, worauf wieder sandige Ebene folgte. — Ich mußte die Ausdauer der indianischen Pferde bewundern. Wir waren etwa vierzig Meilen geritten, und doch zeigte sich noch keine Spur von Ermüdung. Auch unsere Tiere, die wir von Don Atanasio bekommen hatten, bewiesen, daß der Tausch in der Estancia vorteilhaft gewesen war. — Es war kurz nach Mittag, als wir zu unserem Erstaunen bemerkten, daß die Fährte plötzlich ihre Richtung änderte. Sie brach nach Südwesten ab. Weshalb? Es mußte ein Grund dazu vorhanden sein. Old Death erklärte uns den Vorgang, wobei ich tat, als hätte ich nicht auch sogleich bemerkt, was ihm aufgefallen war. Man sah aus den Hufeindrücken, daß die Komantschen hier angehalten hatten. Grad von Norden her stieß die Fährte zweier Reiter auf die der Roten. Der Alte stieg ab, untersuchte die Eindrücke und folgerte dann: „Hier sind zwei Indianer zu den Komantschen gekommen. Sie haben ihnen eine Nachricht gebracht, die die Krieger des Weißen Biber veranlaßt hat, ihre Richtung zu ändern. Wir können nichts tun, als ihnen folgen." — Der Anführer unserer roten Begleiter stieg gleichfalls ab und bestätigte die Ansicht des Scout, nachdem auch er die Fährte untersucht hatte. Wir wendeten uns also nach Südwesten und ritten in dieser

---

[1] Sprich: Bolsón de Mapimí

Richtung weiter bis zum Abend, wobei wir allerdings aus Rücksicht auf die Pferde den Schritt etwas verlangsamen mußten. Selbst als es dämmerte, waren die Hufspuren, denen wir folgten, noch von der glatten Sandfläche zu unterscheiden. Dann aber verlief alles schwarz in schwarz. Wir wollten halten. Da blies mein Pferd die Nüstern auf, wieherte laut und strebte weiter. Es roch wahrscheinlich Wasser, und so ließ ich ihm den Willen. Nach einigen Minuten kamen wir wirklich an einen Fluß, wo wir haltmachten. — Nach einem so anstrengenden und heißen Ritt wie dem heutigen war das Wasser eine wahre Erquickung für Menschen und Tiere. In kurzer Zeit war ein Lagerplatz gewählt. Die Roten stellten Wachen aus und ließen die Pferde unter ihrer Aufsicht weiden. Wir Weißen setzten uns zueinander. Old Death erging sich in Berechnungen, was für ein Wasser es sei, an das wir so unerwartet geraten waren, und kam endlich zu der Überzeugung, daß es der Morelos sei, der bei Eagle Paß in den Rio Grande fließt. Am nächsten Morgen zeigte es sich, daß wir uns an einem beträchtlichen Wasserlauf befanden, über den nicht weit von unserem Lagerplatz die Komantschen geschwommen waren. Wir folgten ihrer Spur von neuem. Um die Mittagszeit wendete sich die Fährte mehr nach Westen, und wir sahen in dieser Richtung nackte Berge vor uns aufsteigen. Old Death machte ein bedenkliches Gesicht. — „Die Geschichte gefällt mir nicht", brummte er. „Ich kann den Weißen Biber nicht begreifen, daß er sich in diese Gegend wagt. Wißt Ihr etwa, was für ein Gelände da vor uns liegt?" — „Ja, der Bolson de Mapimi", erwiderte ich, da die Frage offenbar mir galt. — „Und kennt Ihr diese Wüste?" — „Nur der Landkarte her." — „Die Mapimi ist ein wahrer Mehlwürmertopf, woraus zu allen Zeiten die wilden Völkerschaften hervorgebrochen sind, um sich räuberisch auf die angrenzenden Länder zu werfen. Dabei dürft Ihr aber nicht etwa denken, daß sie ein fruchtbares Land sein müsse, weil sie eine solche Menschenzahl ausbrütet. Man hat ja immer die Erfahrung gemacht, daß wüste Gegenden der Ausgangspunkt von Völkerwanderungen sind. Den Stämmen, die da oben auf der Hochebene und in den Schluchten, Gründen und Tälern wohnen, ist nicht beizukommen. Ich weiß genau, daß sich mehrere Horden der Apatschen dort festgesetzt haben. Ist es die Absicht der Komantschen, diese zu überfallen, so können sie mir leid tun, nicht die Apatschen, sondern die Komantschen. Im Norden streifen die Apatschen zwischen dem Rio Grande del Norte und dem Rio Pecos und den ganzen Nordwesten bis über den Gila hinüber haben sie inne. Die Komantschen wagen sich also in eine Falle, die leicht über ihnen zuklappen kann."

„O weh! Da stecken auch wir mit drin!" — „Ja, aber ich fürchte mich nicht allzusehr. Wir haben den Apatschen nichts zuleide getan, und so hoffe ich, daß sie uns nicht feindselig behandeln. Im Notfall wird Euer Totem von guter Wirkung sein." — „Ist es nicht unsere Pflicht, die Komantschen zu warnen?" — „Versucht es doch, Sir! Sagt einem Dummen zehnmal, daß er dumm ist, er glaubt es bestimmt nicht. Ich habe vorhin dem Anführer erklärt, was ich denke. Er schnauzte mich an und meinte, er habe der Spur des Weißen Biber zu folgen. Wenn wir nicht mittun wollten, so stände es uns frei, zu reiten, wohin es uns gefiele." — „Das war grob!" — „Ja, die Komantschen nehmen keinen Unterricht in Anstandslehre und gutem Ton. Soll mich wundern, wenn sich da droben nicht irgend etwas über uns zusammenbraut. Über die Grenze sind wir herüber; ob und wie wir wieder hinüberkommen, das steht in einem Buch gedruckt, das ich noch nicht gelesen habe."

8. Juarez oder Maximilian?

Ich war der Überzeugung gewesen, Gibson noch im Bereich der Vereinigten Staaten festnehmen zu können. Nun mußte ich ihm nach Mexiko und sogar in die allergefährlichste Gegend dieses Landes folgen. Der Weg, der zuerst eingeschlagen werden sollte, um Chihuahua zu erreichen, berührt den Norden des wüsten Gebietes der Mapimi und führt meist durch freies, offenes Land. Nun aber hatten wir uns südlich wenden müssen, wo uns möglicherweise unbekannte Gefahren erwarteten. Zudem machte sich jetzt allseits eine körperliche Ermüdung bemerkbar, deren sich selber die Komantschen nicht mehr erwehren konnten. Wir hatten von der Estancia del Caballero aus einen wahren Gewaltritt gemacht. Den Roten war das getrocknete Fleisch ausgegangen, das ihre Verpflegung gebildet hatte, und auch wir besaßen nur noch wenig von dem Speisevorrat, den uns der Estanciero hatte einpacken lassen. Das Gelände stieg nach und nach höher an. Wir erreichten die Berge, die wir am Mittag gesehen hatten, steinige Massen, ohne alles pflanzliche Leben. Zwischen ihnen wanden wir uns hindurch, jetzt mehr nach Süden zu. Innerhalb der steilen Abhänge war die Hitze noch größer als draußen auf der freien Ebene. Die Pferde verlangsamten ihre Schritte immer mehr. Auch der Haupttrupp der Komantschen war hier sehr langsam geritten, wie man aus den Spuren ersah. Über uns schwebten mehrere Geier, die uns schon seit Stunden folgten, als erwarteten sie, daß unsere Erschöpfung ihnen eine Beute bringen würde. Da färbte sich plötzlich, als wir um eine Felsecke schwenkten, der Süden dunkler. Dort schien es bewaldete Berge zu geben, und sofort fielen die Pferde, als hätten auch sie diese Beobachtung gemacht, in lebhafteren Schritt. Das Gesicht Old Deaths heiterte sich auf. — „Jetzt ahne ich, wohin wir kommen", sagte er. „Schätze, daß wir uns in der Nähe des Flußgebiets des Rio Salado befinden, der aus der Mapimi herabkommt. Wenn sich die Komantschen entschlossen haben, seinem Lauf abwärts zu folgen, hat die Not nicht ein Ende. Wo Wasser ist, gibt es Wald und Gras und wohl auch Wild, selbst in dieser traurigen Gegend. Wollen den Pferden die Sporen zeigen. Je mehr wir sie jetzt anstrengen, desto eher können sie sich ausruhen." — Die Fährte hatte sich wieder westwärts gewendet. Wir gelangten in eine lange, schmale Schlucht, und als sie sich öffnete, sahen wir ein grünes Tal vor uns liegen, das durch einen Bach bewässert wurde. Zu diesem Bach stürmen und dort aus dem Sattel springen, war eins. Selbst wenn die Komantschen sich hätten beherrschen wollen, so hätten sie doch ihren Pferden den Willen lassen müssen. Aber als wir und die Tiere getrunken hatten, saßen wir gleich wieder auf, um weiterzureiten. Der Bach ergoß sich nach kurzer Zeit in einen größeren, dem wir aufwärts folgten. Er führte uns in einen Cañon, dessen steile Wände stellenweise mit Büschen bewachsen waren. Als wir ihn durchritten hatten, kamen wir an grünenden Berglehnen vorüber, deren Färbung unseren geblendeten Augen wohltat. Mittlerweile hatte es zu dunkeln begonnen, und wir mußten uns nach einem Lagerplatz umsehen. Der Anführer der Komantschen bestand darauf, noch eine Strecke im Sattel zu bleiben, bis wir auch Bäume finden würden, und wir mußten uns seinem Willen fügen. Die Pferde stolperten über Steine, die im Weg lagen. Fast war es Nacht; da wurden wir plötzlich angerufen. Der Anführer gab seine Antwort in freudigem Ton, denn der Ruf war in der Sprache der Komantschen erfolgt. Wir blieben halten. Old Death ritt mit dem Anführer vor, kehrte aber bald zu uns zurück und meldete: „Die Komantschen sind vor uns. Ihrer Fährte nach war das Zusammentreffen jetzt noch nicht zu erwarten. Aber sie haben sich nicht weiter gewagt, ohne die Gegend zu erkunden. Deshalb haben sie sich hier gelagert und am Mittag Kundschafter ausgeschickt, die bis jetzt noch nicht zurückgekehrt sind. Kommt! Ihr werdet sogleich die Lagerfeuer erblicken." — „Ich denke, auf einem solchen Kriegszug werden keine Lagerfeuer angebrannt", erkundigte ich mich, immer weiter das Greenhorn spielend. — „Das Gelände wird es den Roten erlauben. Da sie Kundschafter vor sich haben, sind sie sicher, daß sich kein Feind in der Nähe befindet, der das Feuer bemerken kann." — Wir ritten weiter. Als die Schlucht zu Ende war, sahen wir wohl gegen ein Feuer brennen, alle mit gedämpften Flammen, wie bei den Indianern üblich. Es schien ein runder, baumleerer Talkessel zu sein, den wir vor uns hatten. Die Höhen stiegen, soviel ich bei der Dunkelheit erkennen konnte, rundum steil an, ein Umstand, den die Komantschen offenbar als günstig für ihre Sicherheit betrachteten. — Die Roten, mit denen wir gekommen waren, ritten stracks auf das Lager zu, während uns bedeutet wurde, zu warten, bis man uns holen werde. Das dauerte eine geraume Weile. Endlich kehrte einer zurück, um uns zu Oyokoltsa zu führen, der seinen Platz am mittleren Feuer hatte. Im Kreis ringsum brannten die anderen. Der Häuptling saß in Gesellschaft von zwei Männern, die wohl ausgezeichnete Krieger waren. Sein Haar war grau, aber lang und in einen Schopf gebunden, worin drei Adlerfedern steckten. Er trug Mokassins, schwarze Tuchhose, Weste und Jacke von hellerem Stoff und hatte ein Doppelgewehr neben sich liegen. In seinem Gürtel steckte eine alte Pistole. Er war mit Essen beschäftigt und hielt ein Messer und ein Stück Fleisch in Händen, legte aber beides weg, als wir hinzutraten. Der Geruch gebratenen Pferdefleisches lag in der Luft. Dicht neben der Stelle, wo der Häuptling saß, murmelte ein Quell aus der Erde hervor. — Wir waren noch nicht von den Pferden gestiegen, da hatte sich schon ein weiter Kreis von roten Kriegern um uns gebildet, unter denen ich auch mehrere weiße Gesichter bemerkte. Man bemächtigte sich sofort unserer Pferde, um sie fortzuschaffen. Da Old Death es geschehen ließ, ohne Einspruch zu erheben, hatte auch ich nichts dagegen. Der Weiße Biber stand auf und die beiden anderen mit ihm. Er trat Old Death entgegen, reichte ihm ganz nach Art der Weißen die Hand und sagte freundlich ernst: „Mein Bruder Old Death überrascht die Krieger der Komantschen. Wie hätten sie ahnen können, ihn hier zu treffen! Er ist willkommen und wird mit uns gegen die Hunde der Apatschen kämpfen." — Der Weiße Biber hatte, wohl damit auch wir alle ihn verstehen könnten, im Sprachgemisch der Grenze gesprochen. Old Death antwortete ebenso: „Der große Manitou leitet seine roten und seine weißen Kinder auf wunderbaren Wegen. Glücklich ist der Mann, der auf jedem dieser Wege einem Freund begegnet. Wird der Weiße Biber nicht nur mich, sondern auch meine Gefährten willkommen heißen?" — „Deine Freunde sind auch meine Freunde, und wen du liebst, den liebt auch Oyo-koltsa. Sie mögen sich an seine Seite setzen und aus dem Kalumet des Häuptlings der Komantschen den Frieden trinken." — Old Death ließ sich nieder und wir folgten seinem Beispiel. Nur der Schwarze trat zur Seite, wo er sich im Gras niederhockte. Auch der Häuptling und seine zwei Begleiter nahmen wieder am Feuer Platz. Die anderen Roten standen stumm und bewegungslos wie Steinbilder im Kreis. Die Gesichtszüge der Weißen zu erkennen, war mir unmöglich. Der Schein des Feuers reichte dazu nicht aus. Oyo-koltsa band sein Kalumet vom Hals, stopfte den Kopf voll Tabak aus dem Beutel, der ihm am Gürtel hing, und brannte ihn an. Nun folgte fast die gleiche Handlung, die beim Zusammentreffen mit seinem Sohn stattgefunden hatte. Damit erst gewannen wir die Gewißheit, keine Feindseligkeiten der Komantschen befürchten zu müssen. — Während wir vor dem Lager warten mußten, hatte der Anführer der Fünfzig dem Häuptling über uns Mitteilung gemacht, die wir jetzt aus dem Mund des Weißen Biber hörten. Er bat Old Death, ihm nun auch seinerseits zu erzählen, was sich auf der Estancia ereignet hatte. Der Alte tat es so geschickt, daß weder auf uns, noch auf Don Atanasio ein Mißtrauen fallen konnte. — Der Häuptling blickte eine Zeitlang sinnend vor sich nieder und nahm dann wieder das Wort: „Oyo-koltsa muß seinem Bruder Glauben schenken. Selbst wenn ich zweifeln wollte, finde ich in seiner Erzählung nichts, woraus ich schließen könnte, daß er mich täuschen will. Aber auch dem anderen Bleichgesicht muß ich trauen. Der Mann hat keinen Grund, die Krieger der Komantschen zu belügen, denn eine Lüge würde ihm das Leben kosten. Er befindet sich bei uns und wäre längst von uns fort, wenn er uns die Unwahrheit gesagt hätte. Ich kann also nichts anderes denken, als daß einer von euch sich getäuscht hat." — Das war sehr scharfsinnig geurteilt, nämlich von seinem Standpunkt aus. Old Death mußte vorsichtig sein. Wie leicht konnte der Häuptling auf den Gedanken kommen, noch einmal eine Abteilung zurückzusenden, um den Estanciero des Nachts zu überraschen! Am besten war es, eine glaubhafte Erklärung des vermuteten Irrtums zu geben. Das dachte wohl auch der Scout. — „Eine Täuschung liegt allerdings vor", bemerkte er. „Aber nicht ich, sondern das Bleichgesicht wurde getäuscht. Wo wäre der Mann, der Old Death zu täuschen vermöchte? Das weiß mein roter Bruder auch." — „So mag mein Bruder Koscha-pehve mir sagen, wie sich die Sache zugetragen hat!" — „Zunächst muß ich da betonen, daß der Häuptling der Komantschen selbst getäuscht worden ist." — „Von wem?" fragte der Weiße Biber ernst. — „Vermutlich von den fremden Bleichgesichtern, die du bei dir hast." — „Auf eine Vermutung darf Oyo-koltsa nicht hören. Gib ihm den Beweis! Wenn die uns täuschen, mit denen wir die Pfeife des Friedens geraucht haben, so müssen sie sterben!" — „Also nicht nur die Friedenshand hast du ihnen geboten, sondern sogar das Kalumet mit ihnen geraucht? Wäre ich bei dir gewesen, so hätte ich dich gewarnt, es zu tun. Ich werde dir den verlangten Beweis geben. Sag mir, wessen Freund du bist! Etwa der des Präsidenten Juarez?" — Der Gefragte machte eine wegwerfende Handbewegung. — „Juarez ist eine abgefallene Rothaut, der in Häusern wohnt und das Leben der Bleichgesichter führt. Oyo-koltsa verachtet ihn. Die Krieger der Komantschen haben ihre Tapferkeit dem großen Napoleon geliehen, der ihnen dafür Waffen, Pferde und Decken schenkt und ihnen die Apatschen in die Hände gibt. Auch die Bleichgesichter sind Napoleons Freunde." — „Das eben ist Lüge", fiel der Scout ein. „Sie sind nach Mexiko gekommen, um Juarez zu dienen. Hier sitzen meine Gefährten als Zeugen. Du weißt doch, wen der große weiße Vater in Washington in seinen Schutz genommen hat?" — „Juarez." — „Und daß drüben jenseits der Grenze Soldaten angeworben werden, die man auf heimlichen Wegen an Juarez sendet, weißt du auch. Nun, zu La Grange wohnt ein Spanier, der Señor Cortesio heißt. Wir sind selbst bei ihm gewesen, und diese beiden Männer waren seine Nachbarn und Freunde. Er selbst hat es ihnen und uns gesagt, daß er viele Männer für Juarez anwirbt und am Tag, bevor wir zu ihm kamen, einige der bei dir befindlichen Weißen zu Soldaten des Juarez gemacht hat. Die anderen aber sind Truppen, die die Angeworbenen begleiten. Du bist ein Feind des Juarez und hast doch mit seinen Soldaten die Pfeife des Friedens geraucht, weil sie dich belogen haben." — Das Auge des Häuptlings flammte zornig auf. Er wollte sprechen, doch Old Death fiel ihm ins Wort. — „Laß mich erst ausreden! Also diese Bleichgesichter sind Soldaten des Juarez. Sie kamen auf die Estancia des Don Atanasio, der ein Freund Napoleons ist. Er hatte einen hohen, alten Anführer der Franzosen als Gast bei sich. Die Bleichgesichter hätten diesen Mann getötet, wenn sie ihn erkannt hätten. Darum mußte er sich krank stellen und sich niederlegen. Man bestrich sein Gesicht mit dunkler Farbe, um ihm das Aussehen eines Indianers zu geben. Als nun die Bleichgesichter ihn erblickten und fragten, wer er sei, wurde geantwortet, es sei Inda-nischo, der Häuptling der Apatschen." — Der Weiße Biber zog die Augenbrauen hoch. Er glaubte dem Erzähler, war aber doch so vorsichtig, zu fragen: „Warum sagte man grad diesen Namen?" — „Weil es die Apatschen mit Juarez halten. Die Bleichgesichter mußten also in diesem Mann einen Freund vermuten. Und er war alt und hatte graues Haar, das er nicht verbergen konnte. Er wußte, daß Inda-nischo, nach dem in jener Gegend gefahndet wurde, auch graues Haar hat. Deshalb gab man dem Franzosen den Namen dieses Apatschen." — „Uff! Jetzt verstehe ich dich. Dieser Don Atanasio muß ein sehr kluger Mensch sein, daß er auf eine solche Ausrede gekommen ist. Aber wo war der Anführer des Napoleon, als meine Krieger kamen? Sie haben ihn nicht bemerkt." — „Er war schon wieder fort. Du siehst also, es ist nur eine Ausrede gewesen, daß Winnetou Inda-nischo in die Estancia gebracht haben soll. Die Bleichgesichter glaubten das. Dann sind sie auf mich und deine Krieger gestoßen. Sie haben gewußt, daß die Komantschen Freunde der Franzosen sind, und sich also auch für deren Freunde ausgegeben." — „Oyo-koltsa glaubt dir, aber er muß einen sicheren Beweis dafür haben, daß diese Männer Anhänger des Juarez sind; sonst kann er sie nicht bestrafen, denn sie haben aus unserem Kalumet geraucht." — „Ich wiederhole, daß ich dir diesen Beweis erbringen werde. Vorher aber muß ich dir sagen, daß ich zwei von diesen Bleichgesichtern gefangennehmen will." — „Weshalb?" — „Sie sind unsere Feinde, und wir haben unsere Pferde viele Tage lang auf ihrer Spur gehabt." — Das war hier die beste Antwort. Hätte Old

Death eine lange Geschichte über Gibson und William Ohlert erzählt, so hätte er das nicht erreicht, was er mit den kurzen Worten ‚Sie sind unsere Feinde' erreichen konnte. Das zeigte sich sofort, denn der Häuptling sagte: „Wenn sie deine Feinde sind, so sind sie auch die unsrigen. Sobald wir ihnen den Rauch des Friedens wieder genommen haben, wird dir Oyo-koltsa die beiden schenken." — „Gut! So laß den Anführer der Bleichgesichter hierherkommen! Wenn ich mit ihm rede, wirst du bald erkennen, wie recht ich habe mit der Behauptung, daß er Anhänger des Juarez ist." — Der Häuptling winkte. Einer seiner Krieger erhielt den entsprechenden Befehl. Er schritt auf einen Weißen zu, sagte ihm einige Worte, und dann kam der Mann zu uns, eine hohe, starke Gestalt, mit bärtigem Gesicht und von kriegerischem Aussehen. — „Was soll ich?" fragte er, indem er uns mit einem finsteren, feindseligen Blick maß. Gibson hatte mich jedenfalls erkannt und seinen Begleitern gesagt, daß von uns nichts Gutes zu erwarten sei. Meine Neugier, zu hören, wie Old Death seinen Kopf aus der Schlinge ziehen werde, war nicht gering. Der alte, pfiffige Scout sah dem Frager mit freundlichem Blick ins Gesicht. — „Ich soll Euch von Señor Cortesio in La Grange grüßen", entgegnete er höflich. — „Von Cortesio?" fragte der Mann, ohne zu ahnen, daß er soeben an eine gefährliche Angel biß. „Kennt Ihr ihn auch?" — „Natürlich kenne ich ihn", meinte der Alte. „Wir sind Freunde seit langer Zeit. Leider kam ich zu spät, um mich Euerm Trupp anzuschließen." — „Wieso anschließen?" — „Ich wollte mit Euch zu Juarez reiten." — In den Augen des Mexikaners blitzte es auf wie Ärger. — „Señor, Ihr irrt Euch in uns. Wir stehen auf der Seite der Franzosen." — „Und schafft Angeworbene aus den Vereinigten Staaten nach Mexiko?" — „Ja, für Napoleon." — „Ah so! Also Señor Cortesio wirbt für Napoleon?" — „Gewiß. Für wen sonst?" — „Ich denke für Juarez." — „Das fällt ihm nicht ein!" — „So? Mir scheint, Ihr seid da nicht genau unterrichtet." — Der Bärtige lachte spöttisch auf. — „Ich und nicht unterrichtet? Lächerlich! Ich bin Offizier!" — „Des Juarez?" fragte Old Death schnell. — „Ja — nein, nein, Napoleons, wie ich bereits sagte." — „Nun, soeben habt Ihr Euch glanzvoll versprochen", beendete Old Death das seltsame Verhör. „Ein Offizier, zumal in solchen Verhältnissen, sollte seine Zunge besser hüten können. Ich bin mit Euch fertig, Ihr könnt gehen." — Der Offizier wollte noch etwas sagen. Da aber machte der Häuptling eine gebieterische, fortweisende Armbewegung, der er gehorchen mußte. — „Nun, was sagt mein Bruder jetzt?" fragte Old Death. — „Sein Gesicht klagt ihn an", erwiderte der Weiße Biber, „aber auch das ist noch kein Beweis." — „Du bist aber überzeugt, daß er Offizier und bei jenem Cortesio gewesen ist?" — „Ja." — „Er muß also zu der Partei gehören, für die Cortesio wirbt?" — „So ist es. Beweise mir, daß dieser Mann für Juarez wirbt, so bin ich befriedigt!"

„Nun, hier ist der Beweis." — Der alte Scout griff in die Tasche und zog den Paß hervor, der mit ‚Juarez' unterschrieben war. Er öffnete ihn und hielt ihn dem Komantschen hin. — „Ich sagte meinem roten Bruder bereits, daß wir zwei Männer fangen wollen, die sich bei dem Trupp der Bleichgesichter da drüben befinden. Deshalb mußten wir trachten, mit diesen Leuten in Fühlung zu kommen. Wir gingen also zu jenem Cortesio und taten so, als wollten auch wir uns von ihm anwerben lassen. Er hat uns angenommen und jedem von uns einen Paß gegeben, der mit dem Namen Juarez unterzeichnet ist. Mein Gefährte kann dir den seinigen ebenfalls zeigen." — Der Häuptling nahm den Paß und betrachtete ihn genau. Ein grimmiges Lächeln glitt über sein Gesicht. — „Der Weiße Biber hat nicht die Kunst der Weißen gelernt, auf dem Papier zu sprechen. Aber er kennt das Zeichen genau, das er hier sieht. Es ist das Totem des Juarez. Und unter meinen Kriegern ist ein junger Mann, der als Knabe viel bei den Bleichgesichtern gewesen ist und es versteht, das Papier sprechen zu lassen. Ich werde ihn fragen." — Oyo-koltsa rief laut einen Namen. Ein junger, hell gefärbter Mann, offenbar ein Halbblut, trat herbei, nahm auf Befehl des Häuptlings den Paß in die Hand, kniete neben dem Feuer nieder und las, zugleich übersetzend, dessen Wortlaut vor. Als er geendet hatte, gab er den Paß mit sichtlichem Stolz, eine solche Kunst ausgeübt zu haben, zurück und entfernte sich. Old Death steckte das Papier ein und fragte: „Weiß mein roter Bruder nun, daß diese Bleichgesichter ihn belogen haben und seine Feinde sind?" — „Oyo-koltsa weiß es nun", erklärte der Häuptling. „Er wird sofort seine hervorragendsten Krieger versammeln, um mit ihnen zu beraten, was geschehen soll."

„Kann ich an dieser Beratung teilnehmen?" — „Nein. Mein Bruder ist klug im Rat und mutig bei der Tat; aber wir brauchen ihn nicht, denn er hat bewiesen, was er beweisen wollte. Alles weitere ist nur Sache der Komantschen, die belogen wurden." — „Noch eins. Es gehört zwar nicht zu der bisherigen Angelegenheit, ist aber von großer Wichtigkeit für uns. Warum ist mein roter Bruder so weit südwärts gezogen? Weshalb wagt er sich hinauf auf die Höhen der Wüste?" — „Die Komantschen wollten erst weiter nördlich reiten; aber sie haben erfahren, daß Winnetou mit großen Scharen zum Rio Conchos geritten ist und daß infolgedessen die Dörfer der Apatschen hier unbewacht sind. Wir haben uns daher schnell nach Süden gewendet und werden hier eine Beute machen, wie noch keine von uns heimgeschafft wurde." — „Winnetou zum Rio Conchos? Hm! Ist diese Nachricht zuverlässig? Von wem hast du sie? Wohl von den zwei Indianern, die nordwärts von hier auf euch trafen?" — „Ja. Ihr habt ihre Fährte gesehen?" — „Wir sahen sie. Was für Indianer waren es?" — „Sie sind vom Stamm der Topias, Vater und Sohn." — „Befinden sie sich noch bei dir, und darf ich mit ihnen reden?" — „Mein Bruder darf tun, was ihm gefällt." — „Auch mit den beiden Bleichgesichtern sprechen, die du mir ausliefern wirst?" — „Wer soll dich daran hindern?" — „So habe ich nur noch eine Bitte: Erlaube mir, um das Lager zu gehen! Wir sind in Feindesland, und ich möchte mich davon überzeugen, daß alles zu unserer Sicherheit Erforderliche geschehen ist." — „Tu es, obgleich es nicht nötig ist! Der Weiße Biber hat das Lager und die Wachen geordnet. Auch sind unsere Kundschafter vor uns. Also ist keine Gefahr." — Seine Freundschaft für Old Death mußte sehr groß sein, da er sich nicht beleidigt fühlte durch das Verlangen des Scout, selbst die Sicherheitsmaßnahmen zu überprüfen. Die beiden vornehmen Komantschen, die wortlos bei uns gesessen hatten, erhoben sich jetzt und schritten in gemessener Haltung davon, um die Teilnehmer der Beratung zusammenzuholen. Die anderen Roten ließen sich wieder an ihren Feuern nieder. Die beiden Langes und Hektor bekamen einen Platz an einem der Feuer angewiesen und drei tüchtige Stücke gebratenen Pferdefleisches vorgelegt. Old Death aber nahm mich beim Arm und zog mich fort zum Feuer, wo die Weißen allein saßen. Als man uns dort kommen sah, stand der Offizier auf, kam uns zwei Schritte entgegen und fuhr den alten Scout feindselig an, wobei er sich vorsichtshalber der englischen Sprache bediente: „Was hatte denn das Verhör zu bedeuten, Sir, das Ihr mit mir angestellt habt?" — Der Alte grinste freundlich. — „Das werden Euch nachher die Komantschen sagen. Im übrigen gebe ich Euch den guten Rat, nicht so hochtrabend mit Old Death zu sprechen. Wer, wie Ihr, Pferdediebe und einen ausgemachten Verbrecher dazu unter seinen Leuten duldet, sollte bescheidener auftreten. Ihr verkennt offenbar die Lage. Es stehen sämtliche Komantschen zu mir und gegen Euch, so daß es nur eines Winks von mir bedarf, und es ist um Euch geschehen." — Hierauf wandte sich der Alte mit stolzer Gebärde ab, blieb aber sofort wieder stehen, um mir Gelegenheit zum Sprechen zu lassen. Gibson und William Ohlert saßen ebenfalls in der Runde. Der junge Ohlert sah überaus leidend und verkommen aus. Seine Kleidung war zerrissen und sein Haar verwildert. Die Wangen waren eingefallen und die Augen lagen tief in ihren Höhlen. Er schien weder zu sehen noch zu hören, was um ihn vorging, hatte einen Bleistift in der Hand und ein Blatt Papier auf den Knien liegen und stierte in einem fort darauf nieder. Mit ihm hatte ich zunächst nichts zu tun. Er war willenlos. Deshalb wandte ich mich an seinen Verführer. — „Treffen wir uns endlich, Mr. Gibson? Hoffentlich bleiben wir von jetzt an für längere Zeit beisammen." — Er lachte mir dreist ins Gesicht. — „Mit wem redet Ihr denn da, Sir?" — „Mit Euch natürlich." — „Nun, so natürlich ist das wohl nicht. Ich sah nur aus Eurem Blick, daß ich gemeint war. Ihr nanntet mich Gibson, glaube ich?" — „Allerdings." — „So heiße ich nicht." — „Ja, wer so viele Namen hat wie Ihr, kann leicht einen davon verleugnen. Nanntet Ihr Euch nicht in New Orleans, wo Ihr vor mir davonlieft, Clinton? Und in La Grange heißt ihr wieder Gavilano?" — „Gavilano ist allerdings mein richtiger Name. Was wollt Ihr überhaupt von mir? Ich habe nichts mit Euch zu schaffen. Laßt mich in Ruhe!" — „Diesen Wunsch verstehe ich. Ein Polizist kommt bisweilen ungelegen. Aber mit dem Leugnen entwischt Ihr mir nicht. Ihr habt Eure Rolle ausgespielt. Ich bin Euch nicht von New York bis hierher gefolgt, um mich von Euch auslachen zu lassen. Ihr werdet mir von jetzt an folgen, wohin ich Euch führe." — „Und wenn ich es nicht tue?" — „So werde ich Euch hübsch auf ein Pferd binden, und ich denke, daß das Tier mir dann gehorchen wird." — Da fuhr Gibson auf und zog den Revolver. — „Mann, sagt mir noch ein solches Wort, so soll Euch der Teufel auf —" — Er kam nicht weiter. Old Death war hinter ihn getreten und schlug ihm den Gewehrkolben auf den Arm, daß er den Revolver fallen ließ. — „Führt nicht das große Wort, Gibson!" drohte der Alte. „Es gibt hier Leute, die imstande sind, Euch den Mund zu stopfen!" — Gibson hielt sich den Arm, drehte sich um und schrie: „Sir, soll ich Euch das Messer zwischen die Rippen geben? Meint Ihr, ich soll mich vor Euch fürchten, weil Ihr Old Death heißt?" — „Nein, mein Junge, fürchten sollst du dich nicht, aber gehorchen wirst du. Wenn du noch ein Wort sagst, das mir in die Nase fährt, so niese ich dich mit einer guten Büchsenkugel an." — Sein Ton und seine Haltung machten sichtlich Eindruck auf Gibson. Der Betrüger wurde sogleich bedeutend kleinlauter. — „Aber ich weiß gar nicht, was Ihr wollt", meinte er, „Ihr verkennt mich. Ihr verwechselt mich mit einem anderen!" — „Das ist sehr unwahrscheinlich. Du hast ein so ausgesprochenes Spitzbubengesicht, daß es mit einem anderen schwerlich verwechselt werden kann. Übrigens sitzt der Hauptzeuge gegen dich hier neben dir." — Old Death deutete bei diesen Worten auf William Ohlert. — „Der? Ein Zeuge gegen mich?" fragte Gibson. „Das ist wieder ein Beweis, daß Ihr mich verkennt. Fragt ihn doch einmal?" — Ich legte William die Hand auf die Schulter und nannte seinen Namen. Er hob langsam den Kopf, stierte mich verständnislos an und sagte nichts. — „Mr. Ohlert, William Ohlert, hört Ihr mich nicht?" wiederholte ich. „Euer Vater sendet mich zu Euch." — Sein leerer Blick blieb an meinem Gesicht haften, aber er sprach kein Wort. Da fuhr Gibson ihn drohend an: „Deinen Namen wollen wir hören. Sag, wie du heißt!" — Der Gefragte wendete den Kopf dem Sprecher zu und antwortete halblaut und ängstlich wie ein eingeschüchtertes Kind: „Ich heiße Guillelmo." — „Was bist du?" — „Dichter." — Ich fragte weiter: „Heißt Ihr Ohlert?" — „Seid Ihr aus New York?" — „Habt Ihr einen Vater?" — Aber alle Fragen verneinte der Kranke, ohne sich im mindesten zu besinnen. Man hörte, daß er abgerichtet war. Es war gewiß, daß sich sein Geist, seit er sich in den Händen Gibsons befand, mehr und mehr umnachtet hatte. — „Da habt ihr euern Zeugen!" lachte der Bösewicht. „Er hat euch bewiesen, daß ihr euch auf einem falschen Weg befindet. Habt also die Gewogenheit, uns von jetzt an ungeschoren zu lassen!" — „Will ihn doch noch um etwas Besonderes fragen", beharrte ich. „Vielleicht ist sein Gedächtnis doch stärker als die Lügen, die Ihr ihm eingepaukt habt." — Mir war ein Gedanke gekommen. Ich zog die Brieftasche hervor, denn ich hatte die Blätter der ,Deutschen Zeitung' von New Orleans mit Ohlerts Gedicht darin, nahm eines heraus und las langsam und mit lauter Stimme, die erste Strophe. Ich glaubte, der Klang seines eigenen Gedichts in deutscher Sprache würde ihn aus seiner geistigen Stumpfheit reißen. Aber er blickte fort und fort vor sich nieder. Ich las die zweite Strophe, ebenso vergeblich; dann die dritte:

> *„Kennst du die Nacht, die auf den Geist dir sinkt,*
> *daß er vergebens um Erlösung schreit,*
> *die schlangengleich sich um die Seele schlingt*
> *und tausend Teufel ins Gehirn dir speit?"*

Die letzten beiden Zeilen hatte ich lauter als bisher gelesen. Er hob den Kopf, stand auf und streckte die Hände aus. Ich fuhr rasch fort:

> *„O halte fern dich ihr in wachen Sorgen,*
> *denn diese Nacht allein hat keinen Morgen!"*

Da schrie Ohlert auf, sprang zu mir und griff zum Blatt. Ich ließ es ihm. Er bückte sich zum Feuer nieder und las nun selbst vor, laut, von Anfang bis zu Ende. Dann richtete er sich auf und rief in deutscher Sprache, so daß es weit durch das nächtliche Tal schallte: „Gedichtet von Ohlert, von William Ohlert, von mir, von mir selbst! Denn ich bin dieser William Ohlert, ich! Nicht du heißt Ohlert, nicht du, sondern ich!" — Die letzten Worte waren an Gibson gerichtet. Ein fürchterlicher Verdacht stieg in mir auf. Gibson befand sich im Besitz von Williams Papieren — sollte er sich, obwohl er älter als jener war, für ihn ausgeben wollen? Sollte er —? Aber ich fand keine Zeit, diesen Gedanken auszudenken, denn der Häuptling kam, die Ratsversammlung und seine Würde ganz vergessend, herbeigesprungen und stieß Ohlert auf den Boden nieder. — „Schweig, Hund! Sollen die Apatschen erfahren, daß wir uns hier befinden? Du rufst ja den Kampf und den Tod herbei!" — William Ohlert ließ einen Klageruf hören und sah mit einem stieren Blick zu dem Indianer empor. Das Aufflackern seines Geistes war plötzlich wieder erloschen. Ich nahm ihm das Blatt aus der Hand und steckte es wieder ein. Vielleicht gelang es mir mit dessen Hilfe später noch einmal, ihn zum Bewußtsein seiner selbst zu bringen. — „Zürne ihm nicht!" bat Old Death den Häuptling. „Sein Geist ist umnachtet. Er wird fortan ruhig sein. Und nun sag mir, ob diese beiden Männer die Topias sind, von denen du zu mir sprachst!" — Er deutete auf zwei indianische Gestalten, die mit am Feuer der Weißen saßen. — „Ja, sie sind es", nickte der Gefragte. „Sie verstehen die Sprache der Komantschen nicht gut. Du mußt mit ihnen in der Mundart der Grenze reden. Doch sorg dafür, daß sich dieser Weiße, dessen Seele nicht mehr vorhanden ist, still verhält, sonst muß ich ihm den Mund zubinden lassen!" — Oyo-koltsa kehrte wieder zum Feuer der Beratung zurück. Old Death aber ließ seinen Blick scharf und forschend über die beiden Indianer gleiten und fragte sie halblaut: „Meine roten Brüder sind vom Hochland von Topia herabgekommen? Sind die Krieger, die da oben wohnen, die Freunde der Komantschen?" — „Ja", entgegnete der Ältere. „Wir leihen unsere Waffen den Kriegern der Komantschen." — „Wie kommt es aber, daß eure Fährte vom Norden herbeiführte, wo nicht eure Brüder wohnen, sondern die Feinde der Komantschen, die Llanero- und Taracone-Apatschen?" — Diese Frage schien den Indianer in Verlegenheit zu setzen. Man konnte das deutlich sehen, weil weder er noch sein Sohn eine Malerei im Gesicht trug. Er zögerte eine Weile mit der Antwort. Endlich erklärte er: „Mein weißer Bruder tut eine Frage, die er sich leicht selbst beantworten kann. Wir haben das Kriegsbeil gegen die Apatschen ausgegraben und sind nach Norden geritten, um ihren Aufenthaltsort auszukundschaften." — „Was habt ihr da gefunden?" — „Wir haben Winnetou gesehen, den größten Häuptling der Apatschen. Er ist mit all seinen Leuten aufgebrochen, um den Krieg über den Rio Conchos zu tragen. Darauf kehrten wir zurück, dies den Unseren zu melden, damit sie sich beeilen möchten, über die Dörfer der Apatschen herzufallen. Wir trafen dabei auf die Krieger der Komantschen und haben sie hierhergebracht, damit auch sie das Verderben über unsere Feinde bringen." — „Die Komantschen werden euch dankbar dafür sein. Aber seit wann haben die Krieger der Topias verlernt, ehrliche Leute zu sein?" — Es war klar, daß der Alte irgendeinen Verdacht gegen die beiden hegte; denn er sprach zwar sehr freundlich mit ihnen, aber seine Stimme hatte eine eigentümliche Färbung, einen Klang, den ich stets an ihm beobachtet hatte, wenn er die heimliche Absicht hegte, jemand zu überlisten. Den vermeintlichen Topias waren seine Fragen sichtlich unangenehm. Der jüngere blitzte ihn mit feindseligen Augen an. Der ältere gab sich Mühe, höflich zu antworten, doch hörte man, daß ihm die Worte nur widerstrebend über die Lippen kamen. — „Warum fragt mein weißer Bruder nach unserer Ehrlichkeit? Welchen Grund hat er, daran zu zweifeln?" — „Ich habe nicht die Absicht, euch zu kränken. Aber wie kommt es, daß ihr nicht bei den Kriegern der Komantschen sitzt, sondern euch hier bei den Bleichgesichtern niedergelassen habt?" — „Old Death fragt mehr, als er sollte. Wir sitzen hier, weil es uns so gefällt." — „Aber ihr erweckt dadurch die Meinung, daß die Komantschen die Topias verachten. Es sieht so aus, als wollten sie Vorteil von euch ziehen, euch aber nicht bei sich haben." — Das war eine Beleidigung. Der Rote brauste auf. — „Sprich nicht solche Worte, sonst mußt du mit uns kämpfen! Wir haben bei den Komantschen gesessen und sind nun zu den Bleichgesichtern gegangen, um von ihnen zu lernen. Oder ist es vielleicht verboten, zu erfahren, wie es in den Gegenden und Städten der Weißen zugeht?" — „Nein, das ist nicht verboten. Aber ich an eurer Stelle würde vorsichtiger sein. Dein Auge hat den Schnee vieler Winter erblickt; deshalb solltest du wissen, was ich meine." — „Wenn ich es nicht weiß, so sag es mir!" erklang es höhnisch. — Da trat Old Death nahe zu dem alten angeblichen Topiakrieger hin, bückte sich ein wenig zu ihm nieder und fragte ihn streng: „Haben die Krieger der Komantschen mit euch die Pfeife des Friedens geraucht und habt auch ihr den Rauch des Kalumets durch eure Nasen geblasen?" — „Ja." — „So seid ihr streng verpflichtet, nur das zu tun, was zum Vorteil der Komantschen dient."

„Meinst du etwa, wir würden das nicht tun?" — Die beiden sahen einander scharf in die Augen. Es war, als wollten ihre Blicke sich umkrallen. Dann erwiderte Old Death: „Ich merke, daß du mich verstanden und meine Gedanken erraten hast. Wollte ich sie aussprechen, so wärt ihr beide verloren." — „Uff!" rief der Rote, indem er aufsprang und zu seinem Messer griff. Auch sein Sohn richtete sich drohend empor und zog das Messer aus dem Gürtel. Old Death aber beantwortete diese feindlichen Bewegungen nur mit einem ernsten Kopfnicken. — „Ich bin überzeugt, daß ihr euch nicht lange bei den Komantschen aufhalten werdet. Wenn ihr zu denen zurückkehrt, die euch ausgesandt haben, so sagt ihnen, daß wir auch ihre Freunde sind! Old Death liebt alle roten Männer und fragt nicht, zu welchem Stamm sie gehören." — Da zischte ihm der andere die Frage entgegen: „Meinst du vielleicht, daß wir nicht zum Stamm der Topias gehören?"

„Mein roter Bruder möge bedenken, wie unvorsichtig es von ihm ist, diese Worte auszusprechen. Ich habe meine Gedanken verschwiegen, weil ich nicht dein Feind sein will. Warum verrätst du dich selbst? Stehst du nicht inmitten eines fünfhundertfachen Todes?" — Die Hand des Roten mit dem Messer zuckte, als wollte er zustoßen. — „Sag mir, wofür du mich hältst!" forderte er den Alten auf. — Old Death ergriff die Hand, die das Messer hielt, zog den Indianer ein Stück beiseite, bis hin zu mir und sagte leise, doch so, daß ich es hörte: „Ihr seid Apatschen!" — Der Indianer trat einen Schritt zurück, riß seinen Arm aus der Hand des Alten und zückte das Messer zum Stoß. — „Hund, du lügst!" — Old Death machte keine Bewegung, den Stoß von sich abzuwehren. Er raunte dem Aufgeregten nur leise zu: „Willst du den Freund Winnetous töten?" — War es der Inhalt dieser Worte oder war es der scharfe, stolze Blick des Alten, der die beabsichtigte Wirkung hervorbrachte? Der Indianer ließ den Arm sinken. Er näherte seinen Mund dem Ohr Old Deaths und drohte: „Schweig!" — Dann wandte er sich ab und setzte sich wieder. Sein Gesicht war so ruhig und undurchdringlich, als sei nichts vorgefallen. Er sah sich durchschaut, aber es war ihm nicht die geringste Spur von Sorge und Furcht anzumerken. Kannte er Old Death so genau, daß er ihm keinen Verrat zutraute? Oder wußte er sich aus irgendeinem anderen Grund sicher? Auch sein Sohn setzte sich gelassen nieder und steckte das Messer wieder in den Gürtel. — Die beiden Apatschen hatten es gewagt, sich als Führer an die Spitze ihrer Todfeinde zu stellen, eine Tat von bewundernswerter Kühnheit! Wenn ihre Absicht gelang, so waren die Komantschen dem sicheren Verderben geweiht. Ein Gedanke übrigens, der mich beunruhigte, obwohl ich Winnetou und seinen Apatschen jeden Sieg wünschte. Es widerstrebte meinem ganzen Wesen, die Komantschen, die uns als Freunde aufgenommen hatten, blind ins Unheil laufen zu lassen. Und ich beschloß, mit Old Death über diese Dinge zu reden. — Wir wollten nun die Gruppen verlassen, aber eine Bewegung unter den Komantschen veranlaßte uns, stehenzubleiben. Wir sahen, daß die Beratung zu Ende war. Die Teilnehmer hatten sich erhoben. Auch die übrigen Roten verließen auf einen Befehl des Häuptlings ihre Feuer und bildeten einen dichten Kreis. Die Weißen wurden von ihnen eingeschlossen. Der Weiße Biber trat in würdevoller Haltung in den Kreis und hob den Arm zum Zeichen, daß er sprechen wollte. Tiefes Schweigen herrschte rundum. Die Weißen ahnten noch nicht, was jetzt kommen würde. Sie waren aufgestanden. Nur die beiden vermeintlichen Topias blieben sitzen und blickten ruhig vor sich nieder, als berühre sie der Vorgang gar nicht. Auch William Ohlert saß noch an seinem Platz und starrte auf den Bleistift, den er wieder in den Fingern hielt. — Jetzt begann der Häuptling in langsamer, schwer betonter Rede: „Die Bleichgesichter sind zu den Kriegern der Komantschen gekommen und haben ihnen gesagt, daß sie ihre Freunde seien. Deshalb wurden sie von ihnen aufgenommen und durften mit ihnen die Pfeife des Friedens rauchen. Jetzt aber haben die Komantschen erfahren, daß sie von den Bleichgesichtern belogen wurden. Der Weiße Biber hat alles, was für und was gegen sie spricht, genau abgewogen und mit seinen erfahrensten Männern beraten, was geschehen soll. Er ist mit ihnen darüber einig geworden, daß die Bleichgesichter uns getäuscht haben und unsere Freundschaft und unseren Schutz nicht länger verdienen. Darum soll von diesem Augenblick an der Bund mit ihnen aufgehoben sein, und die Feindschaft soll an die Stelle der Freundschaft treten."

Er hielt einen Augenblick inne. Der Offizier ergriff schnell die Gelegenheit, indem er fragte: „Wer hat uns verleumdet? Jedenfalls sind es die vier Männer gewesen, die mit ihrem Schwarzen gekommen sind, eine Gefahr über uns heraufzubeschwören. Es ist von uns bewiesen worden, und wir wiederholen es, daß wir Freunde der Komantschen sind. Die Fremden aber mögen erst zeigen, daß sie es ehrlich mit unseren roten Brüdern meinen! Wer sind sie, und wer kennt sie? Haben sie Böses über uns gesprochen, so verlangen wir, es zu erfahren, um uns verteidigen zu können. Wir lassen uns nicht richten, ohne gehört worden zu sein! Ich bin Offizier, also ein Häuptling unter den Meinen. Ich kann und muß verlangen, an jeder Beratung, die über uns stattfindet, teilnehmen zu dürfen!" — „Wer hat dir die Erlaubnis gegeben, zu sprechen?" fragte der Häuptling streng und stolz. „Wenn der Weiße Biber redet, muß jeder andere warten. Du verlangst gehört zu werden. Nun wohl, du bist gehört worden, als Old Death vorhin mit dir sprach. Es ist erwiesen, daß ihr Krieger des Juarez seid. Wir aber sind Freunde von Napoleon: folglich seid ihr unsere Feinde. Du fragst, wer diese vier Bleichgesichter sind, und ich sage dir: sie sind tapfere, ehrliche Krieger. Wir kannten Old Death schon viele Winter, ehe wir eure Gesichter erblickten. Du forderst, an unserer Beratung teilnehmen zu dürfen. Ich sage dir, daß selbst Old Death nicht die Erlaubnis dazu erhielt. Die Krieger der Komantschen sind Männer. Sie bedürfen nicht der List der Bleichgesichter, um zu wissen, was klug oder unklug, was richtig oder falsch ist. Der Weiße Biber ist jetzt zu euch getreten, um euch zu sagen, was wir beschlossen haben. Ihr habt das ruhig anzuhören und kein Wort dazu zu sagen, denn —" — „Wir haben das Kalumet mit euch geraucht", unterbrach ihn der Offizier. „Wenn ihr uns feindselig behandelt, so —" — „Schweig, Hund!" donnerte ihn Oyo-koltsa an. „Du hattest jetzt eine Beleidigung auf den Lippen. Bedenke, daß ihr von über fünfhundert Kriegern umgeben seid! Ihr habt das Kalumet nur infolge einer Täuschung, einer Lüge bekommen. Die Krieger der Komantschen kennen den Willen des Großen Geistes. Sie achten seine Gesetze und wissen, daß ihr euch jetzt noch unter dem Schutz des Kalumets befindet und daß wir euch als Freunde behandeln müssen, bis ihr aus diesem Schutz getreten seid. Rot ist der heilige Pfeifenton, aus dem das Kalumet geschnitten wird. Rot ist die Farbe des Lichts, des Tags und der Flamme, womit das Kalumet in Brand gesteckt wird. Ist sie erloschen, so gilt der Friede, bis das Licht der Flamme von neuem erscheint. Wenn das Licht des Tags beginnt, ist die Ruhe vorüber und unser Bund zu Ende. Bis dahin seid ihr unsere Gäste. Dann aber wird Feindschaft sein zwischen uns und euch. Ihr sollt hier ruhen und schlafen, und niemand wird euch berühren. Aber sobald der Tag zu grauen beginnt, sollt ihr davonreiten in der Richtung, woher ihr mit uns gekommen seid. Ihr sollt einen Vorsprung haben von einer Zeit, die ihr fünf Minuten nennt. Dann werden wir euch verfolgen. Ihr sollt bis dahin alles behalten dürfen, was euch gehört. Dann aber werden wir euch töten und euch als Sieger euer Eigentum nehmen. Die beiden jedoch unter euch, die Old Death für sich behalten will, sollen zwar auch bis zum Tagesgrauen unsere Gäste sein; aber sie werden nicht mit euch reiten dürfen, sondern hierbleiben als Gefangene Old Deaths, der mit ihnen machen kann, was ihm beliebt. Das ist der Beschluß unserer Versammlung. Der Weiße Biber, der Häuptling der Komantschen, hat gesprochen. Howgh!" — Er wendete sich ab. — „Was?" rief Gibson. „Ich soll ein Gefangener dieses alten Mannes sein? Ich werde —" — „Seid still!" unterbrach ihn der Offizier. „An den Anordnungen des Häuptlings ist nichts mehr zu ändern. Ich kenne die Roten. Aber ich bin überzeugt, daß der gegen uns gezielte Schlag auf die Verleumder zurückfallen wird. Noch ist es nicht Morgen. Bis dahin kann viel geschehen. Vielleicht ist die Rache näher, als man denkt." — Sie setzten sich nieder, wie sie vorhin gesessen hatten. Die Komantschen aber nahmen ihre Plätze nicht wieder ein, sondern verlöschten ihre Feuer bis auf das des Weißen Biber, und lagerten sich in einem vierfachen Kreis, so daß die Weißen vollkommen eingeschlossen waren. Old

Death winkte mich aus diesem Kreis heraus. Er wollte auf Erkundung gehen. — „Meint Ihr, daß wir Gibson nun sicher haben, Sir?" fragte ich ihn zweifelnd. — „Wenn nicht etwas Unerwartetes geschieht, kann er uns nicht entwischen." — „Ganz recht, wenn nichts Unerwartetes geschieht. Aber ich fürchte fast, daß etwas in der Luft liegt. Die letzten Worte des Offiziers der Juarez-Leute gefielen mir nicht. Am besten wäre es wohl, wir bemächtigten uns der beiden sofort." — „Das ist unmöglich. Die verwünschte Friedenspfeife hindert uns. Die Komantschen werden nicht dulden, daß wir vor Anbruch der Morgenröte Hand an Gibson legen. Dann aber können wir ihn kochen oder braten, mit oder ohne Gabel verzehren, ganz wie es uns beliebt."

„Ihr sprecht von etwas Unerwartetem. Ihr befürchtet wohl auch so etwas?" — „Leider! Schätze, daß sich die Komantschen von den beiden Apatschen in eine gefährliche Falle haben locken lassen." — „So haltet Ihr diese Topias in der Tat für Apatschen?" — „Ihr sollt mich hängen dürfen, wenn sie keine sind. Zunächst kam es mir verdächtig vor, als ich hörte, daß zwei Topias vom Rio Conchos her gekommen seien. Das darf man wohl einem Komantschen, nicht aber so einem alten Scout wie mir weismachen. Als ich sie dann sah, wußte ich sofort, daß mein Verdacht mich nicht irreführte. Die Topias gehören zu den halbzivilisierten Indianern. Sie haben einen weichen, verschwommenen Gesichtsausdruck. Nun seht Euch dagegen diese scharfen, kühn geschnittenen Züge der zwei Roten an! Und gar dann, als ich sie reden hörte! Sie verrieten sich sofort durch die Aussprache. Und weiter: als ich dem Alten ins Gesicht sagte, daß er ein Apatsche sei, hat mir da nicht sein ganzes Verhalten recht gegeben?" — „Könnt Ihr Euch nicht täuschen?" — „Nein. Er nannte Winnetou den ‚größten Häuptling der Apatschen'. Wird ein Feind der Apatschen sich eines Ausdrucks bedienen, der eine solche Ehre und Auszeichnung enthält? Ich wette mein Leben, daß ich mich nicht irre." — „Ihr habt allerdings gewichtige Gründe. Aber wenn Ihr wirklich recht haben solltet, so sind diese Leute geradezu zu bewundern. Zwei Apatschen, die sich in eine Schar von über fünfhundert Komantschen wagen, das ist mehr als ein Heldenstück!" — „Oh, Winnetou kennt seine Leute!" — „Ihr meint, daß er sie gesandt hat?" — „Jedenfalls. Wir wissen von Don Atanasio, wann und wo Winnetou den Rio Grande durchschwommen hat. Er kann unmöglich schon am Rio Conchos sein, vor allem nicht mit seinen sämtlichen Kriegern. Nein, wie ich ihn kenne, ist er geradeswegs in die Bolson de Mapimi geritten, um seine Apatschen zu sammeln. Er hat sofort verschiedene Späher ausgesandt, um die Komantschen aufzuspüren und in die Mapimi zu locken. Während die Feinde ihn am Rio Conchos und die Dörfer der Apatschen von aller Verteidigung entblößt glauben, erwartet er sie hier und wird über sie herfallen, um sie mit einem einzigen Schlag zu vernichten." — „Alle Wetter, dann sitzen wir mittendrin, denn die beiden Apatschen betrachten uns als ihre Feinde!" — „Nein. Sie wissen, daß ich sie durchschaut habe. Ich brauchte dem Weißen Biber nur ein einziges Wort zu sagen, so müßten sie eines gräßlichen Todes sterben. Daß ich das nicht tue, ist ihnen der sicherste Beweis dafür, daß ich ihnen freundlich gesinnt bin." — „So begreife ich nur eins noch nicht, Sir", brachte ich endlich meine wesentlichen Bedenken vor. „Ist es nicht Eure Pflicht, die Komantschen zu warnen?" — „Hm! Ihr berührt da einen verteufelt heiklen Punkt. Die Komantschen sind Verräter und halten es mit Napoleon. Sie haben die unschuldigen Apatschen mitten im Frieden überfallen und grausam hingemordet. Das muß nach göttlichem und menschlichem Recht bestraft werden. Aber wir haben die Friedenspeife mit ihnen geraucht und dürfen an ihnen nicht zu Verrätern werden." — „So sehe auch ich die Dinge. Mein ganzes Mitgefühl gehört freilich diesem Winnetou." — „Das meinige auch. Ich wünsche ihm und den Apatschen alles Gute. Wir können seine zwei Leute nicht verraten; aber dann sind die Komantschen verloren, denen gegenüber uns das Kalumet verpflichtet. Was ist da zu tun? Ja, wenn wir Gibson und Ohlert hätten, könnten wir unseres Wegs ziehen und die beiden Gegner sich selbst überlassen." — „Nun, das wird ja morgen früh der Fall sein." — „Oder auch nicht. Es ist möglich, daß wir morgen abend grad um diese Stunde in den Ewigen Jagdgründen mit Apatschen wie mit Komantschen einige Dutzend Biber fangen oder gar einen jungen Büffelstier töten und verzehren." — „Dann haltet Ihr die Gefahr tatsächlich für so nahe?" — „Schätze, daß es so ist, und dafür habe ich zwei Gründe. Erstens liegen die nächsten Dörfer der Apatschen nicht allzuweit von hier, und Winnetou darf doch die Komantschen nicht bis an diese Plätze heranlassen. Und zweitens führte der mexikanische Offizier Reden, die auf irgendeinen Streich für heute deuten. Das ist Euch ja auch schon aufgefallen." — „Ganz gewiß! Wir können uns zwar auf das Kalumet der Komantschen und auch auf mein Totem verlassen, zumal Winnetou Euch kennt und auch mich bereits gesehen hat. Aber wer zwischen zwei Mühlsteine kommt, der wird eben zermahlen, selbst wenn er von dem einzelnen Stein nichts zu befürchten hat." — „So gehen wir entweder nicht dazwischen, oder wir sorgen dafür, daß sie nicht anfangen zu mahlen", entschied Old Death. „Wir sehen uns jetzt um. Vielleicht ist es trotz der Dunkelheit möglich, irgend etwas zu entdecken, was meinen Gedanken eine kleine Erleichterung gibt. Kommt leise und langsam hinter mir her! Wenn ich nicht irre, bin ich schon einmal in diesem Tal gewesen. Schätze, daß ich mich schnell zurechtfinden werde." — Es war so, wie ich vermutet hatte. Wir lagerten hier in einem kleinen, fast kreisrunden Talkessel, dessen Breite man in fünf Minuten durchlaufen konnte. Er hatte einen Eingang, durch den wir gekommen waren, und einen Ausgang, der ebenso schmal war wie der Zugang war. Da hinaus waren die Kundschafter geschickt worden. In der Mitte des Tals hatten sich die Komantschen niedergelassen. Die Wände des Kessels bestanden aus Fels, der steil anstieg und die Gewähr zu geben schien, daß niemand da hinauf oder herab konnte. Wir waren rundum gegangen und an den Posten vorübergekommen, die am Eingang wie am Ausgang standen. Jetzt näherten wir uns wieder dem Lager. — „Dumm!" brummte der Alte. „Wir stecken richtig in der Falle, und es will mir kein Gedanke kommen, wie man sich da losmachen könnte. Müßten es anfangen wie der Fuchs, der sich das Bein wegbeißt, womit er ins Eisen getappt ist." — „Sollen wir den Weißen Biber nicht so weit bringen, daß er das Tal sofort verläßt, um anderswo zu lagern?" — „Das wäre das einzige, was wir versuchen könnten. Aber ich glaube nicht, daß er darauf eingeht, wenn wir ihm nicht sagen, daß er zwei Apatschen bei sich hat. Und das möchte ich unbedingt vermeiden." — „Vielleicht seht Ihr zu schwarz, Sir. Vielleicht sind wir hier doch sicher. Die beiden Engpässe, durch die man herein kann, sind ja mehr als zur Gänze mit Wachen besetzt." — „Ja, zehn Mann hüben und zehn Mann drüben, das sieht ganz gut aus. Aber wir dürfen nicht vergessen, daß wir es mit einem Winnetou zu tun haben. Wie der sonst so kluge und vorsichtige Weiße Biber auf den dummen Gedanken gekommen ist, sich gerade in so einem unzugänglichen Tal festzusetzen, ist mir ein Rätsel. Die beiden Apatschenkundschafter müssen ihm ein gewaltiges X für das richtige U gemacht haben. Ich werde mit ihm sprechen. Sollte er bei seiner Meinung bleiben und es ereignet sich etwas, so halten wir uns möglichst zurück. Wir sind Freunde der Komantschen, müssen uns aber auch hüten, einen Apatschen zu töten. — Na, da haben wir das Lager, und dort steht der Häuptling! Kommt mit zu ihm!" — Man erkannte gegen das Feuer den Weißen Biber an seinen Adlerfedern. Als wir zu ihm traten, fragte er: „Hat sich mein weißer Bruder überzeugt, daß wir uns in Sicherheit befinden?" — „Nein", erwiderte der Alte. — „Was hat Old Death an diesem Ort auszusetzen?" — „Daß er einer Falle gleicht, worin wir alle stecken." — „Mein Bruder irrt sich. Dieses Tal ist keine Falle, sondern es gleicht genau einem Ort, den die Bleichgesichter Fort nennen. Es kann kein Feind herein." — „Ja, zu den Eingängen vielleicht nicht, denn sie sind so eng, daß sie durch zehn Krieger leicht verteidigt werden können. Aber ist es nicht denkbar, daß die Apatschen an den Felswänden herabsteigen?" — „Nein. Die Wände sind zu steil." — „Hat sich mein roter Bruder davon überzeugt?" — „Sehr genau. Die Krieger der Komantschen sind am hellen Tag hierhergekommen. Sie haben versucht, an dem Fels emporzuklettern, es ist ihnen aber nicht gelungen." — „Vielleicht ist es leichter, von oben herab als von unten hinauf zu kommen. Ich weiß, daß Winnetou klettern kann wie das wilde Dickhornschaf der Berge." — „Winnetou ist nicht hier. Die beiden Topias haben es mir gesagt." — „Ob sie ihrer Sache auch wirklich sicher sind? Wenn es wahr ist, daß Winnetou auf Fort Inge war, so kann er nicht schon hier gewesen sein, seine Krieger gesammelt haben und sich bereits wieder jenseits des Rio Conchos befinden. Mein Bruder mag die kurze Zeit mit dem langen Weg vergleichen." — Der Komantsche senkte nachdenkend das Haupt. Er schien zu einem Ergebnis zu kommen, das mit der Meinung des Scout übereinstimmte. — „Ja, die Zeit war kurz, und der Weg ist lang. Wir wollen die Topias noch einmal fragen." — Er ging zum Lagerfeuer der Weißen, und wir folgten ihm. Die Fremden blickten uns finster entgegen. Seitwärts von ihnen saßen Lange, sein Sohn und der Neger Hektor. William Ohlert schrieb auf sein Blatt, taub und blind für alles andere. Die vermeintlichen Topias schauten erst auf, als der Häuptling das Wort an sie richtete. „Wissen meine Brüder genau, daß —" — Oyo-koltsa hielt inne. Von der Höhe des Felsens erklang das ängstliche Kreischen eines kleinen Vogels und gleich darauf der gierige Schrei einer Eule. Der Häuptling lauschte, Old Death auch. Als ob er damit spielen wollte, ergriff Gibson einen neben ihm liegenden Ast und stieß damit ins Feuer, daß es einmal kurz und scharf aufflackerte. Er wollte es eben zum zweitenmal tun, wobei die Augen sämtlicher Weißen befriedigt auf ihn gerichtet waren. Da aber tat Old Death einen Sprung auf ihn zu, rieß ihm den Ast aus der Hand und drohte: „Das laßt bleiben, Sir! Ihr spielt mit Eurem Leben!" — „Wieso?" fragte Gibson zornig. „Darf man nicht einmal das Feuer schüren?" — „Nein. Wenn da oben die Eule schreit, antwortet man nicht hier unten mit diesem vorher verabredeten Zeichen." — „Ein Zeichen? Seid Ihr toll?" — „Ja, ich bin so toll, daß ich einem jeden, der es wagt, noch einmal derart ins Feuer zu stoßen, sofort eine Kugel durch den Kopf jagen werde." — „Verdammt! Ihr gebärdet Euch ja, als wärt Ihr hier der Herr." — „Der bin ich auch und Ihr seid mein Gefangener, mit dem ich verteufelt wenig Federlesens machen werde. Bildet Euch ja nicht ein, daß sich Old Death von Euch täuschen läßt!"

„Muß man sich das wirklich bieten lassen, Señores?"

Diese Frage war an die anderen gerichtet. Old Death hatte seine beiden Revolver in den Händen, ich ebenso. Im Nu standen die beiden Langes und Hektor neben uns, auch mit den Revolvern. Wir hätten auf jeden Weißen geschossen, der so unvorsichtig gewesen wäre, zur Waffe zu greifen. Und zum Überfluß rief auch noch der Häuptling seinen Leuten einen kurzen Befehl zu. — Sofort erhoben sich die Komantschen, und Dutzende von Pfeilen richteten sich auf die Weißen.

„Da seht ihr's!" lachte Old Death. „Noch schützt euch das Kalumet. Man hat euch sogar die Waffen gelassen. Aber sobald ihr nur die Hand zu einem Messer ausstreckt, ist es aus mit dem Schutz." — Da ertönte das Gekreisch und der Eulenruf abermals, hoch oben, grad wie vom Himmel herab. Die Hand Gibsons zuckte, als wollte er wieder zum Ast greifen; aber er wagte es doch nicht. Nun wiederholte der Häuptling seine vorher unterbrochene Frage an die Topias: „Wissen meine Brüder genau, daß sich Winnetou jenseits des Rio Conchos befindet?" — „Ja, sie wissen es", erwiderte der ältere. — „Die Topias mögen sich besinnen, bevor sie mir Antwort geben!" — „Sie irren sich nicht. Sie waren in den Büschen versteckt, als er vorüberzog, und haben ihn gesehen." — Der Häuptling fragte noch weiter, und der alte Topia antwortete. Schließlich sagte der Weiße Biber: „Deine Erklärung hat den Häuptling der Komantschen befriedigt. Meine weißen Brüder mögen wieder mit mir gehen!" — Diese Aufforderung galt Old Death und mir. Der Scout winkte den beiden Langes, mitzukommen. Sie taten es und brachten auch den Neger mit. — „Weshalb ruft mein Bruder auch seine anderen Gefährten herbei?" fragte der Häuptling. — „Weil ich denke, daß ich sie bald brauchen werde. Wir wollen in der Gefahr beisammenstehen." — „Es gibt keine Gefahr."

„Du irrst. Hat dich der Ruf der Eule nicht auch bedenklich gemacht? Ein Mensch stieß ihn aus." — „Der Weiße Biber kennt die Stimmen aller Vögel und aller Tiere. Er weiß sie zu unterscheiden von den nachgemachten Tönen aus der Kehle des Menschen. Das war wirklich eine Eule." — „Und Old Death weiß, daß Winnetou die Stimmen vieler Tiere naturgetreu nachahmt. Ich bitte dich, vorsichtig zu sein. Warum schlug dieses Bleichgesicht ins Feuer? Es war ein verabredetes Zeichen." — „So müßte er es mit den Apatschen verabredet haben, und er kann doch nicht mit ihnen zusammengetroffen sein!" — „Vielleicht hat es ein anderer mit ihnen vereinbart, und dieses Bleichgesicht hat den Auftrag erhalten, das Zeichen zu geben, damit der eigentliche Verräter sich dadurch nicht vor euch bloßstellt." — „Meinst du, daß wir Verräter unter uns haben? Ich glaube es nicht. Und selbst wenn es so wäre, brauchten wir die Apatschen nicht zu fürchten, denn sie könnten nicht an den Posten vorüber und auch nicht an den Felsen herab." — „Möglicherweise doch. Mit Hilfe des Lassos können sie sich von Punkt zu Punkt herablassen, denn es ist — horch!" — Der Eulenruf erklang abermals, und zwar nicht von der Höhe aus, sondern von weiter unten. — „Es ist wieder der Vogel", meinte der Komantsche ohne alle Beunruhigung. „Deine Sorge ist überflüssig." — „Nein — heavens! Die Apatschen sind da, mitten im Tal. Hörst du?" — Vom Ausgang des Tales her erscholl ein lauter, schriller, erschütternder Schrei, ein Todesschrei. Und gleich darauf erzitterte die Luft von dem vielstimmigen Kriegsgeheul der Apatschen. Wer es auch nur ein einziges Mal vernommen hat, der kann es nie wieder vergessen. Kaum war dieses Geschrei ertönt, so sprangen alle Weißen am Feuer auf. — „Dort stehen die Hunde!" rief der Offizier, indem er auf uns deutete. „Drauf auf sie!" — „Ja, drauf!" kreischte Gibson. „Schlagt sie tot!" — Wir standen im Dunkeln, so daß sie ein ungewisses Zielen hatten. Deshalb zogen sie es vor, nicht zu schießen, sondern sich mit hochgeschwungenen Gewehren auf uns zu werfen. Zweifellos war das vorher verabredet, denn ihre Bewegungen waren so schnell und sicher, daß sie nicht die Folgen einer augenblicklichen Eingebung sein konnten. Wir waren höchstens dreißig Schritt von ihnen entfernt. Aber dieser Zwischenraum, den die Andringenden durchmessen mußten, gab Old Death doch Frist zu der Bemerkung: „Nun, habe ich nicht recht gehabt? Schnell die Gewehre hoch! Wollen sie gehörig empfangen!" — Sechs Büchsenläufe richteten sich auf die Gegner; denn auch der Häuptling hielt seine Waffe in der Hand. Unsere Schüsse krachten — zweimal aus den Doppelbüchsen —, und viele stürzten getroffen nieder. Auch die Komantschen waren aufgesprungen und hatten ihre Pfeile den Verrätern zugeschickt. Ich sah nur noch, daß sich Gibson trotz seiner Aufforderung nicht beteiligte. Er stand noch am Feuer, hatte Ohlerts Arm ergriffen und bemühte sich, ihn vom Boden emporzuzerren. Ich konnte diese beiden nur für einen Augenblick sehen. Weitere Beobachtungen waren unmöglich, denn das Geheul war schnell näher gekommen, und jetzt drangen die Apatschen auf die Komantschen ein.

9. Eine Indianerfalle

Da der Schein der beiden Feuer nicht weit genug reichte, konnten die Apatschen die Feinde nicht zählen. Die Komantschen standen noch immer im Kreis, doch wurde er augenblicklich durchbrochen und durch den Anprall seitlich aufgerollt. Schüsse krachten, Lanzen sausten, Pfeile schwirrten, Messer blinkten. Dazu das Geheul der beiden gegnerischen Scharen und der Anblick des Wirrwarrs dunkler, miteinander ringender Gestalten, die das Aussehen wütender Teufel hatten! Allen Apatschen voran war einer mit einem gewaltigen Stoß durch die Linie der Komantschen gedrungen. Er hatte in der Linken den Revolver und in der Rechten den hocherhobenen Tomahawk. Während jede Kugel aus der kleinen Feuerwaffe mit Sicherheit einen Komantschen niederstreckte, sauste das Schlachtbeil wie ein Blitz von Kopf zu Kopf. Er trug keine Auszeichnung, auch war sein Gesicht nicht bemalt. Wir sahen es deutlich. Aber schon die Art und Weise, wie er kämpfte, und der Umstand, daß er einen Revolver hatte, ließen erraten, wer er war. Der Weiße Biber erkannte ihn ebenso schnell wie wir. — „Winnetou!" rief er. „Endlich treffen wir uns! Oyo-koltsa nimmt ihn auf sich." — Der Komantsche sprang von uns fort und ins Kampfgewühl hinein. Die Gruppen schlossen sich so dicht hinter ihm, daß wir ihm nicht mit den Augen folgen konnten. — „Was tun wir?" fragte ich Old Death. „Die Apatschen sind in der Minderzahl. Wenn sie sich nicht schnell zurückziehen, werden sie aufgerieben. Wir müssen hin, um Winnetou herauszuhauen!" — Ich wollte fort. Der Alte aber ergriff mich beim Arm und hielt mich zurück. — „Macht keine Dummheit! Wir dürfen nicht verräterisch gegen die Komantschen handeln, denn wir haben das Kalumet mit ihnen geraucht. Übrigens braucht Winnetou Eure Hilfe nicht; er ist selber klug genug. Ihr hört es ja." — Ich hörte allerdings die Stimme meines roten Freundes: „Wir sind betrogen worden. Weicht schnell zurück! Fort, fort!" — Die Feuer waren während des kurzen, aber heißen Kampfes fast ausgetreten worden; doch erleuchteten sie die Umgegend immer noch so, daß ich sehen konnte, was geschah. Die Apatschen zogen sich zurück. Winnetou hatte erkannt, daß eine viel zu große Übermacht gegen ihn stand. Ich wunderte mich darüber, daß er, ganz gegen seine sonstige Gewohnheit, nicht vorher Umschau gehalten hatte, um die Feinde zu zählen. Der Grund dafür wurde mir aber bald darauf bekannt. — Die Komantschen wollten nachdrängen, wurden jedoch durch die Kugeln und Pfeile der Apatschen daran gehindert. Besonders oft hörte ich dabei den Knall von Winnteous Silberbüchse, die er bekanntlich von seinem Vater geerbt hatte. Der Weiße Biber ließ die Feuer wieder nähren, so daß es heller wurde, und kam zu uns. — „Die Apatschen sind uns entkommen. Morgen aber in aller Frühe werden wir sie verfolgen und vernichten." — „Meinst du, daß euch das gelingen wird?" entgegnete Old Death. — „Gewiß! Denkt mein Bruder etwa anders als Oyo-koltsa? Dann irrt er sich." — „Hast du nicht vorhin, als ich dich warnte, auch gesagt, ich irrte mich? Ich habe dieses Tal eine Falle genannt. Vielleicht wird es dir unmöglich sein, es zu verlassen." — „Laßt nur den Tag erscheinen, dann sehen wir die wenigen Feinde, die übriggeblieben sind, und werden sie schnell erledigen. Jetzt sind sie durch die Dunkelheit geschützt." — „So ist es doch unnötig, auf sie zu schießen! Wenn ihr eure Pfeile verschossen habt, gibt euch dieses Tal zwar Holz genug, neue zu fertigen; aber habt ihr auch Eisenspitzen dazu? Vergeudet eure Verteidigungsmittel nicht! Und wie steht es mit den zehn Kriegern der Komantschen, die den Eingang des Tals bewachen? Befinden sie sich noch dort?" — „Nein, sie sind hier. Der Kampf hat sie herbeigelockt." — „So sende sie unverzüglich wieder hin, damit dir wenigstens der Rückzug offenbleibt!"

„Die Sorge meines Bruders ist überflüssig. Die Apatschen sind durch den Ausgang geflohen. Zum Eingang aber kann keiner gelangen." — „Und doch rate ich dir, mir zu folgen. Die zehn Mann können dir hier nichts nützen; dort aber sind sie nötig." — Der Häuptling folgte dieser Aufforderung, freilich mehr aus Achtung für Old Death als aus Überzeugung. Bald aber stellte sich heraus, wie recht der Alte gehabt hatte; denn als die zehn fort waren, ertönten vom Eingang des Tals her zwei Büchsenschüsse, denen ein wildes Geheul antwortete. Einige Minuten später kehrten zwei von den zehn zurück, um zu melden, daß sie mit zwei Kugeln und vielen Pfeilen empfangen worden seien. Nur sie beide seien entkommen. — „Nun, habe ich mich geirrt?" fragte der Scout. „Die Falle ist hinten und vorn geschlossen, und wir stecken drin." — Der Weiße Biber war arg betroffen. — „Uff! Was soll Oyo-koltsa tun?" — „Verschwende nicht die Kräfte und die Waffen deiner Leute! Stelle je zwanzig oder dreißig gegen die Ausgänge des Tals, um diese beiden Punkte bewachen zu lassen. Die übrigen Leute mögen sich zurückziehen, um zu ruhen, damit sie morgen früh frische Kräfte haben. Das ist das Einzige und wohl auch das Beste, was man dir raten kann." — Diesmal befolgte der Häuptling den Rat sofort. Dann zählten wir die Gefallenen, und nun dachte ich erst wieder an die Weißen. Nur die Toten lagen da; die übrigen waren fort. Es fehlten mit dem Offizier, Gibson und William Ohlert gerade zehn Mann. Auch die beiden Topias waren verschwunden. — „Das ist schlimm!" seufzte ich. „Die Kerle haben sich zu den Apatschen in Sicherheit gebracht." — „Ja, und dort sind sie gut aufgenommen worden, da sie es mit den beiden Kundschaftern, den vermeintlichen Topias hielten", nickte Old Death. — „So sind uns Gibson und Ohlert abermals verloren!" — „Nein", widersprach der Alte. „Wir haben das Totem des Guten Mannes, und die Apatschen kennen mich; also werden sie uns als Freunde aufnehmen. Dann werde ich es so weit bringen, daß man uns die beiden ausliefert. Wir verlieren einen Tag, das ist alles." — „Aber wenn sich die beiden nun auf und davon machen?" — „Das glaube ich nicht. Sie müßten quer durch die Mapimi, und das können sie allein nicht wagen — doch halt, was ist das?" — Ein Trupp Komantschen stand beisammen. Aus ihrer Mitte erklang ein Stöhnen und Wimmern. Wir gingen hinzu und sahen einen der Weißen, der infolge einer schweren Verwundung bewußtlos geworden und soeben wieder zu sich gekommen war. Er hatte einen Lanzenstich durch den Unterleib erhalten, von hinten her, also von einem Komantschen. Das mußte geschehen sein, als die Weißen auf uns eindrangen. — Old Death kniete bei ihm nieder und untersuchte seine Wunde. — „Mann", sagte er, „Ihr habt es mit den Apatschen gehalten?" — „Ja", wimmerte der Gefragte. — „Ihr wußtet, daß wir in dieser Nacht überfallen werden sollten?" — „Ja. Die beiden angeblichen Topias hatten die Komantschen zu diesem Zweck hierhergeführt." — „Und Gavilano sollte das Zeichen mit dem Feuer geben?" — „Ja, Sir. Eigentlich mußte er so oft ins Feuer schlagen, wie es hundert Komantschen waren. Wäre Gavilano nicht dabei gestört worden, so hätte Winnetou die Feinde erst morgen an einem anderen Ort angegriffen, weil er heute nur hundert Mann bei sich hatte. Morgen aber stoßen die übrigen zu ihm." — „Dachte ich mir. Daß ich Gavilano verhindert habe, noch viermal in sein Feuer zu stöbern, hat die Apatschen veranlaßt, uns jetzt schon zu überfallen. Nun aber haben sie die Ausgänge besetzt. Wir können nicht fort, und morgen wird sich dieses Tal zu einem offenen Grab für uns gestalten." — „Wir werden uns wehren", knirschte der Häuptling, der dabei stand, grimmig. „Dieser Verräter aber soll als räudiger Hund in die Ewigen Jagdgründe gehen, um dort von den Wölfen gehetzt zu werden, daß ihm der Geifer von der Zunge trieft." — Er zog sein Messer und stieß es dem Verwundeten ins Herz. — „Torheit!" rief Old Death zornig. „Du brauchtest an ihm nicht zum Mörder zu werden." — „Oyo-koltsa hat ihn getötet, und nun ist seine Seele die Sklavin der seinigen. Wir aber wollen jetzt Kriegsrat halten. Die Krieger der Komantschen haben keine Lust zu warten, bis die Hunde der Apatschen in Scharen herbeikommen. Wir können noch in der Nacht durch den Ausgang dringen."

Er ließ sich mit seinen Unteranführern am Feuer nieder. Old Death mußte auch an der Beratung teilnehmen. Ich saß mit Lange, dessen Sohn und dem Neger so weit davon entfernt, daß ich nichts verstehen konnte, da die Verhandlung mit gedämpfter Stimme geführt wurde. Doch ersah ich aus den Zügen und den lebhaften Handbewegungen des Scout, daß er nicht der Meinung der Indianer war. Er schien seine Ansicht mit Eifer zu verteidigen, freilich ohne Erfolg. Endlich sprang er zornig auf, und ich hörte ihn sagen: „Nun, so rennt in euer Verderben! Ich habe euch bereits wiederholt gewarnt, ohne gehört zu werden. Stets habe ich recht gehabt und werde es auch diesmal haben. Macht, was ihr wollt! Ich aber und meine Gefährten, wir bleiben hier zurück!" — „Ist das Bleichgesicht zu feig, um mit uns gemeinsam zu kämpfen?" fragte einer der Unteranführer. — Old Death machte eine heftige Bewegung gegen ihn und wollte ihm eine strenge Antwort geben, besann sich aber und sagte ruhig: „Mein Bruder muß erst seinen Mut beweisen, bevor er mich nach dem meinigen fragen darf. Ich heiße Koscha-pehve, das genügt." — Er kam zu uns und setzte sich da nieder, während die Roten noch eine Weile fortberieten. Endlich waren sie zu einem Entschluß gekommen und standen von ihren Sitzen auf. Da ertönte jenseits des Tals eine laute Stimme: „Der Weiße Biber mag hierher sehen! Meine Büchse ist hungrig auf ihn." — Aller Augen wendeten sich der Stelle zu, woher die Worte klangen. Dort stand Winnetou, ein dunkler Schatten vor der hellgetönten Felswand, schwach angeleuchet von den Feuern im Tal, hoch aufgerichtet, mit angeschlagenem Gewehr. Die beiden Läufe blitzten nacheinander auf. Der Weiße Biber stürzte getroffen nieder und neben ihm einer der Unterhäuptlinge. — „So werden alle Lügner und Verräter sterben!" erscholl es noch. Dann war der Apatsche verschwunden. — Das war so schnell vor sich gegangen, daß die Komantschen gar nicht Zeit gefunden hatten, aufzuspringen. Nun aber fuhren sie alle empor und stürzten in die Gegend, wo Winnetou verschwunden war. Nur wir fünf blieben zurück. Old Death trat zu den beiden Häuptlingen. Sie waren tot. — „Welch ein Wagnis!" rief Lange. „Dieser Winnetou ist einfach tollkühn!" — „Pshaw!" lachte Old Death. „Das Richtige kommt erst noch. Paßt auf!" — Kaum hatte er das gesagt, so hörten wir ein durchdringendes Geheul. — „Da habt Ihr's!" meinte er. „Winnetou hat nicht nur die beiden Anführer für die Verräterei ihres Volkes bestraft, sondern auch die Komantschen fortgelockt in den Bereich der Seinigen. Die Pfeile der Apatschen werden ihre Opfer fordern. Horcht!" — Der scharfe, dünne Knall von Revolverschüssen war zu hören, drei-, fünf-, achtmal hintereinander. — „Es ist Winnetou", meinte Old Death. „Er bedient sich seiner Revolver. Ich glaube, er steckt mitten unter den Komantschen, ohne daß sie ihm etwas anhaben können!" — Dem alten Westmann waren solche Ereignisse etwas Alltägliches. Sein Gesicht war so ruhig, als verfolge er im Theater den Verlauf eines Schauspiels, dessen Aufbau und Schluß ihm schon bekannt waren. Die Komantschen kehrten zurück, da es ihnen nicht gelungen war, Winnetou zu fassen. Statt dessen aber brachten sie mehrere der Ihrigen getragen, die tot oder verwundet waren. Weiße hätten sich dabei sowohl aus Teilnahme als auch aus Klugheit ruhig verhalten. Die Roten aber heulten und brüllten und tanzten mit geschwungenen Kriegsbeilen um die Leichen. — „Ich würde die Feuer auslöschen lassen und mich an Stelle dieser Komantschen ruhig verhalten", meinte Old Death. „Sie heulen ihren eigenen Todesgesang." — „Was ist denn eigentlich im Kriegsrat beschlossen worden?" fragte Lange. — „Sich sofort nach Westen durchzuschlagen." — „Welche Dummheit! Da gehen sie ja den Apatschen, die hier eintreffen sollen, gerade entgegen." — „Das wohl nicht, Sir, denn es wird ihnen nicht gelingen, durchzukommen. Allerdings, wenn es ihnen glückte, hätten sie Winnetou hinter sich und die von ihm erwarteten Hilfstruppen vor sich. Sie befänden sich also zwischen zwei Gegnern und würden aufgerieben. Aber sie glauben die Apatschen in der Minderzahl und sind überzeugt, die Feinde vernichten zu können. Übrigens wissen sie, daß der Sohn des Weißen Biber mit seiner Schar, die wir getroffen haben, nachkommen wird; das verdoppelt ihre Zuversicht. Nun werden sie obendrein vor Begierde brennen, den Tod der beiden Anführer zu rächen. Aber sie sollten wenigstens den Morgen abwarten und dann nach rückwärts durchbrechen, woher wir gekommen sind. Am Tag sieht man den Feind und die Hindernisse, die er einem bereitet. Doch meine Ansicht drang nicht durch. Uns freilich kann es gleichgültig sein, was sie tun. Wir machen nicht mit."

„Das werden uns die Komantschen übelnehmen."

„Kann ich nicht ändern. Old Death hat keine Lust, sich nutzlos den Kopf einzurennen. — Horcht! Was war das?"

Die Komantschen heulten noch immer, so daß sich nicht bestimmen ließ, welcherart das Geräusch gewesen war, das wir soeben gehört hatten.

„Diese Toren!" zürnte Old Death. „Winnetou ist ganz der Mann, sich den unangebrachten Lärm, den sie da vollführen, zunutze zu machen. Vielleicht legt er Bäume nieder, um den Ausgang zu verschließen; denn es klang soeben ganz wie das Krachen und Prasseln eines fallenden Baumes. Ich möchte darauf schwören, daß keiner von den Komantschen entkommen wird. Eine schreckliche, aber gerechte Strafe dafür, daß sie mitten im Frieden ahnungslose Indianerortschaften überfielen und sogar die Abgesandten bei den Verhandlungen im Fort ermordeten. Wenn es Winnetou gelingt, die Ausgänge zu verschließen, kann er seine Leute zurückziehen, die Hauptmacht hier im Tal zusammennehmen und die Unvorsichtigen von hinten angreifen. Ich traue ihm das zu."

Endlich war die vorläufige Totenklage zu Ende, und die Komantschen verhielten sich still, traten zusammen und empfingen Weisungen des Unterführers, der nunmehr den Befehl übernahm.

„Die Indsmen scheinen jetzt aufbrechen zu wollen", meint Old Death. „Wir müssen zu unseren Pferden, damit sie sich nicht etwa an ihnen vergreifen. Mr. Lange, geht mit Eurem Sohn und Hektor hin, um sie zu holen! Wir bleiben hier; schätze, daß uns der neue Befehlshaber noch eine kleine Rede halten wird."

Er hatte recht. Als die drei fort waren, kam der jetzige Anführer langsamen Schritts auf uns zu.

„Die Bleichgesichter sitzen ruhig auf der Erde, während sich die Komantschen zu ihren Pferden begeben. Warum stehen sie nicht auch auf?"

„Weil wir noch nicht erfahren haben, was von den Komantschen beschlossen worden ist."

„Wir werden das Tal verlassen."

„Es wird euch nicht gelingen, hinauszukommen."

„Old Death ist wie ein Krähe, deren Stimme Unheil verkündet. Die Komantschen werden alles niederreiten, was sich ihnen in den Weg stellt."

„Sie werden nichts und niemand niederreiten als nur sich selbst. Wir aber bleiben hier."

„Ist Old Death nicht unser Freund? Hat er nicht die Pfeife des Friedens mit uns geraucht? Ist er nicht verpflichtet, mit uns zu kämpfen. Die Bleichgesichter sind kühne Krieger. Sie werden uns begleiten und sich an unsere Spitze stellen."

Da stand Old Death auf, trat nahe an den Komantschen heran und lachte ihm ins Gesicht.

„Das könnte euch passen! Die Bleichgesichter sollen voranreiten, um den Roten den Weg zu bahnen und dabei unterzugehen. Wir sind Freunde der Komantschen, aber wir müssen nicht ihren Häuptlingen gehorchen. Wir helfen unseren Freunden bei jedem Kampf, der mit Sinn und Überlegung geführt wird; aber wir nehmen nicht teil an Plänen, von denen wir schon vorher wissen, daß sie mißlingen."

„So werden die Weißen nicht mitreiten? Wir hatten sie für kühne Krieger gehalten."

„Wir sind es. Aber wir sind auch vorsichtig. Übrigens sind wir die Gäste der Komantschen. Wann ist bei ihnen die Sitte aufgekommen, ihre Gäste, die sie doch beschützen sollten, gerade dahin zu stellen, wo der Tod unvermeidlich ist? Mein Bruder ist schlau, aber wir sind nicht dumm. Auch mein Bruder ist ein tapferer Krieger, und so bin ich überzeugt, daß er seinen Leuten voranreiten wird, denn das ist die Stelle, wohin er gehört."

Der Rote wurde verlegen. Seine Absicht, uns zu opfern, um sich zu retten, war unverfroren. Als er sah, daß er damit bei Old Death nicht durchkam, wurde er zornig. Sein bisher ruhiger Ton wurde strenger.

„Was werden die Bleichgesichter tun, wenn die Komantschen fort sind? Werden sie sich etwa den Apatschen anschließen?"

„Wie wäre es möglich, da mein Bruder die Apatschen doch vernichten will! Es sind ja gar keine Apatschen mehr vorhanden, denen wir uns anschließen könnten!"

„Aber es werden welche nachkommen. Die Komantschen dürfen nicht dulden, daß die Bleichgesichter hier zurückbleiben. Sie müssen mit fort."

„Ich habe bereits gesagt, daß wir bleiben."

„Wenn die Weißen nicht mit uns gehen, müssen wir sie als unsere Feinde betrachten."

„Und wenn die Roten uns als Feinde ansehen, werden wir sie auch als Feinde behandeln."

„Wir werden ihnen ihre Pferde nicht geben."

„Die haben wir uns schon genommen. Da werden sie soeben gebracht."

Gerade kamen unsere Freunde mit unseren Tieren heran. Der Anführer zog die Brauen finster zusammen.

„Also haben die Weißen schon ihre Vorkehrungen getroffen. Ich sehe, daß sie uns feindlich gesinnt sind, und werde sie von meinen Kriegern gefangennehmen lassen."

Der Scout stieß ein kurzes, unheimlich klingendes Lachen aus.

„Der Anführer der Komantschen täuscht sich in uns. Ich habe dem Weißen Biber gesagt, daß wir hierbleiben werden. Wenn wir diesen Entschluß nun ausführen, so enthält er nicht die mindeste Feindseligkeit gegen die Komantschen. Es ist also kein Grund vorhanden, uns gefangenzunehmen."

„Wir werden es dennoch tun, wenn die Weißen nicht versprechen, mit uns zu reiten und sich an unsere Spitze zu stellen." — Der Blick Old Deaths schweifte forschend umher. Über sein Gesicht glitt jenes Grinsen, das bei ihm stets erschien, wenn er im Begriff war, jemand eine Schlappe beizubringen. Wir drei standen am Feuer. Wenige Schritte von uns hielten die anderen mit den Pferden. Kein einziger Komantsche befand sich in der Nähe. Sie waren alle zu ihren Gäulen gegangen. Old Death sagte in deutscher Sprache, so daß der Komantche seine Worte nicht verstehen konnte:

„Wenn ich ihn niederschlage, dann schnell auf die Pferde und mir nach, dem Eingang des Tals zu, denn die Komantschen befinden sich auf der anderen Seite!"

„Mein Bruder mag nicht diese Sprache reden!" murrte der Anführer. „Der Häuptling will wissen, was er seinen Gefährten zu sagen hat."

„Das soll der Häuptling sofort erfahren. Ihr habt heute wiederholt meinen Rat mißachtet und seid dann selbst durch den folgenden Schaden noch nicht klug geworden. Meinst du, Old Death ließe sich zwingen, etwas zu tun, was er zu unterlassen beschlossen hat? Ich sage dir, daß ich mich weder vor dir noch vor all deinen Komantschen fürchte. Du willst uns gefangennehmen? Merkst du denn nicht, daß du dich in meiner Hand befindest? Sieh diese Waffe! Nur die kleinste Bewegung, so schieße ich dich nieder!"

Der Scout hielt ihm den Revolver entgegen. Der Anführer, der sich selbst nunmehr Häuptling nannte, wollte zum Messer greifen; aber sofort saß ihm Old Deaths Waffe auf der Brust.

„Die Hand weg!" donnerte ihn der Alte an. Der Komantsche ließ die Hand sinken.

„So!" fuhr Old Death fort. „Du zeigst dich als Feind, und ich gebe dir die Kugel, wenn du mir nicht augenblicklich gehorchst!"

Die bemalten Züge des Roten kamen in Bewegung. Er blickte sich forschend um, aber Old Death bemerkte:

„Suche nicht um Hilfe bei deinen Leuten! Selbst wenn sie sich hier befänden, würde ich dich niederschießen. Deine Gedanken sind schwach wie die eines alten Weibes, dessen Gehirn vertrocknet ist. Du bist von Gegnern eingeschlossen, denen ihr unterliegen müßt, und doch schaffst du dir in uns weitere Feinde, die noch mehr zu fürchten sind als die Apatschen. Wie wir bewaffnet sind, schießen wir hundert von euch nieder, ehe ein Pfeil von euch uns erreichen kann. Willst du deine Leute mit Gewalt in den Tod führen, so tu es! Für uns aber gelten deine Befehle nicht."

Der Indianer stand eine kurze Weile schweigend da. Dann sagte er: „Mein Bruder muß bedenken, daß meine Worte nicht so gemeint waren."

„Ich nehme deine Worte, wie sie klingen."

„Tu deine Waffe weg, und wir wollen Freunde bleiben!"

„Ja, das können wir. Aber bevor ich die Waffe von deiner Brust nehme, muß ich Sicherheit haben, daß es mit deiner Freundschaft ehrlich gemeint ist."

„Der Häuptling hat es gesagt, und sein Wort gilt."

„Und soeben sprachst du davon, daß du deine Worte anders meinst, als sie klingen. Man kann sich also auf dein Versprechen nicht verlassen."

„Wenn du dem Häuptling der Komantschen nicht glaubst, kann er dir keine weitere Sicherheit geben."

„O doch! Ich verlange von dir, daß du mir deine Friedenspfeife gibst und —"

„Uff!" rief der Indianer erschrocken. „Das Kalumet gibt man nicht weg."

„Ich bin damit noch gar nicht zufrieden. Ich verlange nicht nur dein Kalumet, sondern auch deine Medizin."

„Uff, uff, uff! Das ist unmöglich!"

„Du sollst mir beides nicht für immer geben. In dem Augenblick, da wir uns friedlich trennen, erhältst du beides wieder."

„Kein Krieger gibt seinen Medizinbeutel aus der Hand!"

„Und doch verlange ich ihn. Ich kenne eure Sitten. Habe ich dein Kalumet und deine Medizin, so bin ich wie du selbst, und jede Feindseligkeit gegen uns würde dich um die Freuden der Ewigen Jagdgründe bringen."

„Und der Häuptling gibt sie nicht her!"

„Nun, so sind wir fertig. Ich werde dich jetzt niederschießen und dir dann deinen Skalp nehmen, so daß du nach deinem Tod mein Sklave wirst. Um dir eine Frist zu lassen, werde ich meine linke Hand dreimal erheben. Beim drittenmal schieße ich, wenn du mir nicht gehorchst."

Old Death hob die Hand zum ersten-, zum zweitenmal, während er mit der Rechten den Revolver noch immer auf das Herz des Roten gerichtet hielt. Schon war die dritte Handbewegung halb vollendet, da sagte der Indianer:

„Warte! Wird das Bleichgesicht beides wiedergeben?"

„Ja." — „So soll Koscha-pehve haben, was er verlangt."

Er wollte zum Medizinbeutel und zur Pfeife greifen, die er beide um den Hals hängen hatte.

„Halt!" fiel ihm Old Death in die Rede. „Nieder mit den Händen, sonst schieße ich! Ich traue dir erst dann, wenn ich die beiden Gegenstände wirklich besitze. Mein Gefährte mag sie dir vom Hals nehmen und sie mir umhängen."

Der Komantsche ließ die Hände wieder sinken. Ich nahm ihm die Sachen ab und hängte sie Old Death um, worauf der Alte den ausgestreckten Arm mit dem Revolver zurückzog.

„So!" erklärte er. „Jetzt sind wir wieder Freunde, und mein Bruder mag nun tun, was ihm beliebt. Wir werden hier zurückbleiben, um abzuwarten, wie der Kampf ausgeht."

Der Rote konnte seine Wut kaum bezähmen. Seine Hand fuhr zum Messer, aber er wagte doch nicht, es herauszuziehen. Er blitzte uns nur grimmig an.

„Die Bleichgesichter sind jetzt sicher, daß ihnen nichts geschieht, aber sobald sie mir das Kalumet und die Medizin zurückgegeben haben, wird Feindschaft zwischen ihnen und uns sein, bis sie am Marterpfahl gestorben sind!"

Er wandte sich ab und eilte davon.

„Wir sind jetzt vorläufig sicher", sagte der Scout. „Trotzdem aber wollen wir keine Vorsichtsmaßnahme versäumen. Wir bleiben nicht hier beim Feuer, sondern ziehen uns in den Hintergrund des Tals zurück und beobachten da ruhig, was nun geschehen wird. Kommt, Mesch'schurs, nehmt die Pferde mit!"

Jeder faßte sein Pferd am Zügel. So begaben wir uns in den rückwärtigen Teil des Tals, wo wir die Tiere anpflockten und uns am Fuß der Talwand unter den Bäumen niederließen. Das Feuer leuchtete vom verlassenen Lagerplatz her. Rundum herrschte tiefe Stille.

„Warten wir die Sache ab", meinte der Scout. „Schätze, daß der Tanz bald beginnen wird. Die Komantschen werden unter einem höllischen Geheul losbrechen, aber mancher von ihnen wird seine Stimme zum letztenmal erhoben haben. Da — da habt ihr's ja schon!"

Das Geheul, von dem er gesprochen hatte, erscholl, als sei eine Herd wilder Tiere losgelassen worden.

„Horcht! Hört ihr einen Apatschen antworten?" fragte der Alte. „Gewiß nicht. Die sind klug und verrichten ihre Arbeit in aller Stille."

Die Felswände gaben das Kriegsgeschrei in vervielfachter Stärke zurück. Ebenso wiederholte das Echo die beiden Schüsse, die jetzt fielen.

„Das ist wieder Winnetous Silberbüchse", stellte der Scout fest, „ein sicheres Zeichen, daß die Komantschen aufgehalten werden."

Wenn abgeschossene Pfeile und geworfene Lanzen einen Schall verursachen könnten, so wäre das Tal jetzt gewiß von wildem Getöse erfüllt gewesen. So aber hörten wir nur die Stimmen der Komantschen und die fortgesetzten Schüsse Winnetous. Das dauerte wohl zwei Minuten. Da klang ein Mark und Bein durchdringendes ‚Iwiwiwiwiwi' zu uns herüber.

„Das Apatschen sein!" jubelte Hektor. „Haben gesiegt und Komantschen zurückgeschlagen."

Jedenfalls hatte er recht, denn als dieses Siegesgeheul verklungen war, trat tiefe Stille ein, und zu gleicher Zeit sahen wir am Feuer die Gestalten von Reitern erscheinen, zu denen sich hastig immer mehr gesellten. Es waren die Komantschen. Der Durchbruch war nicht gelungen. Für einige Zeit herrschte beim Feuer eine große Verwirrung. Wir beobachteten, wie Menschen herbeigetragen wurden, die tot oder verwundet waren, und das Klagegeheul hob von neuem an. Old Death rückte in größtem Ärger auf seinem Platz hin und her und schimpfte über die Unvernunft der Komantschen. Nur eins erwähnte er beifällig, nämlich, daß sie eine Schar als Posten in die Richtung der beiden Ausgänge fortschickten, denn das war eine sehr nötige Vorsichtsmaßnahme. Als nach kurzer Zeit die Totenklagen verstummten, schienen sich die Komantschen zu einer Beratung niederzusetzen. Von da an verging wohl eine halbe Stunde. Dann sahen wir mehrere Krieger sich vom Lager entfernen und sich in der Richtung der hinteren Seite des Tals zerstreuen, wo wir uns befanden.

„Jetzt werden wir gesucht", meinte Old Death. „Sie haben wohl eingesehen, welche Dummheiten sie begangen haben, und werden nun nicht mehr zu stolz sein, auf unseren Rat zu hören."

Einer der Boten kam in unsere Nähe. Old Death hustete leise. Der Mann hörte es und trat herbei.

„Sind die Bleichgesichter hier?" fragte er. „Sie sollen ans Feuer kommen."

„Wer sendet dich?"

„Der neue Häuptling."

„Was sollen wir dort?"

„Eine Beratung soll abgehalten werden, woran die Bleichgesichter teilnehmen dürfen."

„Dürfen? Wie gütig von euch! Sind wir es endlich einmal wert, von den klugen Kriegern der Komantschen angehört zu werden? Wir liegen hier, um zu ruhen. Wir wollen schlafen. Sag das dem Häuptling! Eure Feindschaft mit den Apatschen ist uns jetzt gleichgültig."

Da legte sich der Rote aufs Bitten. Das blieb nicht ohne Erfolg auf den gutherzigen Alten, denn er sagte:

„Nun wohl, wenn ihr ohne unseren Rat keinen Weg der Rettung findet, so sollt ihr ihn haben. Aber es behagt uns nicht, uns von eurem Häuptling befehlen zu lassen. Melde ihm, daß er zu uns kommen soll, wenn er mit uns sprechen will!"

„Das tut er nicht, denn er ist ein Häuptling."

„Höre, Mann, ich bin ein viel größerer und berühmterer Häuptling als er. Ich kenne nicht einmal seinen Namen."

„Auch kann er nicht gehen, selbst wenn er wollte, weil er am Arm verwundet ist."

„Seit wann gehen die Krieger der Komantschen nicht mehr mit den Beinen, sondern auf den Armen? Wenn er nicht zu uns kommen will, so mag er bleiben, wo er ist. Wir brauchen ihn nicht!"

Das war so entschieden gesprochen, daß der Rote noch weiter einlenkte:

„Der Komantsche wird seinem Häuptling die Worte Old Deaths mitteilen. Vielleicht kommt er doch."

Der Mann entfernte sich. Wir sahen ihn am Feuer in den Kreis der Krieger treten. Eine geraume Zeit verging, bevor etwas geschah. Endlich bemerkten wir, daß sich eine Gestalt in der Mitte der Sitzenden erhob, das Lagerfeuer verließ und auf uns zukam. Es war der neue Häuptling, dem Old Death Tabakpfeife und Medizinbeutel abgenommen hatte.

„Aha!" meinte Old Death. „Er läßt sich also doch herab, noch einmal mit uns zu sprechen."

Als sich der Häuptling näherte, erkannten wir, daß er den linken Arm in einem Riemen trug. Der Ort, wo wir uns befanden, mußte ihm genau beschrieben worden sein, denn er kam grad auf ihn zu und blieb vor uns stehen. Er hatte wohl erwartet, angeredet zu werden. Old Death aber rührte sich nicht und schwieg. Wir anderen verhielten uns ebenso.

„Mein weißer Bruder ließ mich bitten, zu ihm zu kommen?" fragte der Rote nun doch.

„Old Death hat nicht nötig, zu einer Bitte herabzusteigen. Du wolltest mit mir sprechen. Also bist du es, der gebeten hat. Jetzt aber möchte ich dich höflich ersuchen, mir deinen Namen zu sagen. Ich kenne ihn noch nicht."

„Er ist bekannt über die ganze Prärie. Ich werde der ‚Springende Hirsch' genannt."

„Ich bin auf allen Prärien gewesen und habe diesen Namen trotzdem nicht gehört. Du mußt sehr heimlich damit umgegangen sein. Nun aber, da ich ihn gehört habe, erlaube ich dir, dich zu uns zu setzen."

Der Häuptling trat einen Schritt zurück. Erlauben wollte er sich nichts lassen; aber er fühlte wohl, daß die Umstände ihn zwangen, nachzugeben. Deshalb ließ er sich langsam und würdevoll Old Death gegenüber nieder, und nun erst richteten wir uns in sitzende Stellung auf. Erwartete der Komantsche, daß der Scout das Gespräch beginnen werde, so hatte er sich geirrt. Der Alte verharrte in seinem Schweigen, und der Rote mußte anfangen.

„Die Krieger der Komantschen wollen eine große Beratung abhalten, und die Bleichgesichter sollen daran teilnehmen, damit wir ihren Rat hören."

„Das ist überflüssig. Ihr habt meinen Rat schon oft gehört und doch nie befolgt. Ich aber bin gewohnt, daß meine Worte Beachtung finden, und so werde ich von jetzt an meine Gedanken für mich behalten."

„Will mein Bruder nicht bedenken, daß wir seiner Erfahrung bedürfen?"

„Ah, endlich! Haben euch die Apatschen gezeigt, daß Old Death doch klüger war als fünfhundert Komantschen? Wie ist euer Angriff ausgefallen?"

„Wir konnten nicht durch den Ausgang, denn er war mit Steinen, Sträuchern und Bäumen versperrt."

„Dachte es mir! Die Apatschen haben die Bäume mit ihren Tomahawks gefällt, und ihr hörtet es nicht, weil ihr eure Toten so laut beklagtet. Warum habt ihr das Feuer nicht verlöscht? Seht ihr denn nicht ein, daß ihr euch dadurch großen Schaden bringt?"

„Die Krieger der Komantschen mußten tun, was beraten worden war. Jetzt wird man etwas Klügeres beschließen. Du wirst doch mit uns sprechen?"

„Wozu? Ich bin überzeugt, daß ihr meinen Rat abermals nicht befolgen werdet."

„Wir befolgen ihn."

„Das wollen wir erst abwarten. Aber gut, ich will noch einmal versuchen, euch zu helfen."

„So komm mit dem Springenden Hirsch zum Feuer!"

„Ich danke. Dorthin komme ich nicht. Es ist eine große Unvorsichtigkeit, dieses Feuer zu unterhalten; denn da können euch die Apatschen sehen und jeden einzelnen abschießen, wie es Winnetou ja schon mit dem Weißen Biber und dem Unterführer getan hat. Auch habe ich keine Lust, mich mit deinen Kriegern herumzustreiten. Ich werde sagen, was ich denke, und du kannst dann tun, was dir beliebt."

„So sag es!"

„Die Apatschen befinden sich nicht nur an den beiden Ausgängen des Tals, sondern sie sind im Tal selbst. Sie haben sich da vorn festgesetzt und die Ausgänge verrammelt. So können sie sich nach links und rechts wenden, ganz wie es ihnen nötig erscheint. Sie zu vertreiben, ist unmöglich."

„Wir sind ihnen ja weit überlegen."

„Wie viele Krieger habt ihr bereits eingebüßt?"

„Der Große Geist hat viele von uns zu sich gerufen. Es sind schon über zehnmal zehn. Auch Pferde sind zugrunde gegangen."

„So dürft ihr in dieser Nacht nichts mehr unternehmen, weil es euch sonst genau so ergehen würde wie das letztemal. Und am Tag werden sich die Apatschen so aufstellen, daß sie euch mit ihren Kugeln, ihr sie aber nicht mit euren Pfeilen erreichen könnt. Dann werden auch die Scharen eintreffen, nach denen Winnetou gesandt hat, und es sind nachher mehr Apatschen als Komantschen am Kampfplatz. Ihr seid dem Tod geweiht."

„Ist das wirklich die Meinung meines Bruders? Wir werden deinen Rat befolgen, wenn er uns zu retten vermag."

„Da du von Rettung sprichst, so hast du hoffentlich eingesehen, daß ich recht hatte, als ich dieses Tal dem Weißen Biber gegenüber eine Falle nannte. Wenn ich über die Sache nachdenke, finde ich zwei Wege, auf denen die Rettung möglich sein könnte. Das erste ist, daß ihr untersucht, ob man nicht doch an den Felsen emporklettern kann. Aber ihr müßt dazu den Anbruch des Tags abwarten. Die Apatschen würden euch somit sehen und sich jenseits des Tals auf euch werfen. Dort sind sie euch überlegen, weil ihr Eure Pferde nicht mitnehmen könnt. Es gibt also nur noch ein Mittel, euch zu retten. Tretet in Unterhandlung mit den Apatschen!"

„Das tun wir nicht!" brauste der Springende Hirsch auf. „Die Apatschen würden unsern Tod verlangen."

„Das verdenke ich ihnen auch nicht, weil ihr ihnen Grund dazu gegeben habt. Ihr habt mitten im Frieden ihre Dörfer überfallen, ihre Habe geraubt, ihre Weiber und Töchter fortgeführt und ihre Krieger getötet oder zu Tode gemartert. Ihr habt dann ihren Abgesandten das Wort gebrochen und sie ermordet. So schändliche Taten schreien nach Rache, und es ist deshalb kein Wunder, daß ihr keine Gnade von den Apatschen erwarten dürft. Du siehst das wohl selbst ein und gibst zu, daß ihr unverantwortlich an ihnen gehandelt habt.

Das war aufrichtig gesprochen, so aufrichtig, daß der Häuptling für eine ganze Weile verstummte.

„Uff!" stieß er dann hervor. „Das sagst du dem Springenden Hirsch, dem Häuptling der Komantschen?"

„Ich würde es dir sagen, auch wenn du der Große Geist selber wärst. Es war eine Schändlichkeit von euch, in dieser Weise an den Apatschen zu handeln, die euch nichts zuleide getan hatten. Warum habt ihr ihre Gesandten getötet? Warum habt ihr den jetzigen Kriegszug unternommen und Tod, Verderben und Schande über die Nichtsahnenden gebracht? Antworte mir!"

Der Indianer stieß erst nach längerer Zeit grimmig hervor:

„Die Apatschen sind unsere Feinde."

„Nein. Sie lebten in Frieden mit euch, und kein Abgesandter von euch hat ihnen die Botschaft gebracht, daß ihr das Kriegsbeil gegen sie ausgegraben habt. Ihr seid euch eurer Schuld wohl bewußt. Deshalb sagst du auch, daß ihr keine Gnade von ihnen zu erwarten habt. Und doch wäre es möglich, einen leidlichen Frieden mit ihnen zu schließen. Es ist ein Glück für euch, daß Winnetou ihr Anführer ist, denn er trachtet nicht nach Blut. Er ist der einzige Häuptling der

Apatschen, der sich vielleicht zur Milde gegen euch entschließen könnte. Sendet einen Mann zu ihm, um eine Unterhandlung herbeizuführen. Ich selbst will mich sogar bereit finden lassen, zu gehen, um ihn nachgiebig zu stimmen."

„Die Komantschen werden lieber sterben, als die Apatschen um Gnade bitten."

„Nun, das ist eure Sache. Ich habe dir jetzt meinen Rat erteilt. Ob du ihn befolgst oder nicht, ist mir gleichgültig."

„Weiß mein Bruder keine andere Hilfe? Er redet zugunsten der Apatschen; also ist er ein Freund von ihnen."

„Ich bin allen roten Männern wohlgesinnt, solange sie mich nicht feindselig behandeln. Die Apatschen haben mir nicht das geringste Leid getan. Warum soll ich dann ihr Feind sein? Du aber wolltest uns gefangennehmen. Nun wäge ab, wer größeres Anrecht auf unsere Freundschaft hat, ihr oder sie!"

„Du trägst das Kalumet und den Medizinbeutel des Springenden Hirsches, also ist das, was du sagst, geradeso, als ob es seine Worte wären. Deshalb darf er dir nicht die Antwort geben, die er dir geben möchte. Dein Rat taugt nichts. Du verfolgst damit die Absicht, uns in die Hände der Apatschen zu bringen. Wir wissen nun selber, was wir zu tun haben."

„Nun, wenn ihr das wißt, so ist es gut. Wir sind fertig miteinander und haben nichts mehr zu besprechen."

„Ja, wir sind fertig miteinander", knurrte der Komantsche. „Aber bedenke wohl, daß du trotz des Schutzes, unter dem du jetzt noch stehst, unser Feind bist! Du darfst mein Kalumet und meine Medizin nicht behalten. Du wirst sie hergeben müssen, bevor wir diesen Ort verlassen, und dann wird die Rache über dich kommen."

„Well! Ich bin einverstanden. Was über mich kommen soll, erwarte ich mit großer Ruhe. Du hast Old Death gedroht. Ich wiederhole, daß wir miteinander fertig sind. Du kannst gehen."

„Uff!" stieß der Springende Hirsch wild hervor. Dann wandte er sich ab und kehrte gemessenen Schritts zum Feuer zurück.

„Diese Kerle sind wie vor den Kopf geschlagen", zürnte Old Death hinter ihm her. „Sie können sich wirklich nur dadurch retten, daß sie um Frieden bitten. Anstatt das zu tun, bauen sie auf ihre Überlegenheit. Aber wie die Verhältnisse jetzt liegen, ist Winnetou allein für hundert Krieger zu rechnen. Das werdet Ihr nicht glauben, weil Ihr ein Neuling im Wilden Westen seid und nicht ahnt, was unter Umständen ein einziger tüchtiger Mann zu bedeuten hat. Ihr solltet zum Beispiel nur wissen, was dieser junge Apatsche mit seinem weißen Freund Old Shatterhand ausgeführt hat. Habe ich Euch schon davon erzählt?"

Er nannte meinen Namen jetzt zum erstenmal.

„Nein", entgegnete ich. „Wer ist dieser Old Shatterhand?"

„Ein junger Mann wie Ihr, aber doch — nehmt mir's nicht übel — noch ein ganz anderer Kerl als Ihr. Schlägt alle Feinde mit der Faust zu Boden, schießt mit dem Teufel um die Wette und ist ein Schlaumeier, an den kein anderer herankommt."

Da raschelte es leise hinter uns und eine unterdrückte Stimme sagte:

„Uff! Old Death hier? Das habe ich nicht gewußt. Wie freue ich mich darüber!"

Der Alte drehte sich erschrocken um und zog sein Messer.

„Mein alter weißer Bruder mag das Messer in seinem Gürtel stecken lassen!" sprach die Stimme weiter. „Er wird doch Winnetou nicht stechen wollen."

„Winnetou? *Behold!* Allerdings nur Winnetou konnte es fertigbringen, sich hinter Old Death zu schleichen, ohne von ihm bemerkt zu werden. Das ist ein Meisterstück."

Der Apatsche kam vollends herangekrochen und entgegnete, ohne sich merken zu lassen, daß er mich kannte:

„Der Häuptling der Apatschen hat keine Ahnung gehabt, daß Old Death hier ist, sonst hätte er schon eher mit ihm gesprochen."

„Aber du begibst dich da in eine außerordentliche Gefahr. Du hast durch die Posten und dann noch bis hierher schleichen müssen und mußt auch wieder zurück."

„Nein, das hat Winnetou nicht nötig. Die Bleichgesichter sind seine Freunde, und er kann ihnen sein Vertrauen schenken. Dieses Tal liegt im Gebiet der Apatschen, und Winnetou hat es zu einer Falle eingerichtet für Feinde, die etwa bei uns eindringen wollen. Diese Felswände sind nicht so unwegsam, wie es scheint. Die Apatschen haben einen schmalen Pfad angelegt, der in der Höhe mehrerer Männer rund um das Tal läuft. Mit Hilfe eines Lassos kommt man leicht hinauf und wieder herab. Die Komantschen sind durch unsere Kundschafter in diese Falle gelockt worden und sollen darin untergehen."

„Ist ihr Tod beschlossen?"

„Ja. Winnetou hat dein Gespräch mit dem Häuptling gehört und daraus ersehen, daß du zur Seite der Apatschen neigst. Du hast gesagt, was die Komantschen an uns verbrochen haben, und verstehst es, daß wir diesen vielfältigen Mord rächen."

„Aber müssen deswegen Ströme Blutes fließen?"

„Du hast selbst gehört, daß die Komantschen weder ihr Unrecht bekennen, noch das tun wollen, was du ihnen rietest und was auch die Klugheit ihnen gebieten müßte. So mag ihr Blut über sie selbst kommen. Die Apatschen werden ein warnendes Beispiel schaffen, wie sie den Verrat zu bestrafen wissen. Das müssen sie tun, um vor Wiederholungen solcher Freveltaten sicher zu sein."

„Er ist grauenhaft. Aber ich kann es nicht ändern. Ich habe keinen Grund, meinen Rat immer wieder vor Ohren hören zu lassen, die seiner nicht zu bedürfen glauben."

„Du würdest abermals nicht gehört werden. Winnetou vernahm aus deinen Worten, daß du die Heiligtümer des Häuptlings besitzest. Wie bist du dazu gekommen?"

Old Death erzählte es, worauf Winnetou kurz entschied:

„Da du ihm versprochen hast, sie ihm wiederzugeben, mußt du dein Wort halten. Du wirst sie ihm gleich jetzt geben und dann zu uns kommen. Ihr werdet als Freunde bei uns aufgenommen werden."

„Gleich jetzt sollen wir zu euch kommen?"

„Ja. In drei Stunden werden über sechshundert Krieger der Apatschen hier eintreffen. Viele von ihnen haben Gewehre. Ihre Kugeln bestreichen das ganze Tal und euer Leben ist nicht mehr sicher."

„Aber wie sollen wir zu euch gelangen?"

„Das fragt Old Death?"

„Hm, ja! Wir setzen uns auf die Pferde und reiten zum Lagerfeuer.

Dort gebe ich dem Häuptling seine Heiligtümer zurück, und dann sprengen wir fort, den Apatschen entgegen. Die Posten der Komantschen reiten wir nieder. Wie aber kommen wir über die Verhaue hinweg?"

„Sehr leicht. Wartet, wenn Winnetou fort ist, nur noch zehn Minuten, bevor ihr aufbrecht! Dann wird er rechts am Ausgang des Tals stehen und euch empfangen."

Der Apatsche huschte davon.

„Na, was sagt ihr nun?" fragte uns Old Death.

„Ein außergewöhnlicher Mensch!" begeisterte sich Lange.

„Darüber gibt es keine Zweifel. Wäre dieser Mann ein Weißer, ein Soldat, er könnte es bis zum Feldherrn bringen. Und wehe den Weißen, wenn es ihm in den Sinn käme, die Roten um sich zu sammeln, um ihre angestammten Rechte zu verfechten. Er aber liebt den Frieden und weiß, daß die Roten trotz allen Sträubens dem Untergang geweiht sind; er verschließt die fürchterliche Last dieser Überzeugung still in seiner Brust. — Na, warten wir also noch zehn Minuten!"

Es blieb so ruhig im Tal, wie es in der letzten halben Stunde gewesen war. Die Komantschen berieten noch. Nach der angegebenen Frist stand Old Death auf und stieg in den Sattel.

„Macht genau das nach, was ich tue!" sagte er.

Langsamen Schritts ritten wir bis zum Lagerplatz. Der Kreis der Komantschen öffnete sich, und wir lenkten hinein. Wären die Gesichter nicht bemalt gewesen, so hätten wir gewiß das größte Erstaunen in ihren Mienen lesen können.

„Was wollt ihr hier?" fragte der Häuptling, indem er aufsprang. „Weshalb kommt ihr zu Pferd?"

„Wir kommen als Reiter, um den tapferen und klugen Kriegern der Komantschen eine Ehre zu erweisen. Habt ihr beraten? Was werdet ihr tun?"

„Die Beratung ist noch nicht zu Ende. Aber steigt ab! Ihr seid unsere Feinde, und wir dürfen nicht zugeben, daß ihr zu Pferd seid. Oder kommst du vielleicht, dem Springenden Hirsch seine Heiligtümer zurückzubringen?"

„Wäre das nicht sehr unklug von mir gehandelt? Du hast ja gesagt, daß von dem Augenblick an, da du dein Eigentum wieder hast, Feindschaft zwischen euch und uns sein soll, bis wir am Marterpfahl sterben."

„So wird es sein. Der Häuptling hat es gesagt, und er hält Wort. Der Zorn der Komantschen wird euch vernichten!"

„Wir fürchten uns so wenig vor diesem Zorn, daß ich die Feindschaft gleich jetzt beginnen lasse. Da hast du deine Sachen! Und nun seht, was ihr uns anhaben könnt!"

Der Alte riß sich die beiden Gegenstände vom Hals und schleuderte sie weit von sich. Zugleich spornte er sein Pferd an, daß es in einem weiten Bogen über das Feuer wegsetzte und drüben eine Bresche in die Reihen der Komantschen riß. Hektor, der Neger, war der erste hinter ihm. Er ritt den Häuptling nieder. Wir anderen drei folgten augenblicklich. Eine Anzahl Komantschen wurde umgeritten, dazu einer der Posten, die draußen dem voranstürmenden Old Death im Weg waren. Dann flogen wir über die ebene Grasfläche hin, gefolgt von einem unbeschreiblichen Wutgeheul der Komantschen.

„Uff!" rief uns jetzt eine Stimme entgegen. „Anhalten! Hier steht Winnetou!"

Wir zügelten die Pferde. Vor uns standen mehrere Apatschen, die unsere Tiere in Empfang nahmen, als wir abgestiegen waren. Winnetou geleitete uns in die Enge, die aus dem Tal führte. Dort war bereits Platz gemacht worden, so daß wir und auch die Pferde einzeln durchkonnten.

Als wir den Verhau hinter uns hatten, wurde der Ausgang breiter, und bald sahen wir einen hellen Schein. Die Enge öffnete sich, und nun erblickten wir eine schwach leuchtende Glut, woran zwei Rote bei einem Bratspieß hockten. Sie entfernten sich ehrerbietig, als wir uns näherten. Auch die anderen Apatschen zogen sich zurück, sobald sie unsere Pferde angepflockt hatten. In einiger Entfernung weidete eine ganze Schar von Pferden, bei denen Wächter standen.

„Meine Brüder mögen sich ans Feuer setzen", meinte Winnetou. „Ich habe ein Stück Lende vom Büffel braten lassen. Sie können davon essen, bis ich wiederkomme."

„Bleibst du lange fort?" fragte Old Death.

„Nein, Winnetou muß ins Tal zurück. Die Komantschen könnten sich vom Zorn über eure Flucht fortreißen lassen, sich den Kriegern der Apatschen zu nähern. In diesem Fall wird ihnen der Häuptling einige Kugeln geben."

Er entfernte sich. Old Death ließ sich behaglich am Feuer nieder, zog das Messer und untersuchte den Braten. Er war ausgezeichnet. Der Alte und ich hatten überhaupt noch nicht gegessen, und auch von den drei anderen war das Pferdefleisch der Komantschen nur gekostet worden. Das große Stück Lende schrumpfte schnell zusammen. Da kehrte Winnetou zurück; er sah mich fragend an, und ich verstand seinen Blick. Er wollte wissen, ob er mich auch jetzt noch verleugnen solle. Deshalb stand ich vom Feuer auf und streckte ihm beide Hände entgegen.

„Mein Bruder Winnetou sieht, daß ich nicht zum Rio Pecos zu gehen brauche, um ihn zu treffen. Mein Herz freut sich, ihm schon hier zu begegnen."

Wir umarmten uns. Als Old Death das sah, fragte er erstaunt:

„Was ist denn das? Ihr kennt euch schon?"

„Es ist mein weißer Bruder Old Shatterhand", erklärte der Apatsche.

„Old Shat—ter—hand?" rief der Scout verblüfft. „Na, da habt Ihr mich alten Fuchs ordentlich hinters Licht geführt, obgleich ich schon lange wußte, daß dieser junge Leisetreter nicht das Greenhorn war, wofür er gern gehalten werden wollte. Aber, daß er Old Shatterhand ist, hätte ich mir wahrhaftig nicht im Traum gedacht. Dafür hat er sich wirklich oft genug gar zu dämlich benommen! Immerhin habe ich neulich am Elm Creek viel zu wenig gesagt, als ich meinte, Ihr hättet es faustdick hinter den Ohren. Ihr Allerweltsschwindler, Ihr!"

Wir überließen ihn seinem Erstaunen, denn Winnetou hatte mir zu erzählen.

„Mein Bruder Scharlih weiß, daß ich zum Fort Inge mußte. Dort erfuhr ich —"

„Ich weiß schon alles", unterbrach ich ihn. „Wenn wir mehr Zeit haben, werde ich dir sagen, wie wir es erfuhren. Jetzt muß ich vor allen Dingen wissen, wo die zehn Bleichgesichter sind, die bei den

Komantschen waren und mit deinen beiden Spähern, die sich für Topias ausgaben, zu euch übergegangen sind."

„Sie sind fort."

„Fort? Wohin?"

„Nach Chihuahua zu den Truppen von Juarez."

„Schon lange?"

„Ja. Sie waren in großer Eile, denn sie hatten mit den Komantschen einen großen Umweg machen müssen. Die verlorene Zeit wollten sie einholen."

„Das ist ein Schlag für uns, denn bei ihnen waren die beiden Männer, von denen ich dir in Matagorda erzählte."

„Uff, uff! Das wußte Winnetou nicht. Sie mußten ihren Angaben nach zum bestimmten Tag in Chihuahua eintreffen und hatten viel Zeit versäumt. Winnetou liebt Juarez, deshalb unterstützte er sie, schnell fortzukommen. Er gab ihnen frische Pferde und Mundvorrat und als Führer die beiden angeblichen Topias, die den Weg über die Mapimi nach Chihuahua genau kennen. Die Bleichgesichter erklärten, keine Minute verlieren zu dürfen."

„Auch das noch! Frische Pferde, Lebensmittel und zuverlässige Führer! Ich hatte diesen Gibson schon in der Hand; nun wird er mir entkommen!"

Der Apatsche sann einen Augenblick nach und sagte dann:

„Winnetou hat einen großen Fehler begangen, ohne es zu ahnen, wird ihn aber gutmachen. Gibson wird in deine Hände fallen. Der Auftrag, den Winnetou in Matagorda ausführen mußte, ist erledigt. Sobald die Komantschen bestraft sind, ist er frei und wird euch begleiten. Ihr sollt die besten Pferde haben, und wenn nichts Unerwartetes geschieht, haben wir die Weißen bis zum Mittag des zweiten Tages eingeholt."

Da kam ein Apatsche aus dem Tal gelaufen und meldete:

„Die Hunde der Komantschen haben das Feuer gelöscht und sind vom Lagerplatz fort. Sie planen einen Angriff."

„Sie werden wieder abgewiesen werden wie vorher", entgegnete Winnetou. „Wenn meine weißen Brüder mitkommen, wird der Apatsche sie dahin stellen, von wo aus sie alles hören können."

Wir standen sofort auf. Er führte uns in die Enge zurück, bis an den Verhau. Dort gab er Old Death einen am Felsen niederhängenden Lasso in die Hand.

„Turnt euch an dem Riemen empor, zweimal so hoch wie ein Mann ist! Dort werdet ihr Sträucher finden und dahinter den Weg, von dem ich euch erzählt habe. Winnetou kann nicht mit hinauf, sondern muß zu seinen Kriegern."

„Hm!" brummte der Scout. „An einem so dünnen Lasso zwei Manneslängen emporkriechen! Ich bin doch kein Affe, der gelernt hat, zwischen Lianen herumzuklettern." Dann fügte er mit einem verschmitzten Seitenblick hinzu: „Das Greenhorn, das eigentlich Old Shatterhand heißt, wird es besser können. Na, wollen es versuchen!"

Es gelang ihm doch. Ich folgte ihm, und auch die anderen kamen nach, freilich nur mit Schwierigkeit. Der Felsen trug da einen Baum, um dessen Stamm das Lasso geschlungen war. Daneben standen Sträucher, die den Steig verdeckten. Da es so dunkel war, daß wir uns nur auf den Tastsinn verlassen konnten, tappten wir uns mit Hilfe der

Hände eine kleine Strecke fort, bis Old Death stehenblieb. An den Felsen gelehnt, warteten wir, was nun kommen würde. Mir war es, als läge die Stille des Todes über dem Tal. So sehr ich mein Ohr anstrengte, ich konnte nichts hören als ein leises Schnüffeln, das aus der Nase Old Deaths kam.

„Dumme Kerle, die Komantschen! Meint Ihr nicht auch, Sir", sagte er. „Da drüben rechts riecht es nach Pferden, die sich bewegen. Das ist nämlich etwas ganz anderes als Pferde, die unbeweglich stehen. Über stillstehenden Pferden liegt der Geruch dick und massig; man kann die Nase sozusagen hineinstoßen. Sobald sich aber die Pferde rühren, kommt auch er in Bewegung, wird feiner, flüssiger und leichter. Jetzt kommen nun da rechts solche leichten Pferdelüftchen herüber, und meinen alten Ohren war es auch, als hätten sie das Stolpern eines Pferdehufs vernommen, schwach und dumpf wie auf Grasboden. Schätze, daß sich die Komantschen jetzt leise zum Eingang hinziehen, um dort durchzubrechen."

Da hörten wir eine helle Stimme rufen: „Ti-tschi!"

Dieses Wort bedeutet ‚Jetzt'. Im Augenblick darauf krachten zwei Schüsse — Winnetous Silberbüchse. Revolverschüsse folgten. Ein unbeschreibliches Geheul erscholl zu uns herauf. Wilde Indianerrufe schrillten über das Tal; Tomahawks klirrten. Der Kampf war ausgebrochen.

Er währte nicht lange. Durch das Schnauben und Wiehern der Pferde und das Wutgeschrei der Komantschen brach sich das siegreiche ‚Iwiwiwiwiwi' der Apatschen Bahn. Wir hörten, daß sich die Eingeschlossenen in wilder Flucht zurückzogen. Ihre Schritte und das Stampfen ihrer Pferde entfernten sich zur Mitte des Tals hin.

„Hab ich's nicht gesagt?" meinte Old Death. „Die Apatschen halten sich wundervoll. Sie schießen ihre Pfeile und stechen mit ihren Lanzen aus sicherem Versteck hervor. Die Komantschen sind dicht gedrängt, so daß jeder Pfeil, jeder Speer, jede Kugel treffen muß. Und nun, da die Feinde sich zurückziehen, sind die Apatschen klug genug, ihnen nicht zu folgen. Sie bleiben in ihrer Deckung, denn sie wissen, daß ihnen die Komantschen nicht entkommen können. Warum also sich ins Tal wagen?"

Die Komantschen ihrerseits befolgten jetzt insofern den Rat des Scout, als sie sich nach dem abermaligen Mißerfolg ruhig verhielten. Ihr Geheul war verstummt, und da das Feuer nicht mehr brannte, ließen sie ihre Gegner über ihre Bewegungen im unklaren. Wir warteten noch eine Weile. Es regte sich nichts. Da hörten wir unter uns Winnetous gedämpfte Stimme.

„Meine weißen Brüder können wieder herabkommen. Der Kampf ist vorüber und wird auch nicht wieder losbrechen."

Wir kehrten zum Lasso zurück und ließen uns daran hinab. Unten stand der Häuptling, mit dem wir uns wieder hinaus zum Feuer begaben.

„Die Komantschen versuchten es jetzt auf der anderen Seite", erklärte er. „Es ist ihnen ebensowenig geglückt. Sie werden ständig bewacht und können nichts unternehmen, ohne daß es Winnetou erfährt. Die Apatschen sind ihnen gefolgt und liegen in einer Linie, die von einer Seite des Tals bis zur anderen reicht, im Gras, um die Gegner scharf zu beobachten."

Während der Apatsche das sagte, hielt er den Kopf nach rechts geneigt, als horche er auf etwas. Dann sprang er auf, so daß das Feuer seine Gestalt hell beleuchtete.

„Weshalb tust du das?" fragte ich ihn.

Er deutete hinaus in die finstere Nacht.

„Winnetou hat gehört, daß dort ein Pferd auf steinigem Weg strauchelte. Es kommt ein Reiter, einer meiner Krieger. Er wird absteigen wollen, um zu untersuchen, wer hier am Feuer sitzt. Darum bin ich aufgestanden, damit er bereits von weitem erkennen kann, daß sich Winnetou hier befindet."

Sein feines Gehör hatte ihn nicht getäuscht. Es kam ein Reiter im Trab herbei, hielt bei uns sein Pferd an und stieg ab. Der Häuptling empfing ihn mit einem nicht sehr freundlichen Blick. Er tadelte ihn wegen des Geräusches.

Der Gescholtene stand in aufrechter und doch ehrerbietiger Haltung da, ein freier Indianer, der aber gern die größere Begabung seines Anführers anerkennt.

„Sie kommen", berichtete er.

„Wie viele Pferde?"

„Alle. Es fehlt kein einziger Krieger. Wenn Winnetou ruft, bleibt kein Apatsche bei den Frauen zurück."

„Wie weit sind sie noch von hier?"

„Sie kommen mit dem Anbruch des Tags."

„Gut. Führe dein Pferd zu den anderen, und setz dich zu den Wachen, um auszuruhen!"

Der Mann gehorchte. Winnetou setzte sich wieder zu uns, und wir mußten ihm von unserem Aufenthalt auf der Estancia del Caballero und dann auch von dem Ereignis in La Grange erzählen. Bei dieser Gelegenheit zeigte ich ihm auch das Totem des Guten Mannes. Darüber verging die Zeit wie im Flug. Vom Schlafen war keine Rede. Der Apatsche hörte unseren Bericht an und warf nur zuweilen eine kurze Bemerkung oder Frage ein. So wich allmählich die Nacht, und die Morgendämmerung begann. Da streckte Winnetou die Hand nach Westen aus.

„Meine weißen Brüder mögen sehen, wie pünktlich die Krieger der Apatschen sind. Dort kommen sie."

Ich schaute in die angegebene Richtung. Der Nebel lag wie ein grauer, wellenloser See im Westen und schob seine undurchsichtigen Massen buchtenartig zwischen die Berge hinein. Aus diesem Nebelmeer tauchte ein Reiter auf, dem in langer Einzelreihe viele, viele andere folgten. Als der erste uns erblickte, hielt er einen Augenblick an. Dann erkannte er Winnetou und kam in kurzem Trab auf uns zu. Es war ein Häuptling, denn er trug eine Adlerfeder im Haarschopf. Sobald die Schar vor uns hielt, sah ich, daß alle diese Krieger einem der Apatschenstämme angehörten, mit denen ich noch nicht in Berührung gekommen war. Keiner dieser Reiter hatte ein wirkliches Zaumzeug. Sie alle führten ihre Pferde am Halfter, und doch war die Lenkung der Tiere, als sie jetzt im flotten Galopp heransprengten, um in fünffacher Reihe Aufstellung zu nehmen, so sicher wie bei einer europäischen Reitertruppe. Die meisten von ihnen waren mit Gewehren bewaffnet, nur wenige trugen Lanze, Bogen und Köcher. Der Anführer sprach kurze Zeit mit Winnetou. Dann gab der Häuptling einen Wink und im Nu saßen die Krieger ab. Alle, die keine Gewehre besaßen, bemächtigten sich der Pferde, um sie zu beaufsichtigen. Die anderen schritten in die Enge hinein. Der Lasso, woran wir zum Pfad emporgeklettert waren, hing noch dort, und ich sah, daß sich einer nach dem anderen daran hinaufschwang. Das ging alles still, so geräuschlos und rasch vor sich, als wäre es lange vorher eingehend besprochen. Winnetou stand ruhig da, um die Bewegungen der Seinen aufmerksam zu verfolgen. Als der letzte Krieger verschwunden war, wendete er sich zu uns.

„Meine weißen Brüder werden nun erkennen, daß die Krieger der Komantschen verloren sind, wenn Winnetou es so befiehlt."

„Wir sind davon überzeugt", bestätigte Old Death. „Aber will Winnetou wirklich das Blut so vieler Menschen vergießen?"

„Haben Sie es anders verdient? Was tun die weißen Männer, wenn einer von ihnen ermordet worden ist? Suchen sie nicht den Mörder? Und wenn er gefunden wurde, so treten ihre Häuptlinge zusammen und halten einen Rat, um dem Missetäter das Urteil zu sprechen und ihn töten zu lassen. Könnt ihr die Apatschen tadeln, wenn sie das gleiche tun?"

„Ja, wir bestrafen den Mörder, indem wir ihn töten. Du willst aber auch die erschießen lassen, die gar nicht dabei waren, als eure Dörfer überfallen wurden."

„Sie tragen die gleiche Schuld, denn sie sind damit einverstanden gewesen. Auch waren sie dabei, als die gefangenen Apatschen am Marterpfahl sterben mußten. Sie sind nun die Männer unserer Frauen und Töchter und die Besitzer unseres Eigentums, unserer Pferde, die uns geraubt wurden."

„Aber Mörder kannst du sie nicht nennen!"

„Winnetou weiß nicht, was Old Death will. Bei seinen Brüdern gibt es außer dem Mord auch noch andere Taten, die mit dem Tod bestraft werden. Die Westmänner schießen jeden Pferdedieb nieder. Wird einem Weißen sein Weib oder seine Tochter geraubt, so tötet er alle, die zu dieser Tat in Beziehung stehen. Dort im Tal lagern die Räuber unserer Frauen und Mädchen und Pferde. Sollen wir ihnen dafür etwas geben, was die Weißen einen Orden nennen?"

„Nein, aber ihr könnt ihnen verzeihen und euer Eigentum zurücknehmen."

„Pferde nimmt man zurück, aber Frauen nicht. Und verzeihen? Mein Bruder spricht wie eben die Weißen sprechen, die stets nur das von uns fordern, dessen gerades Gegenteil sie selbst tun. Verzeihen die Weißen uns? Haben sie uns überhaupt etwas zu verzeihen? Sie sind zu uns gekommen und haben uns das Land genommen. Wenn bei euch einer einen Grenzstein verrückt oder widerrechtlich ein Tier des Waldes tötet, so steckt man ihn in das finstere Gebäude, das ihr Gefängnis nennt. Was aber tut ihr uns? Wo sind unsere Prärien und Savannen? Wo sind die Herden der Pferde, der Büffel und der anderen Tiere, die uns gehörten? Ihr seid in großen Scharen zu uns gekommen, und jeder Knabe brachte ein Gewehr mit, um uns das Fleisch zu rauben, dessen wir zum Leben bedürfen. Ein Stück Land nach dem anderen entriß man uns ohne alles Recht. Und wenn der rote Mann sein Eigentum verteidigte, wurde er Mörder genannt, und man erschoß ihn und die Seinigen. Du willst, ich soll meinen Feinden verzeihen, den Angreifern, denen wir nichts zuleide getan haben! Weshalb verzeiht denn ihr uns nicht, die ihr uns alles Schlimme antut, ohne daß wir euch Veranlassung dazu gegeben haben? Wenn wir uns wehren, so ist das unser Recht. Dafür aber bestraft ihr uns mit dem Untergang. Was würdet ihr sagen, wenn wir zu euch kämen, um euch unsere Art und Weise aufzuzwingen? Ihr würdet uns bis auf den letzten Mann töten oder uns in eure Irrenhäuser stecken. Warum sollen wir nicht ebenso handeln dürfen? Aber dann heißt es, der rote Mann sei ein Wilder, mit dem man weder Gnade noch Barmherzigkeit haben dürfe; er würde nie Bildung annehmen und müsse deshalb verschwinden. Habt ihr durch euer Verhalten bewiesen, daß ihr Bildung besitzt?

Ihr zwingt uns, eure Religion anzunehmen. Zeigt sie uns doch besser! Die roten Männer verehren den Großen Geist in gleicher Weise. Jeder von euch aber will in anderer Weise selig werden. Ich kenne einen Glauben der Christen, der gut war. Diesen lehrten die frommen Patres, die in unser Land kamen, ohne uns töten oder verdrängen zu wollen. Sie bauten Missionen bei uns und unterrichteten unsere Eltern. Sie wandelten in Freundlichkeit umher und lehrten uns alles, was gut und nützlich war. Das ist nun anders geworden. Die frommen Männer haben mit uns weichen müssen und wir mußten sie sterben sehen, ohne Ersatz für sie zu erhalten. Dafür kommen jetzt Andersgläubige von hundert Sorten. Sie schmettern uns die Ohren voller Worte, die wir nicht verstehen. Sie nennen sich gegenseitig Lügner und behaupten doch, daß wir ohne sie nicht in die Ewigen Jagdgründe gelangen können. Und wenn wir, von ihrem Gezänk ermüdet, uns von ihnen wenden, so schreien sie Ach und Wehe über uns und sagen, sie wollen den Staub von ihren Füßen schütteln und ihre Hände in Unschuld waschen. Dann währt es nicht lange, so rufen sie die Bleichgesichter herbei, welche sich bei uns eindrängen und unseren Pferden die Weide nehmen. Sagen wir dann, daß dies nicht geschehen dürfe, so kommt uns in Befehl, daß wir abermals weiterziehen sollen.

Das ist die Antwort, die ich dir geben muß. Sie wird dir nicht gefallen, aber du an meiner Stelle würdest noch ganz anders sprechen. Howgh!"

Mit diesem indianischen Bekräftigungswort wendete er sich von uns ab und trat einige Schritte zur Seite, wo er, in die Ferne blickend, stehenblieb. Er war innerlich erregt und wollte das überwinden. Dann kehrte er sich uns wieder zu und sagte zu Old Death:

„Ich habe meinem Bruder eine lange Rede gehalten. Er wird mir zustimmen, denn er ist ein Mann, der gerecht denkt. Dennoch will ich ihm gestehen, daß mein Herz nicht nach Blut trachtet. Meine Seele ist milder, als meine Worte es waren. Ich glaubte, die Komantschen würden mir einen Unterhändler senden. Da sie es nicht tun, brauchte ich kein Erbarmen mit ihnen zu haben. Aber ich will ihnen trotzdem einen Mann schicken, der mit ihnen reden soll."

„Das freut mich", rief Old Death. „Hätte diesen Ort in sehr trüber Stimmung verlassen, wenn so viele Menschen ohne einen Rettungsversuch getötet worden wären. — Aber weißt du auch, daß noch viele Komantschen zu erwarten sind?"

„Winnetou weiß es. Er hat ja mit Inda-nischo zwischen ihnen hindurchschleichen müssen. Es sind nur hundert, die nachkommen. Wir werden sie im gleichen Tal einschließen und vernichten wie die anderen, wenn sie sich nicht freiwillig ergeben."

„So sieh zu, daß sie nicht zu zeitig kommen! Du mußt mit denen hier fertig sein, bevor die übrigen eintreffen."

„Winnetou fürchtet sich nicht. Doch wird er sich beeilen."

„Hast du einen Mann, der die Verhandlung mit den Komantschen führen kann?"

„Winnetou hat ihrer viele; aber am liebsten wäre es ihm, wenn sein Bruder Old Death das tun wollte."

„Ich übernehme den Auftrag gern. Am besten, ich gehe eine kurze Strecke vor und rufe ihren Häuptling zu mir. Welche Bedingungen stellst du ihnen?"

„Sie sollen uns für jeden Getöteten fünf, für jeden Gemarterten aber zehn Pferde geben."

„Das ist sehr billig, aber seit es keine großen Herden Pferde mehr gibt, ist ein Pferd nicht leicht zu erlangen."

„Was sie uns sonst an Eigentum geraubt haben, verlangen wir zurück", überging Winnetou den Einwand des Alten. „Ferner müssen sie uns so viele junge Mädchen ausliefern, wie sie uns Frauen und Töchter entführten. Dazu verlangen wir auch die Kinder zurück, die sie mitnahmen. Hältst du das für hart?"

„Nein."

„Endlich fordern wir, daß ein Ort bestimmt wird, wo sich die Häuptlinge der Apatschen und Komantschen versammeln, um einen Frieden zu beraten, der wenigstens dreißig Sommer und Winter währen soll."

„Wenn die Komantschen darauf eingehen, werde ich sie beglückwünschen."

„Dieser Ort soll das Tal sein, wo sich jetzt ihre Krieger befinden. Hierher soll auch alles gebracht werden, was sie uns auszuliefern haben. Bis alles zur Stelle ist, was wir von ihnen verlangen, bleiben die Komantschen, die sich heut ergeben müssen, unsere Gefangenen."

„Ich finde deine Forderungen nicht zu hoch und werde sie ihnen übermitteln."

Der alte Scout warf sein Gewehr über und schnitt sich einen grünen Zweig ab, der ihm als Unterhändlerzeichen dienen sollte. Dann verschwand er mit dem Apatschen in der Enge. Es war für ihn keineswegs ohne Gefahr, sich jetzt den Komantschen zu nähern; aber der Alte kannte keine Furcht.

Als Winnetou sich überzeugt hatte, daß der Scout mit dem Anführer der Komantschen sprach, kehrte er zu uns zurück und führte uns zu den zuletzt angekommenen Pferden. Es waren auch ledige Tiere dabei gewesen, teils von einer besseren Rasse, die man schonen und nur dann in Gebrauch nehmen wollte, wenn es darauf ankam, eine ungewöhnliche Leistung zu entwickeln, teils aber auch Tiere von durchschnittlicher Güte, die als Ersatzpferde mitgeführt wurden.

„Winnetou hat seinen Brüdern versprochen, ihnen bessere Pferde zu geben", sagte er. „Er wird sie ihnen jetzt aussuchen. Mein Bruder Scharlih soll eins meiner eigenen Rosse erhalten."

Er suchte fünf Pferde aus. Ich war entzückt über das prächtige Tier, das er mir brachte. Auch die beiden Langes und Hektor freuten sich sehr. Der Schwarze zeigte strahlend die Zähne.

„Oh, oh, welch ein Pferd Hektor bekommen! Sein schwarz wie Hektor und sein auch prachtvoll ganz wie Hektor. Passen sehr gut zusammen, Pferd und Hektor. Oh, oh!"

Wohl dreiviertel Stunden waren vergangen, als Old Death endlich zurückkehrte. Sein Gesicht war sehr ernst. Ich hatte die feste Überzeugung gehabt, daß die Komantschen auf die Forderungen Winnetous eingehen würden, doch ließ die Miene des Scout das Gegenteil erwarten.

„Mein Bruder wird mir das sagen, was ich vermutete", erklärte der Apatsche. „Die Komantschen wollen nicht, was Winnetou will."

„So ist es leider."

„Der Große Geist hat sie mit Blindheit geschlagen, um sie für das zu strafen, was sie taten. Er will nicht, daß sie Gnade finden sollen. Welche Gründe geben sie denn an?"

„Sie glauben, noch siegen zu können."

„Hast du ihnen gesagt, daß noch über fünfhundert Apatschen gekommen sind?"

„Auch das. Sie glaubten es nicht. Sie lachten mich aus."

„So sind sie dem Tod geweiht, denn ihre anderen Krieger werden zu spät kommen."

„Es treibt mir die Haare zu Berge, wenn ich denke, daß so viele Menschen in wenigen Sekunden vom Erdboden vertilgt werden sollen!"

„Mein Bruder hat recht. Winnetou kennt weder Furcht noch Angst, aber es fröstelt ihn, wenn er daran denkt, daß er das Zeichen der Vernichtung geben soll. Ich brauche nur die flache Hand zu heben, so krachen alle Schüsse. Noch ein Letztes will ich versuchen und mich ihnen selber zeigen, um mit ihnen zu reden. Meine Brüder mögen mich bis an die Sperre begleiten. Wenn auch meine Worte nicht gehört werden, darf mir der Große Geist nicht zürnen, daß ich seinen Befehl ausführe."

Wir gingen mit ihm bis zu der angegebenen Stelle. Dort schwang er sich am Lasso empor und schritt in aufrechter Haltung oben auf dem Pfad hin, so daß ihn die Komantschen sehen konnten. Er war noch nicht weit gekommen, da schwirrten auch schon Pfeile auf ihn zu. Sie trafen ihn aber nicht, weil sie zu kurz flogen. Ein Schuß krachte. Der Apatsche schritt ruhig weiter, als hätte er die Kugel, die neben ihm an den Felsen geprallt war, überhaupt nicht bemerkt. Dann blieb er stehen und erhob seine Stimme. Er redete wohl fünf Minuten lang laut und eindringlich. Mitten in der Rede hob er die Hand, und sofort sahen wir, daß alle Apatschen, soweit unsere Augen reichten, vom Boden aufstanden. So mußten die Komantschen erkennen, daß sie rundum von einem überlegenen Feind eingeschlossen waren. Das war aufrichtig gehandelt von Winnetou, sein letzter Versuch, die Gegner zur Übergabe zu bewegen. Dann sprach er weiter. Da fuhr er plötzlich zu Boden nieder, so daß seine Gestalt völlig verschwand, und zugleich krachte ein zweiter Schuß.

„Der Springende Hirsch hat auf ihn geschossen. Das ist seine Antwort", sagte Old Death. „Winnetou hat gesehen, daß jener das Gewehr hob, und hat sich in dem Augenblick, als es auf ihn gerichtet wurde, niedergeworfen. Nun wird — seht, seht!"

So schnell, wie Winnetou verschwunden war, so schnell fuhr er jetzt wieder empor. Er legte seine Silberbüchse an und drückte ab. Ein lautes Geheul der Komantschen beantwortete seinen Schuß.

„Er hat den Komantschenhäuptling niedergeschossen", erklärte Old Death.

Jetzt hob Winnetou abermals die Hand, indem er den Handteller flach, waagrecht ausstreckte. Wir sahen alle Apatschen ihre Gewehre anlegen. Weit über vierhundert Schüsse krachten.

„Kommt, Mesch'schurs!" meinte der Alte. „Das wollen wir nicht mit ansehen. Das ist zu indianisch selbst für meine alten Augen, obgleich ich sagen muß, daß es die Komantschen verdient haben. Winnetou hat alles Mögliche getan, das Äußerste zu verhüten. Schätze, daß auch Old Shatterhand, der Indianerfreund, das nicht mit ansehen mag. Kommt!"

Wir kehrten zu den Pferden zurück, wo der Scout das für ihn bestimmte Tier besichtigte. Noch eine Salve hörten wir; dann ertönte das Siegesgeschrei der Apatschen. Nach wenigen Minuten kehrte Winnetou zu uns zurück. Sein Gesicht war tiefernst.

„Es wird sich ein großes Klagen erheben in den Zelten der Komantschen, denn keiner ihrer Krieger kehrt zurück. Der Große Geist hat bestimmt, daß unsere Toten gerächt werden sollen. Die Feinde wollten nicht anders, und so konnte ich nicht anders. Aber mein Blick will nicht in dieses Tal des Todes zurückkehren. Was hier noch geschehen muß, werden meine Krieger tun. Ich reite mit meinen weißen Brüdern sogleich fort."

Eine halbe Stunde später brachen wir auf, mit allem Nötigen reichlich versehen. Winnetou nahm noch zehn gutberittene Apatschen mit. Ich war froh, diesen entsetzlichen Ort verlassen zu können.

10. Durch die wilde Mapimi

Die Mapimi liegt im Gebiet der beiden mexikanischen Provinzen Chihuahua und Coahuila und ist eine ausgedehnte Niederung der dortigen Hochebene, die mehr als elfhundert Meter über dem Meer liegt. Sie wird, außer im Norden, auf allen Seiten von steilen Kalkfelszügen eingefaßt, die durch zahlreiche Cañons von der eigentlichen Mapimi getrennt sind. Sie besteht aus welligen, waldlosen Flächen, die mit einem spärlichen, kurzen Graswuchs bedeckt sind, weite Sandwüsten bergen und nur selten ein Strauchwerk aufweisen. Zuweilen steigt aus dieser öden Ebene ein einzelner Berg empor. Oft ist der Boden durch tiefe, senkrecht abfallende Risse zerklüftet, was zu bedeutenden Umwegen nötigt. Aber wasserlos ist die Mapimi doch nicht so sehr, wie ich gedacht hatte. Es gibt da Seen, die in der heißen Jahreszeit zwar den größten Teil ihres Wassers einbüßen, aber doch so viel Luftfeuchtigkeit verbreiten, daß sich ein genügendes Pflanzenleben an ihren Ufern sammelt.

Zu einem dieser Seen, der Laguna de Santa Maria, war unser Ritt gerichtet. Das Wasser war ungefähr sechsundvierzig englische Meilen von dem Tal entfernt, wo unser Ritt begonnen hatte, ein tüchtiger Tagesmarsch nach einer schlaflos verbrachten Nacht. Wir ritten fast nur durch Schluchten, aus einer in die andere Senkung, wo es keine Aussicht gab.

Wir sahen die Sonne fast den ganzen Tag nicht oder höchstens für einige kurze Augenblicke. Dabei ging es bald rechts, bald links, zuweilen sogar scheinbar rückwärts, daß ich fast irre wurde in der Hauptrichtung, der wir folgten.

Es war gegen Abend, als wir bei der Lagune anlangten. Der Boden war sandig. Bäume gab es an der Stelle, wo wir lagerten, auch nicht, nur Sträucher, deren Namen ich nicht kannte. Eine trübe Wasserfläche von spärlichem Buschwerk umgeben; dann eine Ebene, über der sich im Westen einige niedrige Kuppen erhoben, hinter denen die Sonne bereits niedergegangen war. Hier oben hatten ihre Strahlen mit aller Macht wirken können. In den tiefen, engen, düsteren Cañons war es mir fast zu kühl geworden. Da oben aber strahlte der Boden eine Wärme aus, bei der man hätte Kuchen backen können. Dafür war die Nacht, als der Boden seine Wärme an die Luft abgegeben hatte, um so kälter, und gegen Morgen strich ein Wind über uns hin, der uns nötigte, uns dichter in unsere wollenen Decken zu hüllen.

Frühzeitig ging es weiter, zuerst gerade nach Westen. Bald aber nötigten uns die zahlreichen Canoñs zu Umwegen. Einen solchen senkrechten Felsenriß hinabzugelangen wäre unmöglich, wenn nicht die Natur häufig einen halsbrecherischen treppenartigen Abstieg gebildet hätte. Und ist man unten, so kann man nicht wieder hinauf. Man muß durch zehn und mehr Haupt- und Seitenschluchten reiten, bevor man eine Stelle findet, wo man endlich wieder zur Höhe gelangen kann, aber auch nur mit Gefahr. Der Reiter hängt auf seinem Pferd am Felsen, über sich einen schmalen Strich des glühenden Himmels und unter sich die grausige Tiefe. Und in dieser Tiefe gibt es keinen Tropfen Wasser, nur Steine und nichts als nacktes, trockenes, scharfkantiges Geröll. Droben schweben die Geier, die den Reisenden vom Morgen bis zum Abend begleiten und sich, wenn er sich zur Ruhe legt, in geringer Entfernung von ihm niederlassen, um ihn vom Morgen an wieder zu begleiten und ihm mit ihren schrillen, heiseren Schreien zu sagen, daß sie nur darauf warten, bis er vor Ermattung zusammenbricht oder infolge eines Fehltritts seines Pferdes in die Tiefe des Cañons stürzt. Höchstens sieht man einmal einen bis zum Gerippe abgemagerten Kojoten wie einen Schatten um irgendeine Felsenecke verschwinden. Dann taucht das Tier hinter dem Reiter wieder auf, um ihm heißhungrig nachzutrotten, auf die gleiche Mahlzeit wartend wie die Geier.

Am Mittag hatten wir wieder ein schlimmes Gewirr von Cañons hinter uns und ritten im Galopp über eine grasige Ebene. Da stießen wir auf eine Spur von über zehn Reitern, die in spitzem Winkel mit der unsrigen von rechts kam. Winnetou behauptete, es sei die gesuchte. Auch Old Death und ich waren der Ansicht, daß wir uns auf der richtigen Fährte befänden. Leider stellte es sich dabei heraus, daß dieser Trupp, worunter sich Gibson befand, einen Vorsprung von wenigstens sechs Stunden vor uns hatte. Sie mußten die ganze Nacht hindurch geritten sein, jedenfalls in der Voraussetzung, daß wir sie verfolgen würden.

Gegen Abend blieb Old Death, der voranritt, halten und ließ uns, da wir etwas zurückgeblieben waren, herankommen. Da, wo er wartete, stieß von Süden her eine neue Fährte zu der bisherigen, ebenfalls von Reitern, und zwar dreißig bis vierzig. Sie waren einzeln hintereinander geritten, was die Bestimmung ihrer Anzahl sehr erschwerte. Dieses Reiten im Gänsemarsch und der Umstand, daß ihre Pferde nicht beschlagen waren, ließen annehmen, daß es Indianer seien. Sie waren von links in unsere Richtung eingebogen, und aus dem fast gleichen Alter der Fährten war zu schließen, daß sie später mit den Weißen zusammengetroffen waren. Old Death brummte mißmutig vor sich hin:

„Was für Rote mögen das gewesen sein? Apatschen sicherlich nicht. Wir haben nichts Gutes von ihnen zu erwarten."

„Mein weißer Bruder hat recht", stimmte Winnetou bei. „Apatschen sind jetzt nicht hier, und außer ihnen gibt es in diesem Teil der Mapimi nur noch feindliche Stämme. Wir müssen uns also in acht nehmen."

Aufmerksam ritten wir weiter und erreichten bald die Stelle, wo die Roten die Schar der Weißen eingeholt hatten. Beide Trupps hatten hier gehalten und miteinander verhandelt. Jedenfalls war das Ergebnis für die Weißen günstig gewesen, denn sie hatten sich in den Schutz der Roten begeben. Ihre bisherigen Führer, die beiden Apatschen, die wir als Topias kennengelernt hatten, waren verabschiedet worden. Die Spuren dieser beiden trennten sich hier von den übrigen.

Nach einer Weile erreichten wir einen Höhenzug, der mit Gras und Gestrüpp bewachsen war. Von ihm kam, hier eine Seltenheit, ein dünnes Bächlein herabgeflossen. Da hatten die Verfolgten den Ritt unterbrochen, um ihre Pferde zu tränken. Auch wir saßen ab. Die Ufer des Baches waren völlig strauchlos, so daß man seinen Lauf weiter verfolgen konnte. Er floß nach Südost. Old Death stand da, beschattete seine Augen mit der Hand und blickte in die angegebene Richtung. Nach dem Grund befragt, meinte er:

„Ich sehe weit vor uns zwei Punkte. Schätze, daß es Wölfe sind. Aber was haben die Bestien dort zu sitzen? Weshalb laufen sie nicht vor uns davon? Kein Tier ist sonst so feig wie diese Präriewölfe."

„Meine Brüder mögen schweigen. Ich hörte etwas", sagte Winnetou.

Wir vermieden jedes Geräusch, und wirklich, da klang von dort her, wo sich die beiden Punkte befanden, ein schwacher Ruf zu uns herüber.

„Das ist ein Mensch!" rief Old Death. „Wir müssen hin!"

Der Scout stieg auf und wir mit ihm. Als wir uns der Stelle näherten, erhoben sich die beiden Tiere und trollten sich davon. Sie hatten am Ufer gesessen, und mitten im Bach erblickten wir nun einen unbedeckten menschlichen Kopf, der aus dem Wasser ragte. Das Gesicht wimmelte von Mücken, die in den Augen, den Ohren, in der Nase und zwischen den Lippen saßen.

„Um Gottes willen, retten Sie mich, Señores!" stöhnte der Mann. „Ich kann's nicht länger aushalten."

Wir sprangen sofort von den Pferden.

„Was ist mit Ihnen?" fragte Old Death auf spanisch, da sich der Fremde dieser Sprache bedient hatte. „Wie sind Sie ins Wasser geraten? Warum kommen Sie nicht heraus? Es ist ja kaum zwei Fuß tief!"

„Man hat mich hier eingegraben."

„*By Jove!* Einen Menschen eingraben! Wer hat das getan?"

„Indianer und Weiße."

Wir hatten auch da nicht darauf geachtet, daß von dem Tränkplatz mehrere Fußspuren bis hierher führten.

„Dieser Mann muß schleunigst heraus", mahnte der alte Scout. „Kommt, Mesch'schurs! Wir graben ihn aus, und da wir keine Werkzeuge haben, nehmen wir unsere Hände."

„Der Spaten liegt hinter mir im Wasser. Sie haben ihn mit Sand zugedeckt", brachte der Mann mühsam heraus.

„Einen Spaten? Wie kommen Sie denn zu so einem Werkzeug?"

„Ich bin Gambusino[1]. Wir haben stets Hacke und Spaten bei uns."

Der Spaten wurde gefunden, und nun traten wir ins Wasser und gingen an die Arbeit. Das Bachbett bestand aus leichtem, tiefen Sand, der sich unschwer ausheben ließ. Wir bemerkten jetzt erst, daß hinter dem Mann eine Lanze eingerammt war, woran man ihm den Hals so festgebunden hatte, daß er den Kopf nicht vorbeugen konnte. So befand sich sein Mund nur eine Handbreite über dem Wasser, ohne daß es ihm möglich gewesen wäre, einen einzigen Schluck zu trinken. Außerdem hatte man ihm das Gesicht mit frischem, blutigem Fleisch eingerieben, um Insekten anzulocken, die ihn peinigen sollten. Der Mann hatte sich nicht aus seiner Lage befreien können, weil ihm die Hände auf dem Rücken und die Füße zusammengebunden waren. Als wir ihn endlich heraushoben und die Fesseln lösten, sank er in Ohnmacht. Kein Wunder, denn man hatte ihn von allen Kleidungsstücken entblößt und seinen Rücken blutig geschlagen.

Der arme Mensch kam bald wieder zu sich. Er wurde zu der Stelle getragen, wo wir auf den Bach getroffen waren, weil dort gelagert werden sollte. Der Mann bekam zunächst zu essen. Dann verbanden wir ihm seine Wunden, und ich holte mein Ersatzhemd aus der Satteltasche und schenkte es ihm. Nun erst war er imstande, uns die erwünschte Auskunft zu geben.

„Ich heiße Tadeo Sandia und bin als Gambusino zuletzt in einer Bonanza[2] tätig gewesen", begann er, „die eine gute Tagesreise von hier zwischen den Bergen liegt. Hatte da einen Kameraden, einen Yankee, namens Harton, der —"

„Harton?" unterbrach in Old Death schnell. „Wie ist sein Vorname?"

„Fred."

„Wissen Sie, wo er geboren wurde und wie alt er ist?"

„In New York ist er geboren und vielleicht sechzig Jahre alt."

„Wurde davon gesprochen, daß er Familie hat?"

„Seine Frau ist gestorben. Er hat einen Sohn, der in Frisco irgendein Handwerk treibt, welches weiß ich nicht. Ist Ihnen der Mann bekannt?"

Old Death hatte seine Fragen ungemein hastig ausgesprochen. Seine Augen leuchteten, und seine tief eingesunkenen Wangen glühten. Jetzt gab er sich Mühe, ruhig zu erscheinen, und erwiderte in gemäßigtem Ton:

„Habe ihn früher einmal gesehen. Soll sich in sehr guten Verhältnissen befunden haben. Hat er Ihnen nichts davon erzählt?"

---

[1] Mexikanisch: Goldsucher; überhaupt einer, der auf die Entdeckung von Fundorten edler Metalle ausgeht

[2] Mexikanisch: Fundort von Gold und Silber

„Ja. Harton war der Sohn ehrbarer Eltern und wurde Kaufmann. Er brachte es nach und nach zu einem guten Geschäft, aber er hatte einen mißratenen Bruder, der sich wie ein Blutegel an ihn hängte und ihn aussaugte."

„Haben Sie erfahren, wie dieser Bruder hieß?"

„Ja. Sein Vorname war Edward."

„Stimmt. Hoffentlich gelingt es mir, Ihren Harton einmal zu sehen."

„Schwerlich. Er wird wohl am längsten gelebt haben, denn die Halunken, die mich eingruben, haben ihn mit sich genommen."

Old Death machte eine Bewegung, als wollte er aufspringen, doch es gelang ihm, sich zu beherrschen und ruhig zu fragen:

„Wie ist denn das gekommen?"

„So, wie ich es erzählen wollte, bevor ich von Ihnen unterbrochen wurde. Harton war also Kaufmann, wurde aber von seinem Bruder um sein ganzes Vermögen betrogen. Mir scheint, er liebt noch heute diesen gewissenlosen Buben, der ihn um alles brachte. Nachdem er verarmt war, trieb er sich lange Zeit als Digger[1] in den Placers[2] herum, hatte aber niemals Glück. Dann wurde er Vaquero, kurz, alles mögliche, aber immer ohne Erfolg, bis er zuletzt unter die Gambusinos ging. Aber zum Abenteurer hatte er das Zeug nicht. Als Gambusino ist es ihm noch viel schlechter ergangen als vorher."

„So hätte Ihr Freund keiner werden sollen!"

„Sie haben gut reden, Señor. Millionen Menschen werden das nicht, wozu sie Geschick hätten, sondern das, wozu sie am allerwenigsten taugen. Vielleicht hatte er einen heimlichen Grund, unter die Gambusinos zu gehen. Sein Bruder Edward ist nämlich ein sehr glücklicher Goldsucher gewesen. Vielleicht hoffte er, ihn auf diese Weise einmal zu treffen."

„Da ist ein Widerspruch. Dieser liederliche Edward soll ein glücklicher Gambusino gewesen sein und doch seinen Bruder Fred um das ganze Vermögen betrogen haben? Ein glücklicher Gambusino hat doch Geld in Hülle und Fülle."

„Ja, aber wenn er es schneller verpraßt, als er es findet oder verdient, so ist es eben alle. Der Mann war ein toller Verschwender! Zuletzt kam Fred Harton nach Chihuahua, wo er sich von seinem jetzigen Herrn anstellen ließ. Hier lernte ich ihn kennen und liebgewinnen. Das ist eine große Seltenheit, denn es läßt sich leicht denken, daß die Gambusinos gewöhnlich neidisch aufeinander sind. Von dieser Zeit an sind wir mitsammen auf Entdeckungen ausgegangen."

„Wie heißt denn Ihr Herr?"

„Davis."

„*Bounce* — Señor, sprechen Sie auch englisch?"

„So gut wie spanisch."

„Dann habt die Güte, englisch zu reden, denn hier sitzen zwei, die das Spanische nicht verstehen und die Eure Erzählung vielleicht auch etwas angehen wird", setzte der Scout das Gespräch sogleich in Englisch fort.

Old Death deutete dabei auf die beiden Langes.

„Wieso angehen?" fragte der Gambusino.

„Das werdet Ihr sofort erfahren. Hört, Mr. Lange, dieser Mann

---

[1] Englisch: Goldgräber [2] Goldhaltige Stellen

ist ein Goldsucher und steht im Dienst eines gewissen Davis in Chihuahua."

„Was? Davis?" fuhr Lange auf. „Bei dem arbeitet ja mein Schwiegersohn!"

„Nur nicht so schnell, Sir! Es kann ja mehrere Davis geben", mahnte der Scout.

„Wenn dieser Gentleman den Davis meint, der das einträgliche Geschäft betreibt, Gold- und Silberminen zu kaufen, so gibt es nur einen einzigen dieses Namens", erklärte Tadeo Sandìa.

„So ist er es!" rief Lange. „Und Ihr steht in seinem Dienst?"

„Gewiß."

„Dann kennt Ihr wohl auch meinen Schwiegersohn?"

„Wer ist das?"

„Ein Deutscher, namens Uhlmann. Er hat in Freiberg studiert."

„Das stimmt. Er war erst so eine Art Vorarbeiter, ist aber jetzt Bergwerksdirektor geworden, mit recht ansehnlichen Bezügen. Und seit einigen Monaten steht die Sache gut so, daß er nächstens Teilhaber sein wird. Ihr seid also sein Schwiegervater?"

„Ja doch, ja! Seine Frau, die Agnes, ist meine Tochter."

„Wir nennen Sie Señora Ines. Sie ist uns allen wohlbekannt. Habe gehört, daß ihre Angehörigen zur Zeit in Texas wohnen. Wollt Ihr die Señora besuchen?"

Lange bejahte.

„So braucht Ihr nicht nach Chihuahua zu gehen, sondern zur Bonanza, von der ich vorhin gesprochen habe. Habt Ihr denn noch nicht davon erfahren? Sie gehört ja Euerm Schwiegersohn! Er machte jüngst einen Erholungsritt in die Berge und hat dabei ein Silberlager entdeckt, wie man es hier noch nicht gefunden hat. Señor Davis hat ihm die Arbeitskräfte gegeben, es sofort auszubeuten. Jetzt wird fleißig geschafft, und die Funde sind derart, daß zu vermuten steht, Señor Davis werde Señor Uhlmann die Teilhaberschaft antragen, was für beide von größtem Vorteil wäre."

„Was Ihr da sagt! — Georg, hörst du es?"

Die Frage galt seinem Sohn, der jedoch nicht antwortete. Er nickte nur leise vor sich hin; in seinen Augen standen Freudentränen.

Auch wir anderen freuten uns aufrichtig über das Glück unserer beiden Gefährten. Old Death zog allerlei Grimassen, die ich nicht verstand, obgleich ich ihre Bedeutung sonst ziemlich genau kannte.

Es währte eine Weile, bis sich die Aufregung über die Nachricht von Langes Schwiegersohn und der Bonanza legte. Dann konnte Sandia fortfahren.

„Ich half mit Harton, den Betrieb der Bonanza einrichten. Dann brachen wir auf, um die Mapimi zu durchsuchen. Wir ritten drei Tage lang in dieser Gegend umher, fanden aber kein Anzeichen, daß hier irgendwo wertvolle Erze vorhanden sein könnten. Heut vormittag rasteten wir hier am Bach. Wir hatten während der Nacht fast gar nicht geruht und waren ermüdet. Deshalb schliefen wir ein, ohne es zu beabsichtigen. Als wir erwachten, waren wir von einer großen Schar weißer und roter Reiter umzingelt."

„Was für Indianer waren es?"

„Chimarras, vierzig an der Zahl, und zehn Weiße."

„Chimarras! Das sind noch die tapfersten von allen diesen Schelmen.

Und sie machten sich an euch zwei arme Teufel? Weshalb? Leben sie denn in Feindschaft mit den Weißen?"

„Man weiß nie, wie man mit ihnen dran ist. Sie sind weder Freunde noch Feinde. Zwar hüten sie sich, in offene Feindschaft auszubrechen, denn dazu sind sie zu schwach, aber sie stellen sich auch nie zu uns in ein wirklich gutes Verhältnis, dem man Vertrauen schenken könnte. Und das ist gefährlicher als eine ausgesprochene Feindschaft."

„So möchte ich den Grund wissen, warum diese Roten euch so behandelten. Habt ihr sie beleidigt?"

„Nicht im geringsten. Aber Señor Davis hatte uns gut ausgerüstet. Jeder hatte zwei Pferde, gute Waffen, Lebensmittel, Werkzeuge und alles, was man zu einem längeren Aufenthalt in einer so öden Gegend braucht."

„Hm! Das ist freilich für solches Volk mehr als genug."

„Die Chimarras hatten uns umringt und fragten uns, wer wir seien und was wir hier wollten. Als wir ihnen der Wahrheit gemäß antworteten, taten sie sehr ergrimmt und behaupteten, die Mapimi gehöre ihnen samt allem, was sich darin befände. Daraufhin verlangten sie die Auslieferung unserer Habseligkeiten."

„Und ihr gabt sie hin?"

„Ich nicht. Harton aber war klüger als ich. Er legte alles ab, was er besaß. Ich dagegen griff zur Büchse, nicht um zu schießen, das wäre bei ihrer Übermacht die reine Tollheit gewesen, sondern nur, um sie einzuschüchtern. Augenblicklich wurde ich überwältigt, niedergerissen und bis auf die Haut ausgeraubt. Die Weißen kamen uns nicht zu Hilfe. Aber sie stellten Fragen an uns. Ich wollte nicht antworten und wurde deshalb mit den Lassos gepeitscht. Harton war abermals klüger als ich. Er konnte nicht wissen, was sie beabsichtigten und sagte ihnen alles, auch das von der neuen Bonanza Señor Uhlmanns. Da horchten sie auf. Er mußte ihnen die Fundstelle beschreiben. Ich fiel ihm in die Rede, damit er es verschweigen sollte. Dafür wurde ich gefesselt und hier eingegraben. Harton aber, der nun keine Auskunft weiter geben wollte, erhielt so lange Hiebe, bis er ihnen doch endlich alles sagte. Und da sie glaubten, daß mein Gefährte sie doch vielleicht falsch unterrichtet habe, so nahmen sie ihn mit und drohten ihm mit dem qualvollsten Tod, wenn er sie nicht bis morgen abend zur Bonanza geführt hätte."

Das Gesicht, das Old Death jetzt machte, hatte ich bei ihm noch nicht gesehen. Es lag ein Zug finsterer, wilder, unerbittlicher Entschlossenheit darauf. Er hatte das Aussehen eines Rächers, der sich vornimmt, um keinen Preis Nachsicht mit seinem Opfer zu haben. Seine Stimme klang fast heiser, als er fragte:

„Und Ihr glaubt, daß die Schurken von hier aus zur Bonanza geritten sind?"

„Ja. Sie wollten die Bonanza überfallen und ausrauben. Es sind dort große Vorräte an Schießbedarf, Lebensmitteln und sonstigen Gegenständen, die für Spitzbuben großen Wert haben. Und Silber gibt es auch in Menge."

„*The devil!* Sie werden teilen wollen. Die Weißen nehmen das Metall und die Roten das andere. Wie weit ist es bis zur Bonanza?"

„Ein tüchtiger Tagesritt, so daß sie morgen abend dort ankommen, wenn Harton nicht den Rat befolgt, den ich ihm gab."

„Was für einen Rat?"

„Er soll sie einen Umweg führen. Ich dachte, daß doch vielleicht jemand des Wegs kommen würde und mich rettet. In diesem Fall wollte ich ihn bitten, schleunigst zur Bonanza zu reiten, um die Leute dort zu warnen. Ich selbst hätte freilich nicht mitreiten können, denn ich habe kein Pferd."

Der Alte blickte eine Weile sinnend vor sich nieder. Dann sagte er:

„Ich möchte am liebsten augenblicklich fort. Wenn man jetzt aufbricht, kann man der Fährte dieser Schufte folgen, bis es dunkel ist. Könnt Ihr mir den weiteren Weg nicht so beschreiben, daß ich ihn des Nachts finde?"

Der Mann verneinte und warnte entschieden vor einem nächtlichen Ritt. Old Death beschloß also, bis zum nächsten Morgen zu warten.

„Wir sechzehn", fuhr er fort, „haben es mit vierzig Roten und zehn Weißen zu tun, macht zusammen fünfzig. Schätze, da brauchen wir uns nicht zu fürchten. Wie waren denn die Chimarras bewaffnet?"

„Nur mit Lanzen, Pfeil und Bogen. Nun aber haben sie uns unsere beiden Gewehre und Revolver abgenommen."

„Das tut nichts. Diese Roten verstehen nicht, mit solchen Waffen umzugehen. Übrigens werden wir uns alle Umstände zunutze machen, die uns einen Vorteil sichern können. Dazu ist nötig, zu erfahren, wo und wie die Bonanza liegt. Beschreibt mir den Ort!"

„Denkt Euch eine tief in den Wald eingeschnittene Schlucht, die sich in ihrer Mitte erweitert und rund von steilen Kalkfelsen eingeschlossen ist. Diese Kalkfelsen sind reich an Silber-, Kupfer- und Bleilagern. Der Hochwald tritt von allen Seiten bis an die Kante der Schlucht heran und sendet sogar Bäume und Sträucher an den Hängen hinab. Im Hintergrund entspringt ein Wasser, das gleich stark und voll wie ein Bach aus dem Fels tritt. Die Schlucht, oder vielmehr dieses Tal, ist zwei Meilen lang. Aber trotz dieser bedeutenden Länge gibt es nirgends eine Stelle, wo man von oben herniedersteigen könnte. Der einzige Zugang ist da, wo das Wasser aus dem Tal tritt. Und dort schieben sich die Felsen so eng zusammen, daß neben dem Wasser nur noch Raum für drei Männer zu Fuß oder zwei Reiter bleibt."

„So ist der Ort doch ungemein leicht gegen einen Überfall zu verteidigen!"

„Gewiß. Einen zweiten Eingang gibt es nicht, wenigstens nicht für Leute, die nicht zu den jetzigen Bewohnern des Tals gehören. In der Mitte der Schlucht wird gearbeitet. Da war es beschwerlich, stets eine halbe Stunde weit zu gehen, wenn man aus dem Tal heraus wollte. Deshalb hat Señor Uhlmann an einer geeigneten Stelle einen Aufstieg errichten lassen. Dort erhebt sich der Fels nicht senkrecht, sondern stufenweise. Der Señor ließ Bäume fällen und auf die verschiedenen Absätze so herabstürzen, daß sie gegen die Felsen gelehnt liegenblieben. Dadurch wurde eine von oben bis ganz herab gehende Masse von Stämmen, Ästen und Zweigen gebildet, unter deren Schirm man Stufen einhauen konnte, die kein Fremder entdeckt."

„Oho! Mache mich anheischig, diese prächtige Treppe sofort zu finden. Ihr habt euch durch das Fällen der Bäume verraten. Wo Bäume künstlich entfernt worden sind, da müssen sich auch Menschen befinden oder befunden haben."

„Wenn Ihr an die betreffende Stelle kommt, ahnt Ihr gar nicht, daß die Bäume da mit Hilfe von Seilen, Lassos und mit großer Anstrengung, ja sogar unter Lebensgefahr hinabgelassen worden sind. Versteht mich wohl! Sie sind nicht im üblichen Sinn gefällt worden. Kein Stumpf ist zu sehen. Señor Uhlmann hat sie entwurzeln lassen, so daß sie sich langsam in die Schlucht neigten und ihren ganzen Wurzelballen aus der Erde hoben. Über dreißig Mann haben dann an den Seilen gehalten, damit der Baum nicht zur Tiefe schmetterte, sondern langsam niederglitt und auf dem Felsenabsatz festen Halt bekam."

„So viele Arbeiter sind dort beschäftigt?"

„Jetzt fast vierzig."

„Nun, so brauchen wir wegen des Überfalls keine Sorge zu tragen. Wie hat er die Verbindung mit der Außenwelt hergestellt?"

„Durch Maultierzüge, die alle zwei Wochen ankommen, um das Tal mit dem Lebensnotwendigen zu versorgen und die Erze fortzuschaffen."

„Läßt der Señor den Eingang bewachen?"

„Des Nachts, wenn alles schläft. Übrigens streift ein Jäger, den er zu diesem Zweck angeworben hat, während des ganzen Tags in der Gegend umher, um die Gesellschaft mit Wildbret zu versorgen. Ihm kann nichts entgehen."

„Hat Uhlmann Gebäude anlegen lassen?"

„Gebäude nicht. Er wohnt in einem großen Zelt, worin sich alle nach der Arbeit versammeln. Ein Nebenzelt bildet den Vorratsraum. Beide stoßen an die Talwand, und im Halbkreis um die Zelte sind einstweilen aus Ästen und dergleichen Hütten errichtet, worin die Arbeiter schlafen."

„Aber ein Fremder kann oben von der Talkante die hellen Zelte sehen?"

„Nein, denn sie sind von dichten Baumkronen überdacht und nicht mit weißem Zeltleinen, sondern mit dunklem Gummistoff überzogen."

„Das will ich gelten lassen. Wie steht es mit der Bewaffnung?"

„Vorzüglich. Jeder Arbeiter hat sein Doppelgewehr nebst Messer und Revolver."

„Nun, so mögen die Chimarras immerhin kommen. Freilich ist dazu erforderlich, daß wir eher bei der Bonanza eintreffen als sie. Wir müssen unsere Pferde morgen anstrengen. Deshalb wollen wir jetzt versuchen zu schlafen. Für die Aufgaben, die uns morgen erwarten, müssen wir gut ausgeruht sein und unsere Pferde auch."

Mir wollte die erwartete Ruhe nicht kommen, obgleich ich während der vorigen Nacht keinen Augenblick hatte schlafen können. Der Gedanke, Gibson morgen zu erwischen, regte mich auf. Und Old Death schlief auch nicht. Er wendete sich wiederholt von einer Seite auf die andere. Das war ich an ihm nicht gewöhnt. Ich hörte ihn seufzen, und zuweilen murmelte er leise Worte vor sich hin, die ich nicht verstehen konnte, obgleich ich neben ihm lag. Es gab irgend etwas, das ihm das Herz beschwerte. Sein Benehmen hatte mich stutzig gemacht, als die Rede auf den Gambusino Harton gekommen war, doch war sein Verhalten dadurch erklärt, daß er diesen Mann kannte. Oder sollte der Betreffende nicht nur ein Bekannter des Alten sein?

Als wir ungefähr drei Stunden gelegen hatten, bemerkte ich, daß der Scout sich aufrichtete. Er lauschte auf unseren Atem, um sich zu überzeugen, daß wir schliefen. Dann stand er auf und entfernte sich längs des Baches. Der Wachtposten, ein Apatsche, hinderte ihn nicht daran. Ich wartete. Es verging eine Viertelstunde, noch eine, eine dritte, und der Alte kehrte nicht zurück. Da erhob ich mich und ging ihm nach.

Erst nach zehn Minuten erblickte ich ihn. Er stand am Bach und starrte in den Mond, den Rücken mir zugewendet. Ich gab mir keine Mühe, leise aufzutreten, doch dämpfte das Gras meine Schritte. Er hätte sie hören müssen, wenn ihn seine Gedanken nicht allzu sehr in Anspruch genommen hätten. Erst als ich fast hinter ihm war, fuhr er herum. Er riß den Revolver aus dem Gürtel und fuhr mich an:

„*Hang it all!* Wer seid Ihr? Was schleicht Ihr hier herum? Wollt Ihr eine Kugel von mir ha —"

Old Death hielt inne. Er mußte sehr geistesabwesend gewesen sein, da er mich erst jetzt erkannte.

„Ah, Ihr seid es, Mr. Shatterhand! Hätte Euch fast eine Kugel gegeben, denn ich hielt Euch wahrhaftig für einen Fremden. Weshalb schlaft Ihr nicht?"

„Weil mir der Gedanke an Gibson und Ohlert keine Ruhe läßt."

„So? Glaube es. Na, morgen kommen beide endlich in unsere Hände, oder ich will nicht Old Death heißen. Kann ihnen nicht länger nachlaufen, denn ich muß in der Bonanza bleiben."

„Ihr? Weshalb?" Da er keine Antwort gab, fügte ich die Frage hinzu: „Handelt es sich um ein Geheimnis?"

„Ja."

„So will ich nicht in Euch dringen und Euch auch nicht länger stören. Ich hörte Euer Seufzen und Murmeln und dachte, ich könnte teilnehmen an irgendeinem Herzeleid, das nicht von Euch lassen will. Gute Nacht, Sir!"

Ich wendete mich zum Gehen. Er ließ mich eine kleine Strecke fort, dann rief er:

„Sir, lauft nicht davon! Es ist wahr, was Ihr von dem Herzeleid denkt. Es liegt mir schwer auf der Seele und will nicht heraus. Ich habe Euch als einen verschwiegenen und gutherzigen Kerl kennengelernt, der mit mir wohl nicht allzu streng ins Gericht gehen wird. Darum sollt Ihr jetzt hören, was mich drückt. Alles brauche ich Euch nicht zu sagen, nur einiges. Das übrige werdet Ihr Euch leicht dazudenken können."

Der Scout nahm meinen Arm unter den seinen und schritt langsam mit mir am Bach hin.

„Was habt Ihr denn eigentlich für eine Ansicht von mir?" fragte er dann plötzlich. „Was denkt Ihr von meinem Innersten, von — von — na, von dem Menschen Old Death?"

„Ihr seid ein Ehrenmann. Deshalb liebe und achte ich Euch."

„Hm! Das sagt Ihr so, weil Ihr mich nicht näher kennt. Ihr seid so einer von denen, die heiter durchs Leben gehen, weil sie nicht wissen, was ein böses Gewissen bedeutet. Hört Ihr, Sir, ein böses Gewissen! Die Stimme im Innern, die einen anklagt, auch da, wo jeder irdische Richter schweigt! Davon habt Ihr freilich keine Ahnung, aber ich sage Euch: Kein Galgen und kein Zuchthaus reicht da hinan!"

Der Alte sagte das in einem Ton, der mich tief erschütterte. Dieser Mann schleppte offenbar die Erinnerung an eine schwere Schuld mit sich herum, sonst hätte er nicht in dieser Weise sprechen können. Ich sagte nichts. Es verging eine Weile, bis er fortfuhr:

„Sir, vergeßt das nicht: Es gibt eine göttliche Gerechtigkeit, wogegen die weltliche das reine Kinderspiel ist! Das ewige Gericht sitzt im Gewissen und donnert einem bei Tag und Nacht den Urteilsspruch zu. Es muß heraus; ich muß es Euch sagen. Und warum grad Euch? Weil ich zu Old Shatterhand trotz seiner Jugend ein großes Vertrauen habe. Und weil es mir in meinem Innern ganz so ist, als würde sich morgen etwas ereignen, das den alten Scout verhindern könnte, seine Sünden zu bekennen."

„Was ist mit Euch, Sir? Was habt Ihr?"

„Was ich habe? Das will ich Euch rund heraussagen: eine Todesahnung!" Er sah mir ruhig in die Augen. „Ihr habt gehört, was der Gambusino vorhin von dem Kaufmann Fred Harton erzählte — Was haltet Ihr von dem Bruder dieses Mannes?"

Jetzt ahnte ich das Richtige. Deshalb erwiderte ich vorsichtig.

„Edward Harton war jedenfalls leichtsinnig."

„*Pshaw!* Damit wollt Ihr wohl ein mildes Urteil sprechen? Ich sage Euch, der Leichtsinnige ist viel gefährlicher als der wirklich Schlechte. Der Schlechte kennzeichnet sich bereits von weitem. Der Leichtsinnige ist aber meist ein liebenswürdiger Kerl: deshalb ist er bei weitem gemeingefährlicher. Tausend Schlechte können gebessert werden, denn die Schlechtigkeit hat Seiten, wo die Zucht anzufassen vermag. Unter tausend Leichtsinnigen aber kann kaum einer gebessert werden, denn der Leichtsinn hat keine feste Handhabe, wo er zu packen und auf bessere Wege zu bringen ist. Eigentlich schlecht bin ich nie gewesen, aber leichtsinnig, bodenlos leichtsinnig, denn jener Edward Harton, der seinen Bruder um alles brachte, war — ich! Freilich nenne ich mich jetzt anders, weil ich den Namen, den ich trug, entehrt habe. Kein Verbrecher spricht gern von dem, woran er sich versündigt hat. Könnt Ihr Euch besinnen, was ich Euch in New Orleans sagte, nämlich, daß meine brave Mutter mich auf den Weg zum Glück gesetzt, ich es aber auf einem anderen Weg gesucht hätte?"

„Ich erinnere mich."

„So will ich nicht viele Worte machen. Meine sterbende Mutter zeigte mir den Weg der Tugend, ich aber wandelte den des Leichtsinns. Ich wollte reich werden, wollte Millionen besitzen. Ich spielte an der Börse ohne Verstand und verlor mein väterliches Erbteil und meine kaufmännische Ehre. Da ging ich in die Diggins. Ich hatte Glück und fand Gold in Menge. Ich verschleuderte es ebenso schnell, wie ich es erworben hatte, denn ich wurde ein leidenschaftlicher Spieler. Monatelang plagte ich mich in den Diggins ab, um das Gewonnene auf eine einzige Karte zu setzen und in fünf Minuten zu verspielen. Mein Erwerb genügte mir nicht. Die Placers ergaben keine solchen Summen, wie ich haben wollte. Hunderttausend Dollars wollte ich verrückter Kerl setzen, um die Bank zu sprengen. Ich ging nach Mexiko und wurde Gambusino und hatte geradezu empörendes Glück, aber ich verspielte alles. Dieses Leben richtete mich körperlich zugrunde. Dazu kam, daß ich Opiumraucher geworden war. Vordem war ich ein starker, muskelkräftiger Kerl, ein Riese. Ich kam herab bis auf den Lumpen. Ich konnte nicht mehr weiter. Kein Mensch wollte mich mehr ansehen, aber alle Hunde bellten mich an. Da begegnete ich meinem Bruder, der ein Geschäft in Frisco hatte. Er erkannte mich trotz meiner Erbärmlichkeit und nahm mich mit in sein Haus. Hätte er es doch nicht getan! Hätte er mich verkommen lassen! Ihm wäre alles Unglück und mir aller Gewissensjammer erspart geblieben!"

Der Alte schwieg eine Weile. Ich hörte ihn heftig Atem holen und fühlte herzliches Mitleid mit ihm.

„Ich war gezwungen, gut zu tun", fuhr er dann fort. „Mein Bruder glaubte, ich sei völlig gebessert, und gab mir eine Anstellung in seinem Geschäft. Aber der Spielteufel schlummerte nur, und als er wieder erwachte, nahm er mich fester in seine Krallen als je zuvor. Ich griff die Kasse an, um das Glück zu zwingen, ich gab falsche Wechsel aus, um das Geld dem Teufel des Spiels zu opfern, und ich verlor, verlor und verlor, bis keine Rettung mehr möglich war. Da verschwand ich. Der Bruder bezahlte die Wechselschulden und wurde dadurch zum Bettler. Auch er verschwand mit seinem kleinen Knaben, nachdem er sein Weib begraben hatte, das aus Schreck und Herzeleid gestorben war. Das erfuhr ich freilich erst nach Jahren, als ich mich einmal wieder nach Frisco wagte. Der Eindruck dieser Kunde brachte mich auf bessere Wege. Wieder hatte ich als Gambusino gearbeitet und war glücklich gewesen. Ich kam, um Schadenersatz zu leisten, und nun war der Bruder verschwunden. Von da an habe ich ihn überall gesucht, aber nicht gefunden. Dieses ruhelose Wanderleben bildete mich aus zum Scout. Ich bin auch vielen in sittlicher Beziehung ein Scout geworden. Das Spiel habe ich gelassen, aber das Opium nicht. Ich bin nicht mehr Raucher, sondern Opiumesser. Das Gift mische ich in den Kautabak und genieße es jetzt nur noch in verschwindend kleinen Mengen. So, da habt Ihr mein Bekenntnis. Nun speit mich an und tretet mich mit Füßen; ich habe nichts dagegen, denn ich habe es verdient!"

Old Death ließ meinen Arm los, setzte sich ins Gras, stemmte die Ellbogen auf die Knie und legte das Gesicht in die Hände. So saß er lange Zeit, ohne einen Laut hören zu lassen. Ich stand dabei mit Gefühlen, die sich nicht beschreiben lassen. Endlich sprang er wieder auf und stierte mich mit geisterhaftem Blick an.

„Ihr steht noch hier? Graut es Euch denn nicht vor diesem elenden Menschen?"

„Grauen? Nein, Ihr tut mir herzlich leid, Sir. Ihr habt viel gefehlt, aber auch viel gelitten, und Eure Reue ist ernst. Wie könnte ich mir, wenn auch nur im stillen, ein Urteil anmaßen! Ich bin ja selbst auch nur ein Sünder und weiß nicht, welche Prüfung mir das Leben noch bringt."

„Viel gelitten! Ja, da habt Ihr recht, sehr recht! O du lieber Gott, was sind die Töne aller Posaunen der Welt gegen die nie ruhende Stimme im Innern eines Menschen, der sich einer schweren Schuld bewußt ist! Ich muß büßen und wiedergutmachen, soviel ich kann. Morgen soll ich endlich den Bruder sehen. Mir ist, als ob mir eine neue Sonne aufginge, doch keine irdische. Aber das alles berührt Euch nicht. Es ist etwas anderes, was ich Euch bitten muß. Wollt Ihr mir einen Wunsch erfüllen?"

„Von Herzen gern!"

„So hört! Es gibt einen triftigen Grund, daß ich selbst dann, wenn ich für einige Zeit einmal kein Pferd besitze, meinen Sattel mit mir schleppe. Wenn man das Futter aufschneidet, gelangt man zu Gegenständen, die ich für meinen Bruder, aber auch nur für ihn, bestimmt habe. Wollt Ihr Euch das merken, Sir?"

„Eure Bitte ist recht bescheiden."

„Nicht so sehr. Aber vielleicht erfahrt Ihr noch, welch ein Vertrauen ich in Euch setze, indem ich Euch bitte, das nicht zu vergessen. Und nun geht, Sir! Laßt mich allein! Es ist mir so, als müßte ich noch während dieser Nacht mein Schuldbuch durchlesen. Morgen ist vielleicht keine Zeit mehr dazu. Es gibt Ahnungen, denen man es anmerkt, daß sie die Verkünderinnen der Wahrheit sind. Ich bitte Euch, geht! Schlaft in Gottes Namen; Ihr habt kein böses Gewissen! Gute Nacht, Sir!"

Ich kehrte langsam zum Lager zurück und legte mich nieder. Erst nach langer Zeit schlief ich ein, kurz vor dem Morgengrauen, und noch war der Alte nicht da. Als aber geweckt wurde, saß er bereits auf seinem Pferd, als hätte er große Eile, seine Todesahnung in Erfüllung gehen zu lassen. Der Gambusino Tadeo Sandia erklärte, daß er sich, außer einigen Schmerzen im Rücken, frisch und gesund fühle. Er erhielt eine Pferdedecke wie einen Frauenrock umgeschnallt und darüber eine zweite als Mantel. Ein Apatsche nahm ihn hinter sich aufs Pferd; dann brachen wir auf.

11. Späte Sühne

Wir kamen von neuem durch Cañons, in deren Tiefen wir einige Zeit ritten. Sodann aber hatten wir dieses schwierige Gelände wenigstens für heute hinter uns. Es gab grasige Ebenen, über die wir stundenlang trabten und aus denen einzelne Berge aufstiegen. Bis dahin hatten wir stets die Fährte der Chimarras vor den Pferdehufen.

Gegen Mittag ließ uns der Gambusino Sandia halten und sagte befriedigt:

„Hier müssen wir die Spur verlassen. Harton hat meinen Rat befolgt und einen Umweg eingeschlagen. Wir aber biegen rechts ab, wohin der gerade Weg führt."

„Well, folgen wir also nun Eurer Richtung!" nickte der Scout.

Im Nordwesten, wohin wir nach kurzer Rast ritten, lagerten bläuliche Massen am Rand des Gesichtskreises. Der Gambusino erklärte, daß es Berge seien. Aber sie waren so weit entfernt, daß wir erst nach längerer Zeit merkten, daß wir ihnen näher kamen. Am Nachmittag wurde wieder eine kleine Rast gehalten, dann ging es mit erneuter Schnelligkeit weiter. Endlich sahen wir den ersten dürren Strauch. Bald fanden wir mehr Buschwerk, und dann ging es über grüne Prärien, wo hier und da Inseln von Gebüsch zu umreiten waren. Wir lebten von neuem auf. Wirklich bewundernswert aber hielten sich unsere Pferde. Das waren freilich noch ganz andere Tiere als die, die uns Don Atanasio gegeben hatte. Sie trabten so frisch dahin, als kämen sie soeben erst vom Weideplatz.

Die Berge waren mittlerweile weiter herangerückt. Es war aber auch Zeit dazu, denn die Sonne neigte sich bereits zu ihren Gipfeln nieder. Da erblickten wir den ersten Baum. Er stand mitten auf der Prärie, mit sturmzerfetzten Ästen. Wir begrüßten ihn als Vorboten des willkommenen Waldes. Bald rechts, bald links, bald vor uns gewahrten wir andere, die hier näher zusammen, dort weiter auseinander traten und endlich einen lichten Hain bildeten, dessen Boden lehnenartig emporstieg und uns auf eine Höhe brachte, von der das Gelände jäh in ein nicht zu tiefes Tal abfiel. Dahinunter mußten wir, um es zu durchkreuzen. Nun stieg der Boden langsam zu einer beträchtlichen Höhe an. Sie war nackt und kahl und trug nur auf ihrem Rücken ein grüne Waldkrone. Längs dieses langgedehnten Rückens ging es nun unter Bäumen hin und dann in eine steile Tiefe hinab. Hierauf kamen wir durch eine Schlucht auf eine kleine, baumfreie und graswachsene Hochebene. Kaum hatten die Hufe unserer Pferde sie betreten, so sahen wir einen Strich, der sich quer über unsere Richtung durch das Gras zog.

„Eine Fährte!" rief der Gambusino. „Wer mag hier geritten sein?" Sandia stieg ab, um die Spur zu untersuchen.

„Kann es sehen, ohne abzusteigen", brummte Old Death. „So eine Fährte kann nur ein Trupp machen, der über vierzig Reiter zählt. Wir kommen zu spät."

„Meint Ihr wirklich, daß es die Chimarras gewesen sind."

„Ja, das meine ich, Sir!"

Winnetou stieg nun auch vom Pferd. Er schritt die Spur eine Strecke weit ab und berichtete dann:

„Zehn Bleichgesichter und viermal soviel Rote. Seit sie hier vorüberkamen, ist die Zeit einer Stunde vergangen."

„Nun, was sagt Ihr dazu, Don Tadeo?" fragte Old Death.

„Wenn es auch wirklich so ist, können wir ihnen doch noch zuvorkommen", entgegnete der Gefragte. „Auf jeden Fall gehen sie doch vor dem Angriff auf Kundschaft. Und das erfordert Zeit."

„Sie werden Harton zwingen, ihnen alles zu beschreiben, so daß sie ihre Zeit nicht mit langem Suchen zu verschwenden brauchen."

„Aber Indianer greifen stets vor Tagesgrauen an."

„Bleibt mir mit Eurem Tagesgrauen vom Leib! Ihr wißt doch selbst, daß Weiße bei ihnen sind! Die werden sich den Teufel um die Angewohnheiten der Roten kümmern. Möchte wetten, daß sie sogar am hellen Tag in die Bonanza gehen. Macht also, daß wir vorwärtskommen!"

Jetzt wurden die Sporen eingesetzt, und wir flogen über die Ebene dahin, freilich in ganz anderer Richtung als die Chimarras geritten waren. Harton hatte sie nicht zum Eingang der Bonanza geführt, sondern war bemüht gewesen, sie zur hintersten Kante des Tals zu bringen. Dagegen suchten wir den Eingang so schnell wie möglich zu erreichen. Leider aber brach jetzt die Dunkelheit mit großer Schnelligkeit herein. Auf der Ebene ging es noch. Doch wir kamen wieder in den Wald, ritten unter den Bäumen auf völlig ungebahntem Boden, bald aufwärts, bald wieder niederwärts und mußten uns endlich ganz auf den jetzt voranschreitenden Gambusino und auf die Augen der Pferde verlassen. Die Äste und Zweige waren uns im Weg. Sie schlugen uns in die Gesichter und konnten uns leicht von den Pferden schnellen. Deshalb stiegen auch wir ab und gingen zu Fuß, die Tiere hinter uns herführend, den gespannten Revolver in der freien Hand; denn wir mußten gewärtig sein, jeden Augenblick auf die Feinde zu stoßen. Endlich hörten wir Wasser rauschen.

„Wir sind am Eingang", flüsterte der Gambusino. „Nehmt euch in acht! Rechts ist das Wasser. Geht einzeln und haltet euch links an den Felsen!"

„Schön!" meinte Old Death. „Steht denn kein Wachtposten hier?"

„Jetzt noch nicht. Es ist noch nicht Schlafenszeit."

„Schöne Wirtschaft das! Und noch dazu in einer Bonanza! Wie ist nun der Weg? Es ist stockfinster."

„Immer geradeaus. Der Boden ist eben. Es gibt kein Hindernis mehr, bis wir ans Zelt gelangen."

Wir sahen in der Dunkelheit nur, daß wir einen freien Talboden vor uns hatten. Links stiegen finstere Massen hoch empor. Das war die Bergwand. Rechts rauschte das Wasser. So gingen wir weiter, die Pferde noch immer an den Zügeln führend. Ich schritt mit Old Death und Tadeo Sandia voran. Da machte uns Winnetou, der uns unmittelbar folgte, auf eine Gestalt aufmerksam, die wie ein Hund zwischen uns und dem Felsen dahinzuhuschen schien. Wir blieben stehen und lauschten. Nichts war zu hören.

„Die Finsternis täuscht", erklärte der Gambusino. „Übrigens ist hinter uns die Stelle, wo sich der verborgene Aufstieg befindet."

„So kann die Gestalt von dorther gekommen sein", sagte ich.

„Dann hätte die Begegnung erst recht nichts auf sich; es wäre ein Freund gewesen. Ein Bewohner des Tals hat aber jetzt hier nichts zu suchen. Winnetou hat sich geirrt."

Damit war die Sache abgetan, die für uns so verhängnisvoll werden sollte, wenigstens für einen von uns. Nach kurzer Zeit bemerkten wir einen unbestimmten Lichtschimmer, den Schein der Lampen, der durch die Zeltdecken drang. Stimmen ertönten. Wir vier waren voran.

„Erwartet die anderen!" sagte Old Death zu Sandia. „Sie mögen vor dem Zelt halten bleiben, bis wir Señor Uhlmann benachrichtigt haben."

Der Hufschlag unserer Pferde mußte im Innern des Zeltes gehört werden, dennoch wurde der Vorhang nicht zurückgeschlagen.

„Kommt mit hinein, Sir!" meinte der Alte zu mir. „Wollen sehen, welche Freude und Überraschung wir anrichten."

Man erkannte von außen, an welcher Stelle sich der Eingang befand. Old Death trat als erster ein.

„Da sind sie schon!" rief eine Stimme. „Laßt Sie nicht herein!"

Noch während dieser Worte fiel ein Schuß. Ich sah, wie sich der Scout mit beiden Händen an den Rahmen des Vorhangs krampfte, und sah zugleich mehrere Gewehre auf den Eingang gerichtet. Der Alte konnte sich nicht aufrecht halten; er glitt zu Boden.

„Meine Ahnung — mein Bruder — Vergebung — im Sattel —!" stöhnte er.

„Mr. Uhlmann, um Gottes willen, schießt nicht!" schrie ich auf. „Wir sind Freunde, Deutsche! Euer Schwiegervater und Schwager sind mit uns. Wir kommen, Euch vor dem beabsichtigten Überfall zu schützen."

„Herrgott! Deutsche!" antwortet es innen. „Ist das möglich?"

„Ja, schießt nicht! Laßt mich ein, mich allein wenigstens!"

„So kommt! Aber kein anderer mit!"

Ich trat ein. Da standen wohl an die zwanzig Männer, alle mit Gewehren bewaffnet. Drei von der Zeltdecke hängende Lampen brannten. Ein junger Mann trat mir entgegen. Neben ihm stand ein Mensch von herabgekommenem Aussehen.

„War der dabei, Harton?" fragte ihn der jüngere.

„Nein, Sir!"

„Unsinn!" rief ich. „Haltet keine Untersuchung! Wir sind Freunde, aber die Feinde sind hinter uns. Sie können jeden Augenblick kommen. Ihr nennt diesen Mann Harton. Ist es der, den die Chimarras seit gestern mit sich schleppen?"

„Ja. Er ist ihnen entkommen. Er trat vor kaum zwei Minuten hier bei uns ein."

„So seid Ihr an uns vorübergeschlichen, Mr. Harton? Einer von uns sah Euch, doch wir anderen glaubten es leider nicht. Wer hat geschossen?"

„Ich", erklärte einer der Männer.

„Gott sei Dank!" atmete ich auf, denn ich hatte bereits gedacht, der eine Bruder hätte den anderen erschossen. „Ihr habt einen Unschuldigen getötet, einen Mann, dem ihr eure Rettung verdankt!"

Da traten die beiden Langes ein, mit ihnen Sandia, der Gambusino. Sie ließen sich draußen nicht länger halten. Es gab eine wirre, überlaute Freude. Aus den umliegenden Hütten kamen die übrigen Bewohner des Tals herbei. Ich mußte ein Machtwort sprechen, um Ruhe zu schaffen.

Old Death war tot, gerade durchs Herz geschossen. Der Neger Hektor brachte seine Leiche herein und legte sie unter leisem Klagen mitten unter uns nieder. Zwei Frauen waren aus einer anderen Abteilung des Zeltes gekommen. Die eine trug einen kleinen Knaben. Es war die Wärterin. Die andere lag in den Armen ihres Vaters und Bruders.

Unter diesen Umständen durfte ich mich nur auf mich selbst und auf Winnetou verlassen. Ich fragte Harton wie es ihm gelungen sei, zu entkommen.

„Ich führte die Chimarras irre und brachte sie hinauf in den Wald hinter dem Tal", erklärte er mir. „Dort lagerten sie, während der Häuptling auf Kundschaft ging, und als es dunkel geworden war, brachen sie auf. Sie ließen ihre Pferde mit einigen Wachen zurück. Bei denen lag ich mit gebundenen Händen und Füßen. Es gelang mir, die Hände freizubekommen und dann auch die Füße. Nun huschte ich fort, schnell zur geheimen Treppe und ins Tal hinab. Ich kam an euch vorüber und hielt euch für die Feinde, eilte hierher, fand die meisten der Arbeiter hier versammelt und meldete ihnen den Überfall. Der erste, der eintreten wollte, wurde erschossen."

„Verwünscht!" rief ich. „Das ist eine unglückselige Geschichte. — Und nach dem, was Ihr sagt, können die Kerle jeden Augenblick hier sein. Man muß Ordnung schaffen."

Ich wandte mich an Uhlmann selbst, den Mann, der bei meinem Eintritt neben Harton gestanden hatte. Eilig unterrichtete ich ihn über die Sachlage, und mit seiner Hilfe waren in wenigen Minuten die nötigen Vorbereitungen getroffen. Es ging dabei nach Winnetous Anordnungen, der in solchen Lagen die meiste Erfahrung hatte. Unsere Pferde wurden weiter ins Tal hineingeschafft. Die Apatschen stellten sich hinter das Zelt, zu ihnen die Arbeiter Uhlmanns. Old Deaths Leiche wurde wieder hinausgetragen. Ein Fäßchen Petroleum wurde an den Bach gerollt. Den Deckel des Fasses entfernte man, und ein Mann stand dabei, der den Befehl erhielt, auf einen bestimmten Zuruf eine Flasche Benzin ins Petroleum zu gießen und die Flüssigkeit anzuzünden. Sobald die Masse brannte, sollte er das Faß in den Bach stoßen. Das flammende Öl mußte mit dem Wasser fortgeführt werden und das ganze Tal erleuchten.

So standen jetzt mehr als fünfzig Mann bereit, die Feinde zu erwarten, denen wir an Zahl gleich, an Waffen aber weit überlegen waren. Einige schlaue und erfahrene Arbeiter wurden zum Eingang gesandt, um die Ankunft der Feinde zu melden.

An der Hinterwand des Zeltes lockerten wir die unteren Ringe, damit man dort aus- und eingehen konnte.

Die Frauen waren mit dem Kind im Hintergrund des Tals in Sicherheit gebracht worden. Ich saß mit Uhlmann, Winnetou, Harton und den beiden Langes allein im Zelt. Hektor war bei den Apatschen geblieben. Seit wir warteten, mochten wohl zehn Minuten vergangen sein. Da kam einer der Leute, die wir vorgeschickt hatten. Er brachte zwei Weiße, die der Señor Uhlmann ihre Aufwartung machen wollten. Hinter diesen Weißen aber, so meldete er, habe sich eine Bewegung bemerkbar gemacht, woraus zu schließen sei, daß sich auch die anderen im Anzug befänden. Die beiden wurden eingelassen. Ich zog mich mit den Langes, Winnetou und Harton in das Nebenabteil des Zeltes zurück.

Da sah ich — Gibson mit William Ohlert eintreten. Sie wurden höflich bewillkommnet und zum Sitzen eingeladen. Gibson nannte sich Gavilano und gab sich vor Uhlmann für einen Geographen aus, der mit seinem Fachgenossen diese Berge besuchen wolle. Er habe sein Lager in der Nähe aufgeschlagen, da sei ein gewisser Harton, ein Gambusino, zu ihm gekommen. Von ihm habe er erfahren, daß hier eine ordentliche Wohnung zu finden sei. Sein Gefährte sei krank, und so habe er sich von Harton herführen lassen, um Señor Uhlmann zu bitten, den Freund für diese Nacht bei sich aufzunehmen.

Ob es klug oder albern ausgedacht war, kümmerte mich nicht. Ich trat aus meinem Versteck hervor; Harton folgte mir. Bei unserem Anblick fuhr Gibson auf. Er starrte uns mit dem Ausdruck des größten Entsetzens an.

„Sind die Chimarras auch krank, die hinter Euch kommen, Mr. Gibson?" fragte ich. „William Ohlert wird nicht nur hierbleiben, sondern sogar mit mir gehen. Und Euch nehme ich auch mit."

Ohlert saß wie gewöhnlich teilnahmslos da. Gibson aber faßte sich schnell.

„Schurke!" schrie er mich an. „Verfolgst du ehrliche Menschen auch hierher? Ich will —"

„Schweig!" unterbrach ich ihn. „Du bist mein Gefangener!"

„Noch nicht!" brüllte er wütend. „Nimm zunächst das!"

Gibson hatte sein Gewehr in der Hand und holte zum Kolbenhieb aus. Ich fiel ihm in den Arm. Er drehte sich dabei zur Seite, der Kolben sauste nieder und traf den Kopf Ohlerts, der sofort zusammenbrach. Im nächsten Augenblick drängten sich einige Arbeiter von hinten ins Zelt. Sie richteten ihre Gewehre auf Gibson.

„Nicht schießen!" rief ich, da ich ihn ja lebendig haben wollte. Aber es war zu spät. Ein Krach, und er stürzte, durch den Kopf getroffen, tot zu Boden.

„Nichts für ungut, Sir! So ist es hierzulande Sitte!" sagte der Schütze.

Als wäre der Schuß ein Zeichen gewesen — was vielleicht auch zwischen Gibson und seinen Spießgesellen verabredet worden war —, so erhob sich unweit des Zeltes wildes Indianergeheul. So weit also waren die Chimarras mit den verbündeten Weißen bereits vorgedrungen.

Uhlmann stürzte hinaus, die anderen hinter ihm her. Ich hörte seine Stimme. Schüsse fielen, Menschen schrien und fluchten. Ich war mit Ohlert allein im Zelt und kniete bei ihm, um ihn zu untersuchen. Sein Puls ging noch. Das beruhigte mich. Nun konnte ich am Kampf teilnehmen.

Als ich hinauskam, bemerkte ich, daß das Gefecht schon entschieden war. Das Tal wurde von dem im Bach brennenden Öl taghell erleuchtet. Die Feinde waren anders empfangen worden, als sie gedacht hatten. Die meisten von ihnen lagen tot oder verwundet am Boden. Die anderen flohen, verfolgt von den Siegern, dem Ausgang zu. Hier und da rang noch ein einzelner der Angreifer gegen zwei oder drei von Uhlmanns Leuten, ohne Hoffnung auf Erfolg.

Uhlmann selbst stand neben dem Zelt und schickte eine Kugel nach der anderen dahin, wo er ein Ziel sah. Ich machte ihn darauf aufmerksam, daß es ratsam sei, einen Trupp seiner Leute mit Harton als Führer über den geheimen Aufstieg zu den Pferden der Feinde zu senden, um sich ihrer zu bemächtigen. Dort konnte man auch die empfangen, denen es etwa gelingen sollte, durch den Ausgang aus dem Tal zu entkommen. Er pflichtete diesem Rat bei und befolgte ihn auf der Stelle.

Kaum drei Minuten waren seit dem ersten Schuß vergangen und schon war der Platz gesäubert.

Gern gehe ich über das folgende hinweg. Bilder, bei deren Anblick sich das Herz empört, soll man weder mit dem Pinsel noch mit der Feder malen. Das wahre Christentum untersagt es selbst dem Sieger, sich an seinem Triumph zu ergötzen.

Den Leuten Uhlmanns war es leicht gelungen, die Pferde wegzunehmen. Sie blieben während der Nacht bei den erbeuteten Tieren. Nur Harton kehrte zurück.

Er hatte noch keine Ahnung, wer auf unserer Seite der einzige Tote des heutigen Abends war. Ich ging mit ihm hinaus ins Tal, wo einige rasch angezündete Feuer brannten, und schritt mit ihm zu einer dunklen Stelle. Dort setzten wir uns nieder, und ich teilte ihm mit, was er erfahren mußte.

Fred Harton weinte wie ein Kind. Er hatte seinen Bruder trotz allem stets geliebt, hatte ihm alles längst vergeben und war wirklich in der Hoffnung Gambusino geworden, ihn in der Ausübung dieses Berufs da oder dort einmal zu treffen. Ich mußte ihm alles erzählen, von meinem ersten Zusammentreffen mit dem Scout bis zum letzten Augenblick, da den Reuigen die Kugel traf, die nicht für ihn bestimmt war. Jedes Wort wollte er wissen, das zwischen ihm und mir gewechselt worden war, und als wir dann nach mehr als einer Stunde zum Zelt zurückgingen, um den Toten zu sehen, bat er mich, ihn so in sein Herz zu schließen wie seinen armen Bruder.

Am anderen Morgen wurde Old Deaths Sattel herbeigeholt. Unter vier Augen schnitten wir das Futter los. Wir fanden eine Brieftasche. Sie war dünn, aber inhaltreich. Der Tote hinterließ seinem Bruder Bankanweisungen in bedeutender Höhe und, was die Hauptsache war, die ausführliche Beschreibung und den peinlich genau bezeichneten Plan einer Stelle in der Sonora, wo Old Death eine vielverheißende Bonanza entdeckt hatte. Von diesem Augenblick an war Fred Harton ein steinreicher Mann. —

Welche Pläne Gibson eigentlich mit William Ohlert verfolgt hatte, war nicht zu erfahren. Selbst seine Schwester Felisa Perillo, zu der sein Weg doch wahrscheinlich hätte führen sollen, wäre nicht imstande gewesen, Aufschluß zu erteilen. Ich fand bei ihm alle die in Banknoten erhobenen Summen, abzüglich dessen allerdings, was er für die Reise ausgegeben hatte.

Ohlert lebte zwar, aber er wollte nicht aus seiner Betäubung erwachen. Es stand zu erwarten, daß ich aus diesem Grund hier einen längeren Aufenthalt nehmen mußte. Das war mir eigentlich nicht unlieb. So konnte ich mich von den Strapazen erholen und das Leben und Treiben einer Bonanza gründlich kennenlernen, bis es der Zustand Ohlerts erlaubte, ihn nach Chihuahua in die Pflege eines tüchtigen Arztes zu geben.

Old Death wurde begraben. Wir errichteten ihm ein Grabmal mit einem Kreuz aus silberhaltigem Erz. Sein Bruder trat aus dem Dienst Uhlmanns, um sich zunächst nach den Anstrengungen seines Gambusinolebens in Chihuahua einige Zeit auszuruhen.

Groß war das Glück, das Uhlmann und seine Frau über die Ankunft ihrer beiden Verwandten empfanden. Sie waren liebe, gastfreundliche Leute, denen dieses Glück zu gönnen war. Fred Harton bat mich, ihn zu der Bonanza in der Sonora zu begleiten. Ich konnte keine entscheidende Antwort geben und vertröstete ihn auf die Zeit der Ankunft in Chihuahua. Winnetou beschloß, mit seinen zehn Apatschen, die von Uhlmann reich beschenkt wurden, heimzureiten, denn seiner harrten nach Abschluß des Kampfes mit den Komantschen noch die Verhandlungen, die zwischen beiden Stämmen den Frieden sichern sollten. Auch der Neger Hektor reiste ab. Ob er seinen Auftrag glücklich ausführen und zu Señor Cortesio zurückkehren konnte, habe ich nie erfahren. —

Und zwei Monate später saß ich bei dem guten Religioso[1] Benito von der Bruderschaft El bueno Pastor in Chihuahua. Ihm, dem berühmten Arzt der nördlichen Provinzen, hatte ich meinen Kranken gebracht, und es war ihm gelungen, ihn völlig herzustellen. Ich sage völlig, denn wunderbarerweise hatte sich mit der leiblichen Heilung auch die geistige Gesundung eingestellt. Es war, als sei mit dem Kolbenhieb in Ohlert die unglückselige Zwangsvorstellung, ein wahnsinniger Dichter zu sein, erschlagen worden. Er war munter und wohlauf, zuweilen sogar lustig, und sehnte sich nach seinem Vater. Er wußte noch nicht, daß ich meinen Auftraggeber erwartete. Ich hatte nämlich einen Bericht über die Lösung meiner Aufgabe abgesandt und

---

[1] Ordensmann

darauf die Nachricht erhalten, daß der Vater selbst kommen werde, seinen Sohn abzuholen. Nebenbei hatte ich bei Mr. Josy Tailor um meine Entlassung gebeten. Es war mir doch die Lust gekommen, und sie war von Tag zu Tag gewachsen, mit Harton in die Sonora zu ziehen.

Fred Harton kam täglich, um uns beide und den freundlichen Pater zu besuchen. Er hatte eine wahrhaft rührende Zuneigung zu mir gefaßt und freute sich besonders über die Gesundung unseres Kranken.

Hier war allerdings ein wahres Wunder geschehen. Ohlert wollte das Wort ‚Dichter' nicht mehr hören. Er konnte sich an jede Stunde seines Lebens erinnern, die Zeit aber von seiner Flucht mit Gibson bis zu seinem Erwachen in der Bonanza bildete ein gänzlich leeres Blatt in seinem Gedächtnis.

Heute saßen wir nun wieder beisammen: der Pater, Ohlert, Harton und ich. Wir erzählten von unseren Erlebnissen und Hoffnungen. Da klopfte der Diener an, öffnete und ließ einen Herrn herein, bei dessen Anblick William einen Freudenschrei ausstieß. Welchen Schmerz und welche Sorge er dem Vater bereitet hatte, wurde ihm jetzt erst klar. Er warf sich ihm weinend in die Arme. Wir anderen aber gingen still hinaus.

Später gab es Zeit, uns auszusprechen und alles zu erzählen. Vater und Sohn saßen Hand in Hand dabei. Ohlert brachte mir von Josy Tailor die erbetene Entlassung und den Gehaltsrest, den ich noch zu beanspruchen hatte, dem der Bankier aus eigenem eine ansehnliche Sondervergütung beifügte. Jetzt hätte ich eigentlich mehr als genügend Mittel gehabt, um meine ursprüngliche Absicht, heimzukehren, endlich auszuführen. Aber ich sah ein neues Abenteuer winken, vor dem der Gedanke an die Heimat verblaßte. Ich gab Fred Harton meine Zustimmung, ihn zu begleiten. Es kam auch jetzt wieder so, wie schon oft auf meinen Reisen: ich blieb länger von zu Hause fort, als anfänglich mein Plan gewesen war. Die Beschreibung meiner Erlebnisse mit Fred Harton in der Sonora gehört indes nicht hierher. Es ist nur zu sagen, daß wir, allerdings unter großen Beschwerden und Gefahren, so glücklich waren, die von Old Death entdeckte Bonanza aufzufinden. Lieber freilich wäre es uns gewesen, wenn noch ein dritter an diesem unseren Glück häte teilnehmen können. Und mit diesem dritten meine ich keinen anderen als — den alten Scout.

12. In Feuersnot

Was das Kamel, das ‚Schiff der Wüste', dem Araber, das Rentier dem Lappen und der Eishund dem Eskimo, das ist das Pferd dem Präriemann. Der Geist der Savanne stürmt über die ‚dark and bloody grounds', über ‚die finsteren und blutigen Gründe' des Westens, und streut Gefahren und Schrecken hinter sich, denen der mutige Jäger nur dann gewachsen ist, wenn er ein treues Roß unter sich hat, auf dessen Schnelligkeit und Ausdauer er sich verlassen kann.

Ich hatte das an mir selbst genugsam erfahren. Wiederholt war ich über den Mississippi gegangen, um die Gegenden kennenzulernen, wo die unerbittliche Zivilisation sich zum Todesstoß auf den ‚letzten unter den roten Brüdern' rüstet. Ich hatte die weiten Prärien und Savannen nach allen Richtungen durchkreuzt, hatte das Felsengebirge auf halsbrecherischen Pfaden überstiegen, war auf schwankendem Erdreich, unter dem die Gewalten des Erdinnern unheimlich zischten und brodelten, durch das Gebiet rings um den Yellowstone-See gestreift, und Hurrikan und Windhose, Präriebrand und Sandsturm hatten mich um die Wette, deren Einsatz das nackte Leben war, vor sich her gejagt. Und zur feindlichen Natur gesellte sich auch der feindliche Mensch, vor dem mich, wenn er mir in Überzahl entgegentrat, nie die Gewalt, manchmal dagegen die List, aber am häufigsten der flüchtige Huf meines Rappen Hatatitla gerettet hatte. Durch fünfzig, nein, durch hundert Gefahren hatte er mich wohlbehalten hindurchgetragen, und es hatte sich im Lauf der Jahre zwischen uns ein Gefühl der Zusammengehörigkeit entwickelt, so daß wir bereit waren, füreinander das Leben einzusetzen.

Ich hatte zuletzt mit Winnetou und einer Schar seiner Apatschen in der Sierra Blanca gejagt. Mein roter Freund wollte dann zu den Navajos hinüber, um zwischen ihnen und den Nijores, die sich miteinander in Streit befanden, Frieden zu stiften, und es war meine Absicht, ihn zu begleiten. Es kam aber nicht dazu. Einige Tage vor dem beabsichtigten Aufbruch begegneten wir einem kalifornischen Goldtransport, dessen Teilnehmer nicht wenig erschraken, als sie sich so plötzlich von Roten umringt sahen, sich jedoch schnell beruhigten, als sie Winnetous und Old Shatterhands Namen hörten. Welch einen guten Klang diese beiden Namen hatten, erkannte ich daraus, daß die Leute mich baten, sie gegen eine angemessene Vergütung zum Fort Scott zu bringen. Ich wollte, um mich nicht von Winnetou trennen zu müssen, nicht darauf eingehen. Aber mein einstiger Lehrmeister war stolz auf die Auszeichnung und das Vertrauen, das mir da entgegengebracht wurde. Er forderte mich auf, den Leuten diesen Dienst zu erweisen und dann vom Fort Scott nordwärts zu der westlich vom Missouri gelegenen Gravel-Prärie zu reiten, wo er wieder mit mir zusammentreffen werde, denn er wolle seinen alten, berühmten Freund Old Firehand besuchen, der sich jetzt in jener Gegend aufhalte.

Old Firehand! Wie oft hatte ich am Lagerfeuer ihn und seine Taten rühmen hören! Er galt als einer der ausgezeichnetsten Westmänner, Jäger und Pfadfinder, und, was noch mehr ist, als ein Mann von unbedingter Rechtlichkeit, dem auch sein Todfeind nicht den Schatten einer unedlen Handlung nachzusagen wagte. Er hatte sich lange Jahre im Wilden Westen umhergetrieben und lebte gegenwärtig als Anführer einer Pelzjägergesellschaft oben im Norden.

Die Freundschaft dieses Mannes mit Winnetou ging, wie ich wußte, bis in die Jünglingstage meines roten Bruders zurück. Der Westmann hatte bereits mit Intschu tschuna freundschaftlich verkehrt, und beide hatten mitsammen weite Ritte unternommen und so manche Gefahr bestanden. Nach dem Tod Inschu tschunas und all die Jahre danach war die Zuneigung Winnetous und Old Firehands zueinander die gleiche geblieben. Sie waren und blieben wirkliche Herzensfreunde — trotz des beträchtlichen Altersunterschiedes. Old Firehand hatte nämlich den Sommer des Lebens überschritten und stand jetzt im Anfang der Fünfzig.

Seltsamerweise war es jedoch nicht Winnteou, dem ich die meisten Aufschlüsse über Old Firehand verdankte. Mein roter Bruder sprach höchst selten von ihm, und auch dann, wie es mir schien, nur mit einer gewissen Scheu und Zurückhaltung, die mir unverständlich waren. Wer Winnetou nicht näher kannte, wäre vielleicht gar auf den Gedanken gekommen, ich selber sei die Veranlassung dazu, weil der Häuptling meine Gefühle durch die häufige Erwähnung seines älteren Freundes nicht verletzen wolle. Doch das war vollkommen irrig. Ich wußte, daß Winnetou nicht so kleinlich von mir dachte. Es mußten also für sein Verhalten andere Gründe vorliegen; welche, davon hatte ich freilich keine Ahnung. Und danach zu fragen, hütete ich mich. Winnetou wollte nicht darüber sprechen — das war für mich genug.

Es war mir während meiner Fahrten kreuz und quer durch den Westen mehr als einmal begegnet, daß Old Firehands und mein Name in einem Atemzug genannt wurden. Und doch hatte es sich bis jetzt noch nie gefügt, daß sich unsere Wege kreuzten, so sehnlich ich auch wünschte, den berühmten Mann kennenzulernen. Um so mehr freute ich mich jetzt darüber, daß dieser Wunsch endlich in Erfüllung gehen sollte.

Zunächst führte mich mein Weg allerdings in eine ganz andere Richtung. Ich mußte ja den Goldzug geleiten, eine Aufgabe, die nicht leicht zu lösen war. Doch brachte ich die Leute wirklich wohlbehalten an ihren Bestimmungsort, allerdings nicht ohne mancherlei Gefahren Hierauf ritt ich allein weiter, erst über den Kansas und dann über den Nebraska, durch das Gebiet der Sioux, vor deren Verfolgung mich wierderholt die Schnelligkeit Hatatitlas rettete. Winnetou hatte mir gesagt, daß mich mein Weg in dieser Gegend in ein neu entdecktes und in Angriff genommenes Ölgebiet führen werde, dessen Besitzer Forster heiße. Dort gebe es auch einen Store, wo ich mir alles kaufen könne, was ich etwa brauche.

Meiner Berechnung nach mußte ich mich jetzt in der Nähe der Ölniederlassung befinden. Ich wußte, daß sie New Venango hieß und in einer jenen Schluchten, Bluffs genannt, lag, die steil in die Fläche der Prärie einschneiden und gewöhnlich von einem Flüßchen durchzogen sind, das entweder spurlos unter Felsen verschwindet, vielleicht auch im durchlässigen Boden langsam versiegt, oder aber, wenn die Wassermasse bedeutender ist, seine Fluten einem der größeren Ströme zuführt. Bisher aber hatte sich auf der mit gelbblühendem Helianthus übersäten Ebene kein Zeichen wahrnehmen lassen, das auf die Nähe einer solchen Senkung schließen ließ. Das Pferd bedurfte der Ruhe. Ich selber war müde und von dem langen Ritt so angegriffen, daß ich mich mehr und mehr nach dem Ziel meiner heutigen Wanderung sehnte, wo ich einen Tag lang gehörig Rast machen und dabei den auf die Neige gegangenen Schießbedarf wieder ergänzen wollte.

Schon gab ich es auf, dieses Ziel heute noch zu erreichen, da hob Hatatitla den Kopf und stieß den Atem mit jenem eigentümlichen Laut aus, wodurch das echte Präriepferd das Nahen eines lebenden Wesens meldet. Mit einem leisen Ruck war der Rapphengst zum Stehen gebracht, und ich wandte mich auf seinem Rücken, um den Gesichtskreis abzusuchen.

Ich brauchte nicht lange zu forschen. Seitwärts von meinem Standort bemerkte ich zwei Reiter, die mich schon erblickt haben mußten, denn sie ließen ihre Pferde weit ausgreifen und hielten gerade auf mich zu. Da die Entfernung zwischen ihnen und mir noch zu groß war, um Einzelheiten genau unterscheiden zu können, griff ich zum Fernglas und gewahrte zu meiner Verwunderung, daß die eine der beiden Personen offenbar ein Knabe war.

Alle Wetter, ein Kind hier mitten in der Prärie! ging es mir durch den Sinn, und erwartungsvoll schob ich Revolver und Bowiemesser, die ich vorsichtig gelockert hatte, wieder zurück.

Ich musterte mit einigem Bedenken mein äußeres Ich, das allerdings nicht das geringste von alledem aufzuweisen hatte, was man von einem Gentleman in Gesellschaft fordert. Die Reitstiefel waren mit der Zeit recht offenherzig geworden, die Lederhose glänzte von Büffeltalg und Waschbärenfett, da ich die löbliche Gewohnheit aller Jäger angenommen hatte, die Hosenbeine bei Tafel als Hand- und Wischtuch zu gebrauchen. Das sackähnliche, lederne Jagdhemd, das alle Luft- und Feuchtigkeitseinflüsse mit anerkennenswerter Aufopferung ertragen hatte, gab mir das Aussehen einer von Wind und Wetter mitgenommenen Vogelscheuche, und der Trapperhut, der mein Haupt bedeckte, hatte infolge der Witterungseinflüsse nicht nur Form und Farbe verloren, sondern schien auch zu seinem Nachteil mit den verschiedenen Lagerfeuern in innige Bekanntschaft geraten zu sein. Fast fürchtete ich, der Knabe könnte über meinen Anblick erschrecken.

Noch war ich mit meiner Selbstbetrachtung nicht ganz zu Ende, da hielten die beiden schon vor mir. Der Knabe hob grüßend den Griff seiner Reitpeitsche und rief mit frischer Stimme:

„*Good day, Sir!* Was wollt Ihr finden, daß Ihr so an Euch herumsucht?"

„*Your servant*, mein Männchen! Ich knöpfe mein Panzerhemd zu, um unter dem forschenden Blick Eures Auges nicht etwa Schaden zu leiden."

„So ist es wohl verboten, Euch anzusehen?"

„O nein, doch schätze ich, daß keine welterschütternden Entdeckungen an mir zu machen sind!" Und meinen Hengst auf den Hinterbeinen herumdrehend, fügte ich hinzu: „So, da habt Ihr mich von allen Seiten, zu Pferd und in Lebensgröße! Wie gefalle ich Euch?"

„So — so, la la! Nur muß man sich hüten, Euch näher zu kommen, als es gewisse Bedenken gestatten."

„Ja, wenn man den Mann nicht rechnet, ist der Reiter ganz prächtig", meinte der Begleiter des Knaben wegwerfend, indem er Hatatitla mit bewunderndem Blick betrachtete. Ich beachtete diese Beleidigung nicht und entgegnete dem jungen Menschenkind, das eine für sein Alter außergewöhnlich gewandte Art zeigte:

„Eure Bedenken sind berechtigt, Master, doch wird mich der Umstand entschuldigen, daß wir uns in der Wildnis befinden."

„Wildnis sagt Ihr? Ihr seid wohl fremd hier?"

„So fremd, daß ich bereits einen ganzen Tag lang die richtige Hausnummer vergebens suche."

„Nun, ich rate Euch, kommt mit uns, wenn Ihr sehen wollt, wie ungeheuer groß diese Wildnis ist!"

Er wandte sich der Richtung zu, die ich bisher verfolgt hatte, und ließ sein Pferd vom langsamen Schritt durch alle Gangarten schließlich in gestreckten Galopp übergehen. Hatatitla folgte mit Leichtigkeit, obgleich wir vom grauenden Morgen an unterwegs waren. Ja, das brave Tier schien zu merken, daß es sich hier um eine kleine Probe handelte, und griff freiwillig in einer Weise aus, daß der Knabe zuletzt nicht mehr zu folgen vermochte und mit einem Ausruf der Bewunderung sein Pferd zügelte

„Ihr seid sehr gut beritten, Sir. Ist Euch der Hengst nicht feil?"

„Um keinen Preis, Master", verneinte ich, verwundert über diese Frage.

„Laßt das Master fort!"

„Ganz, wie es Euch beliebt. Der Rappe hat mich aus so mancher Gefahr getragen, daß ich ihm mehr als einmal mein Leben verdanke. Deshalb kann er mir unmöglich feil sein."

„Er hat indianische Schulung", meinte der Knabe mit scharfem Kennerblick. „Woher habt Ihr ihn?"

„Er ist von Winnetou, dem Apatschenhäuptling, mit dem ich zuletzt in der Sierra Blanca beisammen war."

Der kleine Trapper blickte mich sichtlich überrascht an.

„Von Winnetou? Das ist ja der berühmteste Indianer zwischen der Sonora und Columbien! Ihr seht gar nicht nach einer solchen Bekanntschaft aus, Sir!"

„Weshalb nicht?" fragte ich erheitert.

„Ich hielt Euch für einen Surveyor oder dergleichen, und diese Leute sind zwar oft sehr brave und geschickte Männer, aber sich mitten zwischen Apatschen, Nijoras und Navajos hineinzuwagen, dazu gehört schon ein wenig mehr. Eure blanken Revolver, das zierliche Messer da im Gürtel und die Weihnachtsbüchse sowie die Vierpfünderkanone dort am Riemen stimmen wenig mit dem überein, was man an einem echten und rechten Trapper oder Squatter zu bemerken pflegt."

„Ich will Euch gern gestehen, daß ich wirklich nur so eine Art Sonntagsjäger bin", lächelte ich, „aber die Waffen sind nicht ganz schlecht. Hab sie aus der Front Street in St. Louis, und wenn Ihr auf diesem Feld zu Hause seid, so werdet Ihr wissen, daß man dort gute Ware bekommt."

„Hm, ich meine, daß die Ware ihre Güte erst beim richtigen Gebrauch zeigt. Was sagt Ihr zu dieser Pistole hier?"

Er griff in die Satteltasche und zog ein altes, verrostetes Schießeisen hervor, das einem viel gebrauchten Prügel ähnlicher sah als einer zuverlässigen Feuerwaffe.

„Na! Das Ding stammt jedenfalls noch von Anno Pocahontas[1] her", erwiderte ich, „aber es kann für den damit Geübten doch ganz gut sein. Ich habe gesehen, daß Trapper oft mit dem armseligsten Schießzeug zum Verwundern umgehen."

„Dann sagt mir doch, ob sie auch das fertiggebracht haben."

Er riß das Pferd zur Seite, schlug im raschen Trab einen Kreis um mich, hob den Arm und drückte auf mich ab, bevor ich nur eine Ahnung von einer Absicht haben konnte. Ich fühlte einen leisen Ruck an meiner arg mitgenommenen Kopfbedeckung und sah zu gleicher

---

[1] Pocahontas war die Tochter des Appomatox-Häuptlings Powhatan in Virginia, lebte in der ersten Hälfte des 17. Jahrhunderts und spielte in der Kolonialgeschichte dieses Landes eine Rolle. Ihr Name erlangte dadurch eine beinahe sprichwörtliche Bedeutung.

Zeit die Helianthusblüte, die ich an den Hut gesteckt hatte, vor mir niederfliegen.

Es schien mir ganz so, als wollte sich der sichere Schütze vergewissern, was von meiner Sonntagsjägerei zu halten sei, und deshalb meinte ich auf seine Frage kaltblütig:

„Ich denke, so etwas bringt jeder fertig, obgleich es nicht jedermanns Sache ist, seinen Hut dabei hinzuhalten, da ja auch einmal ein Kopf darunter stecken kann. Schießt also auf einen anderen nicht eher, als bis Ihr ihn überzeugt habt, daß Ihr mit Eurer Pulverspritze für einen guten Schuß zusammenpaßt!"

„Wherefore?" fragte es da hinter mir. Der Begleiter des Knaben ritt einen hohen, schwerfälligen Gaul, der mit unseren Pferden nicht hatte Schritte halten können, und war deshalb erst im Augenblick des Schusses wieder zu uns gestoßen. „Der Kopf eines Savannenläufers ist samt dem darauf sitzenden Hut mit einem Schuß Pulver mehr als genug bezahlt."

Der hagere, lang- und dünnhalsige Mann hatte ein echtes, verkniffenes Yankeegesicht. Aus Rücksicht auf seinen Gefährten ließ ich diese Grobheit ungerügt, obgleich es mir vorkam, als legte der Knabe meinem Schweigen eine falsche Ursache unter; denn ich sah über sein Gesicht einen Ausdruck gleiten, worin wenig Anerkennung für meinen Mangel an Schlagfertigkeit zu lesen war.

Die ganze Begegnung kam mir sonderbar vor. Jedenfalls, das war klar, mußte eine Ansiedlung in der Nähe sein, von der aus es selbst ein Knabe wagen konnte, ein Stückchen in die Ebene hineinzureiten.

Nicht so klar war es mir, was ich eigentlich aus dem Jungen machen sollte. Er verriet eine Kenntnis des Westens und eine Übung in den hier notwendigen Fertigkeiten, daß ich wohl Ursache hatte, auf besondere Verhältnisse zu schließen. Es war daher kein Wunder, daß mein Auge mit der lebhaftesten Aufmerksamkeit auf ihm ruhte.

Der Knabe ritt jetzt eine halbe Pferdelänge vor, und der Schein der sinkenden Sonne umflutete ihn mit goldenen Lichtstrahlen. Seine eigenartigen Züge zeigten trotz ihrer jugendlichen Weichheit eine Festigkeit des Ausdrucks, die auf frühzeitige Entwicklung des Geistes und auf Willenskraft schließen ließ, und in der ganzen Haltung, in jeder seiner Bewegungen sprachen sich eine Selbständigkeit und Sicherheit aus, die verboten, das jugendliche Wesen als Kind zu behandeln, obgleich der Knabe kaum dreizehn Jahre alt sein konnte.

Ich mußte unwillkürlich an allerlei Erzählungen denken, die ich früher gelesen hatte, an Geschichten von der Kühnheit und Selbständigkeit, die hier im ‚far west' selbst Kindern zu eigen sind, und die Selbständigkeit mußte im vorliegenden Fall nicht nur in bezug auf die Entwicklung, sondern auch auf die Vermögensverhältnisse gelten, sonst hätte mich der Knabe vorhin nicht nach dem Preis meines Pferdes fragen können.

Plötzlich zog er die Zügel an.

„Wohin wollt Ihr eigentlich, Sir?"

„Nach New Venango."

„Und kommt aus der Savanne?"

„Wie Ihr mir ansehen könnt, ja."

„Aber ein Westmann seid Ihr nicht!"

„Ist Euer Blick so scharf, das sofort festzustellen?"

„Ihr seid ein Deutscher?"

„Abermals ja. Spreche ich das Englisch mit einem so bösen Nebenton, daß Ihr daran den Ausländer erkennt?"

„Bös gerade nicht, aber doch so, daß man Eure Abstammung errät. Wenn es Euch recht ist, wollen wir uns unserer Muttersprache bedienen!" — „Wie, Ihr habt die gleiche Heimat?"

„Der Vater ist ein Deutscher; geboren aber bin ich am Quicourt[1]. Meine Mutter war eine Indianerin vom Stamme der Assiniboins."

Nun war mir mit einemmal der eigentümliche Schnitt des Gesichts und der tiefe Schatten seiner Hautfarbe erklärlich. Die Mutter war also tot, der Vater aber lebte noch. Hier stieß ich jedenfalls auf außergewöhnliche Verhältnisse, und es war mehr als bloße Neugier, was ich jetzt für den Knaben empfand.

„Wollt Ihr einmal da hinüberblicken?" forderte er mich mit erhobenem Arm auf. „Seht Ihr den Rauch, der da wie aus dem Boden emporsteigt?"

„Ah, so sind wir endlich am Bluff, den ich suchte und in dessen Senkung New Venango liegt! Kennt Ihr Emery Forster, den Ölprinzen?"

„Ein wenig. Er ist der Vater von meines Bruders Frau, die mit ihrem Mann in Omaha lebt. Ich komme von dort von einem Besuch zurück und bin hier abgestiegen. Habt Ihr mit Forster zu tun, Sir?"

„Nein. Ich will zum Store, um mich mit einigem zu versorgen, und fragte nach Forster nur, weil er als einer der mächtigsten Ölprinzen jedem, der in diese Gegend kommt, von Bedeutung sein muß."

„Ihr habt ihn schon gesehen, denn er reitet an Eurer Seite! Unsere Vorstellung war nur mangelhaft, ist aber zu entschuldigen; die Prärie kennt keine Förmlichkeiten."

„Diese Ansicht möchte ich nicht teilen", erwiderte ich, ohne den Yankee, der also ein Ölprinz war, mit einem einzigen Blick zu beachten. „Ich meine sogar, daß die Prärie ein sehr scharfes Wertbewußtsein ausgebildet hat, dessen Maßstab allerdings nicht der Geldbeutel, sondern das Können des Mannes ist. Gebt einem Eurer anmaßenden Ölprinzen die Pistole, womit Ihr so vortrefflich umzugehen versteht, in die Hand und schickt ihn in den Westen! Er wird trotz seiner Millionen untergehen. Und fragt dagegen einen unserer berühmtesten Westmänner, die wie unbeschränkte Fürsten mit ihren Büchsen die weite Ebene beherrschen, nach dem Geld, das er besitzt! Er wird Euch ins Gesicht lachen. Da, wo der Mensch genau soviel wiegt wie seine Fähigkeit, die Gefahren der Wildnis zu überwinden, verliert der Reichtum seine Bedeutung. Die Prärie schreibt ihre Gesetze und Umgangsformen nicht durch den Hofmeister, sondern mit dem Bowiemesser vor, aber auch sie fordert Achtung der Person."

Sein Auge blitzte mit einem raschen, leuchtenden Blick von Forster auf mich herüber. Ich bemerkte, daß ich ihm aus der Seele gesprochen hatte. Dennoch konnte er eine Berichtigung nicht unterlassen:

„Ihr habt im allgemeinen nicht ganz unrecht, Sir, aber in einem Punkt irrt Ihr. Es gibt doch vielleicht hier und da einen Trapper oder Squatter, der nicht lachen würde, wenn ich ihn nach dem ‚Metall' fragte. Habt Ihr einmal von Old Firehand gehört?"

---

[1] Ursprünglich hieß der Fluß ‚Eau qui court' (Eilendes Wasser), woraus später die Kurzform ‚Quicourt' entstand. Jetzt wird er Niobrara River genannt.

„Gewiß. Er ist einer der angesehensten unter den Waldläufern."

„Nun seht, er und Winnetou, den Ihr ja auch kennt, also ein Weißer und eine Rothaut, gehören zu denen, die ich meine. Diese beiden Männer kennen jedes ‚Open' und jedes ‚Shut' des Gebirges und könnten Euch zu Gold- und Silberlagern führen, von deren Dasein und Reichhaltigkeit kein anderer eine Ahnung hat. Ich glaube nicht, daß einer von ihnen mit einem Ölmann tauscht!"

„Pshaw, Harry", fiel Forster ein, „ich hoffe nicht, daß du anzüglich sein willst!"

Der Knabe vermied es zu antworten, und ich meinte kalt:

„Ein Ölmann hätte diese Schätze jedenfalls nicht entdeckt und würde sich auch hüten, ihre Ausbeutung unter Gefahr für sein kostbares Leben zu wagen. Übrigens gebt Ihr wohl zu, mein junger Master, daß Eure Entgegnung nur eine Bestätigung meiner Behauptung enthält. Der richtige Jäger mag eine Ader gefunden haben, aber er verkauft gegen ihren Inhalt die kostbare Freiheit nicht, die ihm über alles geht. — Doch, da ist ja schon der Bluff und mit ihm unser Ziel!"

Wir hielten am Rand der Schlucht und blickten auf die kleine Niederlassung hinab, deren Häuserzahl ich mir größer vorgestellt hatte. Das vor uns liegende Tal bildete eine schmale Pfanne, die, rings von steil aufsteigenden Felsen umschlossen, in ihrer Mitte von einem ansehnlichen Fluß durchströmt wurde, der sich unten zwischen nahe zusammentretendem Gestein einen Ausweg suchte. Das ganze Gelände war mit Anlagen bedeckt, wie sie die Gewinnung und Verarbeitung des Erdöls erfordern. Oben, ganz nahe am Wasser, befand sich ein Bohrturm in voller Tätigkeit. Gleichfalls am oberen Lauf, aber jenseits des Flusses, stand vor den eigentlichen Fabriksräumlichkeiten ein stattliches Wohngebäude, und wo das Auge nur hinblickte, waren Dauben, Böden und fertige Fässer zu sehen, teils leer, meist aber mit dem vielbegehrten Brennstoff gefüllt.

„Ja, das ist der Bluff, Sir", nickte Harry. „Da drüben seht Ihr den Store, zugleich Gasthaus, Boardinghouse und alles sonst noch mögliche, und hier führt der Weg hinab, ein wenig steil zwar, so daß wir absteigen müssen, aber doch immer noch ohne Lebensgefahr zu begehen. Wollt Ihr mitkommen?"

Ich war rasch aus dem Sattel. Auch der Knabe war abgesprungen und meinte:

„Nehmt Euer Tier an die Hand!"

„Mein Hengst kommt von selber nach. Steigt immer voran!"

Harry ergriff die Zügel seines Pferdes. Mein Rapphengst folgte ohne besondere Aufforderung, und während Forster mit seinem Gaul langsam und zaghaft nachkletterte kam, hatte ich Gelegenheit, an dem vorangehenden Jungen die Gewandtheit und Sicherheit des Schrittes zu bewundern. Diese Fertigkeit hatte er sich bestimmt nicht im Osten aneignen können, und meine Teilnahme für ihn wuchs von Minute zu Minute. Auf der Talsohle saßen wir wieder auf und ritten über den Fluß. Ich wollte mich verabschieden, weil ich annehmen mußte, daß die beiden gleich zu dem bereits erwähnten Wohngebäude reiten würden, während mein Weg mich zum Laden führte. Da aber fiel mir Forster in die Rede:

„Laßt das, Mann! Wir kommen mit zum Store, denn ich habe noch eine Kleinigkeit mit Euch abzumachen!"

Es war mir um des Knaben willen lieb, die bisherige Gesellschaft noch kurze Zeit genießen zu können, doch hatte ich keine Lust, Forster eine Frage über seine ‚Kleinigkeit' vorzulegen. Ich brauchte indes nicht lange zu warten, um Aufklärung darüber zu erhalten. Bei dem ‚Store and Boardinghouse', wie die einfache Blockhütte mit Kreideschrift über ihrer Tür bezeichnet war, hatte ich kaum den Sattel verlassen, da war der Ölprinz auch von dem seinigen herunter und faßte Hatatitla am Zügel.

„Ich werde Euch das Pferd abkaufen. Was kostet es?"

„Ich verkaufe es nicht!"

„Ich gebe zweihundert Dollars."

Verneinend lachte ich.

„Zweihundertundfünfzig!"

„Gebt Euch keine Mühe, Sir!"

„Dreihundert!"

„Das Tier ist mir nicht feil!"

„Dreihundert, und was Ihr aus dem Store nehmt, bezahle ich obendrein!"

„Glaubt Ihr wirklich, daß ein Prärriemann sein Pferd verkauft, ohne das er vielleicht zugrunde geht?"

„So gebe ich Euch das meinige noch zu!"

„Behaltet Euren Patentgaul immerhin; ich tausche ihn Euch nicht um ein einziges Haar vom Schwanze meines Rappen ein!"

„Aber ich muß das Tier haben", versetzte er ungeduldig „Es gefällt mir!"

„Das glaube ich Euch gern; doch bekommen könnt Ihr es nicht. Ihr seid zu arm, es zu bezahlen."

„Zu arm?" Der Ölprinz warf mir einen Blick zu, der mich jedenfalls einschüchtern sollte. „Habt Ihr nicht gehört, daß ich Emery Forster bin. Wer mich kennt, der weiß genau, daß ich ein ganzes Tausend solcher Mustangs bezahlen kann!"

„Euer Geldbeutel ist mir gleichgültig. Wollt Ihr ein gutes Pferd erwerben, so geht zum Pferdehändler. Das meinige aber laßt jetzt los!"

„Ihr seid ein unverschämter Kerl! Ein Strolch, dem die Füße aus den Schuhen gucken, sollte froh sein, daß ihm das Geld zu neuen Stiefeln so leicht geboten wird. Er kommt dann wenigstens einmal auf ehrlichem Weg dazu!"

„Emery Forster, nehmt Eure Zunge in acht!" warnte ich. „Ihr könntet sonst auf einem sehr ehrlichen Weg erfahren, daß der Mann, der nach Eurer Meinung mit einem Schuß Pulver mehr als genugsam bezahlt ist, mit dieser Art von Geld schnell bei der Hand ist!"

„Oho, Bursche! Hier ist nicht Savannenland, wo jeder Strolch tun kann, was ihm beliebt. In New Venango bin ich allein Herr und Gebieter, und wer sich nicht gutwillig nach mir richtet, der wird auf andere Weise zu Verstand gebracht. Ich habe mein letztes Gebot getan. Bekomme ich das Pferd dafür oder nicht?"

Ein anderer Westmann hätte jedenfalls schon längst mit der Waffe geantwortet. Das Verhalten des Mannes verursachte mir aber Vergnügen anstatt Ärger, und andernteils bewog mich auch die Rücksicht auf seinen Begleiter zu einer größeren Selbstbeherrschung, als ich sonst wohl gezeigt hätte.

„Nein", entgegnete ich daher ruhig. „Laßt los!"

Ich langte zu dem Zügel, den er in der Hand hielt. Er gab mir einen Stoß vor die Brust, daß ich unwillkürlich zurückwich, und schwang sich in den Sattel meines Rappen.

„So, Mann, jetzt werde ich Euch zeigen, daß Emery Forster ein Pferd zu kaufen versteht, auch wenn es ihm verweigert wird. Hier ist das meinige, es gehört Euch. Die Rechnung im Store werde ich bereinigen, und die Dollars könnt Ihr Euch holen, sobald es Euch beliebt! Komm, Harry; wir sind hier fertig!"

Der Gerufene folgte nicht sofort, sondern hielt noch einige Augenblicke auf der Stelle und sah mir gespannt ins Gesicht. Als ich aber keine Miene machte, mir nach Jägerart mein Eigentum zurückzuholen, glitt es wie tiefe Verachtung über sein Gesicht.

„Wißt Ihr, was ein Kojote ist, Sir?" fragte er mich.

„Ja", entgegnete ich gleichmütig.

„Nun?"

„Ihr meint den Präriewolf. Er ist ein feiges, furchtsames Tier, das schon vor dem Bellen des Hundes flieht und nicht wert ist, daß man es beachtet."

„Ihr habt recht mit Eurer Antwort: Ihr konntet sie auch leicht geben, denn — Ihr seid ein Kojote!"

Mit einer unbeschreiblich geringschätzigen Handbewegung wandte er sich ab und wollte dem voranreitenden ‚Herrn und Gebieter' von New Venango folgen, wurde aber durch einen Ruf von mir zurückgehalten.

„Stop, boy!" erwiderte ich nun doch in schärferem Ton. Denn wenn ich auch einen Knaben vor mir hatte, konnte ich sein Benehmen nicht ganz ungerügt lassen. „Nehmt Eure Zunge besser in acht. Ihr könntet sonst an den unrechten Mann kommen!"

„Soll das vielleicht eine Drohung sein?"

„Pshaw! Wer wird einem unreifen Knaben gleich mit einer Drohung kommen! Glaubt Ihr denn wirklich, ich werde Mr. Forster meinen Rappen ohne weiteres überlassen? Er wird ihn keinen Augenblick länger besitzen, als es mir recht ist."

„Und wie lange wird es Euch recht sein?" fragte er, noch immer spöttisch.

„Genau so lange, wie es mir beliebt, keinen Augenblick länger."

Damit drehte ich dem Knaben den Rücken, und Harry ritt ohne Antwort davon.

Ich wußte, was ich tat. Ein Pfiff von mir an meinen Rappen hätte genügt, Forster abwerfen zu lassen. Aber ich pfiff nicht. Ich wollte mir auf diese ungewöhnliche Art einen Grund verschaffen, im Haus Forsters und in der Nähe des seltsamen Knaben erscheinen zu können.

Aus dem Laden waren inzwischen einige Männer getreten, die unserer unerquicklichen Verhandlung beigewohnt hatten. Der eine von ihnen band jetzt den Gaul Forsters an einen Pfahl und trat dann zu mir. Man konnte dem rothaarigen und vertrunkenen Lümmel auf tausend Schritt den Irländer ansehen.

„Laßt Euch den Handel nicht dauern, Sir", meinte er. „Ihr kommt dabei nicht schlecht weg. Wollt Ihr längere Zeit in New Venango bleiben?"

„Habe keine Lust dazu. Seid Ihr der Besitzer dieses berühmten Warenhauses?"

„Der bin ich, und berühmt ist es, damit habt Ihr recht; berühmt, so weit es nur immer einen gibt, dem der Brandy gut über die Zunge läuft. Ihr seid vielleicht zu Eurem Glück hierhergekommen."

„Wieso?"

„Das will ich Euch sagen. Ihr könntet bei mir bleiben, aber nicht nur heute, sondern morgen und übermorgen und immer. Ich brauche einen Boardkeeper, der nicht gleich aufbegehrt, wenn er einen derben Tritt bekommt. In unserem Geschäft ist das Ehrgefühl oft ein recht überflüssiges und schädliches Ding, und ich habe ja vorhin gesehen, daß Ihr in dieser Beziehung einen Puff vertragt. Schlagt ein; es soll Euer Schaden nicht sein!"

Ich hätte dem Mann eigentlich mit der Faust antworten sollen; doch war sein Angebot von seinem Standpunkt aus durch mein Verhalten nicht ganz unbegründet und so trat ich ohne Erwiderung ins Haus, um die nötigen Einkäufe zu machen. Als ich nach dem Preis des Ausgewählten fragte, blickte er mich erstaunt an.

„Habt Ihr denn nicht gehört, daß Mr. Forster alles bezahlen will? Er wird Wort halten, und ich lasse Euch alle diese Sachen, ohne daß Ihr einen Cent dafür gebt."

„Danke! Wenn ich mir etwas kaufe, brauche ich dazu nicht das Geld eines Pferdediebes."

Der Ire wollte Einspruch erheben, als er aber die Handvoll goldener Füchse bemerkte, die ich unter dem Gürtel hervorzog, nahm seine Miene einen anderen Ausdruck an, und der Handel begann mit jener Schlauheit und Zähigkeit, die in diesen Gegenden den Unkundigen auf das glänzendste auszubeuten versteht.

Endlich wurden wir einig. Ich kam in den Besitz einer vollständig neuen Trapperkleidung, die ich vorerst noch nicht anlegte, und versah mich gegen schweres Geld mit Mundvorrat und so viel Schießbedarf, daß ich es nun wieder eine ganze Weile auszuhalten vermochte.

Der Abend war mittlerweile hereingebrochen, und tiefes Dunkel hatte sich über das Tal gesenkt. Es war nicht meine Absicht, in dem niedrigen und dunstigen Wirtshaus Herberge zu nehmen, sondern ich warf den neuen, bis oben gefüllten Vorratsbeutel über die Schulter und trat hinaus ins Freie. Ich wollte zu Forster, um ihm eine richtigere Meinung über seine Herrenrechte beizubringen.

Mein Weg führte am Fluß hin, und was ich vorher nicht bemerkt hatte, das fiel mir jetzt, da meine Aufmerksamkeit nicht mehr von dem kleinen Begleiter in Anspruch genommen wurde, auf: der Ölgeruch, der das ganze Tal erfüllte, verstärkte sich in der Nähe der eigentlichen Niederlassung mehr und mehr.

Der Gebäudestock, dem ich zuschritt, lag rabenschwarz vor mir. Aber als ich eine leichte Krümmung hinter mir hatte und nun das Herrenhaus von vorn sehen konnte, fiel ein heller Lichtglanz vom Vorbau herüber, und ich erkannte, daß eine kleine Gesellschaft beim Schein einiger Leuchter dort versammelt war. Als ich an der Fenz[1] anlangte, die den Vorplatz umschloß, vernahm ich ein leichtes Schnauben, über dessen Ursache ich mir sofort im klaren war.

Ich wußte, daß Hatatitla von keinem Fremden in einen Stall zu brin-

---

[1] Umzäunung eines Weideplatzes

gen war. Man hatte ihn im Freien lassen müssen und gerade unter dem Vorbau angebunden, weil der Hengst dort am besten aufgehoben war. Nach diesen Ermittlungen schlich ich vorsichtig bis an das niedrige Mauerwerk, woran die Träger der leichten Überdachung eingelassen waren. Ich befand mich jetzt ganz in der Nähe meines Pferdes und bemerkte zu meiner Genugtuung auch Harry, der in einer Hängematte lag. Er war im Gespräch mit dem neben ihm sitzenden Forster. Während ich keinen Blick von der Gesellschaft wandte, befestigte ich meine Gewehre am Sattelknopf und den Vorratssack hinter dem Sattel Hatatitlas. Das brave Tier hatte sich nicht einmal das Lederzeug abnehmen lassen. Hätte ich, als Forster mit ihm davonritt, einen Pfiff ausgestoßen, so wäre es zu mir zurückgekommen.

„Es ist ein unnützes und lästerliches Beginnen, *dear uncle*, und du hast dir die Sache wohl nicht richtig berechnet", hörte ich den Knaben sagen.

„Willst du mich etwa lehren, wie man Geschäfte vorbereitet?" erwiderte Forster. „Die Ölpreise sind nur deshalb so gedrückt, weil die Quellen zuviel liefern. Wenn wir also, einer wie andere, das Öl einen Monat lang ablaufen lassen, so muß es wieder teurer werden, und wir machen Geschäfte, sage ich dir. Und diesen Kniff werden wir ausführen. Es ist so beschlossen, und ein jeder wird sein Versprechen halten. Ich lasse aus dem unteren Loch jetzt alles, was nicht gestapelt werden kann, abfließen. Bis die Preise steigen, werden wir mit dem Bohrer weiter oben auch auf Öl getroffen sein, und da ich einen hinreichenden Vorrat und obendrein noch genug leere Fässer habe, schicke ich dann in wenigen Tagen eine Menge Öl nach Westen, die mir Hunderttausende einbringt."

„Das ist kein ehrliches Unternehmen, und mir scheint auch, ihr habt dabei die Quellen drüben im alten Land und andernorts außer acht gelassen. Euer Verhalten wird den Wettbewerb dort zur äußersten Anstrengung anspornen. Ihr selber gebt also dem noch schlafenden Gegner die Waffen in die Hand. Übrigens sind ja die Vorräte hier in den Staaten so groß, daß sie für geraume Zeit ausreichen."

„Du kennst den ungeheuren Bedarf nicht und hast deshalb gar kein Urteil, bist dafür noch zu jung!"

„Die Richtigkeit eurer Ansicht müßte denn doch erst bewiesen werden!"

„Der Beweis liegt nahe. Hast du mir nicht vorhin erst gestanden, daß du dich in dem fremden Jäger, oder was der Mensch eigentlich war, getäuscht hast? Ich hätte mir niemals träumen lassen, daß es dir in solcher Gesellschaft gefallen könnte!"

Ich sah Harry erröten, aber er entgegnete schnell:

„Ich bin in solcher Gesellschaft aufgewachsen, das weißt du ja, habe mein Leben bisher in den ‚dunklen Gründen' verbracht und müßte den Vater nicht liebhaben, wenn ich diese Gesellschaft nur um ihrer äußeren Erscheinung willen verachten könnte. Es gibt Männer darunter, denen gar mancher vornehme und stolze Geldbaron an innerem Wert nicht gewachsen ist. Und übrigens ist in dem erwähnten Fall von einer Täuschung keine Rede, denn ich sagte nur, daß er mir erst anders geschienen habe, und zwischen Vermutung auf den ersten Anschein und genauer Erkenntnis mache ich oft einen großen Unterschied."

Forster wollte eine Entgegnung aussprechen, kam aber nicht dazu, denn in diesem Augenblick dröhnte ein Donnerschlag, als sei die Erde mitten unter uns auseinandergeborsten. Der Boden erzitterte, und als ich das Auge erschrocken seitwärts wandte, sah ich im oberen Teil des Tals, da, wo der Bohrturm in Betrieb gewesen war, einen glühenden Feuerstrahl etwa fünfzehn Meter senkrecht in die Höhe steigen. Oben floß er flackernd breit auseinander, sank wieder zur Erde nieder und überschwemmte mit reißender Schnelligkeit das abfallende Gelände. Die Luft schien mit einemmal von flüssigem Feuer erfüllt zu sein.

Ich kannte diese furchtbare Erscheinung, denn ich hatte sie im Kanawhatal[1] in ihrer ganzen Schrecklichkeit gesehen und stand mit einem einzigen Sprung mitten unter der vor Schreck todesstarren Gesellschaft.

„Der Bohrer ist auf Öl getroffen, und ihr habt versäumt, alles Feuer in der Nähe zu verbieten. Nun breiten sich die Gase aus und haben sich entzündet!" rief ich.

Die Flut des hochaufspringenden Öls, die sich mit unglaublicher Geschwindigkeit über das obere Tal ausbreitete, hatte jetzt den Fluß erreicht, und nun galt es, alles einzusetzen für das nackte Leben.

„Rettet euch, ihr Leute! Lauft, lauft um Gottes willen! Sucht die Höhen zu gewinnen!" schrie ich.

Mich um weiter niemand kümmernd, riß ich Harry in meine Arme und saß im nächsten Augenblick mit ihm im Sattel. Der Knabe, der mein Verhalten mißverstand und die Größe der Gefahr nicht erkannte, sträubte sich mit Aufbietung aller Kräfte gegen die Umschlingung, aber diese Anstrengung verschwand unter der Gewalt, mit der ich ihn festhielt. Und in rasendem Lauf trug uns Hatatitla, dessen Selbsterhaltungstrieb die Führung des Zügels und den Gebrauch der Sporen überflüssig machte, stromabwärts.

Den jenseitigen Bergpfad, den wir von der Savannenhöhe nach New Venango hinabgestiegen waren, konnte man jetzt vermutlich nicht mehr erreichen. Nur abwärts vermochten wir noch Rettung zu finden. Aber ich hatte dort am Tag nichts einer Straße Ähnliches bemerkt und im Gegenteil gesehen, daß die Felswände da so eng zusammentraten, daß sich der Fluß nur schäumend den Ausweg erzwingen konnte.

„Sagt", rief ich in besorgter Hast, „gibt es einen Weg, der hier unten aus dem Tal führt?"

„Nein, nein!" stöhnte Harry unter krampfhaften Anstrengungen, von mir loszukommen. „Laßt mich los, sag ich Euch! Ich brauche Euch nicht, ich bin mir selber Schutz genug!"

Auf dieses Verlangen konnte ich nicht achten und musterte aufmerksam die nahe zusammentretenden Talwände, die zu beiden Seiten des Flusses schroff aufstiegen. Da fühlte ich einen Druck in der Gürtelgegend und zugleich keuchte der Knabe:

„Was wollt Ihr mit mir? Laßt mich los, oder ich stoße Euch Euer eigenes Messer in den Leib!"

Ich sah die Klinge in seiner Hand funkeln. Er hatte mein Bowiemesser an sich gerissen. Da ich keine Zeit zu einer langen Auseinandersetzung hatte, vereinte ich mit einem raschen Griff seine beiden

---

[1] Nebenfluß des Ohio in West-Virginia

Handgelenke in meiner Rechten, während ich ihn mit dem linken Arm noch fester umschloß.

Mit jeder Sekunde wuchs die Gefahr. Der glühende Strom hatte die Lagerräume erreicht, und nun zersprangen die Fässer mit kanonenschußähnlichem Knall und ergossen ihren hell auflodernden Inhalt in das immer rascher vorwärts schreitende Feuermeer. Die Luft war zum Ersticken heiß. Ich hatte das Gefühl, als steckte ich in einem Topf siedenden Wassers, und dabei wuchsen Hitze und Trockenheit mit solcher Geschwindigkeit, daß ich innerlich zu brennen vermeinte. Fast wollten mir die Sinne schwinden, aber ich durfte diesem Gefühl nicht nachgeben. Es galt nicht nur mein Leben, sondern auch das des Knaben.

„*Come on*, Hatatitla, voran, voran, Hat—"

Die fürchterliche Hitze versengte mir das Wort im Mund; ich konnte nicht weitersprechen. Aber ein solcher Zuruf war auch gar nicht notwendig, denn das herrliche Tier raste mit einer schier unmöglichen Geschwindigkeit dahin. Soviel sah ich jetzt, diesseits des Flusses war kein Ausweg. Die Flammen beleuchteten die Felswände hell genug, um erkennen zu lassen, daß die Schroffen nicht zu erklimmen waren. Also doch ins Wasser und hinüber auf die andere Seite!

Ein leiser Schenkeldruck — ein Sprung des gehorsamen Rapphengstes, und hochauf schlugen die Wellen über uns zusammen. Ich fühlte neue Kraft, neues Leben durch meine Adern strömen. Freilich war das Pferd unter mir verschwunden. Doch das war jetzt gleichgültig; nur hinüber — hinüber! Hatatitla war schneller gewesen als die feurige Lohe. Jetzt aber kam sie flammend und himmelhoch züngelnd den Fluß herabgewälzt und fand in dem aus dem Bohrloch nachströmenden Öl immer neue Nahrung. In einer Minute, vielleicht schon in einigen Sekunden mußte sie mich erreichen. Der Knabe hing jetzt bewußtlos mit todesstarren Armen an mir. Ich schwamm wie noch nie in meinem Leben, oder nein, ich schwamm nicht, sondern schnellte mich in wahnsinnigen Sätzen über die von zuckenden Lichtern bis auf den Grund hinab durchblitzte Flut. Ich fühlte eine Angst, so furchtbar — so furchtbar! — Da schnaubte es an meiner Seite. „Hatatitla, du treuer, wackerer — bist du's?" — Hier ist das Ufer — wieder in den Sattel — ich komme nicht hinauf — es ist, als wäre mir das innerste Mark verdorrt — Herrgott, hilf, ich kann nicht liegenbleiben — noch einmal, es gelingt — — „Hatatitla, fort — fort — wohin du willst, nur hinaus aus diesem Höllenbrand!"

Es ging weiter, das begriff ich noch; wohin, danach fragte ich nicht mehr. Die Augen lagen mir wie geschmolzenes Metall in den Höhlen, und das von ihnen aufgefangene Licht wollte mir das Hirn verbrennen. Die Zunge strebte zwischen den trockenen Lippen hervor. Ich hatte ein Gefühl, als bestände mein ganzer Körper aus glimmendem Schwamm, dessen lockere Asche jeden Augenblick auseinanderfallen könnte. Das Pferd unter mir schnaubte und stöhnte mit fast menschlichem Wehlaut. Es lief, es sprang, es kletterte, es schoß über Felsen, Vorsprünge, Risse, Kanten und Spitzen mit tigergleichen, mit schlangenartigen Bewegungen. Ich hatte mit der Rechten seinen Hals umklammert und hielt mit der Linken noch immer den Knaben fest. Noch einen Satz, einen weiten, fürchterlichen Satz — endlich, endlich ist die Felswand überwunden — noch einige hundert Schritte vom Feuer hinweg und in die

Prärie hinein, und Hatatitla blieb stehen. Ich aber sank vom Sattel zur Erde nieder.

Die Aufregung, die Überanstrengung der Sinne war so groß, daß sie die Ohnmacht besiegte, die sich meiner bemächtigen wollte. Ich raffte mich langsam wieder auf, schlang die Arme um den Hals des treuen, unvergleichlichen Rappen, der an allen Gliedern zitterte, und küßte ihn unter krampfhaftem Weinen so innig wie sonst wohl nur ein Liebender die Auserwählte seines Herzens küßt.

„Hatatitla, du lieber, ich danke dir! Du hast mich, du hast uns beide erhalten! Diese Stunde soll dir nie vergessen werden!"

Der Himmel glänzte blutigrot, und der Brodem der entfesselten Naturkraft ruhte in dichten, schwarzen, von purpurnen Strahlen durchbrochenen Ballen über dem Herd der Verwüstung. Aber ich hatte keine Zeit zu solchen Betrachtungen, denn vor mir lag, das Messer noch immer krampfhaft festhaltend, Harry, bleich, kalt und starr, so daß ich ihn tot glaubte, ertrunken in den Fluten des Wassers, während ich ihn den Flammen entreißen wollte.

Seine Kleidung war durchnäßt und legte sich eng an die leblosen Glieder. Auf dem bleichen Gesicht spielte der düstere Widerschein der über den Rand der Ebene emporsprühenden Feuerstrahlen. Ich nahm ihn in die Arme, strich ihm das Haar aus der Stirn, rieb ihm die Schläfen, legte, um seiner regungslosen Brust Atem zu geben, meinen Mund auf seine Lippen, kurz, tat alles, was ich zu tun vermochte, um ihn ins Leben zurückzurufen.

Da — endlich — ging ein Zittern durch seinen Körper, erst leise, dann immer bemerkbarer. Ich fühlte das Klopfen seines Herzens und den Hauch des wiederkehrenden Atems. Er erwachte, öffnete weit die Augen und starrte mir mit einem unbeschreiblichen Ausdruck ins Gesicht. Dann belebte sich sein Blick, und mit einem lauten Schrei sprang er auf.

„Wo bin ich — wer seid Ihr — was ist geschehen?"

„Ihr seid gerettet aus der Glut da unten!"

Bei dem Klang meiner Stimme und dem Anblick des noch immer hochlodernden Brandes kehrte ihm die Besinnung völlig zurück.

„Gut —? Da unten —? Herrgott, es ist wahr, das Tal brennt, und Forsters —"

Als besinne er sich bei diesem Namen auf die Gefahr, worin er die Verwandten zurückgelassen hatte, hob er drohend den Arm.

„Sir, Ihr seid ein Feigling, ein elender Feigling, ein Kojote, wie ich schon sagte! Ihr konntet sie retten, alle, aber Ihr seid geflohen, wie der Kojote flieht vor dem Gebell eines Hundes. Ich — verachte Euch! Ich — muß fort, fort zu ihnen!"

Rasch hielt ich ihn bei der Hand fest.

„Bleibt! Es ist nichts mehr zu tun; Ihr lauft nur in Euer eigenes Verderben!"

„Laßt mich! Ich habe mit Euch Memme nichts zu schaffen!"

Er riß seine Hand los und stürzte fort. Ich fühlte einen kleinen Gegenstand zwischen meinen Fingern. Es war ein Ring, den er sich bei dem kräftigen Ruck abgestreift hatte. Ich folgte ihm, aber schon war er im Schatten der steil abfallenden Klippen verschwunden.

Was sollte ich tun? Zürnen konnte ich dem Knaben nicht. Er war noch jung, und das Unglück hatte ihm die Ruhe geraubt, die zu einem richtigen Urteil unerläßlich ist. Ich steckte also den Ring an und setzte mich nieder, um von der fürchterlichen Anstrengung auszuruhen, die Nacht hierzubleiben und den Anbruch des Morgens zu erwarten.

Noch zitterten alle meine Nerven, und das Tal, wo noch immer der Ölbrand lohte, kam mir wie eine Hölle vor, der ich entronnen war. Der alte Anzug fiel mir wie Zunder vom Leib; ich zog den neuen an, der in der Umhüllung glücklicherweise unversehrt geblieben war.

Hatatitla lag ganz in meiner Nähe. Es gab da Gras, aber er fraß nicht. Das brave Tier war noch mehr angegriffen als ich selber. Und was war aus den Bewohnern des Tals geworden? Diese Frage ließ mich nicht schlafen, obgleich ich der Ruhe sehr bedurfte. Ich wachte während der ganzen Nacht und trat wiederholt hart an den Rand des Bluffs, um hinabzublicken. Das Feuer hatte nicht mehr die vorherige Ausdehnung, gewährte aber dennoch einen Anblick, den ich nie vergessen werde. Das Erdöl stieg in einem starken und wohl zehn Meter hohen Strahl aus dem Bohrloch in die Luft empor. Dieser Ölstrahl brannte, zerstob oben in einzelne Garben und tausend sprühende Funken, fiel zur Erde nieder und rann dann als doppelt mannshoch loderndes Feuerband dem Fluß zu, dessen ganze Breite füllend. Dichte, schwarze Rauchwolken stiegen träge empor.

So blieb es bis zum Morgen, und so mußte es bleiben und brennen, solange noch Öl aus dem Bohrloch floß, wenn es nicht gelang, den Brand zu löschen. Das Tageslicht milderte den blendenden Schein der Flammen. Als ich jetzt wieder hinunterblickte, sah ich, daß außer einem kleinen Häuschen ganz oben an der höchsten Stelle jenseits des Tals, wohin das Feuer nicht hatte kommen können, alles verschwunden war. Das Wohnhaus, die Fabrikanlagen und alle sonstigen Gebäude waren samt den Vorräten ein Raub der Flammen geworden. Der Bluff sah bis hinauf zur obersten Felskante schwarz aus und bot den Anschein einer riesigen, rußüberzogenen Pfanne, deren Inhalt ein unaufmerksamer Koch verkohlen ließ.

Vor dem erwähnten, allein geretteten Häuschen standen einige Menschen, bei denen ich Harry gewahrte. Der verwegene Knabe hatte es also gewagt, während der Nacht da hinunterzusteigen und oberhalb der Brandquelle das Tal zu überqueren! Jetzt, am Tag, war das leicht. Ich selber hatte soeben den Pfad vor mir, der uns gestern bei unserem Kommen hinabgeführt hatte, und folgte ihm auch heute. Dabei sah ich, daß Harry herüberzeigte und die anderen auf mich aufmerksam machte. Ein Mann ging in das Häuschen und kam nach wenigen Augenblicken mit einem Gewehr wieder heraus. Er schritt mir bis an den jenseitigen Rand des Flusses entgegen. Dort blieb er stehen, wartete, bis ich am diesseitigen Ufer angekommen war, und rief dann zu mir herüber:

„Halloo, Mann, was treibt Ihr noch hier in unserem Ort? Macht Euch fort, wenn Ihr nicht eine Kugel zwischen die Rippen haben wollt!"

„Ich bin dageblieben, um Euch zu helfen, soweit es möglich ist", entgegnete ich hinüber.

„Weiß schon!" lachte er höhnisch. „Solche Hilfe kennt man!"

„Auch muß ich mit Master Harry reden."

„Das dürfte Euch schwerfallen."

„Ich muß ihm etwas geben."

„Macht mir nichts weis! Möchte wissen, was so ein Kerl zu geben hätte! Erst feig und ehrlos zum Erbarmen, und dann steckt er aus Rache das Erdöl in Brand!"

Ich war für den Augenblick keines Wortes fähig. Ich ein Mordbrenner? Der Mann aber mochte mein Schweigen für eine Folge des bösen Gewissens halten, denn er fuhr fort:

„Seht, wie er erschreckt! Ja, wir wissen gar wohl, woran wir sind. Wenn Ihr nicht augenblicklich geht, bekommt Ihr eine Kugel!"

Er legte das Gewehr auf mich an. Da rief ich zornig hinüber:

„Was fällt Euch ein, Mann! Von einer Brandstiftung kann keine Rede sein. Das furchtbare Unglück ist das Ergebnis Eurer eigenen Nachlässigkeit."

„Weiß schon, weiß! Fort mit Euch! Oder soll ich schießen?"

„Hätte ich denn mit eigener Lebensgefahr den Knaben gerettet, wenn ich der Täter wäre?"

„Ausrede! Wenn Ihr gewollt hättet, wären sie alle gerettet worden. Nun aber sind sie alle elendiglich verbrannt! Hier habt Ihr Euren Lohn!"

Er schoß auf mich. Die Entrüstung hielt mich an der Stelle fest, wo ich stand. Ich machte keine Bewegung, der Kugel zu entgehen, und das war gut, denn er hatte schlecht gezielt; ich wurde nicht getroffen. Meine Finger zuckten, ihm eine sichere Kugel als Antwort zu geben. Ich tat es aber nicht, sondern drehte mich um und stieg langsam wieder empor, ohne mich ein einziges Mal umzusehen. Oben setzte ich mich aufs Pferd und ritt fort. Wenn man, anstatt als Lebensretter Dank zu ernten, eines Verbrechens beschuldigt wird, so schüttelt man den Staub von den Füßen.

13. Auf dem Weg zu Old Firehand

Am nächsten Tag erreichte ich eine Mulde in der Gravel-Prärie, wo ich mit Winnetou treffen wollte. Ich mußte aber eine ganze Woche auf ihn warten. Not zu leiden brauchte ich in dieser Zeit nicht, denn es gab Wild in Menge. Und einsam und langweilig konnte mir die Gegend auch nicht werden, denn es tummelten sich da mehrere Trupps von Sioux, so daß ich mich fortwährend in Bewegung befand, um nicht von ihnen entdeckt zu werden. Als dann Winnetou kam und ich ihm die Anwesenheit der Roten meldete, war er mit meinem Vorschlag einverstanden, sogleich weiterzureiten.

Ich freute mich, wie gesagt, sehr darauf, den berühmten Old Firehand endlich kennenzulernen. Der Weg zu ihm war nicht ungefährlich. Das merkten wir schon am nächsten Tag, als wir auf die Fährte eines Indianers trafen, der wohl kaum etwas anderes als ein Kundschafter sein konnte.

Wir untersuchten den Boden sorgfältig. Das Pferd des Roten war angepflockt gewesen und hatte die halbdürren Büschel des Präriegrases abgefressen. Der Reiter hatte am Boden gelegen und mit dem Köcher gespielt. Dabei war ihm der Schaft eines Pfeils zerbrochen und er hatte die beiden Bruchstücke ganz gegen die übliche Vorsicht der Indianer liegenlassen. Winnetou hob sie auf, um sie zu betrachten. Es war kein Jagd-, sondern ein Kriegspfeil.

„Er befindet sich auf dem Kriegspfad", meinte er. „Aber er ist noch jung und unerfahren, sonst hätte er die verräterischen Stücke versteckt, und die Fußspuren sind nicht die eines erwachsenen Mannes."

Ein Blick auf die weiterlaufenden Eindrücke genügte, um zu zeigen, daß der Rote erst vor kurzem den Platz wieder verlassen hatte; denn die Kanten der Tritte waren noch scharf, und die gestreiften oder zerdrückten Halme hatten sich noch nicht ganz wieder erhoben.

Wir folgten der Spur weiter, bis die Schatten länger und länger wurden. Es begann zu dunkeln und wir waren nun gezwungen abzusteigen, wenn wir die Fährte nicht verlieren wollten.

Die Anwesenheit eines Indianers auf dem Kriegspfad in dieser Gegend kam mir bedenklich vor. Nach meiner Berechnung befanden wir uns ungefähr einen Tagesritt südöstlich von Fort Niobrara, das vor einigen Jahren an dem gleichnamigen Fluß angelegt worden war. Ich war schon einmal, und zwar einen ganzen Winter, dort gewesen[1] und kannte daher die Gegend leidlich.

Wie nun, wenn es die Roten auf diesen vorgeschobenen Posten abgesehen hatten? Der Gedanke war nicht ohne weiteres von der Hand zu weisen, um so weniger, als derartige Überfälle nicht zu den Seltenheiten gehörten. Man darf sich nämlich von solch einem Fort keine übertriebenen Vorstellungen machen. Einige Blockhäuser und Lagerschuppen auf einem die Umgebung beherrschenden Hügel, das Ganze umschlossen von einem Palisadenzaun — das war gewöhnlich alles. Einen überwältigenden Eindruck machte solch eine ‚Festung' keineswegs, nicht einmal auf die Indianer, die doch im allgemeinen gegen die vorzüglich bewaffneten Besatzungstruppen im Nachteil waren. Denn um die Roten nicht zu reizen, wurden in der Regel nur wenige Verteidiger in ein solches Fort gelegt, und außerdem hatte der Befehlshaber gewöhnlich den strengen Auftrag, sich durch ein maßvolles Benehmen das Vertrauen der indianischen Bevölkerung zu gewinnen.

In Friedenszeiten bot ein Fort im Indianergebiet meist ein recht unkriegerisches Bild. Die in der Nähe hausenden Rothäute schlugen gern vor dem Tore ihre Zelte auf, um Tauschhandel zu treiben oder — zu betteln, und auch Angehörige mehr entfernt wohnender Stämme kamen bisweilen herbei, um die Erträgnisse der Jagd gegen Tabak und andere begehrte Sachen zu verhandeln.

Unser Weg zu Old Firehand hätte uns eigentlich ziemlich weit im Osten des Forts über den Niobrara River geführt. Aber einesteils war es für uns — wie im Wilden Westen stets — vorteilhaft zu wissen, wen wir im Rücken hatten, und andererseits war es einfach ein Gebot der Menschlichkeit, die Besatzung des Forts zu warnen, falls von den Roten eine Gefahr drohte.

Daher folgten wir, die Pferde am Zügel führend, der Fährte so lange, bis uns die einbrechende Dunkelheit Halt gebot. Nun war aber die Spur so frisch, daß der Kundschafter — dafür hielten wir den Indianer, wie gesagt — nicht weit vor uns sein konnte. Und da sich, wie ich die

---

[1] Vgl. Ges. Werke Bd. 23 ‚Auf fremden Pfaden', die Erzählung ‚Ein Blizzard'

Roten kannte, keiner von ihnen am Abend zu Fuß weit vom Lager entfernt, so mußte der Haupttrupp ganz in der Nähe sein. Aus diesem Grund wollte ich die Gegend nach den Indianern absuchen. Ich bat Winnetou, mit den Pferden zurückzubleiben, und schlich vorsichtig in der bisherigen Richtung weiter.

Obgleich ich fest davon überzeugt sein konnte, daß die Roten von unserer Nähe keine Ahnung hatten, nahm ich soviel wie möglich Deckung. Ich war noch nicht weit gekommen, so spürte ich den Geruch eines brennenden Feuers. Die Roten mußten sich also sehr sicher fühlen, was mich indes nicht veranlassen konnte, meine Vorsicht zu verringern. Immer von Strauch zu Strauch pirschte ich mich voran und kam endlich den Indsmen so nahe, daß ich hinter einem Lentiskenstrauch liegend, sie zählen und beobachten konnte.

Es waren ungefähr hundert Mann, sämtlich mit den Kriegsfarben bemalt und teils mit Pfeil und Bogen, teils aber auch mit Feuerwaffen bewehrt. Die Zahl der angepflockten Pferde war bedeutend größer, und das bekräftigte meinen Verdacht, daß die Indianer Beute machen wollten.

Diese Feststellungen waren nur möglich, weil die Roten drei Feuer unterhielten, um die sie sich in Gruppen gelagert hatten. Der Lichtschein war hinreichend, die Bemalung der Gesichter erkennen zu lassen: es waren Poncas, die zu den kriegerischsten Verwandten der Sioux zählen.

Abseits von den drei Feuern, jedoch vom Lichtschein erfaßt, saßen noch zwei Rote. Ihre Absonderung von den übrigen ließ mich erraten, daß es Häuptlinge waren, und wenn hier überhaupt etwas zu erlauschen war, mußte es bei diesen beiden zu hören sein. Deshalb schlug ich einen Bogen, der mich hinter einen Kirschstrauch brachte. Es gelang mir, mich so zwischen seine Zweige hineinzuarbeiten, daß sie mich gänzlich verdeckten. Und nun lag ich den beiden Anführern so nahe, daß ich sie mit der ausgestreckten Hand erreichen konnte.

Ich hatte den richtigen Zeitpunkt getroffen, denn soeben sagte der eine, dessen Schopf zwei Adlerfedern zierten und dessen Gesicht mit Farbe dick beschmiert war:

„Mein Bruder hat nicht gut daran getan, daß er sein Wigwam abgebrochen hat und mit seinen Kriegern fortgezogen ist."

„Was meint der Häuptling der Poncas damit?" fragte der andere.

„Die Soldaten der Bleichgesichter werden durch das Verschwinden meiner Brüder Verdacht geschöpft haben und jetzt auf der Hut sein. Es wäre klüger gewesen zu bleiben."

„Parannoh mag bedenken, daß uns sein Angriff auf die hölzerne Festung der Weißen zwischen zwei Feuer gebracht hätte."

„Mein Bruder hätte ohne Sorge sein können. Die Krieger der Poncas wären so schnell über die Bleichgesichter hergefallen, daß die Überraschten keine Zeit gefunden hätten, zu den Waffen zu greifen. So aber sind sie gewarnt."

„Der berühmte Häuptling mag sein Bedenken fallenlassen. Die Bleichgesichter sind wie kleine Kinder, die das Denken nicht gelernt haben. Wenn die Sonne zum zweitenmal ihr Angesicht im Wasser des Niobrara badet, werden die Skalpe der Weißen an den Gürteln der roten Krieger hängen. Howgh!"

Ich hatte genug gehört. Das erlauschte Gespräch bewies mir, daß ich doch richtig vermutet hatte: die Roten wollten Fort Niobrara überfallen. Unsere Aufgabe war es jetzt, die Besatzung zu warnen und den Poncas einen Strich durch die Rechnung zu machen.

Ein weiteres Lauschen wäre, nachdem ich die Hauptsache erfahren hatte, zwecklos gewesen und hätte mich nur unnötig in Gefahr gebracht. Daher schob ich mich langsam und geräuschlos unter dem Strauch hervor, der mir als Deckung gedient hatte, und trachtete, lang auf den Boden ausgestreckt, außer Hörweite der Roten zu kommen.

Es war eine völlig sternlose Nacht und obendrein Neumond. Deshalb herrschte eine tiefe Dunkelheit, die wie eine schwarze, undurchdringliche Wand vor meinen Augen lag. Mein Rückzug war also, da er vollkommen lautlos bewerkstelligt werden mußte, sehr schwierig, und ich kam nur langsam von der Stelle. In solchen Lagen zeigen die Sinne des Westmanns eine unglaubliche Schärfe, die er sich allerdings nur in langjähriger Übung anerziehen kann und wovon der Laie keine Ahnung hat.

Nach meiner Schätzung war ich endlich so weit gekommen, daß ich von den Roten nicht mehr gehört werden konnte. Zu meiner Linken stand ein Strauch, was mir allerdings mehr das Gefühl als das Auge verriet. Wenn ich ihn hinter mir hatte, wollte ich mich aufrichten und zu Winnetou zurückeilen, der wohl schon in Sorge um mich war.

Aber das sollte mir nicht so leicht werden.

Soeben war ich um den Strauch gebogen und wollte mich erheben, da bemerkte ich unmittelbar vor meinen Augen zwei glühende Punkte. Sofort wußte ich, woran ich war. So leise ich vom Lager der Roten weggeschlichen war, so unhörbar kam von der anderen Seite ein anderer herangekrochen. Ich hatte nicht das geringste Geräusch vernommen, und auch der andere hatte mich nicht gehört. Aber ich wußte genau: So gut ich seine Augen gesehen hatte, die infolge der angestrengten Sehtätigkeit einen phosphoreszierenden Schimmer ausstrahlten, ebensogut mußte er auch die meinigen bemerkt haben.

Ich konnte diesen Gedanken kaum zu Ende denken, da warf sich auch schon ein riesiger schwarzer Schatten auf mich. Himmel, hatte der Kerl Kraft! Sein Sprung war trotz der Dunkelheit so genau berechnet, daß ich auf dem Rücken lag, bevor ich nur das geringste zur Abwehr unternehmen konnte. Sein rechtes Knie lastete schwer auf meiner Brust, und während er mir mit der Linken die Kehle zudrückte, daß mir die Besinnung zu schwinden drohte, preßte er mit der rechten Faust meine beiden Hände wie einen Schraubstock zusammen.

Aber ich war nicht gewillt, mich so widerstandslos ‚auslöschen' zu lassen. Ich zog die Beine eng an den Körper und schnellte mich mit einem gewaltigen Ruck in die Höhe, so daß der Gegner meinen Hals freigeben mußte und ich seitlich zu liegen kam. Und nun begann ein Ringen, woran ich noch heute mit Schaudern denke.

Während meines bewegten Lebens hatte ich es schon mit vielen Gegnern zu tun gehabt, und sie hatten mir oft keine leichte Nuß zu knacken gegeben. Der schlimmste und gefährlichste Kampf war wohl mit Winnetou gewesen, den ich im ersten Band dieser Reiseerzählung geschildert habe. Aber auch er konnte nicht den Vergleich aushalten mit diesem unerbittlichen, lautlosen Ringen inmitten der tiefsten Dunkelheit.

Ja, es war ein lautloses Ringen.

In meiner Absicht konnte es begreiflicherweise nicht liegen, die Roten auf mich aufmerksam zu machen, weshalb ich es nach Kräften vermied, ein Geräusch zu verursachen. Und mein Gegner schien vom gleichen Gedanken geleitet zu sein, denn er gab keinen Laut von sich. Ich hörte nur sein angestrengtes Atemholen.

Als ich mich emporschnellte, hatte er meinen Hals freigeben müssen. Ich benutzte diesen Vorteil augenblicklich. Indem ich die beiden Ellbogen mit einem jähen Ruck auseinanderstemmte, bekam ich die rechte Hand frei. Gedankenschnell fuhr ich damit in den Gürtel zum Bowiemesser. Aber mein Gegner mußte die Bewegung gefühlt haben, denn seine linke Faust drückte sofort die Muskeln meines rechten Oberarms mit einer solchen Kraft zusammen, daß ich hätte schreien mögen und das Messer fallen ließ.

Meine Bewegung schien den Feind daran erinnert zu haben, daß auch er im Besitz eines Messers war, denn er ließ meinen Arm sogleich wieder los und fuhr nun seinerseits in den Gürtel. Das konnte ich freilich nicht sehen, höchstens ahnen. Aber was er fertiggebracht hatte, dazu war auch ich imstande. Blitzschnell packte ich mit der Rechten seinen Oberarm und preßte ihn zusammen, daß ich glaubte, den Knochen krachen zu hören.

Auch das entschied den Kampf nicht zu meinem Gunsten. Zwar mußte mein Gegner, ebenso wie ich vorher, das Messer fallen lassen, im nächsten Augenblick aber hatte er mich wieder bei der Kehle und drückte sie zusammen, daß mir der Atem stockte. Ich blieb ihm indes nichts schuldig, sondern brachte ihm einen solchen Boxhieb in die Magengegend bei, daß ihn der Schmerz zwang, abermals meinen Hals freizugeben.

Wie lange das Ringen dauerte, wußte ich später nicht zu sagen. In Wirklichkeit konnte es nicht viel länger als höchstens eine Minute in Anspruch genommen haben, aber mir schien es eine Ewigkeit zu währen. Das eine war sicher: ich hatte es diesmal mit einem Mann zu tun, der mir gewachsen, wenn nicht gar überlegen war.

Ich gestehe gern, daß mich diese Erkenntnis mit einer Art Wut und auch mit Scham erfüllte. Der Westmannsstolz war rege geworden. Das verdoppelte die Heftigkeit meiner Anstrengungen. Zugleich machte ich die Beobachtung, daß ich fast am Ende meiner Kraft angelangt war. Rasch mußte etwas geschehen, wenn der Kampf nicht mit einer Niederlage enden sollte.

Ich nahm meine letzten Kräfte zusammen und es gelang mir für einen Augenblick, meine beiden Hände freizubekommen. Ein Griff mit der Linken an die Kehle des Gegners und ein Hieb mit der geballten Rechten an die Schläfe — ob ich sie an der richtigen Stelle traf, konnte ich freilich nicht unterscheiden —, und die Finger meines Feindes lösten sich und gaben mich frei.

Kaum bekam ich Luft, so tat ich das, was ich in meiner Lage für das allein Richtige hielt — ich schnellte mich mit ein paar Sätzen zur Seite und warf mich, am ganzen Körper vor Anstrengung zitternd, wieder zu Boden.

Keinen Augenblick zu früh! Denn es war mir keineswegs geglückt, meinen Gegner zu betäuben. Ich hörte von der Stelle her, die ich eben verlassen hatte, einen dumpfen Krach, wie wenn sich ein schwerer Körper mit aller Gewalt auf einen anderen wirft — dann war es still.

ganz still, und ich konnte nichts mehr vernehmen als das aufgeregte Pochen und Schlagen meines eigenen Herzens.

Was da geschehen war, ließ sich leicht denken. Mein Fausthieb hatte meinen Gegner nur für einen Augenblick kampfunfähig gemacht. Dann hatte er die Betäubung von sich abgeschüttelt und sich mit neuer Kraft auf mich geworfen — wie er glaubte. Als er aber die Stelle, wo er mich einen Augenblick vorher gefühlt hatte, leer fand, machte er es genauso wie ich — er blieb zunächst bewegungslos liegen. Jedenfalls sagte er sich, daß ich ihm entkommen und daß es bei der herrschenden Finsternis zwecklos sei, den Feind zu suchen.

Was mich betrifft, so wäre es mir, selbst wenn ich Aussicht auf Erfolg gehabt hätte, nicht eingefallen, ein zweites Mal mit dem Unbekannten anzubinden. Ich hatte nämlich eine Entdeckung gemacht, die mich für den Augenblick verblüffte. Jetzt dachte ich ruhig darüber nach. Nicht ein Indianer war es, wie ich anfangs glaubte, mit dem ich gerungen hatte, sondern ein Weißer. Beim Griff an seine Kehle war meine Hand mit einem ziemlich langen Bart in Berührung gekommen, und da Indianer keine Bärte tragen, lag die Folgerung auf der Hand. Und weiter schloß ich, daß es sich um einen Mann handelte, der ebenso wie ich die Absicht gehabt hatte, die Roten zu beschleichen, durch mein Dazwischenkommen aber daran gehindert worden war.

Was mochte der andere jetzt wohl beginnen? Wartete er vielleicht noch auf mich dort, wo wir auseinandergekommen waren? Wohl nicht! Der ganze Vorfall zeigte, daß ich es hier mit einem äußerst bedachtsamen Mann zu tun hatte, und wenn ich den Gegner danach richtig beurteilte, so mußte er nicht eben unglücklich darüber sein, daß die Sache einen solchen Ausgang genommen hatte, wie ja auch ich froh war, von ihm los zu sein.

Aber zurück an den Kampfplatz mußte ich doch. Mein Messer, das mir entfallen war, durfte ich nicht liegenlassen, schon der Roten wegen nicht. Dagegen sprach nur die eine Erwägung: wie nun, wenn der andere damit rechnete, daß ich mein Messer suchen würde, und mich dort erwartete? Dennoch — es mußte gewagt werden.

Mit äußerster Vorsicht näherte ich mich der Kampfstätte. Ich brauchte eine gute halbe Stunde, bis ich mich überzeugt hatte, daß der andere nicht mehr da war, und eine weitere halbe Stunde, bis ich den Platz Zoll um Zoll abgesucht hatte. Mein Bowiemesser war fort — mein Gegner hatte es wohl auf der Suche nach seinem eigenen gefunden und an sich genommen.

Während dieser Stunde war es mir nicht ganz geheuer zumute, der Roten wegen, die sich in der Nähe befanden, und ich atmete erleichtert auf, als ich mich endlich zurückziehen konnte. So rasch wie möglich kehrte ich zu Winnetou zurück.

Seit meinem Aufbruch waren nahezu drei Stunden vergangen, und Winnetou war begreiflicherweise gespannt, das Ergebnis des langen Kundschafterganges zu erfahren, wenn er auch keine Silbe darüber verlauten ließ. Ich jedoch nahm zunächst meinen Hatatitla wortlos am Zügel und schritt in die Prärie hinaus. Da mein Beginnen einen triftigen Grund haben mußte, ahmte Winnetou mein Verhalten ohne Verzug nach.

Als ich annehmen konnte, daß der Schall der Pferdetritte vom Lager der Roten aus nicht mehr gehört werden konnte, saß ich auf und setzte mein Tier in Trab. Winnetou folgte mir schweigend. Erst als wir ungefähr zwei Meilen hinter uns gebracht hatten, zügelte ich meinen Rapphengst und stieg ab. Winnetou tat das gleiche. Wir hobbelten die Tiere an, so daß sie frei grasen, sich aber nicht weit entfernen konnten und setzten uns hierauf nieder, ohne jedoch Anstalten zu einem Lagerfeuer zu treffen.

Jetzt endlich war die Zeit zu Erklärungen gekommen, und ich teilte Winnetou meine Erlebnisse mit. Er unterbrach mich mit keinem Wort. Nur als ich ihm meinen ergebnislosen Kampf mit dem geheimnisvollen Fremden schilderte, meinte er verwundert:

„Uff! Wenn es mir mein Bruder Scharlih nicht allen Ernstes versicherte, würde ich es nicht glauben. Winnetou hat noch kein einziges Bleichgesicht kennengelernt, das es mit Old Shatterhand aufnehmen könnte. Mein Bruder mag fortfahren!"

Als ich geendet hatte, entstand eine lange Pause. Es war so finster, daß ich die Gestalt meines Freundes nicht sehen konnte, obgleich er dicht neben mir saß. Noch viel weniger konnte ich also den Eindruck beobachten, den meine Erzählung auf ihn machte.

Ich war die wortkarge Art Winnetous längst gewöhnt. Als aber immer noch keine Antwort von seiner Seite kam, legte ich mich zum Schlafen nieder. Da erklang es neben mir:

„Das Gras der Prärie schmachtet im Sonnenbrand und lechzt nach Labung und Erquickung."

Winnetou schwieg, und auch ich sagte kein Wort, gespannt, was nun folgen würde. Nach einer Weile fuhr er fort:

„Da kam die Nacht mit ihrem Tau und stillt das Verlangen der dürstenden Natur."

Nach einer abermaligen Pause setzte er seine Rede, die wie ein Selbstgespräch anmutete, fort:

„Wie das dürre Gras der Prärie nach dem Tau der Nacht, so sehnte sich Winnetou nach Rache an Parranoh, dem weißen Häuptling. Jetzt ist endlich die Abrechnung nahe."

Erstaunt fuhr ich auf.

„Ein weißer Häuptling?"

„Ja. Hat mein Bruder noch nichts von Parranoh gehört, dem grausamen Häuptling der Athabasken? Niemand weiß, woher er gekommen ist. Aber er ist ein gewaltiger Krieger und wurde in den Rat des Stammes unter die roten Männer aufgenommen. Als die grauen Häupter alle zu Manitou, dem Großen Geist, gegangen waren, hat er das Kalumet des Häuptlings erhalten und viele Skalpe gesammelt. Dann aber ist er vom bösen Geist verblendet worden, hat seine Krieger wie Nigger behandelt und fliehen müssen. Seitdem wohnt er im Rat der Poncas und hat sie zu großen Taten geführt. Jetzt will er mit ihnen die hölzerne Festung der Bleichgesichter stürmen und plündern, wie mein Bruder Scharlih vorhin erlauscht hat."

„Woher kennt mein roter Bruder diesen Mann?"

„Winnetou hat seinen Tomahawk mit ihm gemessen, doch der Weiße ist voll Tücke; er kämpft nicht ehrlich. Diesmal aber kreuzt er zum letztenmal Winnetous Pfad. Manitou hat ihn in die Hand des Apatschen gegeben, und keine Macht der Erde kann Parranoh retten. Howgh!"

Ich hörte ein Geräusch neben mir, wie es entsteht, wenn sich jemand auf dem Boden ausstreckt. Winnetou wollte sich also über diese Angelegenheit nicht weiter äußern. Schließlich war es auch nicht nötig, denn was am nächsten Tag zu tun war, lag ja auf der Hand, ohne daß darüber ein Wort verloren werden mußte.

Deshalb wickelte ich mich zum Schlafen in meine Decke. Zwar war mir noch manches oder eigentlich alles unklar. Wie war mein roter Freund mit Parranoh zusammengetroffen? Und wodurch hatte sich der Weiße den grimmigen Haß meines sonst so versöhnlich gestimmten Winnetou zugezogen? Das waren offene Fragen. Aber da mein Freund darüber Stillschweigen bewahrte, machte ich mir deshalb weiter keine Gedanken. Winnetou wollte nicht reden, und das war maßgebend für mich. Wenn es an der Zeit war, würde er sein Schweigen schon brechen.

Als wir am nächsten Morgen erwachten, aßen wir zum Frühstück ein Stück getrocknetes Büffelfleisch, dann saßen wir auf.

Wir hatten keine Vereinbarung unter uns getroffen, was zu tun sei, aber ich war überzeugt, daß Winnetou genau so dachte wie ich.

Es handelte sich darum, die Besatzung des Forts zu warnen. Dabei durften wir nicht die Richtung einschlagen, die voraussichtlich die Poncas nehmen würden. Sie wären sonst leicht auf unsere Spur gestoßen und hätten Verdacht geschöpft. Das Fort lag von uns aus gerechnet, einen guten Tagesritt nordwestlich. Wir mußten also der Roten wegen zunächst eine nördliche Richtung einschlagen. Erst, als wir gegen Mittag das Flußgebiet des Niobrara erreichten, lenkten wir nach Westen ein. Wir ritten stundenlang über eine Prärie, die teils weite Grasflächen bildete, teils von vereinzeltem Buschwerk bewachsen war, und die Sonne stand bereits ziemlich tief, als wir endlich das Fort auftauchen sahen.

Das Fort Niobrara liegt sehr günstig. Es ist auf einem freien Hügel errichtet, der nach Norden steil zum Fluß abfällt. An den übrigen Seiten ist es von übersichtlichem offenem Gelände umgeben, so daß es den Roten wenigstens am Tag so gut wie unmöglich war, den Platz zu überrumpeln, vorausgesetzt, daß die Wache ihre Schuldigkeit tat. Aber auch bei Nacht mochte es nicht leicht sein, das Fort zu überfallen. Allerdings war Neumond, was eine Annäherung der Feinde sehr erleichterte. Aber wenn die Besatzung auf ihrem Posten war, dann mußten sich die Angreifer erst schweren Verlusten aussetzen, bevor es gelang, den Palisadenzaun zu übersteigen.

Ich hatte freilich erlauscht, daß die Poncas damit rechneten, die Besatzung habe keine Ahnung von der drohenden Gefahr. Aber wenn das bisher auch stimmte, so waren jetzt wir da, um diese Berechnung zu durchkreuzen, und wir zögerten keinen Augenblick, ans Werk zu gehen.

Wir suchten uns einen von Büschen umgebenen Lagerplatz aus, von wo aus wir einen freien Blick auf den vielleicht eine Meile breiten Wiesengürtel vor dem Fort hatten. Dann stieg Winnetou ab und hobbelte seinen Iltschi ab, während ich allein auf das Fort zuritt.

Außerhalb der Umzäunung war kein Mensch zu erblicken, aber als ich die sanfte Lehne des Hügels hinauftritt, bemerkte ich, daß das Fort nicht ohne Bewachung war, denn im offenen Tor lehnte ein Posten mit dem Karabiner im Arm.

„*Good evening!*" grüßte ich, als ich vor ihm meinen Rappen zügelte. „Wer befehligt gegenwärtig das Fort?"

Der Angeredete warf einen prüfenden Blick auf mich, was ihn wohl von der Friedfertigkeit meiner Person überzeugte, denn er gab auf meine kurze Frage bereitwillig Auskunft.

„Colonel Merrill." — „Kenne ich nicht. Ist er zu Hause?"

„*Yes.* Wollt Ihr den Colonel sprechen?"

„Wenn Ihr nichts dagegen habt. Wo kann ich ihn treffen?"

„Im Offiziersgebäude. Es ist von hier aus das —"

„Weiß schon! Bin nicht das erstemal hier und kenne mich aus. *Good bye!*"

Damit ritt ich weiter, eine kurze, aber breite Gasse hinunter bis vor ein niedriges Blockhaus, das sich von den übrigen Gebäuden in nichts unterschied. Hier stieg ich ab und trat in einen schmalen Flur, in den von beiden Seiten mehrere Türen mündeten. Ich klopfte an die erste von rechts und trat auf ein leises Rufen von drinnen ein.

An einer roh zubehauenen Tafel, die mit zwei ebenso einfachen Stühlen die ganze Einrichtung des Raums bildete, saßen zwei Männer, von denen sich der eine bei meinem Eintritt erhob. Seine militärischen Abzeichen sagten mir, daß ich vor dem Befehlshaber des Forts stand.

Ich schenkte ihm indes nur einen halben Blick, denn meine ganze Aufmerksamkeit wurde von dem zweiten Mann in Anspruch genommen.

Obgleich er saß, erkannte man seine wahrhaft riesigen Körperformen. Er trug ausgefranste, nur bis an die Knie reichende und an beiden Seiten reich bestickte Leggins, deren Säume in den weit heraufgezogenen Aufschlagstiefeln steckten, dazu eine Weste von weichem, weiß gegerbtem Rehleder, eine kurze hirschlederne Jagdjacke und darüber einen starken Rock vom Büffelvieh. Um die kräftigen Lenden hatte er einen breiten Ledergürtel geschnallt, worin die kurzen Waffen steckten, und um seinen Hals hing eine lange Kette, aus den Reißzähnen des Grauen Bären gefertigt, und daran die Friedenspfeife mit einem kunstvoll aus dem heiligen Ton geschnitzten Kopf. Sämtliche Rocknähte waren mit Grizzlykrallen verbrämt, und aus diesem Schmuck sowie aus der Pfeifenkette konnte man ersehen, wie viele dieser furchtbaren Tiere bereits den Kugeln dieses Riesen zum Opfer gefallen waren. An einem Nagel an der Wand hing sein Biberhut mit breiter Krempe, woran hinten ein Biberschwanz baumelte.

Der Westmann hatte die Höhe des Lebens überschritten, aber sein Auge war hell. Es hatte jenen eigentümlichen, nicht zu beschreibenden Glanz, wodurch sich Menschen auszeichnen, die auf großen Flächen leben, wo der Gesichtskreis nicht eng begrenzt ist, also Seeleute, Wüsten- und Präriebewohner. Er trug einen langen, bis auf die Brust herabwallenden, schon ins Grau spielenden Bart, und sein Haupthaar von der gleichen Farbe wallte ihm wie eine Mähne bis tief über den Nacken herunter.

Ich hatte diesen Mann noch nie gesehen, erkannte ihn aber auf den ersten Blick, denn ich hatte hundertmal von ihm gehört. So, genau so war er mir beschrieben worden, wenn die Trapper am flackernden Lagerfeuer von ihm und seinen Taten erzählten. Genau so lebte er in der Vorstellung der roten Männer, mochte deren Wigwam nun hoch oben im Norden an den Ufern des Saskatchewan oder unten im Süden am Rand des Llano Estacado stehen. Mit einem Wort, es war kein anderer als — Old Firehand.

Ich war verwundert, ihn hier zu treffen, denn Winnetou und ich suchten ihn viel weiter nördlich am Mankizita. Aber darüber dachte ich jetzt nicht nach. Etwas anderes erweckte noch viel mehr mein Erstaunen, ja meine Verblüffung: aus seinem Gürtel sahen die Griffe zweier Messer hervor, und das eine davon war mir wohlbekannt, denn es gehörte — mir!

Im Nu war mir alles klar. Es war also Old Firehand gewesen, der gestern im Dunkel der Nacht mit mir gekämpft hatte. Jetzt brauchte ich mich freilich nicht mehr zu wundern, daß es mir nicht gelungen war, den Mann zu überwältigen. Einen Old Firehand im Ringkampf besiegen! Wenn ich seine Gestalt betrachtete, wollte mir solch ein Unterfangen beinahe vermessen vorkommen. Freilich tut es die rohe Kraft allein nicht. Daß aber dieser Mann auch über die nötige Gewandtheit verfügte, hatte er gestern nacht zur Genüge bewiesen.

Alle diese Beobachtungen machte ich in wenigen Augenblicken, denn der Colonel fragte, kaum daß ich eingetreten war:

„Was wünscht Ihr von mir?"

„Bin ich hier recht bei Colonel Merrill?"

„*Yes*. Der Colonel steht vor Euch."

„*Well*, so möchte ich Euch warnen. Wißt Ihr, daß Ihr einen Indianerüberfall zu gewärtigen habt?"

Der Oberst warf einen raschen Seitenblick auf den Trapper.

„Was Ihr nicht sagt! Darf ich fragen, wie Ihr zu dieser Kenntnis kommt?"

„Warum nicht? Ich habe die Roten belauscht."

„Welche Roten?"

„Es waren Poncas unter Anführung ihres Häuptlings Parranoh."

„Wo habt Ihr sie getroffen?"

„Einen guten Tagesritt südöstlich von hier."

Wieder warf der Colonel dem anderen einen Blick zu.

„*Well*, wollt Ihr mir nicht kurz einen zusammenhängenden Bericht geben?"

„Gern."

Als ich begann, stand Old Firehand von seinem Stuhl auf und trat zu uns. Ich erzählte, was ich erlauscht hatte, erwähnte dabei aber weder Winnetou noch meinen nächtlichen Ringkampf.

Der Colonel reichte mir die Hand, als ich geendet hatte.

„Mann, ich bin Euch zu großem Dank verpflichtet. Wenn ich auch nicht genau so hirnlos bin, wie die Roten meinen. Ich war nämlich bereits gewarnt."

„Das kann ich mir denken", pflichtete ich ihm bei. „Es mußte Euch auffallen, daß das Fort auf einmal von den Indianern gemieden wurde."

„Richtig! Habt es erraten. Die Roten, die gewöhnlich in der Nähe des Forts herumlungerten, waren plötzlich verschwunden. Das mußte meinen Verdacht erregen."

„Wie stark ist gegenwärtig die Besatzung?"

„Dreißig Mann."

„Das ist nicht allzu viel gegen hundert Rote."

„Aber auch nicht zu wenig. Ich fürchte mich nicht vor ihnen, denn ich habe einen Mann bei mir, mit dem ich es gern gegen die doppelte Anzahl aufnehmen würde."

„Ihr meint wohl Old Firehand hier an Eurer Seite?"

„*Behold,* Ihr kennt mich?" nahm jetzt der Genannte zum erstenmal das Wort. „Ich erinnere mich nicht, Euch je gesehen zu haben."

„Geht mir mit Euch ebenso. Aber haltet Ihr mich für ein Greenhorn, das nicht imstande ist, Euch nach der Beschreibung zu erkennen, die durch den ganzen Westen die Runde macht? Es wundert mich nur, Euch hier zu treffen. Wir suchen Euch ganz anderswo."

„Ihr habt mich gesucht? Und Ihr sagt ‚wir', seid also nicht allein?"

„Stimmt! Mein Jagdgenosse wartet draußen am Rand des Buschwerks auf mich."

„Wer ist das?"

„Winnetou, der Häuptling der Apatschen."

„Win —?" Der berühmte Jäger trat vor Überraschung einen Schritt zurück, und auch der Colonel richtete seine Augen groß auf mich. „Winnetou ist hier? Mann, ich sag Euch, eine größere Freude konntet Ihr mir nicht machen als mit dieser Nachricht."

„*Egad!*" fiel Colonel Merill ein. „Nun habe ich erst recht keine Sorge mehr. Mit Winnetou und Old Firehand allein schlage ich die ganze Bande in die Flucht."

„Stellt Euch die Sache nicht zu leicht vor!" lächelte ich.

„*Pshaw!*" widersprach Old Firehand. „Ihr werdet Euch doch nicht fürchten! Übrigens habt Ihr Euren Namen noch gar nicht genannt. Ihr seid doch nicht — Ihr seid doch nicht etwa gar —"

„Ihr meint Old Shatterhand? So nennt man mich allerdings."

„Old Shatterhand!" riefen beide wie aus einem Mund, und der Colonel fügte hinzu: „Old Shatterhand, Old Firehand und Winnetou! Welch ein glückliches Zusammentreffen! Die drei berühmtesten Männer des Westens! Die drei Unüberwindlichen! Nun kann es ja gar nicht fehlen, nun sind die roten Schurken verloren!"

Old Firehands Augen hatten sich beim Klang meines Namens geweitet. Jetzt ergriff er meine Hand und drückte sie, daß ich hätte schreien mögen.

„Old Shatterhand! Der Blutsbruder Winnetous! Der Mann, den zu sehen ich mich jahrelang gesehnt habe! Mann, Freund, Herzensbruder, ich kann Euch gar nicht sagen, wie ich mich freue!"

Ich machte mich von seinem Händedruck frei, und indem ich einen Schritt zurücktrat, sah ich ihm lächelnd in die strahlenden Augen.

„Ist's Euch mit dieser Freude wirklich ernst?"

„Zweifelt Ihr etwa daran?"

„Das will ich meinen. Habe auch allen Grund dazu."

„Ich verstehe Euch nicht."

„Nicht? So muß ich Euch auf die Sprünge helfen. Ihr seid doch gestern nacht noch rein darauf versessen gewesen, mir den Hals umzudrehen."

Es war köstlich, die Verblüffung zu beobachten, die sich auf seinem Gesicht malte.

„Ich — Euch — den Hals umdrehen —?"

„Glaubt Ihr mir etwa nicht? Bitte, da ist der Beweis! Ihr tragt von dem Zweikampf noch mein Messer im Gürtel."

Es war ein beinahe hilfloser Blick, den der Hüne auf mich richtete. Dann zog er meine Waffe aus dem Gürtel und fragte stockend:

„Das — das — soll Euer Messer sein?"

„Allerdings. Und ich hoffe, daß Ihr so edelmütig seid, es mir zurückzugeben und es nicht etwa Eurer Sammlung von Siegeszeichen einzuverleiben."

Da streckte er mir mit einer hastigen Bewegung den Stahl entgegen.

„*Damn it!* Was fällt Euch ein! Da habt Ihr Euren Bowieknife wieder! Und — und verzeiht —"

„*Nonsense!*" Ich steckte mein Messer in den Gürtel und ergriff die Hand Old Firehands, die ich nun meinerseits nach Kräften drückte. „Ich schätze, daß es hier gar nichts zu verzeihen gibt. Zwar glaubte ich gestern einen Augenblick lang, daß mein letztes Stündchen gekommen sei. Aber ich denke, wir sind quitt. Denn die Püffe, die ich Euch versetzte, sind wohl auch nicht von Pappe gewesen."

Old Firehand atmete tief auf.

„*Well,* das soll ein Wort sein! Ihr seid wahrhaftig nicht nachträglich. Und der nächste Grizzly, der mir in den Weg kommt, soll mich fressen, wenn ich Euch diese Großmut nicht hoch anrechne."

„Schweigen wir davon!" wehrte ich ab. „Die Hand, die gestern so schwer auf mir gelastet hat, soll mir in Zukunft noch viel Gutes tun."

Der Colonel hatte dem ganzen Zwischenspiel verständnislos zugesehen. Einige Worte klärten ihn nun auf, und er tat das Klügste, was bei dieser Sache zu tun war, er faßte sie von der scherzhaften Seite auf.

„*Heavens!*" lachte er. „Das ist der gediegenste Witz, der mir seit Jahren vorgekommen ist! Die beiden besten Freunde Winnetous geben sich alle Mühe, einander die Hälse umzudrehen! Das ist köstlich — das ist einzig — ha—ha—ha!"

Wir konnten nicht anders, wir stimmten in sein Lachen ein, und damit war die Sache erledigt.

Auf meine Frage, wie Old Firehand zu den Poncas gekommen sei, gab er zur Antwort:

„Das ist rasch erzählt. Unser Schießbedarf ging zur Neige, und so begab ich mich hierher, um Pulver einzukaufen. Der Colonel sprach zu mir von seinem Verdacht, und ich bot ihm an, auf Kundschaft zu gehen. Ich ritt den Spuren der abgezogenen Roten nach und kam so in die Nähe ihres Lagers. Bei dem Versuch, sie zu beschleichen, stieß ich auf Euch und konnte deshalb mein Vorhaben nicht ausführen. Aber mir war es klargeworden, daß es die Roten tatsächlich auf das Fort abgesehen hatten, und ich ritt schleunigst zurück. Vor Stunden kam ich hier an und besprach schleunigst mit dem Colonel die nötigen Maßnahmen, um den Indsmen zu begegnen. Leider kannten wir die Zeit ihres Angriffs nicht. Da erscheint Ihr, und nun sind wir auch über den letzten Punkt im reinen. Wir wissen, daß wir die Poncas morgen früh erwarten müssen."

„Und was gedenkt Ihr zu tun?"

„Es sind hundert rote Lumpen, mit denen wir nicht viel Umstände machen werden. Wir schießen sie alle über den Haufen."

„Es sind Menschen, Sir", warf ich ein.

„Vertierte Menschen, ja", entgegnete er. „Ich habe genug von Euch gehört, um zu wissen, daß Ihr selbst in der größten Gefahr noch nachsichtig mit solchen Schuften seid. Ich aber bin anderer Meinung. Wenn Ihr erlebt hättet, was ich erlebt habe, würde niemand von Old Shatterhand, dem Schonungsvollen, erzählen können. Und da diese Sippe von Parranoh, dem Abtrünnigen, dem hundertfachen Mörder, angeführt wird, soll sie mein Tomahawk erst recht fressen. Ich habe eine Rechnung mit ihm auszugleichen, eine Rechnung, die mit Blut geschrieben ist."

„Ihr habt recht", erklärte der Colonel. „Schonung wäre hier nicht am Platze."

„Gut, ich will Euch nicht widersprechen", meinte ich. „Aber haltet Ihr es nicht für besser, mit der Entscheidung zu warten, bis Winnetou seine Meinung in dieser Sache vorgebracht hat?"

Egad! Den hätte ich beinahe vergessen! Sagtet Ihr nicht, daß er draußen am Rande des Buschwerks wartet?"

„Ja, und ich werde ihn jetzt holen, um —"

„*Stop*", fiel Old Firehand ein, „laßt das lieber mich besorgen! Ich freue mich zu sehr auf das Wiedersehen mit ihm."

„Mir soll es recht sein. Ich werde also hierbleiben. Die Stelle, wo Winnetou lagert, brauche ich einem Mann wie Euch wohl nicht genau zu beschreiben. Ihr werdet sie auch so finden."

All right!" Damit hatte er auch schon seinen Biberhut vom Nagel gerissen und war zur Tür hinaus.

Als dann Winnetou kam, wurde zuerst gegessen. Hierauf beriet man die Einzelheiten, wie die Roten am besten zu empfangen seien.

Um ihnen das Anschleichen so leicht wie möglich zu machen, sollte der Außenposten eingezogen und auch sonst der Eindruck erweckt werden, als hätte die Besatzung von der drohenden Gefahr keine Ahnung. Jeder Mann sollte außer dem Gewehr mit Bajonett einen Revolver und ein Bowiemesser erhalten. Es galt, die Feinde gleich beim ersten Angriff so zu bedienen, daß sie möglichst geschwächt wurden, von ihrem Vorhaben ablassen mußten und die Lust zu ähnlichen Teufeleien gründlich verloren.

Die Hauptsache war also, die Poncas nicht nur zu empfangen, sondern in der ersten Verwirrung mitten unter sie hineinzufahren. Zehn Mann von der Besatzung waren Dragoner. Sie sollten nach der ersten Salve aufsitzen und einen Ausfall machen, was die Verwirrung der Roten, die doch ohne Pferde angeschlichen kamen, noch vermehren mußte.

Die Indianer greifen in der Regel nicht vor der Morgendämmerung an. Es war zwar nicht anzunehmen, daß sie diesmal eine Ausnahme machten, doch mußte man immerhin mit jeder Möglichkeit rechnen. Deshalb stand die ganze Besatzung schon von Mitternacht an hinter den Palisaden bereit, die Büchsen in Händen. Die Leute hatten sich, da der Angriff kaum von der Flußseite her erfolgen würde, auf die übrigen drei Seiten verteilt. Trotzdem wurde auch dem Fluß zu ein Posten beordert, um jeder Überraschung vorzubeugen.

Die Zeit verstrich quälend langsam, und die Viertelstunden schienen sich zu Stunden zu dehnen. Unsere Geduld wurde auf eine harte Probe gestellt, denn es ereignete sich nicht das geringste, was auf eine Annäherung der Roten schließen ließ. Und doch wußten wir genau, daß da draußen hundert blutgierige Indsmen darauf warteten, über uns herfallen zu können.

Die Morgendämmerung brach endlich mit einem leichten Nebel an, der die Absicht der Roten, nahe ans Fort heranzukommen, begünstigte. Uns kam er dagegen recht ungelegen, da er den freien Ausblick hinderte. Doch besserte sich die Fernsicht glücklicherweise zusehends. Nach kurzer Zeit war es uns möglich, wenigstens den oberen Teil des vor uns liegenden Hügelhangs zu überschauen. Aber kein Indianer wollte sich zeigen.

Endlich löste sich aus dem Dunst unten am Fluß des Hügels, der Form nach zwar unbestimmt, aber doch deutlich erkennbar, ein breiter, dunkler Schatten. Immer klarer wurden seine Umrisse — die Poncas kamen.

„Have care — aufgepaßt!" flüsterte Old Firehand. „Nicht schießen, bevor ich den Befehl dazu gegeben habe!"

Der formlose Schatten war jetzt als eine ungeordnete Menge von Menschen zu erkennen. Die Roten mußten ihrer Sache sehr sicher sein, den sie kamen nicht in einer lang ausgezogenen Linie, die den ganzen Hügel umschloß, sondern in einem ziemlich dichten Haufen heran. Der Augenblick der Entscheidung war da.

Sie waren auf eine Entfernung von fünfzig Metern herangekommen, da ertönte die Stimme Old Firehands:

„Feuer!"

Unsere Salve krachte, und sogleich bildete die Schar der Indsmen einen wilden Knäuel. Solch einen Empfang hatten die Roten nicht erwartet. Einen Augenblick blieb es still, dann aber erzitterte die Luft unter einem wilden Geheul, dem Kriegsgeschrei der Sioux, und mit geschwungenen Tomahawks kamen sie auf die Umzäunung losgestürzt.

„Feuer!" befahl Old Firehand zum zweitenmal, und wiederum entluden sich die Gewehre gegen die Anstürmenden.

„Hinaus mit den Reitern!" übertönte jetzt der Ruf des Westmanns das Gebrüll der Roten. Im Nu war das Tor geöffnet, und die zehn Dragoner brausten hinaus, den Hügel hinunter und mitten hinein in den dichtesten Schwarm der Feinde.

Ich sandte hinter der Umzäunung hervor aus meinem Henrystutzen Schuß um Schuß in die Masse der Angreifer, doch war ich bestrebt, die Gegner nicht zu töten, sondern nur kampfunfähig zu machen. Als ich meine letzte Kugel verschossen hatte, schaute ich mich um. Old Firehand und Winnetou, die an meiner Seite gestanden hatten, waren nicht mehr zu sehen. Sie hatten sich, wie ich später erfuhr, sogleich über die Umzäunung geschwungen und auf den Feind geworfen. Auch ich ließ jetzt Bärentöter und Henrystutzen fallen, die mir nur hinderlich gewesen wären. Unmittelbar hinter den Dragonern hatte sich die Hälfte der übrigen Besatzungstruppe durch das Tor hinausgedrängt, und ich sprang, den Revolver in der Rechten, den anderen nach. Hinter mir wurde das Tor wieder geschlossen.

In der ersten Überraschung und durch den Anprall der Dragoner waren die Indianer bis an den Fuß des Hügels zurückgedrängt worden. Dort waren sie aber durch Parranoh zum Stehen gebracht worden, der nicht gesonnen war, so schnell auf den Sieg zu verzichten, den er schon in Händen zu haben glaubte. Obgleich seine Schar durch unsere beiden Salven sehr geschwächt worden war, befand er sich uns gegenüber doch noch immer im Vorteil. Wenigstens der Zahl nach waren uns seine Leute noch um mehr als das Doppelte überlegen.

Vorüber an Toten und Verwundeten, die den Hügelabhang bedeckten, stürmte ich auf den Kampfplatz zu. Winnetou und Old Firehand befanden sich im dichtesten Schwarm der Feinde.

Winnetou kannte ich genugsam, und ließ ihn also unbeachtet. Dagegen drängte es mich mit Gewalt in die Nähe von Old Firehand, dessen Anblick mich an jene alten Recken mahnte, von denen ich als Knabe so oft mit Begeisterung gelesen hatte. Mit gespreizten Beinen stand er aufrecht und ließ sich von den Soldaten des Forts die Indianer ins Schlachtbeil treiben, das, von einer riesenstarken Faust geführt, bei jedem Schlag zerschmetternd auf die Köpfe der Feinde sank. Die langen, mähneartigen Haare wehten ihm ums entblößte Haupt, und in seinem Gesicht prägte sich eine wilde Siegesgewißheit aus.

Jetzt erblickte ich Parranoh im Haufen der Indianer und bemühte mich, an ihn zu kommen. Mir ausweichend, kam er in die Nähe des Apatschen, wollte aber auch ihn meiden. Das sah Winnetou, sprang auf ihn ein und rief:

„Parranoh! Will der Hund von Athabaska laufen vor Winnetou, dem Häuptling der Apatschen? Der Mund der Erde soll sein Blut trinken, und die Kralle des Geiers soll den Leib des Verräters zerreißen!"

Er warf den Tomahawk von sich, riß das Messer aus dem Gürtel und packte den weißen Häuptling an der Kehle. Aber er wurde von dem tödlichen Stich abgehalten.

Als sich Winnetou ganz gegen seine sonstige Gewohnheit mit so drohendem Ruf auf den Ponca stürzte, hatte Old Firehand einen Blick herübergeworfen, der das Gesicht des Feindes streifte. Nur eine Sekunde währte das, aber der Jäger hatte doch den Mann erkannt, den er haßte mit jeder Faser seines Innern, den er lange mit rastlosem Eifer vergebens gesucht, und der ihm jetzt endlich vor die Augen kam.

„Tim Finnetey!" schrie er, schlug mit den Armen die Indianer wie Grashalme auseinander und sprang auf Winnetou zu, dessen zum Stoß erhobene Hand er packte. „Halt, Bruder, dieser Mann gehört mir!"

Vor Schrecken starr stand Parranoh, als er seinen eigentlichen Namen rufen hörte. Kaum aber hatte er Old Firehand erkannt, so riß er sich von der Hand Winnetous los, der seine Aufmerksamkeit geteilt hatte, und stürmte wie von der Sehne geschnellt davon. Im Augenblick machte auch ich mich von dem Indianer frei, mit dem ich während des Auftritts im Kampf stand, und setzte dem Fliehenden nach. Er mußte mein werden. Zwar hatte ich selber keinerlei Abrechnung mit ihm zu halten, aber selbst wenn er nicht als der eigentliche Urheber des Überfalls eine Kugel verdient hätte, so wußte ich doch nun, daß er ein Todfeind Winnetous war. Und soeben hatte mich der Vorfall belehrt, daß auch Old Firehand an diesem weißen Häuptling der Poncas viel gelegen sein müsse.

Beide hatten sich gleichfalls augenblicklich zur Verfolgung in Bewegung gesetzt. Aber es war ersichtlich, daß sie den Vorsprung, den ich vor ihnen hatte, nicht verringern würden, und zwar um so weniger, als ich zur gleichen Zeit bemerkte, daß ich es mit einem vorzüglichen Läufer zu tun hatte. Old Firehand war zweifellos ein Meister in allen Fertigkeiten, die das Leben im Westen verlangt, aber er befand sich doch nicht mehr in den Jahren, die einen Wettlauf auf Tod und Leben begünstigten, und Winnetou hatte, wie er mir später erzählte, Zeit verloren, da er fehlgetreten und gestolpert war.

Zu meiner Genugtuung bemerkte ich, daß Parranoh den Fehler beging, Hals über Kopf immer geradeaus zu rennen, ohne seine Kräfte gehörig abzumessen, und in seiner Bestürzung, der alten Gewohnheit der Indianer, im Zickzack zu fliehen, nicht folgte, während ich den Atem zu sparen suchte und die Anstrengungen des Laufs abwechselnd von einem Bein aufs andere legte, ein Verfahren, das mir stets von Vorteil gewesen war.

Die beiden anderen blieben immer weiter zurück, so daß ich ihr schweres Atmen, das ich dicht hinter mir gehört hatte, nicht mehr vernahm, und jetzt erscholl auch schon aus beträchtlicher Entfernung die Stimme Winnetous:

„Old Firehand mag stehenbleiben! Mein weißer Bruder wird die Kröte von Athabaska fangen und töten. Er hat die Füße des Sturms und niemand vermag ihm zu entkommen."

Ich konnte mich nicht umsehen, um festzustellen, ob der grimmige Jäger diesen Worten auch Folge leistete. Parranoh hatte jetzt den Rand des Buschwerks erreicht, und ich mußte alle meine Aufmerksamkeit zusammennehmen, um ihn nicht aus dem Auge zu verlieren.

Jetzt war ich dem Flüchtling auf zwanzig Schritte nahe gekommen. Wenn es ihm gelang, mehrere Büsche als Deckung zwischen sich und mich zu bringen, konnte er mir entwischen. Darum holte ich weiter aus, und in kurzer Zeit flog ich so dicht hinter ihm her, daß ich sein keuchendes Schnaufen vernahm. Ich hatte keine andere Waffe bei mir als die beiden abgeschossenen Revolver und das Bowiemesser. Das zog ich jetzt aus dem Gürtel.

Da plötzlich schnellte Parranoh zur Seite, um mich in vollem Jagen an sich vorüberrennen zu lassen und dann von hinten an mich zu kommen. Aber ich war auf diese Finte gefaßt und bog im gleichen Augenblick seitwärts, so daß wir mit aller Gewalt zusammenprallten, wobei ihm mein Messer bis an den Griff in den Leib fuhr.

Der Zusammenstoß war so kräftig, daß wir beide zur Erde stürzten, von der sich Parranoh allerdings nicht mehr erhob, während ich mich augenblicklich aufraffte, da ich nicht wissen konnte, ob er tödlich getroffen war. Aber er bewegte kein Glied, und ich nahm kein Zeichen des Lebens mehr an ihm wahr. Tief Atem holend, zog ich das Messer zurück.

Es war nicht der erste Feind, den ich niedergestreckt hatte, und mein Körper zeigte allerlei Andenken an manchen nicht immer glücklich bestandenen Strauß mit den kampfgeübten Bewohnern der amerikanischen Steppen, aber hier lag ein Weißer vor mir, der von meiner Waffe gefallen war, und ich konnte mich eines beengenden Gefühls nicht erwehren. Doch hatte er den Tod jedenfalls verdient und war des Bedauerns nicht wert.

Während ich noch mit mir zu Rate ging, welches Zeichen meines Sieges ich mit mir nehmen sollte, hörte ich hinter mir den eiligen Lauf eines Menschen. Rasch warf ich mich nieder. Aber ich hatte nichts zu befürchten, denn es war Winnetou, der mir in freundschaftlicher Besorgnis doch gefolgt war und jetzt an meiner Seite hielt.

„Scharlih ist schnell wie der Pfeil, und sein Messer trifft sicher das Ziel", sagte er, als er den Toten liegen sah. „Will sich mein Bruder nicht mit der Skalplocke des Athabasken schmücken?"

Ich sah Winnetou erstaunt an.

„Du weißt, daß ich nie die Kopfhaut eines Feindes nehme."

„Dann gehört sie mir!" rief er in einem Ton, so grimmig, wie ich ihn noch nie aus seinem Mund gehört hatte.

Im nächsten Augenblick warf er sich über den Gefallenen, der auf dem Rücken lag, stemmte das rechte Knie auf seine Brust und löste ihm mit drei Schnitten die Kopfhaut vom Schädel.

Wenn ich sagen würde, ich sei über die Handlungsweise Winnetous erstaunt gewesen, so wäre dieser Ausdruck zu schwach. Nein, ich war geradezu bestürzt. Ich hatte mit dem Gedanken geschmeichelt, mein roter Freund habe sich im Verkehr mit mir so viel Menschlichkeit angeeignet, daß er dieser indianischen Sitte längst entsagt habe. Wenigstens hatte er in meiner Gegenwart diesen barbarischen Brauch nie geübt. Nun aber war auf einmal seine indianische Natur zum Durchbruch gekommen, und zwar auf eine Weise, die mir bei Winnetou völlig fremd war. Bisher hatte er es obendrein erst recht verschmäht, sich mit einem Siegeszeichen zu schmücken, das er sich nicht selber errungen hatte.

Wie grimmig mußte der sonst so menschenfreundliche Apatsche diesen Tim Finnetey hassen, daß er ihm die Kopfhaut nahm! Mit dieser Erklärung mußte ich mich einstweilen zufrieden geben. Das tiefere Verständnis dafür sollte mir erst später, nach einigen Tagen, aufgehen, da er den Schleier von einem Ereignis zog, das er vor allen Menschen, auch vor mir, sorgsam als Geheimnis in seinem Herzen verschlossen hatte.

Nachdem Winnetou den Skalp am Gürtel befestigt und sein blutiges Messer im Gras abgewischt hatte, richtete er sich auf und wandte sich in der Richtung zum Fort zurück. Ich folgte ihm schweigend auf dem Fuß, hatte indes keine Zeit, über die Beziehungen nachzudenken, die zwischen Winnetou und Parranoh bestehen mußten. Ein anderer Gedanke legte sich schwer auf meine Brust, nämlich die Sorge um Old Firehand. Längst schon hätte er bei uns sein müssen. Vielleicht hatte er, sobald Winnetou ihm aus dem Auge gekommen war, eine falsche Richtung eingeschlagen.

Da hörte ich einen Ruf, der aus weiter Entfernung zu uns drang.

„Uff!" stutzte Winnetou. „Das muß unser Bruder Old Firehand sein, denn den fliehenden Poncas wird es nicht einfallen, sich durch Rufe zu verraten."

„Das ist auch meine Meinung. Und die Soldaten werden sich nicht so weit vom Fort entfernt haben. Folglich wird es wohl auch keiner von ihnen sein. Laufen wir schnell hin!"

„Ja, schnell! Unser Gefährte befindet sich in Gefahr, sonst würde er nicht rufen."

Wir setzten uns in Bewegung. Winnetou nach Nord, ich aber nach Ost. Deshalb hielten wir sofort wieder an, und der Apatsche fragte:

„Warum eilt mein Bruder Scharlih dorthin? Es war im Norden."

„Nein, im Osten! Horch!"

Der Ruf wiederholte sich, und ich war meiner Sache gewiß.

„Es ist im Osten; ich hörte es ganz deutlich", versicherte ich.

„Es ist im Norden; mein weißer Bruder irrt sich abermals."

„Und ich bin überzeugt, daß ich recht habe. Wir haben aber keine Zeit, die irrige Meinung zu berichten. Winnetou mag also nördlich gehen, während ich östlich laufe; einer von uns findet ihn dann bestimmt."

„Howgh!"

Mit diesem Wort sprang er fort, und ich lief, so schnell ich konnte, in der von mir behaupteten Richtung davon. Schon nach kurzer Zeit bemerkte ich, daß Winnetou sich geirrt hatte, denn der Ruf klang wieder, und zwar viel deutlicher als vorher.

„Ich komme, Old Firehand, ich komme!" schrie ich. Die Savanne war mit vereinzeltem Buschwerk besetzt, das den freien Ausblick nach allen Seiten verwehrte. Doch war das für mich kein Hindernis; ich kannte ja jetzt die Richtung. Im Laufen lud ich meine abgeschossenen Revolver wieder, und dann sah ich, um einen Busch biegend, vor mir eine Gruppe kämpfender Menschen.

Old Firehand war offenbar verwundet zusammengesunken. Er kniete am Boden und verteidigte sich gegen drei Feinde, während er schon drei niedergemacht hatte. Jeder Streich konnte ihn das Leben kosten, und es war höchste Zeit, daß ich ihm beisprang. Einige Sätze brachten mich in Schußweite. Drei schnell aufeinanderfolgende Schüsse aus einem Revolver, und die Gegner stürzten nieder. Ich rannte weiter, auf Old Firehand zu.

„Gott sei Dank! Das war gerade zur rechten Zeit, gerade im letzten Augenblick, Sir!" rief er mir entgegen.

„Ihr seid verwundet?" fragte ich, bei ihm anhaltend. „Doch nicht etwa schwer?"

„Lebensgefährlich wohl nicht. Zwei Tomahawkhiebe in die Schenkel! Die Kerle konnten mir nicht oben an den Leib; deshalb hackten sie unten in die Beine, daß ich zusammenbrechen mußte."

„Das gibt großen Blutverlust. Erlaubt, daß ich Euch untersuche!"

„Well, gern! — Aber, Sir, was für ein Schütze seid Ihr! Aus dieser Entfernung alle drei in den Oberschenkel geschossen! Das bringt nur ein Old Shatterhand fertig! Kam Euch vorhin, als wir Tim Finnetey verfolgten, nicht nach, weil ich eine Pfeilwunde am Bein habe, die mich am Laufen hinderte. Ich suchte Euch; da wuchsen die sechs Roten gerade vor mir aus der Erde. Hatte nur das Messer und meine Fäuste, weil ich die anderen Waffen, um besser laufen zu können, weggeworfen hatte. Drei stach ich nieder; die anderen drei hätten mich kaltgemacht, wenn Ihr nicht gekommen wärt. Werde das Old Shatterhand nie vergessen."

Während er erzählte, untersuchte ich seine Wunden. Sie waren schmerzhaft, aber glücklicherweise nicht gefährlich. Dabei berichtete ich so kurz wie möglich über die Verfolgung Parranohs. Old Firehand sagte kein Wort dazu.

Dann kam Winnetou, der den Knall meines Revolvers gehört hatte, und half Old Firehand verbinden. Er gab freimütig zu, heute einmal von seinem sonst so vortrefflichen Gehör getäuscht worden zu sein. Die Roten ließen wir liegen und kehrten zum Fort zurück, freilich sehr langsam, weil Old Firehand nicht schnell gehen konnte.

Als wir den Saum des Buschwerks erreichten und das Fort vor uns liegen sahen, waren die Roten verschwunden. Der Kampf war vorüber, und die Besatzung beschäftigte sich bereits damit, die Toten zusammenzutragen und die Verwundeten ins Fort zu schleppen. Die Bajonette der Fußtruppe und die Säbel der Dragoner hatten unter den Poncas reiche Ernte gehalten. Wir zählten auf seiten der Angreifer fünfundvierzig Tote und dreiundzwanzig Verwundete, die nicht imstande gewesen waren, mit den anderen zu fliehen — eine schreckliche Lehre, die den überlebenden Roten für lange Zeit zur Warnung dienen mußte. Glücklicherweise gab es auf unserer Seite keine Toten, nur einige Verwundete.

Wir waren, nachdem wir für Old Firehands Pflege gesorgt hatten, noch mit den Opfern des Kampfes beschäftigt, da kehrten die Dragoner von der Verfolgung zurück. Auch sie hatten keinen Toten zu beklagen, wenn auch kaum einer ohne Wunde davongekommen war. Dafür brachten sie eine ansehnliche Beute mit, nämlich einen langen Zug von sechzig Pferden.

Inzwischen war der Morgen angebrochen, hell und strahlend. Die Sonne lachte so freundlich auf uns hernieder, als gäbe es überhaupt keinen Haß und keine Feindschaft, kein Morden und kein Blutvergießen.

Old Firehands Verwundung zwang uns, zwei Wochen oder auch noch länger hier zu warten, bis er zum Reiten fähig war. Das bedeutete für Winnetou und mich eine Zeit der Ruhe, die uns nicht unerwünscht kam. Wir waren ausgezogen, um Old Firehand zu treffen. Das war geschehen. Und ob wir nun in seinem Hide-spot[1] einige Tage früher oder später ankamen, konnte uns gleichgültig sein.

Am nächsten Tag wurden die roten Indsmen begraben. Vorher hatte man noch die nähere und weitere Umgebung des Forts abgesucht und dabei eine überraschende Entdeckung gemacht. Es mußten sich gestern doch noch Feinde hier herumgetrieben haben. Denn es wurden wohl die Roten gefunden, mit denen es Old Firehand zu tun gehabt hatte, aber der Platz, wo ich Parranoh zur Strecke gebracht hatte, war leer. Seine Stammesgenossen mußten ihn gefunden haben, um ihm in ihrem Dorf ein würdiges Begräbnis zu geben.

Die verwundeten Indianer wurden verbunden und gepflegt. Der Vorfall war durch einen Eilboten sofort nach Fort Randall gemeldet worden, und nach sechs Tagen traf von dort eine Verstärkung von zwanzig Mann ein. Sie brachten den Befehl ihres Colonels mit, die Gefangenen nach ihrer Wiederherstellung unter genügender Bedeckung nach Fort Randall zu schicken, wo sie abgeurteilt werden sollten.

Ich erwartete eigentlich jetzt, nachdem Parranoh tot war, von Winnetou oder Old Firehand Aufschluß über die Art ihrer Beziehungen zu dem Toten. Aber beide schwiegen: Sie hüteten ihr Geheimnis, und ich fühlte mich nicht befugt, gegen ihren Willen danach zu forschen. Deshalb stellte ich keine Frage und so wurde der Name Parranoh unter uns in diesen Tagen nicht mehr genannt.

14. In der ‚Festung'

Wir waren auf dem Weg zum Hide-spot. Ich saß mit Old Firehand am Lagerfeuer. Winnetou hatte die Wache und trat auf einem seiner Rundgänge zu uns heran. Old Firehand lud ihn durch eine Handbewegung ein, zu bleiben.

„Will sich mein Bruder nicht ans Feuer setzen? Der Pfad der Arapahoes führt nicht an diese Stelle. Wir sind hier sicher."

[1] Versteckplatz

„Das Auge des Apatschen ist immer offen. Er traut der Nacht nicht, denn sie ist ein Weib", entgegnete Winnetou.

Damit schritt er wieder ins Dunkel zurück.

„Unser Freund haßt die Frauen", warf ich hin, um damit den Anfang zu geben zu einer jener traulichen Unterhaltungen, die, geführt unter ruhig flimmernden Sternen, für lange Jahre in Erinnerung haften.

Old Firehand nestelte die an seinem Hals hängende Pfeife los, stopfte sie und steckte sie in Brand.

„Meint Ihr?" fragte er dabei. „Vielleicht auch nicht."

„Seine Worte schienen es zu sagen."

„Schienen", nickte der Jäger, „aber es ist nicht so. Es gab einmal eine, um deren Besitz er mit dem Teufel gekämpft hätte, und seit jener Zeit ist ihm das Wort Squaw entfallen."

„Warum führte er sie nicht in sein Pueblo am Pecos?"

„Sie liebte einen anderen."

„Danach pflegt ein Indianer nicht zu fragen."

„Aber dieser andere war sein Freund."

„Und der Name dieses Freundes?"

„Ist jetzt Old Firehand."

Ich blickte überrascht auf. Hier stand ich vor einem jener Schicksale, woran der Westen so reich ist. Sie geben seinen Gestalten und Ereignissen jenen herben Einschlag, der gemeinhin mit dem Begriff ‚Wildwest' verbunden ist. Ich hatte kein Recht, weiter zu fragen, aber das Verlangen nach näherer Auskunft mußte ich deutlich in meinen Mienen aussprechen, denn Old Firehand fuhr nach einer Pause fort:

„Laßt die Vergangenheit ruhen, Sir! Wollte ich davon sprechen, wahrhaftig, Ihr wäret trotz Eurer Jugend der einzige, zu dem ich es täte; denn ich habe Euch liebgewonnen."

„Danke, Sir! Kann Euch offen sagen, daß auch ich Eure Freundschaft hochschätze."

„Weiß es, weiß es. Ihr habt's ja reichlich bewiesen. Ohne Eure Hilfe wäre ich neulich verloren gewesen. Hatte einen verwünscht harten Stand und blutete wie ein vielangeschossener Büffel, als Ihr endlich kamt. Es war nur ärgerlich, daß ich meine Rechnung mit Tim Finnetey nicht selber ausgleichen konnte, und ich gäbe auf der Stelle meine Hand darum, wenn es mir vergönnt gewesen wäre, dem Halunken mein eigenes Eisen schmecken zu lassen."

Bei diesen Worten zuckte eine grimmige Erbitterung über das sonst so ruhige Gesicht des Sprechenden, und wie er so mit blitzenden Augen mir gegenüber saß, begriff ich, daß seine Abrechnung mit Parranoh oder Finnetey eine außergewöhnliche Veranlassung haben mußte.

Ich gestehe, daß meine Wißbegier immer größer wurde, und jedem anderen an meiner Stelle wäre es gewiß ebenso ergangen; trat mir doch hier völlig überraschend die Tatsache entgegen, daß mein Winnetou einst einem Mädchen sein Herz geöffnet hatte. Das war selbst mir, seinem besten Freund und Blutsbruder, ein Geheimnis geblieben. Aber ich mußte mich gedulden, was mir auch nicht schwer fiel, da ich von der Zukunft sicher Aufklärung erwarten konnte.

Die Genesung Old Firehands war schneller fortgeschritten, als wir erwartet hatten, und so waren wir nach verhältnismäßig kurzer Zeit aufgebrochen, um durch das Land der kriegerischen Dakotas bis an den Mankizita[1] vorzudringen, an dessen Ufer Old Firehand seine ‚Festung' hatte, wie er sich ausdrückte. Wir konnten sie vielleicht schon in kurzer Zeit erreichen, da wir heute bereits den Keya Paha[2] durchschwommen hatten.

Dort wollte ich mich auf einige Zeit den Pelzjägern anschließen, die Old Firehand befehligte, und dann ostwärts über Dakota und Prairie du Chien[3] die Seen zu gewinnen suchen. Während dieses Beisammenseins bot sich hoffentlich Gelegenheit, einen Einblick in die Vergangenheit Old Firehands zu tun, und so verharrte ich jetzt schweigend in meiner Stellung, die ich nur zuweilen veränderte, um das Feuer zu schüren und ihm neue Nahrung zu geben.

Bei einer dieser Begegnungen funkelte der Ring Harrys im Strahl der Flamme. Old Firehands scharfes Auge hatte trotz der Schnelligkeit dieses Aufleuchtens den kleinen goldenen Gegenstand erfaßt. Er fuhr betroffen aus seiner bequemen Lage auf.

„Was für einen Ring tragt Ihr da, Sir?" fragte der Jäger.

„Es ist das Andenken an eine der schrecklichsten Stunden meines Lebens."

„Wollt Ihr ihn mir einmal zu Betrachtung geben?"

Ich erfüllte seinen Wunsch. Mit sichtbarer Hast griff er zu, und kaum hatte er einen näheren Blick auf den Ring geworfen, so folgte auch schon die Frage:

„Von wem habt Ihr ihn?"

Es war eine unbeschreibliche Aufregung, die sich seiner bemächtigt hatte, ich aber gab ruhig Antwort:

„Ich erhielt diesen Reif von einem etwa dreizehnjährigen Knaben in New Venango."

„In New Venango?" stieß der Riese hervor. „Wart Ihr bei Forster? Habt Ihr Harry gesehen? Ihr spracht von einer schrecklichen Stunde, von einem Unglück!"

„Es war ein Abenteuer, wobei ich mit meinem braven Hatatitla in Gefahr kam, bei lebendigem Leib gebraten zu werden", erwiderte ich, die Hand zum Ring ausstreckend.

„Laßt das!" wehrte Old Firehand ab. „Ich muß wissen, wie dieser Reif in Euren Besitz gekommen ist. Habe ein heiliges Anrecht darauf, heiliger und größer als irgendein anderes Menschenkind!"

„Bleibt ruhig liegen, Sir!" bat ich gelassen. „Verweigerte mir ein anderer die Zurückgabe, so würde ich ihn dazu zwingen. Euch aber will ich das Nähere berichten, und Ihr werdet mir dann wohl auch Euer Anrecht beweisen können."

„Sprecht! Aber wißt, daß dieser Ring in der Hand eines Mannes, dem ich weniger vertraute als Euch, leicht zum Todesurteil werden könnte! Also erzählt — erzählt!"

Old Firehand kannte Harry, er kannte auch Forster, und die Erregung, in der er sich befand, zeugte von dem großen Anteil, den er an diesen Personen nahm. Ich hatte ein Dutzend Fragen auf der Zunge, aber ich drängte sie zurück und begann meinen Bericht von der damaligen Begegnung.

Auf den Ellbogen gestützt, lag der Hüne mir gegenüber am Feuer, und in seinen Zügen sprach sich die Spannung aus, womit er dem

[1] Wird jetzt White River genannt [2] Nebenfluß des Niobrara River
[3] Hundeprärie; Stadt am Mississippi

Lauf meiner Erzählung folgte. Von Wort zu Wort wuchs seine Aufmerksamkeit, und als ich zu dem Augenblick kam, da ich Harry vor mich aufs Pferd gerissen hatte, sprang er auf und rief:

„Mann, das war das einzige, ihn zu retten! Ich zittere für sein Leben. Rasch rasch, sprecht weiter!"

Auch ich hatte mich im Wiedererleben jener fürchterlichen Minuten erhoben und fuhr in meiner Schilderung fort. Er trat mir näher und immer näher. Sein Mund öffnete sich, als wollte er jedes Wort von meinen Lippen trinken. Sein Auge hing, weit aufgerissen, an mir, und sein Körper bog sich in eine Stellung, als säße er selber auf dem dahinbrausenden Hatatitla, stürzte sich selber in die hochschäumenden Fluten des Flusses und strebte selber in fürchterlicher Angst die steile, zackige Felswand empor. Längst schon hatte er meinen Arm erfaßt, den er unbewußt mit aller Kraft drückte, und laut und ächzend drängte sich der Atem aus seiner Brust.

„*Heavens!*" rief er mit einem tiefen Atemzug, als er hörte, daß ich glücklich über den Rand der Schlucht gekommen war und den Knaben in Sicherheit gebracht hatte.

„Das war entsetzlich — schauerlich! Habe eine Angst ausgestanden, als steckte mein eigener Körper in den Flammen, und doch wußte ich vorher, daß Euch die Rettung gelungen war; sonst hätte Harry Euch ja den Ring nicht geben können."

„Das hat er auch nicht getan. Ich streifte den Reif wider Willen von seinem Finger, und er hat den Verlust gar nicht bemerkt."

„So mußtet Ihr das fremde Eigentum zurückgeben."

„Wollte ich auch, aber der Knabe lief mir davon. Erst am anderen Morgen sah ich ihn wieder, in Gesellschaft einer Familie, die dem Tod entgangen war, weil ihre Wohnung im obersten Winkel des Tals lag und der Brand seine Richtung abwärts genommen hatte."

„Und da spracht Ihr von dem Ring?"

„Nein, man ließ mich gar nicht dazu kommen, sondern schoß auf mich, und da bin ich schließlich fortgeritten."

„So ist er, ja so ist er! Harry haßt nichts mehr als Feigheit, und Euch hat er für mutlos gehalten. — Doch sagt, was ist aus Forster geworden?"

„Soviel ich feststellen konnte, ist nur jene Familie davongekommen, von der ich soeben sprach. Das Glutmeer, das den Talkessel füllte, hat alles verschlungen, was in seinen Bereich kam."

„Das ist schrecklich und eine furchtbare Strafe für das unnütze und lästerliche Vorhaben, das Öl fortlaufen zu lassen, um den Preis in die Höhe zu treiben!"

„Auch Ihr habt Emery Forster gekannt, Sir?" fragte ich jetzt.

„Ich war einige Male bei ihm in New Venango. Er war ein stolzer, geldprotziger Mann, der wohl Ursache gehabt hätte, wenigstens mit mir etwas anständiger umzuspringen."

„Und Harry habt Ihr bei ihm gesehen?"

„Harry?" fragte er mit einem eigentümlichen Lächeln. „Ja, bei Forster und in Omaha, wo der Junge einen Bruder hat — vielleicht auch sonst noch irgendwo."

„Ihr könnt mir wohl etwas über ihn mitteilen?"

„Möglich, aber nicht jetzt. Eure Erzählung hat mich so mitgenommen, daß ich keine rechte Sammlung zu einer Unterhaltung verspüre.

„Aber zu gelegener Zeit sollt Ihr mehr über ihn erfahren, das heißt, soviel ich selbst von ihm weiß. Hat er Euch nicht gesagt, was er in New Venango wollte?"

„Doch! Harry war dort nur vorübergehend abgestiegen."

„So, so! Also Ihr behauptet, daß er der Gefahr entgangen ist?"

„Ganz sicher."

„Und schießen habt Ihr Harry auch gesehen?"

„Wie ich Euch sagte, und zwar vorzüglich. Er ist ein ganz ungewöhnlich frühreifer Knabe."

„So ist es. Sein Vater ist ein alter Skalper, der keine einzige Kugel gießt, die nicht ihren Weg zwischen die bewußten zwei Feindesrippen fände. Von ihm hat er das Zielen gelernt, und wenn Ihr etwa glaubt, er verstände es nicht, es auch zur rechten Zeit und am richtigen Ort anzuwenden, so irrt Ihr gewaltig."

„Wo ist dieser Vater?"

„Er ist bald da, bald dort zu finden, und ich darf wohl sagen, daß wir einander so ziemlich kennen. Es ist möglich, daß ich Euch helfe, ihm einmal zu begegnen." — „Das wäre mir lieb, Sir."

„Werden ja sehen. Habt es am Sohn verdient, daß Euch der Vater Dank sagt."

„Oh, das ist's nicht, was ich meine!"

„Versteht sich, versteht sich; kenne Euch nun. Doch hier habt Ihr den Ring wieder! Werdet später erst merken, was es heißt, daß ich ihn Euch zurückgebe. — Und nun will ich Euch den Apatschen schikken; seine Wache ist um. Legt Euch aufs Ohr, damit Ihr früh am Tag munter seid! Wir werden morgen unsere Gäule anstrengen und eine starke Tagesreise erzwingen müssen."

„Wollten wir morgen nicht nur bis zum Green Park?"

„Habe mich anders besonnen. *Good night!*"

„*Good guard!* Vergeßt nicht, mich zu wecken, wenn ich Euch ablösen soll!"

„Schlaft nur zu! Kann für Euch die Augen offenhalten; habt für mich genug getan!"

Ich hätte nicht Old Shatterhand, sondern das grünste aller Greenhorns sein müssen, wenn ich jetzt nicht ganz genau gewußt hätte, woran ich war. Old Firehand war Harrys Vater; das war für mich sonnenklar. Schon seine Aufregung bei meiner Erzählung hatte ihn verraten. Dazu kamen seine Bemerkungen über den Vater Harrys, von dem er wie von einer dritten Person sprach, während er offenbar sich selber meinte. Aber damit war ich auch schon an der Grenze dessen angelangt, was man mit sicherem Wissen bezeichnen konnte. Alles übrige war haltlose Vermutung, worin bald Old Firehand, bald Winnetou, bald Parranoh als nebelhafte und verschwommene Gebilde auftauchten und wieder verschwanden.

Lange, nachdem Winnetou zurückgekehrt war und sich neben mir zum Schlafen in seine Decke gewickelt hatte, blieb ich wach. Die Erzählung hatte auch mich aufgeregt. Jener fürchterliche Abend ging mit allen seinen Einzelheiten immer von neuem an meiner Seele vorüber. Zwischen seinen grausigen Bildern tauchte immer wieder Old Firehand auf, und noch im letzten Hindämmern zwischen Wachen und Träumen klangen mir die Worte im Ohr: ‚Schlaft nur zu, habt für mich genug getan!'

Als ich am anderen Morgen erwachte, fand ich mich allein am Feuer. Doch die beiden konnten nicht weit entfernt sein, denn der kleine blecherne Kessel mit dem kochenden Wasser hing über der Flamme, und neben dem Stück Fleisch, das gestern abend übriggeblieben war, lag der offene Mehlbeutel.

Ich wickelte mich aus meiner Umhüllung und schritt zum Wasser, um mich zu waschen.

Dort standen Winnetou und Old Firehand im eifrigen Gespräch, und ihre Bewegung, als sie mich erblickten, sagte mir, daß ich der Gegenstand ihrer Unterhaltung gewesen war.

Kurze Zeit später waren wir zum Aufbruch bereit und schlugen die Richtung zur Festung ein.

Der Tag war kühl. Wir waren gut beritten, und da unsere Tiere ausgeruht waren, legten wir rasch ein tüchtiges Stück grünes Land hinter uns.

Eigenartig war die Veränderung, die ich heute im Verhalten meiner Gefährten zu mir bemerkte. Es lag eine deutlich erkennbare Rücksicht, ich möchte fast sagen Hochachtung, in ihrem Benehmen, und es war mir so, als schimmere in dem Blick, den Old Firehand zuweilen über mich gleiten ließ, etwas wie verhaltene Zärtlichkeit.

Es war zudem augenfällig, welch beinah liebevolle Aufmerksamkeit und Ergebenheit die zwei Männer gegeneinander zeigten. Zwei Brüder, die sich durch die Bande des Bluts mit jeder Faser des Innern aneinander gefesselt fühlen, hätten nicht besorgter füreinander sein können, und es war mir, als begegne sich die beiderseitige Fürsorge jetzt in meiner Person.

Als wir um die Mittagszeit haltmachten und Old Firehand sich entfernte, um die Umgebung des Lagerplatzes zu erkunden, streckte sich, während ich die Lebensmittel hervorbrachte, Winnetou an meiner Seite aus und meinte:

„Mein Bruder Scharlih ist kühn wie die große Katze des Waldes und stumm wie der Mund des Felsens."

Ich schwieg zu dieser sonderbaren Einleitung.

„Er ist durch die Flammen des Öls geritten und hat seinem Bruder Winnetou nichts davon erzählt", fuhr der Apatsche fort.

„Die Zunge des Mannes", entgegnete ich, „ist wie das Messer in der Scheide. Es ist scharf und spitz und taugt nicht zum Spiel."

„Mein Bruder Scharlih ist weise und hat recht. Aber Winnetou ist betrübt, wenn sich das Herz seines Freundes ihm verschließt wie der Stein, in dessen Schoß die Körner des Goldes verborgen liegen."

„War das Herz des Häuptlings der Apatschen seinem weißen Freunde mehr geöffnet."

„Gewiß. Der Apatsche hatte ihm alle Geheimnisse der Prärie gezeigt. Er hat ihn gelehrt, die Spur zu finden, und alles zu tun, was ein großer Krieger können muß."

„Mein roter Bruder hat es getan. Aber hat er auch von Old Firehand gesprochen, der seine Seele besitzt, und von dem Weib, dessen Andenken in seinem Herzen lebt?"

„Winnetou hat sie geliebt, und die Liebe wohnt nicht in seinem Mund. Aber warum hat mein Bruder nicht von dem Knaben erzählt, den Hatatitla durch das Feuer trug?"

„Weil das wie Eigenlob geklungen hätte. Kennst du diesen Knaben?"

„Winnetou hat ihn auf seinen Armen getragen; er hat ihm die Blumen des Feldes, die Bäume des Waldes, die Fische des Wassers und Sterne des Himmels gezeigt. Er hat ihn gelehrt, den Pfeil vom Bogen zu schnellen und das wilde Roß zu besteigen. Er hat ihm die Sprachen der roten Männer geschenkt und ihm zuletzt das Feuergewehr gegeben, dessen Kugel Ribanna getötet hat, die Tochter der Assiniboins."

Erstaunt blickte ich ihn an. Es dämmerte eine Ahnung in mir auf, der ich kaum Worte zu geben wagte, und doch hätte ich es vielleicht getan, wenn nicht gerade jetzt Old Firehand zurückgekehrt wäre und unsere Aufmerksamkeit auf das Mahl gerichtet hätte. Aber während wir aßen, mußte ich immerfort an die Worte Winnetous denken, aus denen in Verbindung mit dem, was Old Firehand und früher Harry mir gesagt hatten, die überraschendsten Tatsachen hervorgingen: nicht nur, daß Old Firehand Harrys Vater war, was ich schon so erraten hatte, sondern auch, daß die Mutter des Jungen keine andere war als jenes Mädchen, das Winnetou geliebt hatte und das doch dem weißen Jäger Old Firehand in die Ehe gefolgt war.

Nach einigen Stunden der Ruhe brachen wir wieder auf. Unsere Tiere trabten so munter dahin, als wüßten sie, daß ein Ort mehrtägiger Erholung sie erwarte, und wir hatten eine beträchtliche Strecke zurückgelegt, als nun mit der hereinbrechenden Dämmerung der Höhenzug, hinter dem das Tal des Mankizita liegt, so nahe kam, daß sich das Gelände zu heben begann. Wir bewegten uns durch eine Schlucht an einem Wasser entlang, das augenscheinlich senkrecht auf den Lauf des Flusses führen mußte.

„Halt!" tönte es da plötzlich aus seitwärts stehenden Sträuchern hervor, und zu gleicher Zeit wurde zwischen den Zweigen der Lauf einer auf uns gerichteten Büchse sichtbar. „Wie heißt das Wort?"

„Tapfer!"

„Und?"

„Verschwiegen", gab Old Firehand die Losung, wobei er mit scharfem Blick das Gesträuch zu durchdringen suchte. Bei dem letzten Wort teilten sich die Zweige und ließen einen Mann hindurch, bei dessen Anblick ich ein freudiges Erstaunen fühlte.

Unter der wehmütig herabhängenden Krempe eines Filzhutes, dessen Alter, Farbe und Gestalt selbst den schärfsten Denker einiges Kopfzerbrechen verursacht hätten, blickte zwischen einem Wald von verworrenen, schwarzgrauen Barthaaren eine Nase hervor, die fast von erschreckendem Ausmaß war und jeder beliebigen Sonnenuhr als Schattenwerfer hätte dienen können. Infolge des gewaltigen Bartwuchses waren außer diesem verschwenderisch ausgestatteten Riechorgan von den übrigen Gesichtsteilen nur die zwei kleinen, klugen Augen zu bemerken, die mit einer außerordentlichen Beweglichkeit begabt zu sein schienen und mit einem Ausdruck schalkhafter List von einem zum anderen von uns dreien sprangen.

Dieser Oberteil ruhte auf einem Körper, der uns bis auf die Knie herab unsichtbar blieb und in einem alten, bockledernen Jagdrock steckte, der augenscheinlich für eine bedeutend stärkere Person angefertigt war und dem kleinen Mann vor uns das Aussehen eines Kindes gab, das zum Vergnügen einmal in den Schlafrock des Großvaters geschlüpft ist. Aus dieser mehr als zulänglichen Umhüllung guckten zwei dürre sichelkrumme Beine hervor. Sie steckten in ausgefransten Leggins, die so hochbetagt waren, daß sie das Männchen schon vor einem Jahrzehnt ausgewachsen haben mußte, und gestatteten dabei einen umfassenden Blick auf ein Paar Schaftstiefel, worin zur Not der Besitzer in voller Person hätte Platz finden können.

In der Hand trug der Mann ein altes Gewehr, das die größte Ähnlichkeit mit einem Prügel hatte, und als er sich so mit einer gewissen Würde auf uns zu bewegte, konnte man sich kein größeres Zerrbild eines Präriejägers denken als ihn.

„Sam Hawkens?" rief Old Firehand. „Sind Eure Äuglein blöd geworden, daß Ihr mir die Losung abverlangt?"

„Meine es nicht, Sir! Halte aber dafür, daß ein Mann auf Posten zuweilen zeigen muß, daß er die Losung nicht vergessen hat. Willkommen im Heim, Mesch'schurs! Wird Freude geben, große Freude. Bin ganz närrisch vor Entzücken, mein einstiges ‚Greenhorn' wiederzusehen, jetzt Old Shatterhand geheißen, und Winnetou, den großen Häuptling der Apatschen, dazu, wenn ich mich nicht irre, hihihihi."

Da ich abgesprungen war, ihn zu begrüßen, reichte er mir beide Hände, drückte mich mit Inbrunst an seinen Jagdrock, daß die alte Jacke wie eine leere Holzschachtel prasselte, und spitzte die bärtigen Lippen, um mich zu küssen, eine Zärtlichkeit, der ich jedoch durch eine geistesgegenwärtige Wendung entging. Sein ehemals dunkler Bartwald war jetzt ziemlich grau geworden.

„Es freut auch mich herzlich und aufrichtig, Euch wiederzusehen, lieber Sam", erklärte ich, mehr der Wahrheit gemäß. „Aber sagt, habt Ihr Old Firehand nicht erzählt, daß Ihr mich kennt und mein Lehrer gewesen seid?" — „Natürlich habe ich das erzählt!"

„Und Ihr habt mir nicht verraten, daß ich meinen guten Sam Hawkens bei Euch treffen würde!"

Dieser freundliche Vorwurf war an Old Firehand gerichtet, und der Trapper antwortete mir lächelnd:

„Ich wollte Euch überraschen. Ihr werdet übrigens noch zwei gute Bekannte bei mir finden."

„Etwa Dick Stone und Will Parker, die ja von Sam unzertrennlich sind?"

„Ja. Den beiden wird Euer Erscheinen auch eine große Freude bereiten. — Aber wie steht es, Sam, welche von unseren Männern sind heute daheim?"

„Alle, außer Bill Bulcher, Dick Stone und Mac Fletcher, wenn ich mich nicht irre, die fort sind, um ‚Fleisch zu machen'. Der kleine Sir ist auch wiedergekommen."

„Weiß es, weiß es, daß er da ist. Wie ist's sonst gegangen? Gab's Rothäute?"

„Danke, danke, Sir; könnte mich nicht besinnen, welche gesehen zu haben, obgleich" — setzte er, auf seinen Schießprügel deutend, hinzu — „‚Liddy' Hochzeitsgedanken hat."

„Und die Fallen?"

„Haben gute Ernte gemacht, sehr gute, wenn ich mich nicht irre. Könnt's selber sehen, Sir. Werdet wenig Wasser im Tor finden, wenn ich mich nicht irre."

Sam Hawkens drehte sich um und schritt, während wir weiterritten, seinem Versteck wieder zu.

Der kleine Auftritt hatte mir gezeigt, daß wir in der Nähe der Festung angekommen waren, denn der Trapper stand jedenfalls als Sicherheitswache in kurzer Entfernung vom Ausgang. Aufmerksam musterte ich die Umgebung, um das Tor zu entdecken.

Jetzt öffnete sich links eine enge Kluft, die von so nahe aneinandertretenden und oben von Brombeerranken überdachtem Gestein gebildet wurde, daß man beide Steinwände mit den ausgespreizten Händen erreichen konnte. Die ganze Breite des Bodens nahm ein Bach ein, dessen hartes, felsiges Bett nicht die geringste Spur annehmen konnte. Er leitete sein klares, durchsichtiges Wasser in das Flüßchen, an dessen Rand wir ins Tal hinaufgeritten waren. Old Firehand bog hier ein, und wir folgten ihm langsam. Jetzt verstand ich auch die Worte Sams, daß wir wenig Wasser im Tor finden würden.

Kurze Zeit nur hatten wir diese Richtung beibehalten, als die Felsen zusammenrückten und uns in so geschlossener Masse entgegentraten, daß der Weg hier zu Ende zu sein schien. Aber zu meinem Erstaunen ritt Old Firehand immer weiter, und ich sah ihn mitten durch die Mauer verschwinden. Winnetou folgte, und als ich selber die rätselhafte Stelle erreichte, bemerkte ich, daß dichte von oben herabhängende, wilde Rankengewächse nicht eine Bekleidung des Steins, sondern einen Vorhang bildeten, hinter dem die Öffnung tunnelartig fortlief, in dichte Finsternis hinein.

Lange Zeit ging es in verschiedenen Krümmungen duch das Dunkel, bis endlich wieder ein matter Lichtschein vor mir aufleuchtete und wir in eine ähnliche Kluft kamen wie die vorhin durchmessene.

Als sich öffnete, hielt ich überrascht an.

Wir befanden uns am Eingang eines weit ausgedehnten Talkessels, der rings von unbesteigbaren Felswänden umschlossen war. Ein blätterreicher Saum von Büschen umrahmte die mit frischgrünem Gras bestandene, fast kreisrunde Fläche, auf der mehrere Trupps von Pferden und Maultieren weideten. Dazwischen trieben sich zahlreiche Hunde herum, teils von einer wolfsähnlichen Rasse, die den Indianern ihre Wacht- und Lasttiere liefert, teils aber auch von den kleinen, schnell fett werdenden Mischarten, deren Fleisch bei den Roten als großer Leckerbissen gilt.

„Da habt ihr meine Burg", wandte sich Old Firehand an uns, „meine Festung, wo es sich noch sicherer wohnen läßt als in einem Fort."

„Gibt es eine Öffnung dort in den Bergen?" fragte ich zum entgegengesetzten Ende des Tals deutend.

„Nicht so viel, daß ein Skunk[1] hindurchschlüpfen könnte, und von außen ist es fast unmöglich, die Höhen zu erklimmen. Es ist wohl schon manche Rothaut da draußen vorübergeschlichen, ohne zu ahnen, daß diese schroffen Felszacken nicht eine in sich geschlossene Masse bilden, sondern ein so allerliebstes Tal umschließen."

„Aber wie habt Ihr diesen köstlichen Ort entdeckt?"

„Ich verfolgte ein Raccoon[2] bis in die Spalte, die damals noch nicht von diesem Gerank verdeckt wurde, und habe sofort Besitz von dem Platz ergriffen."

„Allein?"

„Erst ja, und mehrmals bin ich dem Tod entronnen, weil ich vor

---

[1] Stinktier [2] Waschbär

den Verfolgungen der rothäutigen Halunken hier ein sicheres und untrügliches Versteck fand. Später habe ich meine „Jungens' mit hergenommen. Hier können wir unsere Häute sammeln und den Schrecken des Winters trotzen."

Noch während der letzten Worte tönte ein gellender Pfiff über den grünen Plan. Sofort teilten sich an verschiedenen Stellen ringsum die Büsche, und es kam eine Anzahl von Gestalten zum Vorschein, denen man das Bürgerrecht des Westens auf hundert Schritte anzusehen vermochte.

Wir trabten der Mitte des Platzes zu und waren bald von den Leuten umringt, die ihre Freude über die Ankunft Old Firehands in den kernigsten Ausdrücken kundgaben. Unter ihnen befand sich auch Will Parker, der sich vor Freude über meinen Anblick sehr drollig benahm und auch von Winnetou freundlich begrüßt wurde.

Mitten in dem Lärmen, das allerdings nur in dieser völligen Abgeschlossenheit erlaubt sein konnte, sah ich dann Winnetou beschäftigt, sein Pferd abzusatteln. Als das geschehen war, gab er Iltschi mit einem leichten Schlag die Weisung, sich um das Abendbrot zu kümmern, nahm Sattel, Zaum und Decke auf die Schulter und schritt davon.

Ich folgte seinem Beispiel, da Old Firehand zu sehr in Anspruch genommen war, um sich jetzt viel mit uns beschäftigen zu können, machte den braven Hatatitla frei und unternahm dann eine Besichtigung des Platzes.

Wie eine riesenhafte Seifenblase waren die Gesteinsmassen bei der Bildung des Gebirges von den Gewalten des Erdinnern emporgetrieben worden und hatten beim Zerplatzen eine hohe, oben offene und von außen unzugängliche Halbkugel gebildet, die dem eingesunkenen Krater eines ungeheuren Vulkans glich. Luft und Licht, Wind und Wetter waren dann am Werk gewesen, den harten Boden zu zersetzen und dem Pflanzenwuchs zugänglich zu machen. Die angesammelten Wassermengen hatten sich nach und nach durch eine Seite der Felswand gebohrt, und den Bach gebildet, der heute unser Führer gewesen war.

Ich wählte zu meinem Gang den äußersten Saum des Tals und schritt zwischen dem Gebüsch und der meist senkrecht aufsteigenden, oft sogar überhängenden Felswand hin. In dieser Wand bemerkte ich zahlreiche, mit Tierfellen verschlossene Öffnungen, die jedenfalls zu Wohnungen oder Lagerräumen führten.

Während ich so dahinschlenderte, gewahrte ich auf einer der besteigbaren Klippen eine kleine, aus knorrigen Ästen aufgeführte Hütte. Von ihr aus mußte man einen guten Ausblick über das Tal haben, und so beschloß ich, hinaufzuklettern. Bald fand ich, wenn auch keinen Pfad, so doch die Spuren von Fußtritten, die sich da hinaufgearbeitet hatten, und folgte ihnen.

Nur noch eine kurze Strecke hatte ich zurückzulegen, da sah ich aus der schmalen und niederen Tür der Holzhütte eine Gestalt schlüpfen, die wohl kaum durch mein Kommen gestört worden sein konnte; denn der Betreffende bemerkte mich gar nicht, sondern trat, den Rücken mir zugewendet, an den Rand des Felsens und warf das Auge mit der erhobenen Hand beschattend, einen Blick in die Tiefe.

Er trug ein buntes, starkstoffiges Jagdhemd und Leggins, die an der äußeren Naht von der Hüfte bis zu den Knöcheln mit Fransen verziert waren. Die kleinen Mokkassins waren reich mit Glasperlen und Stachelschweinsborsten besetzt. Um den Kopf hatte er turbanartig ein rotes Tuch geschlungen, und eine ebenso gefärbte Schärpe vertrat die Stelle des Gürtels.

Als ich den Fuß auf die kleine Plattform setzte, vernahm der Unbekannte das Geräusch meiner Schritte und wandte sich schnell um. War es Wahrheit oder Täuschung? Ich war freudig überrascht.

„Harry! Ist's möglich?" Und schon trat ich mit raschen Schritten auf den Knaben zu.

Aber ernst und kalt blickte sein Auge, und kein Zug seines gebräunten Gesichts verriet auch nur die leiseste freundliche Regung über mein Kommen.

„Wenn es nicht möglich wäre, würdet Ihr mich nicht hier treffen, Sir", entgegnete er. „Doch die Berechtigung zu solcher Frage liegt wohl mehr auf meiner als auf Eurer Seite. Wer gab Euch die Erlaubnis, Euren Weg in unser Lager zu nehmen?"

War das ein Empfang, wie ich ihn verdient hatte? Kälter und gemessener noch als er, erwiderte ich nur ein einziges Wort:

„Pshaw!" Damit glitt ich, ihm den Rücken wendend, vorsichtigen Fußes wieder hinab.

Gelassen setzte ich meinen Rundgang fort und näherte mich erst nach einiger Zeit wieder dem Lagerplatz.

Es war inzwischen Abend geworden. In der Mitte des weiten Talkessels brannte ein hoch emporzüngelndes Feuer, um das sich sämtliche anwesenden Bewohner der ‚Festung' versammelt hatten. Auch Harry, der, wie ich bald bemerkte, den Männern in jeder Beziehung als gleichberechtigt galt, hatte mitten unter ihnen Platz genommen. Er betrachtete mich jetzt, wie es mir schien, mit anderen Blicken als vorhin.

Es wurde eine Reihe selbsterlebter Abenteuer erzählt, denen ich aufmerksam lauschte, bis ich mich endlich erhob, um mich nach alter Gewohnheit nach meinem Pferd umzusehen. Ich verließ das Feuer und schritt in das Dunkel hinaus, worüber sich der Himmel so freundlich, klar und sternenhell ausbreitete, als strahlten seine Millionen Lichter nicht auf eine Erde nieder, deren höchstentwickelte Wesen mit der Waffe in der Hand einander gegenüberstehen, um einander das Recht zum Leben streitig zu machen.

Ein leises, freudiges Wiehern am Saum des Gebüsches, das den Bach berandete, rief mich zu Hatatitla, der mich erkannt hatte und nun den Kopf zärtlich an meiner Schulter rieb. Er war mir doppelt lieb geworden, seit er mich durch Glut und Flut getragen, und liebkosend drückte ich meine Wange an seinen schlanken, weichen Hals.

Ein kurzes Schnauben durch die Nüstern, das mir als Warnungszeichen bekannt war, ließ mich zur Seite blicken. Eine Gestalt kam auf uns zugeschritten, und ich sah den Zipfel des um den Kopf geschlungenen Tuches sich bewegen. Es war Harry.

„Verzeiht, wenn ich störe", klang seine Stimme jetzt etwas unsicher. „Ich dachte an Euern Hatatitla, dem ich das Leben verdanke, und wollte das brave Tier gern begrüßen."

„Hier steht es. Ich werde die Begrüßung nicht durch meine Gegenwart stören. *Good night!"*

Ich wandte mich zum Gehen, hatte aber kaum ein Dutzend Schritte getan, als ich den halblauten Ruf vernahm: „Sir!"

Ich blieb stehen. Zögernd kam Harry mir nach, und das eigentümliche Zittern seiner Stimme verriet die Verlegenheit, die er nicht so schnell überwinden konnte.

„Ich habe Euch beleidigt!"

„Beleidigt?" erwiderte ich kühl und ruhig. „Ihr irrt. Ich kann Euch gegenüber wohl Nachsicht, nie aber das Gefühl des Beleidigtseins empfinden."

Es dauerte eine Weile, bis er Antwort fand.

„Dann verzeiht meinen Irrtum!"

„Gern. Ich bin an Irrtümer meiner Mitmenschen über mich gewöhnt."

„Eure Nachsicht werde ich wohl nicht wieder in Anspruch nehmen."

„Steht Euch trotzdem jederzeit zur Verfügung."

Schon wollte ich mich wieder abwenden, als er mir mit einem schnellen Schritt nahe trat und die Hand auf meinen Arm legte.

„Mr. Shatterhand!" Seine Stimme klang jetzt bittend, so daß ich unwillkürlich stehenblieb. „Ich erfuhr erst vorhin, wer Ihr seid, und da kam es mir zum Bewußtsein, welches Unrecht ich Euch angetan habe. Old Shatterhand kann kein feiger Mordbrenner sein. Aber ich hielt Eure letzten Worte im Bluff, bevor wir uns trennten, für eine versteckte Drohung und glaubte, Ihr hättet Euch auf gemeine Weise gerächt. Ich — bitte Euch deswegen um Entschuldigung."

„Gut, Harry, ich nehme Eure Entschuldigung gern an. Ihr wart am Morgen nach dem Brand furchtbar aufgeregt und nicht imstande, ein klares Urteil zu fällen. Reden wir nicht mehr davon! Hier habt Ihr meine Hand! Wir wollen von jetzt an Freunde sein."

Der Knabe atmete sichtlich erleichtert auf, als er in die gebotene Rechte einschlug. „Ja, lassen wir Persönliches jetzt unberührt! Aber Ihr habt mir mit größter Gefahr für Euch selber auch das Leben meines Vaters erhalten. Erlaubt, daß ich Euch wenigstens dafür so gut Dank sage, wie ich — —"

„Nicht nötig!" unterbrach ich ihn rasch. „Jeder Westmann ist zu dem bereit, was ich tat, und es geschehen hier noch ganz andere Dinge als das, was Ihr da erwähnt. Was der eine für den anderen tut, das ist ihm vom dritten vielleicht schon zehnfach widerfahren und kaum der Rede wert. Ihr dürft nicht nach dem Maßstab urteilen, den Eure Kindesliebe Euch an die Hand gibt."

„Erst war ich es, jetzt aber seid Ihr's, der ungerecht ist, und zwar seid Ihr ungerecht gegen Euch selbst. Wollt Ihr's auch gegen mich sein?"

„Nein."

„Dann darf ich wohl eine Bitte vorbringen?"

„Sprecht sie aus!"

„Tadelt mich, Sir, wenn ich nicht recht tue, aber sprecht nicht wieder von Nachsicht! Wollt Ihr?"

„Ich will."

„Danke! Und nun kehrt mit mir zum Feuer zurück, um den anderen ‚Gute Nacht' zu sagen. Ich werde Euch Euern Schlafraum anweisen. Wir müssen bald die Ruhe suchen, da es morgen einen frühen Aufbruch geben wird."

„Aus welchem Grund?"

„Habe an der Bee Fork meine Fallen gestellt, und Ihr sollt mit mir hin, um nach dem Fang zu sehen."

Einige Minuten später standen wir vor einer der erwähnten Felltüren. Harry schlug sie zurück, um mich in einen dunklen Raum zu führen, der indes bald durch eine Hirschtalgkerze erleuchtet wurde.

„Hier ist Euer Schlafraum, Sir. Die Company-Männer pflegen sich in diese Räume zurückzuziehen, wenn sie unter freiem Himmel ein Gliederreißen befürchten."

„Und Ihr meint, daß dieser schlimme Gesell auch mir nicht unbekannt sei?"

„Will Euch das Gegenteil wünschen. Aber das Tal ist feucht, da die rundum liegenden Berge dem Wind den Zutritt verwehren, und Vorsicht ist zu allen Dingen nütze, wie man drüben in der Alten Welt sagt. Schlaft wohl!"

Harry bot mir die Hand und schritt dann mit freundlichem Kopfnicken hinaus.

Als ich allein war, blickte ich mich in der kleinen Klause um. Sie war kein Naturgebilde, sondern durch menschliche Hand in das Gestein gehauen worden. Den felsigen Fußboden hatte man mit gegerbten Häuten belegt; ebenso waren die Wände damit behängt, und an der hinteren Wand stand die Lagerstätte, eine Bettstelle, die aus glatten Kirschbaumstämmchen zusammengesetzt war. Darüber breitete sich auf einer dicken Lage weicher Felle eine hinreichende Anzahl echter Navajodecken.

Mehrere in den Ritzen eingeschlagene Holzpflöcke trugen Gegenstände, die mich zur Überzeugung brachten, daß Harry mir sein eigenes ‚Zimmer' abgetreten hatte.

Nur die große Müdigkeit, die ich nun doch fühlte, veranlaßte mich, in dem engen, abgeschlossenen Raum zu bleiben; denn wer seine Nächte in der Unendlichkeit der freien, offenen Prärie zugebracht hat, kann sich nur schwer entschließen, sich gleich darauf zur Benutzung des Gefängnisses zu bequemen, das der zivilisierte Mensch eine Wohnung nennt.

15. Auf Biberfang

Die Abgeschlossenheit meines ‚Zimmers' mochte schuld daran sein, daß mich der Schlaf etwas fester als gewöhnlich in seine Arme nahm; denn noch hatte ich mich nicht erhoben, als ich durch eine laute Stimme geweckt wurde.

„Pooh! Sir, ich glaube gar, Ihr seid noch nicht ganz fertig, die Decken zu messen. Streckt Euch noch ein wenig, aber nicht in die Länge, sondern in die Höhe. Das wird gut sein, wenn ich mich nicht irre, hihihihi!"

Ich sprang auf und sah mir den Störenfried an, der unter der zurückgeschlagenen Felltür stand. Es war Sam Hawkens. Während er gestern nur mit der Büchse versehen war, trug er jetzt die vollständige Trapperausrüstung. Er hatte offenbar schon auf mich gewartet, ein Beweis, daß er uns begleiten wollte.

„Bin gleich fertig, lieber Sam."

„Hoffe es. Der kleine Sir steht, denke ich, schon am *hole*[1]."

„Ihr geht mit zur Bee Fork[2]?"

„Scheint so, wenn ich mich nicht irre. Der kleine Sir kann doch das Gerät nicht allein tragen."

Vor die Tür tretend, bemerkte ich Harry, der am Eingang der Schlucht meiner wartete. Sam nahm einige zusammengebundene Fallen auf, warf sie sich über die Achsel und schritt zum Ausgang.

„Lassen wir die Pferde hier?" fragte ich.

„Meine nicht, daß Euer Tier gelernt hat, ein regelrechtes Eisen zu legen oder einen Dickschwanz[3] vom Grund des Flusses heraufzuangeln. Wir müssen die Beine auseinandernehmen, wenn wir zur rechten Zeit fertig sein wollen. Kommt also!"

„Muß doch erst nach dem Pferd sehen, lieber Sam."

„Ist nicht notwendig. Der kleine Sir hat das schon getan, wenn ich mich irre."

Ohne daß er es wußte, sagte er mir mit diesen Worten etwas Erfreuliches. Harry hatte sich also schon bei Tagesgrauen um Hatatitla gekümmert. Vermutlich hatte sein Vater von mir gesprochen und den Anstoß zur Änderung seiner Meinung gegeben. Eben wollte ich mich wundern, daß er, der Wachsame, noch nicht zu erblicken war, als er mit Winnetou und einem der Jäger durch den Bach gewatet kam.

Winnetou bot Harry seinen indianischen Gruß:

„Der Sohn Ribannas ist stark wie die Krieger vom Ufer des Gila. Sein Auge wird viele Biber sehen, und seine Hand wird die Last der Felle nicht tragen können." Und den Blick bemerkend, den ich, Hatatitla suchend, über das Tal warf, meinte er beruhigend: „Mein Bruder Scharlih kann ruhig gehen. Winnetou wird für das Roß sorgen, das auch die Liebe des Apatschen besitzt."

Nachdem wir durch die Kluft geschritten waren, wandten wir uns der Richtung, aus der wir gestern kamen, entgegengesetzt nach links und folgten dem Lauf des Wassers abwärts, bis wir an die Stelle gelangten, wo es sich in den Mankizita ergoß.

Dichtes, fast undurchdringliches Gestrüpp bedeckte die Ufer des Flusses. Die Ranken der wilden Weins kletterten an engstehenden Stämmchen empor, liefen von Zweig zu Zweig, ließen sich, fest ineinander verschlungen, von oben nieder, stiegen am nächsten Baum wieder in die Höhe und bildeten so ein Wirrwarr, in das man sich nur mit Hilfe des Messers Eingang zu verschaffen vermochte.

Sam, der Kleine, war immer vor uns gegangen. Seine vollbepackte Gestalt erinnerte mich lebhaft an die slowakischen Mausefallenhändler, die sich von Zeit zu Zeit drüben in meinem freundlichen erzgebirgischen Heimatstädtchen sehen ließen. Obwohl in der Nähe kein feindliches Wesen zu vermuten war, vermied sein großbeschuhter Fuß mit bewundernswerter Behendigkeit jeden Punkt, der eine Spur zurückbehalten konnte, und die kleinen beweglichen Äuglein streiften ununterbrochen bald rechts, bald links, über den reichen Pflanzenwuchs, der an Üppigkeit mit dem jungfräulichen Boden des Mississippitals zu wetteifern vermochte.

---

[1] Loch, Tür   [2] Bienen-Flußgabelung   [3] Biber

Jetzt hob der Trapper einige Ranken in die Höhe, bückte sich und kroch unter ihnen hindurch.

„Kommt, Sir!" forderte mich Harry auf. „Hier zweigt unser Biberpfad ab."

Wirklich zog sich hinter dem grünen Vorhang eine schmale, offene Linie durch das Dickicht, und wir schlüpften, immer in gleicher Richtung mit dem Fluß, eine beträchtliche Weile zwischen dem Baum- und Strauchgewirr hindurch, bis Sam bei einem halb knurrenden, halb pfeifenden Laut, der vom Wasser her ertönte, innehielt, sich zu uns wendete und die Hand an den Mund legte:

„Wir sind da", flüsterte Harry, „und die Wache hat Verdacht geschöpft."

Nach einer Weile, während ringsum tiefste Stille herrschte, schlichen wir wieder vorwärts und gelangten an eine Biegung des Flusses, die uns Gelegenheit bot, eine ansehnliche Bibersiedlung zu beobachten.

Ein schmaler, für einen vorsichtigen Menschen eben noch gangbarer Damm war weit in das Wasser hineingebaut, und seine vierfüßigen Bewohner waren eifrig am Werk, ihn zu befestigen und zu vergrößern. Drüben am anderen Ufer sah ich eine Anzahl der fleißigen Tiere bemüht, mit ihren scharfen Zähnen schlanke Stämmchen zu benagen, daß sie ins Wasser fallen mußten. Andere waren mit der Beförderung von Baumstücken beschäftigt, die sie schwimmend vor sich herschoben, und wieder andere beklebten den Bau mit fettem Erdreich, das sie vom Ufer herbeibrachten und mit Hilfe der Füße und des breiten, als Kelle gebrauchten Schwanzes an dem Holz- und Strauchwerk befestigten.

Aufmerksam betrachtete ich das Treiben des regsamen Völkchens und hatte besonders mein Augenmerk auf ein ungewöhnlich großes Tier gerichtet, das in wachsamer Haltung auf dem Damm saß und allem Anschein nach ein Sicherheitsposten war. Da plötzlich spitzte der dicke Kerl die kurzen Ohren, machte eine halbe Drehung um seine Achse, stieß den erwähnten Warnungslaut aus und war im nächsten Augenblick unter Wasser verschwunden.

Im Nu folgten ihm die anderen Biber, und es war drollig zu sehen, wie sie beim Untertauchen den Hinterkörper in die Höhe warfen und der Wasserfläche mit dem platten Schwanz einen Schlag versetzten, daß es weithin schallte und die Flut hoch aufspritzte.

Freilich war jetzt nicht Zeit, sich scherzhaften Betrachtungen hinzugeben, denn diese unerwartete Störung konnte nur durch das Nahen eines feindlichen Wesens hervorgerufen sein, und der größte Feind dieser Tiere ist — der Mensch.

Noch war der letzte Biber nicht unter der Wasserfläche verschwunden, da lagen wir schon, die Waffe in der Hand, unter den tief herabhängenden Zweigen einiger Tannen und erwarteten mit Spannung das Erscheinen des Störenfrieds. Nicht lange dauerte es, so bewegten sich eine Strecke aufwärts von uns die Spitzen des Röhrichts, und nur wenige Augenblicke später sahen wir zwei Indianer am Fluß herabschleichen. Der eine hatte mehrere Fallen über der Schulter hängen, der andere trug eine Anzahl Felle. Beide waren vollständig bewaffnet und beobachteten eine Haltung, der man es anmerkte, daß sie sich in Feindesnähe wußten.

„*Zounds!*" zischte Sam durch die Zähne. „Sind die Schurken über unsere Fallen geraten und haben geerntet, wo sie nicht gesät haben, wenn ich mich nicht irre! Wartet, ihr Halunken, meine Liddy mag euch sagen, wem die Eisen und die Pelze gehören!"

Er nahm die Büchse langsam auf und machte sie schußfertig. Ich erkannte sogleich die Notwendigkeit, daß wir unter keinen Umständen Lärm schlagen durften, und faßte den alten Trapper am Arm. Es waren Poncas, und die Bemalung der Gesichter gab mir die Gewißheit, daß sie sich nicht auf einem Jagdzug, sondern auf dem Kriegspfad befanden. Sie waren also nicht allein in der Nähe, und jeder Schuß konnte ihnen Helfer oder doch wenigstens Rächer herbeirufen.

„Nicht schießen, Sam!" warnte ich. „Sie haben das Kriegsbeil ausgegraben und sind gewiß nicht nur zu zweien."

„Das sehe ich auch", flüsterte der kleine, schießlustige Mann zurück. „Freilich ist es besser, sie im stillen auszulöschen..."

„Seid Ihr des Teufels, Sam? Überlegt doch, was geschehen würde, wenn die beiden Kundschafter nicht zu ihren Leuten zurückkehren! Die Roten würden die Gegend genau absuchen und dabei am Ende Old Firehands Festung entdecken!"

„Habt recht, Sir", knurrte Sam unzufrieden. „Aber gern lasse ich die Burschen nicht laufen. Vier von unseren besten Fallen! Kostete jede dreieinhalb Dollar. Würde mich freuen, wenn sie zu den gestohlenen auch noch ihre eigenen Felle hergeben müßten!"

„Wir dürfen nicht unser aller Sicherheit aufs Spiel setzen. Wenn die beiden Roten keine Spuren gefunden haben, müssen wir sie laufen lassen."

Die beiden Indianer standen jetzt, von uns abgewendet, gerade vor uns und suchten, leise miteinander flüsternd, nach Fußspuren. Geräuschlos schob ich mich vorwärts, um sie genauer zu beobachten und, wenn möglich, etwas von ihren Worten zu verstehen.

Das ganze Verhalten der beiden Poncas zeigte, daß sie sich unschlüssig darüber waren, nach welcher Richtung sie weiter suchen sollten. Die Fallen hatten ihnen verraten, daß irgendwo in der Nähe Jäger sein mußten. Aber die Roten hatten offenbar keinerlei Anhaltspunkte gefunden. Jetzt schlichen sie vorsichtig weiter, und zwar in einer Richtung, die sie aus der Nähe der ‚Festung' brachte. Fürs erste war also keine Gefahr.

Als die Späher außer Hörweite waren, machte Sam seinem Grimm Luft.

„Jetzt sind uns die schönen Felle fortgeschwommen! Mir hat's in den Fingern gejuckt, wenn ich mich nicht irre! Die beiden Skalpe wären mir lieber gewesen als der feinste Dickschwanz!"

„Ihr wißt, wie ich über das Skalpieren denke. Es wundert mich sehr, daß Ihr Euch damit befassen wollt."

„Das hat seine guten Gründe, Sir. Ich habe viel Böses erlebt mit den Roten und mich in einer Weise herumschlagen müssen, daß ich keine Schonung kennen dürfte. Da seht her!"

Sam riß den traurigen Filz vom Kopf und zog dabei die Perücke mit ab. Ich kannte den Anblick schon, den der kahle, blutigrote Schädel bot.

„Was sagt Ihr dazu, Sir, wenn ich mich nicht irre?" stellte er sich mit einer Wichtigkeit vor, als hätte ich diese Geschichte noch nie aus seinem Mund gehört. „Hatte meine Haut von Kindesbeinen an ehrlich und mit vollem Recht getragen, und kein Lawyer[1] hat es gewagt, sie mir streitig zu machen, bis so ein oder zwei Dutzend Pawnees über mich kamen und mir die Haare nahmen. Bin dann nach Tekama gegangen und habe mir dort eine neue Haut gekauft. Nannten es eine Perücke und kostete mich drei dicke Bündel Biberfelle, meine ich. Schadet aber nichts; denn die neue Haut ist zuweilen zweckdienlicher als die alte, besonders im Sommer. Kann sie abnehmen, wenn es mir zu heiß wird, hihihihi!"

Während dieser Worte hatte er sich Hut und Perücke wieder aufgestülpt. Es war jetzt überhaupt keine Zeit zu solchen Erinnerungen und zu langen Reden, denn hinter jedem Baum konnte die Sehne eines Bogens schwirren oder der Hahn einer Büchse knacken. Vor allen Dingen war es notwendig, das Lager zu warnen und die Jäger Old Firehands auf die Nähe der Indianer aufmerksam zu machen. Deshalb forderte ich Hawkens auf:

„Wir müssen jetzt handeln, Sam, sonst sind die Poncas da, ehe wir's uns versehen. Das Wichtigste ist, Old Firehand und die anderen zu warnen. Ferner scheint mir aber auch geraten, uns nach der Hauptschar der Roten umzuschauen, damit wir deren Stärke genau kennenlernen und unsere Maßnahmen darnach ausrichten können."

„Habt recht, Sir!" nickte Sam. „Ist ratsam, das, wenn ich mich nicht irre! Wette meine Mokassins gegen ein Paar Ballettschuhe, daß es hier in kurzer Zeit noch mehr rote Männer geben wird. Geht also Ihr mit dem kleinen Sir in die Festung und warnt unsere Leute, während ich die Spur der Indsmen rückwärts verfolgen werde, um etwas mehr zu erfahren, als die beiden Roten uns gesagt haben."

„Mögt nicht lieber Ihr zum Vater gehen, Sam Hawkens?" fragte Harry. „Ihr versteht besser mit den Fallen zu hantieren, und vier Augen sehen mehr als zwei."

„Hm! Wenn es Master Harry nicht anders will, so muß ich ihm schon den Willen tun, wenn ich mich nicht irre. Aber wenn der Stock anders schwimmt, als es erwünscht ist, mag ich nicht die Schuld haben."

„Habt sie auch nicht, Alter", versicherte der Knabe. „Wißt schon, daß ich gern selbständig handle. Kommt, Sir!"

Harry ließ den kleinen Trapper stehen und wand sich durch das Dickicht weiter vorwärts. Ich folgte ihm.

Obgleich es die Umstände erforderten, daß ich meine volle Aufmerksamkeit auf die Umgebung richtete, konnte ich doch nicht umhin, auf das Verhalten des Knaben zu achten, der sich mit der Gewandtheit eines erfahrenen Waldläufers geräuschlos durch das Gestrüpp arbeitete und in jeder seiner Bewegungen ein Bild der angestrengtesten Vorsicht bot.

Es war nicht anders möglich, er mußte schon von Kindheit an mit dem Leben im Jagdland vertraut sein, mußte Eindrücke empfangen haben, die seine Sinne geschärft, sein Gefühl gehärtet und dem Lauf seines Schicksals eine so ungewöhnliche Richtung gegeben hatten.

Wohl beinahe eine Stunde lang waren wir ununterbrochen vorwärts gedrungen, als wir an eine zweite Bibersiedlung kamen, deren Bewohner aber nicht außerhalb ihrer Wohnung zu erblicken waren.

---

[1] Anwalt

„Hier hatten wir die Fallen gestellt, die wir bei den Rothäuten vorhin gesehen haben, Sir, und weiter droben zweigt die Bee Fork ab, wohin wir ursprünglich wollten. Doch wird es wohl anders werden; denn seht, die Spuren laufen zu dem Wald, aus dem sie kamen. Wir müssen sie verfolgen."

Er stand im Begriff weiterzugehen, als ich ihn zurückhielt.

„Harry!"

Der Knabe sah mich fragend an.

„Wollt Ihr nicht lieber umkehren und das andere mir allein überlassen?" fragte ich.

„Wie kommt Ihr auf diesen Gedanken?"

„Kennt Ihr die Gefahren, die unser da vorn vielleicht erwarten?"

„Warum sollte ich nicht? Sie können unmöglich größer sein als die, denen ich schon getrotzt und die ich überwunden habe."

„Ich möchte Euch erhalten!" bat ich.

„Mich erhalten will und werde auch ich. Oder glaubt Ihr etwa, daß mich der Anblick eines buntbemalten Mannes zu erschrecken vermag?"

Wieder ging es vorwärts. Wir entfernten uns jetzt vom Fluß und schritten zwischen den schlanken und freien Stämmen des Hochwaldes hin, der ein dichtes, grünes Dach über den mit feuchten Moosen überzogenen Boden wölbte, in dem sich die Fußeindrücke leicht erkennen ließen.

Da blieb Harry, der immer noch voranschritt, stehen. Es waren jetzt die Spuren von vier Männern zu erkennen, die miteinander gegangen waren und sich hier getrennt hatten. Die beiden, die uns begegnet waren, hatten die vollständige Kriegsbewaffnung getragen. Da ich nun annahm, daß hier eine größere Anzahl ihrer Stammesgenossen beisammen sei, die nur durch ein wichtiges Unternehmen veranlaßt sein konnten, einen so weiten Weg mitten durch das Gebiet feindlicher Stämme zu machen, so kam ich jetzt auf den Gedanken, daß dieses Unternehmen mit dem gestörten Überfall auf das Fort in Verbindung stehen könne. Es sollte vermutlich einer jener Rachezüge werden, wobei die Indianer alles aufbieten, um eine Niederlage oder einen Verlust quitt zu machen.

„Was tun?" fragte Harry. „Diese neuen Spuren führen in der Richtung unserer ‚Festung', die wir der Entdeckung nicht aussetzen dürfen. Verfolgen wir sie, oder teilen wir uns, Sir?"

„Und diese vierfache Spur geht jedenfalls zum Lager der Rothäute, die sich zunächst verborgen halten und die Rückkehr ihrer Kundschafter abwarten. Vor allen Dingen müssen wir den Haupttrupp aufsuchen, um Gewißheit über Zahl und Absichten der Feinde zu bekommen. Der Eingang zu unserer Ritterburg wird ja von einem Posten bewacht, der das Seinige schon tun wird, unser Geheimnis zu wahren."

„Ihr habt recht. Gehen wir vorwärts!"

Der Wald lief von der Höhe, zu der das Flußtal emporstieg, eine ansehnliche Strecke in die Ebene hinein und war von tiefen, felsigen Rinnen durchschnitten, worin Farnkraut und wildes Beerengestrüpp üppig wucherten. Eben näherten wir uns leise einer dieser Einsenkungen, als ich einen brenzligen Geruch wahrnahm und deshalb vorsichtig und mit schärferem Blick die Waldung zu durchdringen suchte, bis ich eine leichte, dünne Rauchsäule bemerkte, die, oft unterbrochen oder auch ganz verschwindend, in spielerischer Bewegung gerade vor uns zu den Baumkronen in die Höhe stieg.

Dieser Rauch konnte nur von einem Indianerfeuer kommen.

Ich hielt Harry zurück und machte ihn auf meine Entdeckung aufmerksam.

"Streckt Euch hinter jenes Gestrüpp; ich werde mir die Leute ansehen!"

"Weshalb nicht auch ich?"

"Einer genügt. Bei zweien ist die Gefahr des Entdecktwerdens doppelt groß."

Er nickte zustimmend und schritt, behutsam jede Spur verwischend, seitwärts, während ich, von Stamm zu Stamm Deckung suchend, gegen die Rinne schlich.

Auf ihrem Grund saß oder lag eng aneinander gedrängt eine solche Menge Rothäute, daß die Vertiefung sie kaum zu fassen vermochte. Unten am Ausgang stand bewegungslos wie eine eherne Säule ein junger, langhaariger Krieger, und auch hüben und drüben am Rand bemerkte ich Wachen, denen mein Nahen glücklicherweise entgangen war.

Ich versuchte, die Lagernden zu zählen, und nahm deshalb jeden einzelnen ins Auge, hielt aber bald überrascht inne. Dem Feuer am nächsten saß — war es denn nur möglich? — der weiße Häuptling Parranoh oder Tim Finnetey, wie er von Old Firehand genannt worden war. Ich hatte sein Gesicht an jenem Morgen nach dem Kampf am Fort Niobrara zu deutlich gesehen, um mich jetzt täuschen zu können. Und doch wurde ich fast irre an mir selbst; denn von seinem Kopf hing die prächtigste Skalplocke herab, während Winnetou sie ihm doch genommen und nicht eine Minute lang aus seinem Gürtel gebracht hatte. War der Schurke denn leibhaftig von den Toten auferstanden?

Da machte der Wachtposten, der diesseits der Schlucht stand, eine Bewegung dem Ort zu, wo ich lag, von einem Felsstück verborgen, und ich mußte mich deshalb schleunigst zurückziehen.

Nachdem ich glücklich bei Harry angelangt war, winkte ich ihm, mir zu folgen, und schritt nun unseren Weg bis zu der Stelle zurück, wo sich die Spuren teilten. Von hier aus verfolgten wir die neue Fährte, die durch das dichte Pflanzengewirr immer gerade auf das Tal zulief, durch das wir gestern gekommen und wo wir von Sam Hawkens angerufen worden waren.

Es war mir jetzt klar, daß die Poncas sich verstärkt hatten und uns dann Schritt um Schritt gefolgt waren, um sich an uns zu rächen. Unser Aufenthalt während der Genesung Old Firehands hatte ihnen Zeit gegeben, alle verfügbaren Kräfte zusammenzubringen. Weshalb sich freilich wegen uns dreien eine so große Zahl streitbarer Krieger versammelt hatte, das konnte ich nicht begreifen, wenn ich nicht annehmen wollte, daß Parranoh von der Jägerniederlassung wußte und daß sich seine Pläne auf deren sämtliche Mitglieder erstreckten.

Die beiden roten Späher hatten uns gut Bahn gebrochen, so daß wir verhältnismäßig schnell vorwärts kamen. Wir konnten uns gar nicht mehr weit von dem unsere Richtung senkrecht kreuzenden Tal befinden, als ich ein leises Klirren vernahm, das hinter einem dichten Gebüsch hervorkam.

Mit einer Handbewegung bedeutete ich Harry, sich zu verstecken, dann legte ich mich rasch auf den Boden nieder und kroch auf einem Umweg der erwähnten Richtung zu. Das nächste nicht an diesen Ort gehörige, was ich erblickte, war ein Haufen eiserner Biberfallen, neben dem zwei krumme Beinchen sichtbar wurden, deren Füße in riesigen Stiefeln steckten. Weiter hinschleichend, bemerkte ich einen langen, weiten Jagdrock, auf dessen oberem Teil die breite, runzelige Krempe eines uralten Filzhutes lag, und etwas abwärts von dieser Krempe sah ich die geraden, dornig abstehenden Spitzen eines verworrenen Bartes.

Es war Sam, der Kleine. Aber wie war er nur hierhergekommen, während ich ihn längst in der ‚Festung' vermutete? Das war jedenfalls leicht zu erfahren. Ich brauchte ihn ja nur zu fragen. Und als ich deshalb so geräuschlos wie möglich an ihn herankroch, machte mir der Schreck, den er über den unvermuteten Überfall haben mußte, schon im voraus Vergnügen.

Leise, ganz leise griff ich zur Büchse, die an seiner Seite lag, zog die alte, vorsintflutliche Liddy an mich und öffnete ihren rostbedeckten Hahn. Beim Knacken des Hahns fuhr Sam so schnell herum, daß ihm das überhängende Zweigwerk Hut und Perücke abstreifte, und als er seine eigene Büchse auf sich gerichtet sah, wurde unmittelbar unter der in allen Regenbogenfarben spielenden Papageiennase ein mächtig großes Loch sichtbar, das vor Erstaunen immer weiter aufgerissen wurde.

„Sam Hawkens", flüsterte ich, „wenn Ihr Euren Mund nicht bald zumacht, werde ich Euch das ganze Dutzend Fallen hineinschieben, das hier liegt!"

„*Good luck*, habt Ihr mich erschreckt, Sir, wenn ich mich nicht irre!" stammelte der Trapper, der trotz seiner Bestürzung keinen einzigen unvorsichtigen Laut von sich gegeben hatte und schleunigst Hut und Perücke ihren verlorenen Herrschersitz wieder anwies. „Hol Euch der Kuckuck! Mir ist's in alle Glieder gefahren, wenn ich mich nicht irre, denn falls Ihr eine Rothaut gewesen wärt, so —"

„— so hättet Ihr Eure letzten Bärentatzen gegessen gehabt", ergänzte ich. „Hier habt Ihr Euer Schießeisen! Und nun sagt, wie Ihr dazu kommt, Euch hier schlafen zu legen."

„Schlafen? Na, von Schlafen war wohl keine Rede, wenn Ihr mir auch auf den Leib gerückt seid, ohne daß ich es gemerkt habe. Hatte meine drei Gedanken eben nur bei den zwei Rattenfellen, die ich mir noch holen wollte, und Ihr braucht den anderen da drinnen beileibe nicht zu erzählen, daß der alte Sam überrumpelt worden ist."

„Werde still sein", versichere ich.

„Wo habt Ihr Master Harry gelassen?" erkundigte sich Sam hierauf.

„Steht da drüben. Wir hörten Eure Fallen klirren, und ich mußte wissen, was für Glocken das waren."

„Glocken? Ist's so laut gewesen? Sam Hawkens, was bist du für ein dummer Waschbär! Liegt das alte Maultier da, um Skalpe zu fangen, und macht dabei einen Lärm, der droben in Kanada zu hören ist, wenn ich mich nicht irre! Aber wie seid Ihr denn in meine Richtung geraten? Seid wohl hinter den beiden Rothäuten her?"

Ich bejahte diese Frage und erzählte ihm, was ich erkundet hatte.

„Hm, wird Pulver kosten, viel Pulver, Sir!" meinte er. „Kam da mit meinen Fallen am Wasser herauf und sah plötzlich zwei Rote, wenn ich mich nicht irre, gerade dort am Rande des Gebüsches, kaum acht Schritte von mir entfernt. Sofort duckte ich mich ins Gesträuch und gewahrte nun, daß der eine abwärts, der andere aufwärts ging, um das Tal abzusuchen. Wird ihm aber schlecht bekommen, schätze ich. Ich ließ den einen an mir vorüber und machte mich dann hierher, um die Strolche nachher, wenn sie hier wieder zusammentreffen, zu fragen, was sie gesehen haben. Falls Ihr mir helfen wollt, so verfügt Euch auf die andere Seite, damit wir sie zwischen uns kriegen!"

„Hört, Sam! Gefährlich für die Festung könnte nur der von den beiden sein, der hier rechts entlanggegangen ist. Und wenn der nichts bemerkt haben sollte, müssen wir auch diese zwei Poncas unter allen Umständen laufen lassen. Wir brauchen Zeit für unsere Abwehrvorbereitungen, und die finden wir nur, wenn die Feinde nichts von uns zu sehen bekommen."

„Ja, ja, schon gut, Sir. Irgendwann geht der Tanz ja doch einmal los, und dann werden wir den Burschen schon gehörig auf die Finger klopfen, wenn ich mich nicht irre! Und nun laßt den kleinen Sir nicht länger warten! Könnte sonst vor lauter Ungeduld eine Dummheit begehen!"

Ich folgte der Weisung und kehrte zu Harry zurück. Nachdem ich ihm in kurzen Worten Bericht erstattet hatte, nahmen wir Sam gegenüber unsere Stellung ein und warteten auf die Rückkehr der beiden Rothäute.

Lange wurde unsere Geduld auf die Probe gestellt, und es vergingen einige Stunden, bis wir den leisen Schritt eines heranschleichenden Menschen hörten. Es war einer von den Erwarteten, ein alter, verwetterter Krieger, der für die erbeuteten Skalpe keinen Platz mehr an seinem Gürtel gefunden hatte, so daß er die Außennähte seiner weiten Hosen in dicken Lagen mit dem Haar seiner besiegten Feinde ausgefranst hatte.

Der Rote schritt so sorglos, daß er gewiß nichts von unserer Anwesenheit und von der ‚Festung' bemerkt haben konnte. Ich atmete auf, denn so ließ sich unnützes Blutvergießen vermeiden, und es bestand sogar die Hoffnung, daß die ‚Festung' völlig unentdeckt bleiben würde.

Die Tritte des alten Indianers waren bereits verhallt, als auch der andere von der entgegengesetzten, ungefährlichen Seite her auftauchte und gleichfalls die Richtung einschlug, aus der ich vorhin mit Harry gekommen war. Wir warteten noch eine kleine Weile und kehrten dann, vereint, wie wir ausgezogen waren, in die ‚Festung' zurück.

Vor dem Tor suchten wir den Posten auf, der hinter dem schützenden Gesträuch verborgen gelegen und den in einer Entfernung von wenigen Schritten vorüberschleichenden Roten gar wohl bemerkt hatte. Es war Will Parker.

Sam blickte ihn erstaunt an.

„Bist allezeit ein Greenhorn gewesen, Will, und wirst ein Greenhorn bleiben, bis dich die Redmen beim Schopf haben, wenn ich mich nicht irre. Hast wohl geglaubt, der Rote ging hier nur Ameisen fangen, daß du das Eisen steckengelassen hast?"

„Sam Hawkens, leg den Zügel um deine Zunge, sonst tu ich jetzt an dir, was ich vorhin unterlassen habe!" knurrte der Gefoppte. „Will Parker ein Greenhorn! Der Spaß wäre schon einige Körner Pulver wert, altes Coon. Aber deiner Mutter Sohn ist wohl nicht klug genug, um einzusehen, daß man einen Kundschafter laufen läßt, um die übrigen nicht auf sich aufmerksam zu machen?"

„Sollst recht haben, lieber Will, wenn du nämlich nicht zu Indianerfellen kommen willst, hihihihi!"

Mit den letzten Worten wandte sich Sam dem Wasser zu, drehte sich aber, bevor er zwischen den Felsen verschwand, noch einmal um und warnte den Wachehaltenden:

„Mach deine Augen auf! Da drüben im *gutter*[1] gibt's ein ganzes Nest Pfeilmänner. Könnten ihre Nasen auch zwischen deine Beine stecken wollen. Wäre schade um dich, wenn ich mich nicht irre, jammerschade!"

Tief unter seinem Bündel Fallen begraben schritt er uns voran, und bald standen wir am Ausgang der Schlucht und konnten den Talkessel gut überblicken. Ein scharfer Pfiff des alten Trappers genügte, um sämtliche Bewohner des Verstecks herbeizurufen, und mit gespannter Aufmerksamkeit folgten alle der Schilderung unseres Abenteuers.

Schweigend hörte Old Firehand den Bericht an. Als ich ihm aber von Parranoh sprach, entfuhr ihm ein Ausruf der Verwunderung und zugleich der Freude.

„Wäre es möglich, daß Ihr Euch nicht getäuscht hättet, Sir? Dann könnte ich meinen Schwur doch noch wahrmachen und den Schuft zwischen meine Fäuste nehmen, wie es jahrelang mein heißester Wunsch gewesen ist."

„Die Haare allein machten mich irre."

„Oh, die sind gleichgültig! Sam Hawkens mag Euch als Beispiel dienen, und wie es scheint, habt Ihr ihn damals im Morgengrauen nicht richtig getroffen. Die Seinen haben ihn gefunden und mitgenommen. Während ich krank war, hat er sich erholt, hat uns beobachten lassen und ist uns nun gefolgt."

„Weshalb aber griff er uns nicht an?"

„Weiß es nicht; wird seinen Grund haben, den wir jedenfalls auch erfahren. Seid Ihr müde, Sir?"

„Könnte es nicht behaupten."

„Ich muß den Mann selber sehen. Wollt Ihr mich begleiten?"

„Versteht sich. Nur muß ich Euch auf das Gefährliche dieses Unternehmens aufmerksam machen. Die Indianer werden vielleicht erneut Späher aussenden. Wir geraten zwischen die Suchenden und werden vielleicht von den Unsrigen abgeschnitten."

„Das alles ist nicht ausgeschlossen. Aber ich kann unmöglich bleiben und ruhig warten, bis sie uns finden. — Dick Stone!"

Der Gerufene war gestern fort gewesen, um ‚Fleisch zu machen', sah mich also erst jetzt. Er kam herbei, begrüßte mich herzlich und wurde dann von Old Firehand gefragt:

„Habt Ihr gehört, wohin es gehen soll?"

„Denke es."

„Holt Euer Gewehr! Wir sehen nach Rothäuten."

„Bin dabei, Sir. Reiten wir?"

„Nein; es geht nur bis zum *gutter*. Ihr anderen aber rührt die Hände und deckt die *caches*[2] mit Rasen zu. Man kann nicht wissen, wie es

---

[1] Senkung im Wasserlauf [2] Verstecke für Häute

geht, und wenn die Roten zwischen unsere Felsen kommen, sollen sie wenigstens nichts finden, was sie brauchen können. Harry, du gehst zu Will Parker, und Ihr, Bill Bulcher, mögt auf Ordnung sehen, während wir fort sind!"

„Vater, laß mich bei dir sein!" bat Harry.

„Kannst mir zu nichts dienen, my Boy. Ruh dich aus! Wirst schon noch zur rechten Zeit an den Feind kommen."

Harry wiederholte seine Bitte, doch Old Firehand hielt an seiner Anordnung fest, und so schritten wir bald wieder zu dreien durch das Bachbett hinaus.

Draußen wendeten wir uns nach einigen kurzen Weisungen an die Wache dem Ort zu, wo sich Sam Hawkens versteckt gehabt hatte. Die Richtung von dort zur Schlucht war jedenfalls für uns am vorteilhaftesten, denn wir hatten zu beiden Seiten Deckung.

Winnetou hatte kurz nach unserem Aufbruch am Morgen das Lager auch verlassen und war noch nicht zurückgekehrt. Er wäre uns auf dem jetzigen Gang der willkommenste Begleiter gewesen, und ich konnte mich einer leisen Sorge um ihn nicht erwehren. Es war ja durchaus möglich, daß er mit dem Feind zusammengetroffen war.

Eben dachte ich daran, als sich plötzlich neben uns die Büsche teilten und der Apatsche vor uns stand. Unsere Hände, die beim ersten Rascheln der Zweige zu den Waffen gegriffen hatten, fuhren von den Gürteln zurück, als wir ihn erkannten.

„Winnetou wird mit den weißen Männern gehen, um Parranoh und die Poncas zu beobachten", sagte er.

Erstaunt blickten wir ihn an. Er wußte also schon von der Anwesenheit der Indianer.

„Hat mein roter Bruder die Krieger der grausamsten Verwandten der Sioux gesehen?" fragte ich.

„Winnetou muß über seinen Bruder Scharlih und den Sohn Ribannas wachen. Deshalb ist er hinter ihnen gegangen und hat bemerkt, wie sie das Kriegslager der Poncas beschlichen haben. Aber Parranohs Schar ist noch ungeschwächt, und seine Gedanken sind voll Falschheit. Winnetou wird den weißen Häuptling der Poncas töten."

„Nein, der Häuptling der Apatschen wird ihn nicht berühren, sondern ihn mir lassen!" entgegnete Old Firehand.

„Winnetou hat ihn seinem weißen Freund schon einmal geschenkt!"

„Parranoh wird mir nicht wieder entgehen, denn meine Hand wird ihn diesmal —"

Nur das letzte Wort Old Firehands hörte ich noch; denn in dem Augenblick, da es gesprochen wurde, sah ich zwei glühende Augen hinter dem Strauch, der die Biegung der Fußspuren verbarg, hervorleuchten. Ein Sprung, und ich hatte den Mann gepackt, dem sie gehörten.

Es war der, von dem gesprochen wurde: Parranoh. Kaum stand ich vor ihm und warf ihm die Finger um die Kehle, so raschelte es zu beiden Seiten, und eine Anzahl Indianer sprang hervor, ihrem Häuptling zu Hilfe.

Die Freunde hatten meine rasche Bewegung bemerkt und stürzten sich sofort auf meine Angreifer. Ich hatte den weißen Häuptling unter mir. Meine Knie auf seiner Brust, die Finger der Linken um seinen Hals und die Rechte um seine Hand, die das Messer gepackt hatte, so hielt ich ihn nieder. Er krümmte sich unter mir wie ein Wurm und machte die wütendsten Anstrengungen, mich von sich zu stoßen. Mit den Füßen um sich schlagend wie ein angeketteter Stier, versuchte er, sich in riesenkräftigen Rucken emporzuschnellen. Die Augen traten blutunterlaufen aus ihren Höhlen, und vor dem Mund stand ihm der gärende Schaum der Wut. Mir war, als hätte ich ein rasendes Tier unter mir, und mit aller Gewalt krallte ich meine Finger um seine Kehle, bis er einigemal krampfhaft zusammenzuckte, den Kopf hintenüber legte, die Augen verdrehte und unter einem immer leiser werdenden Zittern die Glieder streckte. Parranoh war besiegt.

Jetzt endlich blickte ich mich um, und es bot sich mir ein Bild, wie es die Feder nicht zu beschreiben vermag. Aus Sorge, dem Feind Hilfe herbeizurufen, hatte keiner der Kämpfenden eine Schußwaffe gebraucht. Nur das Messer und der Tomahawk waren tätig gewesen. Keiner stand aufrecht, sondern alle lagen am Boden und wälzten sich in ihrem oder im Blut des Gegners.

Winnetou stand eben im Begriff, einem unter ihm Liegenden die Klinge in die Brust zu stoßen; er bedurfte meiner nicht. Old Firehand lag auf einem Gegner und versuchte, einen zweiten, der ihm den Arm zerfleischte, von sich abzuhalten. Ich eilte ihm zu Hilfe und schlug den Bedränger mit seinem eigenen Beil, das ihm entfallen war, nieder. Dann ging es zu Dick Stone, der zwischen zwei toten Rothäuten unter einem riesigen Mann lag, der sich alle Mühe gab, einen tödlichen Stich anzubringen. Es gelang ihm nicht; das Beil des Stammesgenossen machte seiner Bemühung ein Ende.

Dick erhob sich und brachte seine Gliedmaßen in Ordnung.

„By Jove, Sir, das war Hilfe zur rechten Zeit! Drei gegen einen ist, wenn man nicht schießen darf, doch ein wenig zuviel. Habt Dank!"

Auch Old Firehand streckte mir die Hand entgegen und wollte eben sprechen, als sein Blick auf Parranoh fiel.

„Tim Finn — ist's möglich? Der Häuptling selber! Wer hat's mit ihm zu tun gehabt?"

„Old Shatterhand warf ihn nieder", antwortete Winnetou statt meiner. „Der Große Geist hat ihm die Kraft des Büffels gegeben, der die Erde pflügt mit seinem Horn."

„Freund", rief Old Firehand, „so wie Euch habe ich noch keinen getroffen, soweit ich auch herumgekommen bin! Aber wie ist es möglich, daß Parranoh mit den Seinen hier versteckt sein konnte, da Winnetou kurz zuvor in der Nähe war?"

„Der weiße Häuptling ist zu jener Zeit noch nicht hier verborgen gewesen", entgegnete Winnetou. „Er hat die Spuren seiner Feinde bemerkt und ist ihnen auf ihrem Pfad nachgegangen. Seine Krieger werden ihm nachkommen, und meine weißen Brüder müssen Winnetou schnell in die ‚Festung' folgen."

„Hat recht, der Häuptling!" bekräftigte Dick Stone. „Wir werden sehen müssen, daß wir zu den Unsrigen gelangen."

„Gut", erwiderte Old Firehand, von dessen Arm breit das Blut rieselte. „Auf alle Fälle aber müssen wir die Spuren des Kampfes möglichst beseitigen. Geht ein wenig vorwärts, Dick, damit wir nicht etwa überrascht werden!"

„Soll geschehen, Sir. Aber nehmt mir doch erst einmal das Messer aus dem Fleisch! Ich kann nicht gut zu dem Ding kommen."

Einer von seinen drei Gegnern hatte ihm das Messer in die Seite gestoßen, und durch das Ringen war es immer tiefer eingedrungen. Glücklicherweise steckte es an keiner gefährlichen Stelle und hinterließ nach seiner Entfernung eine für Stones Eisennatur nur leichte Wunde.

In kurzer Zeit war das Notwendige getan, und Dick Stone war wieder bewegungsfähig.

„Wie bringen wir nun unseren Gefangenen fort?" fragte Old Firehand.

„Er wird getragen werden müssen", entgegnete ich. „Wird aber seine Schwierigkeiten haben, wenn er wieder zur Besinnung kommt."

„Tragen?" fuhr Stone fort. „Ist mir seit etlichen Jahren nicht so wohl geworden, und ich möchte diesem alten Knaben dieses Herzeleid auch nicht antun."

Mit einigen Schnitten trennte er eine Anzahl der nächststehenden Stämmchen von der Wurzel, nahm die Decke Parranohs, schnitt sie in Streifen und meinte, uns vergnügt zunickend:

„Bauen da eine Schleife, einen Schlitten, ein Rutschholz oder so etwas zusammen, binden das Mannskind drauf und trollen uns damit von dannen."

Der Vorschlag wurde angenommen und ausgeführt, und bald setzten wir uns in Bewegung, wobei wir allerdings eine so deutliche Spur zurückließen, daß der hinterhergehende Winnetou alle Mühe hatte, sie nur einigermaßen zu verwischen.

16. Alte Liebe und alter Haß

Es war früh am anderen Tag. Noch hatten die Strahlen der Sonne nicht die Spitzen der umliegenden Berge berührt, und tiefe Ruhe herrschte im Lager. Ich aber war längst schon wach und auf den Felsen gestiegen, wo ich am vorgestrigen Abend Harry wiedergefunden hatte.

Unten im Tal wälzten sich dichte Nebelballen um die Büsche, oben aber war die Luft rein und klar und wehte mir mit ermunternder Kühle um die Schläfen. Drüben hüpfte ein Kernbeißer unter Brombeerranken auf und ab und lockte mit schwellender, pfirsichroter Kehle sein unfolgsames Weibchen. Etwas tiefer saß ein blaugrauer Katzenvogel und unterbrach seinen Gesang zuweilen durch einen drolligen, miauenden Schrei, und von unten herauf tönte die wundervolle Stimme des Entenvogels, der am Schluß jeder Strophe seiner musikalischen Fertigkeit mit einem langen Entengeschnatter sich selbst Beifall zollte. Meine Gedanken aber waren weniger bei dem Frühkonzert der Vögel als vielmehr bei den Erlebnissen des vorhergegangenen Tages.

Nach dem Bericht eines unserer Jäger, der still durch die Waldungen schleichend, die Poncas auch bemerkt hatte, waren die Roten in noch größerer Zahl versammelt, als wir angenommen hatten; denn er war unten in der Ebene an einem zweiten Lagerplatz vorübergekommen, wo sich auch die Pferde befanden.

Es war also mit Bestimmtheit anzunehmen, daß sich ihr Kriegszug nicht gegen einzelne Personen, sondern gegen die ganze Niederlassung richtete, und so war unsere Lage heikel.

Wir hatten gleich nach unserer Heimkehr eine Beratung gehalten über die Schritte, die zu unternehmen seien. Nachdem verschiedene Vorschläge gemacht und wieder verworfen worden waren, einigten wir uns dahin, daß unbedingt versucht werden sollte, die Besatzung von Fort Randall zu verständigen und um Entsatz zu bitten. Das Fort war, wenn die Pferde der Boten nicht geschont wurden, in einem Tag zu erreichen, und, wenn alles gut ging, konnte die Hilfe übermorgen eintreffen.

Dick Stone und Will Parker erhielten den Auftrag, die Meldung zu überbringen, und zehn Minuten später traten die Freunde ihren gefährlichen Ritt an.

Die übrigen Vorbereitungen gegen den erwarteten Überfall hatten den gestrigen Nachmittag und Abend so gänzlich ausgefüllt, daß wir keine Zeit gefunden hatten, über das Schicksal unseres Gefangenen eine Bestimmung zu treffen. Er lag wohlgebunden und gut bewacht in einer der Felsenkammern, und vorhin erst, gleich nach meinem Erwachen, hatte ich mich von der Zuverlässigkeit seiner Fesseln überzeugt.

Die nächsten Tage, vielleicht schon die nächsten Stunden mußten uns wichtige Entscheidungen bringen, und ich überdachte eingehend meine gegenwärtige Lage, als ich durch nahende Schritte aus dem Sinnen wachgerufen wurde.

„Guten Morgen, Sir!" begrüßte mich Harry. „Der Schlaf scheint Euch ebenso gemieden zu haben wie mich."

Ich dankte für den Gruß. „Wachsamkeit ist die notwendige Tugend in diesem gefahrvollen Land."

„Fürchtet Ihr Euch vor den Indsmen?" fragte der Knabe lächelnd.

„Ich weiß, daß Ihr diese Frage nicht im Ernst aussprecht", wehrte ich ab. „Aber wir zählen im ganzen vierundzwanzig Mann und haben einen zehnfach überlegenen Feind vor uns. Offen können wir uns seiner nicht erwehren, und unsere einzige Hoffnung besteht darin, nicht entdeckt zu werden oder wenigstens rechtzeitig Hilfe vom Fort zu erhalten."

„Ihr seht die Sache doch etwas zu schwarz. Vierundzwanzig Männer von der Art unserer Leute vermögen schon Erkleckliches zu leisten. Wenn die Rothäute unser Versteck aufspürten und angriffen, würden sie sich nur blutige Köpfe holen."

„Ich bin anderer Meinung. Sie sind ergrimmt über unser Eingreifen beim Fort Niobrara und wissen jedenfalls ihren Häuptling in unseren Händen. Sie haben die Fehlenden gesucht, die Leichen gefunden und dabei Parranoh vermißt, und wenn eine so zahlreiche Horde um irgendeines Zweckes willen solche Strecken zurücklegt wie hier, so wird der Zweck auch mit aller Entschlossenheit und Schlauheit verfolgt."

„Alles ganz recht, Sir, aber noch kein Grund zu schlimmen Befürchtungen. Ich kenne die Roten ja schließlich auch ein wenig. Sie sind feig und verzagt von Natur und wissen nur hinterrücks zu handeln und den Wehrlosen anzugreifen. Wir haben ihre Jagdgründe durchstreift vom Mississippi bis zum Stillen Meer, von Mexiko bis hinauf zu den Seen, haben sie vor uns hergetrieben, und uns mit ihnen herumgeschlagen, vor der Übermacht fliehen und uns verbergen müssen, aber immer wieder die Faust am Messer gehabt und die Oberhand behalten."

Ich sah Harry an, entgegnete aber nichts, und es muß in meinem Blick etwas wie Zweifel gelegen haben, denn nach kurzer Pause fuhr er fort:

„Sagt, was Ihr wollt, Sir, es gibt Gefühle im Menschenherzen, denen der tatkräftige Arm gehorchen muß, gleichviel ob er der eines Mannes oder eines Knaben ist. Hätten wir gestern die Bee Fork erreicht, so wäre Euch ein Grab zu Gesicht gekommen, das zwei Wesen birgt, die mir die Liebsten und Teuersten gewesen sind auf dem ganzen, weiten Erdenrund. Sie wurden hingeschlachtet von Männern mit dunklem Haar und brauner Haut, wenngleich der Anführer der Bande ein Weißer war. Seit jenen schrecklichen Tagen zuckt es mir in der Hand, wenn ich eine Skalplocke wehen sehe, und mancher Indianer ist schon blutend vom Pferd geglitten, wenn die Pistole blitzte, aus der das tötende Blei in das Herz meiner Mutter fuhr."

Harry zog die Waffe aus dem Gürtel und hielt sie mir vor die Augen.

„Ihr seid gewiß ein guter Schütze, Sir, aber aus diesem alten Rohr würdet Ihr auf fünfzehn Schritte nicht den Stamm einer Hickory treffen, und Ihr habt in New Venango gesehen, wie ich dieses Eisen zu handhaben weiß. Könnt Euch also denken, wie oft ich geübt habe, um meines Ziels gewiß zu sein. Ich weiß mit allen Waffen umzugehen, aber wenn es sich um Indianerblut handelt, dann greife ich nur zu dieser Pistole; denn ich habe geschworen, daß jedes Körnchen Pulver, das jene mörderische Kugel trieb, mit dem Leben einer Rothaut bezahlt werden soll, und ich glaube, ich stehe nicht weit von der Erfüllung dieses Schwurs. Das Rohr, das die Mutter niederstreckte, ist auch das Werkzeug meiner Rache!"

„Ihr bekamt die Pistole von Winnetou?" warf ich ein.

„Hat er Euch davon erzählt?"

„Ja."

„Alles?"

„Nichts, als was ich soeben sagte."

„Ja, sie ist von ihm. Doch setzt Euch, Sir! Ihr sollt das Notwendigste erfahren, wenn die Sache auch nicht eine von denen ist, über die man viele Worte machen könnte."

Der Knabe nahm mir Platz, warf einen beobachtenden Blick über das unter uns liegende Tal und begann:

„Vater war Oberförster drüben im alten Land und lebte mit seinem Weib und einem Sohn in ungetrübtem Glück, bis die Zeit der politischen Gärung kam, die so manchen braven Mann um seine Ziele betrog und auch den Vater in den Strudel trieb, dem er sich schließlich nur durch die Flucht zu entziehen vermochte. Die Überfahrt kostete ihn die Mutter seines Kindes, und da er nach der Landung mittellos und ohne Bekannte in einer anderen, neuen Welt stand, griff er zum ersten, was ihm geboten wurde: er ging als Jäger in den Westen und ließ seinen Sohn bei einer wohlhabenden Familie zurück, wo der Kleine wie das eigene Kind aufgenommen wurde.

Einige Jahre verflossen dem Vater unter Gefahren und Abenteuern, die aus ihm einen von den Weißen geachteten, von seinen Feinden aber gefürchteten Westmann machten. Da führte ihn ein Jagdzug hinauf an den Quicourt, mitten unter die Stämme der Assiniboins, und dort traf er zum erstenmal mit Winnetou zusammen, der mit Intschu tschuna von Wyoming kam, um sich am oberen Mississippi den heiligen Ton für die Kalumets seines Stammes zu holen. Sie waren Gäste des Häuptlings Tah-scha-tunga, wurden Freunde und lernten in seinem Wigwam Ribanna, die Tochter des Häuptlings, kennen. Sie war schön wie die Morgenröte und lieblich wie die Rose des Gebirges. Keine unter den Töchtern der Assiniboins vermochte die Häute so zart zu gerben und das Jagdkleid so sauber zu nähen wie sie, und wenn sie ging, um Holz für das Feuer zu holen, so schritt ihre schlanke Gestalt wie die einer Königin über die Ebene, und von ihrem Haupt floß das Haar in langen Strähnen fast bis zur Erde herab. Sie war der Liebling des Großen Geistes, war der Stolz des Stammes, und die jungen Krieger brannten vor Begierde, sich die Skalpe der Feinde zu holen, um sie ihr zu Füßen legen zu dürfen.

Aber keiner von ihnen fand Gnade vor ihren Augen, denn sie liebte den weißen Jäger, obgleich er viel älter war als alle, die sich um sie bewarben. Von ihnen war Winnetou der jüngste, fast noch ein Knabe.

Auch in des Weißen Seele war die Liebe eingezogen. Er wachte über Ribannas Haupt und sprach mit ihr wie mit einer Tochter der Bleichgesichter. Da trat eines Abends Winnetou zu ihm.

‚Der weiße Mann ist nicht wie die anderen Kinder seines Volkes. Aus dem Mund fallen die Lügen wie die Körner aus einem Sack. Er aber hat stets die Wahrheit gesprochen zu Winnetou, seinem Freund.'

‚Mein roter Bruder hat den Arm eines starken Kriegers und ist trotz seiner Jugend der Weiseste beim Feuer der großen Beratung. Er dürstet nicht nach dem Blut des Unschuldigen, und ich habe ihm die Freundeshand gereicht. Er spreche weiter!'

‚Mein Bruder liebt Ribanna, die Tochter Tah-scha-tungas?'

‚Sie ist mir lieber als die Herden der Prärie und die Skalpe der feindlichen Krieger.'

‚Und er wird gut mit ihr sein und nicht hart zu ihr reden, sondern ihr sein Herz geben und sie schützen gegen die bösen Stürme des Lebens?'

‚Ich werde sie auf meinen Händen tragen und bei ihr ausharren in aller Not und Gefahr.'

‚Winnetou kennt den Himmel und weiß die Namen und die Sprache der Sterne. Der Stern seines Lebens aber geht unter, und in seinem Herzen wird es dunkle Nacht. Er wollte die Rose vom Quicourt in sein Wigwam nehmen und an ihre Brust sein müdes Haupt legen, wenn er vom Pfad des Büffels oder von den Dörfern seiner Feinde zurückkehrt. Aber ihr Auge leuchtet seinem Bruder, und ihre Lippen sprechen den Namen des guten Bleichgesichts. Der Apatsche wird aus dem Land des Glücks gehen, und sein Fuß wird einsam weilen an den Ufern des Pecos. Seine Hand wird nie das Haupt eines Weibes berühren, und nie wird die Stimme eines Sohnes an sein Ohr dringen. Doch wird er zurückkehren zu der Zeit, wenn das Elen durch die Pässe geht, und wird sehen, ob Ribanna, die Tochter Tah-scha-tungas glücklich ist.'

Er wandte sich ab, schritt in die Nacht hinaus und war am anderen Morgen mit seinem Vater verschwunden.

Als Winnetou zur Zeit des Frühlings zurückkehrte, fand er Ribanna als Mutter, und ihre strahlenden Augen erzählten ihm besser als Worte von dem Glück, das ihr beschieden war. Er nahm mich, das erst einige Tage alte Kind, von ihrem Arm und legte seine Hand beteuernd auf mein Haupt:

‚Winnetou wird über dir sein wie der Baum, unter dessen Zweigen die Vögel schlafen und die Tiere des Feldes Schutz finden vor der Flut, die aus den Wolken rinnt. Sein Leben sei dein Leben und sein Blut wie dein Blut. Nie wird der Hauch seines Atems stocken und die Kraft seiner Arme erlahmen für den Sohn der Rose vom Quicourt. Möge der Tau des Morgens auf deine Wege und das Licht der Sonne auf deine Pfade fallen, damit der weiße Bruder des Apatschen Freude habe an dir!'

Jahre vergingen, und ich wuchs heran. Aber ebenso wuchs auch das Verlangen des Vaters nach dem im Osten zurückgelassenen Sohn. Ich nahm teil an den mutigen Spielen der Knaben und wurde vom Geist des Krieges und der Waffen erfüllt. Da konnte Vater seiner Sehnsucht nicht länger gebieten; er zog nach Osten und nahm mich mit. Mir ging an der Seite des Bruders, mitten im zivilisierten Leben eine neue Welt auf, von der ich mich nicht trennen zu können meinte. Vater kehrte allein zurück und ließ mich bei den Pflegeeltern des Bruders. Bald aber regte sich das Heimweh nach dem Westen mit solcher Macht in mir, daß ich es kaum zu bewältigen vermochte und beim nächsten Besuch des Vaters mit ihm wieder in die Heimat ging.

Dort fanden wir das Lager leer und völlig ausgebrannt. Nach längerem Suchen entdeckten wir ein Wampum, das Tah-scha-tunga zurückgelassen hatte, um uns bei unserer Ankunft von dem Vorgefallenen zu benachrichtigen.

Tim Finnetey, ein weißer Jäger, war früher oftmals in unserem Lager gewesen und hatte die Rose vom Quicourt zur Squaw begehrt. Aber die Assiniboins waren ihm nicht freundlich gesinnt, denn er war ein Dieb, und hatte schon mehrmals ihre *caches* geöffnet. Er wurde abgewiesen und ging mit dem Schwur der Rache auf den Lippen. Vom Vater, der mit ihm in den Black Hills zusammengetroffen war, hatte er erfahren, daß Ribanna Vaters Weib geworden war, und so wandte sich Finnetey an die Schwarzfüße, um sie zu einem Kriegszug gegen die Assiniboins zu bewegen.

Sie folgten seiner Stimme und kamen zu einer Zeit, da unsere Krieger auf einem Jagdzug abwesend waren. Die Feinde überfielen, plünderten und verbrannten das Lager, töteten die Greise und Kinder und führten die jungen Frauen und Mädchen gefangen mit sich fort. Als unsere Krieger zurückkehrten und die eingeäscherte Stätte sahen, folgten sie den Spuren der Räuber, und da sie ihren Rachezug nur einige Tage vor unserer Ankunft angetreten hatten, war es uns vielleicht möglich, sie noch einzuholen.

Laßt mich's kurz machen! Unterwegs stießen wir auf Winnetou, der über die Berge gekommen war, die Freunde zu besuchen. Er wandte auf des Vaters Bericht schweigend sein Pferd, und nie im Leben werde ich den Anblick der beiden Männer vergessen, die lautlos, aber mit glühendem Herzen und drängender, angstvoller Eile den Weg der Vorangezogenen verfolgten.

Wir trafen sie an der Bee Fork. Sie hatten die Schwarzfüße ereilt, die im Flußtal lagerten, und erwarteten nur die Nacht, um über sie herzufallen. Ich sollte bei der Pferdewache bleiben. Aber es ließ mir keine Ruhe, und als der Augenblick des Überfalls kam, schlich ich heimlich vor und kam gerade am Rand des Gehölzes an, als der erste Schuß fiel. Es war eine furchtbare Nacht. Der Feind war uns überlegen, und das Kampfgeschrei verstummte erst, als der Morgen zu grauen begann.

Ich hatte das Gewirr der wilden Gestalten gesehen, das Ächzen und Stöhnen der Verwundeten und Sterbenden gehört und betend im nassen Gras gelegen. Jetzt kehrte ich zur Wache zurück. Sie war verschwunden. Unsägliche Angst bemächtigte sich meiner, und als ich jetzt das Freudengeheul der Feinde vernahm, wußte ich, daß wir besiegt waren.

Bis zum Abend versteckte ich mich und wagte mich dann auf den Platz, wo der Kampf stattgefunden hatte.

Tiefe Stille herrschte ringsum, und der Schein des Mondes fiel auf die leblos daliegenden Gestalten. Gepackt von grausem Entsetzen irrte ich zwischen ihnen umher. Da lag die Mutter, mitten durch die Brust geschossen, die Arme krampfhaft um das kleine Schwesterchen geschlungen, dessen Köpfchen von einer Kugel durchbohrt war. Der Anblick raubte mir die Besinnung, ich fiel ohnmächtig über sie hin.

Wie lange ich dalag, wußte ich nicht. Es wurde Tag und Abend und wieder Tag, da hörte ich leise Schritte in der Nähe. Ich richtete mich auf und — o Wonne! — ich erblickte den Vater und Winnetou, beide in zerfetzten Kleidern und mit Wunden bedeckt. Sie waren der Übermacht erlegen und gefesselt fortgeschleppt worden, hatten sich aber loszumachen gewußt und waren entflohen."

Tief Atem holend, hielt Harry inne und richtete seine Augen mit starrem Ausdruck in die Weite. Dann kehrte er sich wieder mir zu und fragte:

„Ihr habt Eure Mutter noch, Sir?"

„Ja."

„Was würdet Ihr tun, wenn jemand sie tötete?"

„Ich würde den Arm des Gesetzes walten lassen."

„Gut. Und wenn dieser zu schwach oder zu kurz ist, wie hier im Westen, so leiht man dem Gesetz den eigenen Arm."

„Es ist ein Unterschied zwischen Strafe und Rache, Harry! Die Strafe ist eine notwendige Folge des Unrechts und eng verbunden mit dem Begriff göttlicher und menschlicher Gerechtigkeit. Die Rache aber ist häßlich und betrügt den Menschen um die hohen Vorzüge, die ihm vor dem Tier verliehen sind."

„Ihr könnt nur deshalb so sprechen, weil Euch kein Indianerblut durch die Adern rinnt", widersprach der Knabe meiner Belehrung. „Wenn sich der Mensch freiwillig dieser Vorzüge entäußert und zum blutgierigen Raubtier wird, darf er auch nur als Bestie behandelt und muß verfolgt werden, bis ihn die rächende Kugel ereilt. Als wir an jenem Tag die beiden Toten in die Erde gebettet und sie den Angriffen der Aasgeier entzogen hatten, gab es in unserem Herzen kein anderes Gefühl als das des glühendsten Hasses gegen die Mörder unseres Glücks, und es war unser aller Gelübde, das Winnetou aussprach, als er mit tiefgrollender Stimme schwur:

„Der Häuptling der Apatschen hat in der Erde gewühlt und den Pfeil der Rache gefunden. Seine Hand ist stark, sein Fuß leicht, und sein

Tomahawk hat die Schärfe des Blitzes. Er wird Tim Finnetey, den Mörder der Rose vom Quicourt, suchen und finden und seinen Skalp nehmen für das Leben Ribannas, der Tochter der Assiniboins."

„War Finnetey nachweislich der Mörder?" forschte ich.

„Er war es! In den ersten Augenblicken des Kampfes, als die überraschten Schwarzfüße zu unterliegen meinten, schoß er unsere Lieben nieder. Winnetou sah es, stürzte sich auf ihn, entriß ihm die Waffe und hätte ihn getötet. Aber er wurde von anderen gepackt und nach verzweifelter Gegenwehr überwältigt und gefesselt. Um ihn zu verspotten, ließ man ihm die abgeschossene Pistole. Sie kam später als sein Geschenk in meine Hand und hat mich nie verlassen, mochte ich meinen Fuß nun auf das Pflaster der Städte oder auf den Grasboden der Prärie setzen."

„Ich muß Euch sagen —" wollte ich beginnen.

Harry aber schnitt mir die Rede durch eine hastige Handbewegung ab.

„Was Ihr mir sagen wollt, weiß ich und habe es mir schon tausendmal selber gesagt. Es ist nichtige Verstandesweisheit. Habt Ihr noch nie die Sage vom ‚flatsghost', dem Geist der Prärie vernommen, der in wilden Stürmen über die Ebene braust und alles vernichtet, was ihm zu widerstehen wagt? Es liegt ein tiefer Sinn darin, der uns sagen will, daß sich der ungezügelte Wille wie ein brandendes Meer über die Ebene ergießen muß, bevor die Ordnung zivilisierter Staaten hier festen Fuß fassen kann. Auch durch meine Adern strömt eine Woge jenes Meeres, und ich muß ihrem Drang folgen, obgleich ich weiß, daß ich in der Flut versinken werde."

Es waren ahnungsvolle Worte, die Harry hier aussprach, und es folgte ihnen eine tiefe, gedankenvolle Stille, die ich endlich mit einem Einwand unterbrach. Dieser Knabe dachte, sprach und handelte wie ein Erwachsener. Das widerstrebte mir und stieß mich ab. Ich redete mild auf ihn ein. Er hörte mich ruhig an und schüttelte den Kopf. Mit beredtem Mund gab er eine Schilderung des Eindrucks, den jene Schreckensnacht auf sein Gemüt hervorgebracht hatte, eine Beschreibung seines jungen Lebens, das ihn zwischen den Gegensätzen der Wildnis und der Gesittung hin und her geworfen hatte, und mir wurde klar, daß ich nicht das Recht hatte, ihn zu verurteilen.

Da ertönte von unten herauf ein scharfer Pfiff. Harry unterbrach sich und meinte:

„Vater ruft die Leute zusammen. Kommt mit hinunter! Es wird Zeit, den Gefangenen vorzunehmen."

Ich erhob mich und ergriff seine Hand.

„Wollt Ihr mir eine Bitte erfüllen, Harry?"

„Gern, wenn Ihr nichts Unmögliches von mir fordert."

„Überlaßt ihn den Männern!"

„Gerade das ist mir unmöglich. Tausend und aber tausend Male hat es mich verlangt, dem Mörder Auge in Auge gegenüberstehen und ihm den Tod entgegenschleudern zu können. Tausend und aber tausend Male habe ich mir die Stunde ausgemalt mit allen Farben, die der menschlichen Vorstellungskraft zu Gebote stehen. Sie ist das Ziel meines Lebens, der Preis aller Leiden und Entbehrungen, die ich durchkämpft und durchkostet habe, und nun, da ich der Erfüllung meines größten Wunsches so nah bin, soll ich verzichten? Nein, nein, und abermals nein!"

„Euer Wunsch wird erfüllt werden, auch ohne Eure unmittelbare Beteiligung. Der Menschengeist soll weit höheren Zielen zustreben, als Ihr Euch gesteckt habt, und das Menschenherz ist eines heiligeren und größeren Glücks fähig, als es die Befriedigung auch des glühendsten Rachegefühls bietet."

„Denkt, wie Ihr wollt, Sir, nur laßt mir meine Meinung ebenfalls!"

Die außergewöhnliche Entwicklung des reich angelegten Knaben flößte mir eine rege Teilnahme für ihn ein. Ich mußte den Starrsinn, womit er seinen blutigen Willen festhielt, beklagen, und eigentümlich berührt von unserer Unterhaltung folgte ich ihm langsam hinab zum Lagerplatz.

Nachdem ich erst zu Hatatitla gegangen war, um dem braven Hengst meinen Morgengruß zu bringen, trat ich zu der Versammlung, die rund um den an einen Stamm gebundenen Parranoh stand. Man beriet über die Art seines Todes.

„Ausgelöscht muß er werden, der Halunke, wenn ich mich nicht irre", meinte soeben Sam Hawkens. „Aber ich möchte meiner Liddy nicht das Herzeleid antun, dieses Urteil auszuführen!"

„Sterben muß er, das steht fest", stimmte Bill Bulcher mit einem Kopfnicken bei, „und es soll mir Freude machen, ihn am Ast hängen zu sehen; denn ein anderes Los hat er nicht verdient. Was meint Ihr, Sir?"

„Wohl", antwortete Old Firehand finster. „Nur darf das nicht hier an unserem schönen Platz geschehen. Draußen an der Bee Fork hat er die Meinen gemordet, und an dieser Stelle soll er auch seine Strafe finden. Der Ort, der unseren Schwur gehört, soll auch die Erfüllung sehen. Wie denkt der Häuptling der Apatschen darüber?"

„Winnetou fürchtet die Pfeile der Poncas nicht, die die Vollstreckung des Urteils da draußen stören werden; er schenkt den Leib des Feindes seinem weißen Bruder."

„Und Ihr?" wandte sich der Fragende jetzt auch an mich.

„Macht's kurz mit ihm! Das ist mein Rat. Furcht vor den Indianern wird wohl keiner von uns haben. Aber ich halte es nicht für nötig, uns in nutzlose Gefahr zu begeben und dabei unseren Aufenthalt zu verraten. Der Verbrecher ist ein solches Wagnis nicht wert."

„Doch, ich verlange unbedingt, daß das Urteil an dem gleichen Ort vollstreckt wird, wo die Opfer des Mörders liegen!" mischte sich Harry leidenschaftlich ein. „Das Schicksal bestätigt meine Forderung dadurch, daß es ihn uns gerade hier in die Hände gibt. Was ich verlange, bin ich denen schuldig, an deren Grab ich den Schwur getan habe, nicht zu ruhen und zu rasten, bis sie gerächt sind."

Der Gefangene stand aufrecht an den Stamm gebunden und verzog trotz der Schmerzen, die ihm die tief ins Fleisch eindringenden Fesseln verursachen mußten, und trotz der ernsten Bedeutung, die die Verhandlung für ihn hatte, keine Falte seines von Alter und Leidenschaft durchfurchten Gesichts. In seinen abschreckenden Zügen stand die Geschichte seines Lebens geschrieben, und der Anblick des nackten, in blutigen Farben spielenden Schädels erhöhte noch den schlimmen Eindruck, den der Mann auch auf den unbeteiligten Beschauer machen mußte.

Nach einer längeren Beratung, von der ich mich fernhielt, löste sich der Kreis auf, und die Jäger rüsteten sich zum Aufbruch.

Der Wille des Knaben war also doch durchgedrungen, und ich konnte mich des Gedankens nicht erwehren, daß uns daraus Unheil entstehen müsse. Old Firehand trat zu mir und klopfte mir leicht auf die Schulter.

„Laßt es ruhig gehen, wie es gehen will, Sir, und legt keinen falschen Maßstab an Dinge, die nicht nach der Schablone Eurer sogenannten Bildung geschnitten sind!"

„Ich gestatte mir kein Urteil über Eure Handlungsweise, Sir. Das Verbrechen muß seine Strafe finden, das ist richtig; doch werdet Ihr mir nicht zürnen, wenn ich meine, daß ich mit der Vollstreckung des Urteils nichts zu tun habe. Ihr geht zur Bee Fork?"

„Ja. Und da Ihr Euch mit der Sache nicht befassen wollt, so ist es mir lieb, jemand hier zu wissen, dem ich die Sicherheit unseres Lagerplatzes anvertrauen darf."

„Wird nicht an mir liegen, wenn etwas geschieht, was wir nicht wünschen, Sir. Wann kommt Ihr zurück?"

„Kann's nicht bestimmt sagen. Das richtet sich nach dem, was wir draußen finden. Also lebt wohl, und haltet die Augen offen!"

Old Firehand trat zu denen, die bestimmt waren, ihn mit dem Gefangenen zu begleiten. Parranoh wurde vom Baum losgebunden, und als Winnetou, der gegangen war, um sich von der Sicherheit des Durchgangs zu überzeugen, zurückkehrte und die Meldung machte, daß er nichts Verdächtiges bemerkt habe, schob man Finnetey einen Knebel in den Mund und schritt dem Ausgang zu.

„Mein Bruder Scharlih bleibt zurück?" fragte der Apatsche, bevor er sich dem Zug anschloß.

„Winnetou kennt meine Gedanken; mein Mund braucht nicht zu sprechen."

„Mein Bruder ist vorsichtig wie der Fuß, bevor er in das Wasser der Krokodile tritt. Aber Winnetou muß gehen und bei dem Sohn Ribannas sein, die von der Hand Parranohs starb."

Er ging. Ich wußte, daß meine Ansicht auch die seinige war, und daß er sich nur aus Sorge um die anderen und besonders um Harry entschlossen hatte, ihnen zu folgen.

Nur wenige der Jäger waren zurückgeblieben, unter ihnen Bill Bulcher. Ich rief sie zu mir und teilte ihnen mit, daß ich hinausgehen wollte, um mir die Büsche anzusehen.

„Wird wohl nicht nötig sein, Sir", meinte Bill Bulcher. „Der Posten steht ja draußen und hält die Augen offen, und außerdem ist doch auch der Apatsche auf Umschau gewesen. Bleibt hier, und pflegt Euch! Werdet schon noch Arbeit bekommen."

„Inwiefern?"

„Na, haben wohl auch Augen und Ohren, die Rothäute, und werden schon merken, daß es da draußen was zu fangen gibt."

„Habt durchaus recht, Bill, und deshalb werde ich zusehen, ob sich irgend etwas regen will. Nehmt Ihr indessen den Ort hier in Eure Obhut! Werde nicht lang auf mich warten lassen."

Ich holte meinen Stutzen und begab mich hinaus. Der Wachtposten versicherte mir, nichts Verdächtiges bemerkt zu haben. Aber ich hatte gelernt, nur meinen eigenen Augen zu trauen, und durchbrach den Saum des Gebüsches, um das Gelände nach Indianerspuren abzusuchen.

Dem Eingang unseres Talkessels grad gegenüber bemerkte ich einige abgeknickte Zweige und fand bei näherer Untersuchung des Bodens, daß hier ein Mensch gelegen und bei seinem Weggang die Eindrücke seines Körpers im gefallenen Laub und im lockeren Humusboden mit Sorgfalt verwischt und möglichst unbemerkbar gemacht hatte.

Man hatte uns also belauscht. Unser Versteck war längst entdeckt, und jeder Augenblick konnte uns einen Angriff bringen. Da ich aber schloß, daß der Feind sein Augenmerk wohl zunächst auf Parranoh und seine Bedeckung richten werde, war es vor allen Dingen notwendig, Old Firehand womöglich noch rechtzeitig zu warnen, und ich beschloß, dem Zug der Rächer schleunigst zu folgen.

Nachdem ich der Wache die nötigen Anweisungen gegeben hatte, schritt ich den Spuren unserer Leute nach, die sich längs des Flusses aufwärts bewegt hatten, und kam so an dem Schauplatz unserer gestrigen Taten vorüber. Wie ich geahnt, so war es geschehen. Die Poncas hatten die Toten entdeckt, und aus der Breite der niedergetretenen Grasfläche war zu schließen, daß sie sich in bedeutender Anzahl eingefunden hatten, um die Leichen ihrer Krieger zu holen.

Noch war ich nicht weit über diesen Punkt hinausgekommen, als ich auf neue Spuren stieß. Sie kamen seitwärts aus dem Gebüsch und führten auf dem Weg weiter, den unsere Jäger eingeschlagen hatten. Ich folgte ihnen, wenn auch mit aller Vorsicht, so doch in größter Eile, und legte in verhältnismäßig kurzer Zeit eine bedeutende Strecke zurück, so daß ich bald die Stelle erreichte, wo sich das Wasser der Bee Fork in die Fluten des Mankizita ergoß.

Da ich den Platz nicht kannte, wo die Urteilsvollstreckung vor sich gehen sollte, mußte ich meine Wachsamkeit jetzt verdoppeln. Ich bewegte mich fortan seitlich im Gebüsch, die nebenherlaufenden Spuren sorgsam im Auge behaltend.

Jetzt machte das Flüßchen eine Biegung und grenzte an dieser Stelle eine Lichtung ab, von der sich der sogenannte schwarze Wuchs zurückgezogen hatte, so daß die Gräser den nötigen Raum zur ungehinderten Entwicklung fanden. Mitten auf dem freien Platz stand eine Gruppe von Balsamtannen, unter deren Zweigen die Jäger in lebhaftem Gespräch saßen, während der Gefangene an einen der Stämme gebunden war.

Gerade vor mir, höchstens drei Manneslängen von meinem Standort entfernt, lugten einige Indianer durch den Buschrand hinaus auf die Blöße, und es war mir augenblicklich klar, daß die anderen rechts und links abgezweigt waren, um die Jäger von drei Seiten einzuschließen oder in den Fluß zu treiben.

Hier war keine Minute Zeit zu verlieren. Ich nahm den Henrystutzen an die Wange und drückte ab. Für die ersten Sekunden verursachten meine Schüsse das einzige Geräusch, denn Freunde wie Feinde waren verblüfft über die unerwartete Störung. Dann aber gellte der Kampfruf der Indianer fast hinter jedem Strauch hervor. Eine Wolke von Pfeilen drang von allen Seiten aus dem Gebüsch, und im Nu war der Platz von heulenden, keuchenden und schreienden Menschen bedeckt, die im Handgemenge wütend miteinander kämpften.

Fast zu gleicher Zeit mit den Indianern war auch ich vorgesprungen und kam gerade recht, einen der Roten niederzuschlagen, der auf

Harry eindrang. Der Knabe war aufgesprungen und hatte die Pistole erhoben, um Parranoh niederzuschießen, war aber von dem Ponca daran gehindert worden. Mit dem Rücken gegeneinander oder an die Baumstämme gelehnt, verteidigten sich die Jäger mit allen Kräften gegen die ringsum andrängenden Indsmen. Es waren lauter wohlgeschulte Trapper, die schon manchen harten Strauß ausgefochten hatten und keine Furcht kannten. Aber es war klar, daß sie hier der Übermacht erliegen mußten, zumal sie vorhin den Indianern ein offenes Ziel gegeben hatten und infolgedessen fast alle schon verwundet waren.

Einige der Poncas hatten sich gleich im ersten Augenblick auf Parranoh geworfen, um ihn von seinen Fesseln zu befreien, und so sehr auch Old Firehand und Winnetou, die von ihm weggedrängt worden waren, das zu verhindern suchten, so gelang den Feinden diese Absicht doch. Mit einem wilden Schrei schleuderte der muskelstarke Mann die Arme in die Luft, um das stockende Blut wieder in Bewegung zu bringen, entriß einem seiner Leute den Tomahawk und drang auf Winnetou ein.

„Komm her, du Hund von Pimo! Du sollst jetzt meine Kopfhaut bezahlen!"

Der Apatsche, der sich mit dem Schimpfnamen seines Stammes angeredet hörte, hielt dem Angreifer stand, war aber schon verwundet und wurde im gleichen Augenblick auch noch von anderer Seite angefallen. Old Firehand war von Feinden umringt, und wir anderen waren gleichfalls so in Anspruch genommen, daß wir an eine gegenseitige Hilfe gar nicht denken konnten.

Längerer Widerstand wäre hier Torheit und Ehrgefühl am unrechten Platz gewesen. Deshalb rief ich, Harry am Arm durch den Ring der Feinde reißend:

„Ins Wasser, ihr Männer, ins Wasser!"

Dann fühlte ich auch schon die Wellen der Bee Fork über mir zusammenschlagen.

Mein Ruf war trotz des lauten Getöses gehört worden, und wer sich loszumachen vermochte, folgte ihm. Der Fluß war tief, aber schmal, so daß es nur weniger Schwimmstöße bedurfte, um das jenseitige Ufer zu erreichen. In Sicherheit waren wir damit freilich noch lange nicht. Vielmehr beabsichtigte ich, die zwischen der Bee Fork und dem Mankizitia auslaufende Landspitze zu durchqueren und dann auch noch den zweiten Fluß zu überschwimmen. Schon wies ich den Knaben in die Richtung, die wir zu diesem Zweck einschlagen mußten, als die kleine krummbeinige Gestalt Sams in triefendem Jagdrock und schwappenden Schaftstiefeln an uns vorüberschoß und mit einem raschen Satz seitwärts im Weidengestrüpp verschwand.

Sofort waren wir hinter ihm her, denn die Zweckmäßigkeit seines Vorhabens war zu einleuchtend, als daß ich an meinem ursprünglichen Plan hätte festhalten mögen.

„Der Vater, der Vater!" rief Harry angstvoll. „Ich muß zu ihm, ich darf ihn nicht verlassen!"

„Kommt nur!" drängte ich und zog ihn weiter vorwärts. „Wir können ihn nicht retten, wenn ihm die Rettung nicht schon selbst gelungen ist!"

Indem wir uns möglichst rasch durch das Dickicht zwängten, gelangten wir schließlich wieder an die Bee Fork, und zwar oberhalb der Stelle, wo wir ins Wasser gesprungen waren. Sämtliche Poncas hatten ihre Richtung auf den Mankizita genommen, und als wir drüben anlangten, konnten wir in leidlicher Sicherheit unseren Weg fortsetzen. Sam Hawkens aber schien zu zaudern.

„Seht Ihr dort die Gewehre liegen, Sir?" fragte er.

„Die Indsmen haben sie weggeworfen, bevor sie ins Wasser gingen."

„Hihihihi, sind das dumme Männer, uns ihre Schießhölzer liegenzulassen, wenn ich mich nicht irre!"

„Ihr wollt sie haben, Sam? Es ist Gefahr dabei."

„Gefahr? Sam Hawkens und Gefahr!"

In raschen Sprüngen, die ihm das Aussehen eines gejagten Känguruhs gaben, eilte er davon und las die Gewehre zusammen. Ich war ihm rasch gefolgt und zerschnitt die Sehnen der Bogen, die verstreut am Boden umherlagen, so daß sie wenigstens für einige Zeit unbrauchbar wurden.

Niemand störte uns in dieser Beschäftigung, denn die Rothäute ahnten nicht, daß einige von den Verfolgten die Verwegenheit besitzen könnten, zum Kampfplatz zurückzukehren. Sam Hawkens betrachtete die Waffen mit mitleidigen Blicken und warf dann alle nacheinander ins Wasser.

„Schönes Zeug, Sir, schönes Zeug! In den Läufen können ja die Ratten nisten, ohne daß sie viel gestört werden. Aber kommt, es ist hier nicht geheuer, wenn ich mich nicht irre!"

Wir schlugen den geraden Weg mitten durch dick und dünn ein, um so bald wie möglich das Lager zu erreichen. Nur ein Teil der Indianer war an der Bee Fork gewesen, und da ich gesehen hatte, daß man uns belauscht und somit Kenntnis von unserem Aufenthaltsort hatte, stand zu vermuten, daß die übrigen die Abwesenheit der Jäger zu einem Überfall auf die ‚Festung' benutzten.

Noch hatten wir eine Strecke bis zum Eingang der Niederlassung zurückzulegen, als wir einen Schuß aus der Richtung des Talkessels vernahmen.

„Vorwärts, Sir!" rief Sam und beschleunigte seine Sprünge.

Harry hatte noch kein Wort wieder gesprochen. Eilig drängte er hinter dem Trapper her. Es war gekommen, wie ich vorhergesagt hatte, und wenn ich jetzt auch keinen Vorwurf aussprach, so sah ich dem Knaben doch deutlich an, daß er von selbst zur Einsicht gekommen war.

Die Schüsse wiederholten sich, und es blieb kein Zweifel, daß sich unsere Gefährten im Kampf mit den Poncas befanden. Hier war Hilfe notwendig, und trotz der Unwegsamkeit des Gehölzes gelang es uns doch in kurzem, das Tal zu erreichen, wo der Ausgang unserer ‚Festung' mündete. Wir hielten auf den Punkt zu, der diesem Ausgang gegenüberlag, den Platz, wo ich die Spuren des Indianers entdeckt hatte. Jedenfalls lagen die Rothäute im Saum des Waldes verborgen und belagerten von da aus das Wassertor. Wir mußten ihnen also in den Rücken kommen, wenn wir einen Erfolg erzielen wollten.

Da hörte ich seitwärts hinter uns ein Geräusch, als käme jemand in Eile durch die Büsche. Auf ein Zeichen von mir traten wir hinter das dichte Blätterwerk eines Strauchs und erwarteten das Erscheinen des Mannes, der dieses Geräusch verursachte. Wie groß war unsere

Freude als wir Old Firehand erkannten, dem Winnetou und noch zwei Jäger folgten! Sie waren den Bedrängern entronnen, und wenn Harry seine Freude über das Wiedersehen auch nicht in auffälliger Art kundgab, so war ihm sein Empfinden doch in einer Weise anzumerken, die mir die Überzeugung gab, daß sein Herz wohl weicher Regung fähig war, ein Umstand, der mich mit ihm aussöhnte.

„Habt Ihr die Schüsse gehört?" fragte Old Firehand hastig. „Wir müssen den Unsrigen Hilfe bringen. Denn wenn der Eingang auch so schmal ist, daß ein einzelner Mann ihn recht gut zu verteidigen vermag, so wissen wir doch nicht, was geschehen ist."

„Nichts ist geschehen, Sir, wenn ich mich nicht irre!" meinte Sam Hawkens. „Die Rothäute haben unser Nest entdeckt, und sich nur davor gelegt, um zu sehen, was wir drinnen ausbrüten wollen, wenn ich mich nicht irre, hihihihi. Die Wache wird ihnen ein wenig Blei gegeben haben, und so hat der ganze Lärm nichts zu bedeuten, als daß wir uns noch einige Rattenfelle holen sollen."

„Möglich, daß es so ist. Aber wir müssen trotzdem vorwärts, um uns Gewißheit zu verschaffen. Auch ist zu bedenken, daß unsere Verfolger bald hier sein werden, und daß wir es dann mit einer doppelten Anzahl Indianer zu tun haben."

„Und unsere versprengten Leute?" warf ich ein

„Hm, ja, wir brauchen jeden Arm so notwendig, daß wir keinen entbehren können. Der einzelne wird sich den Eingang nicht erzwingen können. Wir müssen also sehen, ob nicht vielleicht noch irgendwer zu uns findet.

„Meine weißen Brüder mögen an diesem Ort bleiben, Winnetou wird gehen, um zu erkunden, an welchem Baum die Skalpe der Poncas hängen."

Ohne eine Antwort abzuwarten, schritt der Apatsche davon, und wir konnten nichts anderes tun, als uns bis zu seiner Rückkehr gedulden. Während dieser Zeit gelang es uns wirklich, noch zwei von unseren Leuten an uns zu ziehen. Auch sie hatten das Schießen vernommen und waren herbeigeeilt, um nötigenfalls Hilfe zu bringen. Der Umstand, daß wir alle den geraden Weg mitten durch den Wald eingeschlagen hatten, war die Ursache unseres glücklichen Zusammentreffens, und wenn es auch keinen gab, der ohne Wunde dem Überfall entgangen war, so besaßen wir doch immer noch die gute Zuversicht, daß wir uns glücklich aus der Patsche herausfinden würden. Wir waren ja neun Personen, eine Anzahl, die bei kräftigem Zusammenwirken schon etwas auszurichten vermochte.

Es verging eine geraume Zeit, bis Winnetou zurückkehrte. Er berichtete, daß er einen der Feinde in aller Stille ausgelöscht habe. Unseres Bleibens konnte hier nun nicht länger sein: denn wenn die Indsmen den Tod eines der Ihrigen bemerkten, mußten sie sofort erkennen, daß wir hinter ihnen her waren.

Auf Old Firehands Rat sollten wir eine dem Buschrand gleichlaufende Linie bilden, dem Feind in den Rücken fallen und ihn aus seinem Versteck hinauswerfen. Infolgedessen trennten wir uns, nachdem wir unsere vom Wasserbad naß gewordenen Gewehre wieder schußfertig gemacht hatten, und kaum waren einige Minuten vergangen, so krachte eine der neun Büchsen nach der anderen. Jede Kugel forderte ihren Mann, und ein lautes Schreckensgeheul der Überraschten erfüllte die Luft.

Da unsere Linie ziemlich ausgedehnt war und unsere Schüsse immer von neuem fielen, hielten die Roten unsere Zahl für größer, als sie war, und ergriffen die Flucht. Aber anstatt sich hinaus in den freien Talraum zu wenden, wo sie ein sicheres Ziel geboten hätten, brachen sie zwischen uns durch und ließen die Gefallenen zurück.

Der Posten hatte das Nahen der Rothäute bemerkt und noch zur rechten Zeit in der ‚Festung' Deckung gesucht. Sie waren ihm gefolgt, hatten sich aber nach einigen Schüssen, die er und der herbeieilende Bill Bulcher von dem engen Felsengang aus unter sie feuerten, zurückgezogen und im Gebüsch festgesetzt, woraus wir sie jetzt vertrieben hatten.

Die beiden Trapper steckten noch immer im Wassertor; denn da sie sich keine Blöße geben durften, konnten sie nicht eher zum Vorschein kommen, als bis wir uns gezeigt hatten. Nun standen sie und bald auch alle anderen Zurückgebliebenen bei uns und hörten den Bericht über das Geschehene.

In diesem Augenblick kam es von der Seite heraufgedonnert wie eine Herde wilder Büffel. Sofort sprangen wir ins Gesträuch und machten uns schußfertig, wie groß aber war unser Erstaunen, als wir eine Anzahl aufgezäumter Pferde erblickten, auf deren vorderstem ein Mann in Jägertracht saß, dessen Züge wegen des aus einer Kopfwunde rinnenden Blutes nicht zu erkennen waren. Auch am Körper trug er mehrere Verletzungen, und es war ihm anzusehen, daß er sich in einer nicht beneidenswerten Lage befunden hatte.

Dicht vor dem Ort, wo sich gewöhnlich der Posten befand, hielt er an und schien sich nach dem Wächter umzublicken. Als er ihn nicht bemerkte, ritt er kopfschüttelnd weiter und sprang beim Wassertor vom Pferd. Da ließ sich neben mir Sams laute Stimme vernehmen:

„Jetzt lasse ich mich schinden und ausnehmen, wie einen Dickschwanz, wenn das nicht Jackie Corner ist. So sauber fällt kein anderer vom Pferd wie dieser Mann, wenn ich mich nicht irre, hihihihi!"

„Sollst recht haben, altes Coon! Jackie Corner ist's, kein anderer!" Und als wir anderen nun auch hervortraten, rief er: „Segne meine Augen. Da sind sie ja alle, die Springfüße, die mit meiner Mutter Sohn so tapfer vor den Rothäuten herliefen! Na, nehmt's mir nicht übel, aber zuweilen ist das Laufen besser, als irgend etwas anderes."

„Weiß es, Jackie. Doch sagt, was soll's mit den Pferden?" fragte Old Firehand.

„Hm! Hatte so meine Ansicht, daß die Roten den alten Corner überall eher suchen würden, als in ihrem eigenen Lager. Bin deshalb erst hinüber zum *gutter*. War aber da nichts mehr zu finden. Deshalb machte ich mich zum *couch*[1] auf, wo sie die Pferde hatten. Waren ausgeflogen, die Vögel, und hatten zwei Wächter bei den Tieren gelassen, damit sie mir die Felle geben sollten. Ist ihnen auch nach Willen geschehen. War böse Arbeit, sage ich, und hat mir einige Löcher eingetragen. Aber Jackie Corner dachte, den Indsmen eine Freude zu machen, wenn er ihnen von ihren Pferden half. Habe die schlechten in die Prärie hinausgejagt und die guten mitgebracht; das sind sie!"

„Hm, das muß so sein!" rief Bill Bulcher voll Bewunderung über die Heldentat des Sprechers.

---

[1] Verborgener Lagerplatz

„Freilich muß das so sein", bestätigte Corner, „denn wenn wir den Pfeilmännern ihre Pferde nehmen, kommt ihr Holz ins Schwimmen, und sie müssen elend untergehen. Aber da liegen ja drei von ihnen! Aha, hier gewesen, und darum war es im *couch* so leer. Seht Euch doch den Braunen an, Sir; ein Pferd wie Tabak! Muß dem Häuptling gehören."

„Den wir so schön an die Luft geführt haben", grollte Sam, der Kleine. „War ein heilloser Streich, wenn ich mich nicht irre!"

Old Firehand hörte den Vorwurf nicht. Er war zu dem Braunen getreten und betrachtete das Tier mit bewundernden Blicken.

„Ein Prachtroß", wandte er sich jetzt zu mir. „Wenn mir die Wahl gelassen würde, so wüßte ich nicht, ob ich Hatatitla nähme oder den da."

„Winnetou spricht mit der Seele des Rosses und hört den Puls seiner Adern. Er nimmt Hatatitla", entschied der Apatsche.

Da ließ sich plötzlich ein scharf zischender Laut hören. Ein Pfeil flog Hawkens an den Arm, fiel aber von dem brettsteifen, eisenharten Leder abgleitend zur Erde, und im gleichen Augenblick erscholl ein betäubendes Kriegsgeschrei aus dem Dickicht hervor. Trotz dieser kriegerischen Kundgebung aber ließ sich keiner der Roten sehen, und Sam meinte, indem er den Pfeil vom Boden nahm und betrachtete:

„Hihihihi! Sam Hawkens' Rock und so ein dummes Gewächs durchgehen! Habe fast dreißig Jahre lang einen Flicken auf den andern gesetzt und stecke nun drin wie die Schnecke im Häuschen, wenn ich mich nicht irre, hihihihi!"

Weiter hörte ich nichts von seiner Ode an das alte Kleidungsstück; denn wir sprangen sofort in den Busch, um den unfreundlichen Gruß gehörig zu beantworten. Hätten wir in die ‚Festung' flüchten wollen, so wäre das wegen der Enge des Eingangs so langsam vor sich gegangen, daß wir alle eine Zeitlang ohne Deckung waren und einer nach dem andern weggeschossen werden konnte. Auch mußten wir dann die erbeuteten Pferde im Stich lassen, da uns ihre Beförderung durch die schmale Felsenwindung ungemein aufgehalten hätte. Und vor allem war aus dem Umstand, daß der Feind nicht zum Angriff vorging, mit Sicherheit zu schließen, daß er nicht zahlreich genug war, und daß ihm die von Sam und mir weggenommenen oder doch wenigstens unbrauchbar gemachten Waffen fehlten.

Der ganze Lärm war nichts weiter gewesen als eine kriegerische Kundgebung der Indianer; denn obwohl wir weit ins Gebüsch eindrangen, bekamen wir doch keinen von ihnen zu Gesicht. Sie hatten sich schleunigst zurückgezogen, um auf Verstärkung zu warten. Wir aber waren durch das unschädliche Ereignis nun doch so weit gewitzigt worden, daß wir nicht länger halten blieben, sondern uns in den sicheren Talkessel begaben.

Einer der vorher zurückgebliebenen, nicht ermüdeten Jäger wurde als Wache aufgestellt, während die anderen nach ihren Wunden sahen und sich dann zum Mahl versammelten oder der Ruhe pflegten.

Am Feuer, das den Versammlungsort aller bildete, die das Bedürfnis fühlten, sich auszusprechen, ging es lebhaft her. Jeder der im Kreis Umhersitzenden hatte notwendig seine Taten zu erzählen und seine Ansicht auszusprechen. Alle waren der Meinung, daß von den Roten zunächst nichts mehr zu befürchten sei. Die Zahl der gefallenen

Gegner war ansehnlich, das Abenteuer siegreich bestanden und keine der Wunden gefährlich. Zudem schien unser Aufenthaltsort ziemlich sicher zu sein. Für Lebensmittel und Schießbedarf war reichlich gesorgt, und so mochten sich die Feinde die Köpfe an den ringsum starrenden Felsen einrennen.

Auch Old Firehand teilte diese Ansicht, und nur Winnetou schien ihr nicht beizustimmen. Er lag abseits von den anderen in der Nähe seines Pferdes und war in tiefe, ernste Gedanken versunken.

„Das Auge meines roten Freundes blickt finster, und seine Stirn trägt die Falten der Sorge. Welche Gedanken wohnen in seinem Herzen?" fragte ich, zu ihm tretend.

„Der Häuptling der Apatschen sieht den Tod durch die Pforte dringen und das Verderben von den Bergen steigen. Es flammt das Tal von der Glut des Feuers, und das Wasser ist rot vom Blut der Erschlagenen. Winnetou spricht mit dem Großen Geist. Das Auge der Bleichgesichter ist blind geworden vom Haß, und ihre Klugheit ist den Gefühlen der Rache gewichen. Parranoh wird kommen und die Skalpe der Jäger nehmen. Aber Winnetou ist zum Kampf bereit und wird den Totengesang auf den Leichen seiner Feinde anstimmen."

„Wie soll der Ponca das Lager unserer Jäger betreten? Er vermag nicht durch das Tor zu dringen."

„Mein Bruder Scharlih spricht Worte, doch er glaubt ihnen nicht. Vermag eine Büchse die Zahl der roten Männer aufzuhalten, wenn sie durch die Enge brechen?"

Er hatte recht. Gegen eine geringe Anzahl Feinde konnte es wohl einem einzigen glücken, den Eingang zu verteidigen, nicht aber gegen eine so bedeutende Horde, wie sie uns gegenüberstand. Denn wenn auch nur stets eine Person einzudringen vermochte, so stand ihr doch eben auch nur einer entgegen, und wenn die Hintersten nachdrängten, so konnten wohl einige der Vorderen getötet, nicht aber das Vorrücken der übrigen verhütet werden.

Ich sagte das Old Firehand. Er aber meinte:

„Und wenn sie es wagen, so wird es uns leicht sein, sie nacheinander auszulöschen, sowie sie durch die Schlucht kommen."

Damit mußten wir uns zufrieden geben.

17. Es geht um Skalp und Leben

Als der Abend hereinbrach, wurde die Wachsamkeit verdoppelt, und obgleich ich auf meinen ausdrücklichen Wunsch erst beim Morgengrauen Posten zu stehen hatte, weil die Indsmen zu dieser Zeit am liebsten ihre Überfälle vornehmen, ließ es mir doch keine Ruhe, und ich hielt mich für alle Fälle bereit.

Die Nacht lag still und ruhig über dem Tal, in dessen Vordergrund das Feuer brannte und sein zitterndes Licht über die Umgebung warf. Hatatitla weidete im dunklen Hintergrund des Kessels. Ich ging ihn suchen und fand ihn am Rand der steil ansteigenden Höhen. Nachdem ich ihm die gewohnten Liebkosungen gespendet hatte, wollte ich mich wieder entfernen, als ein leises Gepolter mich lauschen machte.

Auch der Rappe hob den Kopf. Da der kleinste Atemzug unsere Gegenwart verraten konnte, ergriff ich ihn beim Halfter und legte die Hand auf seine Nüstern. Während wir von oben herab nicht leicht bemerkt werden konnten, war es mir möglich, von unten hinauf gegen den lichten Himmel jeden Gegenstand zu erkennen, und ich suchte angestrengt nach der Ursache, die den herabgefallenen Stein von seinem Ort gelöst hatte.

Zunächst war nichts Auffallendes zu entdecken. Wahrscheinlich hatte man das von dem Stein hervorgebrachte Geräusch ebenso gehört wie ich und wartete nun eine Weile.

Diese Ansicht war richtig, denn nachdem ich mich einige Zeit lang ruhig verhalten hatte, sah ich zuerst mehrere Gestalten, die sich von dem dunklen Felsen lösten und herabstiegen. Bald aber gewahrte ich eine ganze Reihe Indianer, die, einer hinter dem anderen, über den Kamm der Höhe kamen und mit vorsichtigen Schritten dem ersten folgten, der mit der Örtlichkeit vertraut zu sein schien und kaum noch zwei Minuten brauchte, um die Talsohle zu erreichen.

Hätte ich meinen Henrystutzen bei mir gehabt, so wäre es mir leicht gewesen, ihn durch einen Schuß herunterzuholen und damit zugleich den Gefährten das Notzeichen zu geben. Er war der Anführer, und die anderen durften sich bei dem gefahrdrohenden Gelände keinen Schritt weiter wagen, wenn er ihnen weggeschossen wurde. Aber leider hatte ich nur die Revolver im Gürtel, die für einen Fernschuß untauglich waren.

Gab ich das Lärmzeichen, so waren die Feinde doch unten, bevor Hilfe herbeikommen konnte, und ich befand mich dann in der gefährlichsten Lage. Denn selbst wenn ich mich zurückziehen wollte, so mußte ich meinen sicheren Standort verlassen und diente den Gewehren der Rothäute als Zielscheibe. Deshalb befolgte ich einen anderen Plan.

Parranoh — denn er war jedenfalls der Vordermann —, der allem Anschein nach seinen jetzigen Weg nicht zum erstenmal zurücklegte, befand sich soeben in der Nähe einer Felsklippe, die er umklettern mußte. Konnte ich sie vor ihm erreichen, so mußte er mir gerade vor die Mündung des Revolvers kommen, und ich stieg deshalb kurz entschlossen hinauf. Hinter dem Felsblock verborgen und von ihm gedeckt konnte ich dann den Feinden ruhig Trotz bieten und sie einzeln, wie sie kamen, kampfunfähig machen.

Kaum hatte ich den ersten Schritt getan, so fiel vorn am Wassertor ein Schuß, dem bald mehrere folgten. Ich begriff sofort die Absicht der Indianer, die einen Scheinangriff auf den Eingang unternahmen, um unsere Aufmerksamkeit vom eigentlichen Gefahrenpunkt abzulenken. Mit doppelter Eile und Anstrengung kletterte ich deshalb empor und war der Klippe schon so nahe, daß ich sie bereits mit der Hand erreichen konnte, als die lockere Steinmasse unter mir nachgab und ich kopfüber von Stein zu Stein, von Riff zu Riff wieder hinunterstürzte und für einige Augenblicke betäubt liegenblieb.

Als ich wieder zu denken vermochte und die Augen öffnete, sah ich die ersten Feinde nur noch wenige Schritte von mir entfernt. Obgleich ich arg zerschlagen und zerquetscht war, sprang ich auf, gab die Schüsse des einen Revolvers rasch hintereinander auf die dunklen Gestalten ab, warf mich auf Hatatitla und sprengte dem Lagerfeuer zu.

Ich durfte das brave Pferd nicht einer Gefahr aussetzen, indem ich es zurückließ.

Am Lagerfeuer sprang ich vom Pferd, fand aber den Ort von den Jägern verlassen. Sie hatten sich am Eingang zusammengeschart und waren auf meine Schüsse hin eben in der Richtung unterwegs, woher sie den Knall gehört hatten. Ich wurde von ihnen mit hastigen Fragen empfangen.

„Die Indianer kommen vom Felsen herab!" rief ich, zum Berghang deutend. „Rasch in die Höhlen!"

Es war das einzige Mittel, uns vor dem Untergang zu retten, womit wir von der Übermacht bedroht waren. Deshalb eilte ich noch während meines Rufs zur Höhle, die mir als Schlafstelle gedient hatte. Aber es war schon zu spät.

Die Rothäute waren mir auf dem Fuß gefolgt und ganz gegen ihre gewohnte Art, sich vorher zu sammeln, sofort auf die Jäger eingedrungen, denen die Anwesenheit des Feindes im Tal so überraschend kam, daß sie erst an Abwehr dachten, als die feindlichen Waffen unter ihnen zu arbeiten begannen.

Vielleicht hätte ich meinen Zufluchtsort noch zu erreichen vermocht, aber ich sah Harry, Old Firehand und Winnetou vom Feind bedroht und sprang ihnen zu Hilfe.

„Fort, fort, an die Felswand!" rief ich, mitten in den Knäuel hineinfahrend, so daß die Angreifer für einen Augenblick aus der Fassung gebracht wurden und wir Raum gewannen, das senkrecht aufsteigende Gestein zu erreichen, wo wir wenigstens im Rücken gedeckt waren. Bei dieser Gelegenheit hatte ich einem Roten sein Schlachtbeil entrissen.

„Muß das sein, wenn ich mich nicht irre?" rief uns plötzlich eine Stimme aus einem Felsriß entgegen, der gerade so breit war, daß sich ein Mann hineinzwängen konnte. „Nun ist Sam Hawkens verraten!"

Das listige Männlein war der einzige gewesen, der seine Geistesgegenwart bewahrt und die wenigen Sekunden benutzt hatte, sich in Sicherheit zu bringen. Leider machten wir seine Bemühungen erfolglos, indem wir genau den Ort, wo sich sein Versteck befand, zum Ziel unseres Rückzugs wählten. Jetzt streckte er schleunigst die Hand aus und faßte Harry beim Arm.

„Der kleine Sir mag mit hereinkommen in das Nest. Ist grad noch Platz für ihn, wenn ich mich nicht irre."

Die Feinde waren uns gefolgt und drangen mit wildem Eifer auf uns ein. So waren wir in schlimmer Lage und mußten es als Glück im Unglück bezeichnen, daß die Jäger infolge des Scheinangriffs am Tor wenigstens alle Waffen bei sich führten. Freilich waren im Nahkampf die Büchsen nutzlos, desto erfolgreicher aber wüteten Messer und Schlachtbeil unter den Roten.

Nur Sam Hawkens und Harry machten Gebrauch von ihren Gewehren. Sam lud, und Harry, der vorn im Riß saß, gab die Schüsse ab, die zwischen Old Firehand und mir aus der Spalte hervorblitzten.

Es war ein wilder, grauenvoller Kampf, wie ihn sich die Einbildungskraft kaum auszumalen vermag. Das halberloschene Feuer warf seinen flackernden, dunkelglühenden Schein über den Vordergrund des Tals, wo sich die einzelnen Gruppen der Kämpfer wie der Hölle entstiegene, einander zerfleischende Teufel abzeichneten. Durch das Geheul der

Indianer drangen die ermunternden Rufe der Trapper und die scharfen, kurzen Laute der Gewehrschüsse. Der Erdboden schien zu zittern unter den schweren, stampfenden Tritten der miteinander Ringenden.

Uns blieb kein Zweifel darüber, daß wir verloren waren. Die Zahl der Poncas war zu bedeutend, als daß wir hoffen durften, uns gegen sie zu halten. Eine plötzliche Wendung zu unseren Gunsten war ebensowenig zu erwarten wie die Möglichkeit, uns durchzuschlagen, und deshalb hegte jeder die Überzeugung, daß er in kurzer Zeit aufgehört haben werde, zu den Lebenden zu zählen. Aber nicht umsonst wollten wir sterben, und wenn wir uns auch in das unabwendbare Schicksal ergaben, so wehrten wir uns doch mit allen Kräften und mit jener Kaltblütigkeit, die dem Weißen ein so großes Übergewicht über die roten Bewohner der amerikanischen Steppen gibt.

Mitten in dem blutigen Ringen dachte ich des alten Ehepaars, das ich in der Heimat zurückgelassen hatte und dem nun keine Kunde mehr von dem fernen Sohn zukommen sollte. Bald aber wies ich diese Gedanken von mir, denn der gegenwärtige Augenblick erforderte nicht nur die kräftigste körperliche Anstrengung, sondern auch die größte Aufmerksamkeit.

Hätte ich nur meinen Stutzen gehabt, aber der lag in der Kammer, die ich nicht hatte erreichen können. Es war alles ein einziges Verhängnis. Ich hatte vorhergesehen, wie es kommen würde. Winnetou hatte geraten und gewarnt, und nun mußten wir die Fehler der anderen mitbüßen. Es überkam mich ein noch nie gefühlter Ingrimm, und eine Erbitterung packte mich, die meine Kräfte verdoppelte, so daß ich den Tomahawk mit allem Nachdruck handhabte.

„Recht so, Sir, recht so!" klang es da anerkennend aus der Felsspalte. „Sam Hawkens und Ihr, das paßt zusammen. Schade, daß wir ausgelöscht werden! Könnten noch manches Rattenfell miteinander holen, wenn ich mich nicht irre, hihihihi!"

Kaum zwei Schritte rechts von mir stand Old Firehand. Die Art, wie der Riese mit beiden Händen im Leben der ihn umdrängenden Gegner wühlte, flößte mir die größte Bewunderung ein. Über und über mit Blut bespritzt, hielt er sich dicht an der Felsmauer. Die langen Haare hingen in zusammengeklebten Strähnen von seinem Kopf. Die ausgespreizten Beine schienen in der Erde zu wurzeln, und in der einen Faust das schwere Beil, in der anderen das scharfe, leicht gekrümmte Messer, hielt er die anstürmenden Feinde von sich ab. Noch mehr als ich war er mit Wunden bedeckt, aber noch hatte keine ihn zu Fall gebracht, und ich mußte immer wieder von neuem meinen Blick auf seine hohe, reckenhafte Gestalt richten.

Da entstand eine Bewegung in dem Knäuel der Rothäute. Parranoh erschien und brach sich eine Bahn durch die dichte Menge. Kaum erblickte er Old Firehand, so rief er:

„Endlich habe ich dich! Denk an Ribanna und stirb!"

Finnetey wollte an mir vorüber, sich auf ihn stürzen. Da packte ich ihn bei der Schulter und holte zum tödlichen Hieb aus. Mich erkennend, sprang er zurück, so daß mein Tomahawk durch die leere Luft sauste.

„Auch du?" brüllte er. „Dich muß ich lebendig haben. Gebt ihm einen Lasso!"

Parranoh sprang an mir vorbei, noch bevor ich das Beil wieder schwingen konnte, und hob die Pistole. Der Schuß krachte. Old Firehand warf die Arme weit auseinander, sprang mit einem mächtigen, krampfhaften Satz vorwärts mitten unter die Feinde und brach dann lautlos zusammen.

Es war mir, als sei die Kugel in meine eigene Brust gefahren. Ich schlug den Indianer, mit dem ich es in diesem Augenblick zu tun hatte, nieder und wollte auf Parranoh los, als ich eine dunkle Gestalt bemerkte, die sich mit schlangenhafter Behendigkeit durch die Feinde wand und gerade vor dem Mörder die geschmeidigen Glieder in die Höhe streckte.

„Wo ist die Kröte von Athabaska? Hier steht Winnetou, der Häuptling der Apatschen, den Tod seines weißen Bruders und den Tod Ribannas zu rächen!"

„Ha, der Hund vom Pimo! Fahr zum Teufel!"

Mehr hörte ich nicht. Der Vorgang hatte meine Aufmerksamkeit in so hohem Grad in Anspruch genommen, daß ich die Verteidigung versäumte. Eine Schlinge legte sich mir um den Hals, ein Ruck — zu gleicher Zeit fühlte ich einen schmetternden Schlag auf den Kopf und verlor das Bewußtsein.

Als ich erwachte, war es gänzlich dunkel und still um mich, und ich konnte mich nicht entsinnen, wie ich in diese Finsternis gekommen war. Ein brennender Schmerz im Kopf erinnerte mich endlich an den empfangenen Hieb, und nun reihten sich die Einzelheiten des Vergangenen zu einem vollständigen Bild aneinander. Zu dem erwähnten Schmerz kam noch die Qual, die mir von den Wunden verursacht wurde, und dazu hatte man mir die Fesseln so fest um Hände und Füße gelegt, daß sie mir tief ins Fleisch schnitten und ich kaum irgendwelcher Bewegung fähig war.

Da hörte ich ein Geräusch neben mir, als ob ein Mensch sich räusperte.

„Ist noch jemand hier?" fragte ich.

„Hm, freilich! Fragt der Mann gerade so, als wäre Sam Hawkens niemand, wenn ich mich nicht irre, hihihihi", scherzte der Kleine trotz der bösen Lage.

„Ihr seid es, Sam? Sagt doch um aller Welt willen, wo wir sind!"

„So leidlich unter Dach und Fach, Sir. Haben uns in die Lederhöhle gesteckt. Wißt schon, wo die Felle lagen, die wir so schön vergraben haben. Sollen aber keins finden, sag ich, keins!"

„Und wie ist es mit den anderen?"

„So leidlich, Sir! Old Firehand ist ausgelöscht. Bill Bulcher ist ausgelöscht, Jackie Corner ist ausgelöscht — waren doch Greenhörner, hihihihi, Greenhörner, wie sie im Buch stehen, wenn ich mich nicht irre! Nur Ihr brennt noch und der Apatsche. Auch Master Harry lebt ein wenig, wie mir scheint — und Sam Hawkens, hm, vielleicht haben sie auch ihn noch nicht ganz ausgelöscht, wenn ich mich nicht irre, hihihihi!"

„Wißt Ihr's gewiß und wahrhaftig, daß Winnetou und Harry noch leben, Sam?" fragte ich angelegentlich.

„Denkt Ihr wohl, daß so ein alter Skalper nicht weiß, was er sieht, Sir? Haben den Boy da neben uns ins andere Loch gesteckt und Euren roten Freund dazu. Wollte auch gern mit dahinein, habe aber keinen Zutritt bekommen, wenn ich mich nicht irre, hihihihi!"

„Wie steht es mit Winnetou?"

„Loch an Loch, Sir! Wird, wenn er davonkommt, aussehen wie der alte Rock, in den sie Sam Hawkens so vorsichtig eingeschnallt haben: Flick an Flick und Fleck auf Fleck."

„An das Davonkommen ist wohl nicht zu denken. Aber wie geriet der Häuptling lebendig in die Hände der Poncas?"

„Genau so wie Ihr und ich. Hat sich gewehrt wie ein Heide. — Hm, ist doch wohl auch einer, wenn ich mich nicht irre, hihihihi! — Wollte lieber untergehen, als sich am Pfahl braten lassen. Half aber nichts, wurde doch niedergeschlagen und halb entzweigerissen. — Übrigens: nicht davonkommen wollt Ihr? Sam Hawkens hat große Lust dazu, wenn ich mich nicht irre, hihihihi!"

„Was tut man mit der Lust, wenn es nicht möglich ist!"

„Nicht möglich? Hm, klingt ganz nach Greenhorn! Sind gute Leute, die Roten, gute Leute. Haben dem alten Coon hier alles genommen, alles, die Pistole, die Pfeife, hihihihi, werden sich wundern, wenn sie daran riechen: duftet wie Skunk! Wird ihnen aber gerade lieb sein — auch die Liddy ist zum Teufel — die arme Liddy. Was für ein Kojote wird sie nun wohl nehmen? — Und der Hut und die Haube — werden sich wundern über den Skalp, hihihihi! Kostete mich drei dicke Bündel Dickschwanzfelle damals in Tekama, wißt's ja schon, wenn ich mich nicht irre, hihihihi. Aber das Messer haben sie ihm gelassen, dem Sam Hawkens. Steckt im Ärmel. Der alte Schlaukopf schob es hinein, als er merkte, daß es mit dem Unterschlupf in der Ritze vorüber war."

„Das Messer habt Ihr noch? Werdet wohl nicht gut dazukommen können, Sam!"

„Meine es auch, Sir! Müßt dem Sohn meiner Mutter schon ein wenig helfen."

„Komme gleich! Wollen sehen, was in dieser Sache zu tun ist."

Noch hatte ich nicht begonnen, mich zu Sam hinzuwälzen, die einzige Bewegung, durch die ich an ihn kommen konnte, als die Felltür geöffnet wurde und Parranoh mit einigen Indianern eintrat. Er hielt den Feuerbrand, den er in der Hand trug, so, daß der Schein uns beleuchtete. Ich gab mir nicht die Mühe, noch für bewußtlos zu gelten, würdigte ihn keines einzigen Blickes.

„Da haben wir dich ja endlich!" knirschte er mich an. „Bin dir bisher ein kleines schuldig geblieben, sollst dich aber nun nicht zu beklagen haben. Kennst du den da?"

Er hielt mir einen Skalp vor das Gesicht; es war jener, den Winnetou ihm selbst genommen hatte. Er wußte also, daß ich es gewesen war, der ihn damals niederstach. Der Apatsche hatte ihn nicht darüber aufgeklärt, dessen war ich sicher. Vielmehr hätte Winnetou jede an ihn gerichtete Frage mit stolzem Schweigen beantwortet. Auch Old Firehand hatte bei früheren Gelegenheiten sicher geschwiegen. Aber Finnetey hatte mich an jenem Morgen vielleicht beim Tagesgrauen bemerkt oder im Augenblick unseres Zusammenpralls einen Blick in mein Gesicht geworfen. Als ich nicht antwortete, fuhr er fort:

„Sollt es erfahren, ihr alle, wie es ist, wenn man die Klinge zu spüren oder gar die Haut über die Ohren gezogen bekommt! Wartet nur ein wenig, bis es Tag geworden ist! Sollt eure Freude an meiner Dankbarkeit erleben!"

„Wird Euch nicht so wohl werden, wie mir scheint!" meinte Hawkens, der es nicht übers Herz bringen konnte, ruhig zu sein. „Wäre doch neugierig, welche Haut dem alten Sam Hawkens über die Ohren gezogen werden sollte. Habt die meinige ja schon in Händen, ist vom *hairdresser* gemacht worden, wenn ich mich nicht irre, hihihihi. — Wie hat Euch die Arbeit gefallen, alter Yambarico[1]?"

„Schimpf nur zu!" knurrte Parranoh. „Du wirst schon noch Haut genug haben, um geschunden zu werden."

Und nach einer Pause, während er unsere Fesseln besichtigt hatte, fragte er:

„Habt wohl nicht geglaubt, daß Tim Finnetey eure Mausefalle hier kennt? War in dem Tal, noch bevor der — der Hund Firehand etwas davon geahnt hat, und wußte auch, daß ihr euch hier verkrochen hattet. Der da hat mir's erzählt!"

Er zog ein Messer aus dem Gürtel und hielt den hölzernen Griff vor Sams Augen. Der Kleine warf einen Blick auf die eingeschnittenen Buchstaben und rief:

„Fred Owins? Hm, war ein Halunke allzeit! Will wünschen, daß er selber das Messer hat kosten müssen."

„Keine Sorge, Mann! Dachte sich mit dem Geheimnis loszukaufen, war aber nichts. Haben ihm Leben und Haut genommen, geradeso, wie ihr es auch erfahren sollt, nur umgedreht, erst die Haut und dann das Leben."

„Macht, was Ihr wollt! Sam Hawkens ist mit seinem Testament fertig. Hat Euch das Ding vermacht, das sie Perücke nennen, wenn ich mich nicht irre. Könnt's gut gebrauchen, hihihihi!"

Parranoh versetzte ihm einen Fußtritt und schritt, gefolgt von seinen Begleitern, wieder hinaus.

Eine Weile verhielten wir uns schweigend und bewegungslos. Dann aber, als wir uns sicher glaubten, warfen wir uns beide herum, so daß wir endlich hart nebeneinander zu liegen kamen. Obgleich mir die Hände fest aneinandergeschnürt waren, gelang es mir doch, das Messer aus Sams Ärmel zu ziehen und ihm mit der Klinge die Armfesseln zu durchschneiden. Dadurch bekam er die Hände frei, und einige Augenblicke später standen wir mit entfesselten Gliedern aufrecht voreinander und rieben uns die durch die Bande taub gewordenen Körperteile.

„Recht so, Sam Hawkens. Scheinst mir kein so unebenes Geschöpf zu sein!" belobte sich der kleine Mann selbst. „Hast zwar schon in mancher schlimmen Patsche gesteckt, aber so bös ist's doch noch kaum gewesen wie heute. Soll mich verlangen zu erfahren, wie du die Ohren aus der Mütze bringen wirst, wenn ich mich nicht irre, hihihihi!"

„Laßt uns vor allen Dingen sehen, wie es draußen steht, Sam!"

„Richtig, Mr. Shatterhand. Ist das Notwendigste."

„Und dann brauchen wir unbedingt Waffen! Ihr habt ein Messer, ich bin gänzlich blank."

„Wird sich schon was finden lassen!"

Wir traten an die Tür und zogen die beiden Felle, die als Vorhang dienten, ein wenig auseinander.

Eben brachten einige Indianer die beiden Gefangenen aus der

---

[1] „Wurzelgraber", Komantschen-Stamm

Nachbarhöhle geschleift, und vom Lagerplatz kam Parranoh herbeigeschritten. Es war jetzt schon ziemlich hell geworden. Nicht weit vom Wassertor entfernt war Hatatitla mit dem von dem armen Jackie Corner erbeuteten Braunen in Zwist geraten, und der Anblick des treuen Tieres ließ mich auf eine Flucht zu Fuß, die jedenfalls am geratensten war, sofort verzichten. In nicht zu großer Entfernung davon graste Winnetous Iltschi. Wenn es uns gelang, zu einigen Waffen zu kommen und die Tiere zu erreichen, war es leichter möglich zu entfliehen.

„Seht Ihr was, Sir?" kicherte Hawkens.

„Was?"

„Hm, da drüben den alten Burschen, der sich so behaglich im Gras wälzt."

„Sehe ihn."

„Und auch das Ding, das daneben am Stein lehnt?"

„Auch das."

„Hihihihi, legen sie dem alten Coon das Schießholz so handgerecht in den Weg! Wenn ich wirklich Sam Hawkens heiße, so muß das auch die Liddy sein, wenn ich mich nicht irre, hihihihi. Schätze, das Gerät da neben ihm sieht meinem alten Hut und meiner Haube verteufelt ähnlich. Und einen Kugelbeutel wird der Mann wohl auch haben!"

Ich konnte nicht viel auf die Freude des kleinen Trappers achten, denn Parranoh nahm meine ganze Aufmerksamkeit in Anspruch. Leider war es mir nicht möglich, zu verstehen, was er zu den beiden Gefangenen sagte, und es dauerte eine geraume Zeit, bis er von ihnen fortging. Aber seine letzten Worte, die er mit erhobener Stimme sprach, vermochte ich deutlich zu hören, und sie klärten mich über den Inhalt seiner ganzen Rede auf.

„Mach dich gefaßt, Pimo! Der Pfahl für dich wird soeben eingeschlagen, und du" — setzte er mit einem haßerfüllten Blick auf Harry hinzu — „wirst an seiner Seite gebraten."

Er gab seinen Leuten einen Wink, die Gefesselten an den Platz zu bringen, wo sich die Indsmen um das wieder hell lodernde Feuer gelagert hatten, und schritt dann in würdevoller Haltung davon.

Jetzt galt es, schleunigst zu handeln, denn waren die beiden einmal in die Mitte der Versammlung gebracht, so war keine Hoffnung mehr, zu ihnen zu kommen.

„Sam, seid Ihr dabei?" fragte ich.

„Hm, weiß es nicht, wenn Ihr's nicht wißt. Müßt's versuchen, wenn ich mich nicht irre, hihihihi!"

„Ihr nehmt den rechts und ich den Linken! Dann rasch die Riemen entzwei!"

„Und dann zu Liddy, Mr. Shatterhand!"

„Seid Ihr fertig?"

Sam nickte mit einem Ausdruck im Gesicht, dem man deutlich das Vergnügen an dem bevorstehenden Streich anmerkte.

„Nun, dann drauf!"

Mit weiten, aber leisen Sprüngen schnellten wir hinter den Indianern her, die die Gefangenen nach sich schleppten, und es gelang uns, unbemerkt an sie zu kommen.

Sam stieß den einen mit so gut geführtem Stich nieder, daß der

Getroffene lautlos zusammenbrach. Ich aber riß, da ich gänzlich waffenlos war, dem anderen das Messer aus dem Gürtel und erledigte ihn mit einem Faustschlag an die Schläfe.

Einige rasche Schnitte befreiten die Gebundenen von ihren Fesseln, so daß sie sich frei sahen, noch ehe der Vorgang von irgendeinem der Feinde bemerkt worden war.

„Vorwärts, holt euch Waffen!" raunte ich den beiden zu, da ich einsah, daß unbewaffnet ein Entkommen nicht denkbar war. Ich riß dem von mir Niedergeschlagenen den Schießbeutel vom Leib und den Tomahawk aus dem Gürtel und stürmte Winnetou nach, der in richtiger Erkenntnis der Umstände zunächst nicht zum Tor, sondern mitten unter die am Feuer Lagernden hineinsprang.

Wie der Mensch in einem Augenblick, da es sich um Tod oder Leben handelt, ein ganz anderer ist als sonst, so gab auch uns die Erwägung dessen, was auf dem Spiel stand, die notwendige Behendigkeit. Noch bevor sich die Überfallenen besonnen hatten, waren wir schon zwischen ihnen hindurch, die ihnen entrissenen Waffen in den Händen.

„Hatatitla, Hatatitla!" rief ich dem Rappen zu, saß in wenigen Augenblicken auf seinem Rücken, sah Winnetou auf seinen Iltschi springen und Hawkens den erstbesten Klepper besteigen.

„Herauf zu mir, um des Himmels willen rasch!" bedeutete ich Harry, der vergebens versuchte, auf Finneteys Braunen zu kommen, während das Tier wie rasend um sich schlug. Ich ergriff den Knaben beim Arm, riß ihn zu mir empor und wandte mich dem Ausgang zu, durch den soeben Sam verschwand.

Es war ein Augenblick der höchsten Aufregung. Wütendes Geheul erfüllte die Luft, Schüsse krachten, Pfeile schwirrten um uns, und dazwischen tönte das Stampfen und Wiehern der Pferde, auf die sich die Roten warfen, um uns zu verfolgen.

Ich war der letzte von uns dreien und kann unmöglich sagen, wie ich durch den engen, gewundenen Paß ins Freie kam, ohne vom Feind erreicht zu werden. Sam Hawkens war nicht mehr zu sehen, Winnetou bog rechts in das Tal ein, das wir vor einigen Tagen bei unserer Ankunft heraufgeritten waren, und blickte sich dabei zu mir um, ob ich ihm folgen würde.

Eben standen wir im Begriff, die Biegung zu nehmen, da fiel hinter uns ein Schuß. Ich fühlte, wie Harry zusammenzuckte. Er war getroffen worden.

„Hatatitla, mein Hatatitla, greif aus!" ermunterte ich in großer Sorge das Tier, und im gleichen rasenden Lauf wie damals bei dem Brand von New Venango schoß der Rappe vorwärts.

Als ich mich umblickte, sah ich Parranoh auf seinem Mustang dicht hinter mir. Die anderen waren mir durch die Krümmungen des Wegs verborgen. Obgleich ich nur einen flüchtigen Blick auf den Verfolger werfen konnten, bemerkte ich doch den wütenden Ingrimm, womit er uns zu ereilen trachtete, und verdoppelte meine Zurufe an das brave Tier, von dessen Schnelligkeit und Ausdauer alles abhing. Denn wenn ich auch einen Kampf mit dem wütenden Mann nicht scheute, so wurde ich doch durch den Knaben an jeder freien Bewegung gehindert und konnte nichts tun als vorwärts streben.

Wie im Sturm flogen wir am Laufe des Wassers entlang. Winnetous

Rappe schleuderte die schlanken Glieder von sich, daß die Funken stoben und das lockere Geröll hinter ihm einen förmlichen Steinregen bildete. Hatatitla hielt mit ihm gleichen Schritt, obgleich er fast doppelte Last zu tragen hatte. Dennoch wußte ich, obwohl ich mich nicht mehr umblickte, daß uns Parranoh hart auf den Fersen blieb; denn der Hufschlag seines Braunen ließ sich in steter Nähe vernehmen.

„Ihr seid verwundet, Harry?" fragte ich angstvoll im vollen Jagen.
„Ja."
„Gefährlich?"
Das lebenswarme Blut rann aus seiner Wunde über meine Hand, die den Leib des Knaben umfaßt hielt. Er war mir zu lieb geworden, als daß mich sein Geschick nicht mit der lebhaftesten Besorgnis erfüllt hätte.
„Werdet Ihr den Ritt aushalten können?" erkundigte ich mich weiter, ohne eine Antwort auf die vorausgegangene Frage abzuwarten.
„Hoffe es."
Ich feuerte den Hengst zu immer rasenderem Lauf an. Wie ein Blitz flog er dahin. Seine Hufe schienen kaum den Boden zu berühren.
„Haltet Euch nur fest, Harry! Wir sind schon halb gerettet!"
„Es liegt mir nichts am Leben", entgegnete er matt. „Laßt mich immerhin fahren, wenn meine Last Euch hindert, zu entkommen."
„Nein, nein, Ihr sollt leben! Ihr habt ein Anrecht darauf!"
„Jetzt nicht mehr, da der Vater tot ist. Ich wollte, ich wäre mit ihm gefallen."
Eine Pause folgte, während der wir unseren Ritt oder vielmehr unseren Flug fortsetzten.
„Ich bin schuld an seinem Tod", klagte sich jetzt der Knabe an. „Hätte ich Euch gefolgt, so wäre Parranoh in der ‚Festung' niedergeschossen, und die Indsmen hätten den Vater nicht getötet!"
„Schweigt über das Geschehene! Wir haben mit der Gegenwart zu tun!"
„Nein, laßt mich hinab! Parranoh bleibt zurück, und wir können Atem holen."
„So wollen wir's versuchen!"
Im Dahinjagen blickte ich zurück. Längst hatten wir den Lauf des Wassers verlassen und waren in die freie Ebene eingebogen, über die wir in gleicher Linie mit dem Waldsaum zur Linken dahinflogen. Parranoh war jetzt eine beträchtliche Strecke zurückgeblieben, und Hatatitla zeigte sich dem Braunen weit überlegen. Hinter dem weißen Häuptling, einzeln oder in kleinen Gruppen, jagten die Indianer her, die die Verfolgung nicht aufgeben wollten, obgleich wir immer größeren Vorsprung gewannen.
Als ich mich wieder vorwärts wandte, sah ich, daß Winnetou abgesprungen war und hinter seinem Rappen stand. Er lud die erbeutete Büchse. Auch ich zügelte meinen Hengst. Ich ließ Harry niedergleiten, stieg selber ab und legte den Knaben ins Gras. Zum Laden blieb mir keine Zeit mehr; denn Parranoh war schon zu nahe. Ich sprang also wieder auf und griff zum Tomahawk.
Der Verfolger hatte unsere Bewegung wohl bemerkt, ließ sich aber von der Wut fortreißen und stürmte, das Schlachtbeil schwingend, auf

mich ein. Da krachte der Schuß des Apatschen. Der Feind zuckte zusammen und stürzte, zu gleicher Zeit von meiner Waffe getroffen, mit tief gespaltenem Schädel vom Pferd.

Winnetou kam heran und wandte den leblosen Körper mit dem Fuß um.

„Die Schlange von Athabaska wird nicht mehr zischen und den Häuptling der Apatschen mit dem Namen eines Pimo nennen. Mein Bruder nehme seine Waffen wieder!"

Wirklich trug der Gefallene Messer und Revolver von mir und meine Gewehre. Ich nahm mein Eigentum eilig an mich und sprang zu Harry zurück, während Winnetou den Braunen einfing.

Die Poncas waren uns inzwischen so nahe gekommen, daß sie uns fast mit ihren Kugeln erreichen konnten. Wir saßen wieder auf, und fort ging es mit erneuter Schnelligkeit.

Da plötzlich blitzte es zu unserer Linken hell und glänzend auf wie Waffenschimmer. Ein ansehnlicher Reitertrupp flog vom Waldsaum her zwischen uns und die Verfolger hinein, schwenkte gegen die Roten um und stürmte ihnen im gestreckten Galopp entgegen.

Es handelte sich um eine Abteilung Dragoner aus Fort Randall. Ihr Kommen zur rechten Zeit war, wie wir später erfuhren, nicht von ungefähr. Dick Stone und Will Parker hatten sie auf halbem Weg zum Fort getroffen. Die Dragoner waren vor einigen Tagen ausgezogen, um die Poncas für den Überfall auf Fort Niobrara zu züchtigen. Dabei gerieten sie auf die Fährte der Roten und folgten ihnen. Was sie dann bei der Begegnung mit den beiden Westmännern erfuhren, hatte sie zu einem scharfen Gewaltritt veranlaßt. Dick Stone und Will Parker setzten sich an die Spitze des Zugs und waren, ohne sich weiter um die Fährte der Roten zu kümmern, auf kürzestem Weg hierhergeeilt.

Für diese Erwägungen hatten wir jetzt freilich keine Zeit. Kaum hatte Winnetou die Helfer erblickt, so riß er seinen Hengst herum, schon an ihnen vorüber und mit hochgeschwungenem Tomahawk unter die Poncas hinein, die kaum Zeit fanden, den Lauf ihrer Pferde zu hemmen. Ich hingegen stieg ab, um die Wunde Harrys nachzusehen.

Sie war nicht gefährlich. Ich zog das Messer und schnitt, da mir nichts anderes zur Verfügung stand, einen Streifen meines Jagdhemdes los, mit dessen Hilfe ich dem Knaben in Eile einen Notverband anlegte, um wenigstens die Blutung zu stillen.

„Werdet Ihr denn reiten können, Harry?" fragte ich dann.

Er nickte und trat zu dem Braunen, dessen Zügel mir Winnetou im Vorüberjagen zugeworfen hatte. Mit meiner Hilfe kam Harry in den Sattel.

„Nun, da das Blut nicht mehr fließt, fühle ich von der Wunde nichts mehr", erklärte er. „Dort fliehen die Roten. Vorwärts, ihnen nach, Sir!"

Es war so, wie er sagte. Ihres Anführers beraubt, dessen Zuruf sie zum Widerstand ermutigt oder wenigstens ihren Rückzug geregelt hätte, jagten sie, die Dragoner immer in ihren letzten Reihen, den Weg zurück, den wir gekommen waren. Es war also zu vermuten, daß sie in unserem Talkessel Zuflucht suchen wollten.

Jetzt ließen die Pferde wieder ausgreifen, schossen an den gefallenen Indianern vorüber und erreichten infolge der Schnelligkeit unserer Tiere die Soldaten noch eine gute Strecke vor dem Wassertor.

Es kam sehr viel darauf an, die Roten sich nicht in der Felsenwindung festsetzen zu lassen, sondern zugleich mit ihnen dort einzudringen. Deshalb trieb ich Hatatitla durch Busch und Dorn, über Stock und Stein an der ganzen Reihe der Verfolger vorüber und war bald an der Seite Winnetous, der sich hartnäckig an die Fersen der Flüchtenden geheftet hatte.

Jetzt bogen sie links zum Tor ein, und eben wollte der vorderste sein Pferd in die Enge lenken, als aus der Schlucht ein Schuß fiel. Der Rote stürzte leblos vom Tier. Sofort krachte es zum zweitenmal. Der nächste ward bügellos, und da die erschrockenen Indsmen den Eingang auf diese Weise versperrt fanden und sich zu gleicher Zeit von uns fast umzingelt sahen, brachen sie in der Richtung zum Mankizita durch und flohen, immer wieder verfolgt von den Dragonern, den Wasserlauf entlang.

Nicht geringer als die Bestürzung der Feinde war auch mein Erstaunen über die Schüsse, die unser Bestreben so kräftig unterstützten oder vielmehr überflüssig machten. Doch ich sollte nicht lange im Zweifel über die mutigen Schützen sein, denn noch war der Hufschlag der Davonreitenden nicht verhallt, so lugte aus einem Wald von struppigen Barthaaren eine gewaltige Nase und darüber ein listig funkelndes Augenpaar vorsichtig hinter der Felskante hervor, und da kein feindliches Wesen mehr zu bemerken war, schoben sich die übrigen Körperteile vertrauensvoll hinter dem vorwitzigen Riecher her.

„Segne meine Augen, Sir! Welche Büchse hat denn Euch wieder hierhergeschossen, wenn ich mich nicht irre?" fragte der kleine Mann, ebenso erstaunt über meinen Anblick wie ich über den seinen.

„Sam, Ihr seid's?" rief ich freudig aus. „Wie kommt denn Ihr ins Tor? Habe Euch doch mit meinen eigenen Augen fortreiten sehen!"

„Fortreiten, Sir? Danke für den Ritt! War eine Schandmähre, die ich erwischt hatte. Wollte gar nicht von der Stelle und schüttelte mir ihre alten Knochen so zwischen den Beinen herum, daß dem alten Coon die seinigen auseinandergegangen wären, wenn er das dumme Tier nicht hätte laufen lassen. Bin dann wieder zurückgeschlichen, hihihihi! Dachte mir, daß die Roten alle hinter euch her wären und die ‚Festung' leer gelassen hätten. Fand es auch so. Haben sich schön gewundert, als sie wieder zurück kamen, und machten Gesichter, wenn ich mich nicht irre, Gesichter, hihihihi! Aber — *bless my soul* — da sind ja auch unsere zwei großen Kinder wieder, Dick und Will geheißen, wenn ich mich nicht irre! Gut, daß ihr euch rechtzeitig aus dem Staub gemacht habt, sonst lägt ihr jetzt auch da drinnen, und ich hätte niemand mehr, über den ich mich ärgern könnte. Denn solche Greenhörner wie euch finde ich nie wieder, wenn ich mich nicht irre, hihihihi!"

„Alter Frosch, laß dein Quaken!" tat Will Parker entrüstet. Er hatte sich mit Dick Stone vom Zug der Dragoner losgelöst und war hinter mir hergekommen. „Sei uns lieber dankbar, denn wenn wir die Kommißleute nicht so schnell herbeigeschafft hätten, würde es dir in der nächsten Zeit nicht gar zu wohl sein. So aber haben wir euch gerettet."

„Das denke ich nicht", widersprach der Kleine. „Old Shatterhand, Winnetou und Sam Hawkens sind Leute, die sich selber zu retten verstehen. Aber um diesen Poncas für lange Jahre einen Denkzettel auszuhändigen, dazu kamen diese Leute gerade im rechten Augenblick. Meint Ihr, Sir, daß wir ihnen gleich nachreiten?" wandte er sich dann an mich.

„Wozu? Sie werden auch ohne uns mit den Indsmen fertig. Das hat Winnetou auch gedacht, denn er ist mit Harry schon in die ‚Festung' geritten. Wollen auch hinein, um nach unseren Toten zu sehen!"

Als wir den Eingang hinter uns hatten und in dem verhängnisvollen Talkessel ankamen, sahen wir an der Stelle, wo in der vergangenen Nacht der Kampf stattgefunden hatte, Winnetou und Harry bei der Leiche Old Firehands beschäftigt. Der weinende Knabe hielt den Kopf seines Vaters im Schoß und der Apatsche untersuchte die Schußwunde. Gerade als wir hinzutraten, hörten wir Winnetous Stimme:

„Uff, uff! Er ist noch nicht tot — er lebt!"

Das war ein Wort, das uns wie ein Schlag durchfuhr. Harry jauchzte vor Freude hell auf. Wir beteiligten uns an den Bemühungen des Apatschen und hatten wirklich die Genugtuung, zu sehen, daß Old Firehand nach einiger Zeit die Augen öffnete. Er erkannte uns und hatte für seinen Sohn ein leises Lächeln. Sprechen aber konnte er nicht, und das Bewußtsein schwand ihm sogleich wieder. Ich untersuchte ihn auch. Die Kugel war ihm rechtsseitig vorn in die Lunge gedrungen und hinten wieder hinausgegangen, eine sehr schwere und mit großem Blutverlust verbundene Verwundung. Trotzdem aber und obgleich Old Firehand erst vor kurzem beim Überfall auf das Fort verwundet worden war, stimmte ich der Apatschen Meinung bei, daß der Verletzte infolge seiner überaus kräftigen Natur bei sorgfältiger Behandlung zu retten sei. Er wurde nach Winnetous bewährter Weise verbunden und erhielt ein so bequemes Lager wie die Örtlichkeiten und die Umstände es gestatteten.

Dann konnten wir an uns selber denken. Keiner von uns war ohne Verletzung davongekommen, und so flickten wir einander zusammen, so gut es gehen wollte. Nicht wenige von uns hatten freilich die Mißachtung meiner Warnung mit dem Tod bezahlt.

Gegen Mittag stellten sich die Dragoner wieder ein. Sie hatten die Poncas zu Paaren getrieben und dabei keinen Mann eingebüßt. Der befehlende Offizier freute sich, Winnetou und mich kennenzulernen. Old Firehand kannte er schon von früher her. Um seine Pferde ausruhen zu lassen, blieb er mit dem Trupp drei Tage im Tal. Während dieser Zeit wurden die Toten beerdigt, dann lud man uns ein, Old Firehand, sobald er die Reise aushalten könne, in das Fort Randall zu bringen, wo er leidliche Pflege und vor allem sachgemäße ärztliche Behandlung finden werde. Wir sagten gern zu.

Daß Sam Hawkens, Dick Stone und Will Parker über den Tod so vieler guter Freunde überaus betrübt waren, braucht kaum erwähnt zu werden. Der kleine Sam versicherte wiederholt, jeden Ponca, der ihm künftig in den Weg komme, erschießen zu wollen. Ich aber beurteilte auch diesen Fall anders: Parranoh war ein Weißer. Ich stand also abermals vor einer Bestätigung meiner alten Erfahrung, daß der Indianer nur durch die Bleichgesichter das wurde, was er heute ist.

18. Der Pedlar

Es war drei Monate nach den zuletzt beschriebenen Begebenheiten, deren Folgen für uns, trotz dieser langen Zeit, immer noch spürbar waren. Die Hoffnung, Old Firehand zu retten, hatte sich zwar erfüllt, aber seine Genesung schritt nur sehr langsam vorwärts. Er konnte vor Schwäche noch nicht aufstehen, und wir hatten unseren ursprünglichen Gedanken, ihn ins Fort Randall zu schaffen, aufgegeben. Er sollte bis zu seiner völligen Gesundung in der ‚Festung' bleiben, wo wir ihn gemeinsam nach Kräften pflegten, während Winnetou als Arzt tätig war.

Harrys Verwundung hatte sich glücklicherweise als nicht bedeutend herausgestellt. Winnetou war an vielen Stellen seines Körpers, doch auch nicht gefährlich, verletzt gewesen, und seine Wunden gingen nun schon der Vernarbung entgegen. Die Schrammen und Kniffe, die ich erhalten hatte, waren harmlos. Sie taten bei der Berührung zwar noch weh, doch war ich gegen Schmerzen abgehärtet wie ein Indianer. Am besten war, abgesehen von Dick und Will, der kleine Sam Hawkens davongekommen. Er hatte nur einige unwesentliche Quetschungen erlitten.

Es war vorauszusehen, daß sich Old Firehand selbst nach seiner Genesung noch lange Zeit werde schonen müssen. Das Leben eines Westmannes sofort wieder zu beginnen, war für ihn unmöglich. Deshalb hatte er sich entschlossen, sobald er die Reise unternehmen könnte, nach Osten zu seinem älteren Sohn zu gehen und Harry mitzunehmen. Inzwischen konnten die Fellvorräte, die er mit seiner Pelzjägergesellschaft gesammelt hatte, nicht liegenbleiben. Sie mußten verwertet, das heißt verkauft werden. Im Fort gab es gegenwärtig leider keine Gelegenheit dazu, und wir kaum Genesenen fühlten uns außerstande, eine solche Menge von Fellen weiter fortzuschaffen. Was war also zu tun? Da half uns einer der Soldaten, die auf einige Zeit zu unserem Schutz bei uns zurückgelassen worden waren, mit einem guten Rat aus. Er hatte erfahren, daß sich drüben am Cedar Creek ein Pedlar[1] aufhielt, der alles mögliche, was ihm angeboten wurde, aufkaufte und dabei nicht nur Tauschgeschäfte trieb, sondern die erhandelten Waren auch mit barem Geld bezahlte. Dieser Händler war für unsere Zwecke der richtige Mann.

Aber wie ihn herbeibringen? Einen Soldaten konnten wir ihm nicht schicken, denn von ihnen durfte keiner seinen Posten verlassen. Da ging es nicht anders, als daß einer von uns fort mußte, um den Pedlar zu benachrichtigen. Ich bot mich an, zum Cedar Creek zu reiten, wurde aber darauf aufmerksam gemacht, daß zur Zeit die aufsässigen Okananda-Sioux dort ihr Unwesen trieben. Der Pedlar konnte sich getrost zu ihnen wagen, denn die Roten pflegten Händlern selten etwas zu tun, weil sie bei diesen Leuten alles eintauschen können, was sie brauchen. Desto mehr aber mußten sich andere Weiße vor ihnen in acht nehmen, und wenn ich mich auch nicht gerade fürchtete, so war es mir doch lieb, daß Winnetou sich erbot, mich zu begleiten. Abkommen konnten wir wohl beide, weil Old Firehand in dem ‚Klee-

[1] Händler

blatt' und Harry genug Hüter hatte. Sie pflegten ihn, und für Nahrung sorgten die Soldaten, die abwechselnd auf die Jagd gingen. Wir machten uns also auf den Weg und kamen, da Winnetou die Gegend kannte, schon am zweiten Tag an den Cedar Creek.

Wie nun den Pedlar finden? Wenn er bei den Indianern war, galt es für uns, vorsichtig zu sein. Es gab aber am Fluß und in seiner Nähe auch weiße Ansiedler, die es vor einigen Jahren gewagt hatten, sich da niederzulassen, und so war es geraten, zunächst einen von ihnen aufzusuchen, um uns bei ihm nach dem Pedlar zu erkundigen. Wir ritten also den Fluß entlang, doch ohne die Spur einer Ansiedlung zu entdecken, bis wir gegen Abend endlich einen Acker erblickten, woran sich andere bebaute Flächen schlossen. An einem Bach, der sein Wasser in den Fluß ergoß, lag ein aus rohen, starken Baumstämmen zusammengefügtes, ziemlich großes Blockhaus mit einem von einer starken Fenz[1] umgebenen Garten. Seitwärts davon umschloß eine ebensolche Fenz einen freien Raum, wo sich einige Pferde und Kühe befanden. Dorthin ritten wir, stiegen ab, banden unsere Rappen an und wollten dann auf das Haus zuschreiten, das schmale, schießschartenähnliche Fenster besaß. Da sahen wir aus zwei von diesen Öffnungen je einen doppelten Gewehrlauf auf uns gerichtet, und eine barsche Stimme rief uns an:

„Halt! Bleibt stehen! Hier ist kein Taubenhaus, wo man ein- und ausfliegen kann, wie es einem beliebt. Wer seid Ihr, Weißer, und was wollt Ihr hier?"

„Ich bin ein Deutscher und suche den Pedlar, der sich in dieser Gegend befinden soll", entgegnete ich.

„So seht, wo Ihr ihn findet! Habe nichts mit Euch zu tun. Trollt Euch von dannen!"

„Aber, Sir, Ihr werdet doch so vernünftig sein, mir die Auskunft, wenn Ihr sie geben könnt, nicht zu verweigern. Man weist doch nur Gesindel von der Tür."

„Ist sehr richtig, was Ihr da sagt, und darum eben weise ich Euch fort."

„Ihr haltet uns also für Gesindel?"

„*Yes!*"

„Weshalb?"

„Das ist meine Sache; brauche es Euch eigentlich nicht zu sagen. Eure Angabe, daß Ihr ein Deutscher seid, ist jedenfalls eine Lüge."

„Es ist die Wahrheit."

„*Pshaw!* Ein Deutscher getraut sich nicht so weit hierher; es müßte denn Old Firehand sein, der ein Deutscher ist."

„Von dem komme ich."

„Ihr? Hm! Woher denn?"

„Von seinem Lager, das zwei Tageritte von hier jenseits des Mankizita in den Bergen liegt. Vielleicht habt Ihr davon gehört."

„Ein gewisser Dick Stone war einmal da und hat mir allerdings gesagt, daß er ungefähr so weit reiten müßte, um zu Old Firehand zu kommen, zu dem er gehörte."

„Dick Stone ist ein Freund von mir."

„Mag sein. Aber ich darf Euch dennoch nicht trauen, denn Ihr habt

---

[1] Holzzaun

einen Roten bei Euch, und die gegenwärtigen Zeiten sind nicht danach, daß man Leute dieser Farbe bei sich eintreten läßt."

„Wenn dieser Indianer zu Euch kommt, müßt Ihr es als eine Ehre für Euch betrachten, denn er ist Winnetou, der Häuptling der Apatschen."

„Winnetou? *Behold*, wenn das wahr wäre! Er mag mir doch sein Gewehr zeigen!"

Winnetou nahm seine Silberbüchse vom Rücken und hielt sie so, daß der Settler[1] sie sehen konnte. Da freilich machte der Mann große Augen.

„Silberne Nägel! Das stimmt. Und Ihr, Weißer, habt zwei Gewehre, ein großes und ein kleines. Jetzt komme ich auf einen Gedanken. Ist das große etwa ein Bärentöter?"

„Ja."

„Und das kleinere ein Henrystutzen?"

„Gewiß."

„So seid Ihr wohl gar Old Shatterhand, der allerdings ein Deutscher von drüben sein soll?"

„Der bin ich."

„Dann herein, schnell herein, Mesch'schurs! Solche Leute sind mir freilich willkommen. Ihr sollt alles haben, was eure Herzen begehren, soweit ich es nämlich besitze."

Die Gewehrläufe verschwanden, und gleich darauf erschien der Settler unter der Tür. Er war ein ziemlich alter, starkknochiger Mann, dem man es ansah, daß er mit dem Leben gekämpft hatte, ohne sich werfen zu lassen. Er streckte uns beide Hände entgegen und führte uns ins Blockhaus, wo sich seine Frau und sein Sohn, ein junger, kräftiger Bursche, befanden. Zwei andere Söhne waren, wie wir erfuhren, im Wald beschäftigt.

Das Innere des Hauses bestand aus einem einzigen Raum. An den Wänden hingen Gewehre und verschiedene Jagdstücke. Auf dem aus Stein errichteten einfachen Herd brodelte kochendes Wasser in einem eisernen Kessel. Das notwendigste Geschirr stand dabei auf einem Brett. Einige Kisten dienten als Kleiderschränke und Vorratskammern, und an der Decke hing soviel geräuchertes Fleisch, daß die aus fünf Personen bestehende Familie monatelang davon leben konnte. In der vorderen Ecke hatte ein selbstgezimmerter Tisch mit einigen ebensolchen Stühlen seinen Platz. Wir wurden aufgefordert, uns da niederzusetzen, und erhielten, während der Sohn draußen unsere Pferde versorgte, vom Settler und seiner Frau ein Abendessen aufgetragen, das, die Verhältnisse berücksichtigt, nichts zu wünschen übrig ließ. Während der Mahlzeit kamen die beiden Söhne aus dem Wald und setzten sich ohne große Umstände zu uns, um tüchtig zuzulangen. An der Unterhaltung beteiligten sie sich jedoch nicht; die führte ausschließlich der Vater mit uns.

„Ja, Mesch'schurs", sagte er, „ihr dürft es mir nicht übelnehmen, daß ich euch etwas rauh angepustet habe. Man muß hier mit den Roten rechnen, besonders mit den Okananda-Sioux, die erst kürzlich einen Tageritt von hier ein Blockhaus überfallen haben. Und fast noch weniger ist den Weißen zu trauen, denn hierher kommen nur solche,

---

[1] Siedler

die sich im Osten nicht mehr sehen lassen dürfen. Deshalb freut man sich doppelt, wenn man einmal Gentlemen, wie ihr seid, zu Gesicht bekommt. Also den Pedlar wollt ihr haben? Beabsichtigt ihr ein Geschäft mit ihm?"

„Ja", bestätigte ich, während sich Winnetou nach seiner Gewohnheit schweigend verhielt.

„Was für eins? Ich frage nicht aus Neugier, sondern um euch Auskunft zu erteilen."

„Wir wollen ihm Felle verkaufen."

„Viele?"

„Einen beträchtlichen Posten."

„Gegen Waren oder Geld?"

„Womöglich Geld."

„Dann ist der Gesuchte euer Mann, und zwar der einzige, den ihr hier finden könnt. Andere Pedlars tauschen nur. Dieser aber hat stets auch Geld oder doch Gold bei sich, weil er auch die Diggins besucht. Er ist ein Geldmann, sage ich euch, nicht etwa ein armer Teufel, der seinen ganzen Kram auf dem Rücken herumträgt."

„Ist er auch ehrlich?"

„Hm, ehrlich? Was nennt ihr ehrlich? Ein Pedlar will Geschäfte machen, will verdienen und wird nicht so dumm sein, sich einen Vorteil entgehen zu lassen. Wer sich von ihm betrügen läßt, ist selber schuld. Dieser heißt Braddon. Er versteht sein Fach von Grund auf und reist stets mit vier oder fünf Gehilfen."

„Wo wird er jetzt zu finden sein?"

„Werdet es noch heute abend hier bei mir erfahren. Einer seiner Gehilfen, der Rollins heißt, war gestern da, um nach Aufträgen zu fragen. Er ist flußabwärts zu den nächsten Settlers geritten und wird zurückkommen, um bis morgen früh dazubleiben. Übrigens hat Braddon in letzter Zeit einigemale Pech gehabt."

„Wieso?"

„Es ist ihm in kurzem zwei- oder dreimal zugestoßen, daß er, wenn er kam, um Geschäfte zu machen, die betreffende Niederlassung von den Indsmen ausgeraubt und niedergebrannt gefunden hat. Das bedeutet für ihn nicht nur einen großen Zeitverlust, sondern auch einen ausgesprochenen Schaden, nicht gerechnet, daß es selbst für einen Pedlar gefährlich ist, den Roten so im Weg herumzulaufen."

„Sind die Überfälle in eurer Nähe geschehen?"

„Ja, wenn man nämlich in Betracht zieht, daß hier im Westen die Worte nah oder fern nach einem anderen Maßstab genommen werden als anderswo. Mein nächster Nachbar wohnt neun Meilen von hier."

„Das ist zu beklagen, denn bei solchen Entfernungen könnt ihr im Fall einer Gefahr einander nicht beistehen."

„Durchaus richtig. Habe trotzdem keine Angst. Dem alten Cropley sollen die Roten ja nicht kommen. Heiße nämlich Cropley, Sir. Würde ihnen schön heimleuchten."

„Obgleich ihr nur vier Personen seid?"

„Vier? Ihr könnt meine Frau getrost auch als Person rechnen, und als was für eine! Die fürchtet sich vor keinem Indsman und weiß mit dem Gewehr geradeso umzugehen wie ich selber."

„Das glaube ich gern. Doch wenn die Indianer in Massen kommen, geht es nach dem alten Sprichwort: Viele Hunde sind des Hasen Tod."

„*Well!* Aber muß man grad ein Hase sein? Ich bin zwar kein so berühmter Westmann wie Ihr und habe weder eine Silberbüchse noch einen Henrystutzen; aber zu schießen verstehe ich auch. Unsere Gewehre sind gut, und sobald ich meine Tür zumache, kommt mir gewiß kein Roter herein. Und wenn hundert draußen ständen, wir würden sie alle wegputzen, einen nach dem anderen. Doch horcht! Das wird wohl Rollins sein."

Wir vernahmen den Huftritt eines Pferdes, das draußen vor der Tür angehalten wurde. Cropley ging hinaus, wir hörten ihn mit jemand sprechen, und dann brachte er einen Mann herein, den er uns mit kurzen Worten vorstellte.

„Das ist Mr. Rollins, von dem ich euch erzählt habe, der Gehilfe des Pedlars, den ihr sucht." Und sich wieder zu dem Eingetretenen wendend, fuhr er fort: „Habe draußen gesagt, daß Euch eine große Überraschung bevorstände. Da ist sie! Diese beiden Gentlemen sind nämlich Winnetou, der Häuptling der Apatschen, und Old Shatterhand, von denen Ihr gewiß schon oft gehört habt. Sie suchen Mr. Braddon, dem sie eine Menge Felle und Pelze verkaufen wollen."

Der Gehilfe war ein Mann in den mittleren Jahren, eine stattliche Erscheinung, eine Gestalt, wie man sie etwa unter den Cowboys findet. Dieser Rollins schien Muskeln und Sehnen von Stahl zu besitzen. Seine grauen Augen spiegelten Mut, ja Verwegenheit. Um seinen Mund lag ein herrischer Zug, und das massige Kinn verstärkte noch den Eindruck der Härte, den das ganze Gesicht hervorrief.

Gleichwohl benahm sich Rollins höflich und bescheiden. Nur wollte mir der Gesichtsausdruck nicht gefallen, mit dem er uns betrachtete. Waren wir wirklich so hervorragende Männer, wie er jetzt zu hören bekam, so mußte er sich freuen, uns kennenzulernen. Zugleich war ihm ein gutes Geschäft in Aussicht gestellt worden. Das mußte ihm lieb sein. Aber in seinen Zügen war nichts von Freude oder Befriedigung zu lesen. Ich glaubte vielmehr zu bemerken, daß in seinen Augen sekundenlang ein gehässiges oder auch ärgerliches Leuchten aufblitzte, als ihm unsere Namen genannt wurden. Doch es war leicht möglich, daß ich mich täuschte. Deshalb überwand ich das offenbar grundlose Vorurteil und forderte ihn auf, sich zu uns zu setzen, da wir geschäftlich mit ihm sprechen wollten.

Rollins bekam auch zu essen, schien aber keinen Hunger zu haben und stand bald vom Tisch auf, um hinauszugehen und nach seinem Pferd zu sehen. Dazu brauchte er nicht lange Zeit. Trotzdem verging weit über eine Viertelstunde, ohne daß er wiederkam. Ich kann es nicht Mißtrauen nennen, aber es war wohl etwas Ähnliches, was mich veranlaßte, ihm nachzuspüren. Sein Pferd stand angebunden vor dem Haus, er aber war nirgends zu erblicken. Es war längst Abend, doch schien der Mond so hell, daß ich Rollins hätte bemerken müssen, wenn er in der Nähe gewesen wäre. Erst nach längerer Zeit sah ich ihn um die Ecke der Umzäunung kommen. Als er mich gewahrte, blieb er einen Augenblick stehen, kam aber dann schnell vollends heran.

„Seid wohl ein Freund von Mondscheinspaziergängen, Mr. Rollins?" fragte ich lächelnd.

„Schätze, so gefühlvoll bin ich nicht", entgegnete er barsch.

„Es scheint mir aber doch so", fuhr ich mit einigem Nachdruck fort. „Ihr geht ja im Mondschein spazieren."

„Aber nicht dem Monde zuliebe. Ich fühle mich nicht wohl; ich habe mir heute früh den Magen verdorben. Dann das lange Sitzen im Sattel — mußte mir zu Fuß ein wenig Bewegung machen. Das ist es, Sir."

Dieser Bescheid wurde in einem merklich veränderten Ton, fast höflich und verbindlich gegeben. War das Verstellung? Oder hatte der Mann eingesehen, daß er sich anfangs nicht richtig benommen hatte?

Er band sein Pferd los und führte es in die Umzäunung, wohin die unsrigen auch gebracht worden waren. Dann kam er mit ins Haus. Was hatte ich mich um ihn zu kümmern? Er war sein eigener Herr und konnte tun, was ihm beliebte; doch ist der Westmann zur größten Vorsicht verpflichtet und zum Mißtrauen geneigt. Der Grund, den mir Rollins für sein Weggehen angegeben hatte, war vollauf stichhaltig und befriedigend. Er hatte vorhin wenig gegessen, deshalb war es glaubhaft, daß die Schuld an seinem Magen lag. Und dann, als wir drinnen wieder beisammen saßen, gab er sich so unbefangen und harmlos, daß mein Mißtrauen schwand.

Wir sprachen vom Geschäft, von den jetzigen Preisen der Felle, von ihrer Behandlung und vor allem, was sich auf unseren Handel bezog. Er zeigte gute Fachkenntnisse und brachte so selbstsicher und sachlich zum Vortrag, daß selbst Winnetou Gefallen an ihm zu haben schien und sich an dem Gespräch mehr beteiligte, als sonst in seiner Gewohnheit lag. Wir erzählten unsere letzten Erlebnisse und fanden aufmerksame Zuhörer. Dann erkundigten wir uns nach dem Pedlar, ohne dessen Zustimmung das Geschäft ja nicht abgeschlossen werden konnte.

„Kann Euch leider nicht sagen, wo Braddon sich gerade heute befindet oder morgen oder übermorgen befinden wird", erklärte Rollins. „Ich sammle die Aufträge und überbringe sie ihm, sobald ich weiß, wo ich ihn treffe. Wie lange muß man reiten, um zu Mr. Firehand zu kommen?"

„Zwei Tage."

„Hm! Von heute an in sechs Tagen wird Braddon am Red River sein. Ich hätte also Zeit, mit Euch zu gehen, um mir die Ware anzusehen und annähernd ihren Wert zu bestimmen. Hierauf erstatte ich ihm Bericht und bringe ihn zu Euch, freilich nur dann, wenn ich bei Euch die Ansicht gewinne, daß wir auf das Geschäft eingehen können und er gleicher Meinung ist. Was sagt Ihr dazu, Sir?"

„Daß Ihr allerdings die Ware sehen müßt, bevor Ihr sie kaufen könnt. Nur wäre es mir lieber, wenn wir Mr. Braddon selber da hätten."

„Das ist nun einmal nicht der Fall, und selbst wenn er hier wäre, fragte es sich, ob er gleich mit Euch reiten könnte. Unser Geschäft hat einen größeren Umfang, als Ihr denkt, und Mr. Braddon verfügt nicht über die nötige Zeit, zwei Tage weit zu reiten, ohne vorher zu wissen, ob es ihm möglich sein wird, ein Gebot zu machen. Bin überzeugt, daß er Euch nicht selbst begleiten, sondern einen von uns mitgeben würde, und so trifft es sich ganz gut, daß ich gerade jetzt abkommen kann. Sagt also ja oder nein, damit ich weiß, woran ich bin!"

Es gab keinen Grund, seinen Vorschlag zurückzuweisen. Ich war vielmehr überzeugt, im Sinn Old Firehands zu handeln, indem ich zustimmte.

„Habt Ihr die Zeit dazu, so ist es uns recht, daß Ihr mit uns reitet; aber dann gleich morgen früh!"

„Gewiß. Unsereiner hat keine Stunde, noch viel weniger aber ganze Tage zu verschenken. Wir brechen auf, sobald der Morgen graut. Deshalb schlage ich vor, daß wir uns zeitig niederlegen."

Auch hiergegen gab es nichts einzuwenden, obwohl wir dann später erfuhren, daß dieser Vorschlag tückischer Berechnung entsprang.

Rollins stand vom Tisch auf und half der Settlersfrau die Felle und Decken ausbreiten, auf denen geschlafen werden sollte. Als sie damit fertig waren, wies der Hausherr uns beiden Plätze an.

„Danke!" wehrte ich ab. „Wir ziehen es vor, im Freien zu liegen. Die Stube ist voller Rauch. Draußen haben wir bessere Luft."

„Aber Mr. Shatterhand", meinte der Settler. „Ihr werdet bei der Nachtkühle draußen nicht schlafen können."

„Diese Kühle sind wir gewöhnt", erklärte ich.

Auch Rollins machte einige Versuche, uns von unserem Vorhaben abzubringen, doch vergeblich. Wir schöpften keinerlei Verdacht deswegen, und erst später, als wir ihn kennengelernt hatten, erinnerten wir uns daran, daß sein Zureden eigentlich auffällig gewesen war. Wir hätten die Absicht merken sollen.

Bevor wir hinausgingen, machte Cropley uns gegenüber die Bemerkung:

„Ich bin gewöhnt, die Tür zu verriegeln. Soll ich sie heute offen lassen, Mesch'schurs?"

„Warum das?" — „Ihr könntet etwas wünschen."

„Wir werden nichts wünschen. In diesen Gegenden ist es geraten, die Türen des Nachts verschlossen zu halten."

Als wir aus dem Haus getreten waren, hörten wir deutlich, daß der Settler hinter uns den Riegel vor die Tür schob. Der Mond stand so niedrig, daß das Gebäude seinen Schatten über die Umfriedung warf, worin sich die Pferde befanden. Wir gingen also dahinein, um im Dunkeln zu liegen. Hatatitla und Winnetous Pferd Iltschi hatten sich nebeneinander niedergelassen. Ich breitete bei meinem Hengst die Decke aus, legte mich darauf und nahm den Hals des Rappen zum Kopfkissen, wie ich schon oft getan hatte. Er war das nicht nur gewöhnt, sondern er hatte es sogar gern. Bald schlief ich ein.

Ich mochte eine Stunde geruht haben, als ich durch eine Bewegung meines Pferdes geweckt wurde. Es rührte sich nie, solange ich bei ihm lag, außer wenn etwas Ungewöhnliches geschah. Jetzt hatte es den Kopf erhoben und sog die Luft mißtrauisch durch die Nüstern. Sofort war ich auf und ging in der Richtung, wohin Hatatitla windete, zur Fenz. Indem ich vorsichtig über die Umzäunung lugte, bemerkte ich in der Entfernung von vielleicht zweihundert Schritten eine Schar Menschen, die am Boden lagen und langsam herangekrochen kamen. Ich drehte mich um, um Winnetou zu benachrichtigen. Da stand er schon hinter mir. Er hatte im Schlaf meine leisen Schritte gehört.

„Sieht mein Bruder die Gestalten dort?" fragte ich ihn.

„Ja", flüsterte er. „Es sind rote Krieger."

„Wahrscheinlich Okanandas, die das Blockhaus überfallen wollen."

„Old Shatterhand hat das Richtige erraten. Wir müssen ins Haus."

„Ja, wir stehen dem Settler bei. Aber die Pferde können wir nicht hierlassen, denn die Okanandas würden sie mitnehmen."

„Wir schaffen sie ins Haus. Komm schnell! Es ist gut, daß wir uns im Schatten befinden, da bemerken uns die Sioux nicht."

Wir kehrten schnell zu den Pferden zurück, ließen sie aufstehen und führten sie aus dem umzäunten Platz zum Haus. Soeben wollte Winnetou ans Fenster klopfen, um die Schläfer zu wecken, da sah ich, daß die Tür nicht verschlossen war, sondern einen Spalt breit offenstand. Ich stieß sie vollends auf und zog Hatatitla ins Innere. Winnetou folgte mir mit Iltschi und schob hinter sich den Riegel vor. Das Geräusch das wir verursachten, weckte die Schlafenden.

„Wer ist da? Was gibt es? Pferde im Haus?" fragte Cropley, indem er aufsprang.

„Wir sind es, Winnetou und Old Shatterhand", erwiderte ich, weil er uns nicht erkennen konnte, denn das Feuer war ausgegangen.

„Ihr? Wie seid ihr hereingekommen?"

„Durch die Tür."

„Die habe ich doch zugemacht!"

„Sie war aber offen."

„*Behold!* Da muß ich den Riegel nicht ganz zugeschoben haben, als ihr hinausgingt. Aber weshalb bringt ihr die Pferde herein?"

Er hatte freilich den Riegel vorgeschoben, aber Rollins hatte ihn, als die Settler schliefen, wieder aufgemacht, damit die Indianer hereinkönnten.

„Weil wir sie uns nicht stehlen lassen wollen", erklärte ich.

„Stehlen lassen? Von wem?"

„Von den Okananda-Sioux, die soeben herangeschlichen kommen, euch zu überfallen."

Es läßt sich denken, welche Aufregung diese Worte hervorriefen. Cropley hatte zwar am Abend gesagt, er fürchte sich nicht vor den Roten, nun aber, da sie wirklich kamen, erschrak er doch sehr. Da gebot Winnetou Ruhe:

„Seid still! Mit Schreien kann man keinen Feind besiegen. Wir müssen eiligst übereinkommen, wie wir die Okanandas abwehren wollen."

„Darüber brauchen wir doch nicht erst zu beraten", meinte Cropley. „Wir putzen sie mit unseren Gewehren weg, einen nach dem anderen, so, wie sie kommen. Erkennen können wir sie, denn der Mond scheint hell genug."

„Nein, das werden wir auf keinen Fall tun", erklärte Winnetou.

„Weshalb nicht?"

„Weil man nur dann Menschenblut vergießen soll, wenn es durchaus notwendig ist."

„Hier ist es notwendig, denn diese roten Hunde müssen eine Lehre bekommen, die die Überlebenden nicht so leicht vergessen werden."

„Mein weißer Bruder nennt die Indianer also rote Hunde?" fragte der Apatsche streng. „Er mag bedenken, daß Winnetou auch ein Indianer ist. Winnetou kennt seine roten Brüder besser als er. Wenn sie sich an einem Bleichgesicht vergreifen, haben sie meist Ursache dazu. Entweder sind sie von ihm angefeindet worden, oder ein anderer Weißer hat sie durch irgendein Vorgeben, dem sie Glauben schenkten, dazu beredet. Die Poncas überfielen uns bei Old Firehand, weil ihr Anführer ein Weißer war, und wenn diese Okananda-Sioux jetzt kommen, um dich zu berauben, so ist vermutlich auch ein Bleichgesicht schuld daran."

„Das glaube ich nicht."

„Was du glaubst, ist dem Häuptling der Apatschen gleichgültig, denn er ahnt, daß es so ist, wie er sagt!"

„Und wenn es so wäre, müßten die Okanandas dafür bestraft werden, daß sie sich haben verführen lassen. Wer bei mir einbrechen will, den schieße ich nieder. Das ist mein Recht, und ich bin entschlossen, es auszuüben."

„Dein Recht geht uns nichts an. Wahre du es, wenn du allein bist! Jetzt aber sind Old Shatterhand und Winnetou hier, und sie sind gewohnt, daß man sich nach ihnen richtet. Von wem hast du dieses Settlement gekauft?"

„Gekauft? Daß ich so dumm wäre, es zu kaufen! Ich habe mich hierhergesetzt, weil es mir hier gefiel, und wenn ich die vom Gesetz vorgeschriebene Zeit hierbleibe, gehört es mir."

„Die Sioux, denen dieses Land gehört, hast du also nicht gefragt?"

„Ist mir nicht eingefallen!"

„Und da wunderst du dich, daß sie dich als ihren Feind, als den Dieb und Räuber ihres Landes behandeln? Da nennst du sie rote Hunde und willst sie erschießen? Tu nur einen einzigen Schuß, so jagt dir Winnetou eine Kugel durch den Kopf!"

„Aber was soll ich sonst tun?" fragte der Settler bedeutend kleinlauter, da er von dem berühmten Apatschen derart angefahren wurde.

„Nichts sollst du tun, gar nichts. Old Shatterhand und Winnetou werden für dich handeln. Wenn du dich nach uns richtest, wird dir nichts geschehen."

Diese Reden waren in aller Schnelligkeit gewechselt worden. Ich stand inzwischen an einem der Fenster und spähte hinaus, um die Annäherung der Okanandas zu beobachten. Es war noch keiner zu sehen. Sie umschlichen das Haus jedenfalls erst von weitem, um sich zu überzeugen, daß sie nichts zu befürchten hätten. Jetzt kam Winnetou zu mir.

„Sieht mein Bruder Scharlih sie kommen?"

„Noch nicht", entgegnete ich.

„Wir werden mit ihnen glimpflich verfahren."

„Cropley hat den Okanandas ihr Land genommen, und vielleicht hat ihr Erscheinen auch noch einen anderen Grund."

„Wahrscheinlich. Wie aber machen wir es, sie von hier zu vertreiben, ohne Blut zu vergießen?"

„Mein Bruder Winnetou weiß das ebensogut wie ich."

„Scharlih errät meine Gedanken wie immer. Wir fangen einen von ihnen."

„Ja, und zwar den, der an die Tür schleicht, um zu lauschen."

„Ja. Es wird jedenfalls ein Späher auftauchen, um zu horchen. Den nehmen wir fest."

Wir gingen an die Tür, schoben den Riegel zurück und öffneten sie nur so weit, daß eine kleine Spalte entstand, gerade weit genug, um hinausblicken zu können. Dorthin stellte ich mich und wartete. Es verging eine geraume Zeit. Im Innern des Hauses war es völlig dunkel und still. Niemand regte sich. Da hörte ich den Späher kommen, oder vielmehr ich hörte ihn nicht, denn es war wohl nicht das Ohr, womit ich seine Annäherung wahrnahm, sondern jenes eigenartige Ahnungsvermögen, das sich bei jedem guten Westmann ausbildet. Und wenige Augenblicke später sah ich ihn. Er lag an der Erde und kam an die Tür gekrochen. Jetzt hob er die Hand und befühlte sie. Im Nu hatte ich sie ganz geöffnet, lag auf ihm und faßte mit beiden Händen seinen Hals. Der Rote versuchte sich zu wehren, strampelte mit den Beinen und schlug mit beiden Armen um sich, konnte aber keinen Ton hervorbringen. Ich zog ihn hoch und schaffte ihn ins Haus, worauf Winnetou die Tür wieder verriegelte.

„Macht Licht, Mr. Cropley!" forderte ich den Settler auf. „Wollen uns den Mann ansehen!"

Der Ansiedler kam dieser Aufforderung nach, indem er eine Hirschtalgkerze anzündete und damit dem Indianer ins Gesicht leuchtete, dessen Hals ich losgelassen, den ich aber bei beiden Oberarmen gepackt hatte.

„Das Braune Pferd, der Häuptling der Okananda-Sioux!" rief Winnetou überrascht. „Da hat mein Bruder Old Shatterhand einen guten Fang gemacht!"

Der Indsman war unter meinem Griff beinah erstickt. Er holte jetzt einigemal tief Atem und stieß dann bestürzt hervor:

„Winnetou, der Häuptling der Apatschen!"

„Ja, er ist es", bestätigte der Genannte. „Du kennst ihn, denn du hast ihn schon gesehen. Der da aber hat noch nie vor deinen Augen gestanden. Hast du soeben seinen Namen gehört?"

„Old Shatterhand?"

„Ja. Daß er es ist, hast du empfunden, denn er hat dich ergriffen und hereingebracht, ohne daß du ihm zu widerstehen vermochtest. Du befindest dich in unserer Gewalt. Was werden wir mit dir anfangen?"

„Meine berühmten Brüder werden Braunes Pferd wieder freigeben und fortgehen lassen."

„Denkst du das wirklich?"

„Gewiß, denn die Krieger der Okanandas sind nicht Feinde der Apatschen."

„Sie sind Sioux, und die Poncas, die uns kürzlich überfallen haben, gehören zu dem gleichen Volk."

„Wir haben nichts mit ihnen zu schaffen."

„Das darfst du Winnetou nicht sagen. Er ist der Freund aller roten Männer, aber wer unrecht tut, der ist sein Feind, von welchem Stamme er auch sei. Und wenn du behauptest, mit den Poncas nichts zu tun zu haben, so ist das eine Unwahrheit, denn Winnetou weiß, daß sich die Okanandas und die Poncas niemals gegenseitig bekriegt haben und gerade jetzt eng miteinander verbündet sind. Deine Ausrede gilt also nichts in den Ohren des Apatschen. Ihr seid gekommen, diese Bleichgesichter hier zu überfallen. Meinst du, daß Old Shatterhand und Winnetou das dulden werden?"

„Seit wann ist Winnetou, der große Häuptling der Apatschen, ungerecht geworden? Der Ruhm, der von ihm ausgeht, hat seinen Grund darin, daß er stets bestrebt gewesen ist, keinem Menschen unrecht zu tun. Und heute tritt er gegen Braunes Pferd auf, der in seinem Recht ist!"

„Du täuschst dich, denn das, was ihr hier tun wollt, ist nicht recht."

„Weshalb nicht? Gehört dieses Land nicht uns? Muß sich nicht jeder, der hier wohnen und bleiben will, die Erlaubnis dazu von uns holen?"

„Allerdings."

„Diese Bleichgesichter aber haben es nicht getan. Ist es da nicht unser gutes Recht, daß wir sie vertreiben?"

„Es liegt Winnetou fern, euch dieses Recht abzusprechen. Aber es kommt auf die Art und Weise an, wie ihr es ausübt. Müßt ihr denn sengen, brennen und morden, um die Eindringlinge loszuwerden? Müßt ihr wie Diebe und Räuber heimlich des Nachts kommen? Kein tapfrer Krieger scheut sich, dem Feind sein Gesicht offen und ehrlich zu zeigen. Braunes Pferd aber kommt mit so vielen Kriegern des Nachts, um nur wenige Menschen zu überfallen. Winnetou würde sich schämen, das zu tun. Er wird überall, wohin er kommt, erzählen, welch furchtsame Leute die Okanandas sind. Krieger darf man sie nicht nennen."

Braunes Pferd wollte zornig auffahren, aber das Auge des Apatschen ruhte so zwingend auf ihm, daß er es nicht wagte, sondern nur mürrisch erklärte:

„Wir haben nach den Gewohnheiten der Sioux gehandelt. Man überfällt den Feind des Nachts."

„Wenn ein Überfall nötig ist!"

„Soll Braunes Pferd diesen Bleichgesichtern etwa gute Worte geben? Soll er sie bitten, wo er befehlen kann?"

„Du sollst nicht bitten, sondern befehlen. Aber du sollst nicht wie ein Dieb des Nachts geschlichen kommen, sondern offen, ehrlich und stolz als Herr dieses Landes am hellen Tag hier erscheinen. Sag ihnen, daß du sie auf deinem Gebiet nicht dulden willst! Stelle ihnen eine Frist, bis zu der sie fort sein müssen! Und dann, wenn sie deinen Willen nicht achten, kannst du deinen Zorn über sie ergehen lassen. Hättest du so gehandelt, dann sähe Winnetou in dir den Häuptling der Okanandas, der ihm gleichsteht. So aber erblickt er in dir einen Menschen, der heimtückisch an andere schleicht, weil er sich nicht offen an sie wagt."

Der Okananda starrte in eine Ecke des Raumes und schwieg. Was hätte er dem Apatschen auch entgegnen können! Ich hatte seine Arme losgelassen. Er stand also frei vor uns, aber doch in der Haltung eines Mannes, der sich bewußt ist, sich in keiner beneidenswerten Lage zu befinden. Über Winnetou ernstes Gesicht ging ein leises Lächeln, als er sich jetzt mit der Frage an mich wendete:

„Braunes Pferd hat geglaubt, daß wir ihn freigeben. Was sagt mein Bruder Old Shatterhand dazu?"

„Daß er sich da verrechnet hat", entgegnete ich. „Wer wie ein Mordbrenner kommt, wird als Mordbrenner behandelt. Er hat das Leben verwirkt."

„Will Old Shatterhand Braunes Pferd ermorden?" fuhr der Okananda auf.

„Nein, ich bin kein Mörder. Es ist ein Unterschied, ob ich einen Menschen ermorde, oder ob ich ihn mit dem wohlverdienten Tod bestrafe."

„Hat der Okananda den Tod verdient?" — „Ja."

„Das ist nicht wahr. Der Häuptling der Okanandas befindet sich auf dem Gebiet, das seinem Stamm gehört."

„Du befindest dich im Wigwam eines Bleichgesichts. Ob dieses Wigwam auf eurem Gebiet liegt oder nicht, ist dabei gleichgültig. Wer ohne meine Erlaubnis in mein Wigwam eindringt, hat nach den Gesetzen des Westens den Tod zu erwarten. Mein Bruder Winnetou hat dir gesagt, wie du hättest handeln sollen, und ich stimme durchaus mit ihm überein. Es kann uns kein Mensch tadeln, wenn wir dir jetzt das Leben nehmen. Aber du kennst uns und weißt, daß wir niemals Blut vergießen, wenn es nicht unumgänglich nötig ist. Vielleicht ist es möglich, mit dir ein Übereinkommen zu treffen, wodurch du dich retten kannst. Wende dich an den Häuptling der Apatschen. Er wird dir sagen, was geschehen soll."

Der Okananda war gekommen, um zu richten, und nun standen wir als Richter vor ihm. Er befand sich in großer Verlegenheit. Das war ihm anzusehen, obgleich er sich viele Mühe gab, es zu verbergen. Er hätte wohl gern noch etwas zu seiner Verteidigung gesagt, konnte aber nichts vorbringen. Deshalb zog er es vor zu schweigen und sah dem Apatschen mit einem Ausdruck halb der Erwartung, halb des unterdrückten Zornes ins Gesicht. Hierauf schweifte sein Auge zu Rollins, dem Gehilfen des Pedlars, hinüber. Ob das ungewollt war, oder ob es absichtlich geschah, wußte ich in diesem Augenblick nicht, doch kam es mir vor, als läge in diesem Blick eine Aufforderung, ihn zu unterstützen. Der Genannte nahm sich auch wirklich des Indianers an, indem er sich an Winnetou wandte.

„Der Häuptling der Apatschen wird nicht blutgierig sein. Man pflegt selbst hier im Wilden Westen nur Taten zu bestrafen, die wirklich ausgeführt worden sind. In diesem Fall ist aber noch nichts geschehen, worauf eine Strafe folgen müßte."

Winnetou warf dem Sprecher einen mißtrauisch forschenden Blick zu.

„Was mein Bruder Old Shatterhand und Winnetou hier denken und beschließen müssen, das wissen sie, ohne daß es ihnen jemand zu sagen braucht. Deine Worte sind also unnütz, und du magst dir merken, daß ein Mann nur dann reden soll, wenn es notwendig ist!"

Warum diese Zurechtweisung? Winnetou wußte es wohl selber kaum, aber wie es sich später herausstellte, hatte sein stets bewährtes Vorgefühl auch hier wieder das Richtige gefunden. Dann wandte er sich abermals an den Okananda:

„Du hast die Worte Old Shatterhands gehört. Seine Meinung ist auch die Winnetous. Wir wollen dein Blut nicht vergießen, aber nur dann, wenn du jetzt die Wahrheit redest. Sag also ehrlich, weshalb ihr hierhergekommen seid! Oder solltest du so feig sein, es leugnen zu wollen?"

„Uff!" stieß der Gefragte zornig hervor. „Die Krieger der Okanandas sind keine so furchtsamen Menschen, wie du vorhin meintest. Braunes Pferd leugnet nicht. Wir wollten dieses Haus überfallen."

„Und verbrennen?"

„Ja."

„Was sollte mit den Bewohnern geschehen?"

„Wir wollten sie töten."

„Habt ihr das aus eigenem Antrieb beschlossen?"

Der Okananda zögerte mit der Antwort; darum sprach sich Winnetou deutlicher aus:

„Seid ihr vielleicht von irgend jemand auf diesen Gedanken gebracht worden?"

Auch jetzt schwieg der Gefragte, was in meinen Augen ebensoviel wie ein lautgesprochenes Ja bedeutete.

„Braunes Pferd scheint keine Worte zu finden", fuhr der Apatsche fort. „Er mag bedenken, daß es sich um sein Leben handelt. Wenn er es erhalten will, muß er reden. Winnetou will wissen, ob es einen Urheber dieses Überfalls gibt, der nicht zu den Kriegern der Okanandas gehört."

„Ja, es gibt einen", ließ der Gefangene sich endlich hören.

„Wer ist es?"

„Würde der Häuptling der Apatschen einen Verbündeten verraten?"

„Nein", gab Winnetou zu.

„So darfst du Braunes Pferd nicht zürnen, wenn auch er den seinigen nicht nennt."

„Winnetou zürnt dir nicht. Wer einen Freund verrät, verdient, wie ein räudiger Hund erschlagen zu werden. Du magst also den Namen verschweigen. Aber der Apatsche muß wissen, ob der Mann ein Okananda ist."

„Er ist keiner."

„Gehört er zu einem anderen Stamm?"

„Nein. Er ist ein Weißer."

„Befindet er sich mit draußen bei deinen Kriegern?"

„Nein, er ist nicht hier."

„Dann ist es so, wie Winnetou dachte, und auch sein Bruder Old Shatterhand hat es geahnt: ein Bleichgesicht hat die Hand im Spiel. Das soll uns zur Milde stimmen. Wenn die Okananda-Sioux keine Niederlassung der Bleichgesichter auf ihrem Gebiet dulden wollen, ist ihnen das nicht zu verdenken; aber zu morden brauchen sie deshalb doch nicht. Die Absicht dazu war da. Sie ist jedoch nicht ausgeführt worden, und so soll ihrem Häuptling das Leben samt der Freiheit geschenkt sein, wenn er auf die Bedingungen eingeht, die Winnetou ihm stellt."

„Was forderst du?" fragte Braunes Pferd.

„Zweierlei. Erstens müßt ihr euch von dem Weißen, der euch verführt hat, lossagen."

Diese Bedingung gefiel dem Okananda nicht; aber er gab schließlich nach. Dann fragte er nach der zweiten.

„Braunes Pferd fordert von diesem Bleichgesicht, das sich Cropley nennt, die Ansiedlung von euch zu kaufen oder sie zu verlassen", erklärte der Apatsche. „Erst wenn er keine von diesen beiden Forderungen erfüllt, kehrst du mit deinen Kriegern zurück, ihn von hier zu vertreiben."

Hierauf ging Braunes Pferd schneller ein, doch der Settler war dagegen. Er berief sich auf das Heimstättengesetz und brachte eine lange Rede vor, worauf ihm Winnetou eine kurze Antwort gab.

„Wir kennen die Bleichgesichter nur als Räuber unserer Ländereien. Was bei solchen Leuten Gesetz oder Sitte ist, geht uns nichts an. Wenn du glaubst, hier Land stehlen zu dürfen und dann von eurem Gesetz gegen die Bestrafung geschützt zu werden, so ist das deine Sache. Wir haben für dich getan, was wir tun konnten. Mehr darfst du nicht verlangen. Jetzt werden Old Shatterhand und Winnetou mit dem Häuptling das Kalumet rauchen, um dem, was sie ausgemacht haben, Geltung zu verleihen."

Das war in einem Ton gesprochen, der Cropley auf jede Widerrede verzichten ließ. Winnetou stopfte seine Pfeife, dann wurde das Übereinkommen unter den wohlbekannten Förmlichkeiten besiegelt. Daß dem Okanandahäuptling daraufhin auch wirklich zu trauen sei, bezweifelte ich kaum, und Winnetou war gleicher Ansicht, denn er ging zur Tür, schob den Riegel zurück und sagte zu ihm:

„Mein Bruder mag zu seinen Kriegern hinausgehen und sie fortführen! Wir sind überzeugt, daß er das, was er versprochen hat, auch erfüllen wird."

Der Okananda verließ das Haus. Wir riegelten hinter ihm wieder ab und stellten uns an die Fenster, um ihn vorsichtshalber so weit wie möglich mit unseren Blicken zu verfolgen. Er entfernte sich nur einige Schritte und blieb dann im Mondschein stehen. Offensichtlich wollte er von uns gesehen werden. Indem er zwei Finger in den Mund steckte, ließ er einen gellenden Pfiff hören, worauf seine Krieger herbeigeeilt kamen. Sie waren erstaunt darüber, so laut und auffällig von ihm gerufen zu werden, während sie selber jedenfalls angewiesen waren, äußerst vorsichtig zu sein und ja kein Geräusch zu verursachen. Da erklärte er ihnen mit lauter Stimme, so daß wir jedes Wort hörten:

„Die Krieger der Okanandas mögen hören, was ihr Häuptling ihnen zu sagen hat! Wir sind gekommen, um das Bleichgesicht Cropley dafür zu züchtigen, daß es sich ohne unsere Erlaubnis hier bei uns eingenistet hat. Braunes Pferd schlich voran, um das Haus zu umspähen, und das wäre ihm auch gelungen, wenn sich nicht die zwei berühmtesten Männer der Prärie und der Berge hier befänden. Old Shatterhand und Winnetou, der Häuptling der Apatschen, sind gekommen, um die Nacht bei diesem Haus zu lagern. Sie hörten und beobachteten uns und öffneten ihre starken Arme, um Braunes Pferd zu empfangen, ohne daß er das ahnen konnte. Der Häuptling der Okanandas wurde gefangen und von der Faust Old Shatterhands ins Haus gezogen. Von ihm besiegt zu sein, ist keine Schande, aber es ist eine Ehre, mit ihm und Winnetou ein Bündnis zu schließen und das Kalumet zu rauchen. Und das hat Braunes Pferd getan, und wir haben dabei beschlossen, daß den Bleichgesichtern, die dieses Haus bewohnen, das Leben geschenkt sein soll, wenn sie den Grund und Boden entweder kaufen oder zu einer Zeit verlassen, die wir ihnen bestimmen werden. Das ist zwischen uns feierlich vereinbart worden, und Braunes Pferd wird das Wort halten, das er gegeben hat. Winnetou und Old Shatterhand stehen an den Fenstern und hören, was der Häuptling seinen Kriegern jetzt sagt. Es ist Friede und Freundschaft zwischen uns und ihnen. Die Krieger mögen zu unseren Wigwams zurückkehren."

Braunes Pferd verschwand mit seinen Leuten um die Ecke der Fenz. Hierauf traten wir alle vor das Haus, um ihnen nachzuschauen und uns zu überzeugen, daß sie sich tatsächlich entfernten. Sie taten es, und wir waren sicher, daß es ihnen nicht einfallen würde, zurückzukehren. Deshalb holten wir unsere Pferde wieder aus dem Haus und legten uns abermals draußen bei ihnen nieder. Rollins aber, der Händler, war mißtrauisch, wie er sagte, und ging ihnen nach, sie noch länger zu beobachten. Später stellte es sich freilich heraus, daß er aus einem ganz anderen Grund das Haus verlassen hatte. Wann er zurückgekehrt war, wußten wir nicht, doch als wir am Morgen aufstanden, war er da. Er saß mit dem Wirt auf einem Baumstamm, der als Bank diente, vor der Tür.

Cropley bot uns einen Guten Morgen, der keineswegs freundlich klang. Er war wütend über uns, denn er meinte, daß es unbedingt vorteilhafter für ihn gewesen wäre, wenn wir die Roten alle ‚weggeputzt' hätten, wie er sich ausdrückte. Nun mußte er entweder fort oder bezahlen. Er tat mir übrigens nicht sonderlich leid. Warum hatte er sich in dieses Gebiet gewagt! Was würde man in Illinois oder Vermont sagen, wenn dort ein Sioux-Indianer auftauchte, sich mit seiner Famlie dort niederließe, wo es ihm gefiele, und nun behauptete: „Das ist mein!"

Wir machten uns aus dem Murren des Settlers nichts, bedankten uns für die Gastfreundschaft und ritten fort.

Der Händler begleitete uns, hielt sich aber nicht zu uns, sondern ritt ständig in gewisser Entfernung hinter uns her, ungefähr wie ein Untergebener, der in dieser Weise den Vorgesetzten seine Achtung zeigen will. Das hatte an sich nichts Auffälliges und war uns sogar lieb, da wir dadurch ungestört miteinander sprechen konnten und uns nicht mit ihm zu beschäftigen brauchten.

Erst nach einigen Stunden kam er an unsere Seite, um mit uns über das geplante Geschäft zu sprechen. Er erkundigte sich eingehender als gestern abend nach der Art und Zahl der Fellvorräte, die Old Firehand zu verkaufen beabsichtigte, und wir gaben ihm Auskunft, so gut wir vermochten. Hierauf fragte er nach der Gegend, wo Old Firehand auf uns wartete, und nach der Art, wie er seine Felle dort versteckt hielt. Wir hätten ihm auch hierauf antworten können, taten es aber nicht, weil wir nach den Ereignissen der letzten Nacht doch etwas mißtrauisch geworden waren, und weil es überhaupt nicht Gepflogenheit eines Westmannes und Jägers ist, von den Verstecken zu sprechen, wo er seine Vorräte heimlich aufbewahrt. Ob er uns das übelnahm oder nicht, war uns gleichgültig. Er hielt sich von nun an wieder zurück, und zwar in noch größerer Entfernung als zuvor.

19. Verdächtige Reisegefährten

Wir hatten auf dem Rückweg die gleiche Richtung eingeschlagen, aus der wir gekommen waren, und fanden infolgedessen keine Veranlassung, die Gegend durch die wir ritten, so sorgsam zu untersuchen, wie es nötig gewesen wäre, wenn wir sie nicht gekannt hätten. Ausgeschlossen war dabei aber nicht die Vorsicht, die der Westmann selbst an Orten anwendet, die er wie seine Tasche kennt. Wir spähten immer nach Spuren von Menschen oder Tieren aus, und so fiel uns gegen Mittag eine Fährte auf, die uns andernfalls vielleicht entgangen wäre, weil sichtlich viel Sorgfalt darauf verwendet worden war, sie zu verwischen. Vielleicht hätten wir sie dennoch übersehen, wenn wir nicht an einer Stelle auf sie gestoßen wären, wo die Betreffenden eine kurze Rast gemacht hatten und sich das Gras, das von ihnen niedergedrückt worden war, noch nicht wieder ganz aufgerichtet hatte. Wir hielten an und stiegen ab, um die Spur zu untersuchen. Inzwischen kam Rollins heran und sprang aus dem Sattel, die Eindrücke zu betrachten.

„Ob das wohl von einem Tier oder von einem Menschen herrührt?" fragte er dabei.

Winnetou antwortete nicht; ich aber erwiderte:

„Ihr scheint im Fährtenlesen nicht geübt zu sein. Hier muß einem doch gleich der erste Blick sagen, wer dagewesen ist."

„Also wohl Menschen?" — „Ja."

„Das glaube ich nicht, denn in diesem Fall wäre das Gras weit mehr zerstampft."

„Meint Ihr, daß es hier Leute gibt, die sich ein Vergnügen daraus machen, den Boden zu zerstampfen, um dann entdeckt und ausgelöscht zu werden?"

„Nein. Aber mit Pferden ist es gar nicht zu umgehen, deutlichere Spuren zu verursachen."

„Die Personen, die hier gewesen sind, haben keine Pferde gehabt."

„Keine Pferde? Das wäre auffällig, vielleicht sogar verdächtig. Ich denke, in dieser Gegend kann kein Mensch ohne sein Pferd bestehen."

„Ist auch meine Meinung. Aber habt Ihr es noch nicht erlebt oder gehört, daß jemand auf irgendeine Weise um sein Pferd gekommen ist?"

„Das wohl. Doch Ihr redet nicht von einem, sondern von mehreren Menschen. Einer kann sein Pferd verlieren, mehrere aber schwerlich."

Rollins tat so klug, obgleich er nicht viel zu verstehen schien. Ich hätte ihm nicht wieder geantwortet, selbst wenn ich jetzt nicht von Winnetou gefragt worden wäre:

„Weiß mein Bruder Scharlih, woran er mit dieser Fährte ist?"

„Ja."

„Drei Bleichgesichter ohne Pferde. Sie haben nicht Gewehre, sondern Stöcke in den Händen getragen. Sie sind von hier fortgegangen, indem einer in die Stapfen des anderen trat und der letzte in der Reihe die Eindrücke zu verwischen suchte. Sie scheinen also anzunehmen, daß sie verfolgt werden."

„Das kommt auch mir so vor. Ob sie vielleicht gar keine Waffen haben?"

„Gewehre haben diese drei Weißen jedenfalls nicht. Da sie hier ausgeruht haben, müßten wir sonst die Spuren ihrer Waffen finden."

„Hm! Sonderbar! Drei unbewaffnete Bleichgesichter in dieser gefährlichen Gegend. Man kann sich das nur damit erklären, daß diese Leute Unglück gehabt haben, vielleicht überfallen und beraubt worden sind."

„Mein Bruder Scharlih ist ganz meiner Meinung. Diese Männer haben sich auf Stöcke gestützt, die sie im Wald abgebrochen und während der Rast neben sich in den Boden gesteckt haben. Man sieht deutlich die Löcher. Sie brauchen wohl Hilfe."

„Wünscht Winnetou, daß wir ihnen beistehen?"

„Der Häuptling der Apatschen hilft gern jedem, der seiner bedarf, und fragt nicht, ob es ein Weißer oder ein Roter ist. Doch mag Old Shatterhand bestimmen, was wir tun. Winnetou möchte helfen, aber er hat kein Vertrauen."

„Weshalb nicht?"

„Weil das Verhalten dieser Bleichgesichter zweideutig ist. Sie haben sich so große Mühe gegeben, ihre weiterführende Fährte auszulöschen. Warum haben sie die Spuren hier an der Lagerstelle nicht ebenso vertilgt?"

„Vielleicht glaubten sie, keine Zeit dazu zu haben. Oder: daß sie hier ausgeruht haben, konnte man wissen, aber wohin sie dann gegangen sind, das wollten sie verbergen."

„Es kann so sein, wie mein Bruder sagt. Aber dann sind diese Weißen keine Westmänner, sondern unerfahrene Leute. Wir wollen ihnen nachreiten, um ihnen beizustehen."

„Ich bin gern einverstanden, zumal es nicht den Anschein hat, daß wir dabei viel von unserer Richtung abzuweichen brauchen."

Wir stiegen wieder auf. Rollins aber zögerte und meinte bedenklich:

„Ist es nicht besser, diese Leute sich selbst zu überlassen? Es kann uns doch nichts nützen, ihnen nachzureiten."

„Uns freilich nicht, aber ihnen", entgegnete ich.

„Doch wir versäumen unsere Zeit dabei."

„Wir sind nicht so in Eile, daß wir nicht Leuten helfen dürften, die wahrscheinlich Unterstützung benötigen."

Ich sagte das etwas scharf. Er brummte mißmutig einige Worte in den Bart und stieg aufs Pferd, um uns zu folgen, die wir nun der Spur nachritten. Die Härte, die er hier an den Tag legte, stimmte zu seinem Gesicht. Ich ärgerte mich über ihn und empfand noch weniger Vertrauen zu ihm als bisher, doch kam es mir nicht bei, ihn für so verschlagen zu halten, wie er wirklich war.

Die Fährte verließ den Wald und das Gebüsch und führte auf die offene Savanne hinaus. Sie war frisch, höchstens eine Stunde alt, und da wir schnell ritten, dauerte es nicht lange, so sahen wir die Gesuchten vor uns. Als wir sie bemerkten, mochten sie ungefähr eine englische Meile von uns entfernt sein, und wir hatten diese Strecke erst halb zurückgelegt, als sie auf uns aufmerksam wurden. Einer von ihnen schaute sich um, erblickte uns und teilte es den anderen mit. Sie blieben eine kurze Zeit stehen, vor Schreck, wie es schien. Dann aber begannen sie zu laufen, als handle es sich um ihr Leben. Wir trieben unsere Pferde an. Es war uns eine Leichtigkeit sie einzuholen. Bevor wir sie erreichten, rief ich ihnen einige beruhigende Worte zu, und das hatte zur Folge, daß sie anhielten.

Sie waren wirklich gänzlich unbewaffnet, ja sie hatten nicht einmal ein Messer besessen, um sich die Stöcke abzuschneiden, sondern hatten sie abgebrochen. Ihre Anzüge befanden sich in gutem Zustand. Der eine von ihnen hatte ein Tuch um die Stirn gewickelt, und der zweite trug den linken Arm in der Binde. Der dritte war unverletzt. Sie sahen uns mit ängstlichen, mißtrauischen Blicken entgegen.

„Was rennt ihr denn so, Mesch'schurs", fragte ich, als wir bei ihnen anlangten.

„Wissen wir, wer und was ihr seid?" erwiderte der älteste von ihnen.

„Das war gleich. Wir mochten sein, wer wir wollten, wir hätten euch auf alle Fälle eingeholt. Deshalb war euer Rennen unnütz. Doch braucht ihr euch nicht zu sorgen. Wir sind ehrliche Leute und sind euch, als wir eure Spur fanden, nachgeritten, um zu fragen, ob wir euch vielleicht mit etwas dienen können. Wir vermuteten nämlich, daß euer gegenwärtiges Befinden nicht ganz nach euren Wünschen ist."

„Da habt Ihr Euch auch nicht getäuscht, Sir. Es ist uns übel ergangen, und wir sind froh, daß wir wenigstens das nackte Leben gerettet haben."

„Wer hat euch denn so arg mitgespielt? Etwa Weiße?"

„O nein, die Okananda-Sioux!"

„Ach die! Wann?"

„Gestern früh."

„Wo?"

„Da drüben am oberen Cedar Creek."

„Wie ist das denn gekommen? Oder meint ihr vielleicht, daß ich lieber nicht danach fragen soll?"

„Warum nicht, wenn ihr wirklich das seid, wofür ihr euch ausgebt, nämlich ehrliche Leute. Wenn das der Fall ist, so werdet ihr uns wohl erlauben, uns nach euren Namen zu erkundigen."

„Die sollt ihr erfahren. Dieser rote Gentleman hier ist Winnetou, der Häuptling der Apatschen. Mich pflegt man Old Shatterhand zu nennen, und der dritte ist Mr. Rollins, ein Pedlar, der sich uns aus Geschäftsgründen angeschlossen hat."

„*Heigh-day*, da ist ja jedes Mißtrauen völlig ausgeschlossen! Von Winnetou und Old Shatterhand haben wir oft gehört, wenn wir uns auch nicht zu den Westmännern rechnen dürfen. Das sind zwei Männer, auf die man sich in jeder Lage verlassen kann, und wir danken dem Himmel, daß er euch in unseren Weg geführt hat. Ja, wir sind sehr hilfsbedürftig, Mesch'schurs, und ihr verdient euch einen Gotteslohn, wenn ihr euch unser ein wenig annehmen wollt."

„Das werden wir tun. Sagt uns nur, wie das geschehen kann!"

„Dazu müßt ihr erst erfahren, wer wir sind. Ich heiße Evans, dieser hier ist mein Sohn und der andere mein Neffe. Wir kommen aus der Gegend von Neu-Ulm herüber, um uns am Cedar Creek anzusiedeln."

„Eine große Unvorsichtigkeit!"

„Leider! Aber wir wußten das nicht. Es wurde uns alles so schön und leicht beschrieben. Es klang so, als brauche man sich nur herzusetzen und die Ernte einzuheimsen."

„Und die Indianer? Habt ihr denn an die nicht gedacht?"

„O doch! Aber sie wurden uns ganz anders geschildert, als wir sie gefunden haben. Wir kamen wohlausgerüstet, um uns zunächst die Gegend anzusehen und ein gutes Stück Land auszuwählen. Dabei fielen wir den Roten in die Hände."

„Dankt Gott, daß ihr noch am Leben seid!"

„Freilich, freilich! Es sah erst weit schlimmer aus, als es sich dann anließ. Die Kerle sprachen vom Marterpfahl und anderen schönen Dingen. Dann begnügten sie sich aber damit, uns außer den Kleidern, alles was wir besaßen, abzunehmen und uns fortzujagen. Sie schienen doch notwendigere Dinge vorzuhaben, als sich mit uns zu schleppen."

„Notwendigere Dinge? Habt ihr vielleicht erfahren, was das gewesen ist?"

„Wir verstehen ihre Sprache nicht: aber der Häuptling hat, als er englisch mit uns radebrechte, einen Settler namens Cropley erwähnt, auf den sie es offensichtlich abgesehen hatten."

"Das stimmt. Den wollten sie des Nachts überfallen, und deshalb hatten sie nicht Zeit und Lust, sich weiter mit euch zu befassen. Diesem Umstand habt ihr euer Leben zu verdanken."

"Doch was für ein Leben!"

"Wieso?"

"Ein Leben das keins ist. Wir haben keine Waffe, nicht einmal ein Messer, und können uns kein Wild schießen oder fangen. Seit gestern früh haben wir nur Wurzeln und Beeren gegessen, und auch das hat hier in der Prärie aufgehört. Ich glaube, wenn wir euch nicht getroffen hätten, müßten wir verhungern. Denn ich darf doch hoffen, daß ihr uns mit einem Stückchen Fleisch oder dergleichen aushelfen könnt?"

"Das werden wir. Aber sagt vor allem, wohin ihr eigentlich wollt!"

"Zum Fort Randall."

"Kennt ihr den Weg dorthin?"

"Nein, doch glaubten wir, die Richtung so ungefähr getroffen zu haben."

"Das ist allerdings der Fall. Habt ihr denn einen Grund, dorthin zu wollen?"

"Einen sehr triftigen sogar. Ich sagte bereits, daß wir drei vorausgeeilt sind, um uns das Land anzusehen. Unsere Angehörigen sind nachgekommen und warten im Fort Randall auf uns. Erreichen wir glücklich diesen Ort, so ist uns geholfen."

"Da habt ihr es jetzt gut getroffen. Wir haben die gleiche Richtung und stehen in guter Verbindung mit Fort Randall. Ihr könnt euch uns anschließen."

"Wollt Ihr uns das erlauben, Sir?"

"Gewiß! Wir können euch doch nicht im Stich lassen!"

"Aber die Roten haben uns die Pferde genommen. Wir müssen also laufen, und das wird euch Zeit kosten!"

"Ist nicht zu ändern. Setzt euch jetzt nieder und ruht euch aus! Ihr sollt vor allen Dingen etwas zu essen haben."

Der Gehilfe des Pedlars schien mit diesem Gang der Sache nicht einverstanden zu sein. Er fluchte leise vor sich hin und murmelte etwas von Zeitversäumnis und unnützer Mildherzigkeit. Wir achteten aber nicht darauf, stiegen ab, lagerten uns mit ins Gras und gaben den drei Hilfsbedürftigen zu essen. Sie ließen es sich wohlschmecken, und dann, als sie sich ausgeruht hatten, setzten wir den unterbrochenen Ritt fort, indem wir von ihrer bisherigen Richtung abwichen und in unsere frühere einbogen. Sie waren glücklich über die Rettung und hätten sich wohl gern mit uns unterhalten, wenn wir gesprächigere Leute gewesen wären.

Winnetou ließ sich ebensowenig wie ich in eine überflüssige Plauderei ein. Auch den Pedlar-Gehilfen versuchten die drei einige Male vergeblich zum Reden und Erzählen zu bringen. Er war zornig über unser Zusammentreffen mit ihnen und wies sie scharf ab. Das stieß mich noch mehr von ihm ab und infolgedessen schenkte ich ihm jetzt heimlich mehr Aufmerksamkeit als bisher. Das Ergebnis war überraschend.

Ich bemerkte nämlich, daß, wenn er sich unbeobachtet wähnte, ein höhnisches Lächeln oder ein Ausdruck schadenfroher Genugtuung über sein Gesicht huschte. Und sooft das geschah, warf er einen scharf forschenden Blick auf Winnetou und mich. Ich achtete genauer auf ihn, wobei ich mich jedoch so in acht nahm, daß er nichts bemerken konnte, und sah hierauf noch ein zweites.

Rollins faßte nämlich zuweilen einen von den drei Fußgängern ins Auge, und wenn sich die Blicke beider trafen, glitten sie zwar schnell wieder voneinander ab, aber es war mir ganz so, als sei dabei ein gewisses heimliches Einvernehmen aufgezuckt. Sollten die vier einander kennen, sollten sie wohl gar zusammengehören? Sollte das abstoßende Wesen des Gehilfen gegen die drei bloß Maske sein?

Aber welchen Grund konnte er haben, uns zu täuschen? Mußte ich mich nicht irren? Evans nebst Sohn und Neffen war uns sogar zu Dank verpflichtet.

Sonderbar! Die oft beinahe wunderbare Übereinstimmung der Gefühle, Ansichten und Gedanken zwischen dem Apatschen und mir machte sich auch jetzt wieder geltend. Eben als ich über die erwähnte Beobachtung nachdachte, hielt er sein Pferd an, stieg ab und sagte zu dem alten Evans:

„Mein weißer Bruder ist lange genug gegangen. Er mag sich auf mein Pferd setzen. Old Shatterhand wird das seine auch herleihen. Wir sind schnelle Läufer und werden gleichen Schritt mit den Tieren halten."

Evans tat so, als wollte er diesen Dienst nicht annehmen, fügte sich aber gern. Sein Sohn bekam mein Pferd. Rollins hätte das seinige nun eigentlich dem Neffen borgen sollen, tat das aber nicht. Deshalb wechselte der Neffe später mit dem Sohn ab.

Da wir nun zu Fuß waren, konnte es nicht auffallen, daß wir hinterdrein schritten. Wir hielten uns so weit zurück, daß die anderen unsere Worte nicht verstehen konnten, und waren außerdem so vorsichtig, uns der Apatschensprache zu bedienen.

„Mein Bruder Winnetou hat sein Pferd nicht aus Mitleid, sondern aus einem anderen Grund hergegeben?" fragte ich.

„Scharlih errät es", erwiderte er.

„Hat Winnetou die vier Männer auch beobachtet?"

„Winnetou sah, daß sein Bruder Scharlih Mißtrauen gefaßt hatte, und hielt deshalb seine Augen auch offen. Es war ihm aber schon vorher Verschiedenes aufgefallen."

„Was?"

„Mein Bruder wird es erraten."

„Wohl die Verbände?"

„Ja. Der eine hat den Kopf verbunden, und der andere trägt den Arm in der Binde. Diese Verletzungen sollen von dem gestrigen Zusammentreffen mit den Okananda-Sioux herstammen. Glaubst du das?"

„Nein. Ich denke vielmehr, daß diese Leute gar nicht verwundet sind."

„Sie sind es nicht", bestätigte der Apatsche. „Seit wir sie getroffen haben, sind wir an zwei Wassern vorübergekommen, ohne daß sie haltmachten, um ihre Wunden zu kühlen. Wenn aber die Wunden erdichtet sind, so ist es auch eine Lüge, daß sie von den Okanandas überfallen und ausgeraubt wurden. Und hat sie mein Bruder Scharlih beim Essen beobachtet?"

„Ja. Sie aßen viel."

„Aber doch nicht soviel und so hastig wie einer, der seit gestern nur Beeren und Wurzeln gegessen hat. Und am oberen Cedar Creek wollen sie überfallen worden sein. Können sie sich da jetzt schon hier befinden?"

„Das weiß ich nicht, weil ich am oberen Creek noch nicht gewesen bin", erklärte ich.

„Sie könnten nur dann hier sein, wenn sie geritten wären. Also haben sie entweder Pferde, oder sie sind nicht am oberen Cedar Creek gewesen."

„Hm! Gesetzt, sie haben Pferde, warum leugnen sie es, und wem haben sie die Tiere anvertraut?"

„Das werden wir erforschen. Hält mein Bruder Scharlih den Gehilfen des Pedlars für einen Feind von ihnen?"

„Nein; er verstellt sich."

„Das tut er. Winnetou sah es auch. Rollins kennt sie. Vielleicht gehört er gar zu ihnen."

„Wozu aber diese Heimlichkeit? Welchen Zweck kann sie haben?"

„Das werden wir erkunden."

„Wollen wir es ihnen nicht gleich ins Gesicht sagen, was wir von ihnen denken?" fragte ich.

„Nein."

„Warum nicht?"

„Weil ihre Heimlichkeit auch eine Ursache haben kann, die uns nichts angeht. Diese vier Männer können trotz des Mißtrauens, das sie in uns erwecken, ehrliche Leute sein. Außerdem ist die Gefahr, wenn wirklich eine über uns schwebt, noch nicht nahe. Mein Bruder Scharlih mag nachdenken. Hat der Gehilfe des Pedlars einen Grund, Böses gegen uns im Schilde zu führen?"

„Ganz und gar nicht. Er hat vielmehr alle Ursache, sich freundschaftlich mit uns zu stellen."

„So ist es", nickte Winnetou. „Er will unsere Vorräte sehen. Sein Herr soll ein gutes Geschäft mit Old Firehand machen. Das kann aber nicht geschehen, wenn unterwegs etwas Feindseliges gegen uns ausgeführt wird. Man würde von uns nie erfahren, wo sich Old Firehand mit seinen Schätzen befindet. Also selbst wenn dieser Händler für später eine böse Tat planen sollte, haben wir nichts von ihm zu fürchten, bis er die Vorräte besichtigt hat. Stimmt mir mein Bruder bei?"

„Ja."

„Und nun die drei Männer, die sich für überfallene Ansiedler ausgeben!"

„Sie sind es nicht", warf ich ein.

„Nein. Sie sind etwas anderes."

„Aber was?"

„Mögen sie sein, was sie wollen, solange wir unterwegs sind, haben wir auch von ihnen nichts Böses zu erwarten."

„Aber dann vielleicht? Wenn wir mit ihnen in der ‚Festung' angekommen sind?"

„Uff!" lächelte Winnetou vor sich hin. „Mein Bruder Scharlih hat die gleichen Gedanken wie ich."

„Das ist kein Wunder. Meine Vermutung liegt so nahe. Es gibt wohl keine andere."

„Daß diese vier Männer alle Händler sind und zusammengehören?"

„Ja. Cropley sagte ja gestern, daß Braddon, der Pedlar, mit vier oder fünf Gesellen arbeitet. Vielleicht ist der angebliche alte Evans ein weiterer Gehilfe Braddons, oder gar er selbst mit zwei jüngeren Leuten. Er ist in der Nähe von Cropleys Settlement gewesen, und Rollins war in der Nacht fort. Er hat seinen Herrn von dem großen Geschäft, das er machen kann, benachrichtigt, und der Pedlar hat sich mit zwei anderen Gehilfen unterwegs zu uns gesellt."

„Aber in welcher Absicht? In guter oder in böser? Was meint mein Bruder Scharlih?"

„Hm, ich möchte das zweite behaupten. Wäre die Absicht keine böse, so könnte sie nur darin bestehen, sich unter falscher Flagge bei uns Eingang zu verschaffen, um die Vorräte unerkannt selber abschätzen zu können. Das hätte aber eigentlich gar keinen Zweck, weil der Gehilfe die Schätzung wohl ebensogut vornehmen kann, und weil wir überdies bereit waren, auch dem Pedlar selbst Zutritt zu Old Firehands Versteck zu gewähren."

„So ist es. Winnetou glaubt daher, daß die drei mit dem Gehilfen Rollins zu uns wollen, um die Felle zu sehen und sie uns dann ohne Bezahlung abzunehmen."

„Alo Raub oder gar Mord?" — „Ja."

„Ich nehme das auch an."

„Es ist das Richtige. Wir haben es mit bösen Menschen zu tun. Aber unterwegs brauchen wir keine Sorge zu haben. Es wird uns nichts geschehen. Die Tat soll erst dann vorgenommen werden, wenn sich alle vier in der ‚Festung' befinden."

„Und das ist leicht zu vermeiden. Rollins müssen wir mitnehmen, das ist nicht zu umgehen. Die anderen aber verabschieden wir vorher. Wir haben guten Grund dazu, denn sie wollen ja angeblich zum Fort Randall zu ihren Familien. Dennoch dürfen wir auch unterwegs keine Vorsicht versäumen. Wir glauben zwar, das Richtige getroffen zu haben, können uns aber auch täuschen. Deshalb müssen wir diese vier Männer nicht nur bei Tag, sondern auch während der Nacht scharf beobachten."

„Ja", beendete der Apatsche das Gespräch, „das müssen wir, denn es ist anzunehmen, daß sich jemand mit ihren Pferden stets in der Nähe befindet. Es darf immer nur einer von uns beiden schlafen. Der andere muß wach und zum Kampf gerüstet sein, doch so, daß es diese Leute nicht merken."

Winnetou hatte mit seinem Scharfsinn wieder einmal das Richtige getroffen, das Richtige ja, aber doch nicht das Ganze.

Wir nahmen während des Nachmittags unsere Pferde nicht zurück, obgleich sie uns wiederholt angeboten wurden. Als der Abend anbrach, hätten wir am liebsten auf der freien, offenen Prärie gelagert, weil wir den nötigen Rundblick hatten und jede Annäherung eines Feindes leichter bemerken konnten. Aber es wehte ein scharfer Wind, der Regen mit sich brachte, und wir wären durch und durch naß geworden. Deshalb zogen wir es doch vor, weiterzureiten, bis wir an einen Wald gelangten. An seinem Rand gab es einige hohe Nadelbäume, deren dichte, breite Äste den Regen von uns abhielten. Das bedeutete eine Annehmlichkeit, der wir die Gefahr unterordneten, die es wahrscheinlich heute überhaupt noch nicht für uns gab, und der wir, wenn sie wider Erwarten eintreten sollte, durch die gewohnte Vorsicht zu begegnen hofften.

Unser Mundvorrat war nur für zwei Personen berechnet gewesen; aber Rollins hatte auch Lebensmittel mit, und so langte es heute abend für uns alle. Es blieb sogar etwas übrig, und morgen konnten wir uns ein Wild schießen.

Nach dem Essen sollte eigentlich geschlafen werden, doch unsere Begleiter hatten noch keine Lust dazu. Sie unterhielten sich sehr angelegentlich, obgleich wir ihnen das laute Reden verboten. Sogar Rollins war gesprächig geworden und erzählte einige Abenteuer, die er während seiner Handelsreisen erlebt haben wollte. Deshalb gab es für Winnetou und mich auch keinen Schlaf. Wir mußten wach bleiben, obwohl wir uns nicht am Gespräch beteiligten.

Diese Unterhaltung kam mir nicht ganz ungewollt vor. Sie machte auf mich den Eindruck, als werde sie mit Absicht in dieser Form geführt. Sollte dadurch etwa unsere Aufmerksamkeit von der Umgebung abgelenkt werden? Ich beobachtete Winnetou und sah, daß er den gleichen Gedanken hegte, denn er hatte alle seine Waffen, selbst das Messer griffbereit und hielt scharfe Wacht auf alle Seiten, obwohl nur ich, der ihn genau konnte, das bemerkte. Seine Lider waren gesenkt, so daß es schien, als schlafe er. Aber ich wußte, daß er durch die Wimpern hindurch sorgfältig überall ausspähte. Und ich folgte seinem Beispiel.

Der Regen hatte aufgehört, und der Wind wehte nicht mehr so steif wie vorher. Am liebsten hätten wir den Lagerplatz nun hinaus ins Freie verlegt, aber das konnte nicht geschehen, ohne daß wir Anstoß erregten und Widerspruch erweckten. Darum blieb es so, wie es war.

Ein Feuer brannte nicht. Da die Gegend, in der wir uns befanden, den feindlichen Sioux gehörte, hatten wir einen guten Vorwand gehabt, das Anzünden einer Flamme zu untersagen. Ein Feuer mußte uns nicht nur den Roten, sondern auch den etwaigen Verbündeten unserer Begleiter verraten, und da unsere Augen an die Dunkelheit gewöhnt waren, hatten wir die Gewißheit, jede Annäherung nicht nur zu hören, sondern auch zu sehen. Das Hören wurde uns durch die Unterhaltung allerdings einstweilen noch erschwert. Desto tätiger aber waren unsere Augen. Die Ahnung kommenden Unheils, die uns fast wie ein fühlbarer Hauch umwehte, hielt überhaupt unsere Sinne wach.

Wir saßen, wie gesagt, unter den Bäumen am Waldrand und hielten dem Gebüsch die Gesichter zugekehrt, denn es war anzunehmen, daß, falls sich der Feind uns nähern sollte, er das von dort aus versuchen würde. Dann ging die dünne Sichel des Mondes auf und warf ihr mattes Licht unter den Wipfel, der sich über uns wölbte. Das Gespräch wurde noch immer ununterbrochen fortgesetzt. Man richtete die Worte zwar nicht unmittelbar an uns, aber es war doch nicht zu verkennen, daß unsere Aufmerksamkeit gefesselt und von anderem abgelenkt werden sollte. Winnetou lag jetzt lang ausgestreckt am Boden, mit dem linken Ellbogen im Gras und den Kopf in die hohle Hand gestützt. Da bemerkte ich, daß er das rechte Bein langsam und leise näher an den Leib zog, so daß das Knie einen stumpfen Winkel bildete. Hatte er etwa vor, einen Knieschuß zu tun, den äußerst schwierigen Knieschuß, den ich schon an anderer Stelle[1] beschrieben habe?

---

[1] Vgl. 'Winnetou' I, Kap. 19

Ja wirklich! Er griff zum Kolben seiner Silberbüchse und legte, scheinbar ohne Absicht, nur spielend, die Läufe eng an den Oberschenkel. Ich folgte mit dem Blick der Richtung der Läufe und sah unter dem vierten Baum von uns ein Buschwerk stehen, zwischen dessen Zweigen ein leises Schimmern zu bemerken war, zu bemerken allerdings nur für einen Mann von der Art des Apatschen. Es waren zwei Menschenaugen. Dort im Gebüsch steckte einer, der uns beobachtete. Winnetou wollte ihn ohne eine auffällige Bewegung durch den Knieschuß zwischen die Augen schießen, die allein sichtbar waren. Noch ein klein wenig höher die Gewehrmündung, dann war das Ziel erfaßt. Ich wartete gespannt auf den nächsten Augenblick. Winnetou fehlte nie, selbst des Nachts und bei diesem schwierigen Schuß nicht. Ich sah, daß er den Finger an den Drücker legte. Aber er schoß nicht. Er nahm den Finger weg und ließ das Gewehr sinken, um das Bein wieder auszustrecken. Die Augen waren verschwunden.

„Ein kluger Mann!" raunte er mir in der Sprache der Apatschen zu.

„Einer, dem der Knieschuß wenigstens bekannt ist, wenn er ihn vielleicht auch nicht selber fertigbringt", erwiderte ich leise in gleicher Mundart.

„Es war ein Bleichgesicht."

„Ja. Ein Sioux, und nur solche gibt es hier, mach die Augen nicht so weit auf. Wir wissen nun, daß ein Feind in der Nähe ist."

„Er weiß aber auch, daß uns seine Anwesenheit verraten ist."

„Leider. Er hat es daraus ersehen, daß du auf ihn schießen wolltest, und wird sich nun sehr in acht nehmen."

„Das nützt ihm nichts, denn Winnetou beschleicht ihn."

„Höchst gefährlich!" warnte ich. „Er wird es erraten, sobald du dich von hier entfernst."

„*Pshaw!*" widersprach Winnetou. „Der Apatsche tut, als wollte er zu den Pferden sehen. Das fällt nicht auf."

„Überlaß es mir lieber", bat ich.

„Soll Winnetou dich in die Gefahr schicken, weil er sie scheut? Er hat die Augen eher bemerkt als du und besitzt also das erste Anrecht, den Mann zu ergreifen. Mein Bruder mag dem Apatschen nur dazu verhelfen, daß er sich unauffällig entfernen kann."

Infolge dieser Aufforderung wartete ich noch eine kleine Weile und wandte mich dann an die in ihr Gespräch vertieften Gefährten:

„Jetzt hört auf! Wir brechen morgen zeitig auf und wollen nun schlafen. Mr. Rollins, habt Ihr Euer Pferd gut angebunden?"

„Ja", antwortete der Gefragte, unwillig über die Störung.

„Iltschi ist noch frei", meinte Winnetou. „Der Apatsche geht, ihn draußen im Gras anzuhobbeln, damit er während der Nacht fressen kann. Soll das Pferd meines Bruders Scharlih auch angehobbelt werden?"

„Ja", stimmte ich bei, damit es den Anschein hatte, als handle es sich wirklich um die Pferde.

Der Apatsche erhob sich langsam, schlang seine Saltillodecke um die Schultern und ging, um die Pferde eine Strecke weit fortzuführen. Ich wußte, daß er sich dann auf die Erde legen und zum Wald kriechen wurde. Die Decke konnte er dabei gebrauchen. Er hatte sie nur mitgenommen, um den Betreffenden zu täuschen.

Das unterbrochene Gespräch wurde jetzt wieder fortgesetzt. Das war mir einesteils lieb und andernteils unlieb. Ich konnte nicht erlauschen, was Winnetou tat, aber auch er konnte nun von dem, den er beschleichen wollte, nicht gehört werden. Ich senkte die Lider und tat, als kümmerte ich mich um nichts, beobachtete aber den Rand des Waldes genau.

Es vergingen fünf Minuten, zehn Minuten, es wurde eine Viertelstunde, ja fast eine halbe daraus. Mir wollte um Winnetou angst werden. Aber ich wußte, wie schwer das Anschleichen unter solchen Umständen ist und wie langsam es geht, wenn es sich um einen Feind handelt, der scharfe Sinne besitzt und obendrein ahnt, daß er überrumpelt werden soll. Da endlich hörte ich seitlich hinter mir Schritte, also aus der Gegend, wohin sich der Apatsche mit den Pferden entfernt hatte. Ich wendete leicht den Kopf und sah ihn von weitem kommen. Er hatte die Saltillodecke wieder umgehängt. Offenbar war es ihm gelungen, den versteckten Feind unschädlich zu machen. Erleichterten Herzens drehte ich den Kopf wieder herum, um ruhig abzuwarten, daß sich der Apatsche neben mir niederlassen würde. Seine Schritte kamen näher. Hinter mir blieb er stehen, und eine fremde Stimme rief:

„Nun den hier!"

Mich rasch wieder umblickend, sah ich zwar die Saltillodecke, aber der Mann, der sie sich umgehängt hatte, um mich zu täuschen, war nicht Winnetou, sondern ein bärtiger Mensch, der mir bekannt vorkam. Er hatte die drei Worte gesprochen und dabei mit dem Gewehrkolben zum Schlag gegen mich ausgeholt. Indem ich mich blitzschnell zur Seite warf, suchte ich dem Hieb zu entgehen. Doch es war schon zu spät. Er traf mich noch, zwar nicht auf den Kopf, aber ins Genick, also an einer noch gefährlicheren Stelle. Ich war sofort gelähmt und bekam einen zweiten Hieb auf den Schädel, so daß ich die Besinnung verlor.

20. Santer!

Ich mußte, wahrscheinlich infolge des Schlags ins Genick, wenigstens fünf oder sechs Stunden so gelegen haben, denn als ich wieder zu mir kam und es nach langer Anstrengung fertigbrachte, die bleischweren Lider ein wenig zu öffnen, graute bereits der Morgen. Die Augen fielen mir sofort wieder zu. Ich befand mich in einem Zustand, der weder dem Schlaf noch dem Wachen glich. Es war mir, als sei ich gestorben und als lauschte mein Geist aus der Ewigkeit herüber auf das Gespräch, das an meiner Leiche geführt wurde. Aber ich konnte die einzelnen Worte nicht verstehen, bis ich eine Stimme vernahm, deren Klang mich vom Tod hätte erwecken können:

„Dieser Hund von einem Apatschen will nichts gestehen, und den anderen habe ich erschlagen! Jammerschade! Auf ihn hatte ich mich ganz besonders gefreut. Er sollte es doppelt und zehnfach fühlen, was es heißt, in meine Hände zu fallen. Ich gäbe sehr viel darum, wenn ich ihn nur betäubt und nicht getötet hätte."

Es riß mir förmlich die Augen auf. Ich starrte den Mann an, den ich wegen des dichten Vollbarts, den er jetzt trug, nicht sogleich erkannt hatte. Diese außergewöhnliche Wirkung wird begreiflich erscheinen, wenn ich sage, daß ich Santer, keinen anderen als den Schurken Santer, mir gegenübersitzen sah. Ich wollte die Augen wieder schließen, wollte es nicht merken lassen, daß ich noch lebte, aber ich brachte es nicht fertig. Es war mir unmöglich, die Lider, die mir erst von selber zugefallen waren, zu senken. Ich starrte Santer an, in einem fort, ohne den Blick von ihm wenden zu können, bis er es bemerkte. Da sprang er auf und sein Gesicht strahlte plötzlich in teuflischer Freude.

„Er lebt; er lebt!" rief er aufgeregt. „Seht ihr's, daß er die Augen geöffnet hat? Wollen doch gleich die Probe machen, ob ich mich täusche oder nicht!"

Santer richtete eine Frage an mich. Als ich sie nicht sogleich beantwortete, kniete er neben mir nieder, faßte mich hüben und drüben bei den Schultern und rüttelte mich auf und nieder, so daß mein Hinterkopf hart gegen den Fußboden schlug. Ich konnte mich nicht dagegen wehren, weil ich so gefesselt war, daß ich kein Glied zu rühren vermochte. Dabei brüllte er:

„Willst du wohl antworten, Hund? Ich sehe, daß du lebst, daß du bei Besinnung bist, daß du antworten kannst!"

Bei dem Auf- und Niederschlagen bekam mein Kopf eine Richtung, die es mir ermöglichte, seitwärts zu blicken. Da sah ich Winnetou liegen, krumm geschlossen, in Form eines Rings, ungefähr in der Weise, die man mit dem Ausdruck ‚in den Bock gespannt' zu bezeichnen pflegt. Eine solche Lage hätte selbst einem Kautschukmann die größten Schmerzen bereitet. Was mußte der Gemarterte ausstehen! Und vielleicht waren ihm die Glieder schon stundenlang in dieser unmenschlichen Weise zusammengebunden.

Außer ihm und Santer gewahrte ich nur den angeblichen Evans mit seinem Sohn und seinem Neffen. Rollins, der Gehilfe des Pedlars, war nicht da.

„Also, wirst du reden?" fuhr Santer fort. „Soll ich dir die Zunge mit meinem Messer lösen? Ich will wissen, ob du mich kennst, ob du weißt, wer ich bin, und ob du hörst, was ich sage!"

Was hätte das Schweigen genützt? Unsere ohnehin trostlose Lage wäre dadurch nur verschlimmert worden. Ich durfte mich schon um Winnetous willen nicht starrköpfig zeigen. Freilich ob ich reden konnte, das wußte ich nicht. Ich versuchte es, und siehe da, es ging. Ich brachte, wenn auch mit schwacher, lallender Stimme die Worte hervor: „Ich erkenne Euch! Ihr seid Santer!"

„So, so! Du erkennst mich?" lachte mir der Schuft höhnisch ins Gesicht. „Bist wohl entzückt, mich hier zu sehen? Eine herrliche, eine unvergleichlich frohe Überraschung für dich! Nicht?"

Ich zögerte, die hämische Frage zu beantworten. Da zog er sein Messer, setzte mir die Spitze auf die Brust und drohte:

„Willst du auf der Stelle ja sagen, ein lautes Ja? Sonst stoße ich dir augenblicklich die Klinge in den Leib!"

Da warf mir Winnetou trotz seiner Schmerzen die Mahnung zu:

„Old Shatterhand wird nicht ja sagen, sondern sich lieber erstechen lassen!"

„Schweig, Hund!" brüllte ihn Santer an. „Wenn du noch ein Wort sagst, spannen wir deine Fesseln so straff, daß dir die Knochen brechen. Also, Old Shatterhand, du Freund, dem meine ganze Liebe gehört, nicht wahr, du bist entzückt, mich wiederzusehen?"

„Ja", entgegnete ich laut und fest, entgegen der Mahnung des Apatschen.

„Hört ihr's? Habt ihr's gehört?" grinste Santer die drei anderen frohlockend an. „Old Shatterhand, der berühmte, unbesiegbare Old Shatterhand hat eine solche Angst vor meinem Messer, daß er fügsam wird wie ein Knabe, dem der Stock droht!"

War mein vorheriger Zustand vielleicht nicht so schlimm gewesen, wie man meinen sollte, oder bewirkte der Hohn dieses Menschen die Veränderung in mir, ich weiß es nicht. Jedenfalls fühlte ich meinen Kopf jetzt plötzlich frei, als hätte ich die Kolbenhiebe gar nicht empfangen, und klar und ruhig gingen die Gedanken durch mein Hirn.

Es war nicht das erstemal, daß ich in Feindeshand fiel. Jähe Verzweiflung über ein unerhörtes Ereignis konnte mich also nicht packen. Als ich seinerzeit auf den Tod verwundet im Pueblo am Rio Pecos lag, wehrlos, reif für den Marterpfahl, schien mein Leben nicht weniger verwirkt als in dieser Stunde. Aber bei rascher Prüfung der Umstände kam es mir doch so vor, als sei ich jetzt noch schlimmer daran. Dort waren meine Widersacher die Apatschen vom Stamm der Mescaleros unter der Führung eines Intschu tschuna und eines Winnetou gewesen, das heißt, ich war samt den Gefährten einem Gegner ausgeliefert, der als ritterlich bezeichnet werden mußte. Und wie stand es hier?

Vor mir saß Santer, der Schurke, der um des schnöden Goldes willen den feigen Meuchelmord nicht gescheut hatte, dessen ganzes Leben offenbar eine Kette verbrecherischer Taten bildete, eine Raubtier in Menschengestalt, erbarmungslos, blutgierig und gemein. Ihm irgendwie zu entrinnen, bestand keine Hoffnung, zumal der Verbrecher dauernd um sein eigenes kostbares Leben bangen mußte, solange Winnetou und Old Shatterhand die Prärien durchstreiften.

Also keine Rettung für uns beide? Wirklich keine?

Als ich mir diese Frage in aller Geschwindigkeit durch den Kopf gehen ließ und alle Gedanken krampfhaft auf sie richtete, schoß mir plötzlich die Antwort durch den Sinn, die wie in matter, ferner Lichtstrahl war. Matt und fern nur, aber doch ein Lichtstrahl.

Wie war es damals am Nugget Tsil gewesen? Wilde Habgier hatte Santer zum Mörder werden lassen. Wilde Habgier schien die Triebfeder all seiner Handlungen zu sein. Sie war bestimmt seine schwache Seite, war sogar stärker als seine Mordlust. Sie beherrschte ihn wohl auch jetzt. Und bei dieser Schwäche mußte man ihn packen, wenn man irgendwie eine Handhabe gegen ihn finden wollte.

Ruhig Blut also, sagte ich mir und zwang mich, eine gleichgültige Miene zu zeigen.

„Ihr irrt da gewaltig", erwiderte ich so gelassen wie möglich. „Ich habe nicht aus Angst vor Eurem Messer ja gesagt."

Er stutzte und maß mich mit einem bösen Blick.

„Warum sonst?"

„Weil es die Wahrheit ist. Ich freue mich wirklich darüber, daß ich Euch endlich wiedersehe."

Diese Versicherung klang so ernsthaft, daß sie diesen hartgesottenen Verbrecher verblüffte. Er fuhr mit dem Kopf zurück, zog die Brauen hoch und sah mich einige Augenblicke forschend an.

„Wie? Was? Höre ich recht? Haben die Hiebe dein Gehirn so erschüttert, daß du irre redest? Du freust dich in Wirklichkeit?"

„Gewiß", nickte ich.

„Das ist eine so bodenlose, verdammte Frechheit, wie mir in meinem Leben noch keine vorgekommen ist! Kerl! Ich schließe dich ebenso krumm wie Winnetou, oder ich hänge dich verkehrt an den Baum, mit dem Kopf nach unten, daß dir das Blut aus allen Löchern spritzt!"

„Das werdet Ihr bleiben lassen!" fiel ich rasch ein.

„Bleiben lassen? Weshalb? Was für einen Grund könnte ich dazu haben?"

„Einen, den Ihr so gut kennt, daß ich ihn Euch nicht zu sagen brauche."

„Oho! Ich weiß keinen solchen Grund!"

„Pshaw! Mich täuscht Ihr nicht. Hängt mich immerhin! Dann bin ich in Kürze tot, und Ihr erfahrt nicht, was Ihr wissen wollt!"

Ich hatte das Richtige getroffen. Das sah ich ihm an. Er blickte zu Evans hinüber und schüttelte den Kopf.

„Wir haben diesen Halunken für tot gehalten, aber er ist nicht einmal besinnungslos gewesen, denn er hat alle Fragen gehört, die ich an Winnetou richtete, ohne daß mir diese verdammte Rothaut eine einzige beantwortet hat."

„Ihr irrt abermals", erklärte ich. „Ich war wirklich betäubt. Aber Old Shatterhand hat Grütze genug im Kopf, Euch zu durchschauen."

„So? Nun dann sag mir doch, was ich deiner Ansicht nach von euch wissen will!"

„Unsinn!" wies ich ihn ab. „Laßt diese Kinderei! Ihr werdet nichts erfahren. Ich sag Euch im Gegenteil, daß ich mich wirklich über das Zusammentreffen freue. Wir haben uns so lange Jahre vergeblich nach Euch gesehnt, daß unsere Freude jetzt herzlich und aufrichtig sein muß. Wir haben Euch ja endlich, endlich, endlich!"

Santer starrte mich eine ganze Weile wie abwesend an, stieß dann einen Fluch aus, der nicht wiederzugeben ist, und schrie mich an:

„Schuft, du mußt wahnsinnig sein! Du bildest dir wohl allen Ernstes ein, du könntet mir aus eigener Kraft wieder entwischen?"

„So ähnlich denke ich."

„Ja, ihr beide haltet euch für die allergescheitesten Kerle im ganzen Wilden Westen. Aber wie dumm seid ihr in Wirklichkeit! Wie war damals dieser Winnetou hinter mir her! Hat er mich erwischt? Jeder andere an seiner Stelle würde sich vor Scham darüber vor keinem Menschen mehr blicken lassen! Und jetzt? Wirst du eingestehen, daß ihr gestern abend meine Augen gesehen habt?"

„Ja", nickte ich.

„Winnetou wollte auf mich schießen?"

„Stimmt!"

„Ich sah es und verschwand auf der Stelle. Da ging er fort, um mich zu beschleichen. Gibst du auch das zu?"

„Warum nicht?"

„Mich beschleichen, hahahaha! Ich wußte doch, daß ich entdeckt war. Das hätte sich jedes Kind gesagt. Mich dennoch beschleichen zu wollen, war eine unvergleichliche Dummheit. Ihr habt dafür wirklich Prügel verdient. Anstatt daß Winnetou mich beschlich, überlistete ich ihn und schlug ihn, als er kam, mit einem einzigen Kolbenhieb nieder.

Dann holte ich seine Decke, die er weggelegt hatte, nahm sie über und machte mich über dich her. Was dachtest du denn eigentlich, als du sahst, daß ich es war anstatt des Apatschen?"

„Ich freute mich darüber."

„Auch über die Hiebe, die du bekamst? Jedenfalls nicht. Ihr habt euch übertölpeln lassen wie halbwüchsige Knaben. Nun befindet ihr euch so völlig in unserer Gewalt, daß Rettung für euch vollkommen unmöglich ist, wenn mich nicht etwa eine milde Regung überläuft. Es ist nicht ausgeschlossen, daß ich mich zur Nachsicht geneigt fühle. Aber nur in dem allereinzigen Fall, daß du mir aufrichtig Auskunft gibst. Schau diese drei Männer! Sie gehören zu mir. Ich schickte sie euch in den Weg, um euch zu überlisten. Was hältst du jetzt von uns?"

Wer und was er war, das ahnte ich nicht nur, sondern ich wußte es nun genau; aber die Klugheit verbot mir, das merken zu lassen. Deshalb erwiderte ich:

„Ein Schurke seid Ihr stets gewesen und seid es jedenfalls noch heute. Mehr brauche ich nicht zu wissen."

„Schön! Ich will dir eins sagen: Jetzt nehme ich diese Beleidigung ruhig hin. Ist dann unser Gespräch zu Ende, so kommt die Strafe. Das schreib dir hinter die Ohren! Ich will dir zunächst aufrichtig gestehen, daß wir allerdings lieber ernten als säen. Das Säen ist so anstrengend, daß wir es anderen Leuten überlassen. Doch wo wir eine Ernte finden, die uns keine große Mühe macht, da greifen wir schnell zu, ohne viel danach zu fragen, was die Leute dazu sagen, die behaupten, das Feld gehöre ihnen. So haben wir es bisher gehalten, und so werden wir es auch weiter treiben, bis wir genug haben."

„Wann wird das wohl der Fall sein?"

„Vielleicht sehr bald. Es steht nämlich hier in der Nähe ein Feld in voller, reifer Frucht, das wir abmähen wollen. Wenn uns das gelingt, können wir sagen, daß wir unser Schäfchen ins trockene gebracht haben."

„Meinen Glückwunsch!" sagte ich spöttisch.

„Danke!" antwortete Santer ebenso. „Da du uns beglückwünschst, es also gut mit uns meinst, nehme ich an, daß du uns behilflich sein wirst, dieses Feld zu finden."

Mit Genugtuung stellte ich fest, daß er meinem Plan, ihn bei seiner Habgier zu fassen, unbewußt entgegenkam. Aber ich stellte mich arglos und fragte:

„Ach, ihr wißt noch gar nicht, wo es liegt?"

„Nein. Wir wissen nur, daß es nicht weit von hier zu suchen ist."

„Das ist unangenehm."

„O nein, wir werden den Ort von dir erfahren!"

„Hm, das bezweifle ich. Ich weiß kein Feld, das für euch paßt."

„Das denkst du nur. Ich werde deinem Gedächtnis zu Hilfe kommen. Es handelt sich natürlich nicht um ein Feld im gewöhnlichen Sinn, sondern um ein Versteck, das wir ausleeren möchten."

„Was für ein Versteck?"

„Von Häuten, Fellen und dergleichen."

„Hm! Und ich soll es kennen? Wahrscheinlich täuscht ihr euch da."

„O nein! Ich weiß, woran ich bin. Du gibst doch wohl zu, daß ihr bei dem alten Cropley am Cedar Creek gewesen seid?"

„Ja."

„Was wolltet ihr bei ihm?"

„Das war wohl nur so ein Besuch, wie man ihn zuweilen ohne alle Absicht macht."

„Versuche doch nicht, mich zu täuschen! Ich traf Cropley, als ihr fort wart, und erfuhr von ihm, wen ihr bei ihm gesucht habt."

„Nun wen?"

„Einen Pedlar, der Braddon heißt."

„Das brauchte der Alte nicht zu sagen!"

„Er hat es aber gesagt. Der Pedlar soll euch Felle, viele Felle abkaufen." — „Uns?"

„Weniger euch beiden, als vielmehr Old Firehand, der eine ansehnliche Gesellschaft von Pelzjägern befehligt und einen großen Vorrat von Fellen beisammen hat."

„Alle Achtung, seid Ihr gut unterrichtet!"

„Nicht wahr?" lachte er schadenfroh, ohne meinen Spott zu beachten. „Ihr habt den Pedlar nicht gefunden, sondern nur einen Gehilfen von ihm und habt diesen Mann mit euch genommen. Wir sind euch schnell nach, um euch und ihn festzunehmen. Der Kerl aber, der, glaube ich, Rollins heißt, ist uns leider entwischt, während wir uns mit euch beschäftigen mußten."

Ich war gewöhnt, alles, selbst das scheinbar Unbedeutendste zu beobachten. Deshalb entging es mir nicht, daß Santer bei dieser Versicherung einen Blick dorthin warf, wo wir gestern abend seine Augen gesehen hatten. Dieser Blick war von ihm nicht genügend bewacht gewesen. Er fiel mir auf. Gab es etwa dort im Gesträuch etwas, das mit dem, wovon er sprach, also mit Rollins, zusammenhing? Das mußte ich erfahren, aber ich hütete mich, mein Auge sogleich auf jene Stelle zu richten, weil er das wahrscheinlich gemerkt hätte. Er fuhr in seiner Rede fort:

„Das schadet aber nichts, denn diesen Rollins brauchen wir nicht, wenn wir nur euch haben. Ihr kennt Old Firehand?"

„Ja."

„Und sein Versteck?"

„Ja."

„Ah! Freut mich ungemein, daß Ihr das so bereitwillig zugebt!"

„Pshaw! Warum sollte ich etwas leugnen, was doch wahr ist?"

„Well! Jetzt nehme ich also an, daß Ihr mir keine große Plage machen werdet."

„Inwiefern?"

„Insofern, als Ihr Euch Euer Schicksal bedeutend erleichtert."

„Welches Schicksal meint Ihr damit?"

„Den Tod. Ihr kennt mich, und ich kenne Euch. Wir wissen genau, wie wir miteinander stehen: Wer in die Gewalt des anderen gerät, der ist verloren, der muß sterben. Ich habe Euch erwischt, und so ist es mit Euerm Leben zu Ende! Ich habe stets die feste Absicht gehabt, Euch langsam und mit Genuß zu Tode zu schinden. Jetzt aber, da es sich um Old Firehands Versteck handelt, denke ich nicht mehr gar so streng."

„Sondern wie?"

„Ihr sagt mir, wo sich das Versteck befindet, und beschreibt es mir. Außerdem zahlt Winnetou aus dem Goldschatz, den er von seinem Vater geerbt hat, noch eine anständige Summe drauf."

„Und was bekommen wir dafür?"

„Einen schnellen, schmerzlosen Tod, nämlich eine rasche Kugel durch den Kopf."

„Sehr schön! Das ist zwar sehr gemütvoll, aber nicht sehr klug von Euch."

„Wieso?"

„Wir können Euch, um einen schnellen, leichten Tod zu finden, irgendeinen Ort beschreiben, der aber gar nicht der richtige ist."

„Da haltet Ihr mich für unvorsichtiger, als ich bin. Ich weiß es schon so anzufangen, daß ich Beweise von Euch erhalte. Vorher will ich nur wissen, ob Ihr geneigt seid, mir den Ort zu verraten und überhaupt zu zahlen."

„Verraten, das ist das richtige Wort. Ihr werdet aber wohl wissen, daß Old Shatterhand kein Verräter ist. Ich hörte, daß Winnetou Euch auch nicht zu Willen gewesen ist. Er wird es auch nie sein. Vermutlich hat er Euch nicht eine einzige Antwort gegeben, denn er ist viel zu stolz, mit solchen Halunken, wie Ihr seid, zu reden. Ich aber habe mit Euch gesprochen, weil ich dabei eine gewisse Absicht verfolgte."

„Eine Absicht? Was für eine?"

Santer blickte mir bei dieser Frage mit großer Spannung ins Gesicht.

„Das braucht Ihr jetzt nicht zu wissen. Später werdet Ihr es erfahren."

Der Gauner hatte zuletzt verhältnismäßig höflich gesprochen, was ich dadurch wiederzugeben versucht habe, daß ich ihn ‚Ihr' statt ‚du' sagen ließ. In Wahrheit hieß es vorher wie nachher ‚you', denn die Wechselrede wurde englisch geführt. Nun fuhr er zornig auf:

„Du willst dich also auch weigern?"

„Ja."

„Nichts sagen?"

„Kein Wort."

„So schließen wir dich krumm wie Winnetou!"

„Tut es!"

„Und martern euch zu Tode."

„Das wird Euch keinen Nutzen bringen."

„Meinst du? Ich sage dir, daß wir zum mindesten das Versteck Old Firehands auf alle Fälle finden werden."

„Höchstens durch einen unvorhergesehenen Umstand, und dann gewiß zu spät. Denn wenn wir nicht zur bestimmten Zeit zurückkehren, schöpft Old Firehand Verdacht und räumt das Versteck aus. So haben wir es mit ihm verabredet."

Santer blickte finster und nachdenklich vor sich nieder und spielte dabei mit seinem Messer, doch bedeutete diese Beschäftigung seiner Hände keine Gefahr für mich. Ich durchschaute ihn und seinen Doppelplan. Die erste Hälfte war mißlungen. Nun mußte er zur zweiten schreiten. Er gab sich Mühe, seine Verlegenheit zu verbergen, aber das gelang ihm nicht recht.

Die Sache lag so, daß er es auf unser Leben, aber auch auf die Reichtümer Old Firehands und Winnetous abgesehen hatte. Der Gewinn stand ihm höher als sein Haß gegen uns. Des Gewinnes wegen war er jedenfalls bereit, uns einstweilen laufen zu lassen, falls es nicht anders ging. Wohlgemerkt: einstweilen! Denn es war klar, daß er nicht daran dachte, uns endgültig freizugeben. Um so nachdrücklicher aber dachte ich daran, endgültig freizukommen. Deshalb war es keineswegs mehr das Gefühl der Sorge oder gar der Angst, womit ich nun seinen weiteren Entschließungen entgegensah. Da endlich hob er wieder den Kopf und fragte:

„Du verrätst mir also nichts?" — „Nein."

„Und wenn es euch sofort das Leben kostet?"

„Erst recht nicht, denn ein schneller Tod ist weit besser als der qualvolle, der uns eigentlich erwarten soll."

„Well! Ich werde dich zwingen. Wollen doch sehen, ob deine Glieder ebenso gefühllos sind, wie die des Apatschen."

Er gab den drei anderen einen Wink. Sie standen auf, faßten mich an und trugen mich dorthin, wo Winnetou lag. Dieses Verfahren machte mich stutzig. Weshalb behielt Santer uns beide, seine kostbare Beute, nicht lieber nahe bei sich, wo er uns doch am bequemsten beaufsichtigen konnte?

Kaum stand diese Frage vor mir, so glaubte ich auch schon, die richtige Antwort darauf gefunden zu haben. Santer versuchte es hier meiner Meinung nach mit einem Kniff, den auch ich im Verlauf meiner vielen Abenteuerfahrten mehrfach angewendet habe. Hat man zwei Feinde gefangen, die miteinander verbündet sind und in getrenntem Verhör die Aussage über Dinge, die man unbedingt wissen möchte, hartnäckig verweigern, so steckt man sie, scheinbar unbeaufsichtigt, zusammen. Dann ist hundert gegen eins zu wetten, daß sie gerade über ihr sorgsam gehütetes Geheimnis miteinander zu reden beginnen. Man braucht sie also nur heimlich zu belauschen, um zu erfahren, was sie zu verschweigen trachten.

So, glaube ich, rechnete Santer in unserem Fall, da er Winnetou und mich von sich und seinen Spießgesellen absonderte. Ich wurde dabei ebenso krumm geschlossen wie der Apatsche, eine Qual, die ich wortlos erduldete. Im übrigen war ich bemüht, zum Lagerplatz der Feinde hinüberzuspähen. Was ich da mühsam feststellte, bestätigte meine soeben dargelegte Vermutung. Die Gruppe der Lagernden war von uns aus nicht deutlich zu übersehen. Santer gesellte sich anscheinend zu seinen Leuten. Ob er aber dort blieb oder, von den anderen gedeckt, wieder fortschlich, war nicht zu erkennen. Folglich rechnete ich stark damit, daß er jetzt Winnetou und mich beschlich, um bei uns zu horchen.

Mein Entschluß stand fest. So wenig unsere Lage auch dazu angetan war, eine Unterhaltung zu führen, ich mußte jetzt mit Winnetou ein leises Gespräch beginnen. Und dieses Gespräch mußte Santer, den heimlichen Lauscher, davon überzeugen, daß es für ihn geraten und vorteilhaft sei, uns unter einem schicklichen Vorwand einstweilen die Freiheit zurückzugeben.

Ich sann darüber nach, wie sich dieses Gespräch wohl gestalten müsse. Augenblicklich brauchte es noch nicht zu beginnen, denn Santer konnte seinen Lauscherplatz hinter uns oder neben uns im Gebüsch noch nicht erreicht haben. Wohl aber mußte ich Winnetou kurz über meinen Plan verständigen. So meinte ich und öffnete schon den Mund zum ersten Wort, da erlebte ich, wie oft im Verlauf meiner Fahrten an der Seite des Apatschen, einen Beweis dafür, daß sich unsere Gedanken tatsächlich so begegneten, wie Intschu tschuna es seinerzeit vorausgewünscht hatte.

„Mein Bruder Scharlih mag auf alles eingehen, was Winnetou jetzt zum Schein heimlich mit ihm besprechen wird", kam mir der Apatsche in der Sprache seines Volkes zuvor. „Wir müssen Santer glauben machen, daß sich ein Goldversteck hier in der Nähe befindet. Dann wird seine Habgier über seinen Rachedurst siegen, und er wird die Torheit begehen, uns loszulassen."

Das waren ganz meine Vermutungen. Ich konnte darauf verzichten, meinem Erstaunen über dieses Gleichmaß der Vorausberechnungen Ausdruck zu geben, und fragte nur:

„Winnetou denkt also auch, daß Santer uns jetzt belauschen will?"

„So ist es. — Horch, es raschelt im Gebüsch! Er kommt!" Das war nur leise gehaucht. Dann fuhr der Apatsche auf englisch etwas lauter fort, um von Santer gehört zu werden: „Old Shatterhand irrt, wenn er meint, daß es Santer nur auf die Felle abgesehen hat, die er unserem Bruder Old Firehand abnehmen möchte, ohne sie zu bezahlen."

„Wonach sollte er sonst noch trachten?" erwiderte ich gemäß unserem Plan.

„Nach den Nuggets, die Winnetou einst einen guten Tagesritt von hier entfernt vergraben hat."

„Ah! Ich weiß, welches Versteck du meinst. Aber Santer kann unmöglich darum wissen."

„Und doch muß es so sein. Die Häute, die Old Firehand mit seinen Jägern gesammelt hat, wären Santer auch auf andere Art erreichbar gewesen, ohne daß er sie kaufte. Daß er uns vorzeitig überfallen hat, ist für Winnetou ein Beweis dafür, daß Santer den Ort kennt, wo das Gold liegt."

„Wieso? Wenn er ihn kennt, hätte er die Schätze längst geraubt."

„Er kennt ihn nicht genau. Es ist wie am Nugget Tsil, wo Santer auch um das Geheimnis der Apatschen wußte und doch nichts zu finden vermochte. Deshalb hat er uns hier überrumpelt. Wir sollen ihn zu dem Goldversteck führen und ihm die Nuggets überantworten."

„Das werden wir bleiben lassen."

„Ja, mein Bruder Scharlih wird schweigen, allen Martern zum Trotz, und auch Winnetou wird lieber alle erdenklichen Qualen ertragen, als Santer nachgeben. Der Mörder Intschu tschunas und Nschotschis wird das Gold nicht besitzen, nach dem es ihn gelüstet."

„Dann müssen wir ernstlich auf den Tod gefaßt sein."

„Winnetou und Old Shatterhand werden sterben, ohne mit der Wimper zu zucken. Vielleicht aber werden sie auch am Leben bleiben. Sie waren schon oft gefangen, und keine Aussicht auf Rettung wollte sich zeigen. Da half ihnen der gute Manitou auf wunderbare Weise, wie er stets denen hilft, die nicht verzagen. Sollte das auch hier geschehen, so müssen wir vor allem danach trachten, unsere Fährte unsichtbar zu machen und zum Goldversteck zu reiten, um die vielen Nuggets in Sicherheit zu bringen. Santer ahnt bestimmt, wo sie liegen. Der böse Geist könnte ihm sonst doch noch dazu verhelfen, daß er sie findet."

„Du hast recht", stimmte ich scheinbar eifrig bei. „Es fragt sich nur, ob wir zwei allein imstande sein werden, die kostbare Beute fortzuschaffen."

„Wir haben unsere Decken, in die wir das Gold packen können, und unsere beiden Pferde sind kräftig genug, die schwere Last bis zur ‚Festung' Old Firehands zu tragen. Mein Bruder weiß nun, wie alles steht. Wir wollen jetzt schweigen. Es könnte doch sein, daß einer von Santers Leuten, ohne daß wir es merken, in unsere Nähe kommt. Er darf nicht hören, was nur für Old Shatterhand und Winnetou bestimmt ist."

Unser auf die Täuschung des Widersachers eingestelltes Gespräch war also glücklich durchgeführt. Nun mußte sich die Wirkung der List zeigen. Unserer Berechnung nach mußte Santer einlenken, und ich glaubte sogar vorauszuwissen, auf welche Art er sich den Rückzug decken, das heißt, sein Nachgeben scheinbar begründen würde.

Ich hatte nämlich, als ich hierher zu Winnetou getragen wurde, einen Blick auf die Stelle geworfen, wo wir gestern abend die Augen erspäht hatten. Meine Ahnung bestätigte sich: Dort lag ein Mensch versteckt. Um zu sehen, was mir geschah, schob er seinen Kopf ein Stück durch das Gezweig, und ich glaubte das Gesicht Rollins zu erkennen.

Um es kurz zu machen, will ich nur sagen, daß ich drei volle Stunden krumm geschlossen neben Winnetou lag, ohne daß wir weiterhin ein Wort miteinander wechselten und unsere Peiniger einen lauten Atemzug hören oder eine schmerzliche Miene sehen ließen. Von Viertelstunde zu Viertelstunde kam Santer und fragte, ob wir gestehen wollten. Er bekam überhaupt keine Antwort. Es galt die Probe, wer länger aushielt, er oder wir.

Da, gegen Mittag, als Santer wieder vergeblich gefragt hatte, setzte er sich zu seinen drei Gefährten und verhandelte leise mit ihnen. Nach einiger Zeit meinte er laut, so daß wir es hörten:

„Ich glaube auch, daß er sich noch in der Nähe versteckt hält, weil es ihm nicht gelungen ist, sein Pferd mitzunehmen. Durchsucht die Gegend noch einmal genau! Ich bleibe hier, um die Gefangenen zu bewachen."

Santer meinte Rollins. Daß er so laut sprach, ließ uns ihn durchschauen. Wenn man wirklich einen in der Nähe Versteckten fangen will, sagt man das nicht so, daß er es hören kann oder gar hören muß. Die drei griffen zu ihren Waffen, die ihnen Santer offenbar mitgebracht hatte, und entfernten sich. Da flüsterte mir Winnetou in der Sprache der Apatschen zu:

„Ahnt mein Bruder, was geschehen wird?"

„Ja."

„Sie werden Rollins fangen und herbeibringen."

„Gewiß. Man erwartet in ihm einen Gegner, und dann wird es sich herausstellen, daß er ein guter Bekannter von Santer ist. Er wird für uns bitten —"

„— und Santer wird uns nach dem notwendigen Zögern freigeben. Das wird genauso gemacht werden wie in den großen schönen Häusern der Bleichgesichter, wo man Theater spielt."

„Ja, Santer ist der Pedlar und nennt sich jetzt Braddon. Rollins hat uns ihm in die Hände geführt. Jetzt sollen wir freigegeben werden, damit man uns heimlich folgen kann. Zu diesem Zweck ist Rollins nicht bei den Kumpanen geblieben und soll nun scheinbar nachträglich noch ergriffen werden, um uns zur Freiheit zu verhelfen."

„Mein Bruder Scharlih denkt genauso wie Winnetou. Wenn Santer klug gewesen wäre, hätte er das alles nicht nötig gehabt. Die Geschichte von dem Goldversteck haben wir ihm ja erst nachträglich weisgemacht. Er konnte Rollins mit uns gehen lassen und dann von ihm erfahren, wo Old Firehand und damit auch wir zu finden waren.

Er hat voreilig gehandelt. Jedenfalls befand er sich bei den Okananda-Sioux, als sie Cropleys Settlement überfallen wollten. Er ist ihr Verbündeter, und Rollins, sein Gehilfe, machte den Spion. Als Rollins hörte, wer wir waren, meldete er es Santer, und Santer beschloß, weil die Sioux uns nichts anhaben konnten, uns selbst zu überfallen. Rollins ritt mit uns. Die drei anderen Gehilfen mußten uns zu Fuß voran, und Santer selber kam mit den Pferden hinterdrein. Dieser Plan wurde in der großen Freude, uns zu erwischen, viel zu schnell und gedankenlos entworfen. Die Toren haben dabei nicht in Berechnung gezogen, daß wir doch keine solchen Schurken sind, Old Firehands Versteck zu verraten. Da sie das aber unbedingt finden und ausrauben und nun obendrein auch noch die erdichteten Nuggets erbeuten wollen, müssen sie ihre Dummheit dadurch gutmachen, daß sie uns wieder loslassen, um uns heimlich folgen zu können."

Wir hielten diesen Gedankenaustausch, ohne die Lippen zu bewegen. Santer merkte also nicht, daß wir miteinander sprachen. Er saß übrigens halb von uns abgewendet und lauschte in den Wald hinein. Nach einiger Zeit ertönte da drin ein lauter Ruf und noch einer. Eine zweite, eine dritte Stimme antwortete. Dann folgte ein heftiges Geschrei, das schnell näher kam, bis wir die drei angeblichen Häscher aus dem Gebüsch treten sahen. Sie hatten Rollins in der Mitte, der sich scheinbar sträubte, ihnen zu folgen.

„Bringt ihr ihn?" rief Santer ihnen entgegen, indem er aufsprang. „Habe ich's nicht gesagt, daß er sich noch in der Nähe befindet? Schafft den Kerl zu den beiden anderen Gefangenen, und schließt ihn auch so krumm wie —"

Der Schurke hielt mitten in der Rede inne, machte eine Bewegung der Überraschung und fuhr dann, wie vor Freude stotternd, fort:

„Wa—wa—was? We—wer ist denn das? Seh ich recht, oder ist's nur eine Ähnlichkeit?"

Rollins stellte sich ebenso freudig erstaunt, riß sich von den dreien los und eilte auf Santer zu.

„Mr. Santer, Ihr seid es! Ist's die Möglichkeit? Oh, nun ist alles gut; nun wird mir nichts geschehen!"

„Geschehen? Euch? Nein, Euch kann nichts geschehen, Mr. Rollins. Also ich täusche mich nicht, Ihr seid der Rollins, den ich fangen wollte! Wer hätte das gedacht! Ihr befindet Euch also jetzt bei Braddon, dem Pedlar?"

„Ja, Mr. Santer. Es ist mir bald gut, bald schlecht ergangen, seit wir uns trennten, jetzt aber bin ich zufrieden. Gerade auf diesem Ritt hoffe ich ein ausgezeichnetes Geschäft zu machen, leider aber wurden wir gestern abend von —"

Auch er brach seine Rede ab. Sie hatten sich wie gute Freunde, die sich lange nicht gesehen haben, in herzlicher Weise die Hände geschüttelt. Jetzt machte er plötzlich ein betroffenes Gesicht und sah Santer wie verblüfft an.

„Ja, wie ist mir denn? Seid Ihr es etwa, der uns überfallen hat, Mr. Santer?"

„Allerdings."

„*Heavens!* Ich werde von dem Mann angefallen, der mein bester Freund ist und mir verschiedene Male das Leben zu verdanken hat! Was habt Ihr Euch dabei gedacht?"

„Gar nichts. Was konnte ich mir denken, da ich Euch nicht zu sehen bekommen habe? Ihr habt Euch doch schleunigst aus dem Staub gemacht."

„Das ist freilich wahr. Ich hielt es für das beste, zunächst mich in Sicherheit zu bringen, um dann den beiden Gentlemen, zu denen ich gehöre, zur Flucht behilflich sein zu können. Deshalb habe ich mich hier versteckt, um den geeigneten Augenblick abzuwarten. Aber was sehe ich! Sie sind gefesselt und noch dazu in einer so grausamen Weise? Das darf nicht sein, das kann ich unmöglich zugeben. Ich werde sie losbinden!"

Damit wendete sich der Gehilfe des Pedlars uns zu. Santer aber ergriff ihn beim Arm.

„Halt, was fällt Euch ein, Mr. Rollins! Die beiden sind meine ärgsten Todfeinde."

„Aber meine Freunde!"

„Das geht mich nichts an. Habe eine Rechnung mit ihnen, die sie mit dem Leben bezahlen müssen. Deshalb überfiel ich sie und nahm sie fest, allerdings ohne zu ahnen, daß Ihr zu ihnen gehörtet."

„*By Jove*, das ist unangenehm! Eure Todfeinde? Und doch muß ich ihnen helfen! Ist es denn gar so viel, was Ihr gegen sie habt?"

„Mehr als genug, um ihnen zehnmal an den Hals zu gehen."

„Aber bedenkt, wer sie sind!"

„Meint Ihr etwa, daß ich sie nicht kenne?"

„Winnetou und Old Shatterhand! Die bringt man nicht so mir nichts, dir nichts um!"

„Gerade weil es diese beiden sind, gibt es bei mir kein Erbarmen."

„Ist das Euer Ernst, Mr. Santer?"

„Mein blutiger Ernst. Ich gebe Euch die Versicherung, daß sie verloren sind."

„Selbst dann, wenn ich für sie bitte?"

„Auch dann."

„Wißt Ihr noch, was Ihr mir zu verdanken habt? Ich habe Euch mehrere Male das Leben gerettet!"

„Das weiß ich und werde es Euch auch nie vergessen, Mr. Rollins."

„So denkt daran, was beim letzten Mal geschah!"

„Was?"

„Ihr schwurt mir, daß Ihr mir jeden Wunsch, jede Bitte erfüllen würdet."

„Hm! Ich glaube, so sagte ich."

„Wenn ich nun jetzt eine Fürbitte ausspreche?"

„Tut es nicht, denn in diesem Fall kann ich sie nicht erfüllen, und ich möchte doch mein Wort nicht brechen. Hebt Eure Ansprüche an mich lieber für später auf!"

„Das kann ich nicht. Ich habe hier Verpflichtungen. Kommt mit, Mr. Santer, und laßt mit Euch reden!"

Rollins nahm Santer beim Arm und zog ihn ein Stück fort, wo sie stehenblieben und unter heftigen Gebärden miteinander sprachen, doch so, daß wir die Worte nicht verstehen konnten. Sie führten die

Spiegelfechterei so gut durch, daß sie andere an unserer Stelle wohl getäuscht hätten. Dann kam Rollins allein zu uns und meinte:

„Habe wenigstens die Erlaubnis bekommen, euch eure Lage etwas zu erleichtern, Mesch'schurs. Ihr seht und hört, welche Mühe ich mir gebe. Hoffentlich gelingt es mir noch, euch ganz frei zu bekommen."

Er lockerte unsere Fesseln so weit, daß wir nicht mehr krumm gebunden waren, und kehrte dann wieder zu Santer zurück, um seine scheinbare Fürbitte auf das lebhafteste fortzusetzen. Nach längerer Zeit kamen beide zu uns und Santer redete uns an:

„Es ist, als wollte der Teufel euch beschützen. Ich habe diesem Gentleman hier einst ein Versprechen gegeben, das ich halten muß. Er beruft sich jetzt darauf und läßt sich nicht davon abbringen. Ich will ihm zuliebe die größte Dummheit meines Lebens begehen und euch freigeben, aber alles, was ihr bei euch habt, also auch eure Waffen, ist mein Eigentum."

Winnetou und ich antworteten nicht.

„Nun? Ihr könnt wohl vor Erstaunen über meinen Edelmut nicht sprechen?"

Als auch hierauf keine Erwiderung folgte, meinte Rollins:

„Sie sind in der Tat sprachlos. Ich werde sie losbinden."

Er griff zu meinen Fesseln.

„Halt!" rief ich da. „Laßt die Riemen so wie sie sind, Mr. Rollins!"

„Seid Ihr des Teufels? Weshalb denn?"

„Entweder alles oder gar nichts."

„Wie meint Ihr das?"

„Die Freiheit ohne unsere Waffen und unser übriges Eigentum mögen wir nicht."

„Sollte man das für möglich halten?"

„Andere mögen anders denken als wir. Winnetou und ich aber gehen ohne unser Eigentum nicht von der Stelle. Lieber tot, als von unseren Waffen zu lassen."

„Aber seid doch froh, daß —"

„Schweigt!" unterbrach ich ihn. „Ihr kennt unsere Ansicht, die kein Mensch ändern wird."

„Tod und Hölle! Ich will euch retten und muß mich so abfertigen lassen!"

Rollins zog Santer wieder mit sich fort, und zu der nun weiter folgenden Beratung wurden auch die anderen hinzugezogen

„Das hat mein Bruder recht gemacht", flüsterte mir Winnetou zu. „Es ist gewiß, daß sie uns den Willen tun werden, denn sie meinen, daß sie später doch alles bekommen."

Auch ich war davon überzeugt. Außerdem wußte ich, daß Santer aus meinem Stutzen keinen Schuß hätte tun können. Zudem mußte er sich sagen, daß wir — sofern er nicht auf unsere Forderung einging — keinesfalls gleich zu Old Firehand zurückkehren, sondern ihn so lange verfolgen würden, bis wir wieder zu unserem Eigentum gelangt waren. Deshalb mußte er auf meine Forderung eingehen, die in unserer Lage allerdings geradezu unsinnig zu nennen war. Freilich mußte sich Santer noch längere Zeit scheinbar sträuben. Endlich kamen sie alle herbei und Santer erklärte:

„Ihr habt heut ein unmenschliches Glück. Mein Wort zwingt mich, etwas zu tun, was eigentlich Wahnsinn ist. Ihr werdet mich auslachen, aber ich schwöre es euch zu, daß ich es bin, der zuletzt lachen wird. Hört also, was wir ausgemacht haben!"

Der Halunke hielt inne, um dem Folgenden Nachdruck zu geben, und fuhr dann fort:

„Ich lasse euch diesmal frei, und ihr behaltet alles, was euch gehört. Aber ihr werdet bis zum Abend hier an diese Bäume gebunden, damit ihr uns zunächst nicht folgen könnt. Wir reiten jetzt fort, dorthin, woher wir gekommen sind, und nehmen Mr. Rollins mit, damit er euch nicht vor der Zeit losmachen kann. Wir lassen ihn aber zurückkehren, so daß er hier bei euch eintrifft, wenn es dunkel geworden ist. Morgen bei Tagesgrauen mögt ihr uns dann nachreiten, so lang es euch beliebt. Ihr habt Mr. Rollins euer Leben zu verdanken. Seht, daß ihr mit ihm quitt werdet!"

Weiter sprach niemand. Wir wurden an zwei nebeneinander stehende Bäume befestigt. Nachher band man unsere Pferde in der Nähe an, und hierauf wurde alles, was man uns abgenommen hatte, neben uns hingelegt. Wie froh war ich, daß sich die Waffen dabei befanden! Als das geschehen war, ritten die fünf Gauner fort.

Wir blieben wohl eine Stunde lang, nur beschäftigt mit unseren Sinnen, jedes Geräusch aufzunehmen und zu bestimmen. Dann sagte der Apatsche:

„Sie sind noch hier, um uns, wenn wir aufbrechen, gleich folgen zu können. Um nicht gesehen zu werden, lassen sie uns erst am Abend frei. Wir müssen Santer haben. Wie denkt sich mein Bruder den Fang?"

„Jedenfalls nicht so, daß wir Santer bis zu Old Firehand locken."

„Nein. Er darf die ‚Festung' nicht kennenlernen. Wir bleiben die ganze Nacht im Sattel und würden also morgen abend in der ‚Festung' ankommen. Wir halten aber eher an. Rollins wird, hinter uns herreitend, ihnen heimlich Zeichen zurücklassen, denen sie folgen. Wenn die Zeit gekommen ist, machen wir ihn unschädlich und reiten eine kleine Strecke zurück, um sie auf unserer Fährte zu erwarten. Ist mein Bruder Old Shatterhand mit diesem Plan einverstanden?"

„Ja, es ist der einzig richtige. Santer ist überzeugt, uns zu bekommen. Wir aber bekommen ihn." — „Howgh!"

Winnetou sagte nur das eine Wort, aber darin klang eine tiefe, unendliche Befriedigung darüber, daß der so lange vergeblich Gesuchte nun endlich in seine Hand gegeben sein sollte.

Der Tag kroch quälend langsam dem Abend zu, aber es wurde schließlich doch finster, und da hörten wir auch bald den Hufschlag eines Pferdes. Rollins kam, stieg ab und machte uns von den Fesseln los. Dabei versäumte er nicht, sich als unseren Retter in das hellste Licht zu setzen und uns weiszumachen, wie weit er mit unserem Todfeind noch geritten sei. Wir stellten uns, als glaubten wir ihm, und versicherten ihn unserer Dankbarkeit, hüteten uns aber, dabei in überschwengliche Ausdrücke zu verfallen. Dann saßen wir auf und ritten langsam davon.

Rollins hielt sich wieder hinter uns. Wir hörten, daß er, um gute Spuren zu schaffen, sein Pferd öfter tänzeln ließ. Als dann der sichelförmige Mond am Himmel stand, konnten wir beobachten, daß er von Zeit zu Zeit zurückblieb, um einen Zweig abzureißen und auf den Weg zu werfen oder sonst irgendein Zeichen zurückzulassen.

Am Morgen wurde eine kurze Rast gemacht und gegen Mittag wieder. Diese Pause aber war länger. Wir wollten Santer, der erst am Morgen hatte folgen können, möglichst heranlassen. Hierauf ritten wir noch zwei Stunden weiter. Nun war es Zeit, uns mit Rollins auseinanderzusetzen. Wir hielten an und stiegen ab. Das mußte ihm auffallen, und er fragte, indem er auch aus dem Sattel sprang:

„Warum anhalten, Mesch'schurs? Das ist nun heute zum drittenmal. Es kann doch nicht mehr weit zu Old Firehand sein. Wollen wir diese Strecke nicht vollends zurücklegen, anstatt hier noch einmal Lager zu machen?"

Winnetou, der sonst so Schweigsame, gab ihm Bescheid.

„Zu Old Firehand dürfen keine Schurken."

„Schurken? Wie meint das der Häuptling der Apatschen?"

„Winnetou meint, daß du einer bist."

„Ich?" Der Mann mit dem derben Gesicht runzelte drohend die Stirn. „Seit wann ist Winnetou so ungerecht und undankbar, seinen Lebensretter zu beschimpfen?"

„Lebensretter? Hast du wirklich geglaubt, Old Shatterhand und Winnetou zu täuschen? Wir wissen alles: Santer ist Braddon, der Pedlar, und du bist sein Spion. Du hast ihm während des ganzen Ritts Zeichen hinterlassen, damit er uns, Old Firehands ‚Festung' und außerdem ein gewisses Versteck voll Nuggets finden soll. Du willst uns an Santer ausliefern und sagst, daß du unser Lebensretter seist. Wir haben dich beobachtet, ohne daß du es ahntest. Nun aber ist unsere und auch deine Zeit gekommen. Santer mahnte uns, mit dir quitt zu werden. Gut, wir rechnen mit dir ab!"

Der Apatsche streckte die Hand nach Rollins aus. Der Mann begriff die Lage sofort, wich zurück und schwang sich blitzschnell in den Sattel, um zu fliehen. Ebenso schnell hatte ich sein Pferd beim Zügel, und noch viel schneller schwang sich Winnetou hinter ihm auf, um ihn beim Genick zu nehmen. Rollins sah in mir, weil ich sein Pferd hielt, den gefährlicheren Feind, zog eine Doppelpistole hervor, richtete sie auf mich und drückte ab. Ich bückte mich, und zugleich griff Winnetou zur Waffe. Die beiden Schüsse gingen los, ohne mich zu treffen. Einen Augenblick später flog Rollins, von Winnetou herabgeschleudert, vom Pferd. Noch eine halbe Minute, und er war entwaffnet, gebunden und geknebelt. Wir befestigten ihn mit den Riemen, womit wir gefesselt gewesen waren, einstweilen an einen Baum und banden sein Pferd in der Nähe an. Später, nach der Überwältigung Santers, wollten wir ihn wieder abholen. Dann stiegen wir wieder auf und ritten eine Strecke zurück, nicht auf unserer Spur, sondern gleichlaufend mit ihr, bis wir ein vorspringendes Gebüsch erreichten, an dessen anderer Seite unsere Fährte vorüberführte. Hier mußte Santer vorbei. Wir zogen unsere Pferde in dieses Gesträuch und setzten uns bei ihnen nieder, um auf die zu warten, die es auf uns abgesehen hatten.

Sie mußten aus Nordwesten kommen. In dieser Richtung erstreckte sich eine kleine, offene Prärie, so daß es uns möglich war, Santer zu sehen, bevor er unseren Hinterhalt erreichte. Nach unserer Berechnung konnte er nicht sehr weit hinter uns sein. Es war noch anderthalb Stunden Tag, und bis dahin, wahrscheinlich aber noch viel eher, mußte er uns eingeholt haben.

Wir saßen still nebeneinander, ohne ein Wort zu wechseln. Wie wir uns kannten und verstanden, war es nicht nötig, uns wegen des Überfalls zu besprechen. Wir hatten unsere Lassos losgeschnallt. Santer und die drei anderen waren uns sicher.

Aber es verging eine Viertelstunde, eine zweite und eine dritte, ohne daß sich unsere Erwartung erfüllte. Beinahe war die volle Stunde vorüber, da merkte ich drüben, auf der Westseite der erwähnten kleinen Prärie, einen sich schnell bewegenden Gegenstand, und zu gleicher Zeit sagte Winnetou, indem er in diese Gegend deutete:

„Uff! Ein Reiter dort drüben!"

„Allerdings, ein Reiter. Das ist sonderbar."

„Uff, uff! Er reitet im Galopp der Gegend zu, woher Santer kommen muß. Kann mein Bruder die Farbe des Pferdes erkennen?"

„Es scheint ein Brauner zu sein."

„Ja, es ist ein Brauner, und braun war ja Rollins Pferd."

„Rollins? Unmöglich! Wie könnte der losgekommen sein?"

Winnetous Augen blitzten. Sein Atem ging schneller, und die leichte Bronze seines Gesichts färbte sich dunkler. Doch er bezwang sich und erklärte ruhig:

„Noch eine Viertelstunde warten!"

Auch diese Frist verstrich. Der Reiter war längst verschwunden, aber Santer kam nicht. Da forderte mich der Apatsche auf:

„Mein Bruder mag schnell zu Rollins reiten und mir Nachricht von ihm bringen!"

„Und wenn die vier anderen inzwischen kommen?"

„So überwindet Winnetou sie allein."

Ich zog meinen Rappen aus dem Gebüsch und ritt zurück. Als ich nach zehn Minuten an die Stelle kam, wo wir Rollins festgebunden hatten, war er fort und sein Pferd auch. Ich brauchte weitere fünf Minuten, um die Spuren, die ich neu hier vorfand, sorgfältig zu untersuchen, und kehrte dann zu Winnetou zurück. Er fuhr wie eine Spannfeder auf, als ich ihm sagte, daß Rollins verschwunden sei.

„Wohin?" fragte er.

„Santer entgegen, um ihn zu warnen."

„Sahst du die Spur so liegen?"

„Ja."

„Uff! Rollins wußte, daß wir auf unserer eigenen Fährte zurück sind, um Santer zu fangen, und hat sich ein wenig westlicher gehalten und einen kleinen Umweg gemacht, um nicht an uns vorüber zu müssen. Deshalb sahen wir ihn da drüben am Rand der Prärie. Aber wie ist er losgekommen? Fandest du keine Spur davon?"

„O doch! Es ist ein Reiter von Südosten gekommen und bei ihm abgestiegen. Der hat ihn losgemacht."

„Wer mag das gewesen sein? Ein Soldat aus Fort Randall?"

„Nein. Die Fußtapfen waren so groß, daß sie nur von den uralten riesigen Schaftstiefeln unseres Sam Hawkens herrühren können. Auch meine ich, in den Spuren des Reittiers die seiner Mary erkannt zu haben."

„Uff! Vielleicht ist es noch Zeit, Santer zu fassen. Obgleich er gewarnt worden ist. Mein Bruder Scharlih mag kommen!"

Wir stiegen auf, gaben den Hengsten die Sporen und flogen davon, nach Nordwesten, immer auf unserer Fährte zurück. Winnetou sagte kein Wort, doch in seinem Innern gab es Sturm. Dreimal wehe über Santer, wenn er ihn noch ergriff!

Die Sonne war schon hinter dem Rand des Gesichtskreises verschwunden. In fünf Minuten hatten wir die Prärie hinter uns. Drei Minuten später kam die Spur des entflohenen Rollins von links herüber und vereinigte sich mit der unsrigen. Nach abermals drei Minuten erreichten wir die Stelle, wo Rollins auf Santer und die drei Evans getroffen war. Sie hatten nur einige Augenblicke verweilt, um dessen Meldung zu hören, und waren dann schleunigst umgekehrt. Hätten sie das auf der gleichen Fährte getan, so wären wir ihnen, da wir die Spur kannten, trotz der hereinbrechenden Dunkelheit gefolgt. Aber sie waren so klug gewesen, davon abzuweichen und eine andere Richtung einzuschlagen. Da uns diese Richtung unbekannt war, mußten wir, als es noch dunkler wurde, von der Verfolgung absehen, weil die Fährte nicht mehr zu erkennen war. Winnetou wendete schweigend sein Pferd, und wir galoppierten zurück. Südostwärts ging es wieder, erst an der Stelle vorüber, wo wir auf Santer gewartet hatten, und dann an dem Platz vorbei, wo Rollins von uns gebunden worden war. Wir ritten zur ‚Festung'. Santer war uns abermals entgangen, hoffentlich nicht für immer! Die Verfolgung mußte morgen früh, sobald seine Spur zu erkennen war, aufgenommen werden, und es stand zu erwarten, daß Winnetou sich bis zur äußersten Möglichkeit an sie hängen würde.

Der Mond ging soeben auf, als wir nach Überschreiten des Mankizita in die Schlucht kamen, wo im Cottongesträuch die Wache stand. Sie war auch heute abend da und rief uns an. Auf unsere Antwort bemerkte der Posten:

„Dürft es nicht übel deuten, daß ich so scharf fragte. Müssen heute vorsichtiger sein als sonst."

„Weshalb?" forschte ich.

„Scheint hier herum etwas los zu sein."

„Was?"

„Weiß es nicht genau. Muß sich aber etwas ereignet haben, denn der kleine Mann, Sam Hawkens genannt, hielt eine lange Predigt, als er heimkam."

„Er war fort?"

„Ja."

„Noch jemand?"

„Nein; er allein."

Es war also richtig, daß der sonst so kluge Sam die Dummheit begangen und Rollins befreit hatte.

Als wir durch die Enge und das Felsentor geritten waren und in die ‚Festung' kamen, war das erste, was wir erfuhren, daß sich das Befinden Old Firehands verschlimmert hatte. Es war zwar keine Gefahr vorhanden, aber ich erwähne es, weil mich dieser Umstand von Winnetou trennte.

Der Apatsche warf seinem Pferd die Zügel über und ging zum Lagerfeuer, wo das ‚Kleeblatt', Harry und der Offizier von Fort Randall bei Old Firehand saßen, der in weiche Decken gehüllt war. Ich folgte ihm.

„Gott sei Dank! — Wieder da!" begrüßte uns der Kranke mit matter Stimme. „Habt ihr den Pedlar gefunden?"

„Gefunden und wieder verloren", entgegnete Winnetou. „Mein Bruder Hawkens ist heute fortgewesen?"

„Ja, ich war draußen", bestätigte der Kleine ahnungslos.

„Weiß mein kleiner weißer Bruder, was er ist?"

„Ein Westmann, wenn ich mich nicht irre."

„Nein, kein Westmann, sondern ein Greenhorn, wie Winnetou noch keines gesehen hat und auch niemals wieder sehen wird. Howgh!"

Mit diesem Beteuerungswort drehte er sich um und ging fort. Die Grobheit des sonst so ruhigen und sogar zartfühlenden Apatschen erregte Aufsehen. Der Grund aber wurde allen klar, als ich mich niedersetzte und erzählte, was wir erlebt hatten. Santer gefunden und dann wieder verloren! Das war ein Ereignis, wie es kein bedeutenderes geben konnte. Der kleine Sam war außer sich. Er gab sich alle möglichen ehrenrührigen Namen, er wühlte mit beiden Händen in seinem Bartwald, ohne jedoch Trost zu finden. Er riß sich die Perücke vom Kopf und quetschte sie in die verschiedenen Formen, wurde aber auch dadurch nicht beruhigt. Da warf er sie zornig zu Boden und rief:

„Winnetou hat recht, vollständig recht: ich bin das größte Greenhorn, der albernste Dummkopf, den es geben kann, und werde bis an das Ende meiner Tage so dumm bleiben."

„Wie konnte das alles nur geschehen, lieber Sam?" fragte ich ihn.

„Eben nur durch meine Dummheit. Hörte zwei Schüsse fallen und ritt der Gegend zu, woher sie kamen. Dort traf ich einen an einen Baum gebundenen Menschen und daneben ein angehängtes Pferd, wenn ich mich nicht irre. Ich fragte ihn, wie er in diese Lage gekommen sei, und er gab sich für den Pedlar aus, der Old Firehand aufsuchen wollte. Er sei von mehreren Indianern überfallen und hier angehängt worden, erzählte er."

„Hm! Ein Blick auf die Spuren mußte Euch doch zeigen, daß es sich nur um einen Indianer und einen Weißen handeln konnte."

„Ist richtig. Hatte aber meinen schwachen Tag, und da prüfte ich nicht erst, sondern machte ihn los. Wollte ihn hierher bringen. Er aber sprang auf sein Pferd und jagte in entgegengesetzter Richtung davon. Jetzt wurde es mir unheimlich, zumal der Indsmen wegen, von denen er gesprochen hatte, und so hielt ich es für das beste, schleunigst heimzureiten und zur Vorsicht zu mahnen, wenn ich mich nicht irre. Möchte mir vor Ärger alle Haare einzeln ausreißen, aber auf dem Kopf habe ich keine, und daß ich mir meine Perücke damit verderbe, das macht die Sache auch nicht anders. Aber morgen mit dem frühesten werde ich die Fährte dieser Kerle aufsuchen und nicht eher von ihr lassen, als bis ich sie alle gefangen und ausgelöscht habe!"

„Mein Bruder Sam wird das nicht tun", ließ sich da Winnetou hören, der wieder in die Nähe gekommen war. „Der Häuptling der Apatschen wird dem Mörder allein folgen. Seine weißen Brüder müssen alle hier bleiben, denn es ist möglich, daß Santer doch noch die ‚Festung' sucht, um sie auszurauben. Da sind kluge und tapfere Männer zur Verteidigung nötig."

Später, als man sich über das Ereignis einstweilen beruhigt hatte und schlafen ging, suchte ich Winnetou. Sein Iltschi weidete am Wasser, und er hatte sich in der Nähe ins Gras gestreckt. Als er mich kommen sah, stand er auf und ergriff meine Hand.

„Winnetou weiß, was sein Bruder Scharlih zu ihm sagen will. Du möchtest mit fort, um Santer zu fangen?"

„Ja."

„Das darfst du nicht. Die Schwäche Old Firehands hat sich gesteigert, sein Sohn ist noch ein Knabe, Sam Hawkens wird alt, wie du heute gesehen hast, Dick Stone und Will Parker sind im Notfall vielleicht nicht geistesgegenwärtig genug, und die Soldaten aus dem Fort müssen als Fremdlinge betrachtet werden. Old Firehand braucht dich nötiger. Winnetou jagt Santer allein und bedarf dazu keiner Hilfe. Wie aber, wenn er, während der Apatsche ihn sucht, Gesindel an sich zieht und hier einbricht? Beweise dadurch deine Liebe, daß du Old Firehand beschützest! Willst du diesen Wunsch deines Bruders Winnetou erfüllen?"

Es wurde mir schwer, in die Trennung zu willigen, doch drang er so lange in mich, bis ich nachgab. Er hatte recht: Old Firehand bedurfte meiner nötiger als er. Aber ein Stück begleiten mußte ich ihn. Noch schien der Morgenstern hell, da ritten wir miteinander hinaus in den Wald, und gerade als es tagte, hielten wir an der Stelle, wo wir vor der neuen Fährte Santers umgekehrt waren. Für das scharfe Auge des Apatschen war sie noch zu erkennen.

„Hier scheiden wir", entschied er, indem er sich auf seinem Pferd zu mir herüberbeugte und seine Rechte auf meine Schulter legte. „Der Große Geist gebietet, daß wir uns jetzt trennen. Er wird uns zur rechten Zeit wieder zusammenführen, denn Old Shatterhand und Winnetou können nicht dauernd geschieden sein. Winnetou treibt die Feindschaft fort, dich hält die Freundschaft hier. Die Liebe wird uns wieder vereinigen. Howgh!"

Ein Druck seiner Hände für mich, ein lauter, gellender Zuruf an seinen Rappen, und er jagte davon, daß sein langes, herrliches Haar wie eine Mähne hinter ihm her wehte. Ich blickte dem Freund nach, bis er verschwand. Wirst du den Feind erjagen? Wann sehe ich dich wieder, du lieber, lieber Winnetou?

KARL MAYS GESAMMELTE WERKE

Jeder Band in grünem Ganzleinen mit Goldprägung und farbigem Deckelbild

Bd. 1	Durch die Wüste	Bd. 38	Halbblut
Bd. 2	Durchs wilde Kurdistan	Bd. 39	Das Vermächtnis des Inka
Bd. 3	Von Bagdad nach Stambul		
Bd. 4	In den Schluchten des Balkan	Bd. 40	Der blaurote Methusalem
Bd. 5	Durch das Land der Skipetaren	Bd. 41	Die Sklavenkarawane
Bd. 6	Der Schut	Bd. 42	Der alte Dessauer
Bd. 7	Winnetou I	Bd. 43	Aus dunklem Tann
Bd. 8	Winnetou II	Bd. 44	Der Waldschwarze
Bd. 9	Winnetou III	Bd. 45	Zepter und Hammer
Bd. 10	Sand des Verderbens	Bd. 46	Die Juweleninsel
Bd. 11	Am Stillen Ozean	Bd. 47	Professor Vitzliputzli
Bd. 12	Am Rio de la Plata	Bd. 48	Das Zauberwasser
Bd. 13	In den Kordilleren	Bd. 49	Lichte Höhen
Bd. 14	Old Surehand I	Bd. 50	In Mekka
Bd. 15	Old Surehand II	Bd. 51	Schloß Rodriganda
Bd. 16	Menschenjäger	Bd. 52	Die Pyramide des Sonnengottes
Bd. 17	Der Mahdi	Bd. 53	Benito Juarez
Bd. 18	Im Sudan	Bd. 54	Trapper Geierschnabel
Bd. 19	Kapitän Kaiman	Bd. 55	Der sterbende Kaiser
Bd. 20	Die Felsenburg	Bd. 56	Der Weg nach Waterloo
Bd. 21	Krüger Bei	Bd. 57	Das Geheimnis des Marabut
Bd. 22	Satan und Ischariot	Bd. 58	Der Spion von Ortry
Bd. 23	Auf fremden Pfaden	Bd. 59	Die Herren von Greifenklau
Bd. 24	Weihnacht	Bd. 60	Allah il Allah!
Bd. 25	Am Jenseits	Bd. 61	Der Derwisch
Bd. 26	Der Löwe der Blutrache	Bd. 62	Im Tal des Todes
Bd. 27	Bei den Trümmern von Babylon	Bd. 63	Zobeljäger und Kosak
Bd. 28	Im Reiche des silbernen Löwen	Bd. 64	Das Buschgespenst
Bd. 29	Das versteinerte Gebet	Bd. 65	Der Fremde aus Indien
Bd. 30	Und Friede auf Erden	Bd. 66	Der Peitschenmüller
Bd. 31	Ardistan	Bd. 67	Der Silberbauer
Bd. 32	Der Mir von Dschinnistan	Bd. 68	Der Wurzelsepp
Bd. 33	Winnetous Erben	Bd. 69	Ritter und Rebellen
Bd. 34	„ICH"	Bd. 70	Der Waldläufer
Bd. 35	Unter Geiern	Bd. 71	Old Firehand
Bd. 36	Der Schatz im Silbersee	Bd. 72	Schacht und Hütte
Bd. 37	Der Ölprinz	Bd. 73	Der Habicht

KARL · MAY · VERLAG · BAMBERG